ANDREA SCHACHT

Göttertrank

Buch

Potsdam, 1829: Amara Zeidler steht vor dem Nichts. Dem Glück ihrer Kindheit auf dem mecklenburgischen Landgut Evasruh längst entwachsen, den folgenreichen Tod ihres Stiefvaters kaum überwunden, verliert sie auch noch ihre über alles geliebte Mutter. Doch das Schicksal führt sie ausgerechnet mit dem jungen Ingenieur Alexander Masters zusammen, der ihr eine Anstellung in einem Ausflugslokal an der Havel verschafft. In der liebevollen, familiären Atmosphäre blüht Amara auf und entsinnt sich der Leidenschaft ihrer Kindertage: der Schokolade. Virtuos in der Verwendung des edlen Rohstoffs, arbeitet sie an Rezepturen und Verfahren zur Verfeinerung ihrer köstlichen Kakaoprodukte. Ihr Glück währt jedoch nicht lange: Das Schicksal schlägt erneut zu, und Amara muss Berlin verlassen und untertauchen.

Wird sie sich gegen Borniertheit, Willkür und Rachsucht durchsetzen und doch noch die Liebe ihres Lebens finden?

Autorin

Andrea Schacht (1956–2017) war lange Jahre als Wirtschaftsingenieurin und Unternehmensberaterin tätig, hat dann jedoch ihren seit Jugendtagen gehegten Traum verwirklicht, Schriftstellerin zu werden. Ihre historischen Romane um die scharfzüngige Kölner Begine Almut Bossart gewannen auf Anhieb die Herzen von Lesern und Buchhändlern. Mit »Die elfte Jungfrau« kletterte Andrea Schacht erstmals auf die SPIEGEL-Bestsellerliste, die sie auch danach mit vielen weiteren Romanen eroberte.

ANDREA SCHACHT

Göttertrank

Historischer Roman

blanvalet

FSC® www.fsc.org MIX Papier | Fördert gute Waldnutzung FSC® C014496

Klimaneutral* Druckprodukt ClimatePartner.com/14044-1912-1001

Penguin Random House Verlagsgruppe FSC® N001967

2. Auflage
Taschenbuchausgabe September 2014 by Blanvalet,
in der Penguin Random House Verlagsgruppe GmbH,
Neumarkter Str. 28, 81673 München

Redaktion: Dr. Rainer Schöttle
Umschlaggestaltung: © Johannes Wiebel | punchdesign, unter
Verwendung eines Motivs von Bridgeman Art Library
wr · Herstellung: sam
Druck und Einband: GGP Media GmbH, Pößneck
Printed in Germany
ISBN: 978-3-442-38370-2

www.blanvalet.de

Für Berit,
die für dieses Buch das Kindermädchen spielte
und daher auch darin diese Aufgabe übernimmt.
Danke

Eigentlich ist es ein Glück, ein Leben lang
an einer Sehnsucht zu lutschen.
Theodor Fontane

ERSTER TEIL

Der Duft

Ein Baum wächst im Wald

Vermildernd schien das helle Abendrot
Auf dieses Urwalds grauenvolle Stätte,
Wo ungestört das Leben mit dem Tod
Jahrtausendlang gekämpft die ernste Wette.

Der Urwald, Lenau

Vor jeder Zeitrechnung, Mexiko

Im schwülen Dämmerlicht der Geschichte wuchs unter dem weit ausladenden Geäst der uralten belaubten Riesen ein schlanker Baum empor. Sein Stamm und einige dicke Äste waren über und über mit Büscheln kleiner weißer Blüten besetzt, umschwebt von winzigen Mücken, die sich an ihrem Nektar labten. Dazwischen hingen längliche Früchte in allen Stadien der Reife. Waren sie schwer von Saft und Süße, lösten sie sich vom Stamm und landeten mit einem leisen Plopp auf der Erde.

Tropfende Blätter nässten den Boden des Waldes. Faulendes Laub, verwesendes Aas, schleimiges Gewürm und jahrtausendealter Humus bildeten ein nahrhaftes Gemisch, in dem die Keimlinge zum Leben erwachen könnten.

Wenn sich denn nur die harte Schale der herabgefallenen goldenen Frucht öffnete und die darin enthaltenen Samen sich verstreuten.

Doch der Baum – eine recht anspruchsvolle Diva unter den Gewächsen – brauchte Geburtshilfe. Es waren die Affen, die schließlich eingriffen und zu seiner Vermehrung beitrugen. Angezogen von dem süßen Duft der Frucht machten sie sich daran, die zähe Schale mit Fingern und Zähnen zu öffnen, schlürften mit Behagen das helle, saftige Fleisch und spuckten angewidert die darin eingebetteten Kerne aus. Sie schmeckten unerträglich bitter.

Aber genau das war die Absicht des Baumes. Die verschmähten Bohnen fielen auf den modrigen, aufgeweichten Grund. Und die immer gleichbleibende, unbewegliche, von tausend Gerüchen durchzogene Luft sorgte für das einzigartige Klima, in dem es dem Samen möglich war zu keimen. Nur hier, im halbdunklen, feuchtwarmen Mutterleib des tropischen Urwaldes, gedieh der Kakaobaum, hier pflanzte er sich fort, blühte, bildete Fruchtstände und wieder Früchte. Er wuchs und starb und bildete Nährboden und Nahrung für kommende Generationen von Affen und Mücken und manch anderem Getier.

Bittere Erkenntnis

Düfte haben mehr als eine Ähnlichkeit mit der Liebe,
und manche Leute glauben sogar,
die Liebe sei selbst nur ein Duft.

Alfred de Musset

Es gab in meiner Kindheit eine Begebenheit, an die ich mich wohl immer erinnern werde und die mir so deutlich wie an jenem Tag vor Augen steht. Ihr Auslöser war ein köstlicher Duft.

Dieser Duft war so wundervoll, so warm, so tröstlich. Er hüllte mich ein, er beruhigte mich, er füllte meine Nächte mit friedlichen Kinderträumen. Dieser Wohlgeruch und sanfte Wiegenlieder begleiteten mich seit den ersten Monaten meines Lebens. Allgegenwärtig schien er zu sein, Tag und Nacht umgab er mich wie ein schützender Kokon – der zarte Duft von Kakao.

Im Laufe der Zeit spürte ich die Quelle auf. Es waren die Hände meiner Mama, die nach Kakao rochen, und wenn ich nachts neben ihr im Bett lag, fest in ihre Arme gekuschelt, dann wurden mütterliche Liebe und Schokoladenduft eins.

Sie riefen mich Amara, und ich wuchs heran zu einem wissbegierigen, zufriedenen Kind. Im Frühling, als ich anderthalb Jahre alt war, durfte ich tagsüber in der Küche sitzen, in einem Gitterställchen, in dem ein weiches Kissen, eine Schmusedecke zum Ruhen sowie ein paar Bauklötzchen und eine Lumpenpuppe zum Spielen einluden. Weder die eine noch die andere Einladung nahm ich jedoch an, viel zu interessant war es, das geschäftige Treiben der dicken Köchin am Herd zu beobachten und Mama zuzuschauen, die ihr zur Hand ging. Mama war für die Süßspeisen zuständig, sie buk Kuchen und Plätzchen, rührte

Puddings und Cremes, und vor allem bereitete sie den Kakao für die Herrschaften zu. Jeden Morgen zerbrach sie eines der dunkelbraunen Täfelchen in kleine Stücke, zerrieb ein Klümpchen Zucker im Mörser zu feinem Pulver, füllte alles in die Porzellankanne und übergoss es mit kochendem Wasser. Dann stellte sie den Quirl in die Kanne, schob den Stiel durch das Loch im Deckel und drückte diesen fest zu. Mit geschickten Bewegungen drehte sie den Quirl zwischen den Handflächen, und nach einer Weile goss sie einen Teil der Flüssigkeit in eine Schale. Den Schaum, der sich darauf gebildet hatte, schöpfte sie sorgsam ab. Das war der Augenblick, an dem ich immer zu betteln begann. Lächelnd reichte Mama mir dann den Topf mit der cremigen Masse, damit ich mich an den in allen Farben schillernden Bläschen erfreuen und mich am Duft sattriechen konnte. Viel zu schnell aber wurde mir die Köstlichkeit wieder entzogen.

»Die Kakaobutter brauche ich noch, Amara, damit darfst du nicht spielen«, erklärte mir Mama. Tatsächlich verwendete sie die fettige Creme, um abends ihre von der Arbeit rauen Hände einzureiben, manchmal auch ihre Lippen und vor allem die wund geriebenen Stellen meiner zarten Kinderhaut. Doch wenn ich von dem dunkelbraunen Getränk etwas haben wollte, hieß es: »Das ist der Kakao für die Frau Gräfin, Amara. Kleinen Kindern schmeckt er nicht.« Was ich mich weigerte zu glauben. Nichts, was derart gut roch, konnte schlecht schmecken.

Ich quengelte nicht, ich maulte nicht, aber ich war schon damals ein zielstrebiges Geschöpf und verlor mein Ansinnen nicht aus den Augen. Die Gelegenheit bot sich im Juni. Die Herrschaften waren verreist, in der Küche gab es wenig zu tun. Die Köchin sorgte lediglich für die Mahlzeiten für die verbliebene Dienerschaft, Kakao wurde nun morgens nicht zubereitet. Da auch die beiden jungen Söhne die Eltern begleiteten, hatte Nanny viel Zeit, sich um mich zu kümmern, und der Gitterstall in der Küche wurde weggeräumt. Ich liebte Nanny fast so sehr wie Mama, obwohl sie schon ziemlich alt war und nach Pfefferminze und nicht nach Kakao roch. Sie sprach auch irgendwie anders, was mich aber nicht störte. Ich verstand sie sehr gut, und manche Liedchen von ihr konnte ich sogar schon mitsingen. Sie kannte unzählige Spiele und wundervolle Geschichten, nahm mich oft an die Hand, um mir im Garten die Blumen und die Schmetterlinge zu zeigen, konnte Eichhörnchen mit Nüssen locken und lehrte mich, die zutrauliche alte Stallkatze zu streicheln.

Aber dann kam der regnerische Nachmittag im Juni, an dem die Köchin frei hatte, Mama zur Meierei gegangen war und Nanny, mit der ich auf dem Küchentisch die Holzfigürchen einer Arche Noah aufgebaut hatte, von einem fahrenden Händler an die Tür gerufen worden war.

Ich saß ganz alleine in der Küche.

Und auf der Anrichte stand die Dose mit dem verlockenden Kakao.

Noch reichte ich mit der Nase kaum bis an die Schubladen, aber die Kraft, einen der Stühle näher an die Anrichte zu schieben, brachte ich schon auf. Ich kletterte hinauf, musste mich ein bisschen recken und zerrte dann an der Keramikdose. Mit beiden Händen hob ich den Deckel und schnüffelte beglückt den verlockenden Duft. Stolz auf mich selbst fischte ich eines der in Pergamentpapier eingewickelten Täfelchen heraus. Meine ungeduldigen Finger hatten Mühe, die Verpackung aufzureißen, aber dann lag das unregelmäßig geformte Rechteck aus reiner Kakaomasse vor mir. Ich hielt nichts von halben Sachen, ich stopfte es mir gierig in den Mund.

Als Mama kurz darauf in die Küche zurückkehrte, fand sie mich heulend auf dem Boden sitzen, den Mund und die Finger von Kakao verschmiert, das ausgespuckte Täfelchen am Boden.

»Bitter!«, jammerte ich und rieb mir wieder und wieder über die Lippen. »So bitter.«

Mama füllte umgehend einen Becher mit Milch und Honig, verrührte beides schnell, nahm mich auf den Schoß und flößte mir das süße Getränk ein.

»Eine bittere Erkenntnis, was, mein Schatz?«, fragte sie mich ohne Vorwurf in der Stimme. »Das Bittere, kleine Amara, schmeckt nur dann, wenn es mit Mildem und Süßem ergänzt wird. Die Bitternis erträgt man nur als Teil einer wohlausgewogenen Mischung.«

Was sie damit meinte, verstand ich nicht, aber weil sie nicht böse mit mir war und der scheußliche Geschmack allmählich von meiner Zunge wich, trockneten die Tränen auf meinen Wangen, und getröstet lehnte ich meinen Kopf an Mamas Schulter.

Nie wieder würde ich diesen widerlichen Kakao anrühren. Nie! Ganz bestimmt nicht! So lange nicht, bis er endlich genauso gut schmeckte, wie er roch.

Das hatte er davon!

So.

Das Ende aller Dinge

Ein Posten ist vakant! – Die Wunden klaffen –
Der eine fällt, die Andern rücken nach –
Doch fall ich unbesiegt, und meine Waffen
Sind nicht gebrochen – Nur mein Herze brach.

Enfant perdu, Heine

Am selben Tag, an dem Amara auf Evasruh, dem mecklenburgischen Landgut der Grafen von Massow, ihre bittere Erfahrung machte, traf auch einen neunjährigen Jungen ein bitteres Schicksal. Er erwachte mit höllischen Kopfschmerzen, und als seine Sicht sich allmählich klärte, schloss er voller Entsetzen wieder die Augen. Er befand sich, das war das Einzige, was er denken konnte, inmitten eines Meeres von Grauen. Neben ihm stöhnte ein Mann, hinter ihm röchelte ein anderer. Jemand schrie gepeinigt auf, und eine warme Flüssigkeit tropfte auf sein Gesicht. Es stank erbärmlich nach Erbrochenem und anderen Widerwärtigkeiten, nach Blut und Angst. Fort von hier, dachte er, doch als er sich vorsichtig aufsetzen wollte, sah er einen Mann mit einem halb abgerissenen Arm neben sich liegen. Es würgte ihn in seiner Kehle, und der Schmerz aus der Brandwunde an seinem Arm zuckte auf wie eine Stichflamme.

In diesem Moment ging die Tür der Scheune auf. Zwei Männer trugen einen dritten herein, schoben mit den Stiefeln zwei leblose Gestalten zur Seite und legten den blutenden Körper ab. Der eine, ein rotberockter Hüne, sah sich im Halbdunkel um, und sein Blick blieb an dem würgenden Jungen in den abgerissenen Kleidern hängen. Er sagte etwas zu seinem Begleiter, und kurz darauf erschien ein müder Offizier, der sich über ihn beugte.

»Bist du verwundet, Bursche?«, fragte er, und der Junge tastete mit der Hand nach der Beule an der linken Seite seines Kopfes.

»Ah, verdammtes Glück gehabt. Wie heißt du?«

Der Junge überlegte. Das war eine schwierige Frage, aber irgendetwas dämmerte durch die roten Schmerznebel in seinem Kopf. Wie hatten sie ihn immer gerufen?

»Master«, stammelte er. »Master ... Alexander.«

»Mhm«, meinte der Offizier im roten Rock. »Kannst du mit Pferden umgehen?«

»Ja, Sir.«

»Gut, dann komm hier raus. Die Franzosen haben das Hasenpanier ergriffen, im Augenblick ist alles ruhig.«

Er half dem schwankenden Jungen auf die Beine und führte ihn aus der Scheuer. Doch der Anblick draußen war nicht viel besser. Rund um das Gehöft lagen die Leichen Gefallener, stöhnten die Verwundeten und Sterbenden. Verendete Pferde streckten ihre Beine in die pulverrauchgeschwängerte Luft, vereinzelt fielen noch Schüsse. Doch die Kanonen schwiegen.

Es war Abend geworden, ein trüber, wolkenverhangener Abend, dessen Dunkelheit sich gnädig über das Grauen einer großen, blutigen Schlacht senkte. Einer Schlacht, die das Schicksal des Kaisers der Franzosen endgültig besiegelte und der Weltgeschichte eine neue Wendung gab. Waterloo hieß der Ort, zu dem der Offiziersbursche von Captain Finley den Jungen brachte. Hier lag das Hauptquartier der englischen Armee.

Noch immer halb benommen, mit Schmerzen in Kopf und Gliedern und den Bildern des Schreckens vor Augen trottete Alexander zu der ihm angewiesenen Unterkunft in einem geräumigen Stall und rollte sich auf einem Strohsack zusammen.

In den ersten Tagen ließen sie ihn in Ruhe. Ein Pferdeknecht brachte ihm dann und wann etwas zu essen und später ein paar einigermaßen saubere Kleider. Von dem hektischen Geschehen rund um ihn herum bekam Alexander wenig mit. Sein wunder

Körper erholte sich allmählich von den vergangenen Strapazen, die Brandwunden verheilten, die Kopfschmerzen verloren an Heftigkeit. Manchmal wurde ihm noch schwindelig, aber nach vier Tagen war er in der Lage, zum Brunnen zu gehen und sich mit dem kalten Wasser zu waschen. Es hatte ihn niemand dazu angehalten, aber auf eine unklare Weise erinnerte er sich daran, dass man sich sauber zu halten hatte. Überhaupt schien sein Geist beschlossen zu haben, so gründlich wie möglich alles zu vergessen, was die Vergangenheit betraf. Nur die Gegenwart zählte, und in der musste er sich irgendwie zurechtfinden. Er befand sich an einem ihm unbekannten Ort, doch das Gewimmel von Uniformen war ihm vertraut. Auch die Pferde machten ihm keine Angst, und willig übernahm er die Aufgabe, sie zu füttern, zu striegeln und das Lederzeug zu putzen. Drei weitere Jungen, etwas älter als er, hatten ihre Bleibe in dem Pferdestall und kümmerten sich ebenfalls um die Tiere. Er sprach kaum mit ihnen, weil er sie schlecht verstand. Englisch war ihm zwar geläufig, nicht aber der breite Dialekt und die derben Ausdrücke, die sie verwendeten. Er erhielt bald den Spitznamen Donnow – »Don't know« –, weil das seine ständige Antwort auf ihre Fragen war.

Er passte zu ihm, denn Alexander wusste vieles wirklich nicht. Aber als der Offizier, in dessen Dienst er zufällig geraten war, einen Monat später seinen Leuten erklärte, sie würden die Heimreise nach Colchester antreten, musste Alexander sich wenigstens einige Antworten auf die wesentlichen Fragen überlegen.

»Junge, ich habe dich zwar aus dem Durcheinander bei Plancenoit geklaubt, weil ich dich da nicht verrecken lassen wollte. Aber wie bist du eigentlich dahingekommen?«, wollte Captain Finley von ihm wissen und hielt ihn damit zurück, den anderen Stallburschen zu folgen.

»Ich fürchte, ich hab es vergessen, Sir.«

»Du fürchtest. Aha. Wer sind deine Eltern?«

»Sie sind tot, Sir.«

Das war die einzige Möglichkeit, das entsetzliche Gefühl zu

ertragen, das sich jedes Mal in ihm breitmachte, wenn er wagte, sich dieser Frage zu stellen.

»Gott, ja, das sind heutzutage viele«, seufzte der Captain und nickte dann. »Mein Pferdeknecht sagt, du bist ganz anstellig. Wenn du willst, kannst du mitkommen. Hab schließlich zwei meiner Jungen hier verloren.«

Alexander nickte, und so betrat er im Herbst desselben Jahres englischen Boden. Die Männer der 30. Battery Royal Artillery – gemeinhin »Rogers Company« genannt – stammten überwiegend aus Colchester, und hier bezog auch Captain Finley Quartier.

In den folgenden zwei Jahren kümmerte sich Alexander in den Baracken der Garnisonsstadt um Finleys Pferde, dafür erhielt er ein Bett über den Ställen, täglich zwei Mahlzeiten, Weihnachten und Ostern neue Kleider und hin und wieder einen Shilling. Die Arbeit verlangte viel Zeit und Aufmerksamkeit, und er wuchs zu einem zähen, mageren Jungen heran. Die Brandwunde an seinem Arm war zu einer roten Narbe verwachsen und störte ihn nicht mehr, auch seine Kopfverletzung war vollständig verheilt, zurückgeblieben aber war eine Strähne weißen Haars an seiner linken Schläfe, die sich durch die hellbraunen Locken zog. Zwar blieb er weiterhin wortkarg, aber mit Jimmy und Wally, den beiden anderen Stalljungen, mit denen er die Unterkunft teilte, freundete er sich allmählich an. Sie saßen, wenn es nichts zu tun gab, bei einem Knobelspiel zusammen, das ihm nicht unvertraut erschien. Die Kartenspiele jedoch kannte er nicht, erwarb jedoch eine gewisse Geschicklichkeit darin. Lieber aber streunte er durch die Gegend, stibitzte von den Feldern schon mal ein paar Erdbeeren oder im Herbst den einen oder anderen Apfel. Mit dieser Beute saß er gerne am Ufer des Colne und sah den sich behäbig drehenden Wasserrädern der Mühlen zu. Hätte er seine Arbeit nicht so ordentlich und zuverlässig getan, hätte man ihn, den jungen Einzelgänger, der mit abwesendem Blick stundenlang an einer Stelle sitzen konnte, wohl für zurückgeblieben gehalten. Doch es war nicht geistige Stumpfheit, die ihn die Einsamkeit suchen ließ. Es war Trauer, eine ungewisse Art von Schuld, die er verspürte, die nicht fassbare Erinnerung an ein furchtbares Ereignis. Manchmal träumte er von den Schlachtfeldern, dann wachte er schreiend auf. Gelegentlich aber träumte er auch von einer Frau, die ihn liebevoll in den Arm nahm, und einem starken, großen Mann, zu dem er voller Bewunderung aufsah. Sie waren gesichtslos, namenlos, und wenn er aus diesen Träumen erwachte, waren seine Wangen nass von Tränen.

1817 wurde beschlossen, die Garnison in Colchester drastisch zu verkleinern. Die französische Bedrohung war endgültig verschwunden, die Soldaten wollten zurück zu ihren Familien. Captain Finley hatte um seine Entlassung gebeten und teilte das auch seinen drei Pferdeburschen mit. Er war ein fairer Mann, aber einen großen Stall zu halten, konnte er sich privat nicht leisten. Darum drückte er jedem der drei eine gut gefüllte Börse in die Hand und überließ es dem vierzehnjährigen Jimmy, dem dreizehnjährigen Wally und dem elfjährigen Alexander, sich zukünftig auf eigene Faust durchzuschlagen.

Süßer Trost

Sie ist ein reizendes Geschöpfchen,
Mit allen Wassern wohl gewaschen;
Sie kennt die süßen Sündentöpfchen
Und liebt es, häufig draus zu naschen.

Die Schändliche, Busch

Anders als der magere, zähe Junge in England hatte es die pummelige Baroness von Briesnitz nicht schwer, sich durchs Leben zu schlagen. Zumindest hätte ein Außenstehender so geurteilt. Mit ihren drei Jahren war Dorothea, die sich selbst der Einfachheit halber Dotty nannte, ein zauberhaftes kleines Mädchen, das den Besucherinnen ihrer Mutter, der Baronin Eugenia, oft den Ausruf: »Was für ein süßes Zuckerpüppchen!« entlockte. Worauf die Baronin eine kontrapunktisch säuerliche Miene zeigte. Sie schätzte es überhaupt nicht, dass ihr Gatte eine ordinäre Rübenzuckerfabrik auf seinem Gut Rosian bei Magdeburg betrieb, und betonte bei jeder Teestunde, in ihrer Küche habe sie persönlich die Anweisung erteilt, ausschließlich importierten Rohrzucker zu verwenden. Dieser Anweisung wurde selbstredend nicht Folge geleistet, Rohrzucker aus den Kolonien war bei Weitem zu teuer für die sorgsam bedeckt gehaltenen Vermögensverhältnisse derer von Briesnitz.

Nichtsdestotrotz war Baronesschen Dotty ein lieblicher Anblick. Ihr rosiges, rundes Gesicht wies zwei schelmische Grübchen auf, wenn sie lächelte, ihre schokoladenbraunen Augen konnte sie schon mit drei Jahren neckisch aufschlagen, und wie gesponnene Zuckerwatte fielen ihre silberblonden, feinen Haare über ihren Rücken.

Nicht ganz so lieblich wie ihr Anblick zeigte sich indessen ihr Benehmen. Vor allem dann, wenn etwas nicht nach ihren Wünschen lief. In solchen Situationen konnte sie eine ganze Klaviatur unangenehmer Reaktionen bespielen. Die mildeste Form war ein demonstratives Schmollen, eine Steigerung ein störrisches Trotzen, verbunden mit energischem Aufstampfen der Füße. Half das nicht zu erreichen, was sie sich vorgenommen hatte, kamen Tränen, gefolgt von Schreikrämpfen hinzu, weshalb sich ihre Kinderfrau einmal zu einem Klaps auf den rüschenbedeckten Hintern hinreißen ließ, wodurch jedoch keine Besserung des Verhaltens eintrat, sondern ein hysterischer Anfall ausgelöst wurde, bei dem sich das Kind wie toll auf dem Boden wälzte und mit hochrotem Gesicht so lange brüllte, bis man einen Erstickungsanfall befürchten musste.

Die Amme fand schließlich eine Lösung – sie steckte in das zum Getöse aufgerissene Mäulchen der Kleinen ein Klümpchen Zucker. Dotty klappte den Mund zu, schnaufte ein paar Mal und lutschte dann den süßen Trost zufrieden auf.

Die Familie gewöhnte sich daran, für derartige Anfälle immer einige Zuckerstückchen oder Karamellen in erreichbarer Nähe zu haben. Zwar konnte man das Kind damit beruhigen, aber sie beseitigten nicht den Unmut und die Unzufriedenheit, die Dorothea allzu oft packten. Vor allem, seit ihr kleines Brüderchen Maximilian auf die Welt gekommen war, quengelte sie immer häufiger. Inzwischen war Max ein Jahr alt, ein genügsamer kleiner Kerl mit wachen Augen, von dem sein Vater voller Stolz nur als sein Sohn und Erbe sprach. Dotty verspürte giftige Eifersucht. Ihr sehnlichster Wunsch war, Maximilian möge ganz einfach wieder in dem Froschteich verschwinden, aus dem der Klapperstorch ihn angeblich geholt hatte.

Wo dieser Teich war, das wusste sie ganz genau. Man hatte nämlich, um genügend Wasser für die Zuckerproduktion weiter draußen auf den Ländereien zur Verfügung zu haben, ein kleines Flüsschen aufgestaut, das nun einen hübschen, von Büschen umstandenen Tümpel bildete. Ein schmaler Holzsteg war hineingebaut, auf dem der Baron gerne an warmen Sommerabenden saß, um Forellen zu angeln. An den Nachmittagen jedoch führte das Kindermädchen häufig ihre beiden Schützlinge dort hin, nicht unbedingt, um sich mit ihnen am Ufer zu ergehen, sondern um sich heimlich in dem sorgsam beschnittenen Gehölz mit dem Gärtner zu treffen. Klein Maximilian legte sie dann auf eine Decke ins Gras, drückte Dorothea einen Stoffhasen in die Hand und wies sie an, auf ihr Brüderchen aufzupassen.

Die Idee reifte langsam und gründlich in Dotty heran, und als das Kindermädchen sich wieder einmal in den raschelnden Büschen vergnügte, begann sie, zielstrebig an einem Deckenzipfel zu ziehen. Maximilian gefiel das Spiel, und er ließ sich kichernd und glucksend von seiner Schwester weiter und weiter schleifen. Er jammerte noch nicht einmal, als sie ihn über die holperige Schwelle auf den Steg zerrte. Mit rotem, verschwitztem Gesicht mühte sich Dorothea ab, bis die Decke schließlich ganz vorne angekommen war. Dort, wo das Wasser so tief war, dass man den Boden nicht mehr erkennen konnte.

Mit grimmiger Genugtuung kroch sie zu ihrem Bruder und schubste ihn vom Steg. Das kalte Wasser erschreckte ihn so, dass er sogar vergaß zu schreien. Zufrieden sah seine Schwester zu, wie er in dem trüben Wasser versank.

Lediglich das schnelle Eingreifen des Gärtners, der, noch mit offener Hose, in den Teich sprang, rettete dem Erben derer von Briesnitz das Leben.

Das Kindermädchen wurde entlassen. Dorothea musste eine strenge Strafpredigt über sich ergehen lassen, zudem wurde über sie eine harte Strafe verhängt – eine Woche lang keine Süßigkeiten. Das aber führte zu einem derartigen Tobsuchtsanfall, dass man schnellstens von der Durchführung der Strafmaßnahme Abstand nahm.

Und so lutschte Dotty zufrieden ihre Bonbons, ignorierte fürderhin ihren Bruder und träumte sich ein Leben als Zuckerprinzesschen zurecht.

Heißer Kakao

Erfahrung ist die Mutter der Wissenschaft.

Sprichwort

Jan Martin träumte auch – von fernen Ländern, was nahelag. Denn sein Vater betrieb einen florierenden Kolonialwarenhandel, und seit die napoleonischen Repressalien ein Ende gefunden hatten, blühte sein Geschäft noch weiter auf. In den schwarz gebundenen Auftragsbüchern im Kontor summierten sich die Zahlen zu ansehnlichen Beträgen, vor den Speichern warteten Schlangen von Frachtkarren, buckelten Lagerarbeiter Säcke und Kisten. Von den Schiffen, die die Weser hinauf bis in den Hafen von Vegesack segelten, wurden die wundervollsten Dinge herbeigebracht. Doch nicht schillernde chinesische Seiden oder grellfarbige Federn exotischer Vögel machten Jantzens Geschäft aus, sondern Säcke voll Kaffeebohnen, Kisten schwarzer Vanilleschoten, aromatische Zimtrinden und andere seltene Gewürze aus Übersee. Und in diesem Jahr hatte die Firma Jantzen ein neues Produkt eingekauft. Vorsichtig disponiert zunächst, denn man war auf Solidität bedacht und scheute Experimente. Immerhin eine ganze Schiffsladung Kakaobohnen war aus Venezuela eingetroffen, und Jan Martin freute sich, dass sein Vater ihm angeboten hatte, ihn zum Hafen zu begleiten, um die Ladung in Empfang zu nehmen.

Der dreimastige Segler lag am Pier vertäut, und sorgsam auf seine Schritte achtend folgte Jan Martin seinem Vater und dessen Prokuristen über die schmale Planke auf das sanft schaukelnde Schiff. Sie wurden vom Kapitän mit Würde begrüßt und erhielten die Auskunft, die sechswöchige Reise sei ohne große Probleme verlaufen. Allerdings, so bemerkte der Kapitän schmunzelnd, sei es diesen Sommer in Bremen fast so heiß wie in den Tropen.

Damit hatte er recht, das Quecksilber des Thermometers an der hölzernen Wand des Ruderhauses zeigte fünfunddreißig Grad an diesem Nachmittag. Nichtsdestotrotz bat der Kapitän seine Gäste in die Kajüte, um bei kühlen Getränken die Formalitäten abzuwickeln. Jan Martin erhielt jedoch die Erlaubnis, auf dem Schiff umherzustreifen, sofern er es dabei vermied, über Bord zu gehen. Erleichtert nahm der Junge die Gelegenheit wahr, aus der stickigen Kajüte zu entkommen.

Die Mannschaft hatte bis auf einen kleinen Rest Landgang, das Deck war sauber geschrubbt und leer, das Tauwerk ordentlich aufgerollt. Nur an der Reling standen zwei ins Gespräch vertiefte Männer. Der eine war ein rotbärtiger Tallymann[1] in Gehrock und Melone, doch ohne die zu seinem Stand gehörige Messlatte. Der andere schien, seiner eleganten Kleidung zufolge, ein Passagier zu sein, der aus den südlichen Ländern kam, denn seine Haut war tief gebräunt. Jan Martin machte sich klein, um nicht entdeckt zu werden. Er war zwar schon zwölf Jahre alt, aber überaus schüchtern, obwohl es eigentlich keinen Grund dafür gab. Immerhin war er der einzige Sohn eines sehr wohlhabenden Bremer Kaufmanns. Aber seine Mutter war bei seiner Geburt fast gestorben, weitere Geschwister folgten ihm nicht. In seinen ersten Lebensjahren kränkelte er häufig und wurde entsprechend gehätschelt. Statt eine Schule zu besuchen, kamen Lehrer ins Haus, und wenn seine Cousins und Cousinen zu Besuch waren, zog er sich meist zurück, denn diese lebensstrotzende Rasselbande zog ihn zu gerne mit seiner rundlichen Figur und seiner Ungeschicklichkeit auf. Folglich mied er menschlichen Kontakt, so gut es ging, war aber in seiner stillen Art ein überaus wissbegieriger Junge und steckte seine Nase häufig tief in alle mögliche Bücher. Seine Lehrer äußerten sich voll

[1] Tallymann – der Mann, der die Ladung an Bord kontrolliert

des Lobes über seinen Verstand und seine rasche Auffassungsgabe. Insbesondere alles, was mit den Naturwissenschaften zu tun hatte, saugte er förmlich auf.

Hier auf dem Schiff wollte er nun unbedingt die Ladung begutachten. Kakaobohnen hatte er bisher nur im gerösteten Zustand in der Küche gesehen, und angeblich hatte der Kapitän sogar einige Kakaopflanzen mitgebracht, die Doktor Roth für seine botanischen Studien geordert hatte.

Jan Martin war schon häufiger auf vergleichbaren Schiffen gewesen und wusste, wo er zu suchen hatte. Er machte sich also daran, den Niedergang zu den Laderäumen hinabzusteigen und bemerkte dabei nicht den aufmerksamen Blick, mit dem ihn der Rotbärtige verfolgte.

Unten im Bauch des Schiffes war es dunkel, nur spärlich fiel das Licht durch das salzverkrustete Glas der Luken. Die Luft war noch dumpfer als an Deck und voller Gerüche der unterschiedlichsten Art. Holz, Teer, Schweiß, der typisch fischige Gestank von langsam verrottenden Algen und Muscheln – und die eigenartige Ausdünstung der Ladung. Nicht so aromatisch wie gerösteter Kakao roch sie – mit der Schokolade, die Jan Martin als Getränk kannte, hatten die getrockneten Bohnen noch wenig gemein. Aufmerksam registrierte Jan Martin diesen Umstand. Um sich ein noch genaueres Bild zu machen, wandte er sich den unteren Gefilden zu, wo die prall gefüllten Jutesäcke darauf warteten, entladen zu werden. Zwar hätte er jederzeit um eine Handvoll Bohnen bitten können, schließlich gehörte die Lieferung seinem Vater, doch sein Wissensdurst wollte sofort gestillt werden. Daher zerrte er an einem der vorderen Säcke. Sie waren schwer, und nach einem ganz bestimmten Prinzip gestapelt, um ein schnelles Entladen zu ermöglichen. Das aber erkannte Jan Martin nicht, und deshalb passierte das Unglück. Der Sack löste sich aus dem Verbund der anderen, sie kippten um, einige platzten auf und übergossen ihn mit einem Schwall prasselnder Kakaobohnen.

Alles das wäre vermutlich nicht so schlimm gewesen, hätte

nicht die Sommerhitze während der Überfahrt in einem der Säcke einen Schwelbrand verursacht. Der flammte nun schlagartig auf, und der Kakao begann zu brennen.

Jan Martin schrie, als die glühenden Bohnen ihn trafen.

Polternd näherten sich Schritte, und laut fluchend kämpften sich der Rotbärtige und der Passagier mit bloßen Händen durch den Kakao, um den Jungen aus der entzündeten Ladung zu ziehen. Gerade noch rechtzeitig, um Schlimmeres zu verhindern. Jan Martins Kleider waren versengt, brannten zum Glück aber nicht, doch sein rechtes Ohr und die Wange waren in Kontakt mit der Glut gekommen.

Fassungslos vor Entsetzen über den Unfall, brachte Vater Jantzen seinen Sohn zusammen mit dem Passagier, der sich als Lothar de Haye vorstellte, zum Arzt der Familie, der sich des Notfalls sofort annahm.

»Eine üble Angelegenheit«, knurrte Jantzen, während Doktor Roth vorsichtig die versengten Kleider entfernte und die Brandwunden des Jungen reinigte. »Wie konnte das nur passieren?«

Lothar de Haye, der mitgeholfen hatte, Jan Martin zu bergen, zuckte mit den Schultern und erklärte: »Der Tallymann sagt, Kakao neige unerklärlicherweise manchmal zur Selbstentzündung. Ein schwieriges Handelsgut, wenn Sie mich fragen. Kaffee ist leichter zu transportieren.«

»Ich hätte die Finger davon lassen sollen. Ein Drittel der Ladung ist verloren.«

»Ein Risiko, sicher. Aber man kann gute Gewinne damit machen. Kakao ist ein rares Gut in unseren Breiten. Und wird doch sehr geschätzt«, meinte der Arzt, während er eine kühlende Salbe auf Jan Martins Wange auftrug.

»Ich trinke lieber Tee«, murrte Jantzen. »Aber meine Frau schätzt ihre heiße Schokolade am Morgen. In den Cafés wird sie auch immer beliebter, habe ich mir sagen lassen. Darum dachte ich ja ... Na, vergessen wir es. Wie sieht es aus mit meinem Jungen, Albrecht?«

Jan Martin hatte die schmerzhafte Behandlung fast ohne Jammern über sich ergehen lassen und saß nun mit einem dicken Salbenverband im Gesicht und schuldbewusster Miene auf den Behandlungsstuhl.

»Er wird's überleben. Eine Narbe wird wohl bleiben. Aber keine Angst, mein Junge, wenn die Zeit kommt, dass sich die Mädchen nach dir umdrehen, dann wird sie allmählich verblasst sein.«

Ob diese Zeit jemals kommen würde, bezweifelte Jan Martin im Augenblick jedoch. Trotz Schreck, Schmerzen und Beschämung drängte sich ihm die Frage über die Lippen, die er ihn die ganze Zeit bewegte.

»Herr Doktor Roth, wieso kann sich trockener Kakao von selbst entzünden?«

Doch obwohl der Arzt selbst auch ein leidenschaftlicher Botaniker war, hatte er darauf keine Antwort.

Die Kunst des Überlebens

Wie Splitter brach das Gebälk entzwei.
Tand, Tand
ist das Gebilde von Menschenhand.

Die Brück' am Tay, Fontane

Als Alexander das erste Mal die Fabrik betrat, blieb ihm buchstäblich der Mund offen stehen. Erst der derbe Stoß des Vorarbeiters brachte ihn wieder zur Besinnung. Diesem Knuff und der barschen Anweisung, sich zu den anderen Jungen zu gesellen, folgte er sofort. Dennoch blieb er beeindruckt. Unter dem Dach, über die ganze Länge der Halle hinweg, verliefen zwei Eisenstangen, an denen in unregelmäßigen Abständen Scheiben angebracht waren, die wiederum mit breiten Lederriemen mit den Antriebsrädern der Webstühle verbunden waren. Noch drehte sich die Welle nicht, ruhten die Schützen, standen die Schäfte still, doch irgendwo am Ende der Fabrik hörte man bereits das rhythmische Pochen der Dampfmaschine, die den Holzboden vibrieren ließ.

Alexander war mit Wally von Colchester aus nach London ins East End gezogen, wo dessen Angehörige lebten. Nach der ersten Faszination, die die übervölkerte, laute, quirlige Stadt mit ihren hohen Häusern, belebten Gassen und verrauchten Kneipen auf ihn ausübte, war recht schnell Ernüchterung eingetreten. Die Familie seines Freundes bewohnte zwei stickige, schmutzige Räume und eine verqualmte Küche, die zum Hinterhof hinausgingen. Diese Enge teilten sich Wallys Eltern, seine achtzehnjährige Schwester Jenny und drei jüngere Kinder, eines davon noch ein Säugling. Der heimgekehrte Sohn wurde nicht gerade mit Jubel begrüßt, noch weniger sein Begleiter. Zwei Esser mehr konnte man sich nicht leisten. Dennoch erlaubte der Skipper, wie Wallys Vater gerufen wurde, beiden Jungen, sich ein Deckenlager neben dem Küchenherd zu richten.

»Wennste bleiben willst, musste arbeiten«, erklärte Skipper, ein Veteran, der seinen rechten Arm bei Trafalgar gelassen hatte, Alexander ohne jede Freundlichkeit. »Hab gehört, in der Weberei suchen sie noch Hilfskräfte. Du gehst auch!«, befahl er seinem Sohn.

Am folgenden Tag sprachen sie in der Fabrik vor und wurden ohne große Umstände eingestellt.

Um sechs Uhr morgens begann die Arbeit. Die Einweisung war denkbar kurz und kaum hilfreich. Alexander wurde angewiesen, die leeren Garnspulen einzusammeln und den Frauen, die an den Webstühlen arbeiteten, die neuen zuzureichen. Es erschien ihm eine leichte Tätigkeit.

Bis zu dem Augenblick, als die Maschinen zum Leben erwachten.

Das Stampfen der Dampfmaschine wurde schneller, und mit einem Krachen setzten sich die beiden Transmissionswellen unter der Decke in Bewegung. Die Antriebsriemen surrten. Ein Webstuhl nach dem anderen wurde angekuppelt, und ein ohrenbetäubender Lärm erfüllte die Halle. Rasselnd, klappernd, kreischend schossen die Weberschiffchen hin und her, knallten die Rahmen auf und ab, ratterten die eisernen Gestänge. Am liebsten hätte Alexander sich die Ohren zugehalten, aber schon schubste ihn wieder jemand an, und er folgte einem der Jungen, um zu lernen, wie man die Garnrollen austauschte. Er musste sich die Handgriffe vom Zusehen aneignen, eine andere Verständigung war bei dem Getöse in der Fabrikhalle nicht möglich.

Als um zwölf die Glocke zur Pause läutete, war Alexander halb taub, und in seinen Ohren klingelte es. Zusammen mit den anderen Arbeiterinnen und Arbeitern schleppte er sich in den Aufenthaltsraum und packte das grobe Brot aus, das Jenny ihm dünn mit Schmalz bestrichen hatte. Hungrig war er nach dem Verzehr noch immer, aber mehr noch übermannte ihn die Müdigkeit. Wie alle anderen auch versank er in einen unruhigen, kurzen Schlummer, aus dem ihn unbarmherzig die Glocke weckte. Fünf weitere Stunden in der tobenden, feuchtwarmen, staubigen Hölle standen ihm bevor.

Vollkommen erschöpft wankte er neben Wally am Abend durch den aufsteigenden Nebel nach Hause.

»Ich halte das nicht aus«, murmelte er, als Jenny einen Teller Suppe vor ihn stellte.

»Dann gibt's auch nix zu fressen.«

»Kann ich nicht etwas anderes machen?«

Die Alternativen, die ihm auf eindeutige Art aufgezeigt wurden, erschienen Alexander nicht erwägenswert, und so stand er am nächsten Morgen schlaftrunken auf, um einen neuen Tag in der Hölle zu verbringen.

Nach zwei Wochen hatte er sich einigermaßen an den eintönigen Tagesablauf gewöhnt und sich einen stumpfen Gleichmut zugelegt. Er aß, was er kriegen konnte, schlief, wann immer er Gelegenheit dazu fand, tat, was man ihm auftrug. Manchmal sehnte er sich nach den Pferdeställen zurück, nach dem Geruch von Stroh und Heu und warmen Tieren. Doch meistens wünschte er sich nur, aus der Fabrikhalle ins Freie zu entkommen. Dann wanderte er zu den Docks, wo die Fernsegler lagen, und atmete den rauchigen, feuchten Themsedunst ein, der ihm gegen die staubige, ölstinkende Fabrik und der nach menschlichen Ausdünstungen und faulendem Kohl riechenden Hinterhofwohnung geradezu elysisch vorkam.

Als es Winter wurde, musste er diese Ausflüge einstellen, es fehlte ihm an warmer Kleidung. Was den nun Zwölfjährigen zu einigen Überlegungen veranlasste.

Bisher hatte er den Lohn seiner Gastfamilie abgeliefert, wie sie sagten, als Miete und Kostgeld. Das musste anders werden. In den wenigen Monaten in London hatte er erkannt, wie hart es war zu überleben. Geradezu verwöhnt worden war er die beiden Jahre im Dienst von Captain Finley, gestand er sich jetzt ein. Er hatte diese Zeit zwar in einem geregelten, von militärischer Disziplin geprägten Tagesablauf verbracht, aber immerhin sorgte man für tägliche Mahlzeiten und zweimal im Jahr für neue Kleider. Nun aber war er auf sich selbst gestellt. Sein Verdienst reichte nicht, um sich eine eigene Unterkunft zu suchen, also musste er zumindest den Winter über bei Wallys Familie bleiben. Er brauchte mehr Geld, wenn er von ihnen loskommen wollte. Das war die ganz einfache Konsequenz. Geld bekam man durch Arbeit oder auf unlautere Weise.

Alexander hatte Taschendiebe bei der Arbeit gesehen. Er hatte auch gesehen, wie sie bestraft wurden. Das kam nicht infrage. Die Arbeit an den Docks wurde besser bezahlt als die Fabrikarbeit, hieß es. Aber auch wenn er ein hoch aufgeschossener, zäher Junge war, dem Lastenschleppen war er noch nicht gewachsen. Jenny und ihre Mutter gingen nicht in die Fabrik, sondern arbeiteten zu Hause, was ihn zunächst gewundert hatte. Aber die Erklärung dafür erhielt er, als er einmal das Mädchen ohne Haube gesehen hatte. Ihr fehlte die Hälfte der Kopfhaut – ein Unfall an einer Bandflechtmaschine, bei der ihre Haare in das Getriebe geraten waren, war die Ursache. Seither traute sie sich nicht mehr außer Haus. Sie nähte grobe Hemden für einen Armeelieferanten. Doch erstens konnte Alexander nicht nähen, und zweitens war der Lohn auch nicht höher. Wally, zwei Jahre älter als er, bekam, seit er im Maschinenhaus Kohle schippte, ein paar Pennys mehr. Aber dort ließen sie ihn noch nicht arbeiten. Er hielt also weiter die Augen offen und fand in den nächsten Tagen wirklich eine weitere Verdienstmöglichkeit. Es bedeutete zwar, dass er noch zwei Stunden länger in der Fabrik bleiben musste, aber wenigstens schwiegen die Maschinen in dieser Zeit.

Der Vorarbeiter war einverstanden, als er darum bat, die unbeliebte Tätigkeit des Maschinenschmierens übernehmen zu dürfen, und so lernte er in den nächsten Tagen, unter den Webstühlen herumzukriechen, um die Maschinenteile von dem beständig anfallenden Baumwollstaub, abgerissenen Fäden und Fasern zu reinigen und die Wellen, Zahnräder und Gestänge zu schmieren. Es war eine schmutzige, klebrige Beschäftigung, die ihn immer wieder zum Husten brachte. Doch er fand zu seiner Überraschung sogar Gefallen daran. Die Funktionsweise der Kraftübertragung belebte seine abgestumpfte Phantasie, und er stellte manche technischen Überlegungen an, ohne indessen mit jemandem darüber sprechen zu können. Die anderen Kinder, die für die Schmierarbeiten eingesetzt waren, interessierte es nicht, was sie da putzten und ölten. Der Vorarbeiter betrachtete sie als lästige Arbeitstiere, die gefälligst genauso zu funktionieren hatten wie die Webstühle. Die Maschinisten oder gar der leitende Ingenieur übersahen sie dagegen vollständig.

Das Geld, das er für seine zusätzliche Arbeit bekam, behielt er für sich. Weder der Skipper noch seine Frau fragten je nach mehr, und nur Jenny sah ihn misstrauisch an, als er mit ein paar abgetretenen, aber noch halbwegs brauchbaren Stiefeln erschien.

Alexander überlebte den Winter in London, wurde unbemerkt dreizehn und hätte, wenn man ihn das Zeichnen gelehrt hätte, inzwischen recht akkurat Kupplungen, Getriebe und einfache mechanische Steuerungen konstruieren können. Das Wesen der Maschinen war ihm vertraut geworden. Manchmal schlich er sich sogar in die Halle, in der die Dampfmaschine ihren Dienst tat, und betrachtete intensiv das gewaltige Schwungrad, das von dem Kolben angetrieben wurde. Dieses Rad leitete die Kraft der Maschine – sage und schreibe fünfunddreißig Pferdestärken – über komplizierte Zahnkränze und -räder an die Transmissionswellen in den Fabrikhallen weiter. Was Pferde zu leisten in der Lage waren, das hatte Alexander in den Ställen der Garnison gelernt, und er fragte sich, auf welche Weise ein so verhältnismäßig kleiner Apparat eine solche Arbeit verrichten konnte.

Er war sich jedoch auch der Gefahren bewusst, die sich hinter der geballten Kraft der Maschinen verbargen. Es verging kaum eine Woche, in der nicht irgendein Unfall passierte. Er hatte mitbekommen, wie Finger zwischen Kupplungen abgequetscht, wie herumfliegende Garnrollen zu tödlichen Geschossen wurden, wie heißes Maschinenöl Kleider entflammte und wie eine lose Metallbuchse einem Arbeiter ins Auge flog.

Er hatte Respekt vor der Technik und wurde achtsam.

Darum bemerkte er auch die sich lösenden Metallklammern, die die Enden des Lederriemens miteinander verbanden, der den großen Jacquard-Webstuhl antrieb. Er wies einen Arbeiter darauf hin, aber der grunzte nur, er solle die Klappe halten. Doch Alexander ließ der Anblick keine Ruhe. Die Welle drehte sich mit großer Geschwindigkeit, dreihundert Umdrehungen pro Minute, hatte er einmal den Ingenieur sagen hören. Wenn das Band riss, würde es mit großer Wucht durch die Halle fliegen. Den Schaden, den es dabei bei Mensch und Material anrichten konnte, wagte er sich nicht vorzustellen. Er suchte in der Mittagspause den Vorarbeiter auf und wies ihn auf den gefährlichen Zustand hin.

»Vorlauter Bengel! Willst du mir erklären, wie ich meine Arbeit zu tun habe?«, war die unwirsche Antwort, verbunden mit einer schallenden Ohrfeige.

Alexander resignierte. Er konnte nichts weiter unternehmen, als dem Schicksal seinen Lauf zu lassen. Doch er blieb weiter achtsam. Nur darum konnte er am späten Nachmittag, als sich die Klammern mehr und mehr lösten, gerade noch im rechten Augenblick aus dem Gefahrenbereich springen. Dabei riss er eines der kleinen Mädchen mit zu Boden und stieß eine junge Frau, die gerade die Spulen wechselte, zur Seite. Dann kam es zu einem lauten Knall, der sogar das Maschinengetöse übertönte, und der breite Antriebsriemen peitschte wild durch die Luft. Er traf den Vorarbeiter, riss ihm die linke Hand vom Arm, schlug einem Arbeiter ins Gesicht, der blutüberströmt zu Boden ging, und flog dann in einen Webstuhl, der sich kreischend festfuhr.

Der Vorarbeiter starrte noch fassungslos auf seinen Armstumpf und brach dann zusammen.

Das Mädchen, das Alexander zu Boden geworfen hatte, heulte und trat nach ihm, die junge Frau klammerte sich mit Entsetzen an seinem Hosenbein fest.

Irgendjemand brüllte einen Befehl, und die Maschinen wurden langsamer, blieben schließlich stehen. Die beiden großen Antriebswellen ruhten, und in der unerwarteten Stille hörte man ängstliches Geflüster. Doch niemand bewegte sich von seinem Platz, um den Verwundeten zu helfen. Der Ingenieur kam in die Halle gepoltert, gefolgt von dem Fabrikanten.

»Was ist hier los?«, fragte der aufgebracht in die Menge. »Warum wurden die Maschinen gestoppt?«

Alexander rappelte sich auf, und da kein anderer gewillt war, Auskunft zu geben, erklärte er: »Der Riemen ist gerissen, Sir«, und wies auf die leere Antriebsscheibe.

»Verdammt, Harvest, was ist das für eine beschissene Konstruktion«, fauchte der Fabrikant den Ingenieur an. Die Verletzten ignorierte auch er.

»Das liegt nicht an der Maschine, sondern an der Wartung.« Er schaute auf den blutenden, besinnungslosen Vorarbeiter.

Alexander folgte seinem Blick und begann zu würgen. Plötzlich war die Erinnerung an das Grauen auf dem Schlachtfeld wieder da. Ihm wurde schwindelig, und seine Beine wollten nachgeben. Das Mädchen neben ihm fing an zu plärren: »Der hat mich zu Boden gestoßen!« und zerrte an seiner Jacke. Da riss sich die junge Frau neben ihm zusammen und sagte mit heiserer Stimme: »Der Junge hat ihm gesagt, er geht kaputt. Hat er. Heut Mittag. Und mir und Meg, der blöden Gans, hat er das Leben gerettet.«

Der Ingenieur betrachtete den blassen Alexander mit gewissem Interesse.

»Wie heißt du, Junge?«

»Alexander Masters, Sir.«

»Stimmt das, was die Frau sagt?«

»Ja, Sir.«

»Er hat ihm 'ne Ohrfeige dafür verpasst, der Idiot von Vorarbeiter«, mischte sich die Frau wieder ein.

»Wir unterhalten uns noch, Masters. Geh rüber ins Maschinenhaus und warte dort auf mich.«

»Wie Sie wünschen, Sir.«

Noch etwas wackelig von dem Schock stolperte Alexander vorbei an den beiden Verwundeten, doch er war heilfroh, dem Anblick zu entkommen.

Thornton Harvest war besessen von technischen Konstruktionen und mechanischen Abläufen. Er war Ingenieur mit Leib und Seele, die Menschen interessierten ihn gewöhnlich selten. Er war außerdem ein eingefleischter Junggeselle von knapp vierzig Jahren, von gepflegtem britischem Stoizismus und, obwohl er gut verdiente, ein unprätentiöser Mensch. Das Einzige, was er wirklich hasste, war, wenn aus Schlampigkeit etwas schiefging.

Alexander hatte seine Aufmerksamkeit geweckt, und in dem nachfolgenden Gespräch fand er heraus, dass der Junge seine Leidenschaft teilte. Tatsächlich überraschte ihn das profunde Verständnis, das er, wenn auch nicht mit dem richtigen technischen Vokabular ausgedrückt, von den Arbeitsvorgängen in der Fabrik hatte. In einer spontanen Anwandlung, die ihn selbst überraschte, bot Harvest ihm nach einer halben Stunde eingehender Befragung an, ihn zu seinem Assistenten auszubilden.

»Versteh mich richtig, Masters. Bezahlen kann ich dir nicht viel mehr als das, was du hier bekommst. Aber ich biete dir eine eigene Kammer, drei Mahlzeiten täglich und – mhm – notwendigerweise wohl auch eine Garnitur sauberer Kleider.«

Lange brauchte Alexander wirklich nicht zu überlegen. Das war seine Chance, dem stinkenden Hinterhof zu entkommen, Wallys ewig nörgelnder Familie, der Hölle der Fabrikhalle und dem ewigen Hunger.

»Sir, gerne. Ich kann arbeiten, Sir. Was immer Sie wollen.«

»Gut. Ich regle das mit dem Chef. Du holst deine Habseligkeiten, und um fünf treffen wir uns am Fabriktor.«

In der Wohnung fand Alexander den Skipper vor. Der einarmige Veteran konnte nur einfache Arbeiten verrichten, aber die beiden Frauen saßen schweigend am Fenster und nähten. Ohne große Erklärungen packte Alexander seine wenigen Sachen in ein Tuch und schnürte es zu einem Bündel zusammen. Dann kramte er ein paar Münzen hervor und legte sie auf den Tisch.

»Ich zieh zu Mister Harvest. Der ist der Ingenieur.«

»Ach, jetzt wird Mister Masters was Besseres, hä?«, giftete Jenny, und ihr Vater schnaubte. »Wird sich 'nen wunden Arsch holen. Aber manche mögen das ja.«

Alexander sparte sich eine Antwort. Was der Einarmige damit gemeint hatte, war ihm in den vergangenen Monaten auf unangenehmste Weise deutlich gezeigt worden. Es war die Ursache dafür, dass seine freundschaftliche Beziehung zu Wally bis zum Gefrierpunkt abgekühlt war. Ein Grund mehr, der Enge der Strohmatratze am Küchenherd zu entfliehen.

Es begann für ihn tatsächlich eine bessere Zeit, auch wenn ihn die ersten Nächte wieder furchtbare Albträume plagten, in denen er über blutende Leichen auf einem Schlachtfeld steigen musste. Er wusste, er musste unbedingt jemanden erreichen, musste ihn dringend warnen. Doch immer mehr Tote und Verwundete türmten sich vor ihm auf, schrien vor Schmerzen, röchelten im Todeskampf, bluteten aus klaffenden Wunden. Und der, zu dem er gelangen wollte, rückte in immer weitere Ferne. Wenn Alexander erwachte, war sein Kopfkissen feucht von Tränen. Doch er schwieg darüber und verbannte rigoros die Erinnerungen an den Krieg und auch die an die schmutzige Hinterhofwohnung aus seinem Denken. Es half ihm, dass Harvest keine Bedenken kannte, seinen jungen Adlatus alle möglichen Arbeiten verrichten zu lassen, ob Stiefelputzen, Wohnung fegen, Hemden bügeln, kochen oder Einkäufe machen – das alles nahm Alexander gerne in Kauf. Dafür durfte er nämlich eine winzige Mansardenkammer sein Eigen nennen, besaß neue, anständige Kleider und wurde vor allem in die Geheimnisse der Maschinentechnik eingeweiht. Er trottete beständig mit einem Klemmbrett und Stift hinter dem Ingenieur her, reichte ihm, wenn notwendig, Werkzeuge zu, durfte später selbst kleinere Reparaturen ausführen. Harvest verhielt sich üblicherweise wortkarg, doch Alexanders Fragen beantwortete er ausführlich. Der Junge ahmte ihn in vielem nach, und allmählich verschwand auch der üble Dialekt aus seiner Sprache, den er sich im Zusammensein mit Wally und seinen Leuten angewöhnt hatte.

Zwei Jahre ging das Zusammenleben gut. Alexander war inzwischen fünfzehn und zu einem kräftigen jungen Mann mit klarem Gesicht und ruhigem Auftreten herangewachsen. Er hatte seine Aufgabe und Bestimmung gefunden und erwog, als Lehrling in eines der großen Maschinenbau-Unternehmen einzutreten. Harvest reagierte zurückhaltend, als er diesen Vorschlag machte, und war drei Tage lang noch wortkarger als sonst.

Alexander wurde ungeduldig. Er sagte sich, dass der Ingenieur vermutlich überlegte, wie er ihn von dem Vorhaben abbringen konnte. Denn schließlich war er nicht nur sein technischer Assistent und Handlanger, sondern auch Kammerdiener und Hausknecht in einem. Er nahm sich vor, sollte Harvest sich weiter in Schweigen hüllen, seine Vorstellungen am kommenden Sonntag sehr deutlich zu machen, obwohl die Unterstützung eines gestandenen Ingenieurs seinem Vorhaben nützlich wäre – schließlich konnte er ihm mit seinem Renommee als Techniker Türen öffnen, an die er ohne Hilfe vergebens klopfen würde. Aber wenn es hart auf hart ging, würde er auch einen anderen Weg finden.

Am Samstagmorgen wanderten die beiden schweigend durch den Frühnebel zur Weberei, als Harvest plötzlich stehen blieb und Alexander die Hand auf die Schulter legte.

»Ja, Junge. Es ist an der Zeit. Ich will sehen, was ich für dich tun kann. Halten kann ich dich ja nicht.«

Verdutzt über diese letzte Formulierung und erleichtert, ohne

Konflikt sein Ziel erreicht zu haben, nickte Alexander und folgte dem Ingenieur schweigend zum Maschinenhaus.

Hier herrschte rege Betriebsamkeit, die Kohleschipper schaufelten kräftig Brennstoff in den Ofen, um das Wasser im Kessel auf Betriebstemperatur zu bringen, damit der Dampf anschließend in den Zylinder strömen konnte.

Alexander bemerkte als Erstes die große Lache unter dem Dampfkessel. Ein Blick bestätigte seine Befürchtung – der Füllstandsanzeiger am Kessel war bedrohlich abgesunken. Er wollte sich zu Harvest umwenden, um ihn zu informieren.

In diesem Augenblick begann einer der Maschinisten, Wasser in den Kessel zu pumpen.

»Nicht, du Idiot!«, schrie Alexander auf und hechtete im letzten Moment zur Tür hinaus.

Kaltes Wasser traf auf rotglühendes Eisen.

Der Dampf dehnte sich schlagartig aus.

Die Detonation vernichtete die gesamte Umgebung. Metallstücke, Mauerbrocken, brennende Kohle, Glasscherben, Papierfetzen und gesplittertes Holz flogen wie Geschosse durch die Gegend. Sie bohrten sich in Balken und Ziegel und menschliches Fleisch. In der Rückwand des Maschinenhauses entstand ein langer Riss. Mit einem Krachen stürzte das Dach ein.

Unter den Trümmern fand Alexander später seinen Lehrer und Freund. Er erkannte ihn nur noch an den Stiefeln, die er am Abend zuvor eigenhändig geputzt hatte.

Einer seiner Albträume war Wirklichkeit geworden.

Abschied und Neubeginn

Das hat mein jung Herzelein
So frühzeitig traurig gemacht.
Morgen muß ich fort von hier
Und muß Abschied nehmen.

Clemens Brentano

Ich verlebte eine glückliche Kindheit auf Gut Evasruh im Mecklenburgischen. Als ich dem Gängelband entwachsen war und auf eigenen Füßen laufen, hopsen und klettern konnte, erkundete ich die Gärten und Ställe zusammen mit den anderen Kindern der Bediensteten. Manchmal gesellte sich uns auch der Sohn des Grafen hinzu. Julius war zwar sechs Jahre älter als ich, aber er hatte durchaus seinen Spaß daran, mit uns Kleineren Verstecken, Haschen oder Ball zu spielen. Ich sah bewundernd zu ihm auf, und er betrachtete mich, wie mir schien, mit nachsichtiger Belustigung. Vor allem meine Weigerung, Kakao zu trinken – ein seltener Genuss, den die anderen an Ostern oder Weihnachten immer mit lautem Jubel begrüßten –, nahm er zum Anlass, mich liebevoll zu necken. Dann aber verschwand er aus meinem Leben, zumindest für die meiste Zeit, denn er besuchte, als er neun wurde, ein Knabeninternat in Berlin. Nur zu den Ferien erschien er auf dem Gut, und dann wurde er oft von seinen Eltern in Beschlag genommen. Viel Zeit für ausgelassene Spiele blieb ihm somit nicht mehr.

Doch auch meine Tage unbeschwerten Nichtstuns waren vorüber. Ab meinem fünften Lebensjahr besuchte ich mit den Dorfkindern die kleine Schule und lernte das Geheimnis des Abc kennen. Ich fand es lustig und freute mich darüber, dass die

Frau Gräfin mir, als sie mich an einem Nachmittag auf meiner Schiefertafel Wörter malen sah, ein paar alte Fibeln brachte, die zuvor Julius benutzt hatte. Begeistert buchstabierte ich darin herum.

Die gnädige Frau, Besucher nannten sie achtungsvoll Lady Henrietta, denn ihre Eltern stammten aus einem anderen Land, genau wie Nanny auch, war eine schöne Dame. Ganz anders als Mama, obwohl ich die auch sehr hübsch fand. Bei Lady Henrietta lag es nicht nur an den eleganten Kleidern und dem sorgfältig frisierten Haar, sondern auch in ihren ruhigen, würdevollen Bewegungen. Nie sprach sie laut, sondern immer in warmer, sanft modulierter Stimme, selbst wenn sie den Leuten Anweisungen erteilte. Nie ließ sie es dabei an einem Bitte oder Danke fehlen, und meist begleitete ihre Worte ein leichtes Lächeln. Sie war lange nicht so hochnäsig wie die Haushälterin oder so steif wie der Majordomus. Ich verehrte sie, und Lady Henrietta schien mich ebenfalls zu mögen. Sie arbeitete gerne in dem Blumengarten hinter dem Haus, und wenn sie mich sah, rief sie mich zu sich und zeigte mir, wie man Unkraut zwischen den Levkojen zu zupfen hatte oder verblühte Blüten aus den Rosen entfernte. Dabei hörte sie aufmerksam meinen Erlebnissen zu, über die ich mit ihr freimütig zu plappern pflegte. Wenn sie mit der Gartenarbeit fertig war, nahm die Gräfin mich an die Hand und lieferte mich eigenhändig in der Küche ab. Oft sagte sie zu meiner Mutter solche Dinge wie: »Birte, Ihre kleine Tochter ist ein wahrer Sonnenschein.«

Mama knickste dann und mahnte: »Verwöhnen Sie das Kind nicht zu sehr, gnädige Frau.«

Aber verwöhnt war ich nicht. Ich übernahm, wenn ich nicht lernen musste, schon eine ganze Reihe von Aufgaben unter Aufsicht meiner Mutter. Teller abtrocknen, Kupferpfannen polieren, Kräuter zupfen, Beeren verlesen und derartige Handreichungen beherrschte ich schon selbstständig. Besonders gerne aber bereitete ich den Zucker für die Süßspeisen vor. Dazu bearbeitete zuerst meine Mutter den Zuckerhut, ein festes, weißes Gebilde von fast einer Elle Höhe, mit einem besonders dafür vorgesehenen Werkzeug – einer runden Zange, um ihn festzuhalten, und einer Hacke, um Stücke daraus zu brechen. Diese Brocken zerkleinerte ich dann weiter mit einem Zuckerhämmerchen zu winzigen Stücken. Brauchten wir Puderzucker, kamen Mörser und Pistill zum Einsatz, dessen Handhabung ich nach anfänglichen Schwierigkeiten schließlich auch meisterte. Am Herd durfte ich, als ich groß genug war, um ungefährdet mit den Töpfen zu hantieren, ebenfalls mithelfen und lernte, Apfelmus, Puddings und den Frühstücksbrei sorgfältig zu rühren, damit sie nicht anbrannten, Pfannkuchen backen, Würste braten und Milchsuppe kochen.

Doch es blieb auch Zeit für kindliche Beschäftigungen. Im Sommer spielte ich weiter mit den anderen Kindern draußen auf dem Hof, im Herbst, wenn die Stürme über das Land pfiffen, und vor allem im Winter, wenn die frühe Dämmerung hereinbrach und der eisige Hauch aus dem weiten Osten die Natur erstarren ließ, suchte ich gerne die alte Nanny auf, um bei ihr am Feuer zu sitzen. Die Kinderfrau hatte schon Lady Henrietta großgezogen und war später zu ihrer engen Vertrauten geworden. Als sie den Grafen von Massow heiratete, hatte sie Nanny gebeten, sie zu begleiten und auch ihre Kinder zu betreuen. Doch nur Julius bedurfte in den ersten Jahren ihrer Aufsicht und Erziehung. Inzwischen war auch er ein Schuljunge und im Internat untergebracht. Nanny hingegen – ihren richtigen Namen hatte sie wohl selbst schon vergessen – war mit ihren sechzig Jahren noch immer eine agile Frau, auch wenn ihr inzwischen ein Hüftleiden einen Stock aufzwang. Sie kümmerte sich gerne um uns Kinder auf dem Gut, und in mir fand sie eine begeisterte Zuhörerin all ihrer vielen Märchen, Gedichtchen und Lieder. Als ich noch klein war, hatte ich gar nicht gemerkt, dass Nanny Englisch mit mir sprach, ich lernte die Worte, die sie verwendete, genauso rasch wie die deutschen meiner Mutter. Mit sieben Jahren konnte ich die beiden Sprachen sehr wohl unterscheiden, doch war die eine mir so geläufig wie die andere.

Wenn draußen der Winterwind an den Läden rüttelte, lauschte ich hingebungsvoll den phantastischen Abenteuern von König Arthurs Rittern, den Geschichten von Feen, Banshees und Leprechauns, von Seehundmännern, die ihren Pelz, und Schwanenfrauen, die ihr Federkleid verloren, von tanzenden Steinen und magischen Schwertern.

Was ich in diesen von flackerndem Kaminfeuer erhellten und von dem süß duftenden Bienenwachs der Kerzen durchzogenen Stunden lernte, war viel mehr als das Einmaleins, das der pedantische Dorfschullehrer mir beibrachte. Es lehrte mich den Glauben an Wunder und die Macht der Träume. Nanny fügte ihre eigene Prise Weisheit hinzu und weckte in mir das Vertrauen darauf, dass in mir selbst der Zauber schlummerte, der Wünsche wahr werden ließ.

Einmal, kurz vor Weihnachten war es, da traute ich mich, der gütigen alten Frau die Frage zu stellen, die mich schon lange bewegte. Denn ich war damals, wie viele Kinder, in der Lage, hinter die Masken der Erwachsenen zu blicken. Und Lady Henriettas stets gleichbleibende Heiterkeit schien mir oft von Kummer durchzogen.

»Nanny, warum lächelt Lady Henrietta nie mit den Augen? Ist sie traurig?«

»Ja, Kind, sie ist traurig«, antwortete Nanny, die auf meine Frage nicht besonders überrascht reagierte. »Wir sprechen nie darüber, aber du hast es dennoch bemerkt, und darum schulde ich dir wohl eine Erklärung. Vor einigen Jahren hat Lady Henrietta einen großen Verlust erlitten. Ihr ältester Sohn ist gestorben, und das hat sie – und auch der Herr Graf – nie ganz verwunden. Um diese Wunde nicht ständig wieder aufzureißen, schweigen wir alle darüber.«

Große Verluste hatte ich bis dahin noch nicht erlebt, doch ich erinnerte mich daran, wie leid es mir jedes Mal tat, wenn Julius nach den Ferien wieder abreiste. Also nickte ich und verstand ein bisschen mehr als zuvor die stille Würde der Gräfin.

Dann aber kam ein Abschied, der auch mich mit tiefer Traurigkeit erfüllte.

Wir verließen Evasruh und zogen im Herbst, der sich an einen wie mit Gold durchwebten Sommer anschloss, nach Berlin um, da der Graf in der Hauptstadt unabkömmlich war und Präsentationsaufgaben wahrzunehmen hatte.

Obwohl die große Stadt, das schöne Haus, die neue Schule meine Begeisterung weckten, vermisste ich doch schmerzlich das freie Leben auf dem Gut in Mecklenburg und vor allem Nanny mit ihren Liedern und Geschichten.

Im Stadtdomizil beschäftigten die Massows natürlich die Berliner Dienerschaft, die Bediensteten von Evasruh blieben, bis auf Lady Henriettas Zofe und dem Leibdiener des Grafen, auf dem Gut. Nur meine Mutter hatte die gnädige Frau gebeten, mit in die Stadt zu kommen. Ihre Backkünste und Fertigkeiten in der Herstellung von Süßspeisen, so behauptete sie, überträfen alles, was der Koch in der Leipziger Straße zu bieten hatte.

»Ich werde dafür sorgen, dass Ihre Tochter eine gute Ausbildung erhält«, hatte Lady Henrietta hinzugefügt, was meine Mutter dankbar annahm. Ich besuchte also den Unterricht in einer Schule in der Markgrafenstraße, die vor gut zehn Jahren auf Wunsch der hochverehrten, viel zu früh verstorbenen Königin Luise von Preußen gestiftet worden war. Es war keine höhere Bildungsanstalt wie jene privaten Mädchenschulen, in denen den Elevinnen Konversation, gesellschaftlicher Schliff und feine Handarbeiten vermittelt wurden, sondern eine Gesindeschule, in der wir Mädchen handfeste Hauswirtschaft beigebracht bekamen und auf den späteren Beruf vorbereitet wurden. Ich lernte gerne, und nach dem Unterricht nahm ich weiter Aufgaben in der Küche wahr. Leider hatte es dort gleich von Beginn an Reibereien mit dem regierenden Herrscher in diesem Reich gegeben. Der französische Koch wollte niemanden an seiner Seite gelten lassen, und es bedurfte tatsächlich eines Machtworts seitens der Gräfin, dem er zunächst mit der Androhung seiner fristlosen Kündigung, dann mit märtyrerhafter Resignation begegnete. Doch das Arbeitsklima blieb eisig, und möglicherweise war das der Grund, warum meine Mutter oft mit dem Zuckerbäcker Fritz Wolking plauderte, der den Haushalt bei großen Festen mit seinen exquisiten Torten belieferte. Ich bemerkte bald, dass ihre Wangen eine rosige Färbung annahmen, wenn sie wieder einmal mit Fritz »Rezepte ausgetauscht« hatte, wie sie ihre Tändelei fröhlich umschrieb. Auch ich mochte den rundlichen Mann, der süßen Duft ebenso wie achtbare Gediegenheit verbreitete.

Die Dinge hätten sich vielleicht anders entwickelt, wenn die Massows im darauffolgenden Sommer wieder auf das Gut zurückgekehrt wären. Aber kurz vor Pfingsten fand sich Lady Henrietta unerwartet in der Küche ein. Wir waren allein, der Koch hatte seinen freien Tag, und höflich knicksten wir beide, als sich die Gräfin ohne Umschweife an den sauber geschrubbten Arbeitstisch setzte.

»Ich muss mit Ihnen reden, Birte.«

»Amara, geh bitte in unser Zimmer«, forderte meine Mutter mich auf, aber Lady Henrietta schüttelte den Kopf. »Sie sollte dabei sein. Sie ist ja schon ein großes Mädchen.«

Beklommen hockte ich mich auf die Stuhlkante und faltete brav die Hände im Schoß. Obwohl ich erst neun Jahre alt war, verstand ich sehr wohl die äußerst ungewöhnliche Situation. Meine Mutter sah ebenfalls aus, als ob sie sich nicht recht wohl in ihrer Haut fühlte.

»Das, was ich zu sagen habe, unterliegt allerstrengster Vertraulichkeit. Ich bitte dringend darum, dass alles absolut unter uns bleibt.«

»Selbstverständlich, gnädige Frau.«

»Ganz bestimmt, gnädige Frau!«

»Ich weiß, ihr seid keine Schwatzbasen. Nun, es hat sich ergeben, dass der General einen bisher noch nicht öffentlich bekannten Ruf nach London erhalten hat, dem er beschlossen hat zu folgen. Er wird eine wichtige diplomatische Aufgabe übernehmen, die für das Vaterland von äußerster Wichtigkeit ist.

Wie ihr wisst, lebt meine Familie in England, und ich möchte die Gelegenheit nutzen und ihn begleiten. Auf diese Weise werde ich auch meine Verwandten wiedertreffen und alte Bande neu knüpfen. Wir werden voraussichtlich zwei oder drei Jahre bleiben.«

Ich hatte einen Kloß im Hals. Meine Mutter strich sich die Schürze glatt und schaute auf ihre Hände. Mit belegter Stimme fragte sie: »Sie… Sie kündigen mir, gnädige Frau?«

»Nein, Birte, das war nicht der Zweck dieser Unterredung. Dafür schätze ich Sie viel zu sehr. Ich wollte Sie nur frühzeitig genug auf die kommenden Ereignisse vorbereiten, damit Sie Ihre Entscheidung treffen können. Sie haben nämlich mehrere Möglichkeiten.«

Ich hörte meine Mutter leise seufzen. Dann sah ich in Lady Henriettas Augenwinkeln ein winziges Lächeln zwinkern, und plötzlich löste sich die leise Anspannung.

»Höchst interessante Möglichkeiten, Birte.«

Mit Verwunderung bemerkte ich, wie sich die Wangen meiner Mutter tiefer röteten.

»Habe ich die?«

»Nun, zum einen könnten Sie hierbleiben und in dem frostigen Klima der Küche weiterarbeiten. In dieses Haus hier werden zwei verwitwete Cousinen des Grafen einziehen. Sie sind, wenn ich es recht verstanden habe, verhältnismäßig anspruchslos.«

»Ja, gnädige Frau?«

»Ja. Andererseits könnten Sie auch nach Evasruh zurückkehren. Dort gibt es aber vermutlich noch weniger für Sie zu tun.«

»Vermutlich, gnädige Frau.«

»Oder Sie könnten das ehrliche Angebot eines anständigen Mannes annehmen.«

Inzwischen war meine Mutter zu einem rotbackigen Apfel geworden und knotete vor Verlegenheit die Zipfel ihrer gestärkten Schürze in den Händen zusammen. Leise lachte Lady Henrietta auf. »Fritz Wolking hat ganz förmlich bei mir vorgesprochen,

Birte. Er macht einen grundsoliden Eindruck auf mich, und seinen wohlgesetzten Worten entnahm ich eine aufrichtige Zuneigung zu Ihnen und Ihrer Tochter. Sie sind jetzt… siebenundzwanzig?«

»Bald achtundzwanzig.«

»Zeit zum Heiraten, nicht wahr? Wolkings Konditorei genießt einen guten Ruf, er verdient ganz ordentlich, und zusammen mit Ihnen wird er einen noch größeren Erfolg haben. Oder fühlen Sie eine Abneigung gegen ihn?«

Stumm schüttelte meine Mutter den Kopf.

»Oder du, mein Kind?«

»Nein, gnädige Frau. Ich mag Herrn Wolking gern.«

»Nun, Birte, ich überlasse es Ihnen, wie Sie sich entscheiden. Wir reisen im Juli ab, bis dahin haben Sie noch Zeit.«

Nachdem die Dame des Hauses gegangen war, werkelte meine Mutter stumm am Herd herum. Irgendwann war mir ihr Schweigen zu viel, und ich fragte: »Du magst ihn doch auch, Mama? Du lachst immer, wenn er kommt.«

»Ja, ich mag ihn auch. Aber ich hätte nie gedacht…«

»Dass er um dich anhalten würde?«

»Du bist ein kluges Mädchen, Amara. Du weißt, warum nicht.«

Natürlich wusste ich es. Ich war ein Bastard, ein uneheliches Kind, und meine Mutter hatte nie einen Hehl daraus gemacht, indem sie etwa einen verstorbenen Ehemann erfand. Es hatte uns beiden nie etwas ausgemacht, denn die Gräfin sprach nicht darüber, für Nanny war ich ein Kind wie alle anderen auch, und die übrigen Dienstboten mochten vielleicht eine Weile geschwätzt haben, aber so etwas konnte eben passieren und war nicht ungewöhnlich. Nur einmal war ich wegen meiner Abkunft verächtlich behandelt worden. Im vergangenen Sommer weilten Freunde des Grafen auf dem Gut zu Besuch. Der Baron von Briesnitz und seine Gattin hatten ihre beiden Kinder mitgebracht, was mich zunächst erfreute. Das Mädchen, Dorothea, war gleichaltrig mit mir, Maximilian, ihr Bruder, ein Jahr jünger. Leider war die junge Baroness viel zu hochnäsig und übersah die Tochter einer Bediensteten geflissentlich. Doch ich erwischte sie eines Tages in der Speisekammer, wo sie ihre Finger in die frisch angerührte Schokoladencreme steckte. Auf meinen Hinweis, solche Raubzüge seien verboten, erklärte mir die Diebin schnippisch, der Bankert eines liederlichen Küchenmädchens habe ihr nichts vorzuschreiben.

Ich hatte ihr kommentarlos, aber wütend die Schüssel aus der Hand gerissen, sie wieder in den Vorratsschrank gestellt und die Tür zugemacht. Dann hatte ich mich dagegen gelehnt und schmal lächelnd gemeint: »Vorschreiben vielleicht nicht, aber wegnehmen kann ich Ihnen die Schokolade schon, Fräulein Hochwohlgeboren.«

Eine Freundschaft fürs Leben war daraus nicht entstanden. Dorothea hatte sich bei ihrer Mutter beklagt, die hatte Lady Henrietta mit großer Missbilligung über das unstatthafte Benehmen ihrer Bediensteten aufgeklärt. Als die Gräfin sich weigerte, meine Mutter zur Rede zu stellen, rügte Baronin von Briesnitz sie selbst in herben Worten. Das hatte wiederum die gnädige Frau mitbekommen – kurzum, auch dieser Freundschaft war kein Blühen beschieden.

Aber das war Schokoladencreme von gestern, und das Heute beherrschte Fritz Wolking. Darum sagte ich: »Mama, ich glaube, Herrn Wolking macht es nichts aus, dass ich deine Tochter bin. Und wenn du ihn heiratest, hätte ich einen Vater.«

Meine Mutter hob ruckartig den Kopf.

»Du hättest gern einen Vater?«

»Je nun, die meisten Mädchen in der Schule haben einen.«

»Ja, dann …«

»Du wirst Herrn Wolking heiraten?«

»Ich denke schon. Ja, Amara, ich denke, das werde ich tun. Weißt du – in einer eigenen Konditorei zu arbeiten, das habe ich mir schon immer gewünscht.«

»Das hast du aber nie gesagt.«

»Nein. Man muss ja nicht alles laut sagen, was man sich wünscht. Manchmal ist es besser zu schweigen und zu beten.«

»Mhm.«

Meine Mutter lachte und strich mir über die Zöpfe. »Ich muss dir was erzählen, Amara. Weißt du, meine Eltern sind beide sehr jung an einer bösen Grippe gestorben, genau wie meine beiden Brüder. Meine Großmutter hat mich danach aufgenommen. Sie und Großvater führten eine Bäckerei in Magdeburg. Ich habe, genau wie du, schon sehr früh gelernt, wie man Cremes rührt und Kekse backt. Es hat mir immer sehr gut gefallen. Aber dann starb der Großvater, und wir konnten den Laden nicht alleine betreiben. Großmutter verkaufte ihn und erstand mit dem Erlös ein kleines Häuschen auf dem Land. Ich ging mit sechzehn in Stellung.«

»Bei der gnädigen Frau?«

»Nein, Liebes. Bei der Baronin von Briesnitz.«

»Oh!«

»Ja. Aber lange war ich nicht dort.«

Meine Gedanken überschlugen sich. Es dauerte eine Weile, während der ich meine Mutter mit leicht schief gelegtem Kopf betrachtete, bis ich mich traute, die entscheidende Frage zu stellen: »Wer ist mein leiblicher Vater, Mama?«

»Ein Mann, der schon vor deiner Geburt zu einer langen Reise aufgebrochen ist und nie wieder zurückkehrte.«

»Er ist gestorben?«

»Ich weiß es nicht.«

Im Juni heiratete meine Mutter den Konditormeister Fritz Wolking. Graf von Massow hatte ihr eine kleine Mitgift gestellt und die Gräfin für uns beide die Festtagskleider anfertigen lassen. Es war nur eine bescheidene Feier, denn viele Verwandte hatten meine Mutter und mein neuer Stiefvater nicht. Doch trafen allerlei Glückwünsche von Wolkings zufriedenen Kunden ein, und auch Kollegen und Lieferanten machten dem Brautpaar ihre Aufwartung. Ich schenkte immer wieder Kaffee aus und reichte die köstlichen Petits Fours herum, für die Fritz bekannt war. Dabei versuchte ich, mir möglichst viele Namen und Gesichter zu merken, denn ich hatte festgestellt, dass die Leute sich darüber freuten, wenn man sich an sie erinnerte. Doch am späten Nachmittag ging allmählich ein Gesicht in das andere über.

Bis der rothaarige Riese eintrat. Er schlug dem Bräutigam krachend auf die Schultern, schmatzte meiner Mutter lauthals einen Kuss auf die Lippen und stellte sich uns als MacPherson vor. »Reisender. Kaufe und verkaufe alles, was Sie haben oder brauchen.«

»Er beschafft uns Kaffee und Kakao aus Bremen, Zucker aus Köln, Mandeln, Nüsse, Orangen, Ananas – du wirst schon sehen, Birte, er ist ein nützlicher Mann«, erklärte Fritz und schenkte dem Schotten, der den Champagner angewidert ablehnte, ein Glas Bier ein. »Aber kultiviert ist er nicht.«

Meine Mutter lachte und trank ihm zu. Ich war ungemein fasziniert von seiner rauen, überschwänglichen Art, und als ich ihm den Teller mit den Petits Fours anbot, rutschte mir, ehe ich mich bremsen konnte, heraus: »Möchten Sie einen Kuchen, oder fressen Sie lieber kleine Kinder?«

MacPherson lachte so dröhnend auf, dass die Gläser klirrten, nahm meine Hand in seine Pranke, hob sie an die Lippen und hauchte vollendet kultiviert einen Kuss darauf.

»Eure Tochter, Wolking?«

»Ja, unsere Tochter Amara.«

Bei diesen Worten schwammen meine Augen plötzlich in Tränen.

Entscheidung zwischen Kaffee und Kuchen

Man sage nicht, das Schwerste sei die Tat,
Da hilft der Mut, der Augenblick, die Regung:
Das Schwerste dieser Welt ist der Entschluß.

Libussa, Grillparzer

An der langen Tafel wurde aus dickbauchigen Kannen Kaffee ausgeschenkt, starker schwarzer Kaffee, keine sparsame Brühe, durch die man das Blumenmuster am Boden der hauchzarten Tassen erkennen konnte. Blümchenkaffee gab es bei Jantzens nicht. Schon erst recht nicht zur Konfirmation des einzigen Sohnes des Hauses.

Jan Martin saß unbehaglich auf dem Ehrenplatz inmitten der großen Familie, die sich zu seinem Fest versammelt hatte. Vier Onkel und Tanten väterlicherseits, drei aus der Familie der Mutter, beide Großelternpaare, ein paar enge Freunde der Familie und unzählige Cousinen und Cousins hatten sich eingefunden, um seinen Schritt in die Welt der Erwachsenen zu feiern. Zu diesem Behufe hatte er einen neuen Anzug bekommen, sehr steif und unbequem, doch aus gutem, festem Tuch geschneidert. Der hohe Kragen des Hemdes und das kompliziert gebundene Halstuch erwürgten ihn fast, der Hosenbund spannte sich ungemütlich über dem vollen Magen, und an der Goldkette an seiner Weste tickte die neue Uhr, die ihm der Vater an diesem Morgen überreicht hatte.

Die Gäste hatten den aufgetischten Köstlichkeiten reichlich zugesprochen, und auch er hatte sich, weil er sich nicht traute, an den Gesprächen teilzunehmen, mehr aus Verlegenheit als aus Appetit mehrere Stücke Torte einverleibt.

Drei Kaufleute, ein Reeder, ein Kapitän, der Leiter der Seeversicherung und natürlich der Arzt und Botaniker Doktor Roth unterhielten sich lebhaft über die typischen Themen der Bremer Bürger – über den Kaffeemarkt, die Geschäftsbeziehungen zu den Kolonien, die Gefahren des Seehandels, den ständigen Kampf gegen die Versandung des Weserhafens und die technische Entwicklung im Schiffsbau. Dabei wurde besonders kontrovers der Einsatz der Dampfmaschine als Antrieb für die Schiffe diskutiert, ein Thema, das Jan Martin nun überhaupt nicht interessierte. Ob die *Savannah* den Atlantik erfolgreich überquert hatte oder in diesem Jahr Postdampfer auf der Ostsee eingesetzt werden sollten, war ihm gleichgültig. Er nahm sich stattdessen noch ein Stück Schokoladenkuchen, was seine Cousinen, beide ein Jahr älter als er, dazu brachte, sich kichernd anzustoßen und vielsagende Blicke zu tauschten.

Er mochte die Mädchen nicht. Sie machten ihn noch unsicherer, als er üblicherweise schon war. Nicht nur die rote Brandnarbe, die sich von der Schläfe bis zur Stirn und unter dem Auge über den Wangenknochen hinzog, war der Grund dafür. Sie war tatsächlich im Laufe der Jahre blasser geworden. Dafür aber hatten sich über sein ganzes Gesicht hässliche Pickel ausgebreitet. Schlanker war er seit seiner Kindheit auch nicht geworden. Der Babyspeck saß in einer soliden Rolle um Bauch und Hüften und verlieh ihm ein für sein Alter erstaunlich würdiges Doppelkinn.

Das Gespräch wandte sich den Importwaren zu, und irgendwer sprach plötzlich von Kakao und den Gewinnmargen, die man mit den Bohnen erzielen konnte.

Hier hörte Jan Martin aufmerksamer zu, ja er ließ sogar die Kuchengabel sinken und sah von einem Sprecher zum anderen. Sein Vater lehnte nach wie vor vehement die Beschäftigung mit diesem sensiblen Gut ab, sein Schwager jedoch verteidigte den Handel mit dem exotischen Gewächs.

»Schnellere Schiffe werden verhindern, dass die Ware verdirbt, Jantzen. Ein Grund mehr, sich der Dampfschifffahrt zuzuwenden. Nur weil dir einmal eine Ladung verloren ging, kannst du dich doch nicht auf ewige Zeiten dem Handel damit verschließen.«

»Solange niemand weiß, warum sich das verd… entschuldigung, das Zeug selbst entzündet, lasse ich die Finger davon. Gott, es hätte das gesamte Schiff in Flammen aufgehen können.«

Jan Martin druckste herum. Er hätte sich gern eingemischt, traute sich aber nicht. Doktor Roth bemerkte seine Qualen und nickte ihm zu.

»Ihr Junge könnte Ihnen, glaube ich, eine Antwort darauf geben, Jantzen«, warf er ein. Alle Gesichter drehten sich Jan Martin zu, der heftig errötete.

»Kannst du das, mein Sohn?«

»Ja … ähm.« Er musste sich räuspern, aber dann sprudelte es aus ihm heraus. »Es liegt daran, wie gut die Bohnen getrocknet sind, Vater. Wir haben … ähm … Experimente gemacht.«

»Der junge Mann hat sie gemacht. Mit Kakaobohnen unterschiedlichster Art. Es war sehr aufschlussreich. Berichten Sie von den Ergebnissen, Jan Martin«, forderte der Arzt ihn auf.

Jan Martin musste nochmals schlucken. Das erste Mal redete ihn jemand mit Sie an. Aber es machte ihm Mut zu schildern, was er getan und welche Schlüsse er daraus gezogen hatte.

»Wenn die Bohnen noch feucht gelagert werden, entwickeln sich bei warmen Temperaturen Gase, die sich leicht entzünden. Dadurch entstehen kleine Glutnester in der Ladung. Solange keine frische Luft darankommt, schwelen sie vor sich hin. Aber sie entzünden sich, wenn die Ladung in Bewegung gerät.«

»Das verstehe ich nicht«, meinte einer der anderen Kaufleute. »Wir verschiffen seit Jahren Kaffeebohnen, und selbst wenn die feucht sind, passiert so etwas nicht.«

»Kaffeebohnen sind anders. Die Kakaobohnen enthalten viel mehr Fett. Das sehen Sie doch, wenn Sie Kakao kochen – der fettige Schaum auf der Tasse, wissen Sie.«

»Richtig, und dieses Fett brennt leicht.« Jan Martins Onkel, der Reeder, nickte ihm anerkennend zu.

Jan Martin hätte sich an seinem Erfolg erfreuen können, hätte nicht die Cousine ihm gegenüber laut ins Ohr ihrer Nachbarin gezischelt: »Na, dann muss unser Dickerchen aufpassen, dass er sich nach dem Baden immer gut abtrocknet. Sonst geht er eines heißen Sommertags auch einfach in Flammen auf.«

Obwohl seine Mutter und drei Tanten die Mädchen empört maßregelten – es half nichts, die Worte waren ausgesprochen und das Bild so plastisch, dass selbst die wohlmeinendsten unter den Gästen Mühe hatten, ihre Belustigung hinter zusammengekniffenen Lippen zu verbergen.

Einzig Jan Martin war nicht belustigt.

Endlich waren die Gäste gegangen, nur Doktor Roth blieb noch, und Jantzen bat ihn und seinen Sohn, ihm in die Bibliothek zu folgen.

»Einen Sherry?«, fragte er, und der Botaniker nickte. »Du auch, mein Sohn?«

Es war Balsam auf seine Seele, als Mann behandelt zu werden. Jan Martin nahm dankbar das geschliffene Glas mit der strohhellen Flüssigkeit entgegen. Die mit einem Augenzwinkern angebotene Zigarre hingegen lehnte er klugerweise ab.

»Vierzehn Jahre – ein Alter, das Mühen bereitet, wenn ich mich recht entsinne«, meinte Doktor Roth und nickte Jan Martin über sein Sherryglas hinweg zu. »Man steht an der Schwelle, man steht vor Entscheidungen. Man muss eine Richtung für das künftige Leben finden.«

»Ja, mein Sohn, das muss ein Mann zu bestimmten Zeiten in seinem Leben. Hast du dir schon Gedanken über deine Zukunft gemacht?«

»Ich gehe doch noch aufs Gymnasium, Vater.«

»Sicher. Und du wirst dich wundern, wie schnell die Schulzeit zu Ende ist. Ich würde mich sehr freuen, wenn du dich anschließend entscheiden könntest, in die Firma einzutreten. Meine Partner und ich würden dich durch alle relevanten Bereiche leiten, damit du dir ein Bild von den Betätigungsfeldern machen kannst.«

Blauer Zigarrenrauch schwängerte die Luft, und im Kamin knisterte noch ein Feuerchen, um die abendliche Kälte zu vertreiben. Der Kuchen – und manches andere mehr – lag Jan Martin plötzlich schwer im Magen. Natürlich wünschte sein Vater sich, er möge später sein Nachfolger werden. Nur...

Die Stille lastete im Raum. Er nahm das Glas und nippte daran. Der trockene Sherry schmeckte ihm nicht. Ebenso wenig wie die Vorstellung, in einem engen Kontor trockene Zahlen zu addieren. Jan Martin liebte das Leben. Buchstäblich. Er liebte Pflanzen und Tiere und sogar die Menschen, sofern es ihren Körper betraf. Er bestaunte die Natur in ihren unzähligen Spielarten, in ihren verblüffenden Formen und ihrem unterschiedlichen Verhalten, das Wachsen und Reifen, das Sterben und Gebären. Er wollte ergründen, woraus das Leben bestand, wie es funktionierte, wie man es beeinflussen, verändern, heilen konnte. Seit dem Unfall auf dem Schiff hatte er sich oft mit Doktor Roth unterhalten. Er hatte in seiner freien Zeit begonnen, ihm bei dem Aufbau seines botanischen Gartens in Vegesack zu helfen, hatte gepflanzt, gekreuzt, gezüchtet. Er hatte mit Früchten und Samen experimentiert, Keimlinge beobachtet und den Flug der Insekten bei der Bestäubung der Blüten verfolgt.

»Sie sind heute von dem Pastor in die Gemeinde der Gläubigen aufgenommen worden und damit auch in die Welt der Erwachsenen, Jan Martin. Ich denke, Ihr Vater wird Ihre Entscheidung entsprechend bewerten.«

Sehr ruhig klang Doktor Roths Stimme, und Jan Martin flocht die Finger ineinander. Die förmliche Anrede brachte ihn noch einmal in Verlegenheit, dann aber schlich sich Begreifen in sein Bewusstsein. Er saß hier, ein Mann unter Männern. Er wurde gefragt, was er zu tun gedachte. Sein Vater hatte seine Hoffnung ausgedrückt, aber nichts befohlen. Es machte Jan Martin fast schwindelig. Bisher hatte er gehorsam alle Anordnungen seiner Eltern befolgt. Diesmal wurde es ihm freigestellt zu gehorchen oder eine eigene Meinung zu äußern. Es war verblüffend, irritierend. Aber es war eine Chance. Vielleicht enttäuschte er seinen Vater, wenn er es ablehnte, in die Firma einzutreten. Aber es ging um sein Leben, und er stellte jetzt, in diesem Moment, die Weichen.

Er nahm noch einen Schluck Sherry, der diesmal nicht ganz so unangenehm schmeckte, und richtete sich in seinem Sessel auf.

»Vater, ich danke Ihnen für das Angebot, das Sie mir gemacht haben. Aber ich glaube, Cousin Joachim würde weit mehr Gefallen daran finden, kaufmännische Arbeiten zu erledigen. Er versteht viel von Zahlen, disponiert gerne und hat einen gradlinigen Verstand.«

»Den hast du auch.«

»Ja, Vater, den habe ich auch, aber er reibt sich lieber an anderen Fragestellungen als an denen von Einkauf und Verkauf.«

»Und du bist der Meinung, man muss Gefallen an seiner Arbeit haben?«

»Ich denke, man ist dann erfolgreicher darin.«

Jantzen nickte zustimmend, und Jan Martin nahm all seinen Mut zusammen, atmete tief durch und bekannte sich zu seiner Berufung.

»Vater, ich möchte Medizin und Botanik studieren. Ich will forschen. Ich will es mehr als alles andere.«

»Dann, mein Junge, wirst du wohl auch erfolgreich darin sein.«

Der Mann in Jan Martin trat zurück in den Hintergrund, und der Junge fragte ängstlich: »Und Sie sind mir nicht böse, weil ich nicht Kaufmann werden möchte?«

Lächelnd stand sein Vater auf und drückte ihm die Hand auf die Schulter.

»Nein. Ich bin stolz auf dich, dass du eine so klare Vorstellung von deinen Zielen hast. Du hättest um Bedenkzeit bitten können. Noch drei Jahre nachdenken, mit Ideen herumspielen und allerlei Versuche wagen können. Aber du scheinst einen festen Willen zu haben, also werden wir uns beizeiten um eine passende Universität kümmern, in der du die beste Ausbildung erhältst. Und – ja, du hast auch in dieser Sache recht, Joachim soll seine Chance haben.«

Als Jan Martin spät in der Nacht in sein Schlafzimmer ging, angenehm beduselt von dem dritten Glas Sherry, warf er einen zufälligen Blick in den Spiegel. Zuerst war das Bild unscharf, etwas verschwommen. Doch es klärte sich, und er erkannte hinter dem pummeligen, pickligen Jungen mit dem vernarbten Gesicht den Schatten eines Mannes, zu dem er sich nun entwickeln würde.

Einen sachkundigen Gelehrten, den keine Schüchternheit mehr plagte.

Einen erfolgreichen Arzt, der den Menschen Hilfe brachte.

Einen mutigen Forscher, der zu neuen Ufern aufbrach.

Den stolzen Wikinger, nach dem sich die Frauen umdrehten, den sah er nicht.

Dazu musste noch sehr viel Zeit vergehen.

Bruchstücke

Die Begierde ist nach der Erfüllung der Wünsche ebenso ungestillt, wie sie es vorher war.

Martin Luther

Auch ein anderer junger Mann stellte die Weichen zu seiner Zukunft, aber, wie es seinem Charakter entsprach, in weit weniger friedfertiger Form. Nach dem Unglück in der Weberei war Alexander erschüttert, aber noch immer unnatürlich gefasst in die Wohnung zurückgekehrt, die er mit Thornton Harvest geteilt hatte. Dort aber sah er sich plötzlich verloren um und begann zu zittern. Zwei Tage und Nächte verbrachte er in hilfloser Panik, von Albträumen gehetzt, vor Schreckensbildern verfolgt, von Schuldgefühlen gepeinigt.

Am dritten Tag raffte er sich auf und fällte eine Entscheidung.

Er musste aus der Wohnung. Fort von dem Leben, das zerstört worden war. Er brauchte einen neuen Beginn. Wie, darauf hatte er noch keine Antwort gefunden, aber sie sollte auf jeden Fall jegliche Erinnerung an die beiden letzten Jahre auslöschen.

Er packte wieder einmal seine Habseligkeiten zusammen, nahm seine Ersparnisse und das Bargeld, das Harvest in seiner Schublade aufbewahrt hatte, sowie dessen kleine Schmuckstücke an sich. Dann verließ er das Haus, ohne sich noch einmal umzudrehen.

Inzwischen kannte er London weit besser als bei seinem Eintreffen vor fünf Jahren. Er war stärker und klüger geworden und hatte eine grundlegende Vorstellung davon entwickelt, was er nicht wollte. Nie wieder in dem Elend leben, das er bei Wallys Familie kennengelernt hatte. Und doch würde er alle erdenklichen Schwierigkeiten in Kauf nehmen, um das zu erreichen, was er als das Erstrebenswerteste auf der ganzen Welt hielt – Maschinen zu bauen.

Und diese Schwierigkeiten türmten sich wie schier unüberwindliche Barrikaden vor ihm auf. Zunächst einmal benötigte er eine Unterkunft. Er fand nach langem Suchen eine Bleibe, die er sich leisten konnte, in der Hafengegend, in der Nähe der Werften. Es war kaum mehr als ein Verschlag mit einem zugigen Fenster und einem altersschwachen Bett, aber er musste ihn mit niemandem teilen. Ein kleiner Ofen befand sich auch darin, und da er sich bei Harvest so nützliche Fähigkeiten wie die Grundzüge des Kochens erworben hatte, konnte er darauf wenigstens einen Haferbrei und Tee zubereiten. Von Porridge konnte man sich ganz gut ernähren, selbst wenn das Zeug den Geschmack beleidigte. Er bemühte sich auch, seine Kleider und sich selbst reinlich zu halten, was in der schmutzigen Umgebung nicht einfach war. Aber wenn er in den Fabriken vorsprach, durfte er nicht verlaust und staubig aussehen.

All diese Mühe war vergebens. Die Weberei war zerstört, die Arbeiter entlassen, der Fabrikant am Rande des Ruins. In anderen Unternehmen, die sich entweder mit dem Bau von Maschinen befassten oder Maschinen einsetzten, wollte niemand einen namenlosen jungen Mann ohne Verbindungen, ohne Papiere, ohne Referenzen als Lehrling einstellen.

Alexander saß manchen Abend in stummer Verzweiflung an der Themse und sah den Schiffen nach, die in den Hafen ein- oder ausfuhren. Er erwog sogar, auf einem davon anzuheuern, aber das Meer ängstigte ihn. Nach einem Monat machte er schließlich Kassensturz und zog die Konsequenz. Er musste Geld verdienen, egal womit.

Da seine Fähigkeiten als Maschinist nicht anerkannt wurden, besann er sich auf das, was er zuvor getan hatte. Mit Pferden konnte er hervorragend umgehen, und die Posthaltereien und Pferdewechselstationen suchten immer Burschen für die

Stallarbeit. Er fand tatsächlich eine Beschäftigung mit schlechter Bezahlung, die durch gelegentliche Trinkgelder aufgebessert wurde. Immerhin konnte er sein dumpfes Zimmerchen gegen eine Unterkunft über den Ställen tauschen und bekam sein Essen, auch wenn es oft nur Reste waren, aus der Küche des Gasthofs. Sein eigentliches Ziel verlor er nicht aus den Augen, und an seinen freien Tagen klapperte er die Fabriken weiter ab, blieb aber erfolglos. Mehr Chancen hatte er bei dem weiblichen Personal, und eine Weile lenkten erstaunliche neue Erfahrungen mit diesem geheimnisvollen Geschlecht ihn von seiner Suche ab. Da seine Erwählte in der Küche arbeitete, verbesserte sich seine Verpflegungssituation drastisch. So sehr, dass es im Frühjahr seinen Bargeldbestand dramatisch schmälerte, weil er dringend neue Kleidung benötigte.

Doch trotz der halbwegs angenehmen Situation war Alexander unzufrieden. In den Zeitungen, die eilige Reisende liegen gelassen hatte, las er über neue technische Entwicklungen. Eisenbahnen nahmen ihren Betrieb auf, sogar mit Maschinen auf Rädern, die nicht auf Gleisen, sondern über die Straßen fahren sollten, experimentierte man. In Schiffen setzte der Dampf die großen Schaufelräder in Bewegung, in Bergwerken trieb er Pumpen an, und in immer mehr Fabriken aller Art wurde die neueste Technik eingesetzt.

Der Fortschritt nahm in eiligem Tempo seinen Lauf. Und er war nicht dabei!

Dennoch hatte das Schicksal sich entschieden, Alexanders Flehen oder möglicherweise auch sein Fluchen zu erhören, und eine drastische Wendung vorgesehen. Sie trat just an dem Tag ein, den er am liebsten aus dem Kalender gestrichen hätte – dem 18. Juni. Waterloo-Gedenktag war es, und in Erinnerung an Wellingtons großen Sieg über die Franzosen wurden Paraden und Feierlichkeiten abgehalten. Er bekam ein paar Stunden frei, um sich das Ereignis zu Ehren des vaterländischen Ruhmes anzuschauen, und nutzte sie, wie immer, um sich einige Trinkgelder zu verdienen. Die Besucher der Paraden brauchten oft jemanden, der auf ihre Pferde und Wagen achtete, und daher stürzte er sich in das Gewimmel.

Ein hoher Offizier in der Uniform der King's German Legion war sein erster Kunde, das Pferd ein Prachtexemplar seiner Gattung.

»Er ist ungeduldig mit den Menschen, Bursche. Glaubst du, du kommst mit ihm zurecht?«, fragte der Colonel mit einem Anflug von Besorgnis in der Stimme.

»Gewiss, Mylord.« Alexander hatte festgestellt, dass es nie verkehrt war, jemanden mit einem hohen Rang anzureden. »Ich habe zwei Jahre in Colchester die Rösser eines Captains betreut.«

Verdutzt blieb der Offizier mitten in der Bewegung stehen und musterte Alexander eingehend.

»Etwa Captain Finleys Tiere?«

»Ja, Mylord. Kannten Sie ihn?«

»Flüchtig. Doch ich erinnere mich an einen Stallburschen mit einer weißen Strähne im Haar.«

Alexander hob wie abwehrend die Hand an die Schläfe. An sie wurde er nicht gerne erinnert. Aber er nickte zustimmend.

»Wie geht es dem Captain, Junge? Stehst du noch in seinen Diensten?«

»Nein, Mylord. Er nahm 1817 seinen Abschied.«

»Und dich reizte die Metropole?«

»Mylord, ich hatte nicht viele Möglichkeiten – damals.«

Der Offizier lächelte amüsiert und fragte: »Heute hast du mehr?«

»Ich habe die Hoffnung noch nicht aufgegeben.«

Ein weiterer Offizier der Legion trat hinzu und fragte auf Deutsch: »Nikolaus, gut, dass ich dich hier finde. Wir werden von Old Nosey im Carlton House erwartet. Hast du eine Ahnung, wie wir durch das Gedränge dahin gelangen?«

»Schritt für Schritt und ziemlich langsam, Johannes. Der Duke of Wellington wird sich gedulden müssen.«

Alexander dachte überhaupt nicht darüber nach, dass er sie verstanden hatte, sondern räusperte sich und schlug vor: »Ich kenne eine Abkürzung durch die Seitenstraßen. Wenn Sie mir vielleicht folgen wollten, Mylords?«

»Bitte?«

Beide Männer drehten sich zu ihm um.

»Verzeihen Sie, ich wollte mich nicht aufdrängen.«

Der Colonel schüttelte den Kopf. »Nein, das hast du nicht, und wir nehmen dein Angebot dankend an. Nur ... du hast uns verstanden?«

»Ja, natürlich. Oh ...!« Alexander dämmerte, was passiert war. Seit sechs Jahren redete, dachte und träumte er in englischer Sprache. Doch irgendwo verborgen in seinem Hinterkopf war auch das Deutsche vorhanden. Er hatte sich nie besondere Gedanken darüber gemacht, wenn er gelegentliche Wortfetzen von deutschen Einwanderern verstand. Es war einfach selbstverständlich. Er hatte aber nie wieder ein Wort gesprochen, und als er jetzt bewusst nach Formulierungen suchte, fiel ihm nichts ein.

»Junger Mann, führe uns zum Carlton House, anschließend würde ich mich gerne mit dir unterhalten.«

Alexander gab sich einen Ruck und konzentrierte sich auf das Gegebene. Er brachte die beiden Offiziere einigermaßen unbehelligt ans Ziel und nahm den gebotenen Shilling entgegen. Die Pferde brauchte er vor der Residenz des Königs nicht zu halten, aber Sir Nikolaus Dettering bat ihn, in Bereitschaft zu bleiben.

Als sich das Portal hinter den beiden rotberockten Rücken schloss, erwog er einen Moment lang, sich aus dem Staub zu machen. Er war sich nicht ganz sicher, was dieser Offizier von ihm wollte. Andrerseits – man musste Chancen nutzen, und möglicherweise war dies hier eine unerwartete. Da ihm inzwischen klar geworden war, dass er nur mit Referenzen seinem Ziel näher kommen konnte, würde er versuchen, den Colonel darauf anzusprechen. Obwohl er sich nur geringe Hoffnung machte, dass ein Kavallerie-Soldat irgendwelche Beziehungen zu Maschinenfabrikanten hatte. Immerhin – man würde sehen.

Eine Stunde später tauchten die beiden Offiziere wieder auf, und Dettering winkte Alexander zu sich.

»Was hältst du von einem Bier?«

»Recht viel, Mylord.«

»Dann wollen wir uns ein Gasthaus suchen.«

Im *Horse and Dog* gab es nicht nur gutes hausgebrautes Bier, sondern auch für jeden einen Teller mit kaltem Braten, was der hungrige Alexander besonders begrüßte. Doch er besann sich auf fast vergessene Manieren und schlang nicht, wie sonst, das Essen mit großen Happen in sich hinein. Sein Gastgeber beobachtete ihn, und als er Messer und Gabel ablegte, um einen Schluck aus dem Krug zu nehmen, nickte er beifällig.

»Für einen Stallburschen hast du ungewöhnlich gepflegte Tischsitten. Ich meine mich dunkel entsinnen zu können, dass Finley dich aus einem Leichenhaufen bei Plancenoit geklaubt hat. Er hat einmal so etwas erzählt. Dieser Tag heute dürfte dir wie mir nicht in so wünschenswerter Erinnerung geblieben sein, wie die protzige Zurschaustellung der siegreichen Truppen es dem Volk vermitteln möchte.«

»Nein, Mylord. Wahrhaftig nicht.«

»Wie bist du in den Schlamassel geraten?«

»Ich weiß es tatsächlich nicht, Mylord. Mir fehlt jegliche Erinnerung an die Zeit, bevor mich irgendetwas hier«, er wies an seine Schläfe, »getroffen hat.«

»Tja, so etwas soll es geben. Obwohl, wie man mir versicherte, die Zeit auch da heilend wirken kann. «

»Mylord, ich möchte mich eigentlich auch gar nicht so gerne erinnern. Es war … so grauenhaft.«

»Das war es, mein Junge.« Mitgefühl zeigte sich in den grauen Augen des Offiziers. »Wie alt warst du damals?«

»Ich weiß es nicht genau. Ich denke, ich bin jetzt wohl so sechzehn oder siebzehn.«

»Mag stimmen. Damals also ein zehnjähriger Junge. Der Deutsch versteht.« Dettering wechselte in seine Muttersprache. »Hast du das Englische danach gelernt?«

»Nein, Mylord, ich habe es irgendwie schon gekonnt.«

»Wie heißt du?«

»Alexander Masters. Glaube ich wenigstens.«

»Hast du eine Ahnung, wer deine Eltern sind, Alexander?«

»Nein. Obwohl ich manchmal von ihnen träume. Aber sie haben weder Namen noch Gesichter, wenn Sie verstehen, was ich meine.«

Es erstaunte Alexander selbst, dass er endlich bereit war, darüber zu reden. In den vergangenen Jahren hatte er sich eine glaubhafte Lügengeschichte über seine Herkunft zurechtgebastelt, die er bei hartnäckigem Nachfragen vortrug. Finley und Thornton Harvest hatten sie geglaubt und nie weiter nachgeforscht. Aber Colonel Dettering besaß eine Art auf ihn einzugehen, die ihn berührte. Und darum schilderte er ihm auch in knappen Sätzen, was er bisher erlebt hatte.

Nikolaus Dettering lauschte schweigend. Er hatte begonnen, sich seine eigenen Gedanken über den jungen Mann zu machen, und was er hörte und vor allem, was nicht gesagt wurde, erschütterte ihn. Um seinen Verdacht zu erhärten, stellte er schließlich noch ein paar Fragen.

»Du bist als Stalljunge aufgenommen worden. Das heißt, der Umgang mit Pferden war dir wohl nicht fremd.«

»Nein, Mylord. Er war mir vertraut.«

»Du kannst auch reiten?«

»Ich hatte nie Probleme damit.«

»Du beherrschtest schon mit zehn Jahren zwei Sprachen fließend, habe ich den Eindruck. Es mag in deinem Elternhaus beides ganz selbstverständlich gesprochen worden sein.«

»Ja … meine Mutter … Ja, ich glaube, meine Mutter sprach Englisch mit mir.«

»Wie würdest du folgendes Zitat fortsetzen: ›Gallia est omnis divisa in partes tres, quarum unam incolunt Belgae, aliam

Aquitani, tertiam qui ipsorum lingua Celtae, nostra Galli appellantur‹?«

Es kam, wie aus der Pistole geschossen: »›Hic omnes lingua, institutis, legibus inter se differunt.‹«

»Dann hat dich dein Lehrer also auch mit dem Gallischen Krieg getriezt. Das lässt auf gute Bildung schließen. Sag mir, Alexander, welche Uniformen trugen die Preußen?«

»Blaue Jacken, graue Hosen. O Gott ...«

Alexander musste sich den Kopf halten, der plötzlich unmenschlich zu schmerzen begann.

»Was ist, mein Junge?«

»Mein Vater ...«

»Dein Vater trug eine preußische Uniform.«

»Ich musste ihn warnen. Ich muss zu ihm. Ich bin schuld daran, dass er sich in Gefahr begibt. Es ist meine Schuld, dass er gefallen ist.«

Dettering winkte dem Wirt und bat ihn um heißen, süßen Tee und ein Glas Brandy. Dann setzte er sich neben Alexander und legte ihm den Arm um die zuckenden Schultern.

»Dein Vater war ein preußischer Offizier, vermutlich von hohem Rang. Warum auch immer du ihn auf das Schlachtfeld begleitet hast, wissen wir nicht. Aber deine Schuld ist es bestimmt nicht, dass er fiel. So viele sind sinnlos ums Leben gekommen. Trink den Tee, Alexander.«

Den Brandy hatte Dettering passenderweise gleich in die Teetasse gegossen und achtete darauf, dass der junge Mann das Gemisch langsam austrank. Das Zittern ließ allmählich nach, und Alexander atmete tief durch.

»Verzeihen Sie, ich wollte mich nicht so gehen lassen, Mylord.«

»Ich habe es herausgefordert. Und nun, da wir wissen, dass du der Sohn eines preußischen Offiziers bist, werde ich alles daransetzen herauszufinden, wer der tapfere Mann war, der an diesem Tag vor sieben Jahren sein Leben auf den blutigen Feldern von Plancenoit gelassen hat. Auch ich bin einst in Preußen geboren, in der Nähe von Berlin. Ich habe noch immer Beziehungen dorthin, und auf irgendeine Weise werden wir deine Familie ausfindig machen. Wärst du bereit, deine jetzige Tätigkeit aufzugeben und zu uns zu ziehen? Ich führe ein großes Haus, Platz ist allemal da.«

Alexander kam sich vor, als sei er im vollen Galopp von einem Pferd gefallen. Alles drehte sich, seine Gedanken tobten, doch in dem vollendeten Gefühlschaos klammerte er sich blindlings an das eine, das große Ziel, das er sich gesetzt hatte. Und darum stammelte er: »Mylord, aber ich will Ingenieur werden.«

»Das wird sich wohl machen lassen. Ich habe Freunde bei der ›Royal Institution‹.«

Alexander wagte noch nicht einmal zu atmen, damit dieses Traumgespinst nicht verflog.

Es hat immer etwas Erschütterndes, am Ziel seiner Sehnsucht anzukommen.

»Danke, Mylord!«, schaffte er es gerade noch zu flüstern, dann fiel ein selbstbewusster, starker, junger Mann ganz einfach in Ohnmacht.

Zuckerstücke

Dieses Klagen, dieses Fragen
Sei uns Mädchen süße Pein?
Träume können sel'ger spielen,
Kindern gleich im leeren Haus,
Wenn nach unbekannten Zielen
Holde Wünsche ziehen aus?

Mädchens Abendgedanken, Vischer

Die Kindermädchen hatten es schwer bei den Briesnitzens. In den zwölf Jahren, die Dorothea nun zählte, hatten sich fünf junge Frauen die Klinke in die Hand gegeben. Die erste war zu nachlässig gewesen, und wegen ihrer Tändelei mit dem Gärtner wäre beinahe Dorotheas Bruder Maximilian ertrunken. Die zweite war zu rabiat mit dem Baronesschen umgegangen. Baronin Briesnitz hatte mit eigenen Augen gesehen, wie sie ihrer goldhaarigen Tochter die gerüschten Unterröcke hochgeschlagen und ihr eine herzhafte Tracht Prügel auf den bloßen Hintern verpasst hatte. Warum, das hatte sie absolut nicht interessiert, die Frau wurde fristlos und ohne Zeugnis entlassen. Das Dienstmädchen, das Dottys jüngsten Bruder, Eugen, der heulend in seinem Bettchen lag, hochnahm, stellte später fest, dass klebrige Honigmilch in seine Kissen gegossen worden war. Sie musste heiß gewesen sein, denn der arme kleine Kerl hatte Brandblasen auf seiner zarten Haut bekommen. Sie schwieg darüber – sie hatte ihre Erfahrungen mit der Tochter des Hauses bereits gemacht.

Die dritte Kinderfrau hatte eine Neigung zum Branntwein, der ihr eine tiefe nächtliche Ruhe bescherte, weshalb sie die Umtriebe der beiden älteren Kinder nicht bemerkte und erst mit einigen herzhaften Ohrfeigen aus dem Schlaf gerissen werden musste, als sich Dorothea und Maximilian mit Magenkrämpfen vor Schmerzen auf dem Boden wälzten. Von den nächtlichen Ausflügen der beiden Helden in die ehemalige Zuckerfabrik hatte sie nichts mitbekommen, zumal ihr Branntwein reichlich mit Laudanum versetzt worden war, was sie aber nicht wusste.

Die vierte Hüterin der Geschwister, eine attraktive Polin mit unaussprechlichem Namen, musste das Haus in Schande verlassen. Sie hatte den Fehler begangen, den sanften Einflüsterungen des Barons zu erliegen. Die fünfte hingegen, hässlich wie die Nacht, versuchte ihr unschönes Aussehen mit dem Schmuck der Baronin zu verbessern. Und obwohl sie auf das Heftigste leugnete, die Broschen und Ohrringe entwendet zu haben, sprachen die Fakten gegen sie.

Dann endlich fand sich eine zufriedenstellende Lösung.

Eine entfernte Verwandte, die bisher die Tante des Barons in ihrer Hinfälligkeit betreut hatte, war nun durch den Tod der alten Dame ihrer Verpflichtungen ledig und konnte anderweitig eingesetzt werden. Sie erhielt ein Zimmerchen in einem entlegenen Flügel des Gutshauses, ihre Kisten und Kästen mit persönlicher Habe, die in den Schränken keinen Platz fanden, wurden im Lagerraum der stillgelegten Zuckerfabrik untergebracht. Sie durfte an den gemeinsamen Mahlzeiten der Familie teilnehmen, eine Ehre, die sie selten in Anspruch nahm, und sich um die Beaufsichtigung der drei Kinder kümmern. Das war inzwischen keine allzu beschwerliche Aufgabe mehr, denn Dorothea und Maximilian standen unter der Aufsicht eines Hauslehrers, der ihnen die Grundzüge der notwendigen Bildung angedeihen ließ. Eugen, der kleine Nachkömmling, war ein phlegmatischer Knabe, der mit seinen vier Jahren selten zu Klagen Anlass gab. Er hatte erst spät zu sprechen begonnen und zeigte auch keinen großen Bewegungsdrang. Meist saß er still vor sich hin träumend in seinem Kinderstühlchen und lutschte am Daumen.

Tante Laurenz, wie die würdige Dame tituliert wurde, obwohl das die familiäre Beziehung nur in etwa wiedergab, hatte das vierzigste Lebensjahr weit überschritten. Es hatte sich für sie nie ergeben, einen passenden Gatten zu ehelichen. Zum einen, weil ihre Mitgift mehr als bescheiden ausgefallen war, zum anderen, weil es ihr auch an jeglichem weiblichem Reiz mangelte. Sie war mager und blass, ihr von Grau durchzogenes Haar glatt wie Schnittlauch, ihre Nase zu scharf, und mit dem linken Auge schielte sie erbarmungswürdig. Dennoch hatte sie, als ihr das kleine Erbe der Verstorbenen zufiel, als Erstes in recht absonderlichen Putz investiert. Besonders eine grüne Federboa hatte es ihr angetan, die ihr ständiger Begleiter wurde. Die Kinder ignorierten ihre Erziehungsversuche in seltener Einigkeit.

Bei denen des Hauslehrers gelang ihnen das weniger. Obwohl aus sehr unterschiedlichen Gründen hassten Dorothea und Maximilian den stillen, aber unnachgiebigen Mann. Dorothea, weil sie Lernen für lästig hielt und sich zwar das Schreiben einigermaßen, die Grundrechenarten mühsam angeeignet hatte. Literatur, Landesgeschichte und Naturkunde ließen sie hingegen völlig kalt. Nicht so ihr Bruder. Der entwickelte sich zum rechten Quälgeist für seinen Lehrer, denn unablässig stellte er ihm Fragen, insbesondere zu naturkundlichen Themen, die dieser humanistisch ausgebildete Scholar nur unzulänglich beantworten konnte.

Beide Kinder fanden Alternativen zum Unterricht.

Maximilian hatte schon früh und ohne Wissen, geschweige denn Billigung seiner Eltern, die aufgelassene Zuckerfabrik auf dem Gutsgelände erkundet und hier ein weites Betätigungsfeld entdeckt. Zum einen interessierten ihn die Geräte dort, und der ehemalige Siedemeister hatte seinen Spaß daran, dem wissbegierigen Jungen zu erklären, wie man noch bis vor sechs Jahren, als Zuckerrohr unerschwinglich war, hier Runkelrüben zu Zucker verarbeitet hatte. Einen Teil des braunen Kandis war dann mit Chemikalien weiterbehandelt worden, wodurch schließlich weißer Zucker entstand, der im herrschaftlichen Haushalt verwendet wurde. Der braune Zucker aber war für die anspruchslosen Pächter und die Dorfbewohner ein billiger Süßstoff. Wenn auch nicht mit den eigentlichen chemischen Prozessen vertraut, so konnte der Siedemeister doch recht gut erklären, wie die Umwandlung von Runkelrübe in Zuckerhut vonstattenging. Inzwischen wurden die Gerätschaften jedoch nur noch einmal im Jahr benutzt und das auch zu einem ganz anderen Zweck. Ein Überschuss an gelagertem Rohrzucker auf dem internationalen Markt, Resultat der von Napoleon verhängten Kontinentalsperre, hatte das Land mit dem billigem Produkt aus den Kolonien überschwemmt, die zeit- und personalaufwendige Herstellung aus heimischen Gewächsen konnte damit nicht konkurrieren. Doch auf ein paar Feldern wurden noch süße Rüben angebaut. Nach der Ernte im Herbst setzte der Siedemeister aus den geschnitzelten Wurzeln eine Maische an. Von ihr ließen Dorothea und Maximilian wohlweislich die Finger, eine einmalige Kostprobe der gärenden Masse hatte ihnen die besagten üblen Bauchkrämpfe verursacht. Die stark alkoholische Maische wurde im Frühjahr zu einem kratzigen, hochprozentigen Branntwein destilliert, von dem nie ein Tropfen seinen Weg ins Herrenhaus fand. Doch der Verkauf an die Pächter und Tagelöhner brachte dem Hersteller ein hübsches Zubrot ein.

Auch die Prozesse der Alkoholgärung und der Destillation verfolgte Maximilian mit Spannung. Doch zu Zeiten, in denen nicht in der Fabrik gearbeitet wurde und der Siedemeister anderen Aufgaben nachging, erkundete er, oft in Gesellschaft seiner Schwester, die geheimnisvollen Kästen im ungenutzten Lagerraum. Hier stapelten sich nämlich die Sendungen, die ihr Onkel Lothar in unregelmäßigen Abständen zu schicken pflegte. Dieser Onkel, obwohl permanent abwesend, war bei Weitem faszinierender und unterhaltsamer als Tante Laurenz. Er reiste in der ganzen Welt umher und sammelte die kuriosesten Dinge. Eigentlich hätten sie die Truhen nicht öffnen dürfen, aber Dorothea, die mit Stick- und Häkelnadel nicht ganz ungeschickt war, schaffte es, die Schlösser aufzubringen. Und so bestaunten die beiden seltsame hölzerne Masken aus Afrika, Statuen peinlich unbekleideter Neger, bunten Feder- und Perlenschmuck, tönerne Gefäße mit primitiven Mustern, braune Glasfläschchen, deren Beschriftungen darauf hinwiesen, dass sie exotische Samen enthielten, etwa die des Affenbrotbaums, oder Krähenaugen, auch Brechnuss genannt. Sie entdeckten ein paar Rollen aus faserigem Schreibmaterial, auf denen in unbekannten Schriftzeichen und Bildern mysteriöse Texte aufgezeichnet waren, aus blauem Stein geschnittene Käfer und eine Sammlung schillernder Schmetterlinge. Auch Gesteinsproben fanden sich, manchmal von metallischen Adern durchzogen, auf anderen wuchsen durchscheinende, farbige Kristalle. Gelegentlich lagen in Kladden gebundene Aufzeichnungen dabei, und so konnten sie sich ein ungefähres Bild machen, warum ihr Onkel diese Dinge zusammengesammelt und zum Einlagern an seine Schwester, die Baronin, geschickt hatte. Er war ein Abenteurer, so viel stand fest, und sein Name wurde wenn, dann nur hinter vorgehaltener Hand genannt. Doch Kinderohren sind spitze Ohren, und an die drangen die Aussagen, dass er, ohne sich um die familiären Verpflichtungen zu kümmern, durch ferne Länder zog, dubiose Geschäfte mit den Eingeborenen tätigte und vermutlich ein lasterhaftes Leben führte.

Die Schatztruhen ihres Onkels fesselten Dorothea eine ganze Weile, aber dann machte sie noch einen weitaus köstlicheren Fund. Einer der Kästen – sie hielten ihn zunächst auch für eine Übersee-Sendung – entpuppte sich als Behältnis für unzählige, in marmoriertes Papier gebundene Hefte. Vollgeschrieben waren sie, mit einer sorgfältigen Damenhandschrift. Hin und wieder fiel ein kleines Blümchen, getrocknet und gepresst, aus den Seiten, ein zierlicher Scherenschnitt oder auch ein Seidenbändchen. Dorothea vermutete Tagebücher, Herzensergüsse einer längst verstorbenen Ahnin, und nahm, um ihre Neugier zu befriedigen, eines der Hefte mit sich. Sie fand schnell heraus, dass es sich um keinerlei alltägliche Aufzeichnungen handeln konnte, sondern um ungeheuer fesselnde Geschichten. Sie verschlang ein Heft nach dem anderen, oft unter Seufzen und mit Tränen in den Augen. Denn wenn auch literarisch weder in Stil noch Gestaltung erwähnenswert, handelte es sich doch jedes Mal um das erschütternde Schicksal einer durch missliche Umstände in Leid und Elend gebrachten Heldin, die staubbedeckt, in Lumpen, gefangen in Kerkern, misshandelt von bösartigen Mitmenschen, hungernd und frierend, darauf wartete, von einem kühnen Ritter, einem stolzen Grafen, einem edelmütigen Piraten oder einem blendenden Offizier erlöst zu werden und anschließend in edle Gewänder gehüllt, wohlfrisiert und in ihrer ganzen Schönheit erblüht eine glänzende Rolle in der Gesellschaft zu spielen.

Dorothea konnte sich nur zu gut mit der Rolle des geknechteten Aschenputtels identifizieren, auch wenn sie weder hungern noch frieren musste. Aber sie war ein einsames, ja beinahe vernachlässigtes Kind. Nie hatte eine Kinderfrau es länger als zwei Jahre bei ihnen ausgehalten, nie hatte sie Wärme und Zärtlichkeit von ihnen erfahren oder ein vertrauliches Beisammensein gekannt. Auch ihre Mutter kümmerte sich selten um sie. Einzig zu den nachmittäglichen Einladungen hatte sie in makellosem weißem Kleid, gestärkter Rüschenschürze und mit sorgsam gebürsteten Locken zu erscheinen. Sie durfte nur sprechen, wenn sie gefragt wurde, und dann auch nur die mühsam eingetrichterten Floskeln verwenden, musste knicksen und höflich lächeln. Machte sie einen Fehler, wurde sie anschließend gerügt und bekam einen Vortrag über standesgemäßes Verhalten zu hören.

Ihr Vater gönnte ihr noch nicht einmal diese Aufmerksamkeit. Für ihn war sie ein lästiger Kostenfaktor, der baldmöglichst an einen anderen Mann abgetreten werden sollte.

Welch Wunder, dass sie, Karamellen oder kandierte Früchte lutschend, die seelentröstenden Geschichten verschlang und davon träumte, einst – möglichst in nicht zu weiter Zukunft – an der Seite eines stattlichen Verehrers aus ihrem jämmerlichen Dasein zu entfliehen.

Es dauerte übrigens eine ganze Weile, bis sie herausfand, dass die Autorin der gefühlvollen Ergüsse ihre Tante Laurenz war. Die hatte ihre verlorenen Hoffnungen und ihr wollüstiges Sehnen Jahr über Jahr in marmorierten Heften zu Papier gebracht.

Dorothea beschloss, dass für sie diese brennenden Wünsche in Erfüllung zu gehen hatten.

Der Flügelschlag des Schmetterlings

Ich sah des Sommers letzte Rose stehn,
Sie war, als ob sie bluten könnte, rot;
Da sprach ich schauend im Vorübergehn:
So weit im Leben, ist zu nah am Tod!
Es regte sich kein Hauch am heißen Tag,
Nur leise strich ein weißer Schmetterling;
Doch, ob auch kaum die Luft sein Flügelschlag
Bewegte, sie empfand es und verging.

Sommerbild, Hebbel

»Friedrich Jahn haben sie nach Kölleda ausgewiesen«, teilte Adi Gericke, der Kaffeeröster, uns mit. Dabei stellte er den Sack mit den Kakaobohnen ordentlich in die für ihn vorgesehene Ecke in der Backstube.

»Müsste uns das betrüben, Herr Gericke?«, fragte meine Mutter und stäubte Mehl auf die Arbeitsplatte.

»Mich zumindest tut es das. Erst hat man ihn in Festungshaft genommen, dann vor drei Jahren begnadigt, aber unter Polizeiaufsicht gestellt und nun schon wieder aus der Stadt getrieben, wo er sich gerade niedergelassen hat. Weil er dort Kontakt zu Schülern und Lehrern aufgenommen hat. Kleingeistig, sage ich Ihnen. Kleingeistig!«

Ich wuchtete den angewärmten Reibstein aus dem Ofen und legte ihn in sein Gestell, in dem die glühenden Kohlen in dem Kasten darunter ihn auf gleichbleibender Temperatur halten konnten. Wir lauschten gewöhnlich gerne den Klatschgeschichten des Kaffeerösters, der für uns die Kakaobohnen vorbereitete. Aber diesmal war uns der Mann, über den er sprach, unbekannt.

»Was für ein Verbrechen hat dieser Herr Jahn denn begangen?«, wollte ich wissen, während meine Mutter die erste Portion Bohnen aus dem Sack entnahm.

»Er hat geturnt.«

»Geturnt? Ist das etwas Schlimmes?«

Gericke schnaubte und erklärte: »Das sind Leibesübungen. Die Turner exerzieren so ähnlich wie die Soldaten das Laufen, Springen und Klettern. Ich habe sie mal auf der Hasenheide hier in Berlin beobachtet. Da hat Jahn seinen ersten Turnplatz errichtet. War schon ein seltsames Bild. Alle Männer trugen graue Hosen und Kittel, standen mit stramm herausgedrückter Brust in Riegen vor den Turngeräten, und wer an der Reihe war, musste über ein hölzernes Pferd springen oder an Stangen Überschläge zeigen.«

»Und was sollte das Ganze?« Meine Mutter schaute, genauso irritiert wie ich, von dem Teigklumpen auf, den sie aus der Schüssel gehoben hatte.

»Sie betreiben es, um stark und gewandt zu werden.«

Ich musste grinsen, denn gerade kam mein Stiefvater Fritz mit hochgekrempelten Ärmeln und einem schwer beladenen Backblech herein.

»Sie könnten auch arbeiten, nicht wahr? Ich meine, Papa Fritz ist ganz schön stark, oder?«

Mein Stiefvater schob das Blech in den Ofen und fragte Gericke, was er für Neuigkeiten brachte, und der berichtete nochmals von Jahns Ausweisung.

»Turner!«, schnaubte er auf die Nachricht hin verächtlich. »Diese Turner, das sind Studenten oder Schreiberlinge. Diese Hänflinge brauchen solche Übungen, um ein bisschen Schmalz auf die Knochen zu kriegen.«

»Vermutlich. Aber was ist denn nun so verbrecherisch daran?«, erkundigte sich meine Mutter, die mit kraftvollen Bewegungen den Hefeteig knetete. Fritz erklärte es, bevor Gericke den

Mund aufmachen konnte: »Studenten, Gymnasiasten und ähnliche Leute – wenn die zusammenkommen, dann entwickeln sie aufrührerische Ideen. Die haben unserem König vorgeworfen, sich nicht um die versprochene Verfassung zu bemühen, und solche Sachen. Vor zehn Jahren oder so haben sie ein großes Turnfest auf der Wartburg veranstaltet, bei dem Bücher verbrannt wurden. Gesetzesbücher!« Wie üblich klang mein Stiefvater bei solchen Themen empört. Er schätzte die widerspruchslose Ordnung im Staat über alles.

»Das mag falsch gewesen sein«, stimmte Gericke zu, schüttelte dann jedoch den Kopf. »Aber das sind doch Kindereien!«

»Sie haben den Dichter, diesen Kotzebue, umgebracht. Das ist keine Kinderei!«, fuhr Fritz ihn an.

»Karl Ludwig Sand war verrückt. Er ist verurteilt und bestraft worden, aber dass die Regierung seinetwegen beschlossen hat, solche Vereinigungen wie die der Turner müssten zerschlagen werden, finde ich übertrieben. Und Friedrich Jahn hat mit der Sache schon gar nichts zu tun.«

»Er war der Rädelsführer«, beharrte mein Stiefvater, aber ich fühlte wieder einmal mehr den Drang, gegen seine selbstgerechten Ansichten aufzubegehren. Darum entfuhr mir: »Das kannst du doch gar nicht wissen, Papa Fritz.«

»Er ist ein Aufrührer. Er verführt die jungen Leute. Das muss vermieden werden, denn Ruhe ist nun mal erste Bürgerpflicht, und solche Gruppen verbreiten revolutionäre Gedanken.«

Mutter sandte mir einen mahnenden Blick, nicht weiter zu widersprechen. Auch Gericke vertiefte das Thema nicht, sondern verabschiedete sich kurz angebunden.

Seit fünf Jahren lebten wir zusammen in dem schmalbrüstigen, hohen Stadthaus in der Französischen Straße. Mit vierzehn war für mich die Schulzeit zu Ende, ich war konfirmiert worden und hätte nun in Stellung gehen können. Doch ich bat meine Eltern, in der Konditorei mitarbeiten zu dürfen. Man hielt Familienrat und stimmte meinem Wunsch zu. Konditorin zu werden, war nicht die schlechteste Berufswahl, hatte meine Mutter erklärt. Außerdem hätte ich bereits viele der Grundkenntnisse von ihr gelernt. Fritz war bereit, mich in die Feinheiten seiner Kunst einzuweihen.

Die Arbeit machte mir Freude, auch wenn sie früh am Morgen begann und häufig erst spät am Abend getan war. Wir bekamen oft umfangreiche Bestellungen von den Herrschaften, die große Häuser in Berlin führten, und vor allem Fritz' Schokoladenkuchen erfreuten sich der Beliebtheit adliger und großbürgerlicher Kunden. Ich hingegen hatte meine Abneigung gegen den Kakao noch immer nicht verloren, auch wenn ich seinen Geruch liebte. Der dunkelbraunen Masse mit ihrem säuerlich-bitteren Geschmack stand ich skeptisch gegenüber. Sie schmeckte mir nur, wenn sie zur Aromatisierung von Gebäck oder Füllungen verwendet wurde. Doch wir setzten Kakao ohnehin sparsam ein, er war eine der teuersten Ingredienzen in unserer Küche. Um die Kosten einigermaßen im Griff zu behalten, kauften wir die gerösteten Bohnen statt des fertigen, in Täfelchen oder Brötchen gepressten Pulvers. So aber waren viele und zum Teil sehr komplizierte Schritte notwendig, um eine verarbeitbare Masse herzustellen.

Eine meiner Aufgaben war es, die gerösteten Schokoladenbohnen vorzubereiten. Das war harte Arbeit, denn die Bohnen mussten auf der angewärmten Steinplatte so lange mit einer Art Nudelholz aus Granit gewalzt werden, bis eine klebrige, fettige Substanz entstand. Kühlte sie anschließend ab, erhielt man eine feste Masse, aber zumeist verarbeiteten wir sie warm weiter. Sie wurde mit Zucker, Vanille und Eiern zu Cremes aufgeschlagen, in verschiedene Teigsorten verrührt, mit Sahne aufgeschäumt oder mit Butter und Talg zu einer Kuvertüre gemischt, die als Glasur für Torten und Petits Fours diente. Diese Produkte mussten immer ganz frisch zubereitet werden, denn das Fett wurde, besonders in den warmen Monaten, schnell ranzig. Darum standen wir alle oft schon vor Sonnenaufgang in der Küche, um die für denselben Tag bestellten Backwaren, Trüffel oder Pralinés herzustellen.

Während ich die Bohnen bearbeitete, grollte ich innerlich vor mich hin. Was anfangs eine konvenable Lösung schien, war in den beiden letzten Jahren zu einer unterschwelligen Belastung geworden. Mochte meine Mutter auch glücklich mit Fritz Wolking sein, ich war es nicht. Sein serviles und untertäniges Wesen allen Höhergestellten gegenüber störte mich immer häufiger.

Ich war inzwischen beinahe erwachsen und überragte meine Mutter schon um zwei Fingerbreit. Wenn ich in den Spiegel sah, fand ich mich ganz ansehnlich, obwohl ich meine Mutter um ihre blonden Haare beneidete. Meine jedoch lagen glatt und dunkelbraun um meinen Kopf. Mein Abbild zeigte mir außerdem sommers wie winters einen leicht gebräunten Teint, den mir vermutlich mein unbekannter Vater vermacht hatte. Meine hohen Wangen, die weit auseinanderstehenden, verblüffend blauen Augen ähnelten indessen denen meiner Mutter sehr. Doch vor dem Spiegel stand ich nicht ausschließlich der Eitelkeit wegen, sondern um mich darin zu üben, mein Mienenspiel zu meistern. In der Schule hatte man mich gelehrt, meine Gefühle unter Kontrolle zu halten und sie auf gar keinen Fall im Gesicht zur Schau zu tragen. Bedienstete hatten beherrscht zu bleiben, gleichgültig, welche Umstände sie auch antrafen. Ich hatte mir diese Kunst mit Geschick angeeignet, da ich die Nützlichkeit eines Gelassenheit ausstrahlenden Gesichtes schon bei Lady Henrietta bewundert hatte. Die Wirkung hingegen belustigte mich heimlich. Denn zusammen mit meinen ebenmäßigen Zügen verführte es meine Mitmenschen manchmal, etwas von Madonnenantlitz zu murmeln, worin sie sich sattsam täuschten. Ich war nämlich weder besonders duldsam noch unterwürfig, und gerade in der Zeit des Heranwachsens spielte mir hin und wieder mein hitziges Temperament einige Streiche. Vor allem Fritz gegenüber kam es bei allerlei familiären, weltanschaulichen oder gesellschaftlichen Disputen lautstark zum Ausbruch. Fremden gegenüber aber hatte ich gelernt, meinen Ärger, meine Frustration oder Unzufriedenheit hinter einer mild lächelnden Maske zu verbergen.

»Du darfst ihm nicht ständig widersprechen, Amara«, mahnte meine Mutter mich, nachdem Fritz die Backstube wieder verlassen hatte.

»Aber er ist immer so schnell mit einem Urteil bei der Hand, auch wenn er gar nicht weiß, was wirklich dahintersteckt. Und immer heißt es, Ruhe bewahren, nicken und katzbuckeln. ›Ja, Euer Ehren! Natürlich, gnädige Frau! Ganz zu Ihren Diensten, Hochwohlgeboren.‹ Er mahnt sie ja nicht mal, wenn sie mit ihren Zahlungen in Verzug sind.«

Das war einer der schmerzhaften Punkte, die uns beide berührten. Zwar lief die Konditorei, wie die Gräfin von Massow es vorhergesagt hatte, durch unsere Mitarbeit besser denn je zuvor, aber das Geld floss nicht in dem Maße, wie die Aufträge hereinkamen. Die noble Kundschaft aus der gehobenen Bürgerschaft und des Adels nahm es mit den Zahlungen nicht ganz so genau und schien sich keinerlei Gedanken darüber zu machen, dass wir mit unseren Produkten in Vorleistung gehen mussten.

»Er wird schon noch zu seinem Geld kommen«, meinte meine Mutter nicht ganz überzeugt. »Die Esebecks haben gestern einen Teil bezahlt.«

»Einen Teil, Mama! Sie haben seit acht Monaten jede Woche ihr Gebäck bestellt und jetzt noch nicht mal ein Viertel der offenen Rechnungen beglichen. Ein Almosen, hingeworfen wie einem Bettler. Nur weil ich bei jeder Lieferung nachfrage.«

Ich hatte in der Gesindeschule das Haushaltsrechnen gelernt und führte inzwischen die Bücher. Über den Stand unserer geschäftlichen Finanzen wahrte ich einen genauen Überblick.

»Du hast nachgefragt? Lass das nur Fritz nicht wissen. Die Esebecks sind gute Kunden.«

»Sie sind gute Abnehmer. Und wir müssen Butter, Eier und den teuren Kakao sofort bezahlen.«

»Bisher hat es noch immer gereicht.«

»Mama! Gereicht, ja. Aber was ist mit unserem Plan?«

Wir beide hatten den Wunsch noch nicht begraben, die Konditorei zu einem kleinen Café auszubauen. Bisher hatte sich

Fritz immer taub gestellt, wenn wir diese Idee anklingen ließen, aber nach und nach machte meine Mutter ihm die Vorstellung schmackhaft. Die Lage der Konditorei war gut, ihr Ruf ausgezeichnet, und es bestand die Möglichkeit, im Vorhaus zwei Räume zu mieten. Vor allem, betonte sie immer wieder, hätte ich ein ausgeprägtes Talent, mit Kunden umzugehen.

Doch schon am Nachmittag entglitt mir bedauerlicherweise dieses Talent, und meine Reaktion überraschte den Geheimrat Eckert. Ich hatte zwei Torten und mehrere Schachteln Konfekt ausgeliefert und dekorierte sie gerade auf den damastgedeckten Tischen im Salon, als der Herr des Hauses an mich herantrat. Zu nahe, wie ich unangenehm berührt feststellte.

»Nun, mein hübsches Kind …«, begann er seine Rede und legte mir dabei einen seiner Finger unter das Kinn. »Ein süßes Frätzchen haben wir da aber. Möchtest du dir vielleicht ein kleines Trinkgeld verdienen?«

Noch gelang es mir, lächelnd einen Schritt zurückzutreten. »Entschuldigen Sie, gnädiger Herr, ich möchte die Schalen fertig auffüllen.«

»Und ich würde gerne von diesen Süßigkeiten probieren«, murmelte der beleibte Geheimrat und machte mit einer Bewegung zu meinem Mieder deutlich, was er meinte.

»Darf ich Sie bitten, mich meine Arbeit ungestört weitermachen zu lassen«, bat ich ihn, nun ohne Lächeln, und schob seine gierige Hand fort. Doch der Herr verstand ein Nein nicht, wenn er es laut ausgesprochen hörte. Er erhöhte das Angebot um ein Goldkettchen.

»Bitte, gnädiger Herr, das habe ich nicht gehört«, versetzte ich mit angestrengter Höflichkeit, was den Hausherrn so weit reizte, dass er mit einer Hand meine Taille umfasste und mit der anderen in meine Bluse grapschte.

Ich griff ebenfalls in meinen Ausschnitt, packte seinen Daumen und drückte zu.

Man knetet nicht täglich schweren Teig, ohne eine gewisse Kraft in den Händen zu entwickeln.

Der Geheimrat brüllte auf und ließ los.

Die Tür zum Salon öffnete sich, und die Dame des Hauses trat ein. Sie erfasste die Situation augenblicklich, maß ihren Gatten mit einem derart verächtlichen Blick, dass er auf der Stelle den Rückzug antrat, und forderte scharf: »Verlassen Sie umgehend den Raum, Mädchen!«

Ich tat, wie befohlen, knurrte aber den ganzen Heimweg vor Zorn. In der Backstube fand ich Fritz und den rotbärtigen Reisenden vor, die gemeinsam die neuen Materialbestellungen durchgingen. Mein Stiefvater würde ohnehin in Kürze von diesem Auftritt erfahren, also erklärte ich ohne Zögern: »Ich fürchte, Papa Fritz, wir werden die Lieferung an den Geheimrat Eckert abschreiben müssen. Und als Kunde wird er uns auch verloren sein.«

»Was ist passiert? Ist unsere Ware beanstandet worden?«

»Nein. Er hat mich angefasst, und ich habe ihm den Daumen ausgerenkt.«

MacPherson ließ wieder einmal sein dröhnendes Lachen ertönen und nickte anerkennend, Fritz hingegen reagierte empört.

»Wie konntest du, Amara! Der Geheimrat ist ein hochgestellter Mann. Er gehört dem Kabinett des Königs an.«

»Das gibt ihm noch lange nicht das Recht, mir in die Bluse zu fassen.«

Doch Fritz, der seine untertänige Haltung nicht überwinden konnte, begann zu jammern: »Wenn sie nicht mehr bei uns bestellen, wird sich das herumsprechen, Amara. Es wird unserem Ruf schaden. Die Eckerts sind einflussreiche Leute. Du hättest dich umgänglicher benehmen müssen.«

Bevor ich eine aufbegehrende Antwort geben konnte, grummelte der Schotte: »Fritz, der Einzige, der hier einen guten Ruf verloren hat, ist der Geheimrat. Deine Tochter hat sich vollkommen richtig verhalten. Es ist gut, wenn ein Mädchen weiß, dass es nicht hilflos ist, wenn man es unschicklich behandelt. Diese ganzen vornehmen Dämchen haben das heute verlernt.«

Fritz beharrte aber weiter auf seiner Meinung, und erst, als die Rechnung für die gelieferte Ware dennoch beglichen wurde, beruhigte er sich wieder etwas.

Es wuchs Gras über die Angelegenheit, und zwei Monate später, im Sommer des Jahres 1828, hatten meine Mutter und ich es endlich geschafft, meinen Stiefvater für das Café zu begeistern. Er mietete die Räume im Vorhaus, nahm einen Kredit für die Umbauten auf und bestellte zierliche Tische und hübsch gepolsterte Sesselchen. Wir hatten viele andere Kaffeehäuser in Berlin besucht, um uns ein Bild davon zu machen, welche Ausstattung ihre Besucher am ehesten anziehen konnte. Natürlich waren das Café Royal in der Charlottenstraße und Josty Unter den Linden unerreichbare Vorbilder für uns, aber unser Angebot konnte sich bestimmt mit dem der neu eröffneten Konditorei Kranzler messen.

Doch dann streifte uns der Flügelschlag des Schicksals in Form eines harmlosen Schmetterlings.

Fritz kam an jenem heißen Augustnachmittag mit staubigem Überrock und einer prächtigen Beule am Kopf nach Hause. Er schwankte zwischen Ärger und Belustigung, als er uns erzählte, was ihm passiert war. Er hatte eine Partie Torten ausgeliefert und war auf dem Heimweg, als ein Kremser – diese neuen Pferdeomnibusse – einen Unfall verursachte. Die Straße verstopfte sich sofort durch Einspänner, Sänften, Fuhrkarren und Reiter. Die Stimmung war angespannt, manch unvornehmes Wort wurde gereizt und laut geäußert. Pferde wieherten, und ein kleiner Kläffer verlieh schrill seinem Unmut Ausdruck. Ein schmächtiger Taschendieb suchte in dem Gedränge sein Geschäft aufzubessern, und ein garstiges Balg warf mit einem Pferdeapfel nach einem Rivalen. Fritz musste am Rande des Tumults warten, bis sich das Knäuel um den umgestürzten Wagen auflöste. Neben ihm versuchte eine verschreckte Bonne, ihren Schützling, einen fünf- oder sechsjährigen Jungen, in Schach zu halten, aber der hatte zu viel Spaß daran, mit einer kleinen Reitpeitsche auf sein Steckenpferd einzuschlagen. Noch mehr Freude bereitete es ihm, einen weißen Schmetterling damit zu treffen. Nur flatterte der gerade vor den empfindlichen Nüstern eines nervösen Rappen, den seine modisch gekleidete Reiterin kaum noch unter Kontrolle hatte.

Die Peitsche traf die Nase, das Pferd stieg, warf seine Reiterin ab, und Fritz, der sie auffangen wollte, wurde vom Huf am Hinterkopf getroffen.

Benommen saß er, die junge Dame auf dem Schoß, im Staub der Straße.

Helfende Hände richteten sie auf, jemand kümmerte sich um Pferd und Reiterin, und Fritz machte sich mit schmerzendem Kopf auf den Heimweg.

Meine Mutter wollte ihn sogleich mit kalten Umschlägen versehen zu Bett schicken, aber er bestand darauf, den Teig für den nächsten Morgen vorzubereiten. Es war ein umfänglicher Auftrag eingegangen. Doch irgendwann lehnte er erschöpft am Türrahmen und bat mich, die Vorbereitungen zu übernehmen. Die Beule verbreite hämmernde Schmerzen, meinte er. Und da er sich schwindelig fühlte und Probleme hatte, seinen Blick zu fokussieren, ging er früh zu Bett und schlief ruhig, als meine Mutter sich später leise zu ihm legte.

Als sie am Morgen aufwachte, hatte Fritz aufgehört zu atmen.

Für uns brach eine Welt zusammen.

Mit Volldampf voraus

Und dem unbedingten Triebe
Folget Freude, folget Rat;
Und dein Streben, sei's in Liebe,
Und dein Leben sei die Tat.
Denn die Bande sind zerrissen,
Das Vertrauen ist verletzt.

Wanderlied, Goethe

Alexander hatte wilde Träume, inzwischen nicht mehr von blutgetränkten Schlachtfeldern, sondern bei Weitem angenehmere, wenngleich ebenso aufrührende. Er träumte von Ernestine, Detterings ältester Tochter.

Seit vier Jahren wohnte er im Haushalt des Colonels, hatte das Technical College besucht, die Ausbildung erfolgreich abgeschlossen und arbeitete nun in einer Dampfmaschinenfabrik als Ingenieur. Er hätte sich längst ein eigenes Heim schaffen können, aber die Familie hatte ihn überredet, weiterhin bei ihnen zu leben. Er wurde behandelt wie der Sohn des Hauses und ließ es sich gerne gefallen. Die Erkundigungen Detterings nach seinen Eltern zeitigten jedoch keinen Erfolg, obwohl er Dutzende von Briefen an seine deutsche Verwandtschaft, seine Freunde und Bekannten gesandt hatte. Das Problem bestand vor allem darin, dass Alexander sich zwar an seinen Vornamen, nicht aber seinen Familiennamen erinnerte. Er hatte sich oft genug den Kopf darüber zerbrochen, weshalb nicht. Er konnte sich nur daran entsinnen, immer als Master Alexander angesprochen worden zu sein. Auf dem Gut, auf dem er aufgewachsen war, hielt sich sein Vater nur selten auf, und wenn, sprach man ihn mit seinem Titel, seinem militärischen Rang oder mit den ehrerbietigen Floskeln an, die seinem Stand gebührten.

Vielem erlaubte Alexander, sich in sein Gedächtnis zurückzuschleichen, seit sein Leben in geordneten Bahnen verlief und er Fürsorge und Freundlichkeit erfuhr. Er erinnerte sich an einen jüngeren Bruder namens Julius, eine englische Kinderfrau, die sie beide betreute, und auch an seine Mutter, die oft Englisch mit ihm gesprochen hatte. Er konnte auch die Gesichter eines Hauslehrers und vor allem eines knorrigen Stallknechts heraufbeschwören, der ihm auf einem Pony mit weiter Blesse das Reiten beigebracht hatte. Er sah die stillen Seen seiner Heimat, die Gehölze, die weiten Weiden vor sich, doch es war ihm unmöglich zu sagen, wo sie sich befanden. Dafür hatte er aber herausgefunden, wie er in die Schlacht geraten war. Es war sein Wunsch nach Abenteuern, der ihn dazu gebracht hatte, mit einem Stalljungen die Kleider zu tauschen, um mit den Soldaten seines Vaters in den Kampf ziehen zu können. Aber zwischen diesem Moment und seinem Erwachen in der Scheune voll Verwundeter fehlte noch immer ein Stück Erinnerung. Dettering hatte ihn zwar zu einigen Ärzten mitgenommen, die Erfahrung mit derartigen Traumata hatten, aber die einzige Erklärung, die sie für dieses Phänomen fanden, war, dass sein Gehirn an einer Stelle geschädigt sein musste. Das aber glaubte Alexander nicht. Denn wenn auch nicht fassbar mit seinem Verstand, in seinen Träumen sah er immer wieder Szenen aus diesem verschwundenen Zeitraum. Und die waren grauenvoll und beklemmend. Er traute sich gar nicht, sie näher an die Oberfläche zu holen.

In den ersten Monaten hatte Dettering ihm immer neue Verlustlisten aus den Kämpfen von Waterloo vorgelegt, und gemeinsam sahen sie die Namen der gefallenen Offiziere durch. Aber nie verspürte er dabei ein spontanes Wiedererkennen.

Alexander nahm es gelassen. Er hatte seine eigene Bestimmung gefunden. Die derzeit allerdings deutlich in den Hintergrund getreten war.

Ernestine, drei Jahre jünger als er, war noch ein zimperliches

Schulmädchen gewesen, als er bei dem Colonel einzog. Nun hatte sie das exklusive Internat abgeschlossen und war sich ihrer weiblichen Reize bewusst geworden. Natürlich hatte Alexander schon vor Jahren seine ersten Erfahrungen mit Frauen gemacht, doch das waren Küchenmädchen und Mägde gewesen, die unkompliziert mit ihm ins Heu gingen. Ernestine war anders – mochte sie auch lockende Blicke über ihren Fächerrand werfen, ins Heu würde sie sich nie ziehen lassen. Und doch brachte sie sein Blut mehr in Wallung als die willigen Mädchen früher. Die Unnahbarkeit, die sie ausstrahlte, erregte ihn. Die aufreizende Kleidung, die mehr durch Verhüllung als durch Offenherzigkeit bestach, machte ihn schier verrückt. Dieses feste Fischbeinmieder, das ihren jugendlich üppigen Busen umspannte, der sich unter den Dekolletees ihrer Abendkleider nach oben wölbte, übte eine unbeschreibliche Anziehung auf ihn aus. Oft stellte er sich vor, wie er ihr die weiten Ärmel von den blassen, runden Schultern strich und den Ansatz dieses köstlichen Busens berührte, um dann diese Pracht langsam und genüsslich aus dem engen Gefängnis zu befreien.

Sie war nicht abgeneigt, ganz im Gegenteil. Ernestine schien ihn gegenüber den anderen jungen Männern zu bevorzugen. Ja, sie hatte ihm sogar heimlich im Wintergarten einen keuschen Kuss erlaubt und ihm dabei gestattet, ihre zerbrechliche, enggeschnürte Taille zu umfassen. Doch dann entzog sie sich ihm wieder, kokettierte nur mit Blicken oder versteckten Andeutungen mit ihm. Sie trieb ihn in den Wahnsinn damit. Er ging so weit, dass er für sie ein erschreckend schlechtes Gedicht verfasst und es ihr in einem Blumenstrauß überreicht hatte.

Hätte Alexander die weibliche Natur genauso intensiv studiert wie die Maschinen, würde er bemerkt haben, dass er in einen überaus durchdachten und geplanten Prozess eingebunden wurde. So aber machte es ihn nicht stutzig, wenn Lady Dettering in seiner Gegenwart die eine oder andere Bemerkung über die hübsche Mitgift fallen ließ, die Ernestine erwartete. Er hätte auch Victorias geflüsterte Indiskretionen als Warnung aufgefasst, der Vicomte of Rotherham habe ihrer Schwester einen Antrag gemacht. Stattdessen ergriff ihn glühende Eifersucht bei dem Gedanken, die spinnengleichen Finger des ältlichen Beaus könnten sich an den warmen Rundungen seiner Angebeteten zu schaffen machen. Auch das vertrauliche Gespräch von Mann zu Mann mit Sir Nikolaus, der ihm zart auf den Zahn fühlte, wie er sich denn seine Zukunft vorstelle, hatte ihn nicht auf die richtige Spur gebracht. Hätte er gewusst, dass Ernestine, zwar errötend, aber durchaus gefasst seine ungelenken Zeilen gelesen hatte, dann aber spornstreichs zu ihrer Mama gelaufen war, um sie ihr vorzulegen, und dass diese stürmisch gereimten Worte beiden Damen zu den schönsten Hoffnungen Anlass gaben, er wäre vorsichtiger gewesen. So aber hatte er am Abend noch die heimlichen Freizügigkeiten im Wintergarten genossen und in seiner Begierde von Liebe gestammelt.

Die Falle wäre zugeschnappt, hätte das Geschick nicht auch hier mit einem Flügelschlag seinem Leben eine neue Wendung gegeben. Diesen Flügelschlag teilte ebenfalls ein Schmetterling aus, jedoch einer in der wohlgeratenen Gestalt einer kleinen Tänzerin, in deren flatterhaften Spielereien sich der Dolmetscher verfing, der die preußischen Besucher der Maschinenfabrik bei den Verhandlungen unterstützen sollte. Er verschlief an jenem Morgen in ihren Armen, und als er mit brummendem Kopf erwachte, hatte das Schicksal bereits seinen Lauf genommen.

Herr Egells und seine Begleiter saßen also etwas peinlich berührt im Büro des Unternehmers und rangen mit der ihnen fremden Sprache, bis der leitende Ingenieur den segensreichen Vorschlag machte, den jungen Masters hinzuzuziehen, der seines Wissens der preußischen Zunge einigermaßen mächtig war. Obwohl der Fabrikant gewisse Bedenken äußerte – er wollte bei derartigen Geschäftsbesprechungen Personal aus den unteren Chargen nicht dabeiwissen –, musste er sich angesichts der Sprachlosigkeit seiner Besucher diesem Vorschlag beugen. Die Herren hatten nämlich ihr Interesse am Kauf mehrerer Dampfmaschinen bekundet, was angesichts des britischen Vorsprungs auf dem technologischen Gebiet eine hohe Gewinnmarge versprach.

Dieser Masters entpuppte sich als Glücksgriff. Nicht nur legte er ein passendes Benehmen an den Tag, sondern formulierte gewandt in beiden Idiomen. Und nicht nur das, er schien auch profunde Kenntnisse der Technik zu haben und sie in leicht verständlicher Form erklären zu können. Zufrieden verabschiedete der Unternehmer am Nachmittag seine Besucher, die sich über das Wochenende beraten wollten. Dem jungen Ingenieur sprach er seinen Dank aus und merkte sich seinen Namen vor.

Obwohl ein geschäftstüchtiger Mann und gewiefter Handelspartner – er konnte nicht ahnen, welche Nachteile ihm aus diesem Zusammentreffen erwachsen würden. Denn als Alexander nach Feierabend auf die Straße trat, um sich auf den Heimweg zu machen, hielt schon eine Querstraße weiter eine Kutsche neben ihm, und aus dem Fenster lehnte sich der Preuße.

»Herr Masters, auf ein Wort!«

»Ja, Herr Egells?«

»Hätten Sie einige Minuten Zeit, sich nochmals mit uns zu unterhalten?«

Alexander hatte das Gespräch zuvor großes Vergnügen bereitet. Die drei Männer, insbesondere Egells selbst, waren ihm interessiert und recht beschlagen vorgekommen und hatten ihn mit weit mehr Achtung behandelt als seine Vorgesetzten. Also willigte er ein und stieg in die Kutsche. Hier verblüffte es ihn zunächst, dass Egells ihn nach seinen familiären Verbindungen befragte, und er gab eine kurz gefasste, stark zensierte Auskunft darüber. Dass er nicht zu sehr in London verwurzelt war, schien dem Preußen zu gefallen. Ob er sich vorstellen könnte, auch in seinem Vaterland tätig zu sein, wollte er als Nächstes wissen, und Alexander zuckte mit den Schultern. »Ich bin Ingenieur, wo ich Maschinen bauen kann, ist mir egal!«, gab er zur Antwort und vermutete, Egells wolle prüfen, ob er bereit sei, bei der Inbetriebnahme der Maschinen, die zu erwerben sie vorhatten, mitzuarbeiten. Doch der Vorschlag, der ihm dann gemacht wurde, lautete völlig anders.

Die preußische Regierung hatte festgestellt, dass sie – sicher auf Grund der politischen Umwälzungen auf dem Kontinent in den vergangenen zwanzig Jahren – den Anschluss an die neue Technik verpasst hatte. England, als Land von den Kriegen weitgehend verschont, hatte hier einen gewaltigen Vorsprung und hütete daher streng seine Verfahren. Also waren technisch versierte Männer ausgeschickt worden, unter Vorgabe von Kaufinteressen die Fabriken auszuspionieren und vor allem bereitwillige Techniker abzuwerben. Alexander war auch in diesem Fall ein Glücksgriff. Das hohe Gehalt, das sie ihm boten, war weniger der Anreiz als die Aufgabe, für die sie ihn vorsehen wollten. In der Entwicklung neuer Maschinen in leitender Position beteiligt zu sein, das war tatsächlich die Erfüllung eines Traumes.

Er erbat sich eine Nacht Bedenkzeit, die sie ihm gerne gewährten.

Und in dieser Nacht verdrängten Visionen von seiner Zukunft als Ingenieur jegliche andere, auch die von Ernestines süßen Reizen.

Er suchte die Herren am Vormittag in ihrem Hotel auf und sagte zu. Ihre Abreise war bereits für den Montag vorgesehen, aber das störte ihn nicht. Er genoss zwar die familiäre Einbindung bei Detterings, fühlte sich aber noch immer als Gast. Er konnte jederzeit seine Sachen packen. Alles, was er besaß, passte noch immer in einen Koffer.

Er war in einer derartigen Hochstimmung, dass er gar nicht wahrnahm, in welchem Ausmaß er mit dieser Entscheidung Hoffnungen zerstörte. Als er nach dem Diner Sir Nikolaus um eine vertrauliche Unterredung bat, übersah er das Leuchten in Ernestines Augen und überhörte das erleichterte Aufseufzen ihrer Mutter. Auch das wohlwollende Lächeln seines Gönners deutete er falsch. Es erlosch auch bald, denn in kurzen, präzisen Worten dankte Alexander ihm für seine Güte und Großzügigkeit in den vergangenen Jahren und teilte ihm dann seine Entscheidung mit, dass er die Anstellung bei Egells in Berlin angenommen hatte.

Dettering reagierte mit vollständiger Schweigsamkeit auf diese Verlautbarung, und Alexander fühlte sich immer unbehaglicher. Schließlich fragte er, unsicher geworden: »Sie nehmen es mir doch nicht übel, Sir? Ich habe stets gesagt, dass ich Maschinenbauer werden will. Und es ist eine einmalige Chance, die mir die Firma Woderts & Egells bietet.«

»Im Nutzen von Chancen hast du eine gewisse Fähigkeit erworben«, kam es trocken von seinem Gegenüber. »Und aus deiner Zielstrebigkeit hast du nie ein Hehl gemacht. Das stimmt. Doch, Junge, ist es wirklich so wichtig für dich, dass du alle Brücken hinter dir verbrennen musst?«

»Meinen Arbeitsvertrag habe ich ordnungsgemäß gekündigt, Sir. In dem Schreiben verzichte ich natürlich auf das ausstehende Gehalt.«

»Natürlich. Egells übernimmt vermutlich den Ausgleich.«

»Ich denke schon.«

Wieder schwieg Sir Nikolaus, und Alexander begann, sich tatsächlich schäbig zu fühlen.

»Sir, Sie und Ihre Familie sind sehr großzügig gewesen. Wenn Ihnen etwas einfällt, was ich zukünftig für Sie tun kann, scheuen Sie sich nicht, mich zu verständigen.«

»Vielleicht.« Der Colonel erhob sich und ging einige Schritte auf und ab. »Ich hoffe, es wird dir im Laufe der Zeit klar, welche Opfer man seinen Zielen im Leben bringen muss. Ich kann dich nicht halten, so geh mit Gott. Möglicherweise findest du in Berlin sogar deine Wurzeln. Aber bitte pack deine Sachen in aller Stille und verlasse schon heute das Haus. Ich erkläre den anderen dein Fortgehen.«

Pikiert verabschiedete Alexander sich und tat, wie ihm geheißen. Die Nacht verbrachte er im Hotel, in dem auch die Preußen untergekommen waren, und zwei Tage später war er auf dem Weg nach Berlin. Seine Begleiter wunderten sich zwar über seine mürrische Laune, vermuteten aber, ihm mache die Trennung zu schaffen.

Das tat sie auch, aber er zog es vor, einen Groll gegen Sir Nikolaus zu hegen, der ihn quasi aus dem Haus geworfen hatte. Das war einfacher, als den leisen Stimmen seines Gewissens zu lauschen.

Geheime Leidenschaften

Sie sang vom irdischen Jammertal,
Von Freuden, die bald zerronnen,
Vom Jenseits, wo die Seele schwelgt
verklärt in ew'gen Wonnen.

Heinrich Heine

Drei Leidenschaften prägten das Leben von Karl August Kantholz – zwei heimliche und eine politisch höchst geschätzte. Letztere wurde durch den allgemeinen Wunsch nach Ruhe und bürgerlicher Ordnung unterstützt und durch eine Regierung, die ängstlich jegliche Störung des behaglichen Gleichgewichts aufmerksam beobachtete. Um frühzeitig gegen mögliche radikale Strömungen vorzugehen, war die geheime Polizei gegründet worden, die ein strenges Auge auf die Untertanen hielt und ein offenes Ohr für alle Spitzeldienste hatte. Karl August, selbst hochgradig darauf bedacht, seine heimlichen Neigungen vor aller Welt und im Besonderen vor seiner Mutter verborgen zu halten, hatte schon in jungen Jahren ein beachtliches Talent darin entwickelt, im Leben anderer herumzuschnüffeln. Dabei half ihm seine Erziehung, denn es waren ihm eindeutige Werte mitgegeben worden, und so wusste er genau, was richtig und was falsch war.

Seine Mutter, die dem calvinistischen Glauben nahestand, hatte als spätes Mädchen einen der Heimkehrer aus der jämmerlichen Niederlage von Jena geehelicht. Der Unteroffizier, verwundet und krank, habe nicht die Kraft besessen, sich seiner zielstrebigen Pflegerin zu widersetzen, munkelte man. Als er einigermaßen genesen war, heiratete er sie, nahm die Stelle eines

Polizeibüttels an und zeugte seinen Sohn. Bald danach verließ er das irdische Jammertal, und seine Gattin verschloss rigoros die Augen davor, dass er sich zu Tode gesoffen hatte. Dafür entwickelte sie den festen Willen, seinen Sohn auf den rechten Weg zu führen, und ahndete jede Abweichung vom Pfad der Tugend. Ihr herber Glaube half ihr dabei. In der festen Überzeugung, nur einige Erwählte würden dereinst der Gnade Gottes teilhaftig werden und alle anderen hätten sich tunlichst den Geboten zu beugen, um Schadensbegrenzung auf Erden zu betreiben, erzog sie Karl August mit gnadenloser Strenge. Dass sie sich selbst zu den Erwählten zählte, betonte sie, bescheiden wie sie war, dabei jedoch nie.

Sie lobte Karl August natürlich nicht, wenn er mit den Ergebnissen seiner Schnüffeleien zu ihr kam. Aber er spürte ihre Genugtuung, wenn sie mit ihren Erkenntnissen zu den Behörden ging, um die Nachbarn zu denunzieren. Daraus zog er eine gewisse Befriedigung.

Eine noch größere Befriedigung zog er aus dem Genuss von Süßigkeiten, insbesondere wenn sie mit Kakao gewürzt waren. Naschereien jedoch waren ihm striktestens untersagt, also musste er heimlich seiner Begierde frönen. Da er auch selten Geld in die Finger bekam, fand er den praktischen Ausweg, sein erschnüffeltes Wissen in klingende Münze zu verwandeln.

Sie lebten nicht in wirklich ärmlichen Verhältnissen. Seine Mutter, eine gelernte Weißnäherin, hatte nach dem Tod ihres Mannes diese Arbeit wieder aufgenommen. Sie war nicht nur im Nähen von feiner Unterwäsche geschickt, sondern auch darin, lukrative Aufträge zu akquirieren. Schon bald konnte sie drei weitere Frauen beschäftigen, die unter ihrer gebieterischen Leitung täglich bis zu vierzehn Stunden in einem engen Hinterzimmerchen saßen und eifrig die Nadeln schwangen. Da die sich wandelnde Mode nun wieder zahlreiche Unterröcke und sogar langbeinige Unterhosen für die Damen vorschrieb, konnte sie auf eine gleichbleibend gute Beschäftigung vertrauen. Selbst gönnte sie sich, das musste man ihr zugutehalten, keinerlei

Luxus. Der Verdienst floss in eine gesonderte Kasse, die den Grundstock zu Karl Augusts Ausbildung stellen sollte. Sie war auch eine eifrige Briefeschreiberin und wusste Beziehungen auszunutzen. So gelang es ihr tatsächlich, über den ehemaligen Vorgesetzten ihres Mannes ihrem Sohn einen Platz an der Kadettenschule in Potsdam zu sichern.

Sie hatte trotz aller Drohungen, die ihr das stete Studium der Bibel flüssig von den Lippen perlen ließ, nie von Karl August erfahren, warum man ihn nach zwei Jahren dieses Instituts verwies. Weder er noch die Betroffenen noch die Lehrerschaft waren bereit, das peinliche Verhältnis, das man entdeckt hatte, aus den Wänden des Schulleiterbüros sickern zu lassen. Der Zögling und der Tutor schwiegen ihren Familien zuliebe, und Karl August hielt den Mund, weil er nicht zugeben konnte, dass er mit dem erpressten Geld einen schwelgerischen Vorrat an Kakao angelegt hatte. Schweren Herzens musste seine Mutter nun zustimmen, dass er als Tagesschüler das Gymnasium in Berlin besuchte. Da er nun wieder zu Hause wohnte und nicht im Internat, wurde es schwerer für ihn, unbemerkt an Süßigkeiten zu gelangen. Doch er fand auch hier Möglichkeiten, und eine Weile versorgte ihn ein jüngerer Mitschüler mit den köstlichen Schokoladenkugeln aus der berühmten Manufaktur in Halle, den Halloren. Bis ihn dieser verdammte Julius zur Rede stellte und ihn erbärmlich verprügelte. Karl August schwor Rache, konnte aber nichts unternehmen, da er nicht schon wieder der Schule verwiesen werden wollte.

Die restliche Schulzeit ließ er sich nichts zu Schulden kommen, obwohl die zweite, heimliche Leidenschaft allmählich ihr schleimiges Haupt hob. Noch verbotener als Naschwerk waren für ihn nämlich die Mädchen und Frauen. Und damit natürlich noch viel anziehender. Bedauerlicherweise lebte er inmitten ganzer Berge weiblicher Kleidungsstücke – halbdurchsichtige Hemdchen, seidige Negligés, spitzenbesetzte »Unaussprechliche«, Unterröcke und Strumpfbänder regten seine Phantasie geradezu schmerzhaft an.

Es musste bei Phantasien bleiben, die Weiblichkeit schenkte ihm so gut wie keine Beachtung. Obgleich er nicht unansehnlich war, wenn man den asketischen Typ schätzte. Es war sein Benehmen, das die Mädchen abstieß.

»Er guckt einen immer so an, als wollte er die Nähte vom Unterhemd prüfen«, hatte er einmal ein Zöfchen einem anderen ins Ohr flüstern gehört, das einen Korb voll Weißwäsche für ihre Herrschaft abholen kam.

Sie lag damit nicht ganz falsch. Lieber aber hätte er den Sitz der Strumpfbänder oder der Unterhosen untersucht, aber dazu ließen sich diese vorlauten jungen Berlinerinnen nicht herab. Es dauerte einige Zeit, bis er lernte, dass auch hier, wie bei den Naschereien, für Geld Befriedigung zu haben war.

Er wurde jedoch weiterhin von seiner Mutter überaus knapp gehalten, auch als er sein Studium der Rechtswissenschaften begann. Hier aber tat sich ein neues Betätigungsfeld auf.

Die preußische Regierung, misstrauisch allen Gruppierungen gegenüber, die sich aus jungen, gebildeten Männern zusammensetzten, hatte nicht nur die Machenschaften der Turner unterbunden, sondern ein ganz besonderes Augenmerk auf die Universitäten gerichtet. Bisher standen diese Bildungshochburgen unter eigener Verwaltung und besaßen eine eigene Rechtsprechung, die in den Händen des Professorenkollegiums lag. Da man die gelehrten Herren für zu milde, möglicherweise sogar für Befürworter oder Förderer ungewünschten Ideengutes hielt, wurde ihnen staatliche Unterstützung an die Seite gegeben. Die eingesetzten Kuratoren hatten die Aufgabe, vor allem jene Studenten zu beobachten, die sich zu Burschenschaften zusammenschlossen. Zunächst waren das nur Schicksalsgemeinschaften junger Männer, die fern von zu Hause ihre heimatlichen Gebräuche pflegen wollten. Doch immer häufiger wurden in diesen Kreisen auch politische Themen diskutiert, und das auf eine Weise, die nicht im Sinne der herrschenden Bürokraten lag. Der Kurator war dankbar für jeden, der ihm Namen und Versammlungsorte jener »Demagogen« nannte, um sie dann auffliegen zu lassen, die Wohnungen zu durchsuchen, Verhaftungen vorzunehmen und die Betreffenden von der Universität zu verweisen. Einige von ihnen mussten sogar mit dauernder Polizeiüberwachung rechnen oder wurden gar zu Festungshaft verurteilt.

Karl August hatte ein gutes Gespür für Kommilitonen, die sich verbotenen Burschenschaften anschlossen oder in ähnlichen Gruppen zusammenfanden.

Auf diese Weise sollte er auch Alexander Masters begegnen.

Kein Zuckerschlecken

Unser Leben gleicht der Reise
Eines Wandrers in der Nacht;
Jeder hat auf seinem Gleise
Vieles, das ihm Kummer macht.

Beresina-Lied, Gieseke

»Wir dürfen uns das nicht länger bieten lassen!«, schimpfte der Student mit dem buschigen Backenbart und hieb mit seinem Bierkrug auf den Holztisch. Schaum spritzte über den Rand.

»Was willst du machen? Anzeigen kannst du einen Spitzel nicht«, meinte ein besonnenerer Kommilitone aus der Runde.

»Dieser selbstgerechte Spießer. Hätten uns doch denken können, dass der hinter Baring herschnüffelt.«

»Der Tropf musste aber auch das Flugblatt im Lehrbuch liegen lassen.«

»Trotzdem. Kantholz hatte nichts an seinen Unterlagen zu suchen. Er muss seine Tasche durchgewühlt haben.«

Alexander winkte der Wirtin zu, noch eine Lage Bier zu bringen. Er saß mit seinen neuen Freunden in einem Ausflugslokal am Havelufer und lauschte den empörten Kommentaren. Seit einem Jahr arbeitete er bei Egells in der Maschinenfabrik an der Chausseestraße. An den Wochenenden zog er es aber vor, die Stadt zu verlassen und die idyllischen Seen im Südwesten zu erkunden. Hier war er schnell in eine Gruppe Studenten aufgenommen worden, junge Männer wie er, die gerne seinen Berichten aus England zuhörten. Sie diskutierten leidenschaftlich über Pressefreiheit und nationales Bewusstsein, sportliche Ereignisse und die Reize der vollbusigen Wirtin Nadina. Und über die Probleme, die durch die staatlichen Eingriffe ins Universitätswesen entstanden. Gerade war einer aus dem Kreis denunziert worden und saß, angeklagt als Demagoge, in Untersuchungshaft.

»Man könnte ihm eine herzhafte Abreibung verpassen«, schlug einer der Anwesenden vor.

»Oder ein kaltes Bad in der Havel. Mit ein paar Backsteinen an den Füßen.«

Man hatte kreative Vergeltungsvorschläge, doch letztlich war es Alexanders Idee, die jubelnd aufgegriffen wurde.

Schon zwei Tage später kam sie zur Ausführung. Ein Trüppchen mit Seilen bewaffneter Studenten und Alexander selbst lauerten in der Dämmerung dem angehenden Juristen Karl August Kantholz auf, als er aus einem unauffälligen Haus trat, hinter dessen biederer Fassade eine geschäftstüchtige Dame Dienstleistungen gesellschaftlich nicht kommentierbarer Art anbot. Sie folgten ihm vorsichtig, und als er in eine unbelebte Gasse trat, packten sie den verhassten Spitzel, knebelten und fesselten ihn, verbanden ihm die Augen, warfen ihn in eine Schubkarre und bedeckten ihn mit einem Teppich. Auf diese Weise transportierten sie ihn zu der breiten Straße Unter den Linden, wo sie von zehn weiteren Verschwörern erwartet wurden. Schnell bildeten sie einen Ring um ihren zappelnden Gefangenen. Zwei von ihnen ergriffen Karl August, stellten ihn auf die Füße und banden ihn an einen der Bäume. Dann zogen sie ihm die Hosen aus. Diese hängte Alexander unter leisem Gelächter an einem Ast über ihm auf. Er war es auch, der die Augenbinde löste, dem augenrollenden, knurrenden Karl August den Knebel aus dem Mund nahm und ihn aufforderte, so laut wie möglich um Hilfe zu schreien. Dann zerstreuten sich die Rächer in alle Winde.

Tief gedemütigt stand Karl August mit nacktem Hintern, seine Blöße mit nicht mehr als einem Hemdzipfel bedeckt, mitten auf der Prachtstraße Berlins und traute sich selbstverständlich nicht, sich bemerkbar zu machen. Keinen seiner Widersacher hatte er erkannt, auch wenn er eine genaue Ahnung hatte, um wen es sich handelte. Nur Alexanders Gesicht hatte er gesehen und gehört, wie sie ihn einmal Masters genannt hatten.

Beides, Aussehen und Name, brannte sich tief in seine Seele ein, und er schwor glühende Rache.

Für Alexander trat dieser Streich bald in den Hintergrund. Die Arbeit bei Egells forderte sein ganzes Können, und erfreut nahm er eine Woche später die Order entgegen, nach Potsdam zu reisen. Hier wollte der Zuckerfabrikant Ludwig Jakobs über die Möglichkeit beraten werden, die Maschinen in seiner Fabrik durch eine Dampfmaschine antreiben zu lassen. Die Garnisonsstadt mit ihren Schlössern, Parks und Kanälen hatte Alexander schon häufiger besucht. Die Gegend an der Alten Fahrt hingegen war ihm neu. Trutzig, im Stil einer normannischen Burg gebaut, beherrschte die Jakobs'sche Zuckersiederei das Ufer. Dahinter standen die hohen Mietshäuser mit ihren Hinterhöfen – die Quartiere der Arbeiter. Einen Moment lang erinnerte ihn diese Umgebung an seine Zeit in den Londoner Arbeitervierteln, obwohl das Städtchen weit kleiner und erheblich gepflegter wirkte. Er schüttelte die unliebsamen Gefühle ab und widmete sich seiner Arbeit. Der Unternehmer hörte sich seine Fragen und Vorschläge an und bot ihm dann einen Rundgang durch die Fabrikhallen an. Einer der Vorarbeiter wurde abkommandiert, ihm die Arbeitsprozesse zu erläutern.

Es war nicht so laut wie in der Weberei, doch auch hier war die Luft feucht, stickig und warm, der süßliche Geruch der kochenden Melasse beinahe Übelkeit erregend. Inzwischen hatte sich die Marktlage wieder gewandelt, Rohrzucker war teurer geworden, und es lohnte sich, in großen Betrieben aus den heimischen Rüben Zucker zu gewinnen. In Bottichen wurden die Knollen gewaschen, an langen Tischen zerteilt, die Schnitzel in Säcke gefüllt und dann aus ihnen in einer von zwei Arbeitern bedienten Schraubenpresse der Saft herausgedrückt. Dieser Saft kochte in großen Kesseln immer weiter ein, bis kristalliner Zucker entstand. Rührwerke, notierte sich Alexander, Schnitzelwerke, vor allem aber die Presse konnten mit Maschinenkraft angetrieben werden. Die räumliche Aufteilung musste geändert, ein Maschinenhaus angelegt werden. Aber schon jetzt war die Fabrik gut durchdacht, Jakobs Vorstellung würde realisierbar sein. Alexander schickte den Vorarbeiter weg, um sich in Ruhe die Arbeitsprozesse anzuschauen. Er registrierte, dass auch hier eine ganze Reihe Frauen und Mädchen arbeiteten. Es waren überwiegend stumpfsinnige Tätigkeiten, die sie zu verrichten hatten. Eine Schwangere fiel ihm auf, die sich an der Presse abmühte. Kopfschüttelnd notierte er sich ebenfalls, Jakobs von der Investition einer der neuen Hydraulikpressen zu überzeugen, die mit weit geringerem Kraftaufwand zu betreiben waren.

Gerade als er seine Notiz beendet hatte, stolperte die Schwangere und brach in die Knie.

»Mama!«, rief ein junges Mädchen und warf das Messer hin, mit dem sie die harten Rüben zerteilte. Der Vorarbeiter donnerte sie an, sofort wieder ihren Platz einzunehmen, aber sie hörte nicht auf den Befehl. Sonst jedoch kümmerte sich niemand um die Frau, die sich auf dem von Zuckersaft klebrigen, schmutzstarrenden Boden vor Schmerzen krümmte.

»Lassen Sie das Mädchen«, sagte Alexander zu dem Vorarbeiter und ging mit langen Schritten zur Presse. »Was ist passiert?«

»Meine Mutter! Ich fürchte … eine Fehlgeburt.« Ein blasses, ängstliches Gesicht sah zu ihm auf. »Sie hatte schon heute Morgen Schmerzen.«

»Amara, bitte …!«, stöhnte die Frau.

»Kann ihr jemand helfen?«

Bitter kam es zurück: »Von denen hier hilft uns niemand.«

Alexander verstand. Das Mädchen drückte sich weit gepflegter aus als die üblichen Berliner Arbeiter, die er bisher kennengelernt hatte. Noch einmal kam die Erinnerung an seine harte Zeit in der Weberei in ihm hoch.

»Wo wohnt ihr?«

»Hinter der Fabrik, nicht weit von hier, gnädiger Herr. Aber ich kann sie nicht alleine dort hinbringen.«

»Ich kümmere mich darum«, entgegnete Alexander kurz und forderte den Vorarbeiter auf, ihm eine Decke zu bringen. Der murrte zwar, gehorchte aber bei dem energisch wiederholten Befehl. Es gelang Alexander, die leise ächzende Schwangere mit Unterstützung des Mädchens in seinen Einspänner zu verfrachten und die wenigen Schritte zu deren Wohnung zu bringen.

»Kommst du alleine zurecht, Mädchen?«, fragte er, als sie ihre Mutter auf das schmale Bett gelegt hatten.

»Ja, gnädiger Herr. Wird schon gehen. Danke auch, gnädiger Herr.«

Alexander sah sich um. Die beiden bewohnten ein dunkles, feuchtes Zimmerchen in einem gerade erst erbauten Mietshaus. Es ging auf einen düsteren Hinterhof hinaus, in dem sich in den Ecken schon der Unrat häufte. Schaudernd wandte er sich zur Tür und nickte den beiden nur noch einmal kurz zu.

Dieses Elend hatte er Gott sei Dank hinter sich gelassen.

Doch dann verfolgte es ihn weiter. Noch am Abend sah er das junge, ängstlich besorgte, magere Gesicht des Mädchens vor sich und hörte die unterdrückten Schmerzenslaute ihrer Mutter. Fast dreiundzwanzig war Alexander inzwischen, und er hatte bisher aus eigener Kraft sein Leben gestaltet. Er verdiente ausgezeichnet, seine Arbeit wurde anerkannt, er hatte eine hübsche Wohnung am Tiergarten und konnte sich gediegene, modische Kleidung leisten. Einige Bekannte hatte er gefunden, doch keine engen Freunde, sondern er pflegte eher oberflächliche Beziehungen, wie die zu den Studenten der Humboldt-Universität. Hin und wieder genoss er auch die Gunst einer hübschen Näherin. Aber die Maschinen interessierten ihn mehr als diese Tändeleien. Nie hatte er das Bedürfnis verspürt, jemandem zu helfen, außer gelegentlich ein Almosen in die Hand eines Bettlers zu legen.

Und dennoch erkundigte er sich zwei Tage später, als er wieder in der Zuckersiederei zu tun hatte, bei dem Vorarbeiter nach Mutter und Tochter.

»Sind nicht wiedergekommen. Was soll man von diesem hochnäsigen Gesocks auch erwarten. Wir haben sie von der Lohnliste gestrichen.«

»Wer sind sie?«

»Mit Verlaub, Herr Masters, das braucht Sie nicht zu kümmern.«

»Das ist wohl meine Angelegenheit. Also?«

Der Mann zuckte mit den Schultern, und sein Tonfall blieb verächtlich, als er berichtete: »Birte und Amara Wolking. Die hat uns vor zwei Monaten ein Kunde aufgehalst. Haben vorher in einer Konditorei oder so was gearbeitet. Der Alte hat sich abgemacht, und die beiden brauchten Arbeit. Aber glauben Sie nicht, dass die dankbar wären. Kommen sich vor, als wären sie was Besseres. Das Mädchen hat eine renitente Art, und die Mutter ist eine unzuverlässige, faule Schlampe.«

Das war eine erschöpfende Auskunft, die Alexander zum Schweigen brachte. Aber nicht, wie der Vorarbeiter dachte, weil damit die Angelegenheit für ihn erledigt war. Im Gegenteil.

Vier Mal hatte Alexander in seinem Leben die Chance geboten bekommen, sich aus den tiefsten Niederungen hochzuarbeiten – Captain Finley, der ihn zu seinem Stallburschen gemacht hatte, Thornton Harvest, der ihn zum Maschinisten ausgebildet, Sir Nikolaus, der ihm den Besuch der Technikerschule ermöglicht hatte, und schließlich Egells, bei dem er jetzt eine hervorragende Stelle bekleidete. Es war so etwas wie ein Gewissensbiss, den er bei dem Gedanken daran verspürte und der in ihm den Entschluss reifen ließ, hier selbst einmal Schicksal zu spielen.

Das Mädchen und seine Mutter sollten ihre Chance bekommen. Wenn sie klug waren, würden sie sich selbst weiterhelfen.

Nach dem Gespräch mit dem Unternehmer machte er sich auf den Weg zu dem Mietshaus und klopfte an die Tür der Wohnung, in die er die beiden zwei Tage zuvor gebracht hatte.

Er erschrak, als er das Mädchen vor sich sah. Ihr Gesicht war vom Weinen verquollen, ein graues Tuch hielt sie wie schützend um sich gewickelt, und ihre Haare hingen wirr aus einem halb gelösten Zopf. Schon bereute er seine Menschenfreundlichkeit. Sie schien tatsächlich eine Schlampe zu sein.

»Sie, gnädiger Herr?«

Die Stimme war klein und heiser, ihre Hände zitterten, mit denen sie das Tuch fester um sich zerrte.

»Ich wollte mich erkundigen, wie es deiner Mutter geht.«

»Sie starb. Gestern.« Und dann flossen die Tränen wieder über ihre Wangen. »Sie haben sie in ein Armengrab gebracht. Ich konnte doch nicht…«

»Du hast kein Geld?«, unterbrach er das Schluchzen.

Sie schüttelte den Kopf, versuchte Fassung zu gewinnen.

»Darf ich hineinkommen?«

»Bitte, gnädiger Herr.«

Alexander setzte sich auf einen der beiden Holzstühle und sah sich um. Es war sauber und aufgeräumt in dem Zimmer, eine bunte Decke lag über dem Bett, und ein blauer Vorhang verbarg wohl die Waschgelegenheit. Aber in dem kleinen Kanonenofen, auf dem ein Wasserkessel stand, brannte kein Feuer, obwohl es schon empfindlich kühl und hier in dem Hinterzimmer auch erstaunlich feucht war.

»Was ist passiert? Amara, nicht wahr? Du heißt Amara.«

»Ja, gnädiger Herr. Entschuldigen Sie, ich kann Ihnen noch nicht einmal ein Glas Wasser anbieten.«

»Erzähl.«

Sie setzte sich auf den anderen Stuhl und wischte sich mit einem zerknüllten Taschentuch über die Augen.

»Im Frühjahr starb mein Stiefvater. Ein Unfall. Wir hatten eine Konditorei, drüben in Berlin, und wir wollten ein Café aufmachen. Er hat dafür einen Kredit aufgenommen. Als er tot war, mussten wir den zurückzahlen und die bestellte Einrichtung verkaufen. Er… war nicht sehr geschäftstüchtig. Hatte ungeheuer viele Außenstände. Mama war nicht… sie traute sich nicht…«

»Das Geld einzufordern?«

Amara nickte. »Sie hat sich auch über den Tisch ziehen lassen. Von dem Mann, der uns die Sachen abgenommen hat. Er hat ihr freie Wohnung für zwei Jahre in seinem schönen neuen Haus in Potsdam angeboten und Arbeit bei Jakobs. Hätte sie doch nur auf mich gehört!«

»Du wusstest es besser?«

»Ich habe Geschäftsverstand, gnädiger Herr. Ich habe eine Ausbildung. Und ich weiß, dass solche neuen Häuser trockengewohnt werden müssen. Es war ein kalter Juni, gnädiger Herr. Und sie ... die Trauer, das ungeborene Kind, die schwere Arbeit ... Sie fühlte sich so schwach.«

Alexander nickte. Das erklärte den Vorwurf der Faulheit.

»Wie alt bist du, Amara?«

»Sechzehn dieses Jahr, gnädiger Herr.«

»Und du hast eine Ausbildung?«

»Luisenschule in Berlin, und ich habe schon immer in der Backstube gearbeitet.«

»Was willst du jetzt machen?«

Sie seufzte. »In der Fabrik nehmen sie mich vermutlich nicht mehr. Dort hat uns niemand gemocht, und jetzt sind sie wahrscheinlich froh, mich loszuwerden.«

»Sie haben euch von der Lohnliste gestrichen.«

»Ich hab noch nicht nachdenken können, gnädiger Herr. Ich werde mir irgendeine Arbeit suchen. Vielleicht nimmt mich jemand als Küchenmädchen.«

Alexander hatte ihnen Geld anbieten wollen, aber plötzlich kam ihm ein viel besserer Gedanke. Das Ausflugslokal in der Nähe vom Heiligen See, wo er sich im Sommer oft mit seinen studentischen Bekannten getroffen hatte, wurde von einer lebenslustigen Wirtin geführt. Nadina Galinowa hatte den Ausschank jederzeit im Griff, egal wie viele Gäste sie bewirten musste, gleichgültig wie ausgelassen es zuging oder wie sehr sich die Gemüter auch erhitzten. Ihr Bier war gut, der Wein erträglich, die Schmalzbrote fett und der Streuselkuchen eine ungenießbare Katastrophe. Aber ihr Herz war groß und weit wie Mütterchen Russland selbst.

»Ich wüsste etwas für dich, Amara. Ob es klappt, weiß ich nicht, aber wir können es versuchen. Wasch dein Gesicht und zieh dir etwas Sauberes an. Ich hole dich in etwa einer Stunde ab.«

»Gnädiger Herr, verzeihen Sie, aber was wollen Sie von mir?«

»Misstrauisch?« Ein zynisches Lächeln huschte über seine Züge. So ging es einem, wenn man ungebeten Hilfe anbot.

»Ich bin nicht mehr ganz so naiv.«

Plötzlich wirkte das Mädchen älter und weiser auf ihn, und er nickte.

»Ein Gartenlokal an der Havel, das dringend eine gute Bäckerin braucht. Nadina Galinowa ist eine anständige Person. Soweit ich weiß, zumindest. Sie wird dich nicht an den Meistbietenden verkaufen. Ein vornehmes Kaffeehaus ist es allerdings nicht.«

»Ich bin nicht wählerisch, gnädiger Herr.«

»Und ich nicht der gnädige Herr, sondern Alexander Masters. Also, in einer Stunde, Amara.«

Ich war mir nicht sicher, wohin mich meine Entscheidung, einem völlig Fremden zu vertrauen, hinführen würde. Aber in meiner dumpfen Verzweiflung war er mir als der Retter erschienen, der mir einen Weg in die Zukunft weisen konnte. Was hätte ich schon alleine in Potsdam unternehmen können? Ende des Monats war die Miete fällig, die ich ohne Arbeitslohn nicht aufbringen konnte, und der Winter stand bevor. Es war schon Ende Oktober, und als ich neben jenem Alexander Masters auf dem Kutschbock seines Wagens saß, fielen mir die Bäume am Ufer der Havel auf, die sich schon in ihr goldenes Laub gewandet hatten. Die Sonne brach zwischen den Wolken hervor und ließ sie in satten Farben erglühen. Sie spiegelten sich auch in den träge dahinfließenden Wassern, über die lautlos einige flache Kaffeekähne glitten, die V-förmig aufgespannten Vorsegel gebläht im leichten Herbstwind. Es war ein typisches Bild für Potsdam, doch ich hatte bisher noch nicht viel Gelegenheit gehabt, die Gegend zu erkunden. Obwohl ich mich innerlich vor Trauer und Verlust wie zerrissen fühlte, legte sich jetzt doch die milde Herbststimmung lindernd um mein Herz, und dankbar lehnte ich mich auf dem Sitz zurück. Alexander Masters hatte Pferd und Wagen offensichtlich gut im Griff, wenngleich er manche Kurven mit jugendlichem Elan nahm und ich mich festhalten musste, um mir nicht blaue Flecken von den Seitenwänden zu holen.

Das Ausflugslokal, an dem er schließlich Halt machte, lag außerhalb der Stadt, doch an einer vielbefahrenen Chaussee, der Berliner Straße. Die schlichten Holzbänke und Tische unter den Weiden im Garten waren zusammengerückt; um draußen zu sitzen, war es zu kühl geworden. Doch auf der mit Bohlen belegten Terrasse saßen im Schutz von geflochtenen Paravents noch einige Gäste bei Kaffee und Kuchen und genossen den Blick über die sich hier zu einem flachen See verbreiternde Havel. Zwei Schwäne zogen ihre gemächlichen Runden vor dem gegenüberliegenden Ufer, hinter dem sich der Babelsberg mit seinem bunten Laubwald erhob. Es war ein beschaulicher Anblick.

Herr Masters führte mich am Ellenbogen gefasst durch die besetzten Tische in einen kleinen Schankraum, in dem eine hochgewachsene, kräftige Frau einen Samowar befüllte. Das Auffallendste an ihr war eine Masse roter Haare, die zu einer komplizierten Frisur aufgesteckt waren und einen strahlenden Kontrast zu dem grünen, volantbesetzten Kleid boten.

»Madame Galinowa, darf ich einen Augenblick um Ihre Aufmerksamkeit bitten?«

Die Angesprochene drehte sich um, und ein augenzwinkerndes Lächeln erhellte ihr Gesicht.

»Der Herr Masters aus Berlin. Was habe ich gehört? Vorletzte Woche es hat gegeben einen Skandal Unter den Linden? Man redet von einem Herrn Studiosus in äußerst unschicklicher Aufmachung. Er ist der wegen Erregung öffentlichen Ärgers genommen in Polizeigewahrsam.«

»Spricht man davon? Das ist mir neu«, meinte mein Begleiter mit unschuldigem Blick. »Ich weiß von nichts.«

»Nein, natürlich nicht. Ah, und wen bringen Sie hier zu mir?« Das Lächeln verschwand, als sie mein noch immer verquollenes Gesicht musterte. »Haben Sie das Mädchen in Schwierigkeiten gebracht, Herr Masters?«, fragte sie streng.

»Nein, Madame Galinowa. Aber in Schwierigkeiten ist sie, und eine Lösung für Ihr Problem könnte sie sein.«

»Ich habe kein Problem, junger Mann.«

»Doch, Sie haben Ihren Streuselkuchen.«

»Ha! Das ist Problem, was Babuschka hat. Was ist mit dem Kind?«

Ich hörte schweigend zu, wie Alexander meine Geschichte in kurzen, nüchternen Worten zusammenfasste. Die Änderung im Verhalten der Wirtin war erstaunlich. Er hatte kaum zu Ende gesprochen, da waren ihre Züge weich geworden. Sie breitete die Arme aus und zog mich ohne Umstände an ihren üppigen Busen. Ich versank in parfümierter, weicher Mütterlichkeit.

»*Maja milaja! Maya sslatkaja! Maya kroschka!*«, murmelte sie und streichelte meinen Rücken. »Du kommst zu uns. Du wohnst bei uns. Und wenn du magst, backst du Kuchen für uns. Ach, mein armes Kindchen. Mein trauriges Seelchen.«

Irgendetwas löste sich in mir. Eine harte Stelle weichte auf, und ein winziger Funken Hoffnung glomm in meinem müden Herzen auf. Ich hatte in meinem Leben Freundlichkeit kennengelernt, Verständnis und Zuneigung erfahren. Überwältigende Zärtlichkeit war aber nicht dabei gewesen. Das aber schenkte mir ohne Fragen, ohne Vorbehalte Madame Galinowa. Die quälende Bitterkeit wurde erträglicher, und meine Tränen bewirkten endlich Erlösung. Ich merkte kaum, wie Nadina Galinowa mich in ein Zimmerchen führte, mir die Schuhe auszog und mich in ein Bett steckte. Unter dem unablässigen russischen Gemurmel einer tiefen, rauen Stimme schlief ich endlich ein.

Der exotische Onkel

Als ich noch im Flügelkleide
zur Mädchenschule ging,
da war ich schon mit dreizehn Jahren
ein ganz verliebtes Ding.

Volkslied

»Und unser Zuckertöpfchen wird sicher wieder zu seinem Rübenacker zurückfahren«, kicherte Isabella und fädelte einen rosa Seidenfaden in ihre Sticknadel. Die Elevinnen der Höheren Töchterschule von Magdeburg saßen an einem kühlen Märznachmittag zusammen im Salon des vornehmen Mädchenpensionats und schmiedeten Pläne für die freien Osterfeiertage.

Dotty wusste nicht, was sie mehr verabscheute – die Schule oder die Ferien. Zum Glück war es ihr letztes Jahr, das sie in dem Pensionat verbringen und in dem sie die beständigen Sticheleien ihrer Mitschülerinnen ertragen musste. Vor allem die unrühmlichen Versuche ihres Vaters, selbst Zucker herzustellen, waren für die jungen Damen eine nicht enden wollende Quelle von Anspielungen. Giftig gab sie zurück: »Wir haben vor Jahren Zucker für das Vaterland hergestellt, Isabella. Zu Zeiten, in denen dein Herr Papa sich seinen vaterländischen Pflichten durch eine als archäologische Expedition bezeichnete Lustreise entzog.«

»Immerhin hat er unserem König eine wertvolle Sammlung für das neue Museum in Berlin übergeben. Verdienstvoller, wirst du zugeben, als klebrigen Zucker zu sieden.«

Naserümpfend betrachtete Dotty die Sprecherin. »So verdienstvoll, dass du sonntags noch immer im Kleid vom Vorjahr zur Kirche gehst.«

Nach dieser vernichtenden Replik legte sie ihre Stickerei zusammen und packte sie in ihren Handarbeitskorb. Es war kurz nach fünf, und sie hatte eine wichtigere Beschäftigung, als sich mit den Lästerzungen herumzuärgern.

»Ich habe Kopfweh und gehe auf mein Zimmer«, verkündete sie im Aufstehen und rauschte hinaus. Die Tuschelei würde jetzt erst recht losgehen, darüber bestand natürlich kein Zweifel. Aber das war ihr in Anbetracht der erwarteten Genüsse gleichgültig. Sie warf sich ihren dunklen Umhang über und zog die Kapuze tief in die Stirn.

Herbert erwartete sie schon unten am Dienstboteneingang. Er war ein achtzehnjähriger Küchengehilfe und geradezu besessen verliebt in die goldhaarige Baroness. Es wertete ihn in den Kreisen seiner Freunde ungeheuer auf, dass er eine heimliche Affäre mit der adligen Schülerin hatte, auch wenn man ihn vor den Gefahren warnte. Mit einer heftigen Umarmung begrüßte er Dotty, doch die stieß ihn energisch fort.

»Nicht hier, Herbert. Wer weiß, wer aus dem Fenster linst. Ich habe nur eine Stunde Zeit, dann muss ich zum Essen.«

»Dann lass uns in den Schuppen gehen.«

Sie fand nichts Ehrenrühriges dabei, dem gut gebauten Jüngling zu folgen, der ihnen beiden in dem Holzschuppen am Ende des parkähnlichen Gartens ein Liebesnest gebaut hatte. Das Mädchenpensionat wurde von der verwitweten Besitzerin einer herrschaftlichen Villa geführt, die ihren Unterhalt und den Erhalt des Gebäudes mit der Unterbringung begüterter Schülerinnen aus dem Umland verdiente. Von der Nutzung angegliederter Baulichkeiten durch ihre Schützlinge ahnte sie nichts.

»Dotty, ach Dotty!«, stöhnte Herbert begeistert, als er die Knöpfe des hochgeschlossenen Wollkleides aufnestelte. Dorothea war zu einer vollbusigen jungen Frau herangewachsen, ihre Hüften rundeten sich mollig, ihre weißen Arme wiesen an den Ellenbogen köstliche Grübchen auf, und zu gerne hätte Herbert gewusst, ob auch ihre Beine so weich und rundlich waren. Aber sie wusste dank Tante Laurenz' schwülstigen Geschichten sehr genau, wo Grenzen gezogen werden mussten. Und aus eigener tätiger Erfahrung war ihr auch die Macht der Verweigerung gut bekannt.

Es brachte ihr einen weit größeren Genuss ein als die brennenden Küsse und die gewagten Fummeleien des Küchenjungen – nämlich eine zusätzliche Portion Schokoladenpudding, die er für sie abgezweigt hatte. Die Pensionsleiterin hielt nicht viel von süßen Leckereien, sie wurden ihren Damen nur in bescheidenen Mengen bei den gemeinsamen Mahlzeiten kredenzt.

Wenigstens das würde auf Rosian anders, dachte Dotty, als sie sich spätabends die Finger ableckte und die Schüssel unter dem Bett versteckte. Am Morgen würde sie sie unauffällig zwischen das Frühstücksgeschirr schmuggeln. Andererseits erwartete sie auf dem Gut ihre beständig unzufriedene Mutter, die unbedingt erfahren wollte, mit wem sie Freundschaft geschlossen hatte, welchen gesellschaftlichen Status die jungen Damen besaßen, welchen Rang ihre Väter einnahmen und vor allem wer heiratsfähige Brüder oder Vettern hatte.

Dotty hatte keine Freundinnen.

Sie hatte sich auch nie besonders darum bemüht. Die Mädchen, Töchter von Landjunkern und höheren Beamten, hielten sie für hochnäsig und selbstsüchtig. Da Dotty bis zu ihrem dreizehnten Lebensjahr auf dem Gut aufgewachsen und nur selten mit Gleichaltrigen zusammengekommen war, mangelte es ihr an der Fähigkeit, sich einer Gruppe anzupassen. Dazu waren auch die dünkelhaften Ansichten der Baroness über ihren Adelsstand nicht ohne Auswirkung geblieben. Sie gab sich freundlich Höhergestellten gegenüber, denjenigen niederer oder gar bürgerlicher Abkunft begegnete sie mit leichter Herablassung. Ausnahmen galten hier nur für gewisse Mitglieder des Küchenpersonals.

Als sie aber in der Vorosterwoche zu Hause eintraf, wurde sie angenehm überrascht. Es war Besuch gekommen, der für erfreuliche Ablenkung sorgte. Ihr Onkel Lothar war nach mehreren Jahren des Herumreisens eingetroffen, um seine Angelegenheiten zu regeln. Was immer das bedeuten mochte.

»Hübsch bist du geworden, Dotty«, begrüßte er sie.

»Danke, Onkel Lothar. Auch Sie sehen gut aus. Sie kommen aus einem sonnigen Klima?«

Unübersehbar gebräunt, die nachlässig frisierten Haare von der Sonne gebleicht, um die Augen Fältchen, die auf das Zusammenkneifen im hellen Licht schließen ließen, und ansonsten von magerer, zäher Gestalt machte er den angenehm aufregenden Eindruck eines Abenteurers.

»Aus Afrika, im weitesten Sinne. Den Winter habe ich in Marokko verbracht.«

»Sie werden uns sicher farbenprächtige Berichte liefern können. Ich höre so gerne von fremden Ländern.« Dotty hatte Konversation gelernt und verband diese Fähigkeit mit einem Wimpernflattern, was ihren Onkel zum Lachen brachte.

»Du brauchst mich nicht mit Koketterie dazu zu überreden, Nichtchen. Ich neige dazu, meiner Zuhörerschaft die Ohren vom Kopf zu reden, wenn ich erst einmal anfange.«

So war es denn auch, und wenn Dotty sich auch Mühe gab, den Erzählungen vom Gold- und Edelsteinschürfen, den fremden Sitten der Eingeborenen, den unheimlichen Königsgräbern in der Wüste, den gewaltigen Tierherden in den Steppen zu lauschen, so langweilten sie diese Geschichten doch schnell. Tante Laurenz' zu Herzen gehende Tragödien sprachen sie mehr an, und schon vier Tage später suchte sie die Scheune auf, die die alte Zuckerfabrik barg, um sich aus der Truhe mit neuem Material zu versorgen. Sie hatte es sich auf dem offenen Heuboden gemütlich gemacht, von dem das Hebezeug für die Fässer hing, und vertiefte sich in ein bisher ungelesenes Heft.

Auf diese Weise wurde sie Zeuge, wie ihr Bruder Maximilian, jetzt ein schlaksiger Fünfzehnjähriger, der begann, seinem Onkel ähnlich zu sehen, mit diesem die Scheune betrat.

»Ich weiß, dass sie hier gelagert sind, Onkel Lothar. Und ich muss Ihnen gestehen, die Neugier hat uns getrieben, sie zu öffnen.«

»Das war nicht klug, mein Junge. Sie enthalten zwar keine wertvollen Schätze, aber mancherlei gefährliche Dinge.«

»Bitte verzeihen Sie. Aber wir haben nichts zerstört oder entfernt.«

Dotty hörte ihren Onkel lachen. »Gott, ja. Ich an deiner Stelle hätte wahrscheinlich genauso gehandelt. Wissbegier ist eine gute Eigenschaft.«

»Ist es das? Nicht jeder findet das.«

»So bitter, Maximilian? Hast du einen Dämpfer bekommen?«

»Mein Leben besteht nur aus Dämpfern.«

Dotty schaute vorsichtig über den Rand des Bodens und sah ihren Onkel, der auf einer seiner Kisten Platz genommen hatte und ihren Bruder mit einer Handbewegung einlud, sich zu ihm zu setzen.

»Du könntest mir davon erzählen, Max. Vielleicht kann ich helfen.«

»Ich weiß nicht. Sehen Sie, Vater möchte, dass ich später Rosian übernehme. Aber er steckt mich in diese langweilige Knabenschule, wo nichts als griechische Philosophen und römische Dichter gepaukt werden. Klar, ein bisschen Mathematik ist auch dabei, und ein vertrottelter alter Apotheker spielt uns den Alchemisten vor. Was nützt mir das, wenn ich ein Gut bewirtschaften soll?«

»Eine gute Allgemeinbildung ist immer nützlich, sie verbindet die Menschen miteinander. Aber ich gebe dir Recht – es genügt den wohlhabenden Müßiggängern. Wer mehr erreichen will in seinem Leben, braucht auch mehr Bildung. Was schwebt dir vor?«

»Ich finde die Landwirtschaft schon interessant, Onkel Lothar. Ich habe mich oft mit dem Siedemeister getroffen. Es gibt da so viele Fragen, auf die ich Antwort finden möchte. Zum Beispiel die Runkelrüben. Sie verarbeiten sie hier noch immer – nicht zu Zucker, sondern zu Branntwein. Scheußliches Zeug übrigens.«

»Kann ich mir denken«, schnaubte sein Onkel.

»Ja, aber die Rüben – also die sind ganz unterschiedlich, je nachdem, auf welchem Feld sie angebaut wurden. Manche sind zum Beispiel süßer als die anderen. Ich würde gerne wissen, was die Ursache ist. Der Boden vielleicht, die Lage, ob sonnig oder schattig, was im Vorjahr dort gepflanzt wurde oder die Behandlung der Samen. Wenn man solche Sachen wüsste, könnte man ganz gezielt besonders zuckerhaltige Rüben anbauen.«

»Und entsprechend züchten. Vollkommen richtig, Max. Das ist ein Wissen, das ein Landwirt braucht.«

»Mein Vater sagt, dazu hat man seinen Verwalter.«

»Quatsch.«

Maximilian kicherte plötzlich. »Ja, nicht? Vor allem, wenn der seine Hauptaufgabe darin sieht, die Pächter auszuquetschen.«

»Sieht er?«

»Ich verstehe nicht viel davon, aber ich höre zu.«

»Noch eine gute Eigenschaft. Maximilian, es gibt Institute, die sich mit derartigen Fragen befassen. Ich werde mich mal erkundigen, wo man dir ein solides naturkundliches Wissen vermitteln kann. Ich kenne einige Leute.«

»Oh, hoffentlich in Marrakesch oder Kairo!«

»Pfft. Du willst doch hier dein Land bebauen, oder?«

»War ja nur ein Scherz.«

»Ich weiß. Lern Französisch, Junge. Ich glaube, da gibt es Möglichkeiten.«

»Sie meinen das wirklich ernst?«

»Ja, ich meine es ernst. So, und nun will ich mal schauen, was für eine Unordnung ihr in meiner Sammlung angerichtet habt. Wie habt ihr die Schlösser eigentlich aufbekommen?«

Dotty auf ihrem Lauschposten zuckte zusammen. Aber ihr Bruder verriet den Einsatz der Häkelnadel nicht, sondern murmelte nur so etwas wie: »Oooch, die sind doch sehr einfach…«

Sie hoben den Deckel der Truhe, auf der sie gesessen hatten, und ihr Onkel gab einen Seufzer von sich.

»Gut, dass du tatsächlich nichts davon angerührt hast. Hier, diese Flaschen enthalten einige recht gefährliche Substanzen.«

»Muskatnuss ist doch nicht gefährlich, oder? Sie wird zum Würzen gebraucht. Zumindest von unserer Köchin.«

»Eine Prise davon ist harmlos, aber der Verzehr von nur einer Nuss führt zum Tode. Diese Samen vom Wabayo-Baum verwenden die Eingeborenen, um damit ihre Pfeilspitzen zu vergiften. Das hier sind Iboga-Wurzeln, die teuflische Halluzinationen auslösen. Und die Samen des Wunderbaums sind schlichtweg tödlich. Obwohl aus ihnen das auch dir bekannte Rizinusöl hergestellt werden kann.«

»Bah!«

»Gelegentlich notwendig. Das hier sind Samen des Affenbrotbaums – weil die Affen die Früchte lieben –, das ist Brechnuss, das ein getrockneter Skorpion. Kurz und gut, ein ganzer Giftschrank.«

Während die beiden unten nun die einzelnen Fundstücke betrachteten, zog Dotty sich wieder in die Welt der edlen Ritter und schmachtenden Burgfräulein zurück und wurde erst daraus gerissen, als sich Hufschlag näherte. Ihr Vater stapfte ebenfalls in die Scheune und rief aus: »Dacht ich es mir doch! Maximilian, nach Hause! Deine Mutter hat Besuch und erwartet dich und Dorothea.«

»Ja, Herr Vater.«

Besuch, bei dem sie und ihr Bruder anwesend zu sein hatten, hasste Dotty ganz besonders. Also verhielt sie sich mucksmäuschenstill, um nicht entdeckt zu werden.

»Na, Lothar? Noch alles vorhanden von deinem Krempel?«

»Sieht ganz so aus. Ich werde es von hier entfernen, Briesnitz. Es war ungeschickt, die Sachen in Griffweite von Kindern zu lagern.«

»Daran hättest du früher denken sollen. Ist etwas Wertvolles abhandengekommen?«

»Ich habe noch nicht alles durchgesehen.«

Ziemlich spöttisch fragte der Baron nach: »Ist überhaupt etwas von Wert darunter?«

»Von wissenschaftlichem Wert. Die Diamanten habe ich natürlich bei einer Bank deponiert.«

»Natürlich. Diamanten. Was sonst.«

»Von den Opalen habe ich nur einige ganz besonders schöne Stücke behalten, der Rest beschert mir ein recht anständiges Leben, Briesnitz. Ein paar Verpflichtungen habe ich hier noch, und wenn die abgegolten sind, gehe ich wieder auf Reisen.«

Ihr Vater, stellte Dotty fest, war sprachlos. Dann aber fing er sich und fragte: »Du hast tatsächlich ein Vermögen gemacht?«

»Tatsächlich. Sag mal, was ist eigentlich aus der hübschen Zuckerbäckerin geworden, der Birte?«

»Birte? Himmel, Lothar, ich kann mir doch nicht den Namen jedes Dienstmädchens merken. Frag deine Schwester, die ist für das Personal zuständig.«

Dotty spitzte die Ohren. Wieso interessierte sich ihr Onkel für ein Küchenmädchen? Sie ahnte, wen er meinte, denn als sie vor Jahren einmal die Massows in Mecklenburg besuchten, hatte sie, schon immer ein offenes Ohr für jeden Dienstbotenklatsch, gehört, Lady Henrietta habe jene Birte übernommen. Es war damals gemunkelt worden, die Baronin habe sie rausgeworfen, weil sie schwanger war. Und das war wohl richtig, denn dieses widerliche Balg Amara hatte sie beim Naschen erwischt. Ob sich dahinter ein Skandal verbarg? Sie würde etwas tiefer nachforschen müssen. Aber erst hatte sie noch etwas anderes vor. Die beiden Männer verließen nämlich die Scheune, und Onkel Lothar hatte vergessen, die als »Giftschrank« bezeichnete Truhe abzuschließen. Eine hervorragende Gelegenheit, sich mit einem Mittel einzudecken, um Vergeltung zu üben.

Am vergangenen Weihnachtsfest hatten ihr nämlich ihre Mitschülerinnen einen üblen Streich gespielt. Bei der Aufführung eines Krippenspiels vor Eltern, Verwandten und Freunden hatte sie sich um die Rolle der Maria bemüht und mit Hilfe kleiner

Intrigen auch erhalten. Sie hatte ihre goldblonden Locken glänzend gebürstet und über den blauen Samtmantel gebreitet, eine goldene Krone auf dem Kopf getragen und wahrhaftig wie die Madonna ausgesehen.

Allerdings hatte irgendeines der grässlichen Mädchen, vermutlich waren es sogar mehrere, ihr in die Schokolade, die sie vor Beginn der Aufführung getrunken hatte, ein Brechmittel gegeben.

Es war eine grauenvolle Blamage.

Schnell wühlte sich Dotty durch die Dosen und Glasbehälter. Wunderbaum? Rizinusöl? Vielleicht. Oder besser noch Brechnuss. Vorsichtig öffnete sie das Gläschen und holte einige der flachen, braunen Kerne heraus. Es würde vermutlich reichen, sie wie Muskatnuss zu reiben, und damit diesen blöden Hühnern zu passender Gelegenheit das Essen zu würzen.

Sie kam nicht mehr dazu, denn nach Ostern brauchte sie nicht mehr in das Pensionat in Magdeburg zurückzukehren. Ihr großzügiger Onkel hatte dafür gesorgt, dass sie das letzte Jahr an einem weit vornehmeren Institut in Berlin verbringen durfte.

ZWEITER TEIL

Die Bitternis

Ein Trank für die Götter

Nimm deine Schokolade,
Blume des Kakaobaumes,
und trinke sie ganz, wenn du kannst.

Lied von Nezahualcoyotl

Vor jeder Zeitrechnung, Mexiko

Sie hatten genug zu essen, der Fluss war reich an Fischen, an den Gräsern reiften die Körner, aus dem Boden gruben sie essbare Knollen, vor allem aber der Wald versorgte sie mit köstlichen Früchten. Zwei Frauen aus der kleinen Ansiedlung wanderten mit den geflochtenen Tragkörben über die ausgetretenen Wege zurück an ihre Herdstätten. Unter anderem hatten sie einige der goldenen Früchte des Baumes, den sie kakawa nannten, aufgesammelt, deren Fruchtfleisch sie zu einem vergorenen Getränk verarbeiten wollten. Die bitteren Kerne entfernten sie dabei sorgfältig und warfen sie fort.

Wie der Zufall es wollte – und der Zufall will oft seltsame Dinge –, blieben einige dieser bohnenförmigen Kerne irgendwann am glosenden Herdfeuer liegen, und eines Morgens schnüffelte die erste Frühaufsteherin verdutzt. Es roch wunderbar aromatisch. Was gut riecht, schmeckt auch gut, war eine frühe Erkenntnis. Also nahm die Frau eine der gerösteten Bohnen auf. Dabei löste sich die dünne Schale und bröckelte ab. Den Kern steckte sie vorsichtig in den Mund und biss darauf.

Bitter war er zwar noch, aber lange nicht so wie die rohen Samen der Frucht. Ja, es war ein durchaus angenehmer Geschmack. Mutig hob sie einige der Bohnen auf und zerstampfte sie zusammen mit den Körnern, die den üblichen Morgenbrei bildeten.

Es war ein großer Erfolg in ihrer Familie, zumal der dickflüssige, heiße Trunk überaus belebend wirkte.

Das Geheimnis um die gerösteten Bohnen breitete sich schnell unter der Bevölkerung aus, und schon bald bekam das daraus zubereitete Getränk den Namen cacahuatl – Kakaowasser. Und wie das so ist, verloren sich die Namen der glücklichen Erfinderinnen im Dunkel der Mythen, und die Menschen schrieben die Kenntnis über die Kakaozubereitung einem göttlichen Wesen zu. Hunahpúh sollte derjenige gewesen sein, der den Sterblichen das geheime Wissen um die Köstlichkeit der gerösteten Samen verriet. Und was von Gott kommt, muss auch dem Gott wieder geopfert werden.

Besonders sorgfältig bereiteten die Priester die Speise für die Götter zu, die von Region zu Region andere Namen trugen. Aber alle, gleich wie sie gerufen wurden, liebten den bitteren, fettschaumigen Göttertrank.

Wind und Wellen

Adieu, adieu! my native shore
Fades o'er the waters blue;
The Night-winds sigh, the breakers roar,
And shrieks the wild seamew.

Childe Harolds Pilgrimage, Byron

Der frischgebackene Doktor Jan Martin Jantzen stand an der Reling der *Annabelle,* eines prächtigen, voll aufgetakelten Viermasters, und ließ sich die salzige Brise um den Bart wehen. Ein sehr junger Doktor war er und noch immer so schüchtern wie als Junge. Genauso dicklich war er auch, aber sein Gesicht bedeckte inzwischen ein lockiger, weicher blonder Bart, unter dem er die hartnäckigen Pusteln versteckte. Die Reise über den Atlantik hatte ihm sein Vater zur bestandenen Promotion geschenkt, und mit der Vorfreude eines geborenen Forschers hatte er diese Gabe angenommen. Nun war er auf dem Weg nach Venezuela, wo ein Großonkel von ihm eine Hacienda betrieb.

Das Schiff hatte Fracht geladen, aber es waren auch einige Passagiere an Bord. Einer von ihnen schlenderte jetzt herbei und stellte sich neben Jan Martin, beschattete seine Augen mit der Hand und sah auf das glitzernde Meer hinaus.

»Eine angenehme Zeit zum Reisen«, bemerkte er. »Ich denke, wir können mit einer ruhigen Überfahrt rechnen.«

Es wäre ausgesprochen unhöflich gewesen, einfach fortzugehen, obwohl Jan Martin diesem Drang gerne nachgegeben hätte. Aber dann fiel sein Blick auf den Mann, und irgendwie kam er ihm plötzlich bekannt vor. Er räusperte sich und antwortete: »Ich hoffe es. Es ist meine erste Seereise.«

Der andere lächelte ihm zu. »Wie alles, was man zum ersten Mal erlebt, eine besonders einprägsame Erfahrung. Aber auch wenn ich schon etliche Reisen hinter mir habe, so ist doch der Beginn einer jeden noch immer aufregend. Man weiß nie, was einen erwartet, nicht wahr?«

»Sie sind häufig unterwegs? Verzeihen Sie, dass ich so aufdringlich bin, aber Sie kommen mir irgendwie bekannt vor, mein Herr.«

Der Mann betrachtete ihn jetzt intensiver und schüttelte dann den Kopf. »In Bremen war ich vor gut dreizehn Jahren das letzte Mal. Lothar de Haye, zu Ihren Diensten.«

»Jan Martin Jantzen. Mein Vater ist Kolonialkaufmann.«

»Gott im Himmel, ja, der kleine Junge, den wir aus dem Kakao gezogen haben.« De Haye lachte fröhlich auf und streckte Jan Martin die Hand entgegen. »Da sind wir alte Bekannte!«

Noch immer zurückhaltend, nahm Jan Martin die Hand und schüttelte sie. »Ja, Sie und der rotbärtige Tallymann haben mich dummen Jungen gerettet. Ich habe nie die Möglichkeit gefunden, mich dafür zu bedanken.«

»Ihr Vater tat es in gebührender Form, aber ich musste noch am selben Tag weiterreisen. Wie ist es Ihnen ergangen, junger Mann? Irgendwie erinnere ich mich daran, wie Sie selbst mit üblen Brandwunden im Gesicht noch wissen wollten, warum sich der Kakao entzündet hat. Es beeindruckte mich damals.«

»Wissbegierig war ich schon immer.« Jan Martin taute langsam auf und wagte ein Lächeln. »Ich frönte dieser Leidenschaft bis vor einem Monat ausgiebig und soll mich nun auf eine Erholungsreise begeben. Aber ich weiß nicht…«

»Sie werden gewiss etwas zu erforschen finden. Zumindest wird in Venezuela Kakao angebaut. Oder haben Sie das Rätsel schon gelöst?«

»Die Frage der Selbstentzündung habe ich schon bald beantworten können, aber mehr nicht. Kakaobohnen standen während des Studiums nicht auf dem Lehrplan, aber vielleicht ergibt sich in Venezuela wirklich eine Möglichkeit, weitere Untersuchungen anzustellen. Obwohl ich glaube, Onkel Diederich züchtet auf seiner Hacienda Vieh und baut wahrscheinlich eher Mais als Kakao an.«

»Sie haben also studiert?«

»Botanik und Medizin. In Bonn.«

»Also Doktor Jantzen, was?«

»Na ja.« Verlegen strich sich Jan Martin den Bart.

»Eine beachtliche Leistung. Sie können doch nicht viel älter als Mitte zwanzig sein.«

»Vierundzwanzig. Wissen Sie, ich … mhm, ich konnte mich für die studentische Geselligkeit nicht sehr erwärmen.« Und mit einem Aufblitzen von Selbstironie fügte er hinzu: »Darum habe ich eben schneller gelernt. Man überreichte mir eines Tages die Krone der Streber.«

»Nicht jeder ist für Kommers und Paukboden geeignet. Machen Sie sich nichts daraus. Ich bin auch eher ein Einzelgänger. Ah, und da kommt jemand, den Sie dennoch kennenlernen müssen!«

De Haye winkte einem unscheinbaren, in zerknittertes Leinen gekleideten Mann zu. »Kommen Sie her, Doktor Klüver, und lernen Sie Ihren jungen Kollegen kennen!«

»Einen Kollegen – Neptun ist mir gnädig. Einen Kollegen zum Fachsimpeln? Einen verständigen Menschen, der eine appendix vermiformis von einem geranium argentum zu unterscheiden weiß?«

»Zumindest ein bellis perennis von der philosophia perennis!«

»Nicht nur Neptun, sondern alle Nereiden, Poseidon und der Klabautermann. An meine Brust, Junge! Sie sind Jantzens Wunderknabe. Der Kapitän hat mir schon gesagt, Sie seien mit von der Partie. Aber nicht, dass Sie den hohen Stand der Doktorwürde bekleiden.«

»Sie ist auch noch ganz neu, und der würdige Talar fühlt sich noch ein wenig steif an.«

»Kommt schon noch, kommt schon noch. Worüber haben Sie geschrieben?«

Die unverfrorene Neugier, die unkomplizierte Art und die Herzlichkeit des Schiffsarztes machten es Jan Martin unmöglich, schüchtern zu bleiben.

»Oh, über die therapeutische Wirkung des Coffeins.«

»Donnerwetter. Haben Sie es selbst extrahiert? Ich las neulich von Runges Versuchen. Interessant, diese Theorie über die Alkaloide.«

»Wenn ich Sie nicht über die Reling schubsen soll, meine Herren Medizinalräte, dann ersparen Sie mir Ihr Kauderwelsch«, grollte de Haye dazwischen.

»Verzeihung, ja, das passiert einem so schnell. Erklären Sie unserem Globetrotter das Geheimnis der Alkaloide, Doktor Jantzen.«

Nichts lieber als das tat Jan Martin. Es war sicheres Gebiet, viel sicherer als gesellschaftliche Konversation.

»Al qualja bedeutet Pflanzenasche, und darum geht es dabei. Manche Pflanzen, wie beispielsweise Schlafmohn oder die Herbstzeitlose, haben eine starke Wirkung auf den Organismus. Von Rauschzuständen bis zum Herzrasen oder Tod durch Vergiftung. Man will heute in der Wissenschaft nicht einfach hinnehmen, dass es so ist, sondern wissen, was in diesen Pflanzen genau diese Wirkung verursacht, und darum zerlegt man sie auf chemischem Weg in ihre Bestandteile. Die Extraktion …«

»Ersparen Sie dem Laien Einzelheiten, Herr Kollege, unser Freund bekommt schon einen glasigen Blick«, mahnte der Schiffsarzt, und Jan Martin fasste sich – seiner Meinung nach – kurz.

»Also, einige Apotheker, Botaniker und Chemiker haben aus Pflanzen Stoffe extrahiert, meistens sehr bittere, in Wasser lösliche Salze: die eigentlichen pflanzlichen Wirkstoffe – im Opium des Schlafmohns das Narcotin, in der Brechwurz das Emetin, im Tabak das Nicotin, im Kaffee natürlich das Coffein, in der Brechnuss das hochgiftige Strychnin …«

»Ah, Brechnuss, ja, das kenne ich«, fiel de Haye ein. »Ein

gefährliches Zeug. Hab einige Samen davon in Afrika aufgeklaubt und meiner Sammlung hinzugefügt. Mein Neffe, ein helles Köpfchen, so wie Sie, hat damit Ratten vergiftet. Sehr wirkungsvoll.«

»Er sollte lieber die Finger davon lassen.«

»Hab ich ihm auch geraten – und wie würden Sie auf eine solche Warnung reagieren, junger Doktor?«

Jan Martin grinste. »Ich würde die Brechnuss besonders genau untersuchen.«

Doktor Klüver nickte. »Ich wusste nicht, dass man schon so viele Alkaloide identifiziert hat. Erstaunlich. Sie sind sozusagen die Quintessenz einer Pflanze, stimmen Sie mir da zu, Herr Kollege?«

»So könnte man es beschreiben.«

»Und was haben Sie im Zusammenhang mit dem Coffein bei Ihren Untersuchungen herausgefunden, Doktor Jantzen?«, wollte de Haye nun wissen.

Der Schnellbeschuss mit Fragen erheiterte Jan Martin allmählich, und so gab er mit dozierender Stimme von sich: »Nach zahllosen, aufopferungsvollen Selbstversuchen, verehrte Herren, konnte ich wissenschaftlich nachweisen, dass eine Tasse guten Kaffees am Morgen die Müdigkeit vertreibt.« Seine Zuhörer lachten auf, und er wurde so mutig hinzuzufügen: »Doch reines Coffein wirkt in einer Dosis von über fünf Gramm letal. Das habe ich aber nicht im Selbstversuch getestet.«

»Na, Gott sei Dank. Und jetzt schlage ich vor, wir prüfen das Ergebnis Ihrer Untersuchungen empirisch in der Messe.«

Jan Martin schloss sich den beiden Männern an, und in der Offiziersmesse, bei einem ausgezeichneten Kaffee, lief das Gespräch munter weiter. Es endete damit, dass Doktor Klüver ihn fragte, ob er ihm während der Überfahrt assistieren wolle, um praktische medizinische Erfahrungen in der marinen Medizin zu gewinnen.

»Sie werden sehen, hier auf dem Schiff läuft manches anders ab als in einer Landpraxis oder gar in einem Klinikum.«

»Gerne, Doktor Klüver. Rufen Sie mich nur, wenn ich Ihnen zur Hand gehen soll. Mit Nadel und Faden bin ich nicht ungeschickt.«

Seine ärztlichen Fähigkeiten kamen zwei Tage später zum ersten Einsatz.

Das Wetter war prächtig, zumindest empfand eine Landratte wie Jan Martin es so. Die Seeleute sprachen indes von Flaute. Es war sonnig und fast windstill, und um sich die Zeit zu vertreiben, hatten drei Matrosen ein Beiboot zu Wasser gelassen. Einer von ihnen demonstrierte sein Können mit der Harpune. Breitbeinig stand er auf der schwankenden Jolle und zielte mit dem Fischspeer auf etwas, was Jan Martin nur als irgendwas Silbriges ausmachen konnte.

Es war ein ausgewachsener Kabeljau, den die drei mit ihrer ganzen Kraft am Tauende hielten. Der Koch, der neben Jan Martin stand und dem Geschehen ebenfalls zusah, grunzte zufrieden: »Kein schlechter Fang.«

Als der Fisch an Bord war, musste Jan Martin ihm zustimmen. Beinahe größer als ein Mann war das voll ausgewachsene Tier und noch immer ziemlich lebendig. Es fegte mit dem Schwanz hin und her und wehrte sich heftig gegen sein Schicksal in der Kombüse. Weshalb der Matrose, der die Harpune aus dem Rücken des Fischs ziehen wollte, einen derben Schlag erhielt, bei dem ihm der Speer mit den Widerhaken aus der Hand flog und einem anderen in den Oberschenkel fuhr.

Die gebrüllten Flüche des Getroffenen ließen an Bildhaftigkeit nichts zu wünschen übrig.

Jan Martin aber nahm all seinen Mut zusammen und trat zu dem Matrosen.

»Halten Sie still, Mann. Einer von euch ruft Doktor Klüver her. Ich halte den Harpunenschaft. Löst das Seil, aber vorsichtig. Es darf nicht bewegt werden.«

Die Männer gehorchten ihm widerspruchslos, was ihn selbst überraschte. Doktor Klüver kam herbeigeeilt, besah sich den Schaden und gab weitere kurze Befehle. Ein Hocker wurde gebracht, die Instrumententasche des Arztes und Verbandsmaterial.

»Praxis, Herr Kollege«, meinte er dann grinsend zu Jan Martin und rief einem der Matrosen zu: »Du da, hol mir zwei Eimer Meerwasser rauf!« Dann wandte er sich an den Verletzten, den sie auf den Hocker gesetzt hatten. »Und du, wie heißt du?«

»Klaas, Herr Doktor.«

Klüver öffnete seine Instrumententasche. »Sie, mein Junge, stellen den Bottich unter sein Bein«, wies er Jan Martin an. Etwas verblüfft schob der das flache Holzschaff unter das blutende Bein. Der andere Matrose kam mit schwappenden Eimern herein und stellte sie ab.

»Augen zu und Zähne zusammenbeißen!«

Mit einem Skalpell schnitt der Schiffsarzt an der Eintrittswunde der Harpune entlang erst durch den Stoff der Hose, dann in das Fleisch, und Jan Martin zog beherzt den Speer heraus.

Klaas brüllte buchstäblich wie am Spieß. Doktor Klüver befahl ungerührt: »Nu treck man de Büx ut!«, und mit Schwung goss er dann den ersten Eimer Salzwasser über die Wunde. »Hände waschen, Herr Kollege, und das Kattgut zurechtmachen. Wir brauchen ein paar Stiche, dann ist alles wieder gut, Klaas. Nur ins Krähennest wirst du die nächsten Tage nicht klettern können.«

»Ist auch besser so, da oben wird's mir immer schlecht«, brachte Klaas zwischen zusammengepressten Zähnen hervor.

»Nun flicken Sie, Doktor Jantzen. Ich bereite den Verband vor.«

Jan Martin hatte sich geschickte Hände erworben und versuchte, dem Verletzten so wenig Schmerzen wie möglich zu bereiten, doch als er mit der gebogenen Nadel durch das zerrissene Fleisch stach, jaulte der Matrose auf.

»Brauchst dich gar nicht so anzustellen, Klaas. Ist nicht tief genug für eine Extraportion Rum«, beschied ihn Klüver mit einem Grinsen.

Vier Stiche sollten genügen, dachte Jan Martin und zog sich

zurück. Noch ein Schwapp Wasser wurde über das Bein gegossen, dann legte der Schiffsarzt ihm den Verband an und meinte: »Zwei Freiwachen. Ich sag dem Maat Bescheid.«

Ein bisschen schwach auf den Beinen und gestützt von seinem Kameraden, hinkte Klaas davon.

»Na, was gelernt, Herr Kollege?«

»Mehr Fragen.«

»Schießen Sie los.«

»Salzwasser brennt teuflisch in offenen Wunden, warum haben Sie das gemacht?«

»Damit er sein Bein behält.«

»Es war doch nur eine Fleischwunde?«

»Haben Sie schon mal einen Wundbrand gesehen?«

»Natürlich. Aber ...«

»Ein Schiff, junger Kollege, ist eine Welt für sich. Ich fahre nun seit fünfzehn Jahren zur See, und diese ist meine letzte Reise, das nur am Rande. Die Männer hier leben auf engstem Raum zusammen, und da erkennt man sehr schnell, was Sauberkeit bedeutet. Nicht nur das Deck muss geschrubbt werden, ein Schiffsarzt hat auch darauf zu achten, dass die Kajüten, die Abtritte und die Kombüse sauber sind. Und die Leute ihre Kleider in Ordnung halten.«

»Um Ungeziefer und ansteckende Krankheiten zu vermeiden.«

»Richtig. Darüber hinaus haben wir es mit einem definierten Versuchsumfeld zu tun, wie Sie schnell einsehen. Fünf, sechs Wochen dauert die Überfahrt, da kann man schon ganz ordentliche Beobachtungen anstellen. Ich bin ein Ordnungsfanatiker.«

Angesichts des immer zerknitterten, oftmals nachlässig zusammengesuchten Anzugs des begeisterten Redners verkniff sich Jan Martin ein Lächeln.

»Sie führen Statistiken über Krankheiten, vermute ich.«

»Ganz richtig. Wie Sie wissen, bergen solche systematischen Auswertungen hochinteressante Erkenntnisse. Haben Sie schon mal von James Lind gehört?«

»Nein, Doktor Klüver.«

»Aber Skorbut ist Ihnen ein Begriff.«

»Natürlich.«

»Und Sie wissen auch, warum wir Sauerkraut gebunkert haben und uns auf den Kanaren mit Zitrusfrüchten eindecken werden?«

»Weil ihr Genuss den Ausbruch der Krankheit vermeidet. Das habe ich allerdings von unseren Kapitänen schon gehört.«

»Schon vor achtzig Jahren hat Lind einen erstaunlichen Versuch in der englischen Marine angestellt. Er teilte die an Skorbut erkrankten Matrosen in sechs Gruppen auf und behandelte sie mit unterschiedlichen Therapien. Genau weiß ich nicht mehr, was es war, irgendwie mit Apfelwein, einer Arznei, Knoblauch und so weiter. Diejenigen, die täglich zwei Orangen aßen, waren nach sechs Tagen geheilt.«

»Vor achtzig Jahren, sagten Sie? Ich dachte, das sei eine ganz neue Maßnahme?«

»Womit Sie blauäugiger Idealist mal wieder etwas dazugelernt haben. Zwischen Erkenntnis und Umsetzung kann eine Menge Zeit verstreichen. Man hat den guten James Lind bis an sein Lebensende für meschugge gehalten.«

»Großer Gott!«

»Und so wird es mir auch gehen. Ich habe Buch darüber geführt, unter welchen Bedingungen Verletzungen besser heilen. Von einem alten Seebären habe ich vor Jahren gehört, dass die Leute, wenn kein Arzt zur Hand war, ihre Wunden mit Salzwasser behandelt haben. Ist mir durch den Kopf gegangen, das mal wissenschaftlich auszuprobieren. Und auf einem Kahn wie diesem werden Sie sehen, gibt es täglich irgendwelche Verletzungen. Ein Jahr lang habe ich jede zweite Verletzung mit Meerwasser ausgewaschen, die anderen wie üblich behandelt. Raten Sie mal, was dabei herauskam?«

»Da Sie die Therapie beibehalten haben, muss sie wirksam sein.«

»Kaum Wundbrand, wenig Fieber, schnellere Heilung.«

Jan Martin, weit davon entfernt, die Erkenntnis anzuzweifeln, schob sofort die nächste Frage hinterher: »Ist es das Wasser oder das Salzwasser im Besonderen? Welcher Stoff im Meerwasser könnte diese Wirkung hervorrufen?«

»Eifrig, eifrig. Ich machte Versuche mit Süßwasser, Salzwasser und Alkohol. Beste Ergebnisse brachte das Auswaschen mit hochprozentigem Branntwein, Salzwasser sehr gute und selbst Süßwasser noch immer bessere Ergebnisse als gar kein Auswaschen. Aus einem guten Grund bleibe ich bei Salzwasser, den Alkohol verabreiche ich lieber innerlich. Die Matrosen würden mich an der Spiere aufhängen, wenn ich ihre Ration äußerlich anwenden wollte.«

Jan Martin hatte an diesem Abend viel nachzudenken und zog sich in seine enge Kajüte zurück. Die medizinische Wissenschaft stand vor einem Wandel. Das war ihm schon während des Studiums aufgefallen. Die Traditionalisten hingen der Naturphilosophie an und beharrten darauf, alle grundlegenden Fragen durch reines Nachdenken zu lösen. Als Grundlage dazu dienten ihnen die Schriften der früheren Ärzte und die Vier-Säfte-Lehre. Fortschrittlichere Gelehrte hingegen verließen sich zusehends auf Faktenwissen, das sie in kontrollierten Versuchsreihen oder Beobachtungen erhoben. Zwischen beiden Schulen kam es gelegentlich zu erbitterten Auseinandersetzungen. Jan Martin neigte den Empirikern zu, auch er hatte einen ordnenden Geist, der aus systematisch ermittelten Daten Erkenntnisse ableitete. Dennoch stellte er auch immer wieder Fragen nach den Zusammenhängen, und die überwältigten ihn häufig. Mit dem dumpfen Gefühl, überhaupt nichts zu wissen, ging er an diesem Abend ins Bett.

Eis und Feuer

Nur wer so standhaft seine Freunde liebt,
ist wert daß ihm der Himmel Freunde gibt.
Ein Freundesherz ist ein so seltner Schatz,
die ganze Welt ist dafür nicht Ersatz.

Friedrich von Bodenstedt

Melisande worfelte vor der Tür die gerösteten Kakaobohnen und schmetterte dazu mit volltönender Stimme in den strahlenden Junimorgen:

»Ich bin ein Preuße, kennt ihr meine Farben?
Die Fahne schwebt mir schwarz und weiß voran;
dass für die Freiheit unsre Väter starben,
das deuten, merkt es, meine Farben an.
Wie werd ich bang verzagen,
wie jene will ich's wagen.«

Ich sah aus dem Küchenfenster und musste grinsen. Auf den Hackklotz, auf dem Sascha normalerweise das Anmachholz für den Backofen zerkleinerte, saß der schwarze Kater Murzik, die weißbepelzte Brust stolz gewölbt, und gab sich den Anschein eines aufrechten Preußen. Er schien Melli zu ihrem Lied inspiriert zu haben.

Melisande war zwei Jahre jünger als ich, einen Kopf kleiner und ausgesprochen zierlich. Außerdem verfügte sie über einen unerschöpflichen Fundus der eigenartigsten Lieder. Studentenlieder, die sie aus einem liegen gebliebenen Kommersbuch ihrer Gäste entnahm, Opernarien, die sie von ihrer Mutter, Nadina Galinowa, gelernt hatte, die zu Zeiten als Soubrette am Königsstätter Theater gesungen hatte, schwermütige russische

Volkslieder, die ihr Sascha, das einbeinige Hausfaktotum, beibrachte, und natürlich alle gängigen Gassenhauer. Sie hatte eine reine, von ihrer Mutter ausgebildete Stimme irgendwo zwischen Mezzosopran und Alt und ein ungeheures Lungenvolumen. So schallte denn auch der Kampfruf der Preußen lautstark über den Havelsee. Anstoß würde vermutlich keiner daran nehmen. Anders wäre es wohl, wenn sie die trotzigen Freiheitsaufrufe der verbotenen Burschenschaften anstimmte. Aber das tat sie nur in geschlossenen Räumen. Wie die jungen Herren auch.

Es herrschte eine friedliche Stimmung in diesen Jahren. Was wir aus den Unterhaltungen unserer Gäste aufschnappten, bewies uns, wie sehr die Menschen sich nach Ruhe, Gleichförmigkeit und Gemütlichkeit sehnten, nun, siebzehn Jahre nach dem Ende der Revolutions- und Kriegszeiten. Die Aufregungen von Niederlagen und Besatzung, von Einquartierungen und sogar von ruhmvollen Siegen wünschte man zu vergessen. Kaum eine Familie, die nicht einen Verlust an Leib und Leben oder Hab und Gut zu beklagen hatte. Bei unseren Besuchen in der Stadt konnten wir noch immer nicht die Straße überqueren, ohne dass ein Verkrüppelter seine Hand, so er denn noch eine hatte, nach einer milden Gabe ausstreckte. In den Gazetten lasen wir von glänzenden Wohltätigkeitsveranstaltungen, auf denen eifrig Geld für die Veteranen gesammelt wurde. Aber im privaten Umfeld mochte man davon nicht mehr berührt werden. Eine biedere Bürgerlichkeit begann sich auszubreiten. Revolutionäre Ideen, aufrührerisches Gedankengut, der Ruf nach Freiheit von was auch immer waren verstummt und fanden nur im Verborgenen einen sättigenden Nährboden.

Sogar die Damenmode zeigte sich den Karlsbader Beschlüssen, die die Restauration einleiteten, geneigt. Hatte ich als Kind noch die körperbetonten, eleganten, unter dem Busen gegürteten Hemdkleider aus dünnen, pastellfarbenen Musselinen an der Gräfin von Massow bewundert, so durfte ich an Madame Galinowa heute die aus schwereren Stoffen gefertigten, ausladenden Röcke bestaunen. Nadina hatte eine Vorliebe für die neue, opulente Mode und ihre leuchtenden Farben. Dafür nahm sie es in Kauf, sich von Melli oder mir jeden Morgen das starre Fischbeinkorsett schnüren zu lassen. Ihr standen jedoch diese raschelnden, volantreichen Kleider, die von rüschenbesetzten Unterröcken ihr Volumen erhielten, da sie großgewachsen und von kräftiger Gestalt war. Sie wirkte geradezu majestätisch. Einzig auf die üppigen Ärmel verzichtete sie, denn diese benötigten komplizierte Unterbauten aus Rosshaar und Fischbein, um ihre Fülle zu wahren. Auch die Mode der kurzen Haare während der Revolutionsjahre war für die Damen heuer völlig unannehmbar geworden. Man ließ die Locken wieder wachsen, steckte sie zu komplizierten Gebilden auf und half, so die Natur nicht genügend Material lieferte, mit künstlichen Zöpfen nach.

Melisande und ich schlossen uns, anders als Madame Galinowa, der unpraktischen Mode nicht an, ja, wir belächelten ihre wildesten Auswüchse sogar heimlich. Beide trugen wir unsere langen Haare in der Mitte gescheitelt und den Zopf zu einem festen Chignon im Nacken aufgesteckt. Mit den »Schinkenärmeln« war ein Arbeiten in der Küche und im Ausschank nicht möglich, und ein die Taille einschnürendes Korsett hätte die notwendige Bewegungsfreiheit beträchtlich eingeengt. Wir kleideten uns weiterhin in Röcke und Blusen, deren Ärmel wir oft genug aufrollten, und über alles banden wir blitzweiße, gestärkte Schürzen.

Gut zwei Jahre lebte ich inzwischen bei Nadina Galinowa, ihrer Tochter Melisande und dem restlichen höchst skurrilen Hausstand. Da war die uralte, halbtaube Frau, die tagaus, tagein über das Herdfeuer wachte, Brot buk, Griebenschmalz ausließ, die Küche sauberhielt und nur selten ein paar russische Worte murmelte. Sie tat immer klaglos, was man ihr auftrug, und ihr stoischer Gesichtsausdruck veränderte sich nur, wenn Melisande sie umarmte und ihr ein wehmütiges Lied ins Ohr sang. Ich hatte bisher nicht herausfinden können, wie Babuschka in die Menagerie geraten war. Vermutlich hatte sie Madame Galinowa genauso aufgelesen wie Sascha, den Veteranen der vergangenen Kriege, Lena, eine geistig zurückgebliebene Frau in den Vierzigern, die sich um die Wäsche kümmerte, Murzik, den Streunerkater, und Rex, den alten Schäferhund. Und mich selbst.

Welch ein Glück ich damit hatte, wurde mir immer wieder bewusst, wenn ich die fröhliche Melisande ansah. Ihr verdankte ich es, dass ich das Lachen wieder gelernt hatte. Völlig verstört nach dem Tod meiner Mutter und dem vollständigen finanziellen Ruin, war ich wochenlang wie gelähmt gewesen, nachdem Alexander Masters mich bei Madame Galinowa abgeliefert hatte. Sie ließ mich in Ruhe trauern, ihre Tochter hingegen, damals vierzehn, war viel zu begierig, eine neue Freundschaft zu schließen, und ließ nichts unversucht, mich aus meiner dunklen Wolke zu locken.

»Du musst mir sagen, wie du zu diesem hübschen Namen gekommen bist«, hatte sie gesagt und war mit einer Tasse stark gesüßtem Tee zu mir ans Bett getreten. »Und dann musst du mir erlauben, dir die Haare zu bürsten. Aber zuerst trinkst du den Tee.«

Erst wollte ich sie fortschicken, aber da baute sich die Kleine wie ein Feldwebel vor mir auf und donnerte: »Nehmse Haltung an, wenn ick mit Ihnen spreche!«

»Geht es auch etwas leiser?«

»Nur, wenn du diesen guten Tee trinkst, mein liebes Seelchen«, flötete Melisande mit gespitzten Lippen.

Der Wechsel zwischen militärischem und mütterlichem Ton war zu viel für mich. Ich musste einfach lächeln. Dann trank ich den Tee und beantwortete ihre Frage.

»Meine Mutter hat mich nach ihrer Großmutter benannt. Die hieß Annamaria, wurde aber von ihrem Mann nur Amara gerufen. Mama hat sie sehr geliebt.« Die Kehle wurde mir eng, als ich das sagte.

»Na, na, na. Hier ist ein frisches Taschentuch. Ein so hübscher Name. Amara.« Sie ließ die Silben genüsslich über die Zunge rollen. »Amarrrra!« Es klang wie ein langgezogenes Schnurren. Dann richtete sie sich auf und meinte: »Melisande ist ja auch ganz nett, aber wer mich liebt, sagt Melli zu mir. Hast du mich lieb, Amara?«

Große, dunkle Augen sahen mich bittend an, und ich nickte, obwohl ich das Mädchen noch gar nicht kannte. Doch sie strahlte einen Zauber aus, dem man sich nicht entziehen konnte. Ihre quecksilbrige Art, ihre bewegliche Miene und ihre überströmende Herzlichkeit, die sie mit ihrer Mutter gemein hatte, machten sie unwiderstehlich.

»Ja, ich mag dich, Melli.«

»Dann wollen wir Freundinnen werden?«

»Ja.« Und resignierend fügte ich hinzu: »Mir wird schließlich gar nichts anderes übrig bleiben.«

»Ganz richtig. Hier ist die Haarbürste. Ich werde jetzt zu Ihrem Zöfchen, gnädige Frau.«

Freundinnen waren wir geworden – und Vertraute in so vielen Dingen, die mir bisher gefehlt hatten.

Inzwischen war Melisande zu einem Trinklied derberer Art übergegangen und schüttete die erste Ladung Kakaobohnen in die Vorratsdose. Ich fischte eine Portion heraus, um sie weiter zu verarbeiten. Heiße Schokolade auszuschenken, war eine der Veränderungen, die auf meine Anregung hin eingeführt worden waren. Angefangen hatte es mit dem Streuselkuchen, kurz nachdem Melli mich aus dem Bett gescheucht und in die Küche gejagt hatte.

»Madame Galinowa, der Kuchen ist eine Zumutung.«

»Er wird gegessen.«

»Ich könnte einen besseren backen.«

»Der würde teurer.«

»Sie könnten ihn auch teurer verkaufen.«

»Wie viel?«

Mochte Nadina Galinowas Herz auch so groß wie die Weiten Russlands sein, ihren Laden führte sie streng nach der Regel: »Eine Kopeke hält den Rubel beisammen.« Ich verstand das sehr gut, es war mir bei Weitem lieber als die lässige Art, mit der Fritz sein Gewerbe betrieben hatte. Also schrieb ich am Abend die einzelnen Posten auf. Statt billigen Talg setzte ich Butter ein, statt Sirup Zucker, fügte noch einige Gewürze dazu, erhöhte die Anzahl der Eier und stellte die entsprechenden Preise daneben.

Madame Galinowa studierte die Berechnung, dann nickte sie.

»Wir probieren, wir rechnen, dann sehen wir weiter!«

Ich produzierte ein paar Bleche Streuselkuchen, Melisande bot ihn auf ihre überschwängliche Art an, und am Abend war kein Krümel mehr übrig. Wir rechneten den Verdienst zusammen, und ab diesem Tag war ich für den Kuchen zuständig. Mit Butter und allen Eiern, die ich für notwendig hielt. Dann kam die Idee mit den Rosinenwecken, die reißenden Absatz fanden, dem Apfelkuchen und den Waffeln. Einfaches, preiswertes Gebäck, das sich Studenten und kinderreiche Familien leisten konnten, die die Mehrzahl der Ausflugsgäste stellten. Und schließlich machte ich den Vorschlag: »Madame Galinowa, Sie sollten neben Kaffee auch heiße Schokolade ausschenken.«

»Zu teuer. Kakao trinken nur die Reichen.«

»Nicht, wenn wir die Bohnen selbst rösten und zubereiten. Ich kann das.«

»Mhm.«

»Wir können Schokolade mit gutem Gewinn verkaufen.«

»Wir rechnen, wir probieren, dann sehen wir weiter!«

Da dies die stereotype Antwort auf jeden Vorschlag war, nahm ich es als Einverständnis, stellte meine Berechnung auf, kaufte einen Sack Kakaobohnen und machte mich an die Arbeit. Gut, die erste Partie hatte ich zu heiß geröstet, und der Kakao schmeckte verbrannt. Die zweite war zu gering gebrannt und blieb bitter, aber dann hatte ich den Bogen heraus. Melisande, sehr erfinderisch, kam auf die Idee mit dem Worfelkorb, um die nach dem Rösten aufgeplatzten Kakaoschalen schnell und effizient zu entfernen. Sascha hatte auf meine Anweisungen einen erwärmbaren Metate-Stein organisiert und ein Gestell dafür gebaut, und nun walzte ich, wie schon in der Konditorei, die Bohnen zu einer klebrigen Masse. Wir kochten sie anschließend in Milch auf, gaben Zucker und Vanille hinzu, quirlten die Masse, bis sie schaumig war – und konnten gar nicht schnell genug servieren. Das exklusive Getränk erwies sich als großer Erfolg.

Melisande brachte die letzte Partie Kakaobohnen herein und machte sich daran, den Kaffee zu mahlen.

»Wird dein Schatz dich heute wieder abholen?«, fragte sie mit einem Augenzwinkern.

»Er hat es versprochen. Er hat mir auch versprochen, das Gefäß für das Eis und das Salpetersalz mitzubringen.«

Seit zwei Monaten hatte ich einen Verehrer, dessen Aufmerksamkeiten gegenüber ich nicht ganz unempfindlich war. Giorgio Gambazzi arbeitete als Koch im Schloss Glienicke, der Sommerresidenz Prinz Carls von Preußen. Wir waren uns bei dem Kolonialwarenhändler begegnet, als ich ihm den letzten Sack Kakaobohnen vor der Nase weggekauft hatte. Giorgio nahm es mit Humor, und ich lud ihn zum Trost in das Gartenlokal ein. Ich hatte nicht erwartet, dass er wirklich kommen würde, aber zwei Tage später fand ich ihn unter der alten Buche sitzen. Er lachte mir verschmitzt zu und forderte seine versprochene Bewirtung. Da es schon später Nachmittag war und nicht mehr viele Gäste zu betreuen waren, setzte ich mich zu ihm, nachdem ich ihm den Kakao serviert hatte.

Seither trafen wir uns regelmäßig, wenn es unsere Zeit ermöglichte. An schönen Frühlingsabenden kam Giorgio oft mit dem Boot von der gegenüberliegenden Seite des Sees herüber, und wir ruderten gemächlich am Havelufer entlang. Wir hatten uns viel zu sagen, unser beider Professionen ähnelten sich, wenn auch Giorgio erheblich anspruchsvollere Gerichte zu erstellen hatte als die, die wir in unserem Gartenlokal anbieten konnten. Aber dann und wann schwiegen wir auch, und unter den tiefhängenden Weiden an den stillen Ufern tauschten wir liebevolle

Zärtlichkeiten aus. Er stellte keine zu großen Forderungen dabei, und dafür war ich meinem Freund dankbar. Ich mochte ihn, war sogar ein bisschen verliebt, aber ich hatte auch eine unterschwellige Angst davor, mich zu binden.

Auf jeden Fall aber liebte ich es, den Küchenklatsch aus dem Schloss zu hören, weniger, was die königlichen Hoheiten anbelangte, sondern was an kulinarischen Neuigkeiten und Moden bei Hofe gepflegt wurde. In der vergangenen Woche hatte Giorgio mir die hübsche Geschichte von Fürst Pückler-Muskau erzählt, dem Gartenarchitekten, der an der Gestaltung des Schlossparks mitgewirkt hatte. Er hatte dem Konditor Schultz aus Berlin die Erlaubnis erteilt, ein Speiseeis in den Wappenfarben der Pückler-Muskau unter seinem Namen anzubieten. Gegen eine Gewinnbeteiligung am Absatz natürlich, wie man flüsterte. Der Fürst war nämlich ständig knapp bei Kasse, da er nicht nur gerne auf Reisen ging, sondern auch den Ehrgeiz hatte, besonders weitläufige und kostspielige Gärten anzulegen. Kurz und gut, das dreifarbige Eis in Rot, Schwarz, Weiß war ein Erfolg, und Giorgio war es gelungen, auf welchen verwinkelten Wegen auch immer, das Rezept zu erhalten. Eis hatte ich noch nie hergestellt, aber mir leuchtete sogleich ein, dass es an heißen Sommertagen ein Höhepunkt unserer Gastronomie werden würde. Madame Galinowa hatte wie üblich Berechnung und Geschmacksprobe verlangt. Dann würde man sehen.

Berechnet hatte ich die Herstellung schon, heute würde ich leihweise die notwendigen Geräte erhalten.

»Um dunkles Eis zu bekommen, färbt man es mit Schokolade ein, das ist mir ja klar, Giorgio. Aber das weiße einfach nur mit Sahne herzustellen, scheint mir wenig einfallsreich.«

»Schultz nimmt Maraschino-Liqueur dazu.«

»Das wird zu teuer.«

»Nimm Vanille. Oder fein geriebene Mandeln.«

»Ja, das könnte gehen.«

»Und rote Früchte. Ich denke, Erdbeeren passen jetzt sehr gut.«

»Ich werde es erst einmal bei zwei Sorten belassen, damit der Herr Fürst nicht anschließend noch bei mir abkassieren möchte.«

Giorgio lachte und zog mich zu sich.

»Ich kassiere ab. In dieser Form!«

Er gab mir einen langen, gründlichen Kuss, den ich nicht als unbotmäßige überzogene Bezahlung betrachtete.

Später, als die Dämmerung hereinbrach, ruderten wir einträchtig zurück und legten an dem Steg des Lokals an. Giorgio half mir beim Aussteigen und reichte mir dann das verschraubbare Metallgefäß und die Tüte mit dem Salpetersalz.

»Du musst darauf achten, die Masse immer gut zu rühren, sonst wird sie am Rand des Gefäßes fest und innen bleibt sie flüssig.«

»Eine aufwendige Sache.« Ich überlegte, ob ich Babuschka erklären konnte, wie das zu machen war. Die Alte war willig, aber ein bisschen schusselig.

»Ist es. Und sei auch mit dem Salz vorsichtig. Stell es nicht in die Nähe des Herdes, es brennt leicht.« Er lachte leise auf: »Es entwickelt nicht nur Kälte im Wasser, sondern es ist auch der wesentliche Bestandteil des Schießpulvers.«

»Ja, ich werde aufpassen. Danke, Giorgio.«

»Gerne geschehen. Sehen wir uns am Montag?«

»Ich denke schon.«

Nach einem letzten Kuss sprang er zurück in das Boot, und ich winkte ihm noch einmal zu, bevor ich zum Haus ging.

Madame Galinowa erwartete mich in der Küche, wo sie über ihren Abrechnungen saß. Der alte Schäferhund wärmte ihr die Füße und schnarchte wie ein pommerscher Holzfäller. In der Ecke döste Babuschka, die selbsternannte Hüterin des Herdfeuers, mit Murzik, dem fetten Kater, auf dem Schoß vor sich hin.

Die Wirtin sah auf und lächelte mich an.

»Süße Küsse, süße Worte?«

»Und das Rezept für süßes Eis.«

»Setz dich, *milaja*. Habe ich hier einen Brief bekommen von deinem anderen Freund.«

»Oh, hat Herr Masters wieder geschrieben?«

»Hat er, der dumme Junge. Willst du lesen, *milaja*?«

»Gerne, wenn ich darf.«

Alexander Masters war aus meinem Leben verschwunden, seit er nach Pfingsten vor zwei Jahren, ein Dreivierteljahr, nachdem er mich zu Madame Galinowa gebracht hatte, mit bedrücktem Gesicht im Garten gesessen hatte.

»Sie haben Dummheit begangen, was?«, hatte Nadina gefragt, und er hatte von Paula Reinecke berichtet. »Ist die Falle zugeschnappt«, war ihr lakonischer Kommentar zu dem Hinweis auf die ungewollte Schwangerschaft der Fabrikantentochter aus dem Bergischen gewesen.

»Tja. Sieht so aus. Es ist ja nicht unbedingt ein Schaden für mich. Der Schwiegervater hat mir die technische Leitung seiner Fabrik angeboten. Und die Mitgift ist auch gediegen.«

»Dann machen Sie das Beste daraus. Wir werden Sie vermissen.«

Er hatte geseufzt und noch einen langen Blick über den stillen See geworfen. »Ich werde das hier auch vermissen.« Dann hatte er sich verabschiedet, und seither waren sporadisch kurze Briefe mit der Frage nach unserem Befinden eingetroffen, die Nadina und ich ausführlich beantworteten.

In dem neuesten Brief schrieb er davon, seine kleine Tochter Julia sei krank gewesen, und er habe sich einer Turnervereinigung angeschlossen, was das Missfallen seines Schwiegervaters erregte. Außerdem hatte er eine neue Dampfmaschine an einer Kohlenzeche in Betrieb genommen, auf die er sehr stolz war. Über seine Frau Paula verlor er kein Wort.

»Er ist nicht glücklich dort«, stellte ich fest.

»Er sitzt in goldenem Käfig. Manche Frauen sind sehr hinterlistig.« Sie grinste vielsagend. »Ein russisches Sprichwort sagt: ›Wenn die Weiber auch von Glas wären, sie bleiben doch undurchsichtig.‹«

»Sie glauben, sie hat ihn belogen?«

»Sie wird ihn dazu gebracht haben, sie zu verführen. Mach so was nie, Amara. Gibt nur schwarzes Blut.«

»Nein. Ich könnte das wahrscheinlich gar nicht.«

»Weiß nicht. Vielleicht willst du einen Mann haben. Irgendwann. Dann fällt Frauen so Sachen ein.«

»Noch nicht. Jetzt will ich erst einmal Eis machen.«

»Ah, die Maschine dafür!«

»Richtig. Wird Babuschka mir helfen? Man muss es immer wieder umrühren.«

»Ich werde es ihr sagen. Und nun ist spät. Wir wollen schlafen.«

Rex erhob sich mit einem ungehaltenen Knurren, als sie aufstand und die Bücher auf das Bord stellte. Dann wandte sie sich an die dösende Alte und redete in ihrer Sprache auf sie ein. Ich nickte ihr zu und verließ den Raum. Den Eisbehälter und die Tüte mit dem Salpetersalz hatte ich neben dem Spülstein stehen gelassen.

Ich machte mich leise für die Nacht zurecht, um Melli nicht zu stören, die in dem zweiten Bett im Zimmer bereits fest schlief. Ja, ich hatte meine fröhliche Freundin wirklich liebgewonnen.

Überhaupt hatte sich mein Leben gründlich verändert. Wie so oft dankte ich im Stillen jenem Alexander Masters, der dieses Wunder bewirkt hatte. Ohne ihn wäre ich nie zu Madame Galinowa gekommen. Dadurch, dass er mich zu ihr brachte, hatte ich einen unsichtbaren Kerker verlassen. Meine Mutter hatte mir von klein auf eingeprägt, ich müsse mich Höhergestellten gegenüber immer respektvoll und botmäßig verhalten. Das war mir auch im Haushalt der Massows nicht schwergefallen, denn Lady Henrietta gegenüber empfand ich aufrichtigen Respekt. Den Grafen hatte ich ein bisschen gefürchtet und sehr bewundert. Und Julius hatte ich sogar auf meine kindliche Art geliebt. Ich lächelte bei der Erinnerung an den Grafensohn. Aber später forderte man respektvolles Verhalten, auch Fremden und unerzogenen oder launischen Personen gegenüber, von mir. In der Gesindeschule verlangten sie Beherrschung und unterwürfiges Benehmen, und Fritz stellte mich damit oft genug auf die Probe. In der Fabrik herrschte widerspruchsloser Gehorsam, und mein inneres Aufbegehren hatte mehr als einmal die Maske der Fügsamkeit zum Bröckeln gebracht. Sie nannten mich renitent. Hier aber, in der Gartenwirtschaft, verkehrten die Studenten mit ihren leichtlebigen Sitten, kleinbürgerliche Familien mit ihren Kindern veranstalteten fröhliche Ausflüge, junge Offiziere schäkerten mit Näherinnen und Blumenmädchen. Melisande und ich wurden als *filia hospitalis* besungen, und statt devotem Auftreten schätzten die Gäste von uns eine schlagfertige Antwort, einen schnellen Witz, einen treffsicheren Kommentar. Zunächst hatte ich meine Freundin um ihre sprühende Lebensfreude beneidet, aber inzwischen half mir mein versteckter Sinn für Lächerlichkeiten und mein wachsendes Selbstvertrauen, ebenso leichtherzig zu scherzen und zu tändeln, wenn auch mit einer verhalteneren Heiterkeit als Melli.

Lächelnd zog ich der Schlummernden die Decke zurecht und strich ihr zart über die Wange.

In diesem Moment ließ ein Donnerschlag das Haus erbeben.

Und dann roch es nach Rauch.

»Melli!«

Verstört sahen wir beide uns an. Dann keuchte ich: »Das Salz! Raus hier!«

Doch als wir die Zimmertür öffnete, quoll uns schwarzer Qualm entgegen.

»Aus dem Fenster!«

Melli warf Kissen, Decken und Kleider aus dem Fenster und zwängte sich durch die Öffnung. Ich hörte ihren Schmerzensschrei, als sie unten landete, aber auch mir blieb nichts anderes übrig, als ebenfalls zu springen. Die Flammen fraßen sich schon von unten durch die Holzdielen des Bodens. Drei Meter tief fiel ich, schlug mir Knie und Ellenbogen auf, landete zum Glück im Kräuterbeet auf den Decken und kroch, so schnell es ging, aus der Reichweite des Hauses. Murzik schoss wie ein von der Sehne gelassener Pfeil an mir vorbei, Nadina Galinowa kam hustend aus der Hintertür, den einbeinigen Sascha stützend. Hinter ihr trottete Lena und schniefte.

Prasselnd kroch das Feuer durch das Küchenfenster. Das alte Fachwerkhaus mit seinen Holzbalken und -decken war leichte Beute für die Flammen. Fassungslos starrten wir auf das Inferno, das sich vor uns entfaltete. Auch die Nachbarn waren herausgekommen und blieben stumm, fast ehrfürchtig in ihrer Betrachtung des Unglücks stehen. Keiner griff nach einem Eimer, niemand holte Wasser. Es hätte nicht viel geholfen, löschen zu wollen. Schon entzündeten die Funken die Terrasse, flogen die ersten Schindeln vom Dach.

»Fort hier. Das bricht gleich zusammen!«, warnte uns ein Mann und half mir, weil ich nur humpeln konnte, aus der Gefahrenzone. Melli folgte, klammerte sich an ihre Mutter und weinte leise.

»Haben Sie alle Menschen aus dem Haus gebracht?«, fragte ein anderer.

»Nein.« Tonlos kam es von Nadina Galinowa. »Babuschka und Rex …«

Man fand nicht mehr viel von ihnen. Aber ich konnte zumindest erklären, was geschehen war. Bevor Babuschka zu Bett ging, deckte sie immer das Herdfeuer mit Sand ab. Sie musste geglaubt haben, in der Tüte, die ich neben den Spülstein gestellt hatte, sei frischer Sand gewesen, und hatte das Salpetersalz in die Glut geschüttet.

Sie und der alte Hund hatten keine Chance gehabt.

Die Nachbarn nahmen uns auf, versorgten unsere Wunden, liehen uns Kleider, fanden Schlafplätze für uns. Aber am Morgen, als wir die verkohlten Trümmer betrachteten, übermannte mich ein unkontrolliertes Zittern.

»Das war meine Schuld«, flüsterte ich.

»Nein, Amara. Das hat sollen sein.« Nadina Galinowa legte tröstend ihren Arm um meine Schulter und zog mich mit dem einen, Melinda mit dem andern dicht an sich heran. »Es war Zeit. Ich wollte etwas Neues tun. Hatte Pläne gemacht. Nun müssen wir sie schneller wahr machen. Helft ihr mir dabei?«

»Ja, Mamtschka«, sagte Melli, noch heiser vom Rauch.

»Natürlich, Madame Galinowa.«

»Ich bin jetzt Nadina für dich, Amara. Denn du wirst unsere Partnerin.«

»Ich werde …?«

»Wir machen Café auf. Ich bin es leid, den Winter über kaum etwas verdienen zu können.«

Ich hörte auf zu zittern und fühlte, wie ein Schwindel mich packte. Das Schicksal hatte mir alles genommen, gerade als wir davorstanden, ein Café zu eröffnen. Nun hatte es wieder zugeschlagen. Und deswegen würden wir nun ein Café eröffnen.

»Danke, Nadina«, sagte ich leise.

Trautes Heim

O Ehestand!
O Wehestand!
Romeo und Julia, Shakespeare

Mit Schwung kam Alexander nach der Felge mit einer halben Drehung in den Handstand, hielt ihn einen Moment und machte mit einem Salto den Abgang vom Barren. Dann ging er zum Reck und vollführte eine Reihe von Schwüngen. Seine Mitturner nickten beifällig. Er hatte sich in kurzer Zeit die grundlegenden Techniken angeeignet und auf seine eigene, verbissene Art inzwischen eine gewisse Virtuosität an den Geräten gezeigt.

An drei Abenden in der Woche suchte er die unauffällige Halle hinter einer Schmiede auf, in der sich eine Gruppe von zwölf jungen Männern traf, um dem verbotenen Sport nachzugehen. Es war seine einzige Fluchtmöglichkeit aus dem goldenen Käfig, in dem er sich seit drei Jahren befand.

Beruflich war es ein geradezu sagenhafter Aufstieg gewesen. Vom Handlanger eines Ingenieurs in England zum verantwortlichen Entwickler bei Egells war er nun der technische Leiter der Maschinenfabrik seines Schwiegervaters. Doch anders als bei den Stellen vorher hatte er hier weder weitere Entwicklungsmöglichkeiten noch konnte er kündigen. Er war gefesselt an seine Frau, an das düstere Haus der Reineckens, die engstirnige Vorstellungswelt seines Schwiegervaters und die miefige Atmosphäre einer frömmlerischen Kleinstadt, deren höchstes kulturelles Ereignis der sonntägliche Gottesdienst war. Schon beim ersten Anblick des klobigen Wohnhauses hatte ihn das Gefühl übermannt, es öffneten sich Kerkertüren vor ihm. Die schwarze Schieferverkleidung der gesamten Fassade, die hier im Bergischen üblich war, mochte praktisch sein, aber sie wirkte hässlich und bedrückend auf ihn.

Genauso bedrückend war die Stimmung in der Familie. Zu gerne hätte er für seine Frau und seine Tochter ein eigenes Heim geschaffen, aber Paula kränkelte seit der Geburt des Kindes und benötigte Pflege und Beistand durch ihre Mutter. Völlig außerstande sah sie sich, einem Haushalt vorzustehen oder gar ihre Tochter großzuziehen. Was genau für ein Leiden sie befallen hatte, konnte ihm auch der Arzt nicht recht beantworten. Offensichtlich war es etwas derart Delikates, dass es nur im Flüsterton unter Frauen erwähnt werden konnte. Und es verschlimmerte sich immer dann, so merkte er allmählich, wenn er seiner Gattin gegenüber auch nur die leiseste Forderung stellte. Da sie unweigerlich Opfer schmerzhafter Migräneattacken wurde, wenn er sich auch nur auf Schrittweite ihrem Bett näherte, hatte er ein eigenes Schlafzimmer bezogen. Bitten um Begleitung bei den seltenen gesellschaftlichen Verpflichtungen verursachten ihr regelmäßig Magenbeschwerden, und die mildeste Aufregung riefen »Vapeurs« hervor, Anfälle von Atemnot, die sich bis zu Ohnmachten steigern konnten. Gerade heute hatte es wieder eine solche Szene gegeben.

»Auf, Alexander, du bist dran. Zeig, wie du das Pferd beherrschst!«

Erik Benson holte ihn aus seinen Grübeleien und schubste ihn in Richtung Turngerät. Mit mehr Kraft als Anmut flankte er darüber und absolvierte auch die anderen Übungen mit trotziger Energie. Es half etwas gegen die aufgestaute Wut.

Der junge Advokat grinste ihm zu, als Alexander mit einem elastischen Satz vor ihm landete.

»Du dampfst förmlich aus den Ohren. Hattest du wieder Ärger mit deinem Schwiegervater?«

»So ungefähr.«

Erik war sein Retter gewesen und der einzige Freund, dem

er seine Sorgen, oder zumindest einen kleinen Teil davon, anvertraute. Vor zwei Jahren war er ihm im Notariat des Rechtsanwalts begegnet, bei dem ein größerer Liefervertrag besiegelt werden sollte. Verblüfft hatten sich die beiden jungen Männer angesehen, und Benson hatte, als die geschäftlichen Angelegenheiten erledigt waren, ihn höflich in sein winziges Büro gebeten.

»Berlin, mein Freund. An der Havel. Bei dem einen oder anderen Glas Bier.«

»Himmel, natürlich. Der Jurist mit dem Backenbart. Wo ist der geblieben?«

»Beim Barbier. Man wünschte vom Juniorpartner meines Herrn Vaters eine glattere Visage. Und Sie, Masters?«

»Technischer Leiter bei Reineckens.«

»Solides Unternehmen. Drei hübsche Töchter.«

»Eine davon meine Frau!«

»Teufel auch. Meinen Glückwunsch.«

Aber es musste in Alexanders Gesicht abzulesen gewesen sein, dass es mit dem Glück nicht zu weit her war. Erik vertiefte es nicht, schlug aber einen gemeinsamen Abend vor, bei dem sie ihre Bekanntschaft erneuerten und er seinem Freund vorsichtig auf den Zahn fühlte. Die Misere kam Stück für Stück heraus. Er schlug ihm also eine Ablenkung vor. Und die führte Alexander in die Gruppe von Turnern. Es waren alles Männer, die ihre Studienzeit noch nicht lange hinter sich gelassen hatten und nun aus beruflichen oder familiären Gründen in Elberfeld oder Barmen gelandet waren. Sie begaben sich damit auf gefährliches Gebiet, denn die übervorsichtigen preußischen Behörden beäugten derartige Versammlungen erneut mit geradezu hysterischem Misstrauen. Daher schoben nun, als die Kirchturmuhr neun schlug, vier von ihnen die Geräte hinter einen hölzernen Verschlag. Alexanders Aufgabe war es, ein paar Eimer an der Pumpe im Hof zu füllen, und ohne falsche Scham zogen die Turner ihre einfachen grauen Hosen und Hemden aus, um sich mit dem kalten Wasser zu waschen. Den Raum betraten und verließen sie nur in schicklicher Straßenkleidung, um keinen Verdacht zu erregen. Die verschwitzten Turnanzüge sammelten sie in Säcken, die drei der Beteiligten mitnahmen, um sie waschen zu lassen. Auch Alexander schmuggelte hin und wieder einen solchen Sack unter die Hauswäsche, die einmal wöchentlich von dem Dienstmädchen und einer Wäscherin geschrubbt wurde. Es erregte kein Aufsehen, denn wenn er mit den Maschinen arbeitete, trug er grobe Kleidung, genau wie die Arbeiter. Ebenso hielten es einer der Turner, der in einer Weberei beschäftigt war, und ein anderer, der als Chemiker in einer Färberei sein Geld verdiente.

»Gehen wir noch ein Bier trinken«, schlug jemand vor, als sie die Halle verschlossen. Bis auf zwei, die weitere Verabredungen hatten, zogen sie in ein Wirtshaus ein und okkupierten einen Ecktisch. Sie waren bekannt, der Wirt brachte unaufgefordert die Gläser.

»Neun Tote und vierundzwanzig Verletzte hat es gegeben, habt ihr es gehört?«

Mit gedämpfter Stimme berichtete ein junger Zahnarzt von den Neuigkeiten aus Frankfurt, wo eine Gruppe Studenten die Polizeiwache gestürmt hatte. Sie hatten ein Zeichen setzen wollen gegen die restaurative Politik, die um der staatlichen Ruhe willen jegliche freie Meinungsäußerung scharf verfolgte und verurteilte.

»Lasst uns nicht in der Öffentlichkeit darüber diskutieren«, mahnte ein anderer, und zwei weitere nickten. Dennoch empfanden sie, wie viele junge Leute ihrer Zeit, Sympathie für die Aufständischen, die eine demokratische Erhebung in ganz Deutschland bewirken wollten.

»Ja, sprechen wir über harmlosere Themen. Alexander, was ich schon immer über diese verdammten Maschinen wissen wollte …«

Alexander ging gerne darauf ein und erklärte seinen Bekannten die Funktionsweise von Kupplungen und Übersetzungen. Andere wandten sich dem örtlichen Klatsch zu. Ein Grüppchen Arbeiter mit einigen Mädchen polterte in den Schankraum.

Die Mädchen, kaum zwölf oder dreizehn, lachten kreischend und ließen sich neben den Männern auf die Bänke fallen. Sie waren ganz eindeutig betrunken.

Alexander hörte, wie sein Nachbar seufzte: »Die Kinder haben einfach keine Zukunft, wenn man sie so behandelt.«

»Welche Kinder?«

»Die in den Webereien hier arbeiten. Herr im Himmel, ich habe es versucht, wirklich. Aber abends um acht Uhr ist da nichts mehr zu machen.«

»In England haben sie schon die Arbeitszeit für Kinder reduziert«, warf ein anderer ein.

»Das wird hier noch auf sich warten lassen«, murmelte Alexander, der darüber einschlägige Erfahrungen in den Diskussionen mit seinem Schwiegervater und dessen Freunden gesammelt hatte. »Die Unternehmer brauchen die billigen Arbeitskräfte. Sie begründen es damit, die Arbeit in den Fabriken sei pädagogisch wertvoll.«

»Und bezahlen sie mit Branntwein. Wie soll ich den übermüdeten, betrunkenen Gören nach einem zwölfstündigen Tag an den Maschinen denn noch das Alphabet beibringen, kann mir das einer mal verraten?«

»Idealist!«

»Vielleicht. Aber wenn der preußische Staat eine gute Entscheidung getroffen hat, dann die der allgemeinen Schulpflicht. Nur breitflächig gebildete Menschen bringen einen Staat voran.«

»Darf ich dir die Absurdität vor Augen führen, dass du, wenn du dich für die Arbeiter starkmachst, sofort ins Visier der Staatspolizei gerätst?«

»Ich weiß, ich weiß. Aber ich sag dir, irgendwann platzt mir der Kragen. Und anderen auch.«

Alexander leerte mit einem großen Schluck seinen Bierkrug. Auch ihm war an diesem Tag schon der Kragen geplatzt, und auf die Heimkehr freute er sich nicht besonders. Aber es wurde spät, und die Arbeit in der Fabrik begann früh.

»Ich begleite dich noch ein Stück, Alexander.« Erik stand mit ihm auf und griff nach dem Wäschesack.

»Wenn du unbedingt willst.«

»Will ich.« Und als sie in der feuchten, nach Kohlebrand riechenden Nachtluft standen, forderte er ihn auf: »Erzähl mir, was passiert ist.«

»Der übliche Krach mit Paula. Julia ist ihr auf ihre empfindlichen Nerven gefallen. Mann, Erik, die Kleine ist noch keine drei Jahre alt. Da kann schon mal was umkippen.«

»Besorg ein vernünftiges Kindermädchen für sie.«

»Auch so ein Streitpunkt. Es gibt bereits eins, nämlich die Bonne, die schon die drei Töchter Reineckens großgezogen hat. Eine säuerliche Schwester Gnadenlos mit stets gezücktem Gebetbuch. Mein Vorschlag, sie in den verdienten Ruhestand zu schicken, hat bei meiner ehrenwerten Gattin wieder einmal die Vapeurs hervorgerufen.«

»Sie sollte sich nicht so eng schnüren.«

»Werd's ihr mit freundlichen Grüßen von dir ausrichten.«

Eine Hand schlug ihm freundschaftlich auf die Schulter. »Tut mir leid, ich habe keinen besseren Vorschlag anzubieten. Es ist eine verteufelte Situation, in die du geraten bist.«

»Ist schon in Ordnung, Erik. Zumindest habe ich durch dich ein brauchbares Ventil gefunden, durch das der Überdruck manchmal entweichen kann.«

Erik schnaubte. »Typisch Maschinist!«

Das düstere Haus von Reineckens tauchte am Ende der Straße auf, und sie verabschiedeten sich voneinander.

Ins Wohnzimmer warf Alexander keinen Blick, um nicht gezwungen zu sein, mit seinem Schwiegervater zu sprechen, Paula hatte sich schon zurückgezogen, und er setzte sich in sein Schlafzimmer und sortierte die Briefe, die unten auf der Konsole für ihn bereitgelegen hatten. Er stand in Korrespondenz mit einigen anderen Ingenieuren, auch englischen, mit denen er Erfahrungen austauschte. Doch die Schreiben wollte er am nächsten Tag sorgfältig lesen. Den Umschlag aus Berlin jedoch machte er sofort auf. Diese Briefe waren Lichtblicke in seinem unbehaglichen Leben, und er freute sich jedes Mal darauf, Nachricht von dem seltsamen jungen Mädchen zu erhalten, das er vor nun vier Jahren aus der Zuckersiederei geholt hatte. Augenscheinlich hatte sie sich, nachdem die Trauer um ihre Eltern verklungen war, zu einer erfrischend natürlichen Beobachterin entwickelt. Es hatte ihm um Madame Galinowa willen leidgetan, dass das Ausflugslokal vor anderthalb Jahren in die Luft geflogen war, aber die Russin hatte vorsorglich gehandelt und schon frühzeitig bei der »Berlinischen Feuerversicherung« eingezahlt. Die Gewinne aus der Havelwirtschaft und die Zahlungen der Versicherung hatten es ihr ermöglicht, in Berlin in der Behrenstraße ein Café zu eröffnen. In den beiden ersten Briefen hatte Amara von Anfangsschwierigkeiten berichtet. Zum einen gab es Konkurrenz, die man beachten musste, zum anderen wollte ein Café in der Stadt anders geführt sein als ein Ausflugslokal. Das Publikum, das sie anziehen wollten, verlangte Höflichkeit und gepflegtes Ambiente. Alexander staunte über Amara, die diese Problematik erkannt und offensichtlich Madame Galinowa entsprechend beraten hatte. Woher hatte ein Bäckermädchen solche Kenntnisse, fragte er sich, als er ihre Beschreibung der Einrichtung gelesen hatte. Sonnengelb getünchte Wände, weiße Stühle und Tischdecken, Blumensträuße und gelbe Lampenschirme. Es hörte sich durchaus geschmackvoll an. Nur die Gäste kamen spärlich. Sie machten ihren Gewinn überwiegend mit ihren Konditorwaren, mit denen sich private Haushalte belieferten.

Doch nun hatte sich etwas geändert, und das gab ihm auch eine Erklärung für manche Ungereimtheiten.

»*Wir haben hochgestellte Besucher gehabt, die einen Umschwung bewirkt haben. Die Gräfin, bei der meine Mutter früher in Stellung war, ist nach einem langen Auslandsaufenthalt wieder nach Berlin zurückgekehrt. Sie ist eine wunderbare Dame, und sie hat sich tatsächlich nach meinem Stiefvater, dem Konditor Wolking, bei den Nachbarn erkundigt. Sie hörte von seinem Tod und unserem Wegzug und forschte weiter. So hat sie von Madame Nadinas Café erfahren. Sie hat uns zusammen mit einer Bekannten, der Baronin von Briesnitz, deren Tochter Baroness Dorothea und dem Sohn Maximilian an einem Nachmittag aufgesucht. Meine gewürzte Schokolade und die Mandelcremetorte fanden ihren Beifall. Sie lobte mich auf die gütigste Art und sprach mir ihr Beileid aus. Die Baronin hingegen wirkte etwas verschnupft, aber das mochte daran liegen, dass die Gräfin ihr schon vor Jahren meine Mutter abgeworben hat. Die Baroness, ein fülliges junges Mädchen mit einem erstaunlichen Appetit, ließ sogar ein paar Sticheleien über etwaige Skandale verlauten, was mich aber nicht sonderlich tangierte.*«

Was immer sich zwischen diesen Zeilen wohl verbergen mochte, fragte sich Alexander schmunzelnd. Auf jeden Fall hatte die wohlwollende Gräfin das Café in Mode gebracht, und seit einiger Zeit brauchte Madame Galinowa sich über mangelnden Zulauf von Mitgliedern der mondänen Welt nicht mehr zu beklagen.

Er freute sich für sie darüber. Zumindest bestätigte Amara seine Hypothese, dass man einem Menschen, der vorankommen will, nur den Schubs in die richtige Richtung geben musste. Es war ihm bei ihr gelungen, bei Paula hatte er jedoch versagt. Aber er nahm sich fest vor, seiner Tochter alle Chancen zu bieten, die sie zu einem glücklichen Leben fähig machten.

Und wenn er Schwester Gnadenlos eigenhändig aus dem Haus werfen musste.

Da es auf einfachem Weg nicht ging – seine Schwiegermutter würde sich mit Händen und Füßen dagegen wehren und Paula ihre Anfälle bekommen –, musste ihm etwas einfallen, wie er das Weib bei den Damen in Misskredit bringen konnte. Sie war ein heuchlerisches Frauenzimmer von strenger pietistischer Weltauffassung, eine Glaubensrichtung, die gerade im Bergischen viel Zulauf fand. Aber gerade die lauthals Rechtschaffenen, so hatte ihn das Leben gelehrt, haben alle auch ein Laster. Es war nur eine Frage der Beobachtung herauszufinden, welches das ihre war. Eigentlich lag ihm solches Vorgehen nicht, aber Geradlinigkeit führte in diesem Haus nun mal nicht zum Erfolg. Und das fröhliche Lachen seiner kleinen Tochter war ihm wichtig genug, auch verwinkelte Wege zu gehen.

Es überraschte ihn gelegentlich selbst, dass er für sein Kind solche tiefen Gefühle hegte. Noch nie hatte er jemanden beschützen, fördern und – einfach lieben wollen.

Ein hoffnungsloser Fall

Schlägt dir die Hoffnung fehl,
nie fehle dir das Hoffen!
Ein Tor ist zugetan,
doch tausend sind noch offen.

Weisheit des Brahmanen, Rückert

Señorita Miranda fletschte die Zähne. Sie tat es nicht freiwillig, und Jan Martin, der bei ihr saß, versuchte wieder einmal, mit heißen Tüchern den sich ankündigenden Krampf zu lösen. Begonnen hatte es vor drei Tagen mit Schluckbeschwerden und Fieber, dann verzerrte sich ihre gesamte Gesichtsmuskulatur, und nun hatte Jan Martin Stellung an ihrem Bett bezogen, da die Anfälle immer häufiger auftraten. Die Ursache dieser Krankheit lag in einer verhältnismäßig kleinen Verletzung, die sich die Señorita bei einem Ausritt vor einer Woche zugezogen hatte. Übertriebene Schamhaftigkeit hatte sie daran gehindert, diesen Riss in der Wade von ihm fachgerecht behandeln zu lassen. Die Wunde war ohne größere Entzündung abgeheilt, doch der Schmutz, den sie nicht entfernt hatte, verursachte ihr die jetzige Pein.

Miranda war die Tochter des Kaffeeplantagenbesitzers, dessen Hacienda die letzte Station von Jan Martins Reise durch Venezuela war. Er war auf Einladung seines Großcousins Hans Jakob Jantzen hier, der mit der älteren Tochter des Hauses verheiratet war. Doña Louisa war eine hübsche, wohlerzogene Dame, ihre Schwester überstrahlte sie zwar an Schönheit, nicht jedoch an Höflichkeit. Die schnippische junge Frau hatte ihm schon beim ersten Zusammentreffen Unbehagen verursacht.

Ihr Bestreben, ihn ständig mit ihren Koketterien herauszufordern, machte ihn gehemmt, und als er dann auch noch ungewollt mitbekam, wie sie sich bei Louisa beschwerte, er sei, was Frauen anbelangte, ein hoffnungsloser Fall, hatte er sich, so weit es möglich war, von ihr zurückgezogen. Er wurde den Eindruck nicht los, dass sie es ihrer Schwester gleichtun und sich einen deutschen Ehemann angeln wollte.

Obwohl Jan Martin in den dreizehn Monaten, die er bei Verwandten, Geschäftspartnern und Freunden verbracht hatte, einiges an Schüchternheit verloren hatte, verunsicherten ihn Frauen noch immer. Er beneidete die Männer, denen ein vergnüglicher Flirt leichtfiel oder die ihr Glück in losen Affären fanden. Ein gutmütiger Gastgeber hatte seine Hemmungen erkannt und wollte ihm mit dem Besuch in einem gut geführten Bordell darüber hinweghelfen. Nur leider war er, als sich eine junge Dame in eindeutiger Absicht an ihn schmiegte, peinlich berührt aufgestanden und hatte, Entschuldigungen stammelnd, fluchtartig das ansprechende Haus verlassen. Auch die Gesellschaft einer lebenslustigen Witwe, die ihm unverhohlen Avancen machte, hatte er beinahe panisch gemieden.

Dennoch saß er jetzt hier in dem abgedunkelten Zimmer und versuchte verzweifelt, Mirandas Leben zu retten. Leider entwickelte sich der Wundstarrkrampf mit zunehmender Heftigkeit, und nur mit starken Dosen Laudanum konnte er die Patientin einigermaßen stillhalten. Er hatte kaum noch Hoffnung für sie, wagte das aber nicht laut zu äußern.

Einmal mehr dachte er an den schrulligen Schiffsarzt Doktor Klüver zurück, der ihn auf die Wichtigkeit der Wundreinigung aufmerksam gemacht hatte. Er musste ihm vollkommen zustimmen. Seine praktischen medizinischen Kenntnisse hatten in der letzten Zeit erheblich zugenommen. Zwar war er als Gast bei den Familien aufgenommen und dabei mit überwältigender Großzügigkeit und Freundlichkeit überschüttet worden, doch bot er immer seine Hilfe an, wenn es zu gesundheitlichen

Problemen kam. Gerade auf den abgelegenen Plantagen wurde dieses Angebot dankbar angenommen. Er hatte zwei Kinder entbunden, unzählige Verletzungen behandelt, einem fast blinden Großvater den Star gestochen und etliche vereiterte Zähne gezogen. Die Hilfe, die er anzubieten in der Lage war, stärkte sein Selbstbewusstsein.

Ebenfalls gutgetan hatte ihm der vierwöchige Aufenthalt am Meer. Auch hier dankte er Doktor Klüver für seinen Rat. Der hatte ihm nämlich gegen Ende der Reise vorgeschlagen, sich einer Salzwasserkur zu unterziehen, um die lästigen Pickel loszuwerden. An den einsamen Stränden der Karibik hatte er diesen Rat befolgt, und so war das Übel tatsächlich verschwunden. Auch wenn er sich in den ersten Tagen einen grellroten Sonnenbrand zugezogen hatte. Nur sein Leibesumfang hatte sich nicht verringert. Im Gegenteil – Doktor Jan Martin Jantzen konnte man als recht korpulent bezeichnen.

Mirandas Schwester öffnete leise die Tür zum Krankenzimmer. Sie trug ein Tablett mit einem beschlagenen Glaskrug und Gläsern in der Hand. Der Eistee war ihm sehr willkommen, auch die kleinen, delikaten Schnittchen, die auf dem Teller aufgehäuft waren. Doch als Doña Louisa das Tablett auf dem Tisch absetzte, klirrte das Geschirr, und selbst dieser kleine Laut führte dazu, dass Miranda in neuen Krämpfen erstarrte. Verzweifelt versuchte er, ihre harte Nackenmuskulatur zu lockern, die ihren Kopf in einem unnatürlichen Winkel nach hinten bog. Beinahe zwei Minuten hielt die Starre an, dann löste sie sich, doch dafür begannen Arme und Beine wie wild zu zucken. Die Schwester musste mithelfen, die Patientin daran zu hindern, aus dem Bett zu fallen und sich zu verletzen.

»Die arme Miranda«, flüsterte sie, als sie schließlich ruhiger wurde. »Wird sie wieder gesund, Doktor?«

»Ich hoffe es, Doña Louisa. Können Sie ein sehr heißes Bad vorbereiten? Möglicherweise löst es die Krämpfe in ihrem Nacken.«

»Ja, Doktor. Ich kümmere mich darum.«

Sie verschwand lautlos, und Jan Martin machte sich über den Imbiss her. Dann setzte er sich wieder an das Bett der Kranken und ließ seine Gedanken wandern. In einigen Tagen würde sein Schiff Richtung Heimat gehen. Er hatte von dem Geschäftspartner seines Vaters schon Nachricht aus Caracas erhalten, die *Mathilda* aus Bremen sei eingelaufen und werde überholt. Dann würde sie Kaffee laden und ihn an Bord nehmen. Er war zufrieden, wieder heimkehren zu können, aber auch auf die Überfahrt freute er sich. Heimlich hoffte er, Lothar de Haye wiederzutreffen. Der Weltenbummler, mit dem er auf der Hinreise viele Stunden in anregenden Gesprächen verbrachte, hatte ihn beeindruckt. Doch Venezuela war nicht dessen Ziel gewesen, er hatte nach Mexiko weiterreisen wollen, um sich dort die versunkenen Kulturen der Indianer anzusehen. Am letzten Abend an Bord hatte Jan Martin ihn angetroffen, wie er versonnen zum Horizont schaute, wo die tropische Sonne in einem roten Glutball im Meer versank. Mehr zu sich selbst murmelte er dabei: »Sie haben Pyramiden gebaut, heißt es. Ich habe in den vergangenen Jahren die ägyptischen Pyramiden besucht und frage mich, ob es Ähnlichkeiten gibt.«

Jan Martin teilte sein Schweigen eine Weile, aber dann musste er seine Frage doch loswerden. »Sie forschen auf eigene Faust, Herr de Haye?«

Der Angesprochene legte seine Nachdenklichkeit ab und lächelte ihn an. »Ich bin gern mein eigener Herr. Und das Interesse an den frühamerikanischen Zivilisationen ist in unserer Heimat nicht besonders groß. Unterstützung finden eher Expeditionen, die nach Ägypten oder Indien führen.«

»Da haben Sie sicher recht, aber, verzeihen Sie, so eine Expedition auszurüsten, ist eine sehr kostspielige Sache.«

»Mein guter Freund, ich bin ja auch ein *sehr* reicher Mann. Ich denke, ich kann es mir leisten.«

Das hatte Jan Martin überrascht, denn nichts an Lothar de Haye ließ auf großen Reichtum schließen. Obwohl er verbindliche Umgangsformen an den Tag legte, benahm er sich völlig unprätentiös, kleidete sich praktisch und konnte auf den Märkten feilschen wie ein Pferdehändler. Doch einem Beruf ging er nicht nach, so viel hatte Jan Martin verstanden und hätte gerne mehr darüber gewusst. Aber weitere Fragen zur Herkunft seines Vermögens verbot selbstverständlich die Höflichkeit.

»Dann wünsche ich Ihnen gutes Gelingen bei Ihren Forschungen. Wie viel Zeit haben Sie eingeplant?«

»Ach, das wird sich zeigen. Mich binden keine Termine. Aber auf Sie werden gewiss etliche warten, wenn Sie an Land gehen?«

Jan Martin lachte. »Mein Vater hat mir eine ganze Liste von Leuten mitgegeben, die ich aufsuchen muss. Ich hoffe, ich habe sie in zwölf Monaten abgearbeitet.«

»Und dann?«

»Dann werde ich mir ein Forschungsgebiet suchen und sehen, ob ich mich damit an einer Universität habilitieren kann.«

»Mit fünfundzwanzig. Mutig, junger Freund.«

»Nun ja, ich bin eben ein *sehr* intelligenter Mann«, bemerkte Jan Martin mit einem Augenzwinkern, und de Haye lachte laut.

»Damit haben Sie's mir aber gegeben. Ich mag Sie, Doktor. Ich mag Sie wirklich.«

Wieder verlegen, hatte Jan Martin geschluckt und dann geantwortet: »Wissen Sie, manchmal entdeckt man in den allgemein benutzten Floskeln eine tiefere Bedeutung. Ich fühle mich Ihnen tief verbunden, Herr de Haye.«

De Haye ergriff seine Hände, hielt sie einen Moment lang und besiegelte damit ihre Freundschaft.

Am nächsten Tag trennten sich ihre Wege.

Sehr leise kam eine Dienerin in das Krankenzimmer gehuscht und flüsterte, das Bad für die Señorita sei gerichtet. Vorsichtig brachten sie die Kranke ins Nebenzimmer. Jan Martin überließ es den Frauen, sie in das heiße Wasser zu heben, blieb aber in

Rufweite, sollten neue Krämpfe eintreten. Endlich aber konnte er die schweren Vorhänge aufziehen und einen Blick nach draußen werfen. Die Hacienda war ein weitläufiger Bau mit mehreren Innenhöfen und schattigen Kolonnaden, in denen geflochtene Korbmöbel zu müßiger Geselligkeit einluden. Manchen schwülen Nachmittag hatte er in der Kühle der Patios auch in einer Hängematte verdöst. Jan Martin gefiel die südländische Lebensart und die dem Klima angepasste Architektur der Gebäude ausnehmend gut. Alles war so viel heller und luftiger als die hanseatischen Bürgerhäuser mit ihren schweren, dunklen Möbeln und den kleinen Fenstern. Er verstand sehr gut, warum es seinen Großonkel nicht wieder nach Bremen zog.

Sein Blick schweifte weiter. Neben dem Haus befand sich der Pferdestall, der selbst wie ein Herrenhaus wirkte, und die gesamte Anlage war von einem gepflegten Palmengarten umgeben. Dahinter erstreckte sich bis an die Hänge der Kordilleren die Kaffeeplantage. Einige Male war er in Begleitung des Hazienderos hinausgeritten und hatte den Arbeitern bei der Ernte der roten Bohnen zugesehen. Kaffee, der Hauptimportartikel des Handelshauses Jantzen, hätte seine Aufmerksamkeit stärker fesseln müssen, aber eigentlich interessierte ihn der Kakaoanbau mehr. Doch nur in Caracas fand er einmal Gelegenheit, sich darüber mit einem Exporteur unterhalten und einen der Speicher besuchen zu können. Abermals bestätigte sich, dass die Kakaobohnen empfindliches Gut waren. Anders als die Kaffeebohnen, die getrocknet lange Zeit haltbar waren, wurden die Kakaobohnen bereits nach zehn Monaten unbrauchbar. Eine zügige Verschiffung war also erforderlich.

Gerne hätte er eine Kakaoplantage besucht und bekam auch eine Einladung, doch für die gleiche Zeit wurde er von einem weiteren Bekannten aufgefordert, mit ihm einen Ausflug in die Anden zu unternehmen. Da er unbedingt mehr von der unverfälschten Natur des Landes sehen wollte, zog er diese Einladung vor. Und das Erlebnis hatte ihn zutiefst beeindruckt. Mit einem Führer hatten sie die fruchtbaren Täler erkundet, staunend vor den hohen Wasserfällen gestanden, waren in die verborgenen, abgelegenen Dörfer gelangt. Er hatte erstmals Kontakt zu den Eingeborenen bekommen. Zuvor war er ausschließlich in den Kreisen europäischer Geschäftsleute herumgereicht worden. Auch einige interessante botanische Beobachtungen hatte er machen können – die ersten seiner Reise. Er konnte seither noch etwas besser verstehen, was Lothar de Haye so an den Expeditionen reizte.

»Doktor, Doktor!«

Aufgeregt rief aus dem Nebenzimmer eine Frau, und Jan Martin ließ den Vorhang fallen. Die Kranke war in der Wanne von einem neuerlichen Krampf erfasst worden, und diesmal verkrümmte sich ihr gesamter Körper mit unbarmherziger Gewalt nach hinten. Er versuchte, sie aus dem Wasser zu heben, obwohl er dabei völlig durchweicht wurde. Weiter spannte sich ihr Körper an, und selbst mit größter Kraftanstrengung gelang es ihm nicht zu verhindern, dass sich ihr Rückgrat beinahe rund bog. Dann begann sie, um sich zu schlagen. Es war grauenvoll. Jan Martin und seine Helferin wurden getreten und geschlagen, sie konnten nicht verhindern, dass Miranda sich Arme und Beine blutig schlug und mit dem Kopf an eine Schrankecke krachte. Noch ging ihr Atem keuchend, doch die Starre griff auf ihr Zwerchfell über. Nach wenigen Minuten lief ihr Gesicht blau an, und hilflos musste der junge Arzt zusehen, wie die Kranke vor seinen Augen erstickte.

Der Tod war ihm nicht fremd. Aber Abstand konnte er noch immer nicht dazu finden. Er fühlte sich schuldig, obwohl er genau wusste, wie sehr ihm bei dem Wundstarrkrampf in fortgeschrittenem Stadium die Hände gebunden waren. Die Krankheit endete fast immer tödlich.

Er überließ die Familie ihrer Trauer und reiste so unauffällig wie möglich ab, um nicht weiter zu stören. In Caracas bot ihm der Geschäftspartner ganz selbstverständlich seine Gastfreundschaft an, und die vier Tage, die er noch warten musste, bis die *Mathilda* auslief, verbrachte er mit Grübeln. Über ein Jahr hatte sein Aufenthalt gedauert, und wenn er auch viel gesehen, unzählige Bekanntschaften geschlossen und sich einen Anschein von Weltgewandtheit zugelegt hatte, so war er doch nicht zufrieden mit sich. Insgeheim hatte er gehofft, seine botanischen Forschungen vor Ort fortsetzen zu können, doch dazu hatte ihm die Ruhe gefehlt. Ständig wurde er zu Gesellschaften eingeladen, musste Bälle, Diners, Soireen besuchen, bat man ihn zu Spiel- und Rauchabenden, oder er musste an Ausfahrten teilnehmen. Er kehrte mit leeren Händen nach Hause zurück.

Dass er sich darin täuschte, wusste er noch nicht, als er an einem sonnigen Septembermorgen das Deck des Viermasters betrat.

Es würde lange dauern, bis er seine Heimat wiedersah.

Junge Lieben

Von dir, o Liebe, nehm ich an
Den Kelch der bittern Leiden;
Nur Einen Tropfen dann und wann,
Nur Einen deiner Freuden!

An die Liebe, Jacobi

»Baroness Zuckerschnute wird sich mit dem jungen Grafen von Massow verloben«, verkündete Melisande, als sie mit einem Tablett leerer Teller und Tassen in die Küche trat.

»Hat sie dir ihr Vertrauen geschenkt, Melli, oder hast du nur wieder in der Gerüchteküche die Ohren gespitzt?«

Ich schnitt eine Cremetorte in gleichmäßige Stücke und setzte die wackeligen Gebilde geübt auf die schlichten, eleganten Teller aus der Königlichen Porzellan-Manufaktur. KPM lieferte unserem Café zu günstigen Konditionen Geschirr mit winzigen Fehlern.

»Die Baronin von Briesnitz hat die Neuigkeit in vernehmlichem Bühnenflüstern ihrer Busenfreundin ins Ohr geträufelt.«

»Dann dürfen wir davon ausgehen, dass es stimmt. Armer Julius.«

»Tja, wo die Liebe hinfällt.«

Trällernd belud Melisande das Tablett mit den Tellern und trug es zu den Gästen.

Das »Café Nadina« florierte. Zu nachmittäglicher Stunde fand sich ein elegantes Publikum ein, schneidige Offiziere führten ihre Begleiterinnen gerne hier hin, hochgestellte Damen trafen sich zu Kaffeekränzchen und Geplauder, häufig in Begleitung ihrer jungen Töchter. Am frühen Abend tauchten die Herren auf, die bei dem ausgezeichneten Kaffee ihre Zeitung lesen wollten oder sich mit Bekannten über die politische Lage austauschten. Gegen sechs nahm an drei Tagen ein Pianist am Klavier Platz und unterhielt die Besucher mit leichten Melodien. Bis zehn Uhr ließ Nadina den Gästen herzhafte kleine Gerichte servieren, dann aber schloss sie das Café.

Meine Aufgabe war das Zubereiten des Gebäcks und der Süßspeisen. Diese Arbeiten füllten meinen Vormittag aus. Kaffee, Tee und Kakao wurden immer frisch aufgegossen, und hier hatte ich mir, auf eine leise geflüsterte Anregung von Lady Henrietta hin, ein zusätzliches Wissen angeeignet. Meine Wiener Kaffeespezialitäten erfreuten sich großer Beliebtheit, und so mancher Fiaker, Einspänner oder Franziskaner fand seinen Abnehmer. Aber auch für den Kakao probierte ich verschiedene Zubereitungen aus. Ich würzte ihn mit Vanille oder mit einem Hauch Kardamom oder Piment, kochte ihn entweder mit Wasser oder mit Milch auf, und ein ganz besonders ausgefallenes Rezept hatte mir interessanterweise der junge von Briesnitz, Dorotheas Bruder, verraten, der oft mit Freunden vorbeischaute. Sein Onkel, der offenbar weit in der Welt herumkam, hatte ihm berichtet, die Eingeborenen Südamerikas und auch die Spanier liebten es, den Kakao mit Chili gewürzt zu trinken. Chili hatten wir nicht zur Hand, aber ich fand die kleine Prise Pfeffer in dem Getränk äußerst wirkungsvoll. Oft wurde diese Mixtur nicht bestellt, aber einige der Herren schätzten sie mehr als die süßen Variationen.

»Der Freiherr von Humboldt beehrt uns mit seiner Anwesenheit«, hauchte Melisande bei ihrem nächsten Auftritt in der Küche ehrfürchtig.

»Wer?«

»Der große Forscher, du weißt schon. Südamerika, Russland und so. Sind drei Professoren bei ihm. Steife Kerle mit Spitzbärten und Monokel.« Sofort hatte Melisande das würdige Gehabe der Akademiker angenommen und zog an einer imaginären Pfeife. Ich musste schmunzeln, konzentrierte mich aber auf das Einschenken des Kaffees. »Sie werden einen Cognac dazu trinken wollen«, vermutete ich und sah mich nach den Gläsern um.

»Ah, dann hat der große Gelehrte ja recht. Denn gerade bemerkte er: ›Überall geht ein frühes Ahnen einem späten Wissen voraus.‹«

Mellis Pathos brachte mich wieder zum Lachen. »Na, dann schau nach, ob meine Ahnung zum Wissen wird!«

Melisandes hauptsächliche Aufgabe bestand im Servieren, und das machte sie mit immer gleichbleibendem Elan. In den ersten Monaten hatte sie sich zuweilen im Ton vergriffen. Kesse Sprüche mochten bei Studenten gut ankommen, die vornehmen Herrschaften schauten bei solchen Ausrutschern meist ziemlich pikiert drein. Inzwischen hatte sie sich dank ihres ausgeprägten schauspielerischen Talents die zuvorkommenden Manieren angeeignet, die man von einer Serviererin in gehobenen Kreisen verlangte. Nur wenn sich die Küchentür hinter ihr schloss, ließ sie ihren spitzzüngigen Bemerkungen freien Lauf. Zudem parodierte sie gerne die kleinen Schrullen ihrer Besucher, und oft mussten Ella, das Dienstmädchen, und ich uns die Seiten halten vor Lachen. Bekam jedoch ihre Mutter Nadina solche frechen Äußerungen mit, wies sie Melisande streng zurecht.

»Wir haben ihnen Respekt zu geben. Auch hinter der Tür! Sonst ist unser Auftreten nicht ehrlich«, mahnte sie oft, aber ich kannte sie inzwischen gut genug, um das heimliche Amüsement in ihren Augen zu lesen. Es war auch nicht Verachtung, was in Mellis Darstellungen lag, sondern ihr Sinn für Komik. Den durfte sie hin und wieder an den musikalischen Abenden ausleben. Dann sang sie zur Begleitung des Pianisten kecke Couplets, was besonders die jüngeren Herren erfreute. Und den Klavierspieler in einen glühenden Anbeter verwandelte. Melisande genoss beides, den Applaus und die Anbetung, aber sie hielt ihre Bewunderer auf vorsichtiger Distanz. Bei dem Pianisten wurde sie jedoch etwas nachgiebiger. Wenn das Café geschlossen hatte, hörte man sie manchmal vierhändig Klavier spielen. Eine Weile lang…

Die gefüllten Cognacgläser holte Nadina selbst ab, um sie dem berühmten Gast und seiner Gesellschaft anzubieten, dann kehrte sie in die Küche zurück und setzte sich mit einem kleinen Seufzen auf einen Schemel, raffte dabei aber vorsichtig das grüne Seidenkleid, damit es nicht von Mehl bestäubt wurde.

»Das wird uns die Männer von der Universität herbringen«, meinte sie zufrieden.

»Gut möglich. Geht der Cognac aufs Haus?«

»Natürlich nicht. Kostenlosen Käse gibt's nur in der Mausefalle.«

Ich machte einen Vermerk auf der Tafel, auf der sie die laufenden Bestellungen notierte.

»Kommst du zurecht, *milaja*? Kein Liebeskummer mehr?«

Als ich das Kosewort hörte, lächelte ich. »Nein, Nadina. Kein gebrochenes Herz mehr. Nur ein bisschen Wut noch.«

»Ich hätte ihn sollen kastrieren!«, knurrte Madame Galinowa. »Italiener, bah!«

Giorgio Gambazzi gehörte seit drei Monaten der Vergangenheit an. Der gut aussehende Koch aus Potsdam hatte sich als windiger Geselle erwiesen. Als ich herausgefunden hatte, dass er mich mit einer der leichtlebigen Hofdamen der Prinzessin Marie Luise betrog, gab es eine hässliche Szene, aus der ich, zwar gedemütigt und zornig, aber als Siegerin hervorgegangen war. Giorgio war in den Genuss einer meiner seltenen Temperamentsausbrüche gekommen und ließ sich seitdem nicht mehr in meiner Nähe blicken. Einige Wochen hatte ich mein geknicktes Herz und mich selbst bemitleidet, aber jetzt dachte ich immer seltener an den verlorenen Liebsten.

»Hast du die Liste für den Reisenden fertig, Nadina? Ich denke, er wird bald wieder vorbeikommen.«

»Ja, Listen sind fertig.« Und dann grinste sie. »Feiner Mann, was? Wenn man so rote Haare mag.«

Es war einer von meinen Ratschlägen gewesen, die Kolonialwaren en gros bei MacPherson zu bestellen, so wie es mein Stiefvater bereits gehalten hatte. Mit Verblüffung hatte ich gleich beim ersten Zusammentreffen beobachtet, wie zwischen den beiden rothaarigen Menschen die Funken sprühten. Aber das tat dem Geschäft keinen Abbruch.

Nadina sorgte mit der ihr eigenen Effizienz für den reibungslosen Ablauf des Betriebs. Mit ihrem ausgezeichneten Geldverstand führte sie die Abrechnungen durch, kümmerte sich um die Vorräte und Bestellungen, hatte ständig einen kritischen Blick auf Sauberkeit und Ordnung in den Gasträumen und schritt alle Stunde einmal in majestätischer Haltung durch die Reihen der Gäste und erkundigte sich nach deren Wünschen. Ganz selten aber ließ sie sich überreden, ein oder zwei Gesangsstücke vorzutragen. Ich wusste inzwischen, dass sie ihre Karriere als Sängerin wegen einer Kehlkopfentzündung hatte aufgeben müssen. Laut genug, um ein Theater mit ihrer Stimme zu füllen, konnte sie nicht mehr singen. Aber sie war ungemein musikalisch, und die melancholischen Balladen bekamen durch ihre rauchige Stimme einen ganz besonderen Reiz.

Für das Faktotum Sascha gab es auch immer mehr als genug zu tun. Er machte den Abwasch, kümmerte sich um die Beheizung des Backofens, übernahm alle möglichen Reparaturen und Hilfsleistungen. Die schwachsinnige Lena hatte nur eine Aufgabe, aber die erledigte sie gründlich und zuverlässig, wenn auch in erhabener Langsamkeit. Sie war für die Wäsche zuständig, und als wir ihr einige Male gezeigt hatten, wie man die Tischwäsche zu behandeln hatte, konnten wir sicher sein, dass sie nie von den Vorgaben abwich. Besondere Freude schien ihr das Bügeln zu bereiten, und oft, wenn sie das mit glühenden Kohlen gefüllte Plätteisen schwang, hörte man sie eine unmelodiöse Weise summen. Ansonsten sagte sie nicht viel.

Neu in der Mannschaft war Ella, das Dienstmädchen. Nadina hatte sie gleich in den ersten Tagen mitgebracht. Sie war beim Abliefern einer Kuchenplatte in ein häusliches Drama geplatzt, bei dem sich die Hausherrin und das Zimmermädchen im Salon buchstäblich in die Haare geraten waren. Nadinas Schilderung hatte Melli und mir die Lachtränen in die Augen getrieben. Denn das Gezeter war auf beiden Seiten in breitestem Berlinerisch und mit Ausdrücken geführt worden, die auf eine gesellschaftlich nicht ganz einwandfreie Herkunft der gnädigen Frau schließen ließen.

»Mach dir bloß ab, du dämliche Schaute!«, keifte die Gnädige, was Ella mit einem abschließenden: »Denn mach doch deinen Dreck alleene, du blödes Aas!« kommentierte und eine Teekanne an die Wand schmetterte.

Nadina hatte den Kuchen vorsichtig abgestellt, um nicht zwischen die Fronten zu geraten, mit der Haushälterin die Abrechnung erledigt und wollte das Haus schweigend verlassen. Auf den Stufen vor dem Dienstboteneingang fand sie das schluchzende Mädchen. Ihre mütterliche Art ließ sie fragen, was passiert war, und schnell hatte sie herausgefunden, wo die Ursache des Zwistes lag. Die Herrin war die geborene Nörglerin, eine aus kleinen Verhältnissen aufgestiegene Vornehme, die sich ihren Wert dadurch beweisen musste, dass sie andere drangsalierte. Ella aber, aus bescheidenen Verhältnissen, war schon früh wegen ihres Jähzorns auffällig geworden und hatte mehrere Jahre in der »Erziehungsanstalt für schwererziehbare Mädchen« verbracht. Über die Verhältnisse in derartigen Instituten brauchte sie nicht viele Worte zu verlieren. Nadina sagte einfach: »Du kannst bei mir arbeiten. Wenn du Teekanne kaputt machst, fliegst du raus. Wenn du gut arbeitest, kriegst du gutes Zeugnis, und alles andere ist vergessen.«

Ella war in unserem kameradschaftlichen Klima aufgeblüht. Sie hielt die Wohnung über dem Café in Ordnung, kümmerte sich um unsere Kleider und übernahm auch schon mal Zofendienste. Denn inzwischen beugten Melli und ich uns doch dem Diktat der Mode und trugen, wenn wir servierten, hübsche Kleider unter den gestärkten Schürzen.

Gerade jetzt kam Ella mit einem Stapel frisch gebügelter Servietten in die Küche und legte sie in den Wäscheschrank. Melisande stellte ein klapperndes Tablett ab und grinste ihr zu: »Dein Galan drückt sich im Hof herum, Ella!«

»Ist es schon fünf Uhr?«

»Nein, erst halb. Aber er scheint eine unbezwingliche Sehnsucht nach dir zu haben.«

Ella kicherte. Sie war nicht gerade eine Schönheit, sondern eher vom derben Typ. Ein wenig untersetzt, mit roten Wangen und strohigem blondem Haar, das sie mit irgendwelchen geheimnisvollen Mittelchen bearbeitete. Aber dem Herrn Referendar Kantholz gefiel sie offensichtlich.

»Dann sehe ich mal nach, ob wir noch ein paar Schokoladenkekse für dein Naschmäulchen haben«, bot ich ihr an. Die seltsamen Gelüste von Karl August Kantholz hatten uns schon viel Stoff zu Spötterei gegeben. Ella berichtete nämlich freimütig über seine ausgefallenen Marotten. Sein Verlangen nach Süßem war die eine. Zum andern pflegte er eine große Heimlichtuerei um seine Liebschaft, die er streng vor seiner Mutter verborgen hielt, weshalb er sich nicht in das Café wagte, sondern immer den Weg über den Hinterhof wählte. Doch besonders Ort und Umstände ihrer Schäferstündchen erschienen Melli und mir ausgesucht skurril. Da Karl August noch mit sechsundzwanzig bei seiner Mama wohnte, brauchte er eine ungestörte Unterkunft, wo er sich mit Ella treffen konnte. Aus einem unerfindlichen Grund hatte er Zugang zu einem Vergnügungsetablissement in der Tiergartenstraße. Dort, in dem Kostümfundus des kleinen Theaters, hielten sie ihre Zusammenkünfte ab, wobei sich Karl August zu unserer immerwährenden Heiterkeit angeblich in martialische Uniformstücke hüllte, um seinen männlichen Trieben die rechte Anregung zu verschaffen. Ohne Tressen und Epauletten schien da nichts zu gehen.

»Wenn Sie noch ein Stückchen Kuchen oder ein paar Kekse hätten, Fräulein Amara, dann tät ich sie gerne mitnehmen. Wir treffen uns nämlich heute das letzte Mal.«

»Oje. Arme Ella!«

»Och, das macht mir nix. Er ist ein komischer Kerl. Aber eine wie ich muss nehmen, was sie kriegt.«

Ich suchte Kekse aus den verschiedenen Dosen und wickelte sie in ein sauberes Handtuch. »Verlässt er Berlin, der werte Herr Referendar?«

»Ja, er geht nach dem Bergischen. Dort hat er einen höheren Posten in der Verwaltung angeboten bekommen.«

»Allein? Ganz ohne Mama?«, spöttelte Melisande.

»Nein, nein. Die geht mit ihm. Hat er gesagt. Wer soll ihm denn sonst den Haushalt führen.«

»Na, du zum Beispiel.«

»Nee, lieber nicht.«

Ella zog glücklich mit ihren Liebesgaben ab, und ich bedauerte: »Wird mir direkt fehlen, der kleine Soldat.«

»Wir können drüber lachen, Amara«, meinte Melli ungewöhnlich ernst. »Aber glaub mir, Männer, die eine solche Macke haben, können gefährlich werden. Der verkleidet sich nicht aus Spaß, der muss doch seine Unfähigkeit unter einer Uniform verstecken. Hoffentlich kriegt der nie im Leben die Gelegenheit, offiziell eine zu tragen.«

»Dann kann Ella froh sein, ihn loszuwerden. Soll er doch seine Schrullen woanders ausleben.«

Das tat Karl August dann auch.

Bittere und andere Wahrheiten

Der Mensch fiel von Gott ab, die Sterne nicht,
Drum ist in Sternen Wahrheit, im Gestein,
In Pflanze, Tier und Baum, im Menschen nicht.

Franz Grillparzer

Alexander ging zornig schweigend zur Anrichte, nahm die geschliffene Cognac-Karaffe und ein Glas mit und verließ den Raum, ohne seinem Schwiegervater und dessen Buchhalter eine gute Nacht zu wünschen. Wieder einmal waren ihre Auseinandersetzungen fruchtlos und zermürbend gewesen. Reinecke widersetzte sich vehement allen Neuerungen – den technischen, weil er sie nicht verstand, den sozialen, weil er sie fürchtete. Weder war er bereit, eine neue Ventiltechnik in seine Maschinen einzubauen, noch eine Krankenversicherung für seine Arbeiter abzuschließen, eine Maßnahme, die andere Unternehmer schon längst eingeführt hatten. Alexanders Argument, gerade die Maschinenbauer mit ihrem Spezialwissen müsse man durch solche Vorsorgemaßnahmen ermuntern, bei der Firma zu bleiben, wischte der Buchhalter mit dem Hinweis auf unnötige Kosten rigoros vom Tisch und wurde dabei vom Unternehmer mit beifälligem Nicken unterstützt.

Mit der Karaffe in der Hand stieg Alexander die Treppen hoch und durchquerte den langen düsteren Gang zu seinem Schlafzimmer. Dabei schoss ihm der bittere Gedanke durch den Kopf, dass auch bei ihm, wie bei den Arbeitern, wohl nur die Sauferei das Leben in Elberfeld erträglich machte. Als er am Zimmer seiner kleinen Tochter vorbeikam, hörte er herzzerreißendes Weinen. Das erstaunte ihn, denn die Kinderfrau schlief ebenfalls in dem Raum und sollte sich um das Mädchen kümmern. Er stellte die Karaffe in seinem Zimmer auf die Kommode und ging zurück. Leise öffnete er die Tür und spähte in das nur von einem flackernden Nachtlicht erhellte Zimmer.

Julia schluchzte jämmerlich in ihrem Bett, die Kinderfrau lag mit offenem Mund laut schnarchend in dem ihren. Ein kurzer Blick auf den Nachttisch enthüllte ihm, warum. Neben der Bibel stand ein halb leeres, braunes Medizinfläschchen. Er nahm es an sich, dann wandte er sich an das weinende Kind, das sich jetzt mit großen Augen, den Bettzipfel an sich gepresst, an die Wand drückte.

»Julia, was hast du? Tut dir etwas weh?«

Die Kleine schüttelte stumm den Kopf.

Er setzte sich auf die Bettkante und wollte ihr über den Kopf streicheln, aber sie zuckte ängstlich zurück.

»Ich tu dir doch nichts, Julia. Ich will dich doch nur trösten.«

»Papa?«

Leise und heiser hörte sich das Stimmchen an. Alexander ergriff ein tiefes Mitleid. Auch hier war etwas völlig aus dem Ruder gelaufen.

»Komm her, Mäuschen, wir gehen in mein Zimmer.«

Er wickelte etwas ungeschickt seine vierjährige Tochter in die Decke und trug sie nach nebenan. Etwas zutraulicher kuschelte sich die Kleine in die Kissen seines Bettes, während er die Lampe anzündete.

»So, und jetzt erzählst du mir deinen Kummer.«

»Ja, Papa. Es ist... Ich hab solche Angst.«

»Wovor, Julia? Wer oder was hat dir Angst gemacht?«

»Ich hab Angst vor der Hölle.«

Ratlos schaute Alexander in das verweinte Gesichtchen.

»Warum, um alles in der Welt, hast du Angst vor der Hölle? Die brauchst du ganz bestimmt nicht zu haben.«

»Doch, Papa. Wegen dem schlechten Blut.«

Das Mädchen plapperte nach, was es gehört hatte, und das ließ die Empörung in Alexander wie hochgespannten Heißdampf aufsteigen. Mühsam drängte er seinen Zorn zurück und fragte sanft nach: »Willst du mir nicht erklären, was du damit meinst?«

»Das Fräulein hat's gesagt. Sie hat gesagt, der liebe Gott lässt nur ein ganz paar Menschen in den Himmel. Und ich gehöre nicht dazu. Weil in mir doch schlechtes Blut fließt. Und deswegen komme ich in die Hölle, wo man mich brennen wird und wo die Teufel sind. Und ich hab mich schon mal verbrannt. Das tut so weh!«

»Das hat dir Schwester Gnadenlos erzählt?« Mit gewaltiger Anstrengung unterdrückte Alexander einen derben Fluch.

»Wer ist Schwester Gnadenlos?«

»Das Fräulein. Sie hat vollkommen unrecht, Julia.«

»Nein, Papa. Sie sagt, das steht in der Bibel. Weil das, was in der Bibel steht, hat der liebe Gott selber gesagt. Deshalb ist das die einzige Wahrheit. Das hat sie gesagt.«

Alexander stand auf und ging, um seine Gedanken von akuten Mordgelüsten zu befreien, einige Schritte auf und ab und überlegte, wie er einem verängstigten, kleinen Mädchen mit seinem wachen Geist die Teufel austreiben konnte. Die Erleuchtung kam ihm, als er sich ein Glas Cognac einschenken wollte. Wie von ungefähr fiel ein Lichtstrahl auf die Karaffe und ließ den geschliffenen Kristallstöpsel in allen Farben aufleuchten. Er trat zur Kommode, nahm den Stopfen und setzte sich neben seine Tochter auf das Bett. Dann hielt er das Kristall so, dass sich das Licht darin brach, und freute sich darüber, wie begeistert Julia das Glitzern in den Prismen betrachtete.

»Die Wahrheit, Julia, ist ein wundervolles Ding. Sie ist leuchtend und rein und hat unzählige Facetten. Genau wie dieses hübsche Glas. Wahrheit ist überall. Wahrheit lässt sich nicht in ein Buch pressen. Auch nicht in die Bibel. Verstehst du das?«

»Ja, Papa.« Vorsichtig langte Julia nach dem Stopfen, und er gab ihn ihr in die Hand. »Aber was ist denn wirklich wahr?«

»Wirklich wahr ist das Kissen, auf dem du sitzt, der Baum vor dem Fenster, der Nachttopf unter meinem Bett und die Sterne am Himmel. Alles, Julia, was du sehen und anfassen kannst, ist wirklich. Alles das ist wahr. Das ist wirklich.«

Er sah, wie es in ihrem Gesichtchen arbeitete. Sie war ein kluges Kind, und er wollte unbedingt ihre Gedanken von dem Gift befreien, das Schwester Gnadenlos ihr eingeträufelt hatte. Wenn nötig auf Kosten jeglichen christlichen Glaubens.

»Aber warum sagt das Fräulein denn, dass der liebe Gott die Menschen in den Himmel holt?«

Alexander sah sie an, und wie von Ferne hörte er eine tiefe Stimme sagen: »Wenn du die Wahrheit suchst, mein Junge, dann schau in den Sternenhimmel. Dort findest du die Antworten.« Er konnte nicht genau sagen, woher er es wusste, aber es waren die Worte seines Vaters, und eine schmerzliche Sehnsucht nach seiner Liebe und Güte packte ihn.

»Komm mal her«, sagte er daher zu seiner Tochter. Widerstandslos ließ sie sich in seinen Arm nehmen und zum Fenster tragen. Sie legte sogar ihre Arme um seinen Hals und schmiegte sich an ihn, als er die Läden weit öffnete und mit ihr in die kalte, sternklare Winternacht hinausschaute.

»Schau mal, da sind die Sterne.«

»Ja. Sie sind schön. Die sind auch wahr?«

»Die sind ganz wahr. Ganz wirklich. Sag mal, Mäuschen, wie weit kannst du schon zählen?«

Julia hob eine Hand und spreizte die Finger. »Eins, zwei, drei, vier, fünf. Und an der anderen Hand sind auch so viele.«

»Hervorragend. Kannst du die Sterne zählen?«

Sie schaute zum Firmament und schüttelte dann verlegen den Kopf.

»Nein, Papa. Das sind mehr, als ich Finger habe.«

»Ganz richtig. Ich kann sie auch nicht zählen, obwohl ich viel mehr Zahlen kenne als du. Aber eines Tages werden wir es können, weil wir Geräte dafür erfinden werden.«

»Ist da oben der liebe Gott?«

»Manche Menschen glauben das.«

Es mochte ein bisschen zu schwierig für sie sein, und Alexander überlegte angestrengt, wie er ihr den Unterschied zwischen Wissen und Glauben erklären sollte. Aber dann überraschte Julia ihn gründlich.

»Aber die Sterne sind wirklich. Ich kann sie sehen. Den lieben Gott kann ich nicht sehen.«

»Du bist sehr, sehr klug, Julia. Ich bin stolz auf dich. Aber jetzt machen wir erst einmal das Fenster wieder zu, damit wir keinen Schnupfen bekommen.«

Er setzte sie ab und schloss die Läden. Als er sich umwandte, war sie wieder in sein Bett gekrabbelt und sah ihn aufmerksam an.

»Wir überlegen noch etwas gemeinsam, Julia.«

»Ja, Papa. Bitte.«

»Gut. Julia, wie groß bist du? Wie schwer bist du?«

»Mhm.« Sie nagte verlegen an ihrem Daumen. »Weiß nicht.«

»Eine ganz hervorragende Antwort. Wir werden die Frage morgen früh gleich klären. Mit einer Waage und einem Maßband. Denn dann wissen wir es. Wir können dich nämlich messen und wiegen. Und was bedeutet das?«

»Dass ich wahr bin?« Julia kicherte ein bisschen und nahm den Kristallstopfen wieder auf. »Und du auch und Mama und Großmutter und alle.«

»Meine Güte, was habe ich für eine schlaue Tochter. Und jetzt verrate mir, wo du warst, bevor du meine schlaue Tochter wurdest.«

Wieder überlegte sie lange und gründlich, und gespannt wartete Alexander auf die Antwort.

»Weiß nicht. Wo war ich?«

»Ich weiß es auch nicht. Da siehst du mal, wie dumm ich bin.«

»Aber irgendwo … mhm.«

»Pass auf – was ich dir erklären möchte, ist Folgendes: Weil wir Menschen auf manche Fragen keine wahren Antworten haben, haben wir uns angewöhnt, etwas zu glauben. Etwas für wahr zu halten, was wir nicht wirklich wissen. Wir könnten zum Beispiel glauben, dass es hunderttausend Sterne gibt. Das ist viel einfacher, als sie zu zählen.«

Julia lutschte mit Hingabe an ihrem Daumen, was ihr offensichtlich beim Denken half. Dann platzte sie heraus: »Dann ist der liebe Gott nicht wahr?«

»Jetzt antworte ich genauso wie du, Julia: Ich weiß es nicht. Ich weiß nicht, wie viele Sterne am Himmel stehen, wo ich war, bevor ich geboren wurde, und was morgen sein wird. Ich weiß nur eins – die Wahrheit ist ein wunderbares Ding, glänzend, licht und manchmal so scharf, dass man sich daran verletzen kann, wie an diesem Kristall. Da ich also nicht weiß, ob es einen Gott gibt, kann ich auch nicht sagen, ob er einzelne Menschen auserwählt hat, damit sie in den Himmel kommen.«

»Warum weiß das Fräulein das denn?«

»Weil sie eine blöde Ziege ist«, rutschte es Alexander heraus, und Julia lachte fröhlich auf. Er korrigierte sich geschwind und erklärte: »Das Fräulein hat sich nie die Mühe gemacht, der Wahrheit ins Gesicht zu sehen, dass sie es nicht weiß, Julia. Deswegen glaubt sie, was in einem Buch steht. Aber in dem Buch steht nicht die ganze Wahrheit. Darum musst du das, was sie sagt, noch lange nicht glauben. Halte du dich daran, was du sehen, anfassen, messen und zählen kannst. Alles andere wird sich finden.«

»Wenn ich nicht an den lieben Gott glaube, dann komme ich auch nicht in die Hölle?«

»So ist es, mein kluges Kind. Und darum brauchst du auch keine Angst mehr zu haben.«

»Auch wenn ich eine Sünde mache?«

»Machst du denn Sünden?«

»Manchmal. Da bin ich nicht gehorsam. Und ich hab doch die Sünde in mir. Wegen dem Blut.«

Die bittere Galle kam Alexander bei diesen unschuldigen Worten hoch, und er schluckte. »Liebling, das dumme Zeug mit dem schlechten Blut braucht dir keine Angst zu machen. Blut ist weder gut noch schlecht. Es ist rot und warm und kreist in deinem Körper herum. Wenn du dich verletzt, tropft es aus der Wunde und bildet den Schorf, damit sie wieder heilt. Das kennst du doch.«

»Mhmh.«

»Ich finde, das ist eine sehr gute Eigenschaft deines Blutes.«

»Ja, Papa.«

»Und was die Sünde des Ungehorsams anbelangt – also, wenn du was Schlimmes machst, werde ich mit dir schimpfen, und wenn es was sehr Schlimmes ist, dir den Hintern versohlen. Ist das verstanden?« Alexander bemühte sich um einen grimmigen Gesichtsausdruck, was seine Tochter aber spielend durchschaute und ihn angrinste.

»Julia, nur weil es keine zwickenden Teufel gibt, wirst du dich doch anständig benehmen und gehorchen.«

Julia grübelte sichtlich, und dabei spielte sie mit dem glitzernden Kristall in ihrer Hand.

»Ja, Papa«, sagte sie schließlich und kam dann zu dem erstaunlichen Schluss: »Wenn ich … mhm … was Schlimmes gemacht habe, muss ich das dann immer sagen?«

»Du musst immer die Wahrheit sagen, nicht nur, wenn du was Schlimmes getan hast.«

»Darf ich dann dem Fräulein sagen, dass sie eine blöde Ziege ist?«

Alexander durchfuhr die schlagartige Erkenntnis, dass sein Erziehungsversuch vollkommen gescheitert war. Andererseits …

»Ich wünschte, du würdest mir dieses Vergnügen überlassen, Julia.«

»Gut, ist recht, Papa. Aber ich muss nicht an ihre blöden Teufel glauben und all das.«

»Nein, das brauchst du nicht.«

»Und das darf ich ihr auch sagen?«

»Das«, betonte Alexander mit Genugtuung, »darfst du auf jeden Fall.« Und Schwester Gnadenlos zeigen, wie die Hölle auf

Erden aussah. »Und wenn ihr das nicht gefällt, schickst du sie zu mir.«

»Ja, Papa.«

»Und jetzt gehen wir beide noch mal in die Küche und schauen, ob wir ein Betthupfer für dich finden.«

Die Kinderfrau fand sich früh am Morgen mit dem Vater ihres Schützlings konfrontiert und wirkte ungehalten ob der Störung ihrer Routine.

»Ich habe gestern Abend meine Tochter weinend in ihrem Bett gefunden«, herrschte Alexander sie ohne höfliches Vorgeplänkel an.

»Sie ist ein launisches Kind, dem darf man nicht nachgeben.«

»Nein? Nun, Sie konnten ja auch darüber hinweghören, so tief, wie Ihr Schlaf war.«

»Sie waren in meinem Schlafzimmer?« Helle Empörung schwang in den Worten mit.

»Natürlich. Und wie ich feststellen konnte, hatte meine Tochter jeden Grund zu weinen.«

»Sie haben das Schlafzimmer einer unbescholtenen, keuschen Frau betreten? Herr Masters, wie konnten Sie es wagen?«

»Ich bin Ihrer Unschuld nicht zu nahe getreten. Ich habe meine Tochter getröstet und versucht, ihr die namenlosen Ängste zu nehmen, die Sie ihr verursacht haben, Schwester Gnadenlos!«, fauchte Alexander sie an.

»Ich habe ihr keine Angst gemacht. Und reden Sie mich gefälligst in gebührlichem Ton an. Ich bin länger in diesem Haus als Sie, Herr Masters!«

»Das habe ich bereits verstanden. In diesem Haus bin ich nur ein notwendiges Übel. Sie aber sind ein Übel, das nicht notwendig ist. Und ich würde es sehr begrüßen, wenn Sie umgehend Ihre Kündigung aussprechen würden.«

»Was… was… was erlauben Sie sich?«

»Bedauerlicherweise sind meine Frau und meine Schwiegereltern mit Ihren Erziehungsmethoden einverstanden. Ich bin es nicht. Und Julia ist meine Tochter. Sie haben ihr mit Ihren bigotten Schilderungen von Hölle und Teufeln Furcht eingejagt und ihr von dem schlechten Blut erzählt, das sie geerbt hat. Das ist unerträglich.«

»Das Kind muss im rechten Glauben erzogen werden.«

»Und der beinhaltet, Angst und Schrecken zu verbreiten und meine Herkunft zu schmähen?«

»Wer sind Sie denn, Herr Masters?«, spuckte die Kinderfrau. »Sie wissen ja nicht einmal, wer Ihre Eltern sind!«

»Zu Ihren äußerst fragwürdigen Ansichten zur Kindererziehung maßen Sie sich jetzt auch noch an, mir meine Herkunft vorzuwerfen? Sie können freiwillig gehen und ein Zeugnis bekommen, oder Sie werden unfreiwillig und ohne Papiere das Haus verlassen. Entscheiden Sie sich!«

»Ich werde selbstverständlich bleiben. Ihre Frau ...«

»Meine Frau wird sehr überrascht sein, wenn sie von den großen Dosen Laudanum erfährt, mit denen Sie betäubt neben unserem Kind schlafen.« Alexander knallte das Arzneifläschchen auf den Tisch. Erstmals sah er Unsicherheit in den Augen der Kinderfrau aufflackern. Aha, dachte er. Das war also ihr kleines Laster.

»Ich hatte Zahnschmerzen.«

»Sie hatten Zahnschmerzen, so, so. Dann würde ich vorschlagen, wir suchen jetzt gemeinsam den Zahnbrecher auf, der das Übel mit Stumpf und Stiel herausreißt.«

Jetzt malte sich die Panik deutlich in ihrem Gesicht ab. »Das können Sie nicht tun.«

»Schwester Gnadenlos, ich bin weit stärker als Sie. Ich kann.«

»Herr Masters ...«

»Kündigen Sie?«

»Nein! Auch wenn Sie mir mit Gewalt drohen.«

»Dann werden Sie erleben, dass Sie nicht erst nach dem Tode in die Hölle kommen.«

Sie wussten es beide, dass Alexander nicht eigenmächtig handeln konnte. Er war nicht Herr im Haus, nicht er zahlte ihr den Lohn. Aber eines konnte er tun – Julia so weit wie möglich ihrem Einfluss entziehen. Und das betrieb er mit Erfolg. Wann immer er Zeit fand, und es fand sich bei ein wenig Überlegung viel davon, kümmerte er sich um seine Tochter. Er wanderte mit ihr durch den schneebedeckten Wald, malte mit ihr am Kamin Bilder aus, baute mit Holzklötzchen Häuser und lehrte sie die ersten Buchstaben. Er schenkte ihr einen in vielen Facetten geschliffenen kristallenen Briefbeschwerer, den sie so sehr liebte, dass sie ihn immer unter ihr Kopfkissen legte. Oft erzählte er ihr Geschichten, immer sorgfältig darauf bedacht, darin Beispiele für selbstständiges Handeln, einen starken Willen und Aufrichtigkeit zu vermitteln. Es waren Märchen, die ihm einst, in einem ganz anderen Leben, eine weitaus gütigere und liebevollere Kinderfrau erzählt hatte. Sie waren durchaus geeignet, einen Schutzwall gegen pietistische Heuchelei aufzubauen.

Das Fräulein, das sich zumindest des Laudanums inzwischen weitgehend enthielt, hatte allen Grund, sich beständig über das aufsässige Benehmen ihres Schützlings zu beklagen, und tat es ausgiebig bei der Mutter. Was schließlich im Frühjahr zu einer heftigen Szene führte.

Paula hatte einen ihrer guten Tage, an denen sie ihr Zimmer verließ und sich in der warm geheizten Stube aufhielt. Auf dem Tisch stand eine kleine Staffelei mit einem dicken Zeichenblock. Das war die einzige Beschäftigung, für die sie sich kräftig genug fühlte. Sie fertigte unentwegt Feder- oder Kreidezeichnungen an. Zu Beginn ihrer Beziehung hatte Alexander ihr Talent bewundert. Sie hatte ein scharfes Auge und war in der Lage, jedwedes Objekt detailgetreu wiederzugeben. Doch nach und nach hatte er ihre künstlerischen Grenzen erkannt. Ihre Bilder hatten kein Eigenleben, keine Seele. Ihr gelang es nicht, den Zauber eines Stilllebens einzufangen, es war immer nur das exakte Abbild eines Korbs mit Früchten.

»Alexander! Gut, dass Sie so früh gekommen sind. Wir müssen miteinander reden«, begrüßte sie ihn an diesem Nachmittag.

»Dann tun wir das, Paula. Worum geht es?«

»Um Julia. Sie ist vollkommen ungebärdig und benimmt sich gegenüber dem Fräulein in einer Weise, die nur zu tadeln ist.«

»Das freut mich zu hören.«

»Wie bitte?« Paula legte den Stift nieder und sah ihren Gatten fassungslos an.

»Ich habe Ihnen bereits vor Weihnachten gesagt, für wie ungeeignet ich die Erziehungsmethoden des Fräuleins halte und dass wir uns nach einem Ersatz umsehen sollten.«

»Und wie Sie sehr gut wissen, haben Mama und ich das abgelehnt. Sie hat ausgezeichnete Prinzipien, und mir ist ihre Erziehung gut bekommen.«

»Eben. Und darum wünsche ich nicht, dass sie so wird wie Sie, Frau Gemahlin.«

Alexander hatte in den vergangenen Monaten viel überlegt, wie er sich aus der Falle befreien konnte, in die er damals in Berlin getappt war, als Reineckens mit ihrer Tochter bei Egells aufgetaucht waren. Sein Schwiegervater hatte sich Fertigungsverfahren bei dem bekannten Maschinenbauer ansehen wollen, und ihm war nicht nur die technische Beratung zugefallen, sondern auch die Unterhaltung der reizenden Paula. Die, wenn sie mal der Aufsicht ihrer Mama entschlüpfen konnte, gar nicht so prüde war, wie sie in deren Gesellschaft vorgab. Und ein findiger, verliebter junger Mann nutzte natürlich die Gelegenheit. Drei Monate waren die Reineckens geblieben, und eine Woche vor der Abreise wurde Alexander von einem zornschnaubenden Vater zu einem ernsten Gespräch gebeten.

Inzwischen war Alexander sich sicher, dass der Zorn nur gespielt war. Er selbst war bei Weitem der beste Fang, den Reinecke gemacht hatte. Auch wenn seine Herkunft im Dunklen lag. Diese Tatsache war damals noch kein Stein des Anstoßes gewesen.

Inzwischen war sie es, und viele andere Dinge hatten sich

zu diesem Umstand summiert. Es musste ein Ende haben, und hätte Paula nicht gerade jetzt das Gespräch gesucht, er hätte das Thema in wenigen Tagen selbst auf den Tisch gebracht.

»Mäßigen Sie Ihre Worte, Alexander!«, fauchte Paula ihn an und erhob sich, um zum Kamin zu schweben.

»Nein, das werde ich nicht. Es wird Zeit, die Dinge klar auszusprechen.«

»Allerdings, das werden wir. Und hiermit sage ich es ganz offen: Ich wünsche nicht, dass Sie dem Kind freigeistige Ideen einflüstern. Mit welchem Gesindel Sie sich in Ihrer Freizeit treffen, will ich nicht kommentieren. Aber ich verlange, dass Sie sich nicht mehr in Julias Erziehung einmischen.«

»Umgekehrt, Paula. Umgekehrt. Da Schwester Gnadenlos das Haus trotz all ihrer Verfehlungen ja nicht zu verlassen braucht, werde ich es tun. Meine Tochter wird mit mir kommen. Ich habe alles vorbereitet, um eine Trennung von Tisch und Bett zu erlangen.«

»Was?« Paula begann, pfeifend zu atmen, und drückte sich die Hand auf die Brust.

»Möglicherweise sollten Sie das Mieder lösen, dann fällt Ihnen das Atmen leichter«, kommentierte Alexander ungerührt ihren Anfall.

»Sie …! Sie …! Sie Unmensch!«

»Das ist das schlechte Blut, das in meinen Adern fließt. Madame, wir haben uns nichts mehr zu sagen.«

Er ließ sie alleine und suchte seine Tochter, die er still schluchzend im Kinderzimmer vorfand.

»Papa, sie haben gesagt, ich muss in eine Besseranstalt«, hörte er aus ihren erstickten Klagen heraus.

»Nein. Wir werden uns eine eigene Wohnung suchen und ein liebes Kindermädchen für dich finden. Komm, wir waschen dein Gesicht, und dann besuchen wir Herrn Benson.«

Die Bewohner Elberfelds waren inzwischen an den Anblick gewöhnt, auch wenn er bei vielen Gemütern noch immer zu Irritationen führte. Der hochgewachsene Mann im dunklen Anzug, an dessen Schläfe eine weiße Strähne schimmerte, führte an der Hand seine kleine Tochter. Im kurzen Rüschenkleid, die blonden Locken zu zwei nicht immer ganz ordentlichen Zöpfen mit bunten Schleifen geflochten, hüpfte sie fröhlich neben ihm her. Immer wieder beugte er sich zu ihr, um ihre Fragen zu beantworten oder sie auf irgendetwas aufmerksam zu machen. Das war ungewöhnlich, Väter beschäftigten sich allenfalls mit ihren Söhnen, um sie in die männlichen Tugenden einzuführen, nicht mit kleinen Mädchen. Die gehörten in die Obhut von Müttern und Kinderfrauen.

Erik Benson aber wusste von seinem Freund, warum er sich so anders verhielt, und begrüßte Vater und Tochter freundlich.

»Was führt dich und diese hübsche junge Dame in mein staubiges Büro?«, fragte er, nachdem er sich höflich vor der kichernden Julia verbeugt hatte.

»Die bereits angesprochenen Regelungen für unsere Zukunft. Es ergab sich, dass ein schnelles Vorgehen vonnöten ist.«

Der Jurist und Alexander besprachen die konkreten Schritte, die eingeleitet werden mussten, um die Trennung – nicht die Scheidung – von Paula vornehmen zu können. Für eine Scheidung, allemal ein schmutziges Geschäft, das sich immer zu Lasten der Ehefrau auswirkte, reichten die Gründe nicht. Auch wollte Alexander seiner Gattin diese Schmach ersparen. Aber sein Auszug aus dem düsteren Haus der Reineckens stand für ihn fest. Galt es noch, die finanziellen Bedingungen festzulegen, die nicht ohne Delikatesse waren, da er de facto Angestellter seines Schwiegervaters war. Von dieser Seite aus mussten sie mit Repressalien rechnen.

»Er kann mir kündigen. Ich würde mich dagegen nicht wehren, Erik. Mit meiner Ausbildung und Erfahrung finde ich jederzeit eine neue Anstellung. Und ich könnte von hier wegziehen. Das würde das Problem schließlich auch lösen.«

»Natürlich. Deine Frau müsste dir folgen, und du wärst endlich Herr in deinem eigenen Haus. Warten wir es ab. Bis dahin suchst du dir am besten eine Wohnung.«

»Und eine halbwegs intelligente Erzieherin für Julia.«

»Sehr vernünftig. Und jetzt habe ich noch eine überraschende Neuigkeit für dich, Alexander. Erinnerst du dich an den hosenlosen Karl August Kantholz?«

Alexander verzog sein Gesicht zu einem spöttischen Grinsen. »O ja. Er war kein schöner Anblick.«

»Er wird dir möglicherweise bald wieder geboten. Er ist vor zwei Monaten der Kreisverwaltung als Regierungsassessor zugeteilt worden.«

»Mit der Verwaltung habe ich nicht viel zu tun. Ich bin nur ein simpler Techniker, Erik.«

»Mit unbequemen Ideen. Sei vorsichtig, mein Freund.«

»Im Rahmen meiner Möglichkeiten.«

Und die waren naturgemäß beschränkt. Mit Reinecke gab es die erwartete Konfrontation, bei der sich Alexander auf ziemlich brutale Art durchsetzte. Mit Paula eine weitere, der ein hysterischer Anfall ein Ende setzte. Und zwei Tage später machte sich Alexander zufrieden mit dem Ergebnis auf die Suche nach einer passenden Wohnung.

Er hatte seine Rechnung nicht mit Schwester Gnadenlos gemacht. Die glühende Anhängerin des pietistischen Glaubens hatte nämlich eine Gleichgesinnte gefunden, die sie in der Kirche kennengelernt hatte. Witwe Kantholz, die die Weißnäherei in Berlin aufgegeben hatte, um ihren Sohn nach Elberfeld zu begleiten, damit sie seinen Haushalt führen und über seine Tugend wachen konnte, wurde in kürzester Zeit ihre Vertraute. Und so drang die Kunde von Alexander Masters' unrühmlichem Verhalten sehr schnell an Karl Augusts Ohren. Geübt in Nachforschungen aller Art, fand er bald heraus, dass sein ehemaliger Peiniger einem der verbotenen Turnerklüngel angehörte und sich auch ansonsten staatsfeindlicher Äußerungen nicht enthielt. Er erwirkte aufgrund verlässlicher Zeugenaussagen der Kinderfrau, des Wäschermädchens, das die Turnerkleidung im Hause Reineckens wusch, und des Buchhalters, der ihn beschuldigte, mit aufrührerischen Parolen die Arbeiter aufzustacheln, einen Haftbefehl wegen demagogischen Verhaltens.

Eine Woche nach Alexanders Besuch bei Erik Benson stand er mit zwei Polizisten vor Reineckens Tür und verlangte barsch, Herrn Masters zu sehen. Karl August ließ es sich nicht nehmen, Alexander persönlich von seiner Verhaftung zu informieren. Reinecke, der diesem Auftritt beiwohnte, brüllte: »Ein schamloser Verbrecher. Das war ja zu erwarten! Bei der dubiosen Vergangenheit!«

Paula, die dazukam, sank geschmackvoll in Ohnmacht, und nur Julia, oben am Treppengeländer, beschuldigte die Richtige. Sie trat dem Fräulein, das sie in ihr Zimmer zerren wollte, mit aller Kraft ans Schienbein, spuckte sie an und schrie: »Das haben Sie gemacht!«

Womit sie die Wahrheit sprach.

Es gab keine Möglichkeit, sich zu wehren, deswegen folgte Alexander den Polizisten ins Stadtgefängnis. Doch er weigerte sich standhaft, auch nur einen einzigen Hinweis darauf zu geben, wer außer ihm noch den verbotenen Leibesübungen nachging und in diesem politischen Klub staatsfeindliche Gedanken hegte. Aber in den folgenden Wochen, in denen über sein Schicksal entschieden wurde, verfluchte er sich selbst. Er konnte nichts tun, um seine persönlichen Angelegenheiten weiter zu regeln, und am meisten schmerzte es ihn, Julia im Stich lassen zu müssen. Beinahe von Sinnen vor Verzweiflung rief er, der lediglich an die reale Welt glaubte, an das, was man messen und wiegen, zählen und berechnen konnte, ein mächtigeres Wesen um Hilfe an – einen Gott der Rache!

Dae daylite come an we wanna go home

Siehst du die Brigg dort auf den Wellen?
Sie steuert falsch, sie treibt herein
Und muß am Vorgebirg zerschellen,
Lenkt sie nicht augenblicklich ein.

Der Normann, Giesebrecht

Jan Martin betete. Das war das Einzige, was ihm noch einfiel. Stumm, denn Worte riss der Orkan ihm aus dem Mund. Selbst das Atmen fiel schwer. Zu wem er betete, wusste er auch nicht mehr. Die drei Nonnen und der hagere Missionspater hatten zur Muttergottes gefleht, solange er sich noch unter Deck aufgehalten hatte. Die Matrosen an Deck aber fluchten. Ausgiebig und wortreich. Doch weder das eine noch das andere gebot dem Heulen Einhalt. Mit harter Hand harfte der Sturm in den Trossen. Wieder türmte sich eine grüne, weiß schäumende Welle hinter ihnen auf und fiel donnernd über das Heck des Dreimasters.

»Marssegel einholen!«, übertönte die Stimme des Kapitäns aus der Flüstertüte das Tosen des Windes.

Jemand rief Sankt Elmo um Hilfe, und Jan Martin schloss sich der Bitte inbrünstig an. Er hatte nur noch Angst. Seit Stunden heulte der Sturm mit beispielloser Gewalt in den Wanten. Eigentlich, so hatte ihm der Skipper noch am vorigen Tag versichert, segelten sie auf einer Route unter dem Wind, doch in diesem Jahr hielt sich einer der Hurrikane nicht an die gängigen Gepflogenheiten. Prasselnd peitschte seit geraumer Zeit eine Regenwand nieder und verhinderte jede Sicht. Jan Martin hatte seine Kajüte verlassen müssen, das Wasser stand schon bis zu den Knien darin. Hier an Deck hatte irgendjemand ihm ein Tauende gereicht und ihm empfohlen, sich an den Großmast zu binden. Jetzt sah er, wie eine Handvoll Matrosen sich zum Fockmast vorkämpften, um dem Befehl des Kapitäns Folge zu leisten.

»Grundgütiger!«, stieß er hervor, als er beobachtete, wie sie in dem tobenden Sturm zu den Rahen hochkletterten, um eines der letzten Segel einzuholen. Wieder tauchte der Bug in ein Wellental, und mit Entsetzen sah er drei Mann von ihnen über Bord gehen, als die Sturzsee sich über die Planken ergoss.

»Heiliger Nick!«, schrie jemand. Ihm aber nahm der Wind den Atem, als er in das brodelnde Wasser schaute, in dem die Matrosen verschwunden waren. Drei weitere Männer versuchten ihr Glück. Es ging seit Stunden nur noch darum, den Segler zu retten. Ein Teil der Ladung war schon über Bord geworfen worden. Vermutlich hatten sie auch jeden Kurs verloren. Jan Martin hatte keine Ahnung, wie die Chancen standen. Ihm schien es, als ob der sichere Untergang ihnen gewiss sei. Doch noch immer gab der Kapitän unverdrossen Befehle. Unter Deck pumpten die Männer aus Leibeskräften, um das eindringende Wasser aus dem Rumpf zu bekommen, hier an Deck galt es auf irgendeine Weise, die *Mathilda* vor dem Wind zu halten. Doch es war ein Kampf zwischen ungleichen Mächten. Über ihm flatterte knallend das zerrissene Tuch des Bramsegels, das schon vor einiger Zeit Opfer des brutalen Windes geworden war. Sechs Mann hatten sie bereits verloren, unzählige hatten Verletzungen erlitten, etliches Gerät war über Bord gegangen. Wieder und wieder ergossen sich Sturzseen von achtern über das Deck, und in heller Panik klammerte Jan Martin sich an den Mastbaum.

Ein Deckoffizier schlitterte an ihm vorbei und hielt sich ebenfalls am Mast fest.

»Doktor?«

»Immer noch.«

»Nehmen Sie!« Er streckte ihm ein Messer entgegen. »Tau kappen, wenn wir scheitern.«

Dann war er fort.

Die Übelkeit würgte Jan Martin, er wurde von einem weiteren Schwall Salzwasser durchtränkt.

»Heilige Anne von den Winden, helfe uns!«

Irgendjemand hatte das gerufen, und auch er bedachte Mutter Anne mit einem innigen Flehen. Das Fluchen hatte gänzlich aufgehört, die Gebete nahmen zu. Jan Martin beobachtete mit sinkendem Mut die Matrosen auf der Marsrah. Den Männern gelang es nicht, das nasse, schwere Segeltuch zu reffen. Es blähte sich zum Zerreißen prall im Wind und trieb das Schiff voran. Plötzlich krachte es über ihm ohrenbetäubend, und die Kreuzrah kam mit einem splitternden Kreischen nach unten. Tuch und Tau lagen über dem Deck verteilt, unter dem eisenbeschlagenen Holz der Offizier. Jan Martin wollte sich zu ihm hinarbeiten, aber sowie er sich aufrichtete, drückte ihn der Sturm zurück. Hilflos musste er mit ansehen, wie der Mann mit einem letzen Zucken seiner Beine starb.

Weitere Befehle hallten über Deck, und irgendwann stapften der Karpentier und zwei Mann mit Äxten bewaffnet an ihm vorbei, um den Besanmast zu kappen. Das Schiff hatte quer zum Wind gedreht und krängte in den Wellen so stark, dass die Rahen das Wasser berührten.

»Ruder gebrochen!«

Es war ein Aufschrei der Verzweiflung. Und dann, wie durch Zauberhand, ließ der Regen für einen Moment nach, und Jan Martin sah die Küste – irgendeine Küste – vor sich liegen. Eine bergige Küste. Ein Riff.

Ein donnerndes Krachen, ein Bersten. Wie von einer Riesenfaust geschüttelt bebte die *Mathilda*.

Jan Martin fühlte sich wie gelähmt.

Jemand nahm das Messer aus seiner starren Hand und kappte das Tau, mit dem er sich an den Mast gebunden hatte. Er rutschte über das schräge Deck und landete im schäumenden, brodelnden Wasser.

Es wurde dunkel um ihn.

Jemand stach mit dem Finger in seinen Bauch.

»Fettes weißes Schwein!«

Sie redeten in einer seltsamen Mischung aus Spanisch und Französisch miteinander. Aber was die Äußerung bedeutete, darüber bestand kein Zweifel. Obwohl er noch nicht ganz bei Sinnen war, erfasste er, was die Menschen beabsichtigten. Sie entschieden nämlich über sein Leben. Die eine Stimme plädierte dafür, ihm die Kehle durchzuschneiden, eine andere hatte offensichtlich die Hoffnung, Geld aus seinem schmerzenden Kadaver zu schinden. Wie auch immer, Jan Martin hoffte nur, es möge schnell gehen.

Mühsam öffnete er die salzverklebten Lider und sah drei Paar schwarzer Beine.

»Bin Doktor. Hilfe!«, krächzte er, sich des Spanischen bedienend.

»Ah, wertvolles fettes weißes Schwein. Nimm ihn mit zu Maria.«

Jemand zerrte ihn unter den Achseln hoch und schüttelte ihn. Doch seine Beine wollten ihn nicht tragen. Also packten sie ihn an den Füßen und unter den Armen und schleppten ihn über den Sandstrand zu einer Hütte. Das Dach war fortgeweht worden, der Boden noch feucht. Aber eine dicke schwarze Frau hielt ihm einen Becher mit einer Flüssigkeit an den Mund. Durstig nahm er einen Schluck.

Die Hölle brannte auf den rissigen Lippen, auf der Zunge, im Gaumen und dann im Magen. Er hustete.

»Was …?«, keuchte er entsetzt.

»Medizin. Rum.«

Die Frau holte auf einen gegrunzten Befehl hin eine Decke und warf sie über ihn. Erschöpft zog er sie an sich und sank zurück in eine halbe Besinnungslosigkeit.

Wie lange sie gedauert hatte, vermochte er nicht zu sagen. Als er das nächste Mal die Augen öffnete, hatte die Hütte wieder ein Dach aus Palmblättern, und allerlei Krimskrams häufte sich in den Ecken an. Geschirr, Kerzenständer, eine Harpune, ein Sextant, ein Fernrohr – alles Gegenstände, die er auch auf der *Mathilda* gesehen hatte.

»Du essen, Mann«, sagte die dicke Schwarze, die mit einer Holzschale in der Hand durch das sonnenhelle Geviert des Eingangs trat. Um ihren Hals baumelte das mit Türkisen besetzte Kreuz, das eine der Nonnen, die einzigen weiteren Passagiere auf dem Schiff, getragen hatte. Vermutlich hatten ihre Gebete weniger genutzt als die seinen, dachte er mit einem für ihn selbst erstaunlichen Zynismus. Es gelang ihm, die Schale festzuhalten und sich den Bohnenbrei in den Mund zu löffeln. Auch für den Becher mit Wasser war er dankbar. Dann machte er Bestandsaufnahme, indem er systematisch in seinen Körper hineinfühlte. Prellungen, Zerrungen, einige Hautwunden, doch keine Knochenbrüche. Erschöpfung und leichtes Fieber, eine Beule über der Stirn. Nichts, wie er einigermaßen beruhigt feststellte, was direkt seinen Tod zur Folge haben würde.

Anders sah das mit seinen Gastgebern aus. Sie hatten ihn aufgenommen, um einen Gewinn aus ihm zu schlagen. In welcher Art, das war ungewiss.

»Wo bin ich?«, fragte er die Dicke, als sie das nächste Mal auftauchte.

»Ich nix verstehn, Mann«, war ihre nicht besonders hilfreiche Antwort. Sie bediente sich eines Sprachmischmaschs, den auch die anderen untereinander verwendeten. Jan Martin verlegte sich aufs Lauschen. Spanisch hatte er in dem Jahr in Venezuela recht gut gelernt, Französisch verstand er einige Brocken, Englisch sprach er fließend, aber die unbekannten Ausdrücke mussten aus der Heimat der Schwarzen stammen. Sie mochten entlaufene oder freigelassene Sklaven sein, und wenn ihn nicht alles täuschte, dann fristeten sie ihr Leben als Strandräuber.

Drei Tage später fühlte er sich kräftig genug, die Hütte zu verlassen. Man hinderte ihn nicht daran. Warum auch? Er humpelte mühsam, sein gezerrtes Fußgelenk erlaubte ihm keine Flucht. Hinter ihm lag dichter tropischer Wald, vor ihm das Meer und auf dem Riff die Reste der *Mathilda*. Auf kleinen Wellen glitzerten die Sonnenstrahlen, und See und Himmel erstrahlten in einem geradezu unwirklichen Blau. Nur die gezausten Palmen und das verstreute Treibholz erinnerten noch an den Sturm. Er fragte sich, welches Schicksal die Besatzung erlitten hatte. Gab es außer ihm weitere Überlebende? Wenn, dann hatten sie das Land vermutlich an anderer Stelle erreicht, hier standen nur die drei kümmerlichen Hütten, die die Strandräuber bewohnten. Er trottete zum Wassersaum hin und entledigte sich der Fetzen, die einst ein weißer Leinenanzug gewesen waren, um seine Kratzer und Schrammen im Salzwasser zu reinigen. Es biss scheußlich, aber die Vorstellung, sich in dem schwülwarmen Klima schwärende Wunden zuzuziehen, ließ ihn die Prozedur durchhalten.

Auch die beiden nächsten Tage beschäftigte er sich mit seinen Verletzungen, so gut es eben ging, dann bemerkte er ein Segel, das auf die Küste zuhielt. Ein Beiboot wurde zu Wasser gelassen, und zwei Männer ruderten durch das Riff auf den Strand zu. Sie wurden von den Bewohnern der Hütten mit lauten Rufen willkommen geheißen, und dann fing ein eifriges Palaver an, bei dessen Verlauf die Schwarzen mehrmals auf ihn deuteten. Die Neuankömmlinge waren Weiße, doch Jan Martin war ernüchtert genug, daraus keine wie auch immer geartete Hoffnung abzuleiten. Es ging um Geld, das konnte er den Gesten entnehmen. Vermutlich feilschten sie um ihn.

Seine Vermutung bewahrheitete sich, als der schwarzhaarige Mann mit dem zernarbten Gesicht auf ihn zukam.

»Du sprichst Spanisch?«

»Ja, Señor.«

»Wie heißt du?«

»Doktor Jan Martin Jantzen.«

»Doktor«, schnaubte der Spanier verächtlich. »Janmaat. Passt besser. Kannst du schreiben?«

Jetzt schnaubte Jan Martin verächtlich. »Es geht so, Señor.«

»Dann komm mit.«

Er folgte dem Spanier in die größere Hütte der drei, die erstaunlich vollständig eingerichtet war. Mit Schiffsmöbeln. Auf den Tisch knallte der Mann ein Stück Papier, stellte ein Tintenfass daneben und legte eine Feder dazu.

»Unterschreib, Janmaat.«

»Was ist das?«

»Ein Arbeitsvertrag. Setz deine Namen drunter oder dein Zeichen.«

»Und wenn nicht?«

Der Spanier war hinter ihn getreten, und die kühle Klinge an seinem rechten Ohr verlieh der Aufforderung Nachdruck: »Besser, du tust es doch.«

Es war müßig zu diskutieren. Was immer kommen mochte, es führte ihn fort von diesem Strand der Hoffnungslosigkeit. Also setzte Jan Martin in schön geschwungenen Lettern seinen vollständigen Namen mit allen akademischen Titeln unter das Dokument, in der Hoffnung, dass jemand, wenn er es sah, auf ihn aufmerksam würde. Falls es jemals jemand sah, der des Lesens kundig war.

»Gut. Du kommst mit mir auf die Plantage. Von deinem ersten Lohn kaufst du alles, was du brauchst. Hier.«

»Und was brauche ich?«

»Kleidung, wie ich sehe. Becher, Topf, Messer, Löffel, Decke. Maria macht das für dich.«

»Wie Sie wünschen, Señor.« Jan Martins respektvolle Antwort enthielt einen Hauch von Spott, den der Spanier mit einem missbilligenden Stirnrunzeln quittierte.

»Du wirst gehorchen lernen.«

Wohlweislich schwieg Jan Martin künftig, und bald darauf wuchtete er ein Deckenbündel über seine Schulter und trottete hinkend hinter dem Spanier mit dem Namen Rodriguez her. Ihm wurde ein Platz in dem Ruderboot angewiesen und bedeutet, er solle sich in die Riemen legen. Da er die Rudertechnik nicht beherrschte, erntete er einen derben Fluch, wurde aber der Pflicht entbunden. Rodriguez und sein Begleiter brachten das Boot zu der ankernden Slup. Sie setzten Segel, und die Küste verschwand bald hinter ihnen.

»Verzeihen Sie, wohin bringen Sie mich, Señor?«

»Nach Trinidad. Das hübsche Inselchen, auf dem du gestrandet bist, ist Tobago. Und ab jetzt hältst du die Klappe, Janmaat.«

Da ihn die Schlepperei des Bündels recht ermüdet hatte, fiel ihm das Befolgen der Anweisung nicht schwer. Er lehnte sich gegen die Reling und schlief ein.

Das war auch die einzige Ruhe, die ihm an diesem Tag vergönnt sein sollte. Denn als das Schiff an einem Steg am Ufer eines Flüsschens anlegte, ging die Plackerei weiter. Rodriguez, zu Pferd, befahl ihm, sein Bündel aufzunehmen und ihm zu folgen. Schwitzend und stöhnend brachte er es fertig, eine halbe Stunde hinter ihm herzuhumpeln, dann knickten die Beine unter ihm weg. Auch wüste Beschimpfungen gaben ihm keine neue Kraft. Der Plantagenaufseher, das war der Spanier, wie er durch vereinzelte Satzfetzen herausgefunden hatte, band schließlich sein Gepäck hinter sich auf den Sattel, und so erleichtert schaffte Jan Martin es, eine weitere Stunde zu marschieren. Er tat es halb bewusstlos, und als der Spanier vor einer mit Palmwedeln bedeckten Lehmhütte anhielt, sein Bündel hineinwarf und ihm barsch anbefahl, sich am nächsten Morgen zur Arbeit einzufinden, da fiel er, völlig entkräftet, einfach zu Boden und schlief ein.

Lautes Vogelkreischen weckte Jan Martin in der Morgendämmerung. Zuerst hatte er Schwierigkeiten, sich daran zu erinnern, wie er in diese kahle, staubige Hütte gelangt war. Neben ihm schlief in unordentliche Decken gewickelt ein hagerer Schwarzer, der den säuerlichen Dunst von Schweiß und Rum verströmte. Steif und durstig suchte Jan Martin seine schmerzenden Glieder zusammen und stolperte aus dem Eingang. Mehrere Hütten umstanden einen kleinen Platz mit einer Pumpe und einem Trog. Nur vereinzelte Bewohner waren schon wach. Zwei milchkaffeebraune junge Frauen in bunten Kleidern rieben irgendwelche Wurzeln in einen Topf und starrten ihn an. Dann begannen sie, wie alle jungen Mädchen, die ihm bislang begegnet waren, zu tuscheln und zu kichern. Er bemühte sich, es zu ignorieren, und schleppte sich zu dem Trog. Aus den zusammengelegten Händen trank er durstig. Das Wasser belebte ihn, noch mehr die Bananen, die er neben seinem Bündel und einem Sack Bohnen fand. Ohne den Mann zu wecken, richtete er sich, so gut es ging, in dem winzigen Verschlag ein und zog die grobe Leinenhose und die Matrosenbluse an, die man ihm als Kleidung zugestanden hatte. Vermutlich stammten sie aus einer der erbeuteten Seekisten der *Mathilda*.

Inzwischen war Leben in der Ansiedlung aufgekommen, und sein erster Arbeitstag begann. Bisher hatte er seiner Umgebung wenig Aufmerksamkeit gewidmet, und deswegen überkam ihn eine bittere Heiterkeit, als er entdeckte, worin seine Tätigkeit bestand. Er sollte nämlich gemeinsam mit einer Gruppe Kinder Kakaofrüchte aufschneiden, das Fruchtfleisch herausnehmen und die Samen auf dem Boden auf ausgebreiteten Bananenblättern aufschichten.

Sein Wunsch war erfüllt worden – er befand sich auf einer Kakaoplantage. Doch nicht als geehrter Besucher oder angesehener Forscher, sondern als Kontraktarbeiter. Und in dieser Kategorie auch noch so ziemlich auf der untersten Stufe, wie ihm die spöttischen Bemerkungen der zehn- bis zwölfjährigen Jungs klarmachten. Sie waren viel geschickter als er darin, die zähe, violette Haut der länglichen, geriffelten Früchte mit einem Schlag der kurzen Macheten aufzuspalten. Und mit weitaus flinkeren Fingern befreiten sie das weiße Fruchtmus mit den bohnenförmigen Samen aus den Schalen.

Am Ende des ersten Tages wollte Jan Martin nur noch schlafen.

Am Ende des sechsten Tages gestatteten sie ihm einen Ruhetag.

Am Ende der zweiten Woche war er bereits in der Lage, sich nach der Arbeit einen Brei aus Bohnen und etwas gesalzenem Fleisch zu kochen.

Er passte sich allmählich an. An das feuchtwarme Klima, an

den Geruch des fermentierenden Kakaos, dessen Fruchtfleisch sich in der Hitze zwischen den Lagen von Bananenblättern verflüssigte, an die allgegenwärtigen kleinen Fruchtfliegen. Er wurde geschickter mit der Machete und findiger, etwas zu essen aufzutreiben. Er wurde sogar wieder neugierig, als die Jungen anfingen, den Haufen aus Bananenblättern umzuschichten. Da sie sich inzwischen an seine trottelige Art gewöhnt hatten, erklärten sie ihm sogar, warum sie das taten. Er verstand das von ihnen gesprochene Patois zwar noch nicht vollkommen, aber er lernte, dass die sich durch die Fermentation entwickelnde Hitze der Kakaobohnen nicht zu hoch werden durfte. Und das erinnerte ihn an seinen Unfall vor langer Zeit. Neugierig betrachtete er den Vorgang, wie die gelblich weißen Bohnen sich allmählich braun färbten und schon entfernt ein Kakaoaroma entwickelten. Erstaunt stellte er fest, dass sie zunächst gekeimt hatten, dann aber der Keim durch irgendwelche chemischen Prozesse abstarb. Jene Bohnen, die nicht gekeimt hatten, entwickelten auch kein Aroma.

Nach einem Monat war das Fieber, das ihn immer wieder eingeholt hatte, endlich abgeklungen, und er fühlte sich kräftig genug, sich endlich einen Überblick über seine Situation zu verschaffen. Informationen zu sammeln, war für seinen Akademikerverstand eine Herausforderung. Da die überwiegend dunkelhäutigen Arbeiter so gut wie nichts mit ihm zu tun haben wollten, musste er sich auf die zufällig belauschten Unterhaltungen beschränken, die er deuten konnte. So hatte er herausgefunden, dass er sich auf der Plantage der Valmonts befand, die französischstämmigen Besitzer eines riesigen Areals, deren Herrenhaus sich nördlich seines Einsatzortes befand. Trinidad selbst, das wusste er, gehörte der englischen Krone, doch die großen Pflanzer stammten aus unterschiedlichen Nationen, denn die Insel hatte in der Vergangenheit oft den Besitzer gewechselt. Spanier und Franzosen waren genauso vertreten wie Briten. Die Arbeiter hingegen kamen überwiegend aus afrikanischen Ländern, sie waren über die Jahre als Sklaven eingeführt worden, und erst jetzt, so hatte er gehört, sollte die Sklaverei abgeschafft werden. Der Pflanzer Valmont hatte seine Konsequenz bereits daraus gezogen und seinen Sklaven Arbeitskontrakte über fünf Jahre angeboten. Ob das eine Verbesserung der Zustände war, bezweifelte Jan Martin. Zuvor hatte der Besitzer für Kleidung, Unterkunft und Verpflegung seiner Leute gesorgt. Jetzt erhielten sie einen lächerlichen Lohn und mussten sich an den vom Aufseher betriebenen Verkaufsstand ihre Nahrungsmittel und Stoffe kaufen. Bohnen waren billig, sicher, aber Pökelfleisch nicht, Tabak und Rum günstig, aber für Salz und Zucker, Tee oder Kaffee, Baumwolltuch, Nadel und Faden, Schuhe und Decken verlangte Rodriguez halsabschneiderische Preise.

Ein Teil der Sklaven hatte dennoch das Angebot angenommen, andere waren zu Nachbarplantagen abgewandert, die bessere Konditionen versprachen, oder hatten ihr Glück in einem der Hafenstädtchen gesucht. Arbeitskräfte waren also knapp, weshalb der Aufseher so erpicht darauf gewesen war, ihn unter Vertrag zu nehmen, überlegte Jan Martin. Und streng darauf achtete, jegliche Möglichkeit zur Flucht zu vereiteln.

Er versuchte es dennoch. Die Kakaosamen wurden nach der Fermentation auf großen Matten ausgebreitet und in der prallen Sonne getrocknet. Zu seinen Aufgaben gehörte es inzwischen, die Bohnen in die Jutesäcke zu füllen, die auf flachen Booten über den Fluss zur Küste transportiert wurden. Dieser Fluss war seine erste Wahl gewesen. Es musste an der Mündung einen Hafen geben und Menschen, die einem Schiffbrüchigen weiterhelfen würden. Aber als er sich einmal bei Einbruch der Dunkelheit zu weit in diese Richtung gewagt hatte, schreckte ihn ein lauter Knall, und eine Kugel schlug vor seinen Füßen ein. Nur weil seine Arbeitskraft dringend gebraucht wurde, hatte man ihn nicht auch noch ausgepeitscht.

Er wollte mit einem weiteren Versuch warten, bis er mehr Kenntnisse des Geländes erworben hatte.

Dazu kam es in den nächsten Monaten. Das Aufschlagen der Früchte hatte er nun den Kindern zu überlassen. Rodriguez hielt ihn für kräftig genug, die aufgestapelten Früchte unter den Bäumen aufzulesen und zu den Sammelstellen zu schleppen. Dabei drang Jan Martin tiefer in die Plantage ein und konnte nun auch die Kakaobäume in ihrem Wachstum beobachten. Unter den breiten, schattenspendenden Bananen- und Kokosbäumen wuchsen sie dicht an dicht, die Stämme besetzt mit Büschelchen von weißen Blüten und Früchten in allen Farbschattierungen der Reife – von Grünlich über Gelb, Rosa bis zum dunklen Violett. Die Männer schlugen sie mit besonders geformten Messern vom Stamm ab, und er beobachtete, wie sorgfältig sie darauf achteten, den Ansatz der Frucht nicht zu beschädigen. Jemand erklärte ihm, dass daraus später weitere Blüten entspringen würden.

Es war Knochenarbeit, die Früchte in der schwülen Hitze zu tragen, und oft schlief er, ohne sich eine Mahlzeit zuzubereiten, einfach ein. Er ernährte sich tagelang einzig von den allgegenwärtigen Bananen.

Seine Situation verbesserte sich, als ein Pflücker bei der Ernte ihm aus dem Baum geradewegs vor die Füße fiel. Der Mann jaulte auf, als er ihm half, sich aufzurichten, und den Grund erkannte Jan Martin sofort. Er war auf die Schulter gefallen und hatte sie sich ausgerenkt. Das Gelenk stand in einem unnatürlichen Winkel ab, und die gedehnten Bänder und Sehnen mussten entsetzlich schmerzen. Andere kamen herbei, um zu sehen, was passiert war, und Jan Martin zeigte auf einen bulligen Schwarzen.

»Du, halt den Mann fest. Ich helfe ihm!«

»Häh?«

»Mach schon. Ich weiß, was ich tue. Ich bin Arzt. Medico, verstehst du?«

Jemand lachte, aber der Verletzte stöhnte nur und blaffte den Bulligen an. Der tat also wie geheißen, und mit einem Ruck, der noch einen weiteren Schrei zur Folge hatte, bekam Jan Martin das Gelenk wieder in seine ursprüngliche Haltung. Ein stiller Dank an Doktor Klüver, der ihn diese Operation zweimal hatte durchführen lassen, lag ihm auf den Lippen.

»Beweg die Schulter«, wies er den Arbeiter an, und der kreiste vorsichtig den Arm.

»Gut, Mann.«

»Na dann.«

Jan Martin bückte sich ungerührt von dem Geraune nach den Früchten am Boden, um sie in den Sack zu füllen.

Am Abend fand er ein Stück Maniokbrot und gegrillten Fisch in seiner Hütte. Es war ein Festmahl.

Zwei Tage später wurde er zu einer Frau gerufen, die eine eiternde Wunde am Bein hatte. Jan Martin hatte keinerlei medizinische Ausrüstung dabei, keine Heilmittel, Verbände oder Arzneien. Also musste er improvisieren. Auswaschen, hatte der Schiffsarzt gesagt. Darum holte er Wasser und eine Flasche Rum. Mit der Machete schnitt er vorsichtig die Stelle auf, um den Eiter abfließen zu lassen, kümmerte sich nicht um das laute Gejammer, als er den Rum über die offene Wunde goss, spülte mit Wasser nach und wickelte schließlich ein frisches Bananenblatt um das Bein.

»Ich komme morgen wieder. Nicht anfassen, Frau!«

Die Wunde heilte ohne weitere Komplikationen, und eines Abends fand er einen gebratenen Vogel in seiner Hütte. Welcher Gattung er angehört hatte, konnte er nicht herausfinden. Aber er hatte ein erfülltes Leben hinter sich und viele Stunden in der Luft verbracht, das bewies sein zähes Fleisch. Trotzdem schmeckte er ihm ausgezeichnet.

Es sprach sich herum, dass er zu helfen wusste. Immer häufiger suchte man ihn auf oder bat ihn in eine der Hütten. Nicht immer fiel ihm eine Lösung ein, und manchmal war seine einzige Tat, am Bett eines Sterbenden zu sitzen und seine Hand zu halten. Oft kam auch ein alter Schwarzer hinzu, der mit eigenartigen Ritualen, Gesängen und Räucherwerk seinen Anteil an der Behandlung durchführte. Jan Martin erwies ihm Respekt, denn auf seine Art half er ihm, die Patienten zu beruhigen. Außerdem zeigte er ihm einige heimische Pflanzen, die heilende Wirkung hatten, und gute Erfolge erzielte Jan Martin mit den Maniokwurzeln, die gegen Entzündungen, dem größten Übel im tropischen Klima, halfen.

Die Zeit verrann in trägem Tropfen. Er hatte die Tage nicht gezählt, die er nun schon auf der Plantage arbeitete. Die Tätigkeiten waren gleichförmig, der Tagesablauf zur Routine geworden. Genau wie das Wetter kaum wechselte, die Kakaobäume beständig Blüten und Früchte produzierten und die Sonne jeden Tag zur selben Zeit auf- und wieder unterging. Er besaß keine Uhr, keinen Kalender. Im Morgengrauen stand er auf, in der Abenddämmerung kochte er sich sein Essen und rauchte dann eine Pfeife. Die Arbeiter und ihre Familien versammelten sich auf dem Platz, um miteinander zu reden, vor allem aber, um Musik zu machen. Jan Martin ertappte sich dabei, dass er manchmal die fremdartigen Rhythmen mit dem Fuß klopfte, die die Schwarzen auf ausgehöhlten Baumstämmen, mit Kürbisrasseln und anderen selbst fabrizierten Instrumenten erzeugten. Selten verstand er, was gesungen wurde, aber am Anblick der Tanzenden fand er Gefallen. Sie hatten anmutige Bewegungen, diese dunkelhäutigen Männer und Frauen. Manchmal bezogen sie ihn in ihre Gespräche mit ein oder zeigten ihm ihre eigenartigen Tanzschritte, doch die Scheu – oder auch die Abneigung gegen seine weiße Herkunft – ließ keine engere Freundschaft zu. Ein paar Mal kam es auch zu handgreiflichen Auseinandersetzungen, und Jan lernte, nachdem er zweimal der Unterlegene war, einige sehr eigenartige Kampftechniken von zwei kleinen Jungen als Dank für eingerenkte Gelenke und die Behandlung von Platzwunden. Ansonsten entlohnten die Arbeiter ihn für seine medizinische Hilfe mit Naturalien, meist Nahrungsmittel. Aber es gab auch andere Formen der Gegenleistung.

»Du immer alleine, Mann«, murmelte eine sanfte Frauenstimme neben ihm, als er in das Feuer starrte, an dem vier Musiker saßen. Wie von einem Skorpion gestochen zuckte Jan Martin zusammen. Das Mädchen, eine der milchkaffeefarbenen Schönen, die er gleich am ersten Tag gesehen hatte, lachte leise auf und legte ihm ihre Hand auf den Arm. »Ich keine Schlange. Ich Yuni.«

Jan Martin schalt sich einen Trottel. Schon seit seiner Ankunft hatte er immer wieder einen Blick auf die Frauen geworfen. Er war ein Mann von sechsundzwanzig Jahren und zu seiner eigenen Betrübnis noch immer völlig unerfahren. Zwar kannte er die Anatomie des weiblichen Körpers, hatte oft genug Geburtshilfe geleistet und Verletzungen an allen Stellen des Körpers versorgt. Aber die geschlechtliche Beziehung kannte er nur aus der Theorie. Verschiedentlichen Angeboten war er immer ängstlich ausgewichen, denn tief in ihm nistete die Überzeugung, dass sie nur aus Berechnung gemacht wurden. Er war eben ein hässliches, fettes Schwein mit einer pickeligen Haut und einer abstoßenden Brandnarbe im Gesicht. Gut, die Pickel waren fort, aber der Rest war geblieben.

Andererseits – die Sehnsucht war groß, und Yuni schien sich nicht viel um seine Mängel zu kümmern.

An diesem warmen Tropenabend, in dem feiner Kakaoduft von den trocknenden Bohnen zu ihm herüberwehte, nahm er ihr großzügiges Angebot an.

Danach vertropfte die Zeit in einem anderen Rhythmus.

Sie führte ihn aber auch in die Gegenwart zurück. Als er endlich die Lohnzahlung von Rodriguez erhielt, ging ihm erstmals auf, dass inzwischen über ein halbes Jahr seit dem Schiffbruch vergangen war. Und er hatte noch immer keine Möglichkeit gefunden, der Plantage zu entkommen und in zivilisierterer Gesellschaft Aufnahme zu finden. Hatte anfangs die schiere Strapaze der körperlichen Anpassung ihn stoisch gegenüber den Umständen gemacht, so wurde jetzt sein Wunsch immer drängender. Oft dachte er an seine Familie in Bremen, die gewiss vom Scheitern der *Mathilda* gehört hatte und ihn sicher für tot hielt.

Yuni erwies sich als bereitwillige Auskunftgeberin, über sie erfuhr er mehr über den Pflanzer Valmont und seine Familie.

Und aus diesem Grund befand er sich im August des Jahres 1834 im richtigen Augenblick genau an der richtigen Stelle.

Ein Hang zum Küchenpersonal

Oh, wie so trügerisch sind Frauenherzen!
Mögen sie klagen, mögen sie scherzen!
Oft fließt ein Lächeln um ihre Züge,
Oft fließen Tränen, alles ist Lüge.

Rigoletto, Piave

Nadinas Café befand sich ebenfalls an genau der richtigen Stelle. Erst hielt ich die Lage für ungünstig, ein Lokal an einer der breiten Prachtstraßen hätte ich bevorzugt. Doch allmählich wurde mir klar, wie klug Nadinas Wahl war, das Eckhaus an der Kreuzung zur Kanonierstraße zu mieten und dort das Café einzurichten. Vierstöckige Häuser mit säulen- und pilasterverzierten Fassaden säumten einen breiten Fahrweg, die Fenster blitzten hell im Sonnenschein unter barocken oder klassizistischen Steinornamenten, und statuenverzierte Giebel hoben sich vom lichten Blau des Himmels ab. Von meinem Zimmer aus konnte ich die herrschaftlichen Kutschen, verhangenen Sänften, Reiter auf glänzend gestriegelten Pferden auf der belebten Straße beobachten. Auf dem Trottoir schritten geschäftige Herren in Frack oder Gehrock, flanierten Gardeoffiziere in blendender Uniform und elegante Damen in ihrem Putz vorüber. Als Parallelstraße zu dem prächtigen Boulevard Unter den Linden hatte die Behrenstraße ihren Anteil an den Rückfronten der dort angesiedelten Palais der Vornehmen und Reichen. Es war schon erstaunlich, die Namen derer, die in den Zeitungen und Gazetten genannt wurden, beinahe täglich in eigener Person vorbeischlendern zu sehen. Denn die Anwohner bildeten ein illustres Völkchen. Professoren und Gelehrte der Universität lebten hier mit ihren Familien, bekannte Publizisten und Dichter, darunter auch ein erklecklicher Anteil Frauen, führten in ihren Wohnungen literarische Zirkel oder mondäne Salons, die königliche Bibliothek zog mit ihrem Lesesaal ein gebildetes Publikum an. In deren Nachbarschaft hatten sich einige Ministerien angesiedelt, und in einem kleinen Theater wurde ansprechende Unterhaltung geboten. Es herrschte ein angenehmes Klima von Gelehrsamkeit und Amüsement, geprägt von ungewöhnlicher Toleranz und Vornehmheit.

Ella und ich kehrten an diesem schönen Mainachmittag aus der Hofjägerallee am Tiergarten zurück, wo wir im Stadthaus derer von Briesnitz eine Anzahl Torten, Trüffel und Kleingebäck abgeliefert hatten. Die Verlobungsfeier der Baroness sollte am kommenden Tag stattfinden, und es gehörte in den besseren Kreisen inzwischen dazu, das Gebäck entweder bei Nadina oder bei Kranzler zu ordern. Ich wusste, dass die Baronin nur der Not gehorchte, denn Kranzler, einige Querstraßen weiter an der Ecke zu Unter den Linden, hatte den Auftrag aus Kapazitätsgründen ablehnen müssen. Die Briesnitzens, insbesondere Mutter und Tochter, gehörten zwar zur Stammkundschaft des Cafés, doch sie bildeten in der Menge der Gäste eine gewisse Ausnahme. Anders als die lebenslustigen Offiziere oder die gesetzten, manchmal verschrobenen, doch immer freundlichen Gelehrten, die weltgewandten Salonièren und die umgänglichen Künstler wahrten sie ihren adligen Dünkel. Die Baronin behandelte Melisande und mich wie niedrigste Dienstboten, befahl, statt zu bitten, hatte ständig Mängel anzumelden und knauserte mit dem Trinkgeld. Dorothea aber betrachtete das Personal des Cafés wie etwas, was aus dem Ausguss in der Küche gekrochen kam. Melisande revanchierte sich, indem sie die beiden Damen mit betonter Servilität bediente, was gelegentlich den anderen Gästen ein verstecktes Lächeln entlockte. Ich hingegen setzte mein unbewegtes Madonnengesicht auf und behandelte sie mit unerschütterlicher Höflichkeit. Vermutlich suchten sie nur deshalb das Café auf, weil es »de bon ton« war und sich vor allem Julius von Massow häufig hier einfand. Ein Jahr hatte Eugenia von Briesnitz benötigt, um die Schlinge um den jungen Grafen festzuziehen. Die freundlichen Aufmerksamkeiten ihrer Tochter gegenüber hatte sie in den geflüsterten Andeutungen für ihre Bekannten zu einem ernsthaften Interesse hochstilisiert, seine gelegentlichen Morgenbesuche zu einer ernsthaften Neigung umgedeutet. Das bekamen Melli und ich natürlich mit, wie alles, was sich an Klatsch und Tratsch über Kaffee und Kuchen ergab. Dorothea hatte das Ihre dazu beigetragen, um sich den künftigen Erben zu sichern. Sie hatte einen Instinkt dafür entwickelt, beständig seinen Weg zu kreuzen, hatte sich sogar der Mühe unterzogen, sich einige intelligente Fragen und Kommentare zu seiner Tätigkeit bei ihren Bekannten abzulauschen, und wurde demzufolge immer häufiger an seiner Seite gesehen.

Ich hatte Julius' Laufbahn heimlich verfolgt, manches stand über ihn in der Presse – schließlich war sein Vater, der General von Massow, ein prominenter Mann –, anderes schnappte ich aus Cafégesprächen auf. Er hatte mich zwar erkannt und auch auf unsere frühe Bekanntschaft angesprochen, doch ich hielt vorsichtige Distanz zu dem Freund aus unbeschwerten Jugendtagen, denn es stand einer Serviererin nicht an, sich einer gemeinsamen Vergangenheit mit dem Sohn und Erben eines Grafen zu erinnern. Zumal Julius, jetzt achtundzwanzig, vor einem Jahr seine militärische Laufbahn im Rang eines Premiereleutnants aufgegeben hatte, um sich der Politik zu widmen. Mochte es der Einfluss seines Vaters oder dessen Bekannten sein oder seine eigene Brillanz – er hatte eine Stelle als Sekretär bei einem Kabinettsmitglied angetreten, die einem klugen Kopf eine Reihe von Möglichkeiten eröffnete. Wenn er das Café aufsuchte, wechselte er immer einige freundliche Worte mit Melli und mir und begegnete Nadina mit höfischer, wenn auch augenzwinkernder Ehrerbietung. Sie maß ihn dafür mit majestätisch tadelndem Blick und sorgte dafür, dass er immer den besten Platz am Fenster bekam.

»So, Ella, das hätten wir«, erklärte ich, als wir durch die Toreinfahrt in der Kanonierstraße traten, die in den umbauten Hof führte. Mochten die Wohnhäuser auch eine elegante Vorderseite haben, das eigentliche Leben spielte sich in den Hinterhöfen ab. Hier wurden Waren angeliefert und Müll abgeholt. Hier entleerten die Bediensteten die Nachttöpfe in die Sickergrube, wurde aus dem Brunnen Wasser geschöpft, hier suchten die Lumpensammler ihre Waren aus dem Abfall, und die Aschesammler klaubten die unverbrannten Kohlen und Holzstücke aus den Eimern. In den inwärts liegenden, zumeist dunklen Räumen wohnten die kleinen Leute, die Dienstleister aller Art. Es war eine Welt für sich, die mit dem Vorderhaus kaum in Beziehung zu stehen schien. Und doch bildeten sie eine Einheit, denn auch die Herrschaften waren auf das Funktionieren des menschlichen Unterbaus hinter der Fassade angewiesen.

»Da sind aber noch die drei Cremetorten, die Andreas machen sollte.« Die rotbackige Ella schob das vierrädrige Holzwägelchen an die Hauswand.

»Lass nur, Ella, die bringe ich heute Abend noch hinüber.«

Die empfindlichen Gebilde aus Biskuit und schaumiger Creme wollte ich unserem Dienstmädchen nicht anvertrauen. Sie war zwar eine fleißige und auch geschickte Haushaltshilfe, aber die gröberen Arbeiten lagen ihr mehr als vorsichtiges Umgehen mit Kunstwerken aus Konditorhand.

Und Kunstwerke schuf Andreas. Fünfmal in der Woche. An zwei Tagen war ihm das Betreten der Backstube untersagt.

Ich musste immer wieder grinsen, wenn ich daran dachte, auf welche Weise er zu uns gestoßen war. Wieder hatte Nadina einen lahmen Hund aufgesammelt. Sie fand ihn eines Morgens am Brunnen im Hof liegen, mit einem blauen Auge, geschwollenem Kiefer und stinkend wie eine ganze Fuselfabrik. Sie sammelte auf, was von ihm übrig war, packte ihn in den Kohlenkeller, und als er zu randalieren begann, zerrte sie ihn in die Küche und hielt ihm einen Vortrag, der Melisande, die einiges von ihrer Mutter gewohnt war, das Blut in die Wangen trieb.

Sascha, der die russische Tirade ebenfalls verstand, verdrückte sich vorsichtshalber hinter dem Brennholz, und Lena zog sich die Schürze über den Kopf. Ich verstand zwar inzwischen einige Brocken Russisch, nicht aber diese Tirade, und lauschte nur fasziniert dem wortgewaltigen Monolog. Dabei wurde ich Zeuge, wie der angeschlagene Mann zu einer Pfütze vor Nadinas Füßen zusammenschmolz.

»Nun, Andreas, du wirst dich waschen, und du wirst essen. Und dann backst du Torte. Ist verstanden?«, beendete die Cafébesitzerin auf Deutsch, und damit auch an das übrige Publikum gerichtet, ihre Philippika.

»Wie du wünschst, *gospodina*[2]«, krächzte Andreas ergeben und folgte.

Nadina klärte ihre Mannschaft auf.

Der Russe, er mochte um die vierzig sein, arbeitete im Nebenhaus bei Madame Schobitz als Patissier. Er hatte einen betrüblichen Hang zum Alkohol, vornehmlich zum Wodka, der ihn hin und wieder zur Selbstüberschätzung verleitete. Am Vorabend hatte er versucht, die Ehre einer Dame zu verteidigen, und war dabei mit einem Schlachtschiff der Admiralität zusammengestoßen. So drückte Nadina es aus. Madame Schobitz[3], die derartige Vorfälle nicht zum ersten Mal erlebte, hatte dem demolierten Kuchenbäcker die Tür vor der Nase zugeschlagen und ihm verboten, je wieder über ihre Schwelle zu treten. Nadina ergriff die Gelegenheit, über einen weiteren Konditor verfügen zu können, und bot ihm, zusammen mit der Androhung martialischer Strafen bei Fehlverhalten, ein Mansardenstübchen und freie Verpflegung an. Bis auf Weiteres.

»Abend von Montag und Donnerstag hat er frei. Rechnet nicht Dienstag und Freitag mit ihm.«

2 Herrin

3 Ich habe Madame Schobitz, die ihr rühmliches Haus in der Behrenstraße betrieb, etwa zwanzig Jahre jünger gemacht. Ich denke, sie verübelt es mir nicht.

»Aha«, sagten Melisande und ich wie aus einem Mund, verkniffen uns aber jeden Kommentar.

Andreas war trotz seiner Trunksucht eine Bereicherung. Er kannte einige ausgefallene Rezepte, nicht nur in der Kuchenzubereitung, sondern vor allem bei herzhaftem Gebäck, das Nadina ab sechs Uhr abends anbot. Die getrüffelte Schinkenpastete in Blätterteig war eine der köstlichen Neuerungen und auch die Plinsen mit Krebsfarce und der Hummersalat zu knusprigen Croustaden.

Es führte zu einigen äußerst erheiternden Situationen. Eine davon kostete mich fast meine Haltung.

»Jenau det Zeug hab ick noch vor zwee Wochen nebenan jefressen!«, verkündete ein markiger Oberst und verspeiste genüsslich den Rest der Pastete. Der Ministerialdirektor an seinem Tisch lief dunkelrot an, und einige andere Herren hoben eiligst die Zeitung vor ihr Gesicht. Zwei Gardeleutnants drehten sich mit streng zusammengepressten Lippen zur Wand.

Melli hatte ebenfalls Mühe, sich das Lachen zu verkneifen, flüsterte aber den jungen Offizieren mahnend zu: »Die Garde stirbt, aber sie ergibt sich nicht!«, was fast einen Eklat zur Folge gehabt hätte. Deshalb zogen wir uns geschwind in die Küche zurück.

»Oberst von Macke hat gerade seine Mitgliedschaft in einem exklusiven Club laut verkündet«, prustete Melli los. »Es hat peinliches Füßescharren ausgelöst.«

»Will da heißen?«, fragte Nadina, die gerade einen neuen Teller mit Plinsen dekorierte.

»Er rühmte unsere Pastete, deren Hersteller ihm nicht unbekannt ist.«

»Autsch.«

»Wir sollten über Variationen im Angebot nachdenken.« Melli kicherte und ergänzte in verruchter Stimme. »Vielleicht weitere Dienstleistungen anbieten?« Sie lehnte sich in herausfordernder Haltung an den Türpfosten, zeigte unter dem gelüpften Rock rote Strumpfbänder und setzte eine lüsterne Miene auf.

»Auch eine Möglichkeit«, pflichtete ich ihr bei. »Madame Schobitz macht gute Gewinne, heißt es.«

Das Etablissement war bekannt als eines der nobelsten Bordelle in Berlin – eine weitere Bereicherung im Unterhaltungsangebot der Behrenstraße. Die sechzehn Damen, die Madame beschäftigte, waren kultivierte Mädchen mit Stil und Geschmack, doch gehörten sie natürlich nicht zu Nadinas Kundschaft. Andreas hatte in diesem anspruchsvollen Unternehmen für die Gaumengenüsse gesorgt, und der Oberst hatte mit seinem erfreuten Ausruf natürlich allen Anwesenden zu wissen gegeben, dass er ein Besucher des freudigen Hauses war. Was wiederum die anderen Anwesenden, die dort ebenfalls diskret verkehrten, unangenehm berührte oder zu heimlicher Schadenfreude reizte.

Nadina nahm den Zwischenfall gelassen und wies Andreas lediglich an, künftig andere Leckereien zu fabrizieren.

Bei den Süßwaren entstanden derartige Probleme nicht, und als ich die Backstube betrat, standen drei wunderbar dekorierte Torten bereits fertig in ihren runden Spanschachteln.

»Wie läuft es heute?«, fragte ich Melli, die Tee aus dem Samowar in Tassen füllte.

»Ist ruhig. Das schöne Wetter lockt die zum Promenieren. Der Kranzler hat eine gute Idee gehabt, Tische und Stühle draußen aufzustellen. Wir sollten uns das für den Sommer auch überlegen.«

»Straßencafé statt Gartenwirtschaft? Ich weiß nicht recht, Melli. Es fahren Wagen und Kremser vorbei, das staubt. Und wenn es geregnet hat, wollen die Leute über das Trottoir gehen. Da wären Tische nur im Weg.«

»Na, mal sehen. Willst du etwas essen?«

»Ich mache mir ein Schmalzbrot.«

»Nimm eine Gurke dazu. Wir haben ein neues Fass Spreegurken bekommen. Kam mit der Lieferung vorhin. Und deine Kakaobutter ist auch dabei.«

»Wunderbar. Damit werde ich morgen etwas ausprobieren, was mir schon die ganze Zeit im Kopf herumgeht.«

Seit einem Jahr war es vorbei mit dem mühseligen Reiben von Kakaobohnen: Es gab die Kakaoessenz von van Houten. MacPherson hatte bei seinem vorletzten Besuch einen Beutel von dem feinen, dunkelbraunen Mehl mitgebracht und uns erklärt, es sei dem Holländer gelungen, mittels einer neuartigen Hydraulikpresse das Fett von der Kakaomasse zu trennen. Bisher war das nur durch Abschöpfen der aufgekochten Schokoladenmasse möglich gewesen, was ein sehr aufwendiger Vorgang war. Der holländische Erfinder hingegen erhielt durch das neue Verfahren einen weitgehend entölten Presskuchen, der zu Pulver vermahlen und zusätzlich mit Kaliumkarbonat versetzt wurde, was den Geschmack noch einmal verbesserte. Vor allem aber machte diese Form der Verarbeitung der Bohnen den Kakao leichter wasserlöslich. Damit war auch die Zubereitung der Schokoladengetränke einfacher geworden, und die Cremes, Teige und Puddings gelangen luftiger. Ich war dem Reisenden dankbar für den Rat, und Nadina rechnete. Das Kakaopulver war natürlich teurer als die eigene Zubereitung aus den Bohnen, doch sie war klug genug einzusehen, dass es bei der Herstellung von Getränken und Süßwaren erheblich Zeit einsparte. Außerdem wurde die leichtere, weniger dickflüssige Trinkschokolade allmählich Mode.

»Wir machen, wir sehen!«, entschied sie schließlich und bestellte einige Beutel.

»Was, Mac, passiert mit der Kakaobutter, die aus den Bohnen gepresst wird?«, wollte ich wissen, als der Reisende das nächste Mal auftauchte.

»Sie verkaufen es billig als Schmiermittel.«

»Als Schmiermittel? *Schmiermittel?*«

»Ja, Sie wissen schon, Fräulein Amara. Für Radnaben und Zahnräder und so.«

»Mac, verschaffen Sie mir das Schmiermittel. Fässer voll, wenn nötig. Die Leute mögen quietschende Räder oder rostige Maschinen damit schmieren, ich habe eine andere Verwendung dafür.«

»Mach ich, Fräulein Amara, mach ich.«

Und nun waren zwei Fässchen goldgelben, feinsten Fetts eingetroffen und warteten auf ihre Verwendung.

Ich aß versonnen meine Schmalzstulle auf und trank einen starken Tee. Aus dem Fenster, das zum Hof hinausging, wehte ein Hauch von frischem Brot und Kloake, Sauerkraut und Wäschestärke. Die Dämmerung füllte die Ecken mit Dunkelheit, auch wenn hoch oben der Himmel noch blau leuchtete.

»Ich mache mich wohl besser auf den Weg, es wird bald dunkel.«

»Ich kann auch gehen«, bot Melli an, aber ich schüttelte den Kopf. »Dein Ungar kommt doch heute Abend.«

»Ja, allerdings.«

Der erste Pianist hatte eine besser bezahlte Stelle im Elysium angenommen, und Melli hatte ihn ohne zu trauern ziehen lassen. Derzeit beglückte ein wildbeschopfter Slawe Publikum und Melisande mit seinen feurigen Weisen.

Ich legte die Deckel auf die Tortenbehälter und band sie zu. Dann nahm ich sie auf und verabschiedete mich von Melli. Kaum war ich durch die Toreinfahrt auf die Straße getreten, wäre ich beinahe mit einem Mann zusammengestoßen.

»Hoppla, Amara. Fast hätte ich dich umgerannt.«

»Ist ja noch mal gut gegangen, gnädiger Herr. Guten Abend. Möchten Sie auf einen Kaffee hereinschauen? Leutnant von Lobental und Leutnant Krempz habe ich eben noch gesehen.«

»Ach, ich weiß nicht recht. Es ist ein so schöner Maiabend, da mochte man eigentlich lieber einen Bummel machen.«

Ich lachte leise auf. »Das denken heute viele. Sind schlecht fürs Geschäft, diese schönen Maiabende.«

»Ich komme die nächsten Tage wieder und futtere euch eine halbe Torte weg. Wohin gehst du, Amara?«

»Hofjägerallee. Zu einer Ihnen sehr bekannten Adresse. Darf ich mir erlauben, Ihnen schon heute viel Glück zu Ihrer Verlobung zu wünschen, gnädiger Herr?«

»Ach Gott, ja. Morgen steigt das Fest. Ich begleite dich ein Stück, Amara.«

»Besser nicht, gnädiger Herr. Das sieht nicht gut aus.«

»Es sieht nicht gut aus, wenn ich mit einem hübschen Mädchen an der Seite durch die Stadt spaziere? Da bin ich aber anderer Meinung. Gib mir eine dieser Hutschachteln, ich trage sie für dich. Seit wann bist du übrigens unter die Putzmacherinnen gegangen?«

»Hübsche Hütchen aus Erdbeerschaum und Vanillebaiser, ganz die neue Mode. Und nein, ich werde diese Kunstwerke nicht aus der Hand geben.«

»Ich stippe schon nicht mit dem Finger hinein.«

»Da Sie ganz offensichtlich vergessen haben, was sich schickt, wäre ich da nicht so sicher. Sie dürfen mich begleiten, aber auf gar keinen Fall Kuchenschachteln tragen, gnädiger Herr.«

»Sturköpfig?«

»Sehr.«

Wir wanderten langsam die Behrenstraße Richtung Brandenburger Tor hinunter. Ich freute mich über seine Begleitung, und nach einigen Schritten schlug er vor: »Gut, dann versuchen wir einen anderen Kompromiss. Wir lassen den ›gnädigen Herrn‹ weg. Bei der Anrede fühle ich mich immer so alt und gesetzt. Früher war ich Julius für dich, Amara.«

»Master Julius, um das richtigzustellen, und das sind Sie nun ganz bestimmt nicht mehr, Herr von Massow.«

»Sturkopf!«

»Sicher.«

»Dann sind Sie von jetzt an Fräulein Amara für mich.«

»Da fühle ich aber die kühle Schulter, gnä …«

»Amara?«

»Herr Julius?«

»Das ist dein letztes Angebot?«

»Ja.«

Er lachte. »Na gut, wenn du dich zu mehr nicht durchringen kannst. Gott, Amara, wir sind zusammen großgeworden, ich hab dich aus den Bäumen geklaubt, auf die du geklettert bist, hab dich mein Pony reiten lassen und dir eigenhändig das Stroh aus den Kleidern gezupft, als du in den Heuhaufen geflogen bist.«

»Es war schön auf Evasruh, Herr Julius. Ich werde die Zeit nie vergessen. Waren Sie kürzlich dort?«

»An Weihnachten zuletzt. Ich bedauere es fast, aber es binden mich derzeit viele Aufgaben hier in Berlin.«

»Sie werden hier Ihren Wohnsitz nehmen, vermute ich.«

»Sicher. Das bringen auch die gesellschaftlichen Verpflichtungen mit sich.«

»Dann dürfte es für Sie erfreulich sein, die Baroness dabei an Ihrer Seite zu wissen.«

Wir hatten den Anfang des Tiergartens erreicht, und in dem schwindenden Licht hatte ich den Eindruck, als ob ein Schatten über das Gesicht meines Begleiters flog.

»Dorothea wird diese Rolle gewiss übernehmen«, murmelte er.

»Sie sollte stolz und glücklich sein, einen Gatten wie Sie zu bekommen, Herr Julius.«

Er blieb stehen und sah mich an. »Sollte eine Frau das?«

»Aber natürlich. Sie sehen blendend aus, führen ein tadelloses Leben, haben eine Position, die Ihnen Dutzende von Möglichkeiten eröffnet, sind der Erbe eines reichen Anwesens und haben wunderbare Eltern.«

»Du weißt ziemlich viel von mir, Amara.« Und dann lachte er auf. »Aber das tun wohl alle, die in dienender Stellung sind.«

»Wir haben Augen und Ohren. Auch wenn die meisten Herrschaften das immer wieder vergessen.«

»Und darum hast du deine Zweifel daran, ob Dotty die richtige Frau für mich ist?«

»Das habe ich mit keinem Wort gesagt, Herr Julius.«

»Mit keinem, natürlich nicht. Aber auch ich habe Augen und Ohren, Amara. Was ungesagt bleibt, erkennt man oft am Tonfall.«

Er nahm mir resolut den größeren Behälter ab und ging langsam weiter. Ich folgte ihm, ohne zu protestieren. Aus den Parkanlagen des Tiergartens wehte ein leichter Fliederduft herüber, und in der Anlage selbst ergingen sich die verliebten Pärchen aller Stände. Gerade im vergangenen Jahr hatte der »Buddel-Peter«, wie man den berühmten Gartenbauarchitekten Lenné liebevoll nannte, mit der Umgestaltung des Areals begonnen. In den frisch bepflanzten Rabatten blühten nun Frühlingsblumen, in den Büschen sangen die Vögel ihr Abendlied, und der Himmel über den jungbelaubten Bäumen färbte sich violett. In dieser friedlichen Stimmung erlaubte ich mir, meinem Jugendfreund die sehr intime Frage zu stellen: »Warum haben Sie um die Baroness angehalten, Herr Julius, wenn Sie es doch selber wissen, dass Sie nicht recht zusammenpassen?«

»Es … wie soll ich sagen? Es ergab sich so. Meine Eltern und die Briesnitzens sind seit Langem miteinander bekannt. Sie ist ein hübsches Mädchen, gut erzogen, unterhaltsam. Ich werde bald dreißig, Amara, und habe das Gefühl, mein Vater würde mich gerne verheiratet sehen.«

»Und die Nachfolge gesichert.«

»Vielleicht auch. Wobei er mich nie darauf angesprochen hat. Mutter auch nicht. Aber sie haben Dotty mit offenen Armen aufgenommen.«

»Es ist Ihr Leben, Herr Julius. Ihr ganzes Leben.«

»Ja. Natürlich. Aber, Amara, selbst wenn ich wollte, ich kann jetzt nicht mehr zurücktreten.«

Ich verstand es. Ein Herr löste eine Verlobung nicht, das stand nur der Dame zu. Die strengen Regeln der guten Gesellschaft trieben zuweilen kuriose Blüten, und ich war froh, darin nicht so eng eingebunden zu sein. Als bürgerliche Handwerkerin hatte ich zumindest in diesen Dingen größere Freiheiten.

»Dann wollen wir nicht mehr darüber reden. Schauen Sie, da vorne ist das Haus schon. Nun geben Sie mir die Schachteln wieder, damit man Sie nicht damit sieht.«

»Nichts da, Amara. Ich nutze heute Abend – dem letzten in Freiheit – die Gelegenheit, mit dir durch den Lieferanteneingang des Hauses meiner künftigen Schwiegereltern zu treten und die Kuchen in der Küche abzuliefern. Das wird mir nach der Verlobung nie wieder erlaubt werden, fürchte ich.«

»Seltsame Genüsse pflegen Sie, Herr Julius.«

»Ich habe gute Erinnerungen an Küchen.«

Ich klopfte am Dienstboteneingang. Doch es öffnete niemand.

»Man wird beschäftigt sein. Ein großes Fest verlangt viel Vorbereitung«, erklärte ich und drückte die Klinke herunter. Wie erwartet war die Tür unversperrt. Da ich schon zuvor am Tag Kuchen geliefert hatte, wusste ich, wo sich die Küche mit ihren Vorratskammern befand, und wandte mich zielstrebig zur richtigen Tür. Die war ebenfalls nur angelehnt, und helles Licht ergoss sich durch den Spalt. Etwas verdutzt aber ließ mich das kehlige Stöhnen dahinter aufhorchen.

»Wird da noch ein Schwein geschlachtet?«, flüsterte Julius amüsiert.

Ich schob die Tür ganz auf und erstarrte.

Mit dem Rücken an die Anrichte gelehnt stand die Baroness, die voluminösen Röcke hochgeschlagen, den Kopf zurückgeworfen, die Augen geschlossen, die dicken Beine in den weißen Strümpfen gespreizt und fest auf den Boden gestemmt. Vor ihr mühte sich schnaufend ein kleiner, drahtiger Mann ab. Die Kartons mit dem Aufdruck eines bekannten Delikatessengeschäfts verrieten seine Profession und Herkunft.

Die Verblüffung dauerte bei mir nur Sekunden, dann drehte ich mich zu Julius um. Der wirkte wie gelähmt, als wolle er nicht glauben, was sich vor seinen Augen abspielte.

»Julius«, wisperte ich. »Mach eine Szene. Laut und gewalttätig!«

»Ich …«

»Auch dein Heim wird eine Küche haben!«

Julius schüttelte sich kurz, dann drückte er mir die Schachtel in die Hand. Mit einem Satz war er vorgesprungen und packte den Delikatessenhändler am Kragen. Er riss ihn herum, und bevor der Mann überhaupt wusste, wie ihm geschah, wurde er mit einem fachmännischen Kinnhaken zu Boden gestreckt.

Dorothea, abrupt ihres Haltes beraubt, wankte, stolperte über ihre Füße, versuchte sich an der Anrichte festzuhalten, griff in eine Schokoladentorte, rutschte aus, riss die Torte mit sich und landete mit dem Gesicht in der Creme.

Ich stellte vorsichtig die Kuchenschachteln auf den Boden und beobachtete, wie der Niedergeboxte vorsichtig und auf allen vieren aus Julius' Reichweite zu entkommen versuchte. Doch der schenkte dem Mann keine Aufmerksamkeit mehr.

»Baroness Dorothea, Sie werden noch heute die Gazetten von der Auflösung unserer Verlobung unterrichten. Begründen Sie es meinetwegen mit einem Verschulden meinerseits.« In Julius' Stimme klirrte der Frost. »Sollten Ihre Eltern Erklärungen verlangen, stehe ich ihnen morgen zwischen elf und zwölf Uhr in meinem Büro zur Verfügung.«

Dorothea, die auf dem Boden kniete, voller Krümel, Sahne und Pistazien, hob den Kopf. Einen Moment lang starrte sie ihren ehemaligen Verlobten verwirrt an, der eben den Ring vom Finger zog und ihn sorgsam auf den Schachteln des Delikatessenladens platzierte. Dann wanderten ihre Augen zu mir, die ich meinen Rock bereitwillig ausgebreitet hatte, um ihrem Liebhaber den Rückzug zu decken.

»Du Ratte!«, zischte sie. »Du elende Ratte!«

»Baroness, Ihre Haltung lässt zu wünschen übrig«, versetzte Julius kühl. »Fräulein Amara, wir wollen gehen.«

»Natürlich, gnädiger Herr.«

Die laue Nachtluft begrüßte uns mit einer kühlenden Brise, und als wir die Tiergartenstraße erreicht hatten, räusperte Julius sich.

»Schon gut, Herr Julius«, sagte ich leise. »Es tut mir leid. Es wird einen Skandal geben.«

»Besser jetzt als später. Noch ist der Schaden gering gegenüber dem, den sie mir als Ehemann zufügen würde.«

»Die Wogen werden sich glätten. Und einige werden wissen oder zumindest vermuten, was sich wirklich abgespielt hat.«

»Wenn du schweigst – von mir wird es keiner erfahren.«

»Ich schweige selbstverständlich und der arme Wicht von einem Delikatessenhändler bestimmt auch. Aber …«

»Aber es gibt bereits Gerüchte?«

»Es gibt immer Gerüchte.«

»Es wäre besser, ich würde sie kennen. Jetzt.«

»Ich will aber nicht petzen.«

»Ich habe die Konsequenzen gezogen, jetzt muss ich die Wahrheit wissen. Auch wenn sie unangenehm ist.«

»Dann hören Sie den Küchenklatsch in Originalsprache. Man sagt, die Baroness habe ihre erste Saison erfolglos versust, und die Baronin dränge nun auf eine schnelle, möglichst vorteilhafte Heirat, da der Depp von Vater mit seiner Zuckerfabrik eine Pleite erlebt hat und nicht mehr viel besitzt. Mutter und Tochter haben die Fallen nach Ihnen ausgelegt und mit Lockködern präpariert. Frau Baronin ist sehr geschickt darin, Halbwahrheiten zu verbreiten, und unsere Dotty hat sich das arme Köpfchen ganz furchtbar mit passenden Konversationsgegenständen belasten müssen, damit sie ein appetitliches Häppchen für Sie darstellt.«

»Was meine dumpfe Vermutung vollständig bestätigt. Ich frage mich nur, warum sie dich eben gerade so gehässig beschimpfte.«

»Weil ich sie schon einmal daran gehindert habe, aus fremden Töpfen zu naschen. Und das, obwohl ich nur die Bastardtochter eines klebrigen Küchenmädchens bin.«

»Das ist ihre Einstellung zu dir? Nun, das rundet das Bild ab. Was habe ich bloß für einen Blödsinn gemacht!«, kam es verbittert von Julius' Lippen.

»Ach Unsinn, Julius. Es ist ja noch mal gut gegangen.«

»Dank deiner Hilfe, Amara.«

»Ich habe die Szene nicht so arrangiert, das haben die Darsteller selbst getan.«

»Nein, aber du hast mir im richtigen Moment den richtigen Schubs gegeben.«

»Wenn du meinst. Dann sind wir quitt wegen des Baums und des Ponys und des Heuhaufens?«, versuchte ich, den niedergeschlagenen Julius zu necken.

»Mehr als quitt.« Er blieb unter einer Gaslaterne stehen und nahm mich an den Ellenbogen. »Hat sie dich oft kujoniert, Amara?«

»Nicht öfter als manche anderen mäkeligen Gäste auch. Julius, das macht mir nichts aus. Und zukünftig, da würde ich jede Wette drauf eingehen, werden die Briesnitzens nicht mehr zu unseren Kunden gehören.«

Er lächelte zu mir herunter, ein großer, attraktiver Mann, und plötzlich tauchte ein anderes Bild vor mir auf.

»Manchmal – komisch. Ich bin einmal einem Mann begegnet, der sehr viel Ähnlichkeit mit dir hat.«

Der Griff um meinen Ellenbogen wurde kurz fester, dann löste er sich wieder.

»In welcher Weise?«

»Weniger in der Art als im Aussehen, obwohl …«

»Willst du mir davon erzählen?«

Ich hob die Schultern. »Wenn du möchtest. Dann komm mit in die Küche. Ich habe außer einem Brot heute noch nicht viel zu essen bekommen.«

»Ich liebe Küchen.«

Das Café war geschlossen, Nadina und Melisande waren ausgegangen, das Personal hatte sich zurückgezogen. Ich richtete für mich und Julius einen kalten Imbiss und setzte mich zu ihm an den großen Arbeitstisch. Während wir die übrig gebliebenen Pasteten und den Geflügelsalat vertilgten, erzählte ich Julius von meiner Zeit in der Potsdamer Zuckersiederei und dem Ingenieur, der mich nach dem Tod ihrer Mutter zu Nadina gebracht hatte. Julius hörte gebannt zu und meinte dann: »Meine Mutter hat es unsagbar traurig gemacht, dass sie euch damals nicht helfen konnte, Amara. Sie schätzte Birte sehr. Und ich habe auch nicht von eurer Notlage gewusst, obwohl ich meine Eltern nicht nach England begleitet habe. Ich hatte gerade die *école militaire* absolviert und stolz mein erstes Kommando bekommen. Ich paradierte in meiner Dragoneruniform durch Deutz und Köln.«

»Es sollte nicht sein, Julius. Mach dir keine Vorwürfe deswegen. Mir hat Alexander Masters aus der Not geholfen, und bei Nadina geht es mir wirklich gut.«

»Alexander …«

»Was ist?«

»Mein älterer Bruder hieß Alexander.«

Ein jäher Ruck ging durch mich hindurch. »Dein Bruder? Das würde … Ich wusste nicht …«

»Er kann es nicht gewesen sein, er starb 1815. Aber wenn er älter geworden wäre – ein Ingenieur wäre auch aus ihm geworden. Er wollte schon als Junge immer wissen, wie alles Technische funktioniert. Ich … wir alle haben lange um ihn getrauert. Und irgendwie hat es sich eingebürgert, seinen Namen nicht zu erwähnen. Vielleicht ist das falsch gewesen. Je nun. Was macht dein Alexander heute?«

Angesichts der Parallelität der Ereignisse erlaubte ich mir ein amüsiertes Zwinkern.

»Er ist, anders als du, nicht der Falle entkommen. Sie ist zugeschnappt, und er musste die Tochter eines Fabrikanten aus Elberfeld heiraten. Wir haben uns dann und wann geschrieben, aber seit einem Jahr bekomme ich keine Post mehr von ihm. Man verliert sich eben aus den Augen.«

Es war gemütlich bei dem gelblichen Licht der Petroleumlampe und der abendlichen Stille. Ich hatte unsere Gläser mit Rotwein gefüllt, und Murzik kam, auf der Suche nach einem Leckerbissen, auf meinen Schoß gesprungen. Zierlich nahm er einige Stückchen Hühnerfleisch von meinen Fingern und rollte sich dann zufrieden schnurrend zusammen.

»Soll ich mich nach ihm erkundigen, Amara?«, fragte Julius nach einem Moment des Schweigens.

»Nein. Wenn er nicht mehr dem dummen kleinen Mädchen

schreiben will, das flüchtig seinen Weg gekreuzt hat, dann ist das sein gutes Recht.«

»Es könnte ihm auch etwas zugestoßen sein.«

»Dann könnte ich es jetzt auch nicht mehr ändern.«

Wir unterhielten uns jetzt nur noch ganz leise, und Julius nahm meine Hand in die seine.

»Du hast so viel mehr Noblesse als Dorothea und ihresgleichen. Mehr Mut und mehr Klugheit. Du warst schon als Kind so.«

»Das kommt dir nur so vor, weil ich dich damals förmlich angebetet habe, Master Julius.«

»Eine Haltung, die ich tatsächlich nur bewundern kann.«

»Ich war damals noch sehr klein und du schon sehr groß.«

»Und jetzt bist du über die Bewunderung hinausgewachsen?«

Nein, das war ich nicht. Aber ich schalt mich leichtsinnig dafür, dass ich mich an eine Grenze manövriert hatte, die zu überschreiten viel zu gefährlich gewesen wäre.

»Es ist spät geworden, Julius. Für mich beginnt der Tag beim Morgengrauen, und auch du wirst noch Dinge zu klären haben.«

»Du hast recht.« Er erhob sich, und ich setzte den unwillig knurrenden Murzik am Herd ab und geleitete Julius zur Tür.

»Du bist mir ausgewichen, Amara.«

»Du hast selbst gesagt, ich sei klug.«

»Wie entsetzlich.« Und mit einem festen Griff zog er mich an sich und küsste mich sanft auf die Lippen.

Aus der Festungszeit

Deutsche Freiheit lebet nur im Liede.
Deutsches Recht – es ist ein Märchen nur!
Deutschlands Wohlfahrt ist ein Friede –
voll von lauter Willkür und Zensur!

Auswanderungslied, Fallersleben

Antonia Waldegg brach wie ein Wirbelsturm auf Abwegen über Alexander herein. Er fühlte sich, als würde er mehrmals durch die Luft geschleudert, und als er wieder festen Boden unter den Füßen spürte, war sein Leben nicht mehr das, was es vorher war.

Aber das war nur die Krönung einer längeren Kette von Ereignissen, die damit begann, dass im Sommer 1835 ein grauhaariger Mann mit einer Pfanne voll brutzelnder Fleischstücke in der Hand in seiner Tür stand und ihn einlud, das Essen mit ihm zu teilen. Dabei lächelte er, und seine rechte Braue zog sich spöttisch nach oben, wodurch das von einer schiefen Nase beherrschte Gesicht wie zweigeteilt wirkte.

»Es roch so verdammt gut aus Ihrem Zimmer, da dachte ich, ich könnte einen Happen schnorren, wenn ich einen Teil von meiner gebratenen Leber anbiete.«

Perplex schaute Alexander, die Schalen von zwei Eiern in der Hand, die er gerade über Speck und Bratkartoffeln geschlagen hatte, auf die gebräunten Fleischstücke und die Zwiebelringe. Das Wasser lief ihm im Mund zusammen.

»Haben Sie Ihren Teller mitgebracht?«

»Na klar!«

Der Besucher zog einen Blechteller unter dem Arm hervor

und stellte ihn auf den Tisch. Alexander nahm seine Pfanne von dem einfachen, aus einigen Ziegeln gemauerten Herd, den er von dem Vorbewohner der Kammer dankbar übernommen hatte, und teilte den Inhalt in zwei gleiche Hälften. Der andere tat dasselbe mit seiner Portion Leber.

»Cornelius Waldegg, zu Diensten. Möchten Sie alleine speisen oder leisten wir uns gegenseitig Gesellschaft?«

»Holen Sie Ihren Stuhl rüber. Sie sind zu Gast bei Alexander Masters.«

»Angenehm, Sie kennenzulernen, Herr Masters. Ich komme sofort zurück. Sagen Sie dem Ober, er kann die Kerzen anzünden und den Bordeaux einschenken.«

Alexander entdeckte, dass er noch des Lächelns fähig war, eine Fähigkeit, die er vermeinte, im vergangenen Jahr völlig verlernt zu haben.

Während sie aßen, machte Waldegg gekonnt und belanglos Konversation.

»Ein gelungenes Mahl, Masters. Was mich daran erinnert, dass ich mir einen Sack Kartoffeln zulegen muss. Sehr vielseitig, diese Knollen.«

»Ich koche mir alle drei Tage einen Vorrat an Pellkartoffeln.«

»Ah, haben Sie die schon mal mit frischem Quark versucht?«

»Ja, und auch mit Matjes und mit Blutwurst. Aber gelegentlich koche ich mir auch einen Haferbrei. Wegen der Abwechslung.«

»Keine schlechte Idee. Ich habe Nudeln und Reis gekauft. Die halten sich gut.«

»Das heißt, auch Sie werden an der hiesigen Verpflegung nicht teilnehmen?«

Obwohl die Gefangenen der Festung Jülich die Möglichkeit hatten, im Offizierskasino die Mahlzeiten einzunehmen, fand Alexander weder das Essen noch die Gesellschaft dort genießbar. Schon nach der ersten Woche hatte er beschlossen, sich lieber selbst seine Mahlzeiten auf dem einfachen offenen Herd zuzubereiten. Dabei wanderten seine Gedanken oftmals zurück nach England, wo der Ingenieur Thornton Harvest ihn die tägliche Küchenarbeit hatte verrichten lassen. Kochen zu können, war eine nicht zu unterschätzende Fähigkeit für einen Mann in seiner Lage. Alexander wusste genau, wie sehr die anderen Gefangenen ihn darum beneideten, doch er fühlte sich bis dato nicht bemüßigt, sie an seinen Gerichten teilhaben zu lassen.

Waldegg spießte ein Stück knusprigen Speck auf seine Gabel und erklärte mit einem leisen Knurren: »Ich bin gestraft genug damit, hier zwei Jahre abzurutschen, da werde ich mir doch den Tort im Casino nicht freiwillig antun.«

»Verzeihen Sie die dumme Frage – wo haben Sie kochen gelernt, Waldegg? Es hört sich ziemlich professionell an, was Sie da von Nudeln und Reis sagen. Und die Leber ist delikat.«

»Meine Frau hat mir ihr Kochbuch mitgegeben. Da stehen eine Menge einfacher, guter Gerichte drin. Ein paar hat sie mir so dann und wann schon beigebracht.«

»Ihre Frau?«

»Toni ist ein praktisch denkender Mensch. Sie kennt sich mit solchen schlichten Lebensumständen ganz gut aus, wissen Sie. Ich leihe Ihnen das Buch gerne mal aus.«

Alexander konnte nur staunen. Dieser trotz seiner einfachen Kleidung sehr distinguiert wirkende Mann hatte von seiner Frau das Kochen gelernt. Unter schlichten Bedingungen. Und bekannte sich ganz offen dazu. Er musste ein interessantes Leben geführt haben.

»Sie machen auf mich nicht gerade den Eindruck eines Mannes, der ein bescheidenes Dasein fristet«, bemerkte er, ließ es aber vorsichtig wie eine Frage klingen.

»Nein, weder bescheiden noch langweilig. Kommen Sie, wir erledigen unserer Hausfrauenpflichten, und dann lasse ich Sie wieder in Ruhe.«

Gemeinsam schrubbten sie Pfannen, Teller und Bestecke am Brunnen, dann wollte Waldegg in seinem Zimmer verschwinden. Alexander räusperte sich, und er blieb in der Bewegung stehen.

»Ich hatte mir für heute Abend eine Flasche Rotwein besorgt. Wenn Sie Lust haben …«

»Kommen Sie mit Flasche und Glas zu mir, dann betrachten wir auf stilvolle Weise den Sonnenuntergang. Ich habe einen guten Weißen da, wenn der Rote zur Neige geht.«

Erstmals seit seiner Ankunft in der Festung fühlte Alexander sich nicht mehr wie ein Hamster in der Tretmühle seiner eigenen Gedanken. Den Nachmittag verbrachte er sogar damit, eine kleine technische Zeichnung von einem Walzwerk anzufertigen und verschiedene Berechnungen dazu anzustellen. Das war sein letztes Projekt bei Reinecke gewesen, und er war auf der Spur einer deutlichen Verbesserung in der Leistungsfähigkeit der Maschine.

Seit einem Jahr und vier Monaten saß Alexander in der Festung Jülich ein und wartete darauf, dass ein weiteres Jahr und zwei Monate Gefangenschaft vorübergingen. Es waren nicht so sehr die Haftbedingungen, die ihn störten; er hatte schon in erheblich schlechteren Quartieren gehaust. Das Zimmerchen mit den dicken Mauern und dem schmalen Fenster war zumindest trocken, und er brauchte es mit niemandem zu teilen. Die vier Wochen in der Untersuchungshaft waren schlimmer gewesen. Hier in Jülich konnte er in begrenztem Maße sogar für sich selbst sorgen und hatte sich bereits ein paar ordentliche Decken und Laken beschafft, einige Hefte und Schreibzeug und eigenes Kochgeschirr. Außerdem hatte er sich bequeme Kleidung zugelegt. Für Westen und Halstücher fand er wahrhaftig keine Verwendung, wohl aber für einfache Arbeitsblusen und Hosen aus Baumwolle und Leinen, in denen er seine morgendlichen Turnübungen absolvierte. Nein, die Umstände waren einigermaßen akzeptabel. Es war die unsägliche Langeweile, die ihm zu schaffen machte. Und in der Langeweile stürmten die Gedanken auf ihn ein. Er hatte angefangen, sie in das Heft zu schreiben, denn einen anderen Gesprächspartner fand er nicht. Bis zu diesem Abend.

»Erzählen Sie, Masters, was sind unsere Kameraden für Leute? Ich bin erst seit gestern hier und habe mir noch keinen Überblick verschafft.«

Sie saßen mit ihren dicken Gläsern in der Hand am Fenster von Waldeggs Kammer und ließen die Abendsonne in dem roten Wein funkeln.

»Ich fand bislang nicht viele Gemeinsamkeiten mit ihnen. Der Geck nebenan kennt kein anderes Thema, als sich darüber zu beklagen, dass er hier nicht über die modische Kleidung, den Coiffeur und den Hutmacher verfügen kann, die ihm offenbar die wichtigsten Lebensinhalte vor seiner Verhaftung gewesen waren. Er ist wegen eines missglückten Duells verurteilt worden. Dem Pastor mit seinem grämlichen Blick gehe ich geflissentlich aus dem Weg, Diskussionen über Gottesgnadentum reizen mich aus verschiedenen Gründen zur Gewalttätigkeit. Der wirrköpfige Student mit seinen unausgegorenen politischen Ideen strapazierte meine Geduld ebenso wie der ständig betrunkene Dichterling, der alle Inhaftierten mit seinen gereimten Ungereimtheiten zu beglücken versucht.«

»Ennuyé comme un rat mort.«

»Der französischen Sprache bin ich zwar nicht mächtig, aber sinngemäß möchte ich zustimmen.«

»Tote Ratten findet meine Frau langweilig. Einer ihrer nicht ganz salonfähigen Vergleiche. Er fiel mir hier als passend ein. Was tun Sie, um die toten Ratten zu vertreiben?«

»Ich turne.«

»Ich staune.«

»Der Festungskommandant konnte noch nichts Staatsfeindliches an meinen Freiübungen entdecken, obwohl er anfangs jeden Handstand kritisch beäugen, meine Liegestütze mitzählen und meine Kniebeugen beobachten ließ. Es spornte mich zu Höchstleistungen an. Inzwischen sind sie daran gewöhnt.«

»In der Leibesertüchtigung lag Ihr Vergehen?«

»Richtig vermutet. Darin und in der Infizierung meiner vierjährigen Tochter mit freigeistigem Gedankengut.«

»Dann sind Sie ein gefährlicher Mann, Masters, denn mit Ihrem Wirken verseuchen Sie die nächste Generation. Ich hingegen habe die schandbare Forderung nach Pressefreiheit laut werden lassen. Man erwischte mich, als ich Flugblätter bedenklichen Inhalts druckte. Ich bin übrigens Verleger. In Köln.«

»Ingenieur, Elberfeld. Zuvor an gastlicheren Orten.«

»Welche wären?«

»Berlin, London, Colchester und irgendwann davor Waterloo.«

»Was nicht für Elberfeld spricht. Zumindest Waterloo habe ich mit eigenen Augen gesehen.«

Alexander trank seinen Wein und hörte in der Stimme des Älteren die vorsichtige Aufforderung, mehr zu erzählen. Der Alkohol wärmte seinen Magen und machte seinen Geist leicht. Er ließ seine Gedanken zurückwandern und fand sich am Ausgangspunkt seiner jetzigen misslichen Lage wieder. In Berlin, wo er Paula kennengelernt hatte. Doch ihr Bild verschwamm, und dafür tauchte das des jungen Mädchens auf, das er zu Nadina Galinowa gebracht hatte. Manchmal hatte er daran gedacht, Madame Nadina und Amara eine Nachricht zu senden, aber wann immer er die Feder dazu in die Tinte tauchte, fand er nicht den Mut, das erste Wort zu schreiben. Er schämte sich. Seinen Aufenthalt in der Festung hatte er selbst zu verantworten. Diese schmerzliche Einsicht war langsam in den langen, einsamen Stunden in ihm gewachsen. Nicht, dass er wegen der Vergehen, deren er angeklagt worden war, auch nur einen Hauch von Schuld verspürte. Demagogie war ein weiter Begriff, und er hielt die Meinungen, die er vertreten hatte und noch immer vertrat, lediglich für den Ausdruck gesunden Menschenverstandes. Davon würden ihn auch knapp zweieinhalb Jahre Festungshaft nicht abbringen. Aber er gestand sich ein, seine Feinde unterschätzt zu haben. Heuchelei ging leider nicht immer mit Dummheit einher.

Über die menschliche Natur hatte er bisher nie besonders intensiv nachgedacht. Erst war es wichtig zu überleben, dann war es wichtig voranzukommen. Die Technik wollte er beherrschen, nicht die Menschen. Die hatten zu funktionieren.

Aber so einfach war das Leben nicht, auch das hatte er nun erfasst. Und mit seinem analytischen Verstand versuchte er herauszufinden, an welchen Stationen seines Lebenswegs er die Fehler gemacht hatte, die ihn jetzt in die Festung geführt hatten.

Es war eine schmerzliche und demütigende Aufgabe für einen stolzen und willensstarken jungen Mann.

Cornelius Waldegg schenkte Alexander Wein nach. Er hatte sein Schweigen geteilt und stellte auch jetzt keine Fragen. Und dennoch fühlte Alexander sich seltsamerweise aus tiefstem Grund verstanden.

Zweimal in der Woche hatten die Gefangenen innerhalb der Festungsstadt Freigang, und Alexander hielt jedes Mal nach Dingen Ausschau, die seinem aufgezwungenen Nichtstun irgendeine Ablenkung versprachen. Aber das Angebot kam seinem Geschmack nicht entgegen. Er hätte gerne einige technische Abhandlungen studiert, aber die kleine Buchhandlung führte überwiegend Schöngeistiges. Zeitungen gab es, er las sie auch, aber Fachaufsätze, die ihn interessiert hätten, waren selten. Verdrossen hatte er einmal zwei Romane erstanden, doch deren schwülstige Darstellung leidender Helden und zimperlicher Heldinnen stieß ihn schon nach kurzem Durchblättern ab. Regelmäßig suchte er das Postamt auf, um nachzusehen, ob Briefe für ihn gekommen waren. Es war wenig erbaulich, denn außer Erik Benson schrieb ihm niemand. Zum Glück war es dem Juristen gelungen, Alexanders Ersparnisse so zu sichern, dass er in den drei Jahren zumindest ein kleines Einkommen zur Verfügung hatte. Der spärliche Tagessatz, der den Festungsgefangenen ausgezahlt wurde, reichte kaum zum Leben und erst recht nicht zum Sterben. Die Post, die für ihn an seine alte Adresse bei

Reinecke gesandt wurde, Korrespondenzen mit anderen Technikern und Wissenschaftlern, Briefe von Freunden und Bekannten, schien sein Schwiegervater zu konfiszieren.

Doch nun entpuppte sich Cornelius Waldegg als angenehmer Nachbar. Davon war Alexander nach zwei Wochen überzeugt. Er war gesellig, doch nicht aufdringlich, vermied persönliche Fragen, erzählte aber freimütig von sich selbst, verfügte über ein fundiertes Wissen in den unterschiedlichsten Bereichen und ertrug die Festungshaft mit Gleichmut. Warum ihn die Verurteilung so unbeeindruckt ließ, fand Alexander an einem warmen Juliabend heraus.

»Wissen Sie, Masters, ich habe, als ich so alt war wie Sie, sieben Jahre an der Kette abgebüßt. Da erscheint einem diese Festung geradezu wie das Grandhotel.«

»Großer Gott, sieben Jahre Kette?«

»In Brest. Mhm, war keine schöne Zeit. Aber ich Idiot hatte mich beim Falschspielen erwischen lassen. Ausgerechnet von einem der Geschworenen des Kriminalgerichts.«

»Und ich habe einem Regierungsassessor die Hosen runtergelassen. Tja, man macht sich Feinde an den verkehrten Stellen.«

»Ein Missgriff, aber vermutlich hat er es verdient.«

»Ein Spitzel.« Und daraufhin vertraute Alexander ihm erstmals die Umstände an, die zu seiner Verurteilung geführt hatten. Waldegg war ein guter Zuhörer und kam ziemlich direkt auf den Punkt.

»Die Trennung von Ihrer Frau dürfte demnach kein Problem mehr sein.«

»Nein. Obwohl die Festungsstrafe kein Scheidungsgrund ist. Nur entehrende Strafen fallen darunter. Aber mein Schwiegervater wird schon einen Weg finden, mir irgendeine passende Schuld zuzuschieben. Er hat mir deutlich zu verstehen gegeben, dass ein Verbrecher wie ich zu seinem Haus keinen Zutritt mehr hat. Nur, wissen Sie, Waldegg, ich sorge mich um Julia. Mir gefällt es überhaupt nicht, sie in diesem heuchlerischen Klima aufwachsen lassen zu müssen.«

»Sie haben keine Freunde dort, die Einfluss nehmen können?«

»Benson versucht, was er kann. Aber was soll ich tun? Solange ich nicht auf freiem Fuß bin, hat Paula die Vormundschaft über unsere Tochter.«

»Wie alt ist sie jetzt?«

»Sechs. Und ein sehr kluges Mädchen.«

»Sie wird bald eine Erzieherin benötigen. Ihr Einverständnis vorausgesetzt, werde ich Toni das Problem in meinem nächsten Brief schildern. Sie kann pietistische Frömmler nicht ausstehen, und selbst ich wage nicht zu wiederholen, was sie gelegentlich zu diesem Sujet zu sagen hat.«

Alexander musste grinsen. Von Toni Waldegg hatte er inzwischen eine Menge gehört, er hätte sie gerne selbst kennengelernt. Sie war als Kind bei einer Marketenderin aufgewachsen und hatte mehr Schlachten miterlebt als mancher gestandene General. Ihr Vokabular fußte in dieser Zeit, und die Bildhaftigkeit ihrer Kommentare ließ nichts zu wünschen übrig. Derzeit führte sie an ihres Mannes statt das Verlagshaus, und zwischen den Ehegatten wurde eine umfangreiche Korrespondenz geführt. Alexander erlaubte Waldegg gerne, ihr sein Problem zu berichten.

»Aber ich habe es richtig verstanden, Masters, Sie sind ein erfahrener Ingenieur?«, fragte der Verleger, nachdem dieser Punkt geklärt war.

»Ich denke, ich bin recht beschlagen in technischen Fragen. Darum mache ich mir keine besonderen Gedanken, was nach dieser verdammten Festungszeit geschieht. Ich werde immer einen gut bezahlten Posten bekommen.«

»Mhm. Können Sie technische Verfahren einigermaßen verständlich formulieren? So, dass ein interessierter Laie sie kapiert?«

»Ich denke schon. Ich habe bei Egells oft den Bärenführer gemacht. Warum?«

»Sie könnten ein Buch schreiben. Über Dampfantrieb und all

diese Maschinen, die man damit in Bewegung setzt. Ich bringe es heraus. Das ist der Hauptzweig unseres Verlags. Allgemeinverständliche Sachbücher.«

Alexander fühlte, wie einst, als ihm Dettering seine Chance geboten hatte, wieder einen leichten Schwindel. Was Waldegg ihm vorschlug, war nicht nur das Ende der Langeweile und der Sinnlosigkeit seines Daseins, sondern auch noch die Möglichkeit, sich in der Öffentlichkeit einen Namen zu machen. Zumindest in interessierten Kreisen.

»Das ist… Sie sehen mich sprachlos.«

»Das legen Sie bitte schnellstmöglich ab, sonst können Sie nicht schreiben«, war die trockene Replik.

»In Ordnung.« Alexander grinste. »Und anschließend geben wir beide zusammen ein Gefängniskochbuch heraus.«

»Bei der jetzigen Regierung wird uns das Millionen einbringen«, knurrte Waldegg.

In den folgenden Monaten waren Alexanders Tage erfüllt mit Konzeptionen und Gliederungen, mit Beschreibungen und Zeichnungen, Erklärungen von Fachbegriffen und physikalischen Gesetzen. Auf dem Papier entwarf er eine gesamte Fabrik, und als er sich fragte, wie er es am besten anpacken sollte, damit es wirklich von jedem verstanden wurde, gab Waldegg ihm den guten Rat: »Versuchen Sie, es Ihrer kleinen Tochter zu erklären.«

In Gedanken an Julia begann er schließlich zu schreiben, und die Zeit verflog endlich schneller.

Die Liegestütze hatten einen leichten Schweißfilm auf seine Stirn gebracht, und mit einem Anhocken kam Alexander wieder in die Senkrechte. Zum Abschluss praktizierte er noch eine Reihe Kniebeugen in unterschiedlichen Variationen, dann begab er sich zum Brunnen, um sich mit einem Eimer kalten Wassers abzukühlen. Eine Kompanie Soldaten marschierte stramm an ihm vorbei aus dem Tor der Zisterne, Gewehr über der Schulter, Tornister auf dem Rücken. Preußens Gloria zog ins Manöver. Preußen war vielen Bedrohungen ausgesetzt, musste man annehmen. Überall im Land waren Soldaten stationiert, um die äußeren Feinde des Vaterlandes in Schach zu halten, und die Gefängnisse waren voll von Feinden, die das Vaterland von innen bedrohten.

Ein Jahr war seit seinem ersten Zusammentreffen mit Waldegg vergangen. Noch immer gehörten die morgendlichen Übungen zu Alexanders geregeltem Tagesablauf, dann folgte die gemeinsame Zubereitung des Mittagessens mit Cornelius. Am Nachmittag schrieb er sein Pensum, und am Abend diskutierte er mit dem Verleger den Text vom Vortag. An diesem 18. Juli des Jahres 1836 aber wurde die gemächliche Routine jäh unterbrochen. Als er zu seiner Kammer hochstieg, hörte er im Nebenraum eine Frauenstimme. Tief, ein bisschen rau, aber mit einem ansteckenden Lachen in der Kehle.

Antonia Waldegg war eingetroffen.

Ihr Besuch war angekündigt, und Alexander freute sich darauf, die ungewöhnliche Dame endlich in persona kennenzulernen. Aber wenn er auch neugierig war, so ging er doch, ohne sich an der angelehnten Tür zu melden, in sein Zimmer. Er wollte das erste Wiedersehen der Eheleute nach so langer Zeit nicht stören. Doch es dauerte nur wenige Minuten, da klopfte Waldegg bereits an und fragte ihn, ob er zu ihm nach nebenan kommen wolle.

Antonia Waldegg wirkte alterslos, obwohl Alexander wusste, dass sie Mitte vierzig sein musste. Sie trug entgegen aller Mode ihre Haare in kurzen Locken und ein einfaches, bequem geschnittenes Reisekleid. Dennoch strahlte sie eine Würde aus, um die sie viele elegantere Zeitgenossinnen beneiden mussten, fand Alexander. Mit ausgestreckten Händen und einem leuchtenden Blick trat sie auf ihn zu.

»Alexander Masters! Wie vertraut Sie mir schon sind. Aber wie hübsch Sie aussehen, das hat mir mein stumpfsinniger Gatte allerdings verschwiegen. Ich wäre doch viel früher hergekommen, um Sie kennenzulernen.«

Es war wirklich nicht die konventionelle Form der Begrüßung, die er hier erfuhr, und sie brachte ihn für einen Moment tatsächlich ins Stammeln.

»Cornelius ... ähm. Also, zumindest über Ihren Charme hat er mir getreulich berichtet.«

»Ach du großer Gott. Na, dann sind Sie ja auf das Schlimmste vorbereitet. Ich habe hier einen Korb mit Futter mitgebracht. Wir werden ein Picknick machen. Und dann habe ich Neuigkeiten für Sie, Alexander.«

Sie setzten sich auf den zinnenbewehrten Wehrgang der Zitadelle, und als einer der wachhabenden Soldaten vorbeikam, um sie von dort zu vertreiben, wurde er mit einem gezielten verbalen Peitschenhieb Antonias in seine Schranken verwiesen.

Ihr Gemahl grinste dazu und zuckte mit den Schultern. »Ich sagte dir ja, Alexander, sie ist in militärischen Kreisen groß geworden. Nicht eben in den besten.«

Das Mahl in der Sommersonne verlief heiter. Sie hatten Decken und Polster mitgenommen und auf einem Leinentuch die mitgebrachten Köstlichkeiten ausgebreitet. Oben von dem Wehrgang hatte man einen wundervollen Blick über die bewaldeten Hügel des Umlands, und eine leichte Brise milderte die Mittagshitze. Der Weißwein, kühl und herb, belebte die Stimmung ebenso wie die delikaten Salate und die knusprigen Brötchen. Ein saftiger Kirschkuchen rundete das Menü aus dem voluminösen Korb ab, dann lehnte sich Antonia mit dem Rücken an die Zinne und streckte die Beine aus.

»So, und nun zu Ihren Angelegenheiten, Alexander«, begann sie.

Alexander nickte. Er hatte Cornelius ja erlaubt, ihr die Einzelheiten zu seiner Situation in Elberfeld zu schildern, und daraufhin war sie selbst dort gewesen, um zu sehen, was man für Julia tun konnte.

»Ich habe eine Erzieherin in den Haushalt der Reineckens geschmuggelt, an der Ihr Töchterchen ihre Freude haben wird. Eine Freundin meiner Tochter Sebastienne, dreiundzwanzig Jahre alt, kühl und sehr vornehm, wenn man sie nicht näher kennt.« Antonia erlaubte sich ein winziges Lächeln. »Ihr Vater ist Theologe, was ihr ein hervorragendes Entree in diesem frömmlerischen Haushalt verschafft hat. Gut, dass die Herrschaften die Ansichten von Vater und Tochter nicht genau geprüft haben. Ich bin sicher, Berit wird mit der Kinderfrau spielend fertig. Die übrigens habe ich auch getroffen.« Antonia schüttelte sich leicht. »Wie widerlich ich diese Kreaturen finde, die sich an der Bibel festklammern und davon überzeugt sind, Gottes Willen zu kennen. Dieses ausgetrocknete Stück Dörrfleisch mit einer fauligen Zwiebel statt einem Gehirn muss der Herr nach einer durchzechten Nacht aus den Resten dessen zusammengesetzt haben, was die Katze mit hereingebracht hat.«

Alexander grinste und hob sein Glas zu einem Salut. »Eine bewundernswerte Beschreibung des geistig verdorrten Fräuleins, Frau Waldegg.«

»Ah, pah. Hören Sie auf damit, und nennen Sie mich endlich Antonia. Oder Toni, wenn Ihnen das lieber ist.«

»Danke, Antonia. Sie haben mir eine große Last von der Seele genommen.«

»Und jetzt lade ich Ihnen eine neue auf. Sind Sie bereit, eine kräftige Erschütterung auszuhalten?«

Sofort ernst geworden, fragte er: »Betrifft es Julia?«

»Nein, Alexander. Es betrifft Sie. Wir – Cornelius und ich – haben schon seit eurer ersten Begegnung darüber nachgedacht, und ich habe schließlich ein paar Nachforschungen angestellt. Sie müssen wissen, dass wir beide 1815 in Belgien waren. Um genau zu sein, wir waren in Plancenoit.«

Alexander wurde es trotz der Sommerhitze plötzlich kalt.

»Sie waren bei der Schlacht dabei?«

»Als Kriegsberichterstatter.«

»Toni organisierte einen Marketenderwagen und ich die Beziehungen. Wir waren auf preußischer Seite zugegen. In Blüchers Hauptquartier in Liège lernten wir einen hilfsbereiten Oberst kennen, der uns mit nützlichen Informationen versorgte.

Er hatte seine Familie bei sich, wie manch andere höheren Offiziere auch.«

»Antonia?« Alexanders Stimme war fast nur ein Krächzen.

»Ja, lieber Freund. Seine Frau, Lady Henrietta, und seine beiden Söhne Alexander und Julius begleiteten ihn. Wir haben mit vielen Soldaten und Offizieren damals gesprochen, aber das Schicksal dieser Familie ging uns besonders nahe.«

»Mein Vater starb. Heute vor einundzwanzig Jahren. Und ich trage die Schuld daran.«

»Falsch, Alexander«, erklärte Cornelius. »Dein Vater wurde verwundet. Und zwar in dem Augenblick, als er auf einen Jungen im Matrosenanzug zulief, der sich auf das Schlachtfeld gestohlen hatte. Er glaubte, seinen Sohn retten zu müssen, doch eine Granate explodierte genau zwischen ihnen. Der Junge, bis zur Unkenntlichkeit entstellt, musste Alexander sein, so nahm man an, denn der hatte die Unterkunft unerlaubt verlassen. Dein Vater erholte sich von den Verletzungen, aber der Verlust des Sohnes traf die Familie unsagbar schwer.«

Antonia nahm Alexander das Weinglas aus der zitternden Hand und fasste sie mit festem Griff.

»Du hast die Kleider mit dem Stalljungen getauscht, nicht wahr? Du wolltest in der Schlacht bei deinem Vater sein?«

»Ja, ja, das habe ich getan. Aber …«

»Du bist verletzt worden und konntest dich an nichts mehr erinnern. Und als du dich erinnertest, warst du schon in England. Ein Kind noch, hilflos und nicht in der Lage zurückzukehren. Und, Master Alexander, an den Namen deines Vaters, Karl Viktor Graf von Massow, hast du dich bis heute nicht erinnert.«

Auch Cornelius rückte näher an Alexander und legte ihm den Arm um die Schultern.

»Es ist ein ziemlicher Schock, nicht wahr? Du bist so lange im Ungewissen darüber gewesen.«

»Mein Vater lebt?«

»Ja, dein Vater lebt, deine Mutter ebenfalls und dein Bruder auch. Graf von Massow ist heute General und gehört in Berlin zu dem engsten Kreis der Regierungsmitglieder. Dein Bruder ist gerade dabei, eine ähnliche Karriere zu machen.«

»Es wäre besser gewesen, ich wäre tatsächlich auf dem Feld geblieben«, murmelte Alexander fassungslos. »Ich hoffe, ihr habt dem Grafen gegenüber nie erwähnt, dass ich noch lebe.«

»Wir haben nur Erkundigungen über ihn eingeholt. Es ist deine Aufgabe, in Kontakt mit ihm zu treten.«

»Das werde ich nie tun.«

Cornelius nahm seinen Arm fort und schüttelte Alexander leicht.

»Junge, natürlich meldest du dich bei deiner Familie.«

»Das kann ich nicht. Ich habe... Schande über sie gebracht. Siehst du das nicht?«

»Dummkopf!«

Antonia mischte sich ein. »Nein, ich verstehe das. Schreib ihnen, wenn du hier raus bist, Alexander. Wenn du eine neue Stelle angenommen und deinen Stolz wiedergefunden hast. Es ist nicht leicht, ein verlorenes Kind zu sein. Ich habe meine Eltern auch erst nach vielen Jahren gefunden. Ich weiß, wie schwer das ist.«

Alexander stand auf und wanderte über den Wehrgang. Der Wind spielte in seinen Haaren, und die Sonne ließ die weiße Strähne an seiner Schläfe aufglänzen.

Die Vergangenheit holte ihn ein, und zäh klammerte er sich an die Hoffnung, es möge alles so bleiben, wie es war.

Aber das tat es nicht.

Rolling home

Rolling home, rolling home,
Rolling home across the sea,
Rolling home across the ocean,
Rolling home, sweetheart to see.

Shanty

Jan Martin verblüffte es selbst, dass er keinerlei Angst verspürte, als er das Deck der *Annabelle* betrat. Aber die Furcht vor dem Meer hatte Gilbert ihm ausgetrieben. Über die Schulter blickte er nach unten, wo sich sein Gefährte am Kai mit einer Umarmung von seiner Schwester Inez verabschiedete.

»Ja, ist das die Möglichkeit!«, rief eine Männerstimme neben ihm aus. »Sind Sie das tatsächlich, Jan Martin Jantzen? Doktor?«

»Himmel, Herr de Haye. Der Zufall schlägt eigensinnige Kapriolen.«

»Wahrhaftig.«

Jan Martin schüttelte begeistert die Hand, die ihm der sonnenverbrannte Weltenbummler hinstreckte. Er hatte sich keinen Deut verändert. Um seinen Kopf flatterten wild die dunklen Haare, der helle Leinenanzug bedeckte eine drahtige Figur, und seine Augen blitzten vor Vergnügen.

»Sie haben offensichtlich länger als vorgesehen gebraucht, um die Besuchsliste Ihres Vaters abzuarbeiten. Aber es scheint Ihnen gut bekommen zu sein.«

»Die Betonung, Herr de Haye, liegt auf ›arbeiten‹. Aber das ist eine andere Geschichte. Sind Ihre Forschungen erfolgreich gewesen?«

»Oh, sehr, aber auch das ist eine andere Geschichte. Na, wir haben ja gut sechs Wochen Zeit, sie uns zu erzählen.«

Gilbert war inzwischen ebenfalls an Bord gekommen und gesellte sich zu Jan Martin.

»Herr de Haye, darf ich Ihnen meinen Freund Gilbert de Valmont vorstellen? Seiner Familie gehört eine der größten Kakaoplantagen auf der Insel.«

Die beiden Männer begrüßten sich, und man wechselte ins Spanische, dann in die Sprache, die sie alle am besten beherrschten – ins Englische über.

Es dauerte nicht lange, und sie saßen bei einem kühlen Drink in der Offiziersmesse zusammen, und de Haye lauschte mit wachsendem Staunen Jan Martins Abenteuern.

»Als ich ihn das erste Mal zu Gesicht bekam, Mister de Haye, kniete er über meiner sechzehnjährigen Schwester und hatte ihr die Röcke hochgeschlagen. Ich packte ihn am Kragen und schlug ihm die Faust ins Gesicht. Er flog rücklings in die Bananenblätter, und Inez knallte mir die Reitpeitsche um die Beine.«

»Eine dramatische Begegnung«, kommentierte de Haye trocken und betrachtete Jan Martin mit Interesse. »Ich hielt Sie nicht für einen derartigen Draufgänger.«

»Gilberts Reaktion war verständlich«, erläuterte Jan Martin schmunzelnd. »Ich sah aus wie ein Seeräuber, hatte mir seit Monaten nicht mehr Bart und Haare geschoren, trug verdreckte Kleidung und eine Machete am Gürtel.«

»Ich hätte ihn mit genau diesem Messer kurzerhand entmannt, wenn meine Schwester mir nicht die Beine weggezogen hätte, weshalb ich neben ihr in den matschigen Bananen landete. Dabei brüllte sie mir mit einer Lautstärke, die die Kakaofrüchte an den Bäumen erzittern ließ, ins Ohr, der Mann sei Arzt und wolle ihr helfen.«

»Meine Doktorwürde hingegen war mir kurzfristig abhandengekommen. Gilbert hat eine tödliche Rechte. Als ich wieder einigermaßen beisammen war, starrte er mich mit zornfunkelnden Augen an und begehrte meine Personalien zu erfahren.«

»Ich glaubte ihm natürlich nicht. Es strandet zuweilen ein rechter Abschaum an unseren Küsten. Aber Inez – übrigens, Mister de Haye, ich bewundere meine Schwester sehr, aber ihr Temperament steht dem meinen in nichts nach – fing an zu weinen, was sie leider auch sehr demonstrativ kann.«

»Sie war vom Pferd gestürzt und hatte sich das Bein gebrochen. Ich war zufällig in der Nähe und wollte ihr helfen.«

»Der Unfall war ebenfalls eine Folge ihres Temperaments. Sie war mit mir ausgeritten und wollte mir beweisen, dass sie die junge Stute durch alle Gangarten bringen konnte. Die Stute hatte ihre eigenen Ideen, die nicht mit denen von Inez korrespondierten.«

»Sie hatte Glück, dass sie sich nicht das Genick gebrochen hatte. Je nun, ihr Klagen lenkte Gilberts Zorn zumindest für eine Weile ab, und er erkannte die Problematik der Situation.«

»Inez brachte mich dazu, mir Jan Martins Erklärung anzuhören. Ich wollte zunächst nicht recht glauben, dass ein gebildeter Mann als Kontraktarbeiter auf unserer Plantage schuftete und keinerlei Versuch unternommen hatte, bei uns im Herrenhaus um Hilfe zu bitten.«

»Der Vorarbeiter hatte es zu verhindern gewusst, und da ich die Folgen brutaler Auspeitschungen gesehen hatte, war ich vorsichtig geworden.«

De Haye nickte. »Ein kluger Entschluss. Aber Sie konnten Mister de Valmont überzeugen, sehe ich.«

»Eine barsche Befragung des Vorarbeiters Rodriguez brachte ein gewisses Licht ins Dunkel.« Jan Martin berichtete von dem Untergang der *Mathilda* und seiner Begegnung mit den Strandräubern. »Da hatte ich sogar noch Glück im Unglück, denn die restlichen Überlebenden, so fanden wir später heraus, waren auf der anderen Seite der Klippen an Land gekommen. Auch sie wurden aufgesammelt, die Matrosen als Arbeiter in die Tabakpflanzungen gezwungen, die drei Nonnen – nun, über ihr Schicksal wollen wir lieber schweigen.«

»Es ist meinem Vater und mir gelungen, die Leute freizukaufen. Jan Martin aber haben wir als Gast in unser Haus eingeladen. Er gewann beträchtlich, nachdem er gebadet hatte und einen sauberen Anzug trug.«

»Nur auf einen Barbier musste ich auf Inez' dringende Bitte hin verzichten. Sie bewunderte meine blonde Haarpracht.«

»Nicht nur die, alter Wikinger«, grollte Gilbert. »Sie hat ihn halbnackt im Urwald gesehen und schwärmt seither für nordische Typen.«

»Sie tut was?«

»Jetzt ist sie an Land und weit genug weg. Daher kann ich es dir ja sagen.«

»Gott, sie war ...«

»Höflich und zuvorkommend und beherrscht genug, es dir nicht zu zeigen.«

Dunkelrot im Gesicht widmete Jan Martin sich seinem Glas, während de Haye laut loslachte.

»Sie haben sich nicht verändert, Doktor. Sie mögen den Babyspeck verloren und Muskeln wie ein Ringer bekommen haben, aber schüchtern sind Sie noch immer. Gewöhnen Sie es sich besser ab, bis Sie nach Hause kommen. Sonst bereiten Sie sich selbst die Hölle.«

Die harte Arbeit, das karge Essen und die Sonne hatten eine Verwandlung an Jan Martin bewirkt, die ihn erst Yuni erkennen ließ. Niemand wäre zu diesem Zeitpunkt noch auf die Idee gekommen, ihn ein fettes weißes Schwein zu nennen. Doch das Erbe seiner nordischen Vorfahren hatte er in vollem Ausmaß erst entdeckt, als er im Herrenhaus aus dem Bad gestiegen war und sich nackt in dem bodentiefen Ankleidespiegel gesehen hatte. Er erkannte sich für einen Augenblick selbst nicht wieder. Seine Haare, blond, von der Sonne gebleicht, fielen in Locken bis auf seine Schultern, der Bart, sorgsam gestutzt, lockte sich ebenfalls um sein Kinn und bildete einen bemerkenswerten Kontrast zu der gebräunten Haut. Selbst die Brandnarbe am Auge schien verschwunden zu sein. Er war ein prachtvoller junger

Mann geworden, was die Dienerin, die mit einigen Kleidungsstücken in das Zimmer trat, mit den Worten: »Qué hombre!« honorierte und bewundernd ihren Blick auf seinem muskulösen Rücken ruhen ließ.

Dennoch blieb er zurückhaltend, wenn Frauen versuchten, seine Aufmerksamkeit auf sich zu lenken. Gilberts Freundschaft dagegen hatte er gerne angenommen. Der Sohn des Plantagenbesitzers war etwa gleich alt wie er, groß, schwarzhaarig und mit aristokratischen Zügen. Sie fanden viele gemeinsame Interessen. Da Jan Martin auch Botaniker war, führten sie häufig lange Fachsimpeleien, bei denen die Valmonts einige erstaunliche Einsichten gewannen. So hatte er beispielsweise bei seinen Arbeiten beobachtet, dass die Bäume, unter denen faulende Bananen oder andere pflanzliche Abfälle lagen, weit mehr Früchte ansetzten, als jene, deren Umgebung sauber gehalten wurde. Gilberts Vater wollte es nicht glauben, aber als er sich bereit erklärte, sich vor Ort dieses Phänomen anzuschauen, wurde auch er überzeugt.

»Es sind die winzigen Fliegen, Señor, die sich in den verwesenden Abfällen finden. Sie befruchten die kleinen Blüten des Kakaobaums. Die Früchte, die sich daraus entwickeln, sind auch größer als die, die durch Windbefruchtung entstehen. Darum lassen Sie ruhig den Boden verschmutzen.«

Er überredete den Pflanzer, es mit einem bestimmten Areal zu versuchen, und der Beweis ließ nicht lange auf sich warten. Großzügig waren die Valmonts ohnehin, ihre Gastfreundschaft umfasste nicht nur ein eigenes Appartement für Jan Martin, sondern auch eine komplette neue Garderobe, die Nutzung aller Annehmlichkeiten des Hauses und eine ansehnliche Summe Geldes, die der Besitzer ihm quasi als Entschädigung für die grobe Behandlung als sein Arbeiter erstattet hatte. Für die neue Erkenntnis wollte er ihm einen weiteren Bonus auszahlen, aber endlich wehrte Jan Martin sich dagegen. Er bat stattdessen, ihm eine Schiffspassage in die Heimat zu finanzieren. 1832 war er in Bremen an Bord der *Annabelle* gegangen. Über ein Jahr hatte er in Venezuela verbracht, dann spülte ihn der Schiffbruch im Herbst 1833 auf Trinidad an. Erst Mitte 1834 war es ihm gelungen, der Plantagenarbeit zu entkommen, und ein halbes Jahr hatte er als Gast bei Valmonts verbracht. Sein Zögern, wieder ein Schiff zu betreten, ließ ihn die gerne gewährte Gastlichkeit dankbar annehmen. Selbstverständlich waren Briefe nach Hause gesandt worden und Antworten eingetroffen. Und nach und nach wurde das Heimweh stärker als die Angst vor dem stürmischen Meer. Gilbert bemerkte es und ließ sich eine besondere Therapie einfallen. Er brachte Jan Martin das Segeln bei. Wider Erwarten fand er höchstes Vergnügen daran, mit dem kleinen Boot auf dem blauen Wasser zu kreuzen. Sie legten an den einsamen Stränden der Inseln an, fuhren weiter zu den Nachbarinseln und mussten sogar einmal einen Sturm auf See durchstehen. Gilbert war ein herzlicher Freund, hatte Respekt vor Jan Martins profundem Wissen und nahm seine Anfälle von Schüchternheit mit einem Humor, der nie verletzend war. Eines Tages hatte er dann während eines gemütlichen Törns durch die karibischen Gewässer vorgeschlagen: »Ich würde gerne Deutschland kennenlernen, Jan. Vater spricht davon, seinen Kakao auch nach Bremen, nicht nur nach Hamburg zu liefern. Persönliche Kontakte mit den Handelshäusern wären sicher von Vorteil.«

»Ganz bestimmt. Nur mit meinem Vater wirst du nicht rechnen können. Er ist nicht besonders risikofreudig.«

»Es wird doch wohl andere geben.«

»Natürlich.«

»Außerdem würde ich auch gerne einige Städte kennenlernen und die schönen blonden Frauen«, bat er mit einem verschmitzten Lächeln. »Heiraten soll ich nämlich auch, meint Maman.«

»Wir werden einen Handelspartner mit heiratsfähigen Töchtern für dich suchen, dann hast du zwei Fliegen mit einer Klappe geschlagen.«

»Papa wäre eine Verbindung mit dem Adel lieber.«

»Das schränkt die Auswahl natürlich ein.«

»Ich hingegen ziehe eine junge Dame vor, die meine Gefühle weckt und erwidert.«

»Dann wird es richtig schwierig.«

»Ach Jan, mein Herz ist leicht zu betören. Aber blond soll sie sein!«

»Wir werden Flugblätter drucken lassen.«

Die Planung der Reise hatte noch einmal drei Monate gedauert, umfangreicher Briefwechsel musste geführt, Passagen gebucht, Gepäck zusammengestellt werden, und nun, drei Jahre nach seinem Aufbruch, befand Jan Martin sich endlich auf der Heimreise. In Deutschland würden sie zunächst in Bremen bei Jantzens Station machen, dann Bonn aufsuchen, wo Jan Martin seine Kontakte zur Universität erneuern wollte, und anschließend eine Reise in die Hauptstadt Berlin unternehmen.

Die Seereise verlief unter angenehmsten Bedingungen. Das Wetter benahm sich bilderbuchhaft, und oft lauschte Jan Martin den Matrosen, die zu den Shantys die Segel setzten. Diese Arbeitslieder, die den Takt für die gemeinsame Arbeit in der Takelage angaben, klangen schwermütig, und er ertappte sich, wie er das »Rolling home« mitsang. Die Musik erinnerte ihn an die karibischen Abende, an denen er am Feuer gesessen und den Gesängen der Arbeiter zugehört hatte. Manchmal dachte er mit einer gewissen Trauer an Yuni, die er ohne Abschied verlassen hatte.

Doch diese Anfälle von Melancholie waren nur von kurzer Dauer. Die Gesellschaft an Bord war abwechslungsreich und unterhaltsam. De Haye konnte stundenlang von seinen Erlebnissen in Südamerika berichten, von den Sitten der Indianer, den alten Kulturen und den Auswirkungen der spanischen Conquista.

»Den Kakao, Gilbert, haben die Spanier zunächst mit Abscheu betrachtet. Aber sie anerkannten die Kakaobohnen als das Zahlungsmittel und Tauschgut der Eingeborenen. Die alten Völker haben die Bohnen nicht nur zu einem für uns ziemlich ungewöhnlichen Getränk verarbeitet – mit Chili etwa oder mit Mais –, sondern auch als Geld betrachtet.«

»Das tut mein Vater auch«, stellte Gilbert nüchtern fest. »Auch für ihn ist es Geld, das auf Bäumen wächst.«

»Für Sie ist es mehr?«

»Jan hat mich dazu gebracht, die Bäume und die Arbeiter als etwas Lebendiges zu betrachten. Ich weiß noch nicht, welche Konsequenzen das für die Zukunft hat, ob es gut oder schlecht für unsere Plantage ist. Aber einige Dinge werde ich ändern, wenn ich zurückkehre.«

»Mehr Fliegen für die Bäume und bessere Unterkünfte für die Arbeiter. Und intelligentere Vorarbeiter, Gil.«

Gilbert grinste. »Nur weil du Weichling dich von Rodriguez hast schikanieren lassen?«

»Rodriguez ist nicht mehr auf der Plantage beschäftigt«, gab Jan Martin zurück, und Gilbert nickte. »Eine der ungeschickten Maßnahmen meines Vaters war es, ehemalige Sträflinge aus Europa als Vorarbeiter einzusetzen. Das werde ich auf jeden Fall ändern.«

De Haye nickte zustimmend. »Dann kann ich nur hoffen, Ihr Vater erweist sich als ein einsichtiger Mann. Nicht jeder lässt sich von seinem Sohn vorschreiben, wie er sein Geschäft zu führen hat.«

»Es wird Auseinandersetzungen geben. Aber ich bin der Erbe, und das gibt mir ein gewisses Mitspracherecht. Außerdem ist da noch Inez.«

»Ihre Schwester interessiert sich auch für die Pflanzung?«

»Sogar sehr. Sie hing förmlich an den Lippen dieses Botanikers hier, wenn er von Kreuzung und Veredelung sprach.«

»Ja, das stimmt. Sie ist sehr aufgeschlossen diesen Dingen gegenüber. Und sie wickelt deinen Vater mit Leichtigkeit um die Finger. Aber ob er auf sie hören wird, wenn sie vorschlägt, den Trinitario mit dem Criollo zu verheiraten, weiß ich nicht.«

»Wer mit wem?«, fragte de Haye verdutzt. »Betreibt sie ein Kupplergeschäft?«

Gilbert lachte. »Trinitario ist die Kakaosorte, die wir anbauen. Der Baum ist bereits eine natürliche Kreuzung aus dem Criollo, der in Venezuela wächst, und dem Forastero, der am Amazonas gedeiht. Er ist irgendwann vor vielen Jahren entstanden, als eine Krankheit die Baumbestände unserer Insel vernichtet hat. Sie müssen wissen, der Criollo ist sehr empfindlich, hat aber hocharomatische Bohnen. Der Forastero ist widerstandsfähiger, entwickelt aber nicht so viel Geschmack. Unser Trinitario vereint beide Vorteile, könnte aber durch Veredelung noch gewinnen.«

»Lebendige Bäume, ich verstehe.«

Sie unterhielten sich viel über zukünftige Pläne, und ihre Freundschaft festigte sich. Am letzten Abend, als die *Annabella* schon durch die herbstgraue Nordsee rauschte, fragte Jan Martin: »Was werden Sie als Nächstes unternehmen, Lothar?«

»Meine Geschäfte werde ich wohl mal wieder persönlich regeln müssen«, seufzte de Haye. »Und das bedeutet zunächst eine Fahrt nach Magdeburg. Aber dann werde ich mich eine Weile in Europa umsehen. Paris, sagt man, soll eine schöne Stadt sein. Und nach drei Jahren Urwald möchte ich gerne wieder mal eine gewisse Zeit Kultur und anständiges Essen genießen.«

»Ein verständliches Bedürfnis.«

»Sie halten mich hoffentlich über Ihre Werdegänge auf dem Laufenden, meine Herren.«

»Mit großem Vergnügen!«, versprachen Jan Martin und Gilbert.

Als Folge dieses Versprechens sollte Lothar de Haye in den kommenden Jahren einige ungewöhnliche Berichte und die Nachricht über ein entsetzliches Unglück erhalten.

Kaffeeklatsch

Das ist im Leben häßlich eingerichtet,
Daß bei den Rosen gleich die Dornen stehn,
Und was das arme Herz auch sehnt und dichtet,
Zum Schlusse kommt das Voneinandergehn.

Joseph Victor von Scheffel

In den Gesellschaftsnachrichten hieß es: »Am vergangenen Sonntag fand die Hochzeitsfeier von Julius von Massow, Sohn und Erbe von General Graf Victor von Massow, und der Tochter von Professor Dr. Jonathan Aaron, Mitglied der Humboldt-Universität und der Königlich Preußischen Akademie der Wissenschaften …«

Ich strich die Zeitung, die ich aus dem Café mit nach oben genommen hatte, glatt und schaute über mein kleines Schreibpult aus dem Fenster im zweiten Stock auf die Behrenstraße. Es tat weh, wenngleich die Meldung über die Verheiratung meines Jugendfreundes und der jungen, hochgebildeten Frau keine Überraschung für mich war. Genau genommen hatte ich sie sogar eingefädelt.

Wieder war es Sommer geworden, doch heute ging ein kühler Nieselregen auf die grauen Dächer nieder. Im vergangenen Jahr um diese Zeit hatte ich für eine kurze Weile einen verrückten Traum geträumt. Nach dem Skandal, den die aufgelöste Verlobung mit Baroness Dorothea verursacht hatte, war Julius für einen Monat nach Evasruh gefahren, um Gras über die Angelegenheit wachsen zu lassen. Dann aber war er zurückgekehrt, um seine Aufgaben wieder zu übernehmen. Das Getuschel wurde leiser und verstummte schließlich ganz, denn andere Ereignisse liefen dieser gesellschaftlichen Sensation den Rang ab. Da wurde die Sternwarte in der Lindenstraße eingeweiht und nahm ihren Betrieb auf, Albert Lortzing begann sein Gastspiel am Königstädter Theater, in der Markgrafenstraße brannte die Zuckersiederei ab und bei dem Volksfest aus Anlass des Geburtstags König Friedrich Wilhelms III. kam es zu handgreiflichen Auseinandersetzungen von Lehrlingen und Gesellen mit den Gendarmen.

Julius aber fand sich immer häufiger abends im Café ein und bat mich oft, ihn nach Arbeitsschluss auf einen Spaziergang zu begleiten. Das erste Mal erklärte ich mich mit freudig pochendem Herzen bereit, und in der lauen Sommernacht fanden wir zu der liebevollen Vertraulichkeit vergangener Tage zurück. Er erzählte mir von dem Leben auf dem Gut, von Nanny, die nun wieder in England bei Lady Henriettas Familie lebte, von seinen Ambitionen und Zielen. Und von seinen Gefühlen.

Ich lauschte, beglückt, doch schon mit beginnender Trauer. Ich erwiderte seine Neigung. Mehr noch, ich war hoffnungslos verliebt in ihn. Hätte er sich nur eine Idee weniger korrekt verhalten, hätte ich mich mit Freuden an seinen Hals geworfen. So aber blieb es bei einem sanften Gutenachtkuss im Mondenschein.

In der Nacht weinte ich mich mit bitteren Tränen in den Schlaf. Danach lehnte ich jede weitere Aufforderung zu einem gemeinsamen Spaziergang ab.

»Ich verstehe«, hatte Julius nach dem dritten Mal, es war im August, gemurmelt. »Verzeih, wenn ich dir wehgetan habe, Amara. Ich wollte das nicht.«

»Ich weiß.«

Und dann war eines Tages diese junge Frau im Café aufgetaucht. Alleine, was schon an sich ungewöhnlich war. Mit einem Buch, das sie unter dem Arm geklemmt hatte, und der runden Brille auf der Nase machte sie einen noch seltsameren Eindruck, und aus dem unterschwelligen Geraune hörte man so etwas wie »Blaustrumpf«, »verrückte Amazone« und sogar »Brillenschlange« heraus, was die Dame jedoch nicht zu stören schien. Sie kam jeweils dienstags und freitags, trug ein verbindliches Lächeln auf den Lippen, grüßte freundlich in die Runde und vertiefte sich in ihre Lektüre, bei der sie eine Tasse Schokolade und ein Stück trockenes Gebäck zu sich nahm. Pünktlich um vier verließ sie wieder das Café.

»Sie heißt Linda Aaron und besucht Ökonomievorlesungen bei Professor Hoffmann. Ihr Vater ist auch Professor. Geschichte.« Melisande hatte diese Informationen schon nach dem dritten Besuch der lesenden Dame herausgefunden.

»Da wird sie sich einen reichen Mann unter den Studenten suchen. So wie die aussieht, hat die ja keine anderen Möglichkeiten«, kommentierte Andreas diese Nachricht gehässig.

»Sie ist ausgesprochen hübsch, wenn auch nicht ganz modisch«, wandte Melisande ein, aber Andreas verbreitete an den Tagen, an denen er nüchtern zu bleiben hatte, immer eine mürrische Laune. Er schnaufte nur: »Frau mit Brille. Wer will so was denn?«

»Und wer will einen Mann mit einer Schnapsfahne?«, schoss ich zurück, denn meine Geduld wurde durch den ewig unzufriedenen Bäcker weit mehr strapaziert als Melisandes heiteres Wesen. Ich erntete einen verächtlichen Blick und wandte mich ab, um den bestellten Kakao zuzubereiten. Ich servierte ihn auch selbst und wechselte einige freundliche Worte mit Linda Aaron, deren natürliches und ungeziertes Wesen mich sehr für sie einnahm.

»Ein wirklich angenehmes Lokal führen Sie hier. Und Ihren Kakao liebe ich geradezu. Er stärkt und sättigt.«

»Und muntert auf und tröstet. Ja, er wird nicht von ungefähr Göttertrank genannt.«

»Tatsächlich? Aber Sie würzen ihn auch mit einer besonderen Zutat, nicht wahr? So eine Schokolade wie diese habe ich noch nie genossen.«

»Ich gebe Vanille, einen Hauch Kardamom und eine winzige Prise Muskatnuss hinzu.«

Linda Aaron lachte. »Wenn ich mit Küchendingen erfahrener

wäre, könnte ich sie mir jetzt sicher selbst herstellen. Aber leider liegen meine Fähigkeiten weit abseits des Herdes.«

»Jeder hat seine Begabungen und sollte sie nach Maßen pflegen, gnädiges Fräulein.«

»Entweder Sie haben Kant gelesen, oder sie sind eine Philosophin.«

»Weder das eine noch das andere. Ich betreibe ein Handwerk.«

»Aber das mit Begabung.«

»Möglicherweise.« Ich lächelte die ernsthafte Linda an, und sie erwiderte das Lächeln. Sie ist wirklich hübsch, ging es mir durch den Kopf, und bei der Gelegenheit kam mir eine Idee. »Kommen Sie doch mal abends vorbei, wenn Sie Zeit haben. Wir servieren ab sechs Uhr auch einen herzhaften Imbiss und haben musikalische Unterhaltung.«

»Tatsächlich? Nun, ich werde es mir überlegen.«

Julius kam noch immer an drei, vier Tagen in der Woche gegen sechs im Café vorbei, oft mit Bekannten, aber manchmal auch alleine. Seinen Fensterplatz hielt Nadina reserviert, doch als Linda Aaron tatsächlich eine Woche später am späten Nachmittag durch die Tür trat, führte Melisande sie auf meine Bitte genau an diesen Tisch.

Als ich kurz darauf mit einem beladenen Tablett aus der Küche kam, bemerkte ich zufrieden Julius, der ein wenig unschlüssig in dem vollbesetzten Café stand und zu seinem Stammplatz blickte. Ich lieferte meine Bestellungen ab und wandte mich dann an den jungen Grafen.

»Gnädiger Herr, es ist voll heute Abend. Möchten Sie sich irgendwo dazusetzen, oder darf ich Sie mit Fräulein Aaron bekannt machen, die heute Ihren Platz belegt?«

»Amara, das gehört sich aber nicht«, flüsterte er mir mit einem kleinen Lächeln zu.

»Sie ist aber eine sehr aufgeklärte Dame. Sie besucht Vorlesungen an der Universität.«

»Ich kann mich doch nicht einfach aufdrängen.«

»Ich werde sie flehentlich bitten, Ihnen Obdach an Ihrem Stammtisch zu gewähren, gnädiger Herr.«

»Was bezweckst du, Amara?«

»Ihnen und Fräulein Aaron eine angenehme Unterhaltung zu verschaffen. Darf ich bitten?«

Resolut führte ich ihn zu dem Tisch.

»Gnädiges Fräulein, ein kleines Missgeschick ist Melisande heute passiert. Sie hat Ihnen einen reservierten Tisch zugewiesen. Ich muss inständig um Verzeihung bitten. Würde es Ihnen sehr ungelegen sein, ihn mit Graf von Massow zu teilen? Sie sehen, es ist recht belebt heute Abend.«

Linda Aaron schob die Brille ein Stückchen nach oben und betrachtete Julius freimütig.

»Haben wir uns nicht schon bei Professor Savigny getroffen?«

»Wenn das so wäre, müsste ich jetzt vor Scham in den Boden sinken, gnädiges Fräulein.«

»Nein, ich hätte es anders formulieren sollen – ich sah Sie letzthin bei dem Professor. Bei den dortigen Gesellschaften spiele ich nämlich gerne das Mauerblümchen. Aber nehmen Sie doch Platz.«

Ich bemühte mich, mich so unauffällig wie möglich in Luft aufzulösen.

An Weihnachten wurde die Verlobung bekannt gegeben, und nun, im Juli, hatten die beiden geheiratet.

Nadina klopfte an meine Zimmertür, trat ein, und ihr Blick fiel auf den Zeitungsartikel.

»*Milaja*, es tut dir weh.«

»Ja, Nadina, es tut mir noch immer weh. Aber sie passen gut zusammen. So freundlich Lady Henrietta auch ist, sie hätte es nie gutgeheißen, wenn ihr Sohn die Tochter eines Küchenmädchens hätte heiraten wollen.«

»Wirst du einen anderen finden. Man findet immer. Du bist noch jung.«

»Eigentlich nicht. Ich bin schon dreiundzwanzig.«

»Und, bin ich einundvierzig und finde noch immer einen Mann?«

»Sie liegen dir zu Füßen. Aber findest du auch Liebe?«

»Die Liebe ist ein Glas, fasst man zu fest an, bricht sie.«

»Und an den Scherben schneidet man sich blutig, meinst du?«

»Meine ich. Aber du bist anders.«

Nadina setzte sich in den Sessel und lehnte sich zurück. Wir drei Frauen hatten jeweils ein eigenes Zimmer über dem Café, und nach und nach hatte eine jede es nach ihrem Geschmack eingerichtet. Ich hatte helle Farben gewählt, Schleiflackmöbel und grün gestreifte Vorhänge an den Fenstern, Melisande liebte verspielte Blumenmuster, aber schlichte Formen, und Nadinas Raum war – wider Erwarten – streng und nüchtern wie eine Klosterzelle. Sie lebte ihren opulenten Geschmack in Kleidern aus.

»Trotzdem, Amara, du hast richtig getan mit Julius. Und sehr richtig getan mit Baroness Zuckerdose. Damit hast du seine Freundschaft für immer. Manchmal ist das mehr wert als Liebe.«

»Schon gut, die Wunde wird heilen. Übrigens sollen Briesnitzens wieder in Berlin sein.«

»Habe ich gehört. Haben bei Kranzler gesessen. Bah, sie werden wiederkommen, wenn bei uns dicke Fische schwimmen.«

»Das vermute ich auch.«

Der Skandal hatte den Baron und seine Familie weitaus länger von Berlin ferngehalten als Julius. Es kursierten nicht nur gewisse Vermutungen über den Bruch der Verlobung unter der Hand – Dienstboten bekamen eben alles mit –, sondern zusätzlich sorgte auch Maximilian, ihr jüngerer Bruder, zum selben Zeitpunkt für Aufregung. Ich hatte es am Tag nach dem eigentlichen Verlobungstermin erfahren, als eine Gruppe Primaner, seine Freunde, ohne ihn im Café saßen und laut über sein Verhalten diskutierten.

»Wenn er doch das Gut erbt, warum soll er nicht Agrarwissenschaft studieren? Dann kann er es später selbst führen«, meinte einer.

»Weil, du Pfeffersack, man in unseren Kreisen dafür einen Verwalter hat.« Ein hochnäsiger, pickeliger Jüngling sah den Kaufmannssohn verächtlich an.

»Er hätte an unserer Universität Karriere machen können. Ihr wisst, er ist ein glänzender Kopf. Ich verstehe das auch nicht.«

»Nicht jeder ist so ein Streber wie du. Er ist nach Paris. Mann! Nach Paris!«

»Und wird dort in einem Hinterhof verlottern. Sein Alter hat ihn doch rausgeschmissen.«

»Enterben will er ihn. Aber er hat ja einen reichen Onkel.«

»Trotzdem, ich sage euch, er wird verbauern. Keine Kultur, keine humanistische Bildung …«

»Quatschkopf! Er hat schon ganz recht. Was sollen wir mit dem elenden Griechisch und Latein. In Naturwissenschaften müssen wir ausgebildet werden! In Technik! Darin liegt die Zukunft!«

»Fängt der schon wieder damit an.«

Ich hatte mich an den Tisch begeben und die jungen Herren sanft lächelnd zur Besonnenheit und Ruhe gemahnt. Sie gehorchten mir zwar augenblicklich, doch als sie später draußen auf der Straße standen, ging die hitzige Debatte, wie ich beobachten konnte, weiter.

Aber auch darüber war Gras gewachsen. Baron, Baronin und Dorothea waren wieder in ihr Stadthaus eingezogen, und der junge Eugen, inzwischen vierzehn und Schüler an einer renommierten Knabenschule, begleitete sie hin und wieder zu Kranzlers. Wie man hörte, versuchte die Baroness auch wieder auf den Gesellschaften ihr Glück.

»Du hast recht, Nadina, für Baroness Zuckerschnute ist es schlimmer als für mich«, resümierte ich ihre Gedanken. »Ihr wird Julius' Hochzeit einen bösen Stich versetzen.«

»Hat sie selber Schuld, oder?«

»Hat sie. Und nun vergessen wir das Thema. Hattest du einen Grund, warum du zu mir gekommen bist?«

»Habe ich nicht immer Grund, *milaja*?«

Ich lachte amüsiert. »Ich habe es fertig gemacht. Hier, fünf Töpfchen. Eins für dich, die anderen für deine Freundinnen. In deines habe ich etwas Bergamotteessenz hinzugegeben, in die anderen Rosenöl.«

Nadina nahm zufrieden die verschraubten Gläser, die mit einer Mischung aus Kakaobutter, feinstem Wachs und aromatischen Ölen gefüllt waren. Als ich von dem Reisenden das billige Abfallprodukt der Kakaofertigung verlangt hatte, war mir nämlich wieder eingefallen, was meine Mutter aus der von dem kochenden Kakao abgeschöpften Masse hergestellt hatte. Die sogenannte Kakaobutter war ein besonders zartes Fett, das empfindliche Haut geschmeidig hielt. Es duftete ganz leicht nach Schokolade, was niemand als unangenehm empfand, es schmolz etwa bei Körpertemperatur, weshalb es sich leicht verstreichen ließ, und es wurde nicht so schnell ranzig wie die meisten anderen Fette und Öle. Zum Schmieren von Maschinen und Wagenrädern war es wahrhaftig zu schade. Ich hatte mit verschiedenen Zusätzen experimentiert und eine Hautcreme hergestellt, die Melisande und vor allem Nadina zu Begeisterungsausbrüchen verleitete.

»Du könntest ein Vermögen damit machen, *milaja*.« Nadina fuhr mit der Fingerspitze in die zartgelbe Creme und verteilte sie auf dem Handrücken. Dann schnupperte sie daran. »Ein bisschen wie Orangentrüffel. Bin ich zum Anbeißen!«

»Pass nur auf, wenn du morgen durch das Café gehst. Oberst von Macke beginnt schon zu sabbern, wenn du die Tür aufmachst.«

»*Der* muss beißen deine Trüffel, nicht mich.«

Eine meiner neuesten Schöpfungen waren Pralinen aus Schokolade, Butter, fein geriebenen Orangenschalen, konzentriertem Orangensaft und gehackten Walnüssen. Das Konfekt erfreute sich großer Beliebtheit, und weitere Variationen, etwa mit Vanille, mit Marzipan und kandierten Kirschen, folgten.

Nadina blieb noch eine Weile bei mir sitzen und sprach mit mir über die geschäftliche Entwicklung. Wir erwogen, zusätzlich zu der beflissenen Dame, die derzeit nachmittags aushalf, zwei weitere Bedienungskräfte einzustellen. Auch weitere Investitionen fassten wir ins Auge, etwa eine breitere Markise über Eingang und Fensterfront und die Anschaffung einer modernen Kochmaschine. Darunter verstand man einen kohlebefeuerten Herd mit den verschiedensten Funktionen zum Kochen, Braten und Backen, wie ihn sich bisher nur sehr Wohlhabende in ihre Küchen einbauen ließen. Aber die Geschäftslage war so gut, dass wir ernsthaft über diese hilfreiche Anschaffung nachdenken konnten.

Und welch weltstädtisches Flair das Café Nadina aufzuweisen hatte, konnte ich am nächsten Tag zwei weitgereisten Herren zeigen.

Es war bereits Viertel vor zehn, und nur noch drei unermüdliche Disputanten saßen in einer Ecke und versuchten, die Probleme des preußischen Staates und der Welt im Allgemeinen über ihrem Kaffee zu lösen, als zwei lachende junge Männer, leicht schwankend, durch die Tür traten. Nadina war schon nach oben gegangen, Melisande verfütterte irgendwelche Reste an den – derzeit schwedischen – Pianisten, also blieb es an mir hängen, die Angeheiterten zu empfangen.

»Setzen Sie sich an diesen Tisch, meine Herren, ich bringe Ihnen sofort die Karte«, bat ich und ruckte zwei Stühle auffordernd zurecht. Der Schwarzhaarige setzte sich und grinste seinen blonden Begleiter übermütig an. Er bediente sich der englischen Sprache.

»Sie ist hübsch, Jan, aber sie ist nicht blond.«

»Deshalb brauchst du sie auch nicht zu heiraten.«

»Aber sie ist hübscher als die Blonde, die *mich* heiraten will.«

»Die musst du auch nicht heiraten.«

»Nein, da nehme ich lieber die da. Die hat schönere Augen.«

Der Mann drehte sich zu mir um, die ich mit der Speisekarte in der Hand noch immer wartend neben dem Tisch stand. »Würden Sie mich heiraten, Miss?«, fragte er mit einem breiten Grinsen, da er nicht wissen konnte, dass ich die englische Sprache ausreichend beherrschte.

»To my deepest regret, Sir, I must relinquish this privilege.«

Fassungslos sah mich der Schwarzhaarige an, und der Blonde schüttelte sich vor Heiterkeit.

»Gilbert, ich fürchte, du hast dich soeben bis auf die Knochen blamiert«, bemerkte er. Dann wurde er etwas ernster und wandte sich an mich: »Verzeihen Sie, Fräulein, wir sind übermütig und ein bisschen – mhm – beschickert.«

»Das ist Ihr gutes Recht, gnädiger Herr. Doch ich empfehle Ihnen einen starken Kaffee und einen Imbiss.«

»Ah, Kaffee!«, rief sein Begleiter aus und versuchte sich in der deutschen Sprache. »Sie haben auch – wie sagt man – Buletten?«

»Wir haben auch Buletten und ganz frisches Schmalzbrot.«

»Ich Sie doch heiraten.«

Ich konnte ihnen die Ausgelassenheit nicht übel nehmen, obwohl die drei Honoratioren am Ecktisch mir schon kritische Blicke zuwarfen. Ich lachte nur und fragte: »Wie wünschen Sie Ihren Kaffee?«

»Schwarz wie die Sünde«, verlangte der Blonde.

»Und mir Sie bringen Batido«, bat der andere mit einem herausfordernden Zwinkern in den Augen.

»Sehr wohl, die Herren.«

Ich hörte, als ich mich umdrehte, um in der Küche die Zubereitung zu übernehmen, die beiden wieder lachen. Vermutlich amüsierten sie sich, das Serviermädchen drangekriegt zu haben. Aber ihnen stand eine Überraschung bevor. Melisande löste sich von ihrem Pianisten und machte Teller mit Broten und kalten Frikadellen zurecht, ich vermischte Kakaopulver mit kaltem Wasser, Vanille und schwarzem Pfeffer und schlug diesen Brei in heißem Wasser auf. Mit dem schwarzen Kaffee, dem

Batido und den Tellern belud ich ein Tablett, setzte mein unbewegtes Madonnengesicht auf und brachte es an den Tisch der beiden fröhlichen Herren.

»Kaffee, schwarz, Batido, Schmalzbrote und Buletten. Ich wünsche den Herren einen guten Appetit.«

Der Schwarzhaarige nippte misstrauisch an dem Kakaogetränk, stellte die Tasse langsam ab, erhob sich und machte eine tiefe Verbeugung vor mir.

»Excusez-moi, Fräulein.«

»Gewährt, mein Herr.«

Die drei letzten Gäste winkten mir zu, sie wollten die Rechnung begleichen, und als sie endlich das Café verlassen hatten, waren die beiden Männer mit ihrer Mahlzeit fertig. Kaffee, Kakao und Brote hatte wohl etwas ernüchternd gewirkt, die Albernheiten waren einem ruhigen Gespräch gewichen. Es war fast halb elf geworden, und ich begann, die Tischdecken abzuräumen und die Lampen zu löschen. Auf diese Weise wollte ich zu verstehen geben, dass ich zu schließen beabsichtigte. Doch zeitigte meine Tätigkeit keinen Erfolg. Ich beschloss, etwas direkter zu werden, und trat an den Tisch.

»Wünschen die Herren noch etwas?«

»Oh!« Betreten sah der Blonde sich um. »Wir sind die Letzten.«

»Nun, gewöhnlich schließen wir um zehn Uhr.«

»Und wann machen Sie wieder auf, Fräulein?«

»Morgen um elf. Sie können ein spätes Frühstück bekommen, und am Nachmittag bieten wir Torten und Gebäck an.«

»Dann reservieren Sie uns bitte einen Tisch für das Frühstück.«

»Gilbert de Valmont und Jan Martin Jantzen«, erzählte ich Melisande, als ich mich am Arbeitstisch in der Küche niederließ und die Schuhe von den Füßen streifte.

»Der Blonde ist Jantzen, nehme ich an. Wo kommen die her? Sie sind neu hier.«

»Auf Kavalierstour.« Ich streckte mich. »Dieser Gilbert de Valmont ist sehr charmant. Aber er hat sich vorgenommen, eine Blondine zu heiraten.«

»Na, dann muss er sich vor den Fangnetzen unseres Zuckertöpfchens in Acht nehmen. Gut unterrichtete Kreise munkeln, es habe sich letztes Jahr in Magdeburg kein passender Deckel gefunden. Und bei den Eingeborenen hier stehen die Chancen schlecht, habe ich flüstern hören. Ihr Ruf ist reichlich ramponiert, obwohl alle nach außen hin so tun, als wäre sie ein Blümchen Unschuld. Also dürften unsere beiden Kavaliere zu ihren bevorzugten Opfern gehören. Haben sie Hintergrund?«

»Jantzens ist ein Bremer Handelskontor, vorwiegend Kaffee, wenn ich das richtig verstanden habe. De Valmont besitzt eine Kakaoplantage.«

Melisande kicherte, verwandelte sich in Haltung und Mimik in eine hungrige Katze, weshalb Murzik, der am Herd saß, sich fauchend mit aufgeplustertem Schwanz zurückzog. »Kakao, sagst du? Unser Leckermäulchen wird sich die Lefzen lecken und die Reißzähne polieren!«

Und so war es denn auch.

Trügerische Hoffnung

Es sitzt ein Vogel auf dem Leim,
er flattert sehr und kann nicht heim.
Ein schwarzer Kater schleicht herzu,
die Krallen scharf, die Augen gluh.

Wilhelm Busch

Dorothea hatte keine gute Zeit hinter sich. Das ganze letzte Jahr hatte sie die beständigen Vorwürfe ihrer Mutter zu ertragen, ihr Vater, maßlos ergrimmt über Maximilians schmähliche Flucht, beachtete sie überhaupt nicht mehr. Sein Auge hatte nur einmal wohlwollend auf ihr geruht – als Julius von Massow um ihre Hand angehalten hatte.

Wie auch immer war es ihrer Mutter gelungen, den eigentlichen Grund für die Auflösung der Verlobung ihrem Gatten gegenüber geheim zu halten. Die Baronin jedoch hatte herausgefunden, was sich in der Küche abgespielt hatte. Natürlich kam die Angelegenheit nie zur Sprache, über dererlei unappetitliche Dinge schwieg man im Hause Briesnitz. Aber mit der Verachtung für ihre Tochter hielt die Baronin nicht hinter dem Berg.

Eine leichte Entspannung trat um die Weihnachtszeit ein, als Lothar de Haye seinen Besuch ankündigte. Er brachte ausreichend Gesprächsstoff mit, um den Gesellschaften die Peinlichkeit zu nehmen, die immer dann eintrat, wenn die spannungsgeladene Atmosphäre zwischen Dorothea und ihrer Mutter spürbar wurde.

An einem frostigen, aber strahlenden Februartag lud de Haye seine Nichte zu einer Schlittenfahrt ein. Ein Kutscher lenkte das Gespann, und Dorothea, in Pelze und Decken gemummelt, genoss die Fahrt über die verschneiten Felder, obwohl ihr Onkel unerwartet schweigsam neben ihr saß. Hellblau spannte sich der Himmel über dem fleckenlosen Weiß, die Kristalle stäubten unter den Hufen der Pferde auf und bildeten glitzernde Wölkchen. Auf einem zugefrorenen Weiher vergnügten sich einige Dorfkinder auf Schlittschuhen.

Die Idylle endete an einem Wäldchen. Hier, vor den dick verschneiten Tannen, hieß de Haye den Kutscher die Pferde zügeln und wandte sich an Dotty.

»Wir werden jetzt ein dringend notwendiges Gespräch miteinander führen. Dazu wollen wir ein paar Schritte auf und ab gehen.«

»Aber es ist doch alles voller Schnee«, wandte sie unwillig ein.

»Du hast warme Stiefel an, und hier auf dem Weg ist der Schnee festgefahren. Zier dich nicht.«

Leicht schmollend befreite Dotty sich von den Decken und ließ sich aus dem Schlitten helfen. Als sie außer Hörweite des Kutschers waren, begann de Haye: »Du hast dich in eine verteufelte Situation gebracht, Mädchen.«

»Wie meinen Sie das, Onkel Lothar?«

»Das weißt du ganz genau. Du hast eine hervorragende Verbindung zunichtegemacht.«

»Nicht ich, Onkel Lothar. Es war Julius' Schuld.«

»Mach mir nichts vor. Die Spatzen pfeifen es von den Dächern, dass er dich unter kompromittierenden Umständen erwischt hat.«

»Das ist nur böswilliges Geschwätz. Das hat diese Amara verbreitet.«

»Amara? Eine Konkurrentin?«

»Ein Serviermädchen.«

»Was gab ihr ein zu verbreiten, du hättest in eurer Küche am Vorabend deiner Verlobung Hallodri mit einem Lieferanten getrieben?«

Dorothea schluckte, dann giftete sie: »Die wollte Julius

für sich angeln. Ein feiner Aufstieg für diese anmaßende Schlampe.«

»Das glaube ich nicht ganz. Wie sagt man – wo Rauch, da auch Feuer. Und, meine Liebe, es war ja wohl auch nicht das erste Mal. Du bist schon lange kein unschuldiges Blümchen mehr.«

Mit hochroten Wangen fauchte seine Nichte: »Wer sagt so was?«

»Ich habe in Magdeburg einige Mitschülerinnen von dir getroffen. Du warst nicht sonderlich beliebt. Und zwischen den Zeilen hört man eine Menge heraus. Ein paar kleine Erkundigungen hier und da rundeten das Bild ab.«

»Gehässige Ziegen, allesamt. Die waren immer nur neidisch!«

»Auf was, Dotty? Auf deine edle Herkunft, die du immer so hochnäsig vor dir herträgst?«

»Diese Landpomeranzen wissen doch nichts, unkultivierte Bauerntrampel und Krämertöchter!«

»Aber der Küchenjunge war kultivierter, was? Ich will dir mal was sagen, Dorothea. Du hast bisher ein verdammtes Glück gehabt, dass du nicht schwanger geworden bist. Damit hättest du nämlich endgültig jede Aussicht auf eine einigermaßen standesgemäße Ehe vertan.«

Dorothea schnappte nach Luft. Derartig direkte Worte raubten ihr den Atem. Hilflos stammelte sie dann: »Aber … ich dachte … Wird man davon …?«

»Zu diesem Zweck hat uns die Natur, oder wenn es dir lieber ist, unser Schöpfer, den Zeugungsakt geschenkt. In erster Linie. Dieses wesentliche Detail hat dir deine Mutter wohl verschwiegen, was?«

Inzwischen war Dorothea nicht mehr rot, sondern weiß wie der Schnee geworden.

»Sie sind degoutant, Onkel Lothar!«, keuchte sie.

»Möglich. Aber was gesagt werden muss, muss gesagt werden. Vielleicht bringt es dich ja zur Einsicht. Ich persönlich halte nicht viel von dem Tamtam, das um die weibliche Unschuld gemacht wird, aber die Gesellschaft sieht das nun mal anders. Und es zeugt, ehrlich gesagt, von schlechtem Stil, sich mit Bediensteten auf diese intime Art einzulassen.«

Dorothea hatte sich bemerkenswert schnell wieder gefasst und fragte spitz: »Ach ja? Das gilt aber wohl nur für Frauen, was, Onkel Lothar?«

»Das gilt auch für Männer, nur die haben eben das Glück, dass sie keine Kinder bekommen. Aber schlechter Stil ist es ebenfalls.«

»Dann sollten Sie Ihre Worte überdenken, Onkel Lothar. Soweit ich weiß, haben Sie ebenfalls einen Hang zum Personal. Gab es da nicht mal ein Küchenmädchen namens Birte? Sie haben sich bei Ihrem letzten Besuch sehr eingehend nach ihr erkundigt.«

Sie hatte mitten ins Schwarze getroffen. Das bemerkte sie, als de Haye zusammenzuckte, als habe er eine Faust in den Magen bekommen.

»Ich habe Birte als Zuckerbäckerin sehr geschätzt, Dorothea. Deine Bemerkung bestätigt mir deine ausgesucht niedrige Gesinnung. Aber eine bessere hat man dich nicht gelehrt. Das wird nun das Leben selbst übernehmen müssen. Doch lassen wir das. Ich habe das Gespräch mit dir unter vier Augen gesucht, um zu sehen, ob ich dir aus der verfahrenen Angelegenheit nicht doch noch helfen kann. Unter ganz bestimmten Bedingungen werde ich das noch einmal tun.«

Dorothea war sich trotz aller Naivität durchaus bewusst, dass ihr Onkel der Einzige war, von dem sie Unterstützung erhoffen konnte. Sie riss sich zusammen, murmelte eine Entschuldigung und fragte dann: »Was soll ich tun?«

»Ein vollkommen tadelloses Leben führen. Dazu gehört nicht nur Verzicht auf die Freuden der Liebe, sondern auch der auf übermäßige Naschereien. Bei einem sehr jungen Mädchen mag eine gewisse Molligkeit wünschenswert sein, bei einer jungen Frau wirkt Fettleibigkeit abstoßend. Und zu fett bist du bereits.«

Wiederum musste Dorothea nach Luft schnappen. Sie war Komplimente gewöhnt, nicht derart niederschmetternde Äußerungen. »Wie ungalant«, empörte sie sich.

»Nur ehrlich. Es liegt in deiner Hand. Verzichte auf Bonbons und Pralinen, und du bekommst von mir eine Mitgift, die dich einem – sagen wir – vernünftigen Landjunker angenehm machen wird.«

»Ich will keinen Landjunker heiraten und auf einem dämlichen Gut versauern.«

»Ja, glaubst du denn, eine angeschlagene Ware wie du wird etwas anderes bekommen?«

»Das ist Amaras Schuld. Die hat die Gerüchte verbreitet. Die genießt das, mich durch den Dreck zu ziehen. Die hat ...«

»Dorothea!«

Der scharfe Klang brachte sie zum Schweigen.

»Wer ist diese Amara, der du beständig die Schuld für die schiefe Lage gibst, in die du dich selbst gebracht hast?«

»Das Serviermädchen vom Café Nadina in Berlin. Sie ist der Bankert Ihrer hochgeschätzten Birte.«

»Tatsächlich? Möglicherweise muss ich ihr einmal einen Besuch abstatten. Ihre Version der Geschichte beginnt mich zu interessieren.«

Das aber musste verhindert werden, denn als Augenzeugin des zitierten »Hallodri« in der Küche würde sie die Angelegenheit nur noch verschlimmern.

»Sie ist auch nur eine unter vielen«, murmelte sie also. »Gut, ich werde tun, was Sie verlangen, Onkel Lothar.«

»Dann werde ich meine Schwester dazu überreden, mit dir noch eine Saison in Berlin zu verbringen. Dem ersten akzeptablen Heiratsantrag wirst du zustimmen. Haben wir uns verstanden?«

»Ja, Onkel Lothar.«

»Dann wollen wir unsere Fahrt jetzt fortsetzen.«

Dorothea hatte sich, dank der finanziellen Unterstützung ihres Onkels, eine kostspielige neue Garderobe schneidern lassen können, und überlegte an diesem wundervoll warmen Augustmorgen, welches der Musselinkleider sie für das Picknick im Tiergarten wählen sollte. Die Zofe hatte ihre Taille – sie war tatsächlich etwas schmaler geworden, denn die Predigt im Winter hatte ihr für mehrere Wochen den Appetit verschlagen – zu einem modisch engen Umfang geschnürt, der ihr das Atmen zwar erschwerte, den Kleidern aber erst die rechte Form gab. Die gewaltigen Ärmel der Vorjahre waren in diesem Sommer vollkommen aus der Mode gekommen, man trug sie wieder eng anliegend. Das Dekolletee hingegen zog sich bis über die Schultern, wodurch die tief angesetzten Ärmel den Damen nur geringen Bewegungsspielraum ließen. Doch das nahm Dotty, wie alle ihre Zeitgenossinnen, gerne in Kauf, zumal ihre schwellende Oberweite dadurch lockend betont wurde. Unterhalb der engen Taille bauschten sich aber die Röcke über unzähligen volantreichen Unterröcken, die ebenfalls ungehindertes Ausschreiten unmöglich machten.

Ein hellblaues, mit rosa und gelben Streublümchen bedrucktes Kleid mit spitz nach unten gezogener Schneppentaille war schließlich ihr Favorit. Ein breiter, mit Spitzen besetzter Kragen umschmeichelte den Ausschnitt, und rosa Rosetten und Schleifen schmückten den weiten, schwingenden Saum. Auf ihre goldblonden, mit der Brennschere zu langen Korkenzieherlocken geformten Haare setzte sie eine blaue Strohschute, die innen mit gefältelter hellrosa Seide ausgeschlagen war und ihrem blassen Teint schmeichelte. Sie betrachtete sich in dem hohen Ankleidespiegel und fand ihre Erscheinung frisch und kühl. Sie war bereit, an diesem Nachmittag das Herz des edlen Franzosen zu erobern, dem sie seit einigen Wochen immer wieder auf den Gesellschaften begegnete. Auch wenn sie keinerlei Liebe verspürte, so war der Plantagenerbe aus Trinidad bei Weitem ein besserer Fang als irgendein pommerscher Krautjunker. Das dumme Geschwätz war weitgehend verstummt und würde ihn als Ausländer bestimmt nicht interessieren. Und Interesse hatte er an ihr. Zumindest deutete sie seine mutwilligen Komplimente und seine bewundernden Blicke, die oft auf ihren blonden Locken ruhten, in dieser Richtung. Der nordische Hüne, der ihn ständig begleitete, war auch ein ganz ansehnliches Mannsbild, doch weder reagierte er auf ihre Flirtversuche noch gefiel ihr seine Herkunft. Arzt war er und stammte nur aus einer Kaufmannsfamilie. Gilbert de Valmont war zwar auch nur von zweifelhaftem französischem Adel, aber ihm haftete wenigstens nicht der Geruch von Kramwaren an. Außerdem würde er sein Weib nach Trinidad mitnehmen. Und die Vorstellung, den gesamten Atlantik zwischen sich und ihre Familie zu bringen, erschien Dorothea ausgesprochen reizvoll.

Die Kutsche einer befreundeten Familie holte sie ab, und sie gab sich unter dem aufgespannten Sonnenschirm ganz und gar wohlwollend. Sie hörte sich mit Geduld die Possen an, die die beiden Kinder der einen Dame vollbracht hatten, streichelte das Schoßhündchen der Matrone, plauderte über einen Gedichtband, den sie nicht gelesen hatte, und das angenehme Wetter, das ihnen den Tag verschönen würde.

Die Picknickgesellschaft war schon weitgehend versammelt, als sie eintrafen. Im Schatten unter den Bäumen hatte man blendend weiße Damastdecken ausgelegt, auf denen Tafelsilber, Kristall und zartes Porzellan schimmerten, Sitzpolster waren dekorativ verteilt, und eben wurden Platten mit allerlei Köstlichkeiten aufgetragen. Dorothea erspähte Gilbert de Valmont und seinen Freund und schlenderte wie unabsichtlich in ihre Nähe.

Ihr gelang es, die beiden zu ihren Begleitern zu machen, und während der Mahlzeit, bei der sie nur wie ein Vögelchen Leckereien von ihrem Teller pickte – die Schnürung des Korsetts verhinderte jeden größeren Bissen –, gab sie sich neckisch und verspielt. Valmont ging darauf ein, dieser Jantzen saß überwiegend maulfaul daneben. Er taute erst auf, als ein junger Professor sich neben ihm niederließ, seine Pfeife anzündete und ihn über irgendwelche grässlichen Tropenkrankheiten befragte.

»Wollen wir die beiden ihrem Knaster überlassen, Herr de

Valmont? Ich muss gestehen, in dieser schönen Sommerluft stört mich der Rauch ein wenig.«

»Wir machen Promenade zum Ufer. Kommen Sie, Mademoiselle, ich helfe Ihnen auf.«

Anmutig ließ sich Dorothea auf die Füße heben und schlenderte dann an Gilberts Seite über die samtig grünen Wiesen. Zwar war der Park seit drei Jahren im Umbau begriffen, doch an dieser Stelle hatte man den ursprünglichen Barockgarten mit seinen abgezirkelten Rabatten schon in eine natürlich anmutende Landschaft umgewandelt. Büsche säumten kleine Wasserläufe, von zierlichen Brücken überspannt. Inselchen unterbrachen die Wasserfläche eines Sees, in dem sich im ruhigen Wasser die Kronen der alten Bäume spiegelten. Hortensien neigten ihre Blütenköpfe zu Füßen schimmernder Marmorgötter, und eine gusseiserne Bank unter einer Rosenlaube lud zum Verweilen ein. Wenn man auf ihr saß, schweifte der Blick unwillkürlich über die Wiesen zu einem kleinen Pavillon und einige kunstvoll verstreute Blumenanpflanzungen.

Dorothea gab sich alle Mühe, die Aufmerksamkeit ihres Begleiters von der Schönheit des Gartens auf sich zu lenken, aber es wollte nicht so recht gelingen. Er begeisterte sich für die europäische Pflanzenwelt und die vollendete Architektur des Gartens.

»Wenn man nur den Plantagenwald kennt, Mademoiselle, dann muss dies bezaubern«, entschuldigte er sich und führte sie auf einen Kiesweg Richtung Pavillon.

Und hier scheiterte Dorotheas Fischzug.

Ihnen entgegen kamen zwei junge Frauen. Die eine zierlich, schwarzhaarig und in einem Kleid in der Farbe der Morgensonne, die andere groß und schlank, mit dunklem Teint und blauen Augen, gekleidet in blaugrünen, mit zarten Spitzen besetzten, duftigen Musselin.

»Welche Freude!«, rief de Valmont aus und nahm Dorothea am Ellenbogen. »Einen schönen guten Tag, meine Damen«, grüßte er die Entgegenkommenden. »Mademoiselle Dotty, darf ich Ihnen …«

»Ich kenne die Serviermädchen aus dem Café, Herr de Valmont. Ich pflege keinen gesellschaftlichen Verkehr mit Dienstpersonal.«

Verstört sah der Franzose sie an. Amara aber murmelte leise: »Beware of hunting cats, Gil!«, dann schritten sie und Melisande mit einem höflichen Kopfnicken an ihm vorbei.

»Mademoiselle, diese Damen sind gute Freundinnen von Jan und mir«, beeilte sich Gilbert zu erklären, und Dorothea erkannte ihren fatalen Missgriff. Wortreich suchte sie Erklärungen für ihre ablehnende Bemerkung, doch Valmont, der deutschen Sprache noch nicht so mächtig, verstand nur die Hälfte davon. Immerhin machte er auf dem Rückweg verbindlich Konversation, und Dotty schlug ihm vor, sich in den nächsten Tagen in Nadinas Café zu treffen, um ihren guten Willen zu zeigen.

Doch schon am Abend begann sie, ihren Racheplan zu schmieden. Noch einmal würde Amara ihr nicht in die Quere kommen.

Ein offensichtlicher Mord

Es ist ein Schnitter, heißt der Tod
Hat Gwalt vom großen Gott:
Heut wetzt er das Messer,
es schneidt schon viel besser.

Volkslied

Jan Martin und Gilbert waren inzwischen Stammgäste in unserem Café geworden, und Nadina, geschäftstüchtig wie immer, hatte ihnen einen ständigen Tisch reserviert. Nicht jedoch in einer ungestörten Fensternische, sondern direkt vor den Vitrinen, in denen sie das Gebäck ausstellte. Dieses Arrangement hatte sie gewählt, weil die beiden sich untereinander auf Englisch unterhielten. Sie erklärte, dieser Umstand verleihe dem Café ein so weltläufiges Flair. Tatsächlich erschienen seither häufig reiselustige Briten, denn es hatte sich herumgesprochen, dass die Bedienung ihre Sprache beherrschte.

Melisande und ich hatten uns über den Zwischenfall im Tiergarten köstlich amüsiert. Gilbert hatte, wie wir natürlich wussten, keinerlei Absicht – entgegen seinen Beteuerungen, unbedingt eine blonde Gattin heimführen zu wollen –, sich ernsthaft um die Baroness zu bewerben. Zum einen entwickelte er eine ausgesprochene Neigung zu mir, zum anderen hatte Melisande ihn über Dorotheas Ruf unverblümt aufgeklärt. Beides war möglich, da Jan und Gilbert wirklich zu unseren guten Freunden geworden waren. Diese Freundschaft hatte gleich am nächsten Morgen, als sie ihr Frühstück bei uns einnahmen, mit Gilberts Frage begonnen, woher ich das Rezept für den Batido kannte. Mit einem Augenzwinkern beschied ich ihm: »Von einem Schuljungen.«

»Lehrt man die Kakaozubereitung etwa an den Berliner Knabenschulen?«, warf Jan Martin ein.

»Nein, Herr Jantzen. Der junge Mann hat einen Onkel, der viel in der Welt herumkommt. Von ihm hat er gehört, dass die Spanier es von den Amerikanern übernommen haben.«

Verdutzt beobachtete ich, wie die beiden Männer sich ansahen und wie aus einem Munde sagten: »Lothar?«

»Pardon? Ja, Maximilians Onkel heißt Lothar.«

»Fräulein Amara, setzen Sie sich doch einen Moment zu uns und erzählen Sie uns mehr von dem Jungen.«

»Nein, meine Herren, es gehört sich nicht, dass ich mich zu den Gästen setze.«

»Ach was, es sind doch nur drei Herren anwesend, und die haben sich hinter ihren Zeitungen versteckt.«

Ich zögerte einen Moment, dann aber hockte ich mich auf die Stuhlkante und berichtete von Maximilian von Briesnitz, der inzwischen in Paris seinen Studien nachging. Jan Martin hingegen erzählte mir von seiner ersten Begegnung mit dessen Onkel Lothar de Haye, die bereits in Bremen stattgefunden hatte. Doch dann kamen die Mittagsgäste, und mich rief die Pflicht. Doch meine Neugier war geweckt, und so lud ich, mit Nadines Einverständnis und zu Mellis großer Freude, Jan Martin und Gilbert ab diesem Zeitpunkt in ruhigen Geschäftszeiten oder am späteren Abend ohne Umstände in die Küche ein, wo wir uns gemütlich am Tisch zusammensetzten und bei Kaffee und Kakao über allerlei Themen schwatzten. Jan Martin erweiterte mein Wissen über das Importgeschäft, Gilbert das über den Anbau von Kakao, Melisande wollte Shantys lernen und bekam als Draufgabe einige karibische Lieder beigebracht, deren fremder Rhythmus sie begeisterte. Wir hingegen machten die Besucher mit den Berliner Eigenarten vertraut, gaben ihnen Hinweise, was zu besichtigen und was zu meiden war, mit wem es nützlich sein könnte, eine Beziehung anzuknüpfen, und wen man besser auf Distanz hielt. Auf unseren Rat hin suchte Jan Martin Alexander von Humboldt auf, der sich eben in Teplitz aufhielt. Er wurde empfangen und beeindruckte den Freiherrn derart, dass der große Gelehrte ihn einlud, ihn im September zu einem Vortrag in Jena zu begleiten, wo die vierzehnte Versammlung der Gesellschaft deutscher Naturforscher und Ärzte stattfinden sollte. Jan Martin befand sich einige Tage im Zustand abgehobenster Euphorie.

»Wir haben Baroness Kussmäulchen wieder mal zu Gast«, verkündete Melisande drei Tage vor seiner Abreise in der Küche, wo ich eine Torte dekorierte. »Sie tut zuckersüß und hat meine Frisur, unsere Cremeschnitten und die Tischdekoration gelobt. Sie ist heute alleine.«

»Dann hat sie etwas vor, Melli!«

Seit jener Begegnung im Tiergarten war Dorothea regelmäßig im Café erschienen, mal in Begleitung einer Bekannten, mal mit ihrem jüngeren Bruder.

»Sie ist auf der Pirsch und duftet wie ein ganzes Bukett Rosen.«

»Gilbert wird sich zu wehren wissen. Außer sie betäubt ihn mit ihrem Rosenduft. Ich gehe nach drüben und übernehme die Tortenbestellungen. Mal sehen, ob sie meine Frisur auch lobt.«

In den vergangenen Monaten hatten wir den Gastraum neu gestaltet und eine Theke mit gläsernen Vitrinen aufgebaut, damit die Gäste sich ihr Gebäck durch Augenschein auswählen konnten. Nadina hatte befunden, dass exquisit verzierte Torten besser in ihrer Gesamtheit wirkten als aufgeschnitten auf dem Teller. Also fiel es mir zu, die gewünschten Marzipanschnitten, Schokoladentorten, Sahnebaisers, Biskuitrollen und Obsttörtchen auf dem Aufschneidetisch vor den Augen des Publikums auf die Teller zu heben. Eine delikate Aufgabe bei manch zartem, schaumigem Gebäck, zu dem man ein scharfes Messer und eine sichere Hand brauchte, um die kunstvolle Dekoration nicht zu zerstören. Ich besaß beides, und gerade, als ich für die Baroness, die auch zu mir mit herablassender Freundlichkeit gesprochen hatte, zwei Tortenstücke servierte, betraten Jan Martin und

Gilbert das Café. Ich begrüßte sie lediglich mit einem Lächeln und einem Nicken und wies auf ihren Stammplatz, neben dem, sicher nicht zufällig, Dorothea Platz genommen hatte.

»Schwarzer Kaffee und Batido, die Herren? Die Windbeutel sind heute mit Zitronencreme gefüllt«, empfahl ich.

»Dann bringen Sie uns zwei davon und die üblichen Getränke.«

Die kurze Zeit, die ich benötigte, um das Kakaogetränk zuzubereiten, hatte Dotty bereits genutzt, um Gilbert in ein Gespräch zu verwickeln. Als ich den Kaffee und die bittere Schokolade servierte, flötete sie: »Was für ein ausgefallenes Gebräu, mein lieber Herr de Valmont. Ist das die berühmte scharf gewürzte Schokolade, von der Sie mir berichtet haben?«

Er bestätigte das, und mit einem Wimpernflattern entführte sie ihm die Tasse, um daran zu nippen. Ich beobachtete, wie sie mit Gewalt ihr Mienenspiel beherrschte. Es mochte ihrer der Süße zugeneigten Zunge überhaupt nicht behagen, aber mutig lächelnd kommentierte sie: »Ungewöhnlich, wirklich, sehr ungewöhnlich. Ich stelle mir vor, dass eine kleine Prise Muskatnuss ihm noch einen weiteren Reiz verschaffen könnte.« Sie zog ein silbernes Döschen aus ihrem Retikül und ließ es aufschnappen. »Ich würze meine Schokolade immer damit.« Bevor Gilbert sie daran hindern konnte, hatte sie schon von dem feinen brauen Pulver darübergestreut. »Probieren Sie und geben Sie mir recht, lieber Herr de Valmont.«

»Gewürz aus zarter Hand ist immer ein Genuss«, erwiderte er galant und trank einen Schluck. »Bitterer als sonst, aber recht interessant.«

Ich brachte ihnen die Teller mit den Windbeuteln und zog mich dann wieder an die Theke zurück, um den Kuchen für die nächsten Gäste aufzuschneiden. Das Geplänkel an dem Tisch ignorierte ich und konzentrierte mich auf die Wünsche, die an mich herangetragen wurden. Darum bekam ich auch nur im Augenwinkel mit, wie Gilbert sich plötzlich an den Magen fasste und das Gesicht zu einer schmerzverzerrten Grimasse verzog.

Richtig erfasste ich die Situation erst, als er wie von einer Sehne geschnellt aufsprang und sich unter einem Röcheln nach hinten verkrümmte.

»Gilbert!«, rief Jan Martin aus und versuchte, ihn festzuhalten. Doch der Franzose stürzte nach vorne zur Theke. Ich riss mit einer geschwinden Bewegung das Messer an mich, damit er sich nicht daran verletzte. Doch in dem Moment verstärkte sich der Krampf, der ihn gepackt hielt. Er drehte sich um seine eigene Achse, fiel gegen meine Brust, und das Messer fuhr ihm in den Hals. Die Schlagader war getroffen, und sprudelnd quoll das Blut aus dem Schnitt.

Jan Martin war schnell. Er packte seinen Freund, versuchte, an die Wunde zu kommen, aber noch einmal krampfte Gilbert sich zusammen und brach dann in die Knie.

»Mord!«, kreischte Dorothea. »Die hat ihn erstochen! Holt die Gendarmen!«

Ich stand wie gelähmt an der Vitrine, das blutige Messer in der Hand, der Tote zu meinen Füßen. Die Augen aller ruhten auf mir.

»Ein Unfall!«, rief Jan Martin. »Es war ein Unfall.«

»Das wird die Polizei klären!«, polterte Oberst von Macke und stürzte zum Ausgang.

Ich hatte viel Zeit, über den Vorfall nachzudenken. Die Büttel holten mich noch in derselben Stunde ab und nahmen mich in Untersuchungshaft. Mich traf keine Schuld an Gilberts Tod, doch ich war so fassungslos und entsetzt, dass ich kein einziges Wort über die Lippen gebracht hatte. Tagelang war ich gefesselt in meiner Trauer. Mit geschlossenen Augen, die Arme um die Knie geschlungen, hockte ich auf meiner Pritsche und wiegte mich selbst hin und her. Die trostlose Umgebung nahm ich überhaupt nicht wahr. Ich hatte den jungen Plantagenerben sehr gemocht. Verliebt war ich vielleicht nicht in ihn, aber ich hatte bemerkt, dass er auf dem besten Wege war, sich mir zu erklären. Ja, ich hatte sogar in einigen Nächten mit dem Gedanken gespielt, seinen Antrag anzunehmen. Einen gewissen Reiz barg diese Möglichkeit. Jan Martins und seine Schilderungen der tropischen Insel, dem weitläufigen Herrenhaus, der entspannten Lebensart hatten mich angesprochen. Und Trinidad lag auch weit genug entfernt von meiner Heimat. Der Standesunterschied mochte dort nicht so gravierend sein wie hier. Zumindest hatte Gilbert wohl diesbezüglich wenig Bedenken. Aber eine Entscheidung hatte ich noch nicht getroffen, und nun hatten die Umstände sie mir abgenommen. Ich trauerte unsäglich um den guten Freund, der von dem Messer in meiner Hand getötet worden war. Über das, was mit mir nun geschehen würde, darüber konnte ich einfach noch nicht nachdenken. Man hatte mich befragt, barsch und unfreundlich und unter der eindeutigen Annahme, ich hätte Gilbert de Valmont wissentlich und willentlich erstochen. Ich gab so gut wie keine Antworten, verstört, wie ich war. Und wegen dieser Verwirrung, die mir logisches Denken so schwermachte, war ich auch nicht überrascht, als am dritten Tag eine tief verschleierte Dame die Zellentür öffnete und eilig hinter sich schloss.

»Schnell, Amara. Zieh das hier an!«

»Was?«

»Ich bin's, Melli. Los, schnell, schnell!«

Melisande nestelte schon an ihrem Kleid und streifte es sich über die Schultern.

Irritiert beobachtete ich ihre Freundin.

»Wie bist du …?«

»Psst. Wir haben den Wärter betäubt und ihm die Schlüssel geklaut. Mach schnell.«

Irgendwie gelang es mir, in das schwarze Kleid zu kommen und mir den Hut mit dem langen Kreppschleier aufzusetzen. Melli, die unter dem Witwengewand ein grellrot gestreiftes Kleid trug, hakte mir mit flinken Fingern den Verschluss am Rücken zu.

»Ich erklär es dir gleich. Nun komm. Wenn jemand Fragen stellt, lass Ella antworten.«

Es war ein reines Schelmenstückchen, das Melisande und Nadina ausgeheckt hatten. Das erfuhr ich, als wir in der geschlossenen Kutsche saßen und über die Berliner Chaussee ratterten. Nadina hatte zwar den Vorfall im Gastraum nicht mitbekommen, doch sie glaubte nicht an einen Mord. Aber sie hatte ein tiefes Misstrauen den Behörden, der Justiz im Besonderen, gegenüber, daher war ihr als einzige Lösung eingefallen, mir zur Flucht aus dem Gefängnis zu verhelfen. Es wäre klüger gewesen, sie hätte einen Anwalt mit meiner Verteidigung beauftragt, aber die Idee war ihr nicht gekommen. Darum hatten sie sich das Verwechselspiel mit den Kleidern einfallen lassen, und Melli war, als Witwe ausgestattet und mit Ella als Dienstmädchen im Schlepptau, zum Gefängnis gegangen, wo sie unbedingt ihren Schwager, einen der Constabler, um einen dringenden Rat bitten wollte. Sie hatte dem armen Mann an der Pforte eine solche Leidensszene vorgespielt, dass der froh war, als die Tränenüberströmte mit dem dumpfen Geschöpf an ihrer Seite endlich in dem Gebäude verschwunden war. Hier hatte sie den Zellentrakt aufgesucht und wiederum dem Wärter eine Jammerszene vorgelegt. Als er sich über das Besucherverzeichnis beugte, um ihren Namen einzutragen, hatte die kräftige Ella ihm den in ein Taschentuch gewickelten Schwamm mit Äther auf die Nase gedrückt. Er hatte sich erst freudig überrascht an ihren Busen gelehnt, dann verdutzt die betäubenden Dämpfe eingeatmet. Er wollte sich wehren, doch Ella hielt ihn mit ihrem Griff wie in einem Schraubstock fest. Er verdrehte die Augen, zuckte noch einmal und erschlaffte dann in ihren Armen. Sie wussten nicht, wie lange die Benommenheit anhalten würde, also blieb Ella bei dem Mann, Melisande entwand ihm den Schlüsselring und machte sich auf die Suche nach mir. Ihr Wissen über die Wirkung des Äthers verdankte sie Jan Martin, der unlängst über die betäubende Wirkung dieses Lösungsmittels mit uns gesprochen hatte. Tags zuvor hatte Nadina sie im Selbstversuch ausprobiert, die Folgen – Übelkeit und Unruhe – als unangenehm, den Betäubungszustand jedoch als tief empfunden.

Ella hatte mich, jetzt die schwarz verschleierte Witwe, unbehelligt aus dem Gebäude geführt und zu der wartenden Kutsche gebracht. Wir waren zwei Straßen weiter gefahren und hatten auf Melisande gewartet, die den noch immer betäubten Wärter verlassen hatte und sich in den Gängen »verirrte«. Nichts war von der Trauernden an ihr wiederzuerkennen, eher hielten die Männer sie für ein leichtes Mädchen.

Dann waren wir Richtung Potsdam aufgebrochen.

»Du nimmst die Eilpost nach Elberfeld, Amara«, erklärte Melisande mir. »Verstehst du, was ich dir sage?«

»Ja, Melli. Aber warum?«

»Es ist Mamas Idee. Du suchst deinen Freund Alexander Masters auf. Wir haben dir seine Adresse aufgeschrieben.«

»Ich weiß nicht …«

»Er wird sich an dich erinnern. Auch wenn er in der letzten Zeit nicht mehr geschrieben hat. Hör mir zu!«, insistierte sie, weil ich wieder begonnen hatte, mit den Armen um den Oberkörper geschlungen vor mich hin zu schaukeln.

»Ich kann nicht.«

»Doch, du kannst! Amara, du musst!«

»Ich habe ihn doch nicht umgebracht. Warum glaubt ihr alle, ich hätte ihn umgebracht? Ich bin doch unschuldig!«

»Ja, *milaja*, du bist unschuldig. Aber es ist schwer, das zu beweisen. Darum ist es besser, wenn du fortgehst. Nadina hat dir ein Dienstzeugnis geschrieben. Darin heißt du Ella Wirth und bist Zuckerbäckerin.«

»Ich bin nicht Ella. Was soll das, Melli?«

»Wir wollen dir helfen. Versteh doch. Du suchst dir mit Herrn Masters' Hilfe eine neue Stelle, und wenn sich die Wogen hier geglättet haben, kommst du zurück.«

»Sie werden mich suchen.«

»Sie werden dich nicht finden. Du bist jetzt Ella, versteh doch.«

»Ich bin so durcheinander.«

»Ach *milaja*!«, seufzte Melisande und nahm mich fest in den

Arm. Im Schaukeln der Kutsche streichelte sie mich und murmelte tröstende Worte. Es half, und nach einer Weile befreite ich mich aus ihrer Umarmung.

»Es ist geschehen, und man kann nichts rückgängig machen.«

»So ist es. Du musst nach vorne schauen. Wir haben dir Kleider und Geld in einen Koffer gepackt. Ich bleibe bei dir, bis morgen früh die Post abgeht.«

»Sie werden euch Schwierigkeiten machen.«

»Das lass unsere Sorge sein. Übrigens, du hättest Mamatschka erleben müssen, als die Büttel fort waren. Sie stand da, kochte vor Wut und zischte: ›Was für ein Unsinn. Ich brauche Amara doch hier!‹ Und der Trottel von Andreas machte die hämische Bemerkung: ›Ist der Kopf ab, weint man nicht um Haare!‹ Sie hat ihn mit einem einzigen Faustschlag umgeboxt.«

Doch selbst diese Episode entlockte mir kein Lächeln.

»Ich werde euch so vermissen, Melli.«

»Ach, wir dich doch auch!«

Und dann brach Melisande in Tränen aus.

DRITTER TEIL

Der Trost

Wie man die Melancholia heilt

»In hitzigen, auszehrenden Naturen kann man anstatt der hitzigen Gewürze Pistacken, Pinien, Mandeln, kühlenden Samen und dergleichen unter die Chocolate mischen …«

Zedlers Universal-Lexikon, 1735

16. Jahrhundert, spanischer Hof

Doña Teresa de Madrigalejo stützte sich elegisch auf das hohe Polster ihres prunkvollen Bettes. Der vertugadin[4], der, wenn sie stand, ihrem aus starrer Seide gefertigten Rock eine faltenlose Kegelform verlieh, wölbte sich dabei über ihre Beine und gab ihr das Aussehen einer gestrandeten Galeone. Das mit einer Bleiplatte unterlegte Mieder gestattete es ihr nicht, sich einfach anzulehnen, noch mehr hinderte sie daran die mit einem Drahtgestell verstärkte Halskrause von der Größe eines veritablen Wagenrads. Ihre Freundin Mariana Leonor de Vallabriga y Rozas stützte ihren Ellenbogen auf den Kaminsims und betrachtete sie unschlüssig.

»Zu viel Hitze hat Doktor Luis Alfonso Martinez diagnostiziert? Kein Wunder, dass du melancholisch bist, querida. Aber dieses Zeug«, sie wies auf die Fläschchen und Flakons auf dem kleinen Tisch neben dem Bett, »wird dir auch nicht helfen. Ich habe ein wundervolles Mittel gegen den Überschuss von schwarzer Galle entdeckt.«

[4] Tugendwächter – der Reifrock

»Mariana, ich habe keine Lust mehr, mir noch mehr Blut abzapfen zu lassen und allerlei übelriechende Arzneien in mich hineinzuschütten. Mir wäre es lieber, mein Gatte würde mich nicht so vollkommen ungeniert mit dieser Beatrize de Todos dos Santos betrügen.«

»Du könntest ihn vergiften.«

»Ungern, Mariana, ungern. Ich erwarte, dass er der Vater meiner Kinder wird. Weißt du, wenn er sich denn schon mal in mein Bett verirrt, erweist er sich als strammer Hirsch.«

»Dann nimm eben doch die Medizin, die mir mein Médico empfohlen hat. Du wirst feststellen, sie ist weit davon entfernt, übel zu schmecken. Ich sende dir ein Quantum Schokolade. Das ist ein sehr wirksames Mittel aus unseren neuen Kolonien.«

Mariana erwies sich tatsächlich als gute Freundin. Am nächsten Morgen nahm Doña Teresa eine Tasse des mit feinstem Zucker, Vanille und Mandelmilch gewürzten Getränks zu sich, befand es als köstlich und verlangte eine zweite Portion. Danach fühlte sie sich merklich gekräftigt, und auch die Melancholie war verflogen.

Sie gewöhnte sich das Schokoladetrinken wie viele adlige Damen ihrer Zeit in Spanien an und fand in ihrem bittersüßen Trost weit mehr Befriedigung als in den sporadischen Aufmerksamkeiten ihres Gatten.

Pechsträhne

Wer sich der Einsamkeit ergibt,
ach, der ist bald allein;
ein jeder lebt, ein jeder liebt
und läßt ihn seiner Pein.

Bettina von Arnim

Ich war in tiefste Melancholie versunken. Nichts erschien mir wert, meine Energie darauf zu verwenden, schon gar nicht ich selbst. Alles war mir gleichgültig geworden. Ich stand auf der Brücke und starrte in die schäumenden Wasser der Wupper. Das Tauwetter hatte den Fluss anschwellen lassen, und in den schmutzigen Wellen tanzten abgebrochene Äste, zerbrochene Flaschen, Holzstücke, ein alter Stiefel und der Kadaver eines ertrunkenen Hundes.

In der Flasche war noch ein letzter Schluck, ich trank sie aus, dann warf ich sie hinter dem Treibgut her. Sie wurde mit der reißenden Strömung aufgenommen und entschwand schnell meinem unsteten Blick.

Düster hing der Märzhimmel über Elberfeld, es nieselte, und der stetige, kalte Wind biss unangenehm in meinen unterernährten Körper. Ich hätte fortgehen sollen, zurück in den üblen Verschlag, der meine derzeitige Unterkunft darstellte. Schon viel zu lange stand ich da, die Hände an das Brückengeländer geklammert. Den einzigen Trost, die einzige Wärme hatte ich in den Branntweinflaschen gefunden. Nun war die letzte geleert, und die Hoffnungslosigkeit drohte mich zu überwältigen.

Als ich im Herbst nach einer strapaziösen Fahrt von Berlin eingetroffen war, hatte ich mich von der Posthalterei zu der

Adresse durchgefragt, die Alexander Masters in seinen Briefen angegeben hatte. Noch immer verstört betrachtete ich kurz darauf das mit schwarzem Schiefer verkleidete Haus, dessen Fensterläden zum Großteil ungastlich verschlossen waren. Weiterhin trug ich die Witwenkleidung und verbarg mein Gesicht hinter dem dunklen Schleier. Obwohl ich nicht fürchtete, erkannt zu werden, schien es mir passend, denn das triste Schwarz entsprach meiner Stimmung. Es dauerte eine Weile, bis ich mich endlich entschließen konnte, den Klingelzug zu betätigen. Scheppernd schlug die Glocke im Haus an, und es öffnete mir eine hagere, alte Frau in strengen grauen Kleidern.

Ich stellte mich als Ella Wirth vor und bat, Herrn Alexander Masters sprechen zu dürfen.

»Herr Masters hat dieses Haus verlassen. Wir wünschen keinen Kontakt mit seinen – mhm – Bekannten«, erklärte die Alte mit einem abschätzigen Blick auf mich und den schweren Koffer an meiner Seite.

»Können Sie mir denn wenigstens sagen, wo ich ihn finde?«

»Es entzieht sich unserer Kenntnis, wo dieser Mann sich aufhält. Und nun entschuldigen Sie mich, ich habe keine Zeit für müßiges Geschwätz.«

Die Tür wurde mir vor der Nase zugeschlagen.

Betroffen schleppte ich mein Gepäck wieder zur Straße und sah mich hilflos um. Elberfeld machte auf mich den Eindruck eines trostlosen, düsteren Städtchens, und der trübe Oktobertag wurde durch die Rußwolken der Fabriken noch weiter verdunkelt. Irgendwann fand ich schließlich eine schäbige Pension, in der ich mich ausruhen konnte. Ich verkroch mich vor meinem Elend in dem knarrenden Bett und zog die Decke über mich. So viel hatte ich verloren, und nun war auch der letzte Hoffnungsschimmer erloschen.

Zwei Tage später hatte ich mich schließlich aufgerafft und die Fabrik von Reinecke aufgesucht. Aber auch hier erhielt ich nur eine barsche Abfuhr, als ich mich nach Alexander erkundigte. Er schien wie vom Erdboden verschwunden zu sein, und die seltsamsten Gedanken befielen mich. Ganz offensichtlich hatte es zwischen ihm und der Familie, in die er eingeheiratet hatte, große Zerwürfnisse gegeben und er hatte den Ort schon vor geraumer Zeit verlassen. Was natürlich auch erklärte, warum er nicht mehr auf unsere Briefe antwortete – er hatte die gar nicht mehr erhalten. Und die Abneigung der Reineckens erstreckte sich nicht nur auf ihn, sondern auch auf alle Personen, die mit ihm in Verbindung standen. Hätte ich mich nicht so tief in meinem eigenen Elend verkrochen, hätte ich vielleicht an anderen Stellen weitergeforscht. Aber so ließ ich die Zeit ungenutzt verstreichen.

Dennoch erhielt ich eine Woche später von unerwarteter Seite Auskunft. Ein sonniger Herbsttag hatte mich nach draußen gelockt, und ich schlenderte ziellos durch den Luisenpark, als ich plötzlich eine Kinderstimme hörte.

»Das ist doch die Dame mit dem Koffer, die das Fräulein weggeschickt hat, Fräulein Berit!«

»Wen meinst du, Julia?«

»Da, die in Schwarz. Die hat letzte Woche bei uns geklingelt und was gefragt.«

Ich blieb stehen und sah mich um. Julia, so hieß Alexanders Tochter, erinnerte ich mich. Das Mädchen mochte um die sieben Jahre alt sein und wurde von einer jungen Gouvernante begleitet. Glücklich über diese Fügung ging ich auf die beiden zu.

»Guten Tag, junge Dame. Entschuldige bitte, dass ich dich so einfach anspreche.«

»Macht doch nichts. Hat die alte Ziege Sie vergrault?«

»Bitte?«

»Die mäkelige Kinderfrau. Sie haben bestimmt Arbeit gesucht, nicht wahr?«

»Nein, mein Fräulein. Ich habe nach einem Bekannten gesucht, den ich aus Berlin kenne. Ich … ich bin gerade erst angekommen und … und wollte ihm Guten Tag sagen.«

»Dann wissen Sie das nicht.« Die Kleine nickte ernsthaft. »Sie wollten sicher zu Papa.«

»Zu Herrn Alexander Masters, ja.«

»Das ist Papa. Aber er ist nicht mehr bei uns. Sie haben ihn vor zwei Jahren geholt.«

»Julia, du darfst nicht so vorlaut sein. Verzeihen Sie, gnädige Frau, das Kind plappert zu viel«, mischte sich die Gouvernante ein.

»Ich will nicht aufdringlich sein, aber wir – Herr Masters und ich – standen in Briefkontakt. Und ich hatte gehofft …«

»Aus Berlin? Er bekam immer Briefe aus Berlin«, sprudelte das Mädchen wieder hervor.

»Ja, aber die letzten hat er nicht beantwortet.« Ich wandte mich an Julias Begleiterin. »Können Sie mir seine neue Adresse nennen? Es wäre sehr hilfreich.«

Die Gouvernante musterte mich eingehend und nickte dann.

»Der Patron hat alle Briefe an Herrn Masters an sich genommen. Es scheint mir nicht recht zu sein. Es ist wohl besser, Sie wissen die Wahrheit, gnädige Frau.« Die Witwenkleidung, fiel mir ein, mochte mir den Status einer gnädigen Frau zuweisen, darum widersprach ich nicht, sondern fragte: »Ja, bitte, sagen Sie mir doch, was vorgefallen ist.«

»Herr Masters wurde wegen staatsfeindlicher Umtriebe verhaftet und zu zweieinhalb Jahren Festungshaft verurteilt. Man hält ihn in Jülich gefangen.«

Mir wurde schwindelig, und die kräftige, junge Frau musste mich stützen, damit ich nicht zusammensank.

»Das ist ja entsetzlich«, murmelte ich.

»Die falsche, schafsköpfige Ziege mit ihrem Rattenhirn hat ihn verpetzt!«, fauchte Julia. »Er hat nichts Falsches getan.«

»Nein, dein Papa hat nichts Falsches getan.«

»Und er kommt ganz bestimmt nächsten Sommer wieder zurück.«

»Nächsten Sommer.« Meine Stimme klang tonlos in meinen Ohren.

»Können wir Ihnen irgendwie behilflich sein, gnädige Frau?«

»Nein. Nein, danke schön. Ich komme schon zurecht.« Ich rieb mir die Schläfen, dann verabschiedete ich mich von den beiden, wanderte gedankenverloren weiter und geriet so zu den Garnbleichen an der Wupper und in das Gebiet der heruntergekommenen Arbeiterbaracken. Hier zogen sich am Ufer die Industrieanlagen entlang, und im Wasser bildeten sich rote Schlieren von den Färbereien. Es war eine hässliche Gegend, in der aus hohen Schloten schwarzgelbe Rauchfahnen wehten.

Erst in einem halben Jahr würde Alexander Masters zurückkommen. So lange musste ich hier aushalten. Nur darum kreisten meine verstörten Gedanken. Ich sollte in der Zwischenzeit selbst etwas unternehmen, sagte ich mir. Der Weg nach Berlin war mir verwehrt, und wo sonst konnte ich hingehen? Vielleicht fand ich eine Stelle in einem Café oder als Köchin in einem Haushalt?

In der Innenstadt standen etliche vornehme Häuser der wohlhabenden Fabrikanten, doch der überwiegende Teil der Bevölkerung setzte sich aus Arbeitern zusammen. Die Gegenden, in denen sie hausten, ließen nicht darauf schließen, dass sich vornehme Cafés dort ansiedelten. Ein paar Tage lang bemühte ich mich, eine einigermaßen anständige Stellung zu bekommen, aber eine Ella Wirth aus Berlin, die nur ein Zeugnis vorzeigen konnte, das sie als Zuckerbäckerin auswies, brauchte niemand. Ich hingegen benötigte Geld, denn über ein halbes Jahr lang konnte ich die Summe, die Nadina mir mitgegeben hatte, nicht strecken. Also nahm ich schließlich eine Tätigkeit als Serviererin in einer Kneipe an. Es war eine zermürbende Arbeit in verräucherter Luft, die Gäste waren Arbeiter und Arbeiterinnen aus den Fabriken, die nur danach trachteten, sich so schnell wie möglich zu betrinken.

Erst hatte ich den Branntwein nur probiert, gegen die Kälte in meiner ungeheizten Kammer. Er half mir auch, tief und traumlos zu schlafen, wenn ich zwei, drei Gläser davon trank. Und irgendwann im neuen Jahr war die Flasche mein ständiger Begleiter und Tröster geworden. Ich achtete nicht mehr auf mein

Aussehen, verhielt mich schlampig bei der Bedienung und wurde im Februar von dem Wirt rausgeworfen.

Alles das interessierte mich schon lange nicht mehr an diesem kalten Märztag. Die Wupper unter meinen Füßen strömte eilig dahin, und mit müden Augen starrte ich in die Fluten. Immer im Kreis liefen meine Gedanken, und in einem nimmer endenden Refrain sangen sie: Ich habe alles verloren. Ich habe keine Kraft mehr.

»Fräulein, das ist gefährlich!«

Als eine Hand sich mir schwer auf die Schulter legte, zuckte ich zusammen.

»Lassen Sie mich los«, bat ich heiser und musste husten.

»Aber ganz bestimmt nicht. Kommen Sie von dem Geländer weg.«

Ich wurde unnachgiebig von der Brücke geführt, und dabei löste sich der Schal und rutschte von meinem Kopf.

»Großer Gott! Amara? Amara, sind Sie das wirklich?«

Verzweifelt schüttelte ich den Kopf.

»Ella, Ella Wirth.«

»Quatsch, Ella strampelt sich bei Nadina in Berlin ab. Was haben Sie nur angerichtet, Amara?«

Endlich hob ich den Kopf und erkannte den roten, buschigen Bart des Reisenden.

»Mac?« Ungläubig starrte ich ihn an.

»MacPherson, ganz der Leibhaftige. Auf der Durchreise nach Köln. Musste in diesem trübsinnigen Nest Halt machen, um ein paar Geschäfte abzuwickeln. Mädchen, Ihnen klappern ja alle Knochen im Leib. Kommen Sie mit ins Warme.«

Wieder ließ ich mich führen und landete in der Gaststube der Posthalterei. MacPherson bestellte mir einen Teller Suppe und Kaffee, und willenlos aß ich, während er mich beobachtete.

»Ich kann nicht glauben, was ich sehe, Amara. Sie waren immer so ein adrettes Mädchen«, sagte er dann leise. »Ich habe von dem Vorfall im vergangenen Herbst gehört.«

»Es war ein Unfall!«

»Natürlich. Was verschlug Sie ausgerechnet nach Elberfeld?«

Der Alkohol, den ich seit dem Aufstehen getrunken hatte, benebelte meine Gedanken noch immer, das warme Essen hatte mich schläfrig gemacht.

»Ist doch egal«, nuschelte ich, lehnte mich in die Ecke und schloss die Augen.

»Nein, es ist nicht egal.« MacPherson rüttelte an meinen Schultern. »Trink deinen Kaffee, damit du wieder nüchtern wirst.« Er hielt mir die Tasse an die Lippen, und gehorsam trank ich das starke schwarze Zeug aus, das schon seit geraumer Zeit auf dem Herd gestanden hatte.

»Igitt, ist das bitter.«

»Süße Schokolade gibt es hier nicht. Ich habe ein ganz annehmbares Zimmer gemietet. Du gehst jetzt nach oben und schläfst deinen Rausch aus. Und anschließend wäschst du dich. Du riechst, als hättest du mit deinen Röcken eine Schankstube aufgewischt.«

Das kam der Wahrheit ziemlich nahe, und noch einmal nickte ich gefügig.

»Wo wohnst du?«

»Im Island.«

»Mist, das ist eine üble Ecke.«

Ich hob nur müde die Schultern

»Ich helfe dir nach oben. Und später sehen wir weiter.«

MacPherson hatte wirklich ein geräumiges, einigermaßen gemütlich eingerichtetes Zimmer. Er half mir, die verdreckten Stiefel auszuziehen, und wickelte mich in eine rotkarierte Decke. Ich rollte mich vor dem Kamin auf dem abgetretenen Teppich zusammen und schlief sofort ein.

Als ich mit steifen Gliedern erwachte, wusste ich zunächst nicht, wo ich mich befand. Aber immerhin war mir warm, und mein Kopf fühlte sich einigermaßen klar an. Ich befreite mich von der Decke und sah aus dem Fenster in die trübe Abenddämmerung.

Posthalterei, ging es mir durch den Kopf. Im Hof stand eine hoch beladene Dilligence abfahrbereit. Der Kutscher verhandelte gestenreich mit einem Pferdeknecht, eine Frau im dunkelgrünen Reisemantel hielt einen kleinen Jungen an der Hand, der liebend gerne zu den Pferden gelaufen wäre, und zwei Herren kamen, mit zusammengerollten Zeitungen unter dem Arm, auf das Gespann zu. Vor einem halben Jahr war ich genau hier eingetroffen, zwar erschöpft und erschüttert, doch noch voll Hoffnung. Ich schüttelte den Kopf. Komisch, dass ich jetzt wieder hier gelandet war. Als ich mich vom Fenster abwandte, fiel mein Blick auf den Spiegel an der Wand.

Erschrocken zuckte ich zurück. Doch dann wagte ich einen zweiten Blick. Eine Fremde sah mir entgegen. Eine gealterte, magere Frau mit fahlem Teint und fettigen, ungekämmten Haaren. Dunkle Ringe umgaben meine Augen, und meine aufgesprungenen Lippen wirkten blass und rissig. Deutlich traten meine hohen Wangenknochen hervor, und ein Schmutzfleck klebte auf meinem Kinn. Ja, ich hatte mich seit Wochen völlig gehen lassen.

Jemand öffnete leise die Tür.

»Ah, du bist wach geworden.«

»Leider.«

»Die Magd bringt dir eine Wanne und heißes Wasser. Und ich habe dir ein paar anständige Kleider gekauft.«

»Warum, Mac?«

»Weil ich dich schon lange kenne.«

Die Magd polterte mit der Zinkwanne herein und schob sie vor den Kamin, der Reisende legte eine Schachtel mit Kleidern auf das Bett.

»Ich lasse dich alleine, Amara. Die Magd geht dir zu Hand, wenn du Hilfe brauchst. Du findest mich unten. Dort reden wir.«

Es war nur eine Sitzbadewanne, aber mit dem heißen Wasser wusch ich mich gründlich und ließ mir von der Magd helfen, meine langen Haare auszuspülen. Entsetzt sah ich an mir hinab, als ich das Handtuch an mich nahm. Mein Gott, war ich mager geworden! Jede Rippe konnte man erkennen, und die Hüften standen regelrecht eckig hervor. Entsetzt von meinem eigenen Aussehen zog ich die Wäsche, Bluse, Unterrock und den einfachen grauen Rock an. Dabei dachte ich an den Reisenden. Bei Mutters Hochzeit mit Fritz Wolking hatte ich ihn das erste Mal getroffen. Danach tauchte er alle vier, fünf Monate auf und nahm unsere Bestellungen an Kolonialwaren entgegen.

Ich ergriff die Bürste und stellte mich, während ich die Haare entwirrte, erneut meinem Spiegelbild. Was sah der Reisende in mir, dass er bereit war, mir so uneigennützig zu helfen? Bestimmt nicht die adrette Bäckerin, nicht die freundliche Serviererin und gewiss nicht eine Frau, die ihm das Bett wärmte. Oder er hatte sehr seltsame Neigungen. Aber das konnte ich nicht glauben. Mac war schon vor Jahren ein Bestandteil meines Lebens geworden. Er machte nicht nur seine Geschäfte mit uns, sondern brachte auch immer allerlei interessante Neuigkeiten mit, Warenproben und Hinweise auf neue geschmackliche Moden, ausgefallene Rezepte und sogar neuartiges Handwerkszeug. Früher hatte ich nicht viel darüber nachgedacht, aber inzwischen hatte ich mitbekommen, dass es ein ganzes Netz derartiger Handlungsreisender gab, die Bestellungen von Einzelhändlern und Endverbrauchern auf ihren Routen sammelten und an die großen Kontore in den Hafenstädten weitergaben. MacPherson reiste immer auf demselben Weg von Hamburg nach Bremen, von dort Richtung Süden nach Köln, dann gen Osten über Hannover und Magdeburg weiter bis nach Berlin. Von der Hauptstadt führte ihn sein Weg zurück nach Hamburg. Sein Aufenthalt in Elberfeld war also so ungewöhnlich nicht.

Plötzlich schämte ich mich, von ihm so heruntergekommen aufgeklaubt worden zu sein. Andererseits – vielleicht wusste er Neuigkeiten. Vielleicht gab es sogar eine neue Hoffnung, nach Berlin zurückzukehren. Nachdenklich flocht ich die feuchten Haare zu einem festen Zopf, und mit frischerem Mut als seit Wochen stieg ich die Treppe hinunter in den Schankraum. Ich erkannte seinen wilden roten Schopf sofort hinter einem Ecktisch und schlängelte mich durch die zahlreichen Gäste zu ihm.

»Schon besser, Mädchen. Viel besser. Jetzt essen wir noch etwas Ordentliches. Und du erzählst mir, was passiert ist.«

Ich tat es bei einem Stück gebratenem Huhn, das erstaunlich zäh war, und er hörte mir, bis auf wenige Zwischenfragen, schweigend zu.

»Ich habe nichts falsch gemacht, Mac. Als Melli im Gefängnis stand, konnte ich sie doch nicht wegschicken«, schloss ich meinen Bericht.

»Ich weiß nicht. Ich komme viel herum, Amara, und du wirst in vielen Orten per Signalement gesucht. Zum Glück ist die Beschreibung recht oberflächlich, und wenn du der Obrigkeit nicht auffällst, wird dich niemand überführen. Aber es wäre besser gewesen, du hättest dich dem Gericht gestellt. Der junge Arzt hat ausgesagt, sein Freund sei am Wundstarrkrampf erkrankt und bei den dadurch ausgelösten krampfartigen Zuckungen in das Messer gefallen. Dieser Version hätte man sicher mehr Glauben geschenkt als der, dass du einem Gast bei vollbesetztem Café vorsätzlich die Gurgel durchgeschnitten hättest. Deine Flucht lässt das aber in einem anderen Licht erscheinen.«

Ich ließ den Kopf hängen. »Ich war wie von Sinnen damals.«

»Das lasse ich gelten. Aber hier warst du nicht mehr von Sinnen. Hier hast du dich um den Verstand getrunken.« Er sah mich lange an und lächelte dann. »Ich erinnere mich noch an deinen Bericht, wie du einem alten Wüstling den Daumen ausgerenkt hast. Damals dachte ich, es müsse eine gehörige Portion innerer Kraft und Mut in dir stecken. Ich habe dich auch bei Nadina resolut auftreten sehen. Du hast eine sichere Art, renitente Gäste zur Räson zu bringen, unverschämte Lieferanten zurechtzuweisen und sogar mit mir zäh zu verhandeln. Wo ist diese Energie geblieben? Woran bist du zerbrochen, Amara?«

Ich trank meinen Kaffee, diesmal war er frisch aufgebrüht, und mir ging auf, dass Mac gerade einen entscheidenden Punkt berührt hatte. Woran bin ich zerbrochen? An dem Verlust Gilberts? Sein Tod und die Umstände, die dazu geführt hatten, waren schrecklich, aber schon jetzt hatte ich Schwierigkeiten, mir sein Gesicht vorzustellen. An dem Verlust von Nadina und Melli? Ja, das war gewiss ein Grund. Sie waren meine Familie, Freunde, Geschäftspartner, alles in einem. Sie waren mein Halt von dem Augenblick an, als ich meine Mutter verloren hatte. Zu ihnen hatte mich Alexander Masters geführt, und in meiner durch Schmerz und Erschütterung eingeengten Sicht wollte ich in ihm erneut den Retter sehen. Aber er kämpfte gerade mit seinen eigenen Problemen. Es war dumm von mir, mich ausschließlich auf ihn zu konzentrieren. Zu hoffen, dass er mich ein zweites Mal auffangen und mir den Weg in eine bessere Zukunft weisen würde. Was sollte ihm schon an mir liegen? Wir waren uns nur flüchtig begegnet – ein verstörtes, junges Mädchen und ein ehrgeiziger Mann mit eigenen, hohen Zielen. Weil ich das nicht einsehen wollte, weil ich mit dieser Erwartung auf Erlösung hergekommen war, hatte ich mich einer Illusion hingegeben. Weil sie nicht zur Wirklichkeit wurde, hatte ich mich aufgegeben und war daran gescheitert.

»Ich habe einer wirren Vorstellung nachgehangen, Mac. Soeben ist mir das aufgegangen.« Ich strich mir über die Augen, müde und trostlos, denn die Erkenntnis war bitter. »Ich wollte gerettet werden, aber der Retter war – verhindert. Ich habe mich nicht mehr auf mich selbst besonnen, das war mein Fehler. Ich weiß auch nicht, warum, Mac. Früher, da hatte ich Wünsche, auf deren Erfüllung ich hinarbeiten wollte. Doch inzwischen ist meine Sehnsucht gestorben. Daran bin ich zerbrochen.«

»Wonach hast du dich gesehnt, Amara?« Macs Stimme war leise, fast liebevoll, und seine Hand deckte sich über meine. Die Geste brachte mich dazu weiterzureden, auszusprechen, welchen Weg meine Gedanken nahmen, ohne dass ich sie daran hätte hindern können.

»Das Schlimme ist, ich weiß sogar das nicht mehr. Als meine Mutter noch lebte, da wollten wir unbedingt ein Café aufmachen. Dann starb Fritz und kurz darauf sie. Aber Nadina hat mir geholfen, diesen Wunsch doch zu verwirklichen. Zu ihr kann ich nicht mehr zurück.«

»Mach dein eigenes Café auf.«

»Wie denn? Ich habe kein Geld, eine falsche Identität, werde steckbrieflich wegen Mordes gesucht …«

»Das sind zugegebenermaßen gewisse Hürden. Hätte Masters dir darüber hinweghelfen können?«

Verblüfft sah ich den bärtigen Schotten an.

»Nein. Nein, wahrscheinlich nicht. Ich bin naiv gewesen, nicht wahr?«

»Kurzsichtig. Aber frag dich etwas anderes – warum wolltest du denn früher ein Café führen?«

»Weil es da immer so gut riecht«, war meine prompte Erwiderung, und ich musste auflachen, weil ich von meiner Antwort selbst überrascht war. »Ja, das war wohl ganz am Anfang der Grund. Ich habe schon als ganz kleines Kind den Geruch von Kakao geliebt. Meine Mutter war für die Zubereitung zuständig, und – ja, irgendwie ist die Geborgenheit und Zärtlichkeit, die sie mir gegeben hat, das, was ich mit diesem Duft verbinde.«

»Hast du Geborgenheit und Zärtlichkeit von Masters erwartet?«

»Großer Gott, nein.«

»Nein?«

Aber er hatte auf andere Weise recht. Die Geborgenheit hatte ich verloren, und auch daran war ich zerbrochen. Geborgenheit würde ich nicht mehr finden. Langsam nickte ich.

»Es stimmt. Mac. Danach habe ich wohl gesucht. Nach einem Kindertraum.«

Um uns herum war es laut, Gäste riefen nach Getränken, Stühle scharrten über die Holzbohlen, man unterhielt sich lebhaft, in einer Ecke wurde mit vehementem Klopfen auf den Tisch Karten gespielt, Pfeifenrauch hing in der Luft, und ein kleiner Hund kläffte unter dem Tisch.

Niemand schenkte uns Aufmerksamkeit, einer mageren, jungen Frau in unscheinbaren Kleidern und einem großen rothaarigen Mann in mittleren Jahren. Niemand nahm Anstoß daran, dass er mir den Arm um die Schultern legte und mich an sich zog.

»Ach Mac!«, sagte ich leise und lehnte meinen Kopf an seine Brust. Der Tweed seiner Jacke war kratzig und roch nach Tabak.

»Geborgenheit sucht ein Kind, Amara. Aber du bist erwachsen geworden.«

»Bin ich das?«

»Langsamer als andere. Du bist immer beschützt worden.«

Wie wahr, überlegte ich und schloss die Augen. Ich hatte eine behütete Jugend gehabt. Und als das Unglück mich ereilte, hatte ich vorausgesetzt, dass mich wieder ein gütiges Schicksal befreite. Das tat es aber nicht, und stattdessen beging ich Fehler über Fehler.

»Ich habe immer genommen, nie gegeben«, murmelte ich.

»Richtig.«

»Ich bin so einsam.«

»Daran kann ich auch nichts ändern.«

»Ich weiß.«

Er nahm mein Kinn in seine Hand und hob mein Gesicht an. Seine Augen waren braun und blickten warm. »Aber eine Nacht lang Zärtlichkeit und Geborgenheit kannst du von mir haben, *mo puiseag.*«

»Wird mir das helfen, Mac?«

»Vielleicht weißt du dann besser, wonach du suchst.«

»Dann lass uns gehen.«

Wir stiegen, von den Gästen kaum beachtet, die Treppe empor zu MacPhersons Zimmer.

Er hielt, was er versprochen hatte. Er war zärtlich und sanft und nahm mir die Scheu vor der körperlichen Liebe. Es war eine ganz andere Erfahrung als die, die ich zuvor gemacht hatte.

Weder die Tändeleien mit Giorgio noch die zurückhaltenden Liebkosungen Julius' oder die feinfühligen Handküsse Gilberts hatten derartige Gefühle hervorgerufen. Mac nahm mich mit in eine Welt der Ekstase und weckte ein bislang sorgsam unter Verschluss gehaltenes ungezähmtes Tier.

Ich wachte auf, als die Sonne ins Fenster schien. Noch lag ich in seinen Armen, den Kopf an seine rotbehaarte Brust gelehnt. Er mochte über vierzig sein, sein Bauch nicht mehr straff, seine Augen von unzähligen Fältchen umgeben, und in seinem Bart schimmerten vereinzelte weiße Haare. Ja, Mac hatte mir Geborgenheit geschenkt, einmal noch, stellte ich zufrieden und gelöst fest. Aber er würde abreisen – er war ein unsteter Wanderer – und mich wieder allein lassen. Wir würden einander wiedersehen, und ob sich eine solche Nacht wiederholen konnte, würde von den Umständen abhängen. Andererseits ...

Er regte sich, und ich legte meine Hand auf seine Brust.

»Wach, *mo puiseag*?«

»Ja, Mac. Sag, in welche Richtung reist du?«

»Nach Köln, noch heute.«

»Gut, Mac. Nimm mich bitte mit. Nach Köln. Nicht weiter. Ich glaube, dort habe ich bessere Möglichkeiten, meinen Traum zu finden, als in Elberfeld.«

»Das, Amara, würde ich jederzeit unterschreiben«, sagte er mit einem Grinsen und zog mich noch einmal in seine Umarmung.

Ein Häuschen auf dem Lande

O, Zuversicht und Jugendblut,
Wie schön vollendet ihn der Mut!
Er reift zum Mann, er kehrt zurück,
Er baut sein Haus und sucht sein Glück.

Der Mensch, Hessemer

»Hannes, halt mal das Rohr!«, forderte Alexander den untersetzten Jungen auf, der mit seinen großen Händen bereitwillig das Blechrohr übernahm. Es war eine Knochenarbeit, die Alexander sich aufgehalst hatte, aber sie erfüllte ihn mit Befriedigung. Nach zweieinhalb Jahren in der Festung Jülich, in der er nur über eine karge Kammer verfügt hatte, war in ihm die Sehnsucht nach einem eigenen Haus geradezu bis ins Unermessliche gewachsen. Die Stelle bei Meister Nettekoven hatte er unter anderem auch darum angenommen, weil der ihm als Wohnung das alte Schusterhaus seines verstorbenen Onkels angeboten hatte. Seine Freizeit verbrachte er nun damit, es zu modernisieren. Der Einbau einer Wasserleitung vom Brunnen in die Küche war eine der vielen Maßnahmen, die er sich vorgenommen hatte, um sich eine größtmögliche Bequemlichkeit zu verschaffen. Der Sohn des Werkzeugmachers half ihm dabei, wenn es um einfache, aber Kraft erfordernde Arbeiten ging. Hannes war zurückgeblieben, er hatte sich geistig nicht weiter als ein Siebenjähriger entwickelt und litt außerdem an einer Hasenscharte, die ihm das Sprechen sehr erschwerte. Aber er war ein gutmütiger Geselle und schien bei der Ausführung einfacher Arbeiten ganz glücklich zu sein. Als Alexander in den Betrieb eingetreten war, bestand seine Aufgabe darin, die zwei schweren Ackergäule im Pferdegöpel zu führen. Die Tiere wirkten trotz der harten Arbeit wohlgenährt und gepflegt, und das war vor allem sein Verdienst. Er kümmerte sich darum, dass sie nicht überfordert wurden, ausreichend Futter und Wasser bekamen, er hielt ihren Stall in Ordnung und versorgte auch den alten Hund, der ihm überallhin getreulich folgte.

»Der Baumeister von Hoven schickt Sie? So, so«, war Meister Nettekovens erste Reaktion gewesen, als Alexander im September bei ihm auf der Schwelle stand und um eine Unterredung bat. Das Schreiben von Waldeggs Bruder David, der einer von Nettekovens größten Kunden war, war ihm hierbei dienlich gewesen. Er hatte es durch die Vermittlung von Antonia Waldegg erhalten, die kurz vor seiner Entlassung mit dem Vorschlag kam, er solle sich nach Bayenthal wenden, um dort dem Werkzeugmacher zur Hand zu gehen.

»Er hat viel Pech gehabt, der gute Nettekoven. Aber David sagt, er arbeitet präzise und pünktlich. Und wenn sein Sohn nicht bei Bingen im Rhein ertrunken wäre, hätte er in seinem Betrieb auch schon eine der modernen Dampfmaschinen eingesetzt.«

Alexander hatte zwar eine ganze Reihe anderer Pläne, und die Arbeit in einer Schmiede in einem winzigen Kaff vor den Toren Kölns gehörte eigentlich nicht dazu. Aber seine Bewerbungsschreiben an größere Unternehmen waren entweder gar nicht oder abschlägig beantwortet worden. War die Festungshaft auch eine Ehrenstrafe, die den Betroffenen nicht stigmatisieren sollte, so hatten die Unternehmer dennoch gewisse Vorbehalte gegenüber einem Mann, so brillant er auch als Techniker sein mochte, der wegen aufrührerischer Gesinnung verurteilt worden war.

Nettekoven hatte seine Referenzen durchgesehen und dann gefragt: »Warum wollen Sie ausgerechnet zu mir, Herr Masters?«

»Weil ich Abstand zwischen der Festung Jülich und mir suche.«

»Aha.«

»Stört es Sie?«

»Nein.« Nettekoven schnaubte und schob die Papiere mit seinen schwieligen Händen zusammen. »Kann ich verstehen. Hier kreuzen keine Regierungsspitzel auf, sonst hätten wir uns dort schon kennengelernt. Aber viel zahlen kann ich Ihnen nicht. Gewiss nicht so viel wie Egells oder Reinecke.«

»Ich bin mit wenig zufrieden, aber wenn es gut läuft, könnten wir über eine Gewinnbeteiligung reden.«

»Könnten wir. Vorerst kriegen Sie das Schusterhaus, essen können Sie mit uns, und die Wäsche macht die Magd mit. Was ist mit Ihrer Familie?«

Das war eine schwierigere Frage als die nach der Festungszeit. Was Reinecke anbelangte, antwortete er ehrlich, was seine Abstammung betraf, blieb er vage. Was hätte es schon genutzt, dem braven Werkzeugmeister zu erklären, dass er der verlorene Sohn eines preußischen Adligen war. Nettekoven bohrte nicht weiter nach und beendete die Unterredung mit der Aufforderung: »Nun sehen Sie sich erst einmal um.«

Das hatte er getan und eine ordentliche Werkstatt vorgefunden, in der drei Arbeiter Metall verarbeiteten. Ein Hammerwerk, eine Schleifmaschine und ein Walzwerk wurden von einer unter dem Dach liegenden Welle angetrieben, die zu einer offenen Halle führte, in der die Pferde im Geschirr im Kreis gingen. Sie trieben den riesigen, quietschenden Zahnkranz an, der sich über ihnen drehte und somit über verschiedene Übersetzungen die Kraft auf die Maschinen übertrug.

»Mein Sohn, Gott hab ihn selig, hat eine Dampfmaschine gebaut«, erklärte Nettekoven, und Alexander hörte Trauer in seiner Stimme.

»Ich verstehe mich auf Dampfmaschinen. Wenn Sie wollen, prüfe ich, wie man sie hier einsetzen kann.«

»Mir sind die Dinger nicht ganz geheuer, aber der Sohn hat sich darin verbissen. Hat sich auf Dampfschiffen verdingt. Als Maschinist. Um mehr darüber zu lernen. Tja, und dann hat er sein Leben dabei gelassen.«

»Ich habe es gehört. Es tut mir leid, Herr Nettekoven.«

»Und der Hannes ist blöd geblieben. Aber er ist ein guter Jung.«

Vor einigen Jahren, dachte Alexander, hätte ihn das Schicksal dieses Mannes völlig kalt gelassen. Vermutlich hätte er auch nie und nimmer eine solch erbärmliche Stelle angenommen. Aber in der Zwischenzeit hatte sich einiges geändert. Er war einunddreißig Jahre alt, hatte – wie er nun wusste – aus Leichtsinn und Übermut seine einflussreiche Familie verloren, sich aus eigener Kraft hochgearbeitet und aus eigener Kraft in die Scheiße gesetzt. So sah er es, und die Einsicht der letzten Tat hatte ihn toleranter gegen Schwächen und Fehler anderer gemacht. Er verspürte hier, in dem altertümlichen Pferdegöpel, den Wunsch, dem Werkzeugmacher zu helfen.

»Zeigen Sie mir die Maschine«, bat er.

Es war ein ordentliches Stück Handwerkskunst, was der junge Nettekoven da zusammengeschmiedet hatte. Alexander untersuchte das Maschinchen gründlich, machte sich ein paar Notizen und begann zu zeichnen und zu berechnen. Eine Woche später saßen er und der Schmied zusammen und besprachen die notwendigen Änderungen, die Teile, die verbessert oder neu gemacht werden mussten. Im Oktober fauchte das erste Mal das Ventil des Wasserkessels. Im Beisein aller Arbeiter und Handlanger, Nettekovens und seiner Familie legte Alexander den Hebel um, und der heiße Dampf schoss in den Zylinder. Ganz langsam schob sich der Kolben vor und bewegte die Pleuelstange, kehrte zurück, bewegte sich rascher vorwärts, zurück, vor, zurück … Schneller und schneller eilte der Kolben hin und her, trieb die Pleuelstange das große Schwungrad an, griffen die Zahnräder der Übersetzung ineinander und hätten die Transmissionswelle in Rotation versetzt, wäre sie bereits eingekuppelt gewesen.

Begeistert applaudierten die Arbeiter und Nettekoven vor der Maschine.

»Zwanzig Pferdestärken, schätze ich. Und man könnte noch

mehr herausholen. Wollen Sie sie einsetzen, Meister Nettekoven?«

»Zwanzig Pferdestärken!«, staunte einer der Männer. »Das Zehnfache dessen, was die Gäule leisten. Wir könnten die Bohrer damit antreiben. Und den Draht ziehen.«

Nettekoven kratzte sich am Kopf und fuhr sich über das Kinn.

»Möglichkeiten, sie birgt Möglichkeiten. Aber das will gut überlegt sein.«

»Ein wenig habe ich schon überlegt, Meister Nettekoven«, sagte Alexander grinsend.

»Losse mer bloß denne Meister fott, Masters. Der bees wohl du. Isch bin ewwer nur der Nägeles-Jupp.«

Als das Lachen verebbt war, reichte Alexander ihm die Hand und sagte: »Meister Jupp also.«

Das war vor drei Monaten gewesen, inzwischen lief die Dampfmaschine zufriedenstellend und trieb auch zwei neue Geräte an. Einzig Hannes war unglücklich über die Veränderung. Er hatte gerne die Pferde geführt. Jetzt gab es für ihn keine Aufgabe mehr, und er saß ein paar Tage stumpf vor sich hin brütend in der Küche bei seiner Mutter.

»Wir können ihn nicht an der Maschine arbeiten lassen, Josef. Das ist zu gefährlich«, hatte Alexander eines Abends beim gemeinsamen Essen gesagt. »Aber er kann gut mit Tieren und Pflanzen umgehen, glaube ich. Und ich hätte gerne ein paar Beete hinterm Haus angelegt.«

»Zeig ihm, was er machen muss. Vielleicht kommt ihr miteinander zurecht.«

Alexander hatte Probleme, die gutturalen Laute zu verstehen, mit denen Hannes sich verständigte, aber irgendwie schafften sie es. Als Erstes grub er ein rechteckiges Stück Boden um und setzte Kartoffeln. Danach half der Achtzehnjährige bei einfachen Arbeiten am Haus, die Alexander begonnen hatte. Und nun, Anfang Dezember, waren sie gemeinsam damit beschäftigt, die Wasserleitung zu verlegen. Dazu nutzten sie die hellen Stunden in der Mittagszeit, und da die Tage noch immer frostfrei waren, kamen sie recht gut voran.

Das efeuüberwachsene Fachwerkhäuschen war nicht groß und schon fast hundert Jahre alt. Unten rechts hatte der Schuhmacher seine Werkstatt eingerichtet, ein großer Kamin an der Rückseite diente als Heizung und Herdstelle, linkerhand befand sich das, was man wohl als »gute Stube« bezeichnen konnte. Eine schmale hölzerne Stiege führte zu zwei Räumen und einer kleinen Kammer unter dem Schieferdach. Das eine Zimmer war mit einem massiven Pfostenbett eingerichtet, dessen staubige Vorhänge Gisa Nettekoven naserümpfend in die Wäsche geworfen hatte. Josefs Frau war eine wortkarge, müde Vierzigjährige, die den Tod ihres Sohnes noch nicht verwunden hatte. Aber sie half Alexander, sich einzurichten, und steuerte sogar etwas Bettwäsche bei.

Als Erstes hatte Alexander den Lehmboden in Werkstatt und Diele mit Holzbohlen ausgelegt und um die Feuerstelle Schieferplatten verlegt. Er plante, eine weitere Wand einzuziehen, was ihm ermöglichte, unten sein Arbeitszimmer und eine Küche einzurichten. Noch gab es keinen Herd, sondern nur eine kniehoch gemauerte Kochstelle. Aber auch das wollte er ändern. Der Baumeister von Hoven, der einige Tage zuvor vorbeigekommen war, um mit Nettekoven einen neuen Auftrag durchzusprechen, hatte ihm versprochen, im Januar zwei seiner Leute vorbeizuschicken, die ihn bei den Umbauarbeiten unterstützen sollten. Alexanders ehrgeizigstes Projekt aber war das Einführen einer Wasserleitung. In England, im Haus von Dettering, hatte er den Vorteil von fließendem Wasser und vor allem das ungemein praktische *water closet* kennengelernt, einen Luxus, den er seither vermisst hatte. Da er über ausreichende technische Kenntnisse verfügte, hatte er schon einen Wassertank unter dem Dach installiert und die Hofpumpe mit Rohrleitungen verbunden, damit er nur einmal am Tag das notwendige Wasser hochpumpen musste. Das *water closet* fand seinen Platz in dem Kämmerchen im Obergeschoss, durch eine weitere Leitung konnte er die Wanne, die er in seinem Schlafzimmer hinter einer spanischen Wand einbrachte, befüllen. Ins Grübeln hatte ihn die Entsorgung des Wassers gebracht, bis er auf die Idee kam, eine Sickergrube hinter dem Haus auszuheben und auch dorthin Rohre zu verlegen. Hannes, kräftig und willig, hatte geschaufelt und geschippt, dann hatten sie den Holzkasten eingebracht und wieder abgedeckt. Einer der Bauern erklärte sich bereit, ihn regelmäßig zu entleeren, so wie es auch bei den anderen Dorfbewohnern üblich war, und den Inhalt auf dem Feld zu verteilen. Das Landleben, fand Alexander, barg immer neue Überraschungen.

Als sich dicke Wolken vor die niedrig stehende Sonne schoben, zog er die letzte Rohrschelle fest und betrachtete zufrieden sein Werk. Hannes neben ihm gab einen fragenden Laut von sich, und er antwortete: »Ja, Junge, damit sind wir fertig. Du hast mir sehr geholfen. Was hältst du von einer Belohnung?«

Das Gesicht des Jungen verzog sich zu einem breiten Grinsen. Mit Geld konnte er nicht viel anfangen, aber Alexander hatte herausgefunden, dass er Süßigkeiten über alles liebte. Er war am Vortag in Köln gewesen, um Materialbestellungen zu tätigen, dabei hatte er auch einen kleinen Vorrat an Naschwaren eingekauft. Sie wuschen sich an der Pumpe die Hände, und Hannes folgte Alexander auf dessen Aufforderung in die Stube. Vier kandierte, mit Schokolade überzogene Früchte reichte er ihm, und Freude leuchtete aus den Augen des Jungen. Aber er ließ die Handflächen offen und hielt sie Alexander hin. »Hu auch!«

»Nein, nein, sie sind nur für dich.«

Begeistert steckte Hannes sich eine davon in den Mund, und seine Miene verhieß reinstes Entzücken. Dann aber drehte er sich zu dem alten Hund um, der wie üblich an seiner Seite hockte, und bot dem Tier ebenfalls eine Schokoladenfrucht an.

Hasso schnüffelte daran und schüttelte den Kopf. Alexander musste lachen. Es wirkte so menschlich.

»Ich glaube, ein Wurstzipfel wäre ihm lieber. Komm mit, wir schauen, was die Speisekammer bietet.«

Glücklich zogen Herr und Hund kurz darauf von dannen, und Alexander blickte ihnen nach. Dann räumte er die Werkzeuge fort und kehrte in die Fabrik zurück.

Seine Tage waren ausgefüllt mit der Arbeit in der Werkzeugschmiede, wo er sich hauptsächlich um die Verbesserung der Fertigung und den Betrieb der Dampfmaschine kümmerte, und seinen Renovierungstätigkeiten. Aber er fand auch Zeit, seine Korrespondenz wieder aufzunehmen. Zum einen hielt er ständigen Kontakt zu Erik Benson in Elberfeld. Er hatte, als sich seine Zeit in der Festung dem Ende näherte, bei dem Juristen angefragt, wie sich die Stimmung bei seinem Schwiegervater und seiner Frau entwickelt hatte. Die Antwort war nicht sonderlich ermutigend ausgefallen. Erik hatte Reineckens aufgesucht und vorsichtig vorgefühlt, doch die Reaktion war ablehnend. Der Unternehmer erklärte rundheraus, er wolle mit Alexander nichts mehr zu tun haben, Paula habe mit leidender Miene dabeigesessen und leise darüber geklagt, welches schwere Leid ihr Gatte ihr angetan habe. Einzig Julia, die sich in der Obhut der Gouvernante zu einem verständigen Mädchen entwickelt habe, hatte sich heimlich nach ihm erkundigt. Sie war inzwischen acht Jahre alt und besuchte die zweite Klasse der Schule, und Alexander hatte ihr über Erik einen Brief zugesandt. Zu seiner großen Freude war schon nach wenigen Tagen Antwort gekommen. Orthographisch noch verbesserungsfähig, aber leidenschaftlich in der Formulierung teilte Julia ihm mit, wie sich ihr Leben derzeit gestaltete, sprach von Schreib- und Rechenunterricht, von Heimatkunde und Handarbeiten, von Schulfreundinnen und langweiligen Teenachmittagen. Sie schwärmte von dem strengen, aber sehr gebildeten Fräulein Berit, die manchmal ganz furchtbar lustige Bemerkungen machen konnte. Die sauertöpfische Kinderfrau schien keinen großen Einfluss auf sie zu haben, die träfe sich lieber mit ihrer Freundin, der Witwe Kantholz, die aussah, als sei sie in Bittersalz eingelegt worden.

Ihr Sohn, der Regierungsassessor Karl August Kantholz, hingegen schien seine Zelte in Elberfeld abbrechen zu wollen, teilte Erik mit. Er sei befördert und dem Kurator der Friedrich-Wilhelm-Universität zu Bonn als Assistent zugeteilt worden. Man atme allenthalben auf, schrieb er, nur der Zahnarzt bedauere seinen Fortgang. Denn Karl August war ein häufiger Gast in seinem Behandlungszimmer. »Und da der Zahnbrecher, wie du weißt, ein guter Turnerkamerad ist, behandelt er unseren Freund besonders zuvorkommend. Betrachte es als eine kleine Form der Rache, Alexander.«

Alexander hatte auch an Nadina geschrieben, doch die Antwort von ihr ließ auf sich warten. Mit dem Baumeister von Hoven stand er ebenfalls in Kontakt, und über ihn erhielt er auch eine Einladung zu einem Treffen der Kölner Ingenieure und Techniker. Waldegg hatte seinem Partner Lindlar das Manuskript des technischen Ratgebers überlassen, das Alexander noch während seiner Festungszeit fertiggestellt hatte, und diese Veröffentlichung hatte ihm in fachkundigen Kreisen einen gewissen Ruf verschafft.

Es hatte ihm ebenfalls die Bekanntschaft mit Laura von Viersen eingebracht. Im Sommer hatte er in der Artilleriewerkstatt von Deutz einen Vortrag über Dampfmaschinen gehalten, dem auch die Gattin des Kommandeurs beiwohnte. Zunächst erstaunte es ihn, eine Dame unter den Offizieren zu entdecken, die sich offensichtlich für technische Fragen interessierte. Doch als sie ihm bei dem anschließenden geselligen Beisammensein vorgestellt wurde, gewann er in dem kurzen Gespräch mit ihr den Eindruck, eine sehr kluge und nachdenkliche Frau kennengelernt zu haben. Eine schöne, gepflegte Frau, vielleicht fünf oder sechs Jahre älter als er, mit vielseitigen Interessen. Und traurigen Augen.

Diese Augen hatte er nicht vergessen können und die großzügige offene Einladung angenommen, als er das nächste Mal nach Deutz gekommen war. An jenem Nachmittag hatte er Frau von Viersen alleine angetroffen, und in der halben Stunde, die er in ihrem Salon verbrachte, war ein hauchzartes Gespinst entstanden, das zu gewissen Hoffnungen Anlass gab. Er war sich vollkommen im Klaren darüber, was diese Beziehung bedeutete. Sie waren beide verheiratet und gleichermaßen unglücklich mit ihren Ehepartnern. Oberst von Viersen war ein kühler, desinteressierter Gatte, der seine Zeit weit lieber mit den Kameraden verbrachte als mit seiner Frau. Kinder hatten sie nicht, und so führte Laura ein einsames Leben, das sie mit Lektüre und dem Besuch allerlei kultureller Veranstaltungen ausfüllte.

Man würde sich begegnen. Alexander wollte dafür sorgen. Er sehnte sich nach weiblicher Gesellschaft, nicht nur nach Zärtlichkeit und Intimität, sondern auch nach Unterhaltung und Gedankenaustausch.

Insgesamt kam sein Leben allmählich wieder ins Lot, aber trotzdem schob er das Verfassen eines wichtigen Briefes immer wieder weit von sich weg. Noch war er nicht bereit, den Grafen von Massow darüber in Kenntnis zu setzen, dass sein Sohn und Erbe am Leben war. Erst wollte er sich aus eigener Kraft das schaffen, was er vor beinahe zweiundzwanzig Jahren verloren und was er in der ganzen Zeit nie besessen hatte – ein eigenes Haus, ein eigenes Heim.

Aber seiner Tochter Julia schrieb er einen langen Brief und schilderte ihr darin das Häuschen und wie er es einzurichten plante. Und mit einem kleinen Lächeln fügte er auch die Episode hinzu, wie der großherzige Hannes seinem alten Hund seine geliebten Schokoladenfrüchte angeboten hatte.

Ein möblierter Herr mit Wintergarten

Diejenigen, die vernünftig essen,
sind zehn Jahre jünger als jene,
denen diese Wissenschaft fremd ist.

Jean Anthelme Brillat-Savarin

Jan Martin wühlte in Blumenerde, eine Beschäftigung, der er besonders gerne nachging. Dass er es in seinen eigenen vier Wänden tun konnte, befriedigte ihn besonders. Gut, es waren gemietete Wände und auch nur eine Etage einer vornehmen Villa, aber die beste, und der verglaste Erker, in dem er werkelte, bot eine wunderbare Aussicht auf den Rhein. Nicht ausschließlich zu dekorativen Zwecken pflanzte er Bromelien und Bananenbäumchen, Anthurien und Bougainvilleen, obwohl manche Blüten ihn erfreuten. Es war vornehmlich sein botanisches Interesse an den tropischen Pflanzen. Derzeit pikierte er die eben gekeimten Gloxinien, deren staubfeinen Samen er vor zwei Wochen von dem Inspektor des botanischen Gartens, Wilhelm Sinning, erhalten hatte.

Seit einem Jahr lebte Jan Martin in Bonn. Nach dem furchtbaren Unglück in Berlin war er eine Weile zutiefst erschüttert gewesen. Der gewaltsame Tod seines Freundes Gilbert hatte ihm stark zugesetzt. Dennoch bewahrte er die Fassung und versuchte, die Angelegenheiten zu regeln. Eine der schwersten Pflichten war es, die Familie Valmont vom Ableben ihres Sohnes zu unterrichten. Aber er hatte auch versucht, Amara zu helfen. Er machte seine Aussagen gegenüber den Behörden, und man erlaubte ihm sogar, der ärztlichen Untersuchung des Leichnams beizuwohnen. Sein Berliner Kollege war skeptisch gewesen. Selbstverständlich kannte auch er die Symptome des Wundstarrkrampfes, aber er wies darauf hin, dass sich an Gilberts Körper keinerlei Verletzungen fanden, die diese Krankheit hätten auslösen können. Jan Martin widersprach vehement. Auch oberflächliche, schon verheilte Wunden konnten Ursache dafür sein. Man stimmte ihm unter Vorbehalt zu. Immerhin *hatte* das Opfer unter heftigen Krämpfen gelitten, das hatten mehrere Zeugen beobachtet.

Aber dann war Amara aus dem Untersuchungsgefängnis entwichen, und man war sich einig, sie müsse tatsächlich etwas mit Gilberts Tod zu tun gehabt haben.

Was, darüber bestand allerdings Unklarheit.

Jan Martin glaubte weiterhin an ihre Unschuld, aber auch er fragte sich immer wieder, was der Auslöser der Krämpfe gewesen war. Hatte sein Freund irgendeine giftige Substanz zu sich genommen? Hatte er an einem Schaden des Gehirns gelitten? Er klagte manchmal über Kopfschmerzen, die er aber nicht besonders ernst genommen hatte. War es ein plötzlicher epileptischer Anfall, der durch irgendetwas ausgelöst worden war? Noch einmal erkundigte er sich sehr eingehend bei Madame Galinowa, woher sie den Kakao bezog und wie sie das Getränk herstellten, konnte aber auch dabei nichts Auffälliges finden. Flüchtig streifte ihn der Gedanke, ob Baroness Dorothea Gilbert etwas anderes als Muskatnuss in den Kakao gegeben haben könnte, aber diese Spekulation verwarf er sofort wieder. Das junge Mädchen machte keinen besonders hellen Eindruck auf ihn, ein oberflächliches, gefallsüchtiges Ding, dessen vornehmstes Ziel es war, sich einen Mann zu angeln. Schließlich hatte er es aufgegeben weiterzuforschen und war abgereist. In Berlin hielt ihn nichts mehr, und in Bonn wartete der botanische Garten auf ihn.

Jan Martin war froh, dass er die Zimmer in der Villa am Rhein gefunden hatte. Zwar hätte er in das Poppelsdorfer Schloss ziehen können, aber das Gebäude, das der botanischen Fakultät als Sitz und den Universitätsangehörigen als Unterkunft diente, war nur notdürftig zu Wohnungen umgebaut worden, und die verfallene marmorne Pracht hatte ihn abgestoßen. Die Lage auf dem Bonner Wohnungsmarkt war angespannt, denn die zahlreichen Studenten suchten Unterkunft am Studienort. Erfreulicherweise hatte sein Vater ihm finanzielle Unterstützung angeboten. Von dem Gehalt als Assistent des Leiters der botanischen Fakultät hätte er sich die Miete nicht leisten können. Überhaupt, seine Familie war überglücklich gewesen, als er heimgekehrt war, und sie hatten Gilbert mit einer Herzlichkeit aufgenommen, die für ihre reservierte norddeutsche Art ganz und gar ungewöhnlich war. Tatsächlich hatte sein Vater sogar eine vorsichtige Geschäftsbeziehung zu den Valmonts in Erwägung gezogen, ein Vorhaben, das jedoch jetzt, nach Gilberts Tod, wieder eingeschlafen war.

Jan Martins Entscheidung für die akademische Laufbahn wurde von seiner Familie akzeptiert, obwohl der alte Jantzen gehofft hatte, dass der Aufenthalt in Venezuela seinen Sinn gewandelt hätte. Aber er war ein toleranter Mann und achtete den Willen seines Sohnes. Also unterstützte er ihn nach Kräften.

Die letzten Pflänzchen waren umgesetzt, und Jan Martin goss sorgfältig seine anderen Schützlinge. Sie gediehen prächtig, und rote, rosa und weiße Blüten leuchteten in der Sonne, die den Erker fast den ganzen Tag über wärmte. Zufrieden wusch er sich die erdigen Hände und trug den Eimer mit dem Schmutzwasser zum Anrichtezimmer, wo ihn der Hausdiener später abholen würde. Zu dem Mietarrangement gehörten die Möbel, die Reinigung und Wäsche und die Teilnahme an den gemeinsamen Mahlzeiten, die die Pensionswirtin stellte. Sie war eine ordentliche Frau, der gute Verpflegung und Sauberkeit am Herzen lagen und die ihren Mietern kaum Vorschriften machte – sofern diese ebenfalls sauber, ruhig und von gesittetem Benehmen waren. Die Anpflanzungen hatte Jan Martin ihr allerdings mit vielen Worten und Versicherungen aufschwatzen müssen.

»Ich verspreche Ihnen hoch und heilig, ich werde weder schwarze Vogelspinnen noch exotische Giftnattern darin züchten«, hatte er schließlich verzweifelt gestöhnt. »Nur harmlose bunte Blumen.«

Sie hatte endlich eingewilligt, und als er jetzt sein Werk bewunderte, klopfte sie an, um einen Besucher anzukündigen.

»Ja, ich freue mich, Doktor Bevering zu sehen. Aber jetzt schauen Sie sich erst einmal die prächtigen Blüten an«, forderte er sie auf.

»Na ja, ich muss zugeben, es ist hübsch. Doch, sogar sehr hübsch, Herr Doktor. Aber passen Sie auf Läuse auf. Ich will kein Ungeziefer in meinem Haus.«

»Wir werden es ausräuchern, sollte es auftreten«, sagte eine tiefe Stimme von der Tür her.

»Naturwissenschaftler!«, brummte sie. »Und hinterher riecht alles nach Pech und Schwefel und Schlimmerem! Hätte ich mir doch bloß ein paar brave Theologen als Mieter genommen.«

»Die frönen ihren Lastern nur heimlich, gute Frau. Bei uns wissen Sie wenigstens, woran Sie sind.«

»Auch wahr. Wollen Sie eine Kanne Kaffee zu Ihrem Disput trinken?«

Jan Martin bejahte, und die Vermieterin zog sich zurück.

»Sie ist hinter ihrer brummigen Art eine gute Seele. Nehmen Sie doch bitte Platz, Herr Doktor Bevering. Was verschafft mir die Ehre Ihres Besuchs?«

Der Kölner Apotheker war ein Bekannter des eben verstorbenen Pharmazeuten und Direktors des Botanischen Gartens, Theodor Friedrich Nees. Aus diesem Grund waren sie sich hin und wieder im pharmazeutischen Labor im Schloss Poppelsdorf begegnet. Bevering war auf einige Untersuchungen Jan Martins aufmerksam geworden und hatte ihn gelegentlich in ein Gespräch verwickelt.

»Eine gewisse Ratlosigkeit führt mich zu Ihnen, junger Kollege. Ich erhoffe mir Anregung, denn Sie sind mir durch einige unkonventionelle Ansichten aufgefallen.«

»Ich hoffe doch nicht unangenehm?«

»Nein, im Gegenteil. Das eine oder andere fand ich erfrischend. Ich will es kurz machen. Mein Bruder ist an der Zuckerharnruhr erkrankt. Ich würde gerne etwas mehr tun, als das, was sein – und auch mein – Arzt dazu vorschlägt. Doktor Schlaginhaufn ist ein Jugendfreund und Studienkamerad von mir, ein reputierter Arzt und durchaus erfolgreich. Aber … nun, er steht den neueren Entwicklungen auf dem medizinischen Gebiet nicht eben freundlich gegenüber. Doch ich denke, eine zweite Meinung kann nicht schaden.«

»Ich habe nicht viel Erfahrung mit dieser Krankheit, Herr Doktor Bevering. Symptomatisch ist sicher großer Durst, damit verbunden übermäßiges Harnlassen.«

»Richtig. Dazu haben sich bei ihm bereits brandige Hautwunden eingestellt.«

Jan Martin hatte in seinem Studium die auf der Vier-Säfte-Lehre aufbauende Medizin gelernt, durch seine praktische Erfahrung aber Zweifel an der unabänderlichen Richtigkeit dieser Lehre bekommen. Er fand diese Bedenken von anderen Naturforschern und Ärzten bestätigt. Doch eine belastbare neue Theorie gab es noch nicht, das Feld für Experimente war weit und nur an vereinzelten Stellen bisher gründlich beackert. Darum zog er sich bei seiner Antwort zunächst auf die klassische Vorgehensweise zurück.

»Man wird versuchen, dem Körper die überschüssige Flüssigkeit zu entziehen. Purgieren etwa, blutverdickende Gerichte reichen, möglicherweise Schwitzbäder.«

»So lautet die derzeitige Kur. Und was würden Sie vorschlagen, Doktor Jantzen?«

»Ihr Vertrauen in meine Meinung ehrt mich, aber ich fürchte …«

»Ich wäre nicht zu Ihnen gekommen, wenn ich nicht eben dieses Vertrauen hätte. Sie machen sich Gedanken, und Sie haben gewisse Erfahrungen gesammelt.«

Jan Martin mochte den graubärtigen Apotheker, der gut

zwanzig Jahre älter war als er. Er hatte ein lebhaftes Mienenspiel und durchdringende graue Augen. Er kam zu dem Schluss, dass er sich nicht blamieren würde, wenn er seine eigenen Gedanken zu der Krankheit äußerte.

»Ist Ihr Bruder sehr beleibt, Herr Doktor Bevering?«

»Leider ja. Er ist den Freuden der Tafel bei Weitem mehr zugeneigt als ich.«

»Man spricht davon, dass Wasserkuren bei dieser Krankheit gerade starken Personen sehr zuträglich sind. Wasserkuren innerlich wie äußerlich übrigens.«

Bevering lachte. »Ja, das habe ich fast erwartet. Sie sind bekannt als ein großer Verfechter des heilenden Wassers. Aber warum nicht? Zumindest würde es eine angenehmere Art des Purgierens sein als Klistiere, Abführmittel und Blutabzapfen. Ich werde versuchen, ihn zu überreden, nach Godesberg zu gehen und dort ein paar Wochen das Heilwasser zu trinken.«

»Und Diät zu halten. Möglichst eine aus viel frischem Gemüse und Obst. Verzicht auf Süßigkeiten.«

»Warum das?«

»Ich spreche aus eigener Erfahrung. Sie hätten mich vor drei Jahren sehen müssen, Herr Doktor Bevering. Ich war ein regelrechter Fettkloß.«

»Sie? Tatsächlich? Davon hat Sie Wasser und Gemüse geheilt?«

»Und körperliche Bewegung.«

»Und Ihre Jugend. Aber mein Bruder ist fünfundfünfzig. Es wird ihm schwerfallen, so wie Sie stundenlang auf dem Rhein gegen die Strömung zu rudern.«

»Das hat sich also auch schon herumgesprochen?«

»Junge Damen hört man allenthalben wispern, der blonde Doktor mache eine gute Figur im Einer, wenn er die Fluten durchmisst.«

Jan Martin hatte es sich noch immer nicht abgewöhnen können. Bei derartigen Äußerungen errötete er bis über die Ohren. Er wollte das Thema nicht vertiefen, sondern fuhr fort: »Ihr

Herr Bruder könnte mit Spaziergängen beginnen. Die Gegend um Godesberg scheint mir dafür sehr geeignet. Übrigens sind es nicht nur meine eigenen Erfahrungen, Herr Doktor Bevering. Auch Vinzenz Prießnitz in Österreich verzeichnet mit seiner Hydrotherapie ansehnliche Erfolge.«

»Von diesem Arzt habe ich noch nichts gehört.«

»Er ist nicht eigentlich ein Arzt, sondern ein Heiler, und man belächelt ihn in Fachkreisen gerne. Aber mir scheint seine Vorgehensweisee wert, geprüft zu werden. Auch wenn er natürlich seine Patienten nicht nur zu eiskalten Duschen, sondern auch zum Holzhacken verdonnert.«

»Sich dieser Kur zu unterziehen, dazu gehört wohl eine gehörige Portion Charakterstärke.«

»Die entwickelt man, wenn es ums eigene Leben geht, sollte man meinen.«

»Da könnten Sie recht haben. Danke also für Ihren Rat. Und was haben Sie sich für die Zukunft vorgenommen? Sie werden doch wohl nicht auf alle Zeiten den Gärtner für den guten Sinning spielen wollen?«

Der Apotheker hatte Jan Martin damit die Frage gestellt, nach deren Antwort er selbst vergebens forschte. Vielleicht war es ganz gut, einmal laut darüber nachzudenken. Bevering war ein verständiger Mann und schien ein ernsthaftes Interesse an ihm zu haben. Darum meinte er: »Ich suche noch nach einer Herausforderung. Mir kommt es vor, als hätte ich bisher nur herumgespielt. Es gibt so viel, was ich erforschen möchte.«

»Liegt Ihre Leidenschaft mehr in der Medizin oder in der Botanik?«

»Wenn ich es wüsste! Das Leben als Ganzes hat mich schon immer fasziniert. Beispielsweise das Zusammenwirken von Umweltbedingungen auf die Entwicklung von Pflanzen, Tieren und Menschen. Ich habe auf einer Kakaoplantage gearbeitet und dort bei den Bäumen gewisse Beobachtungen gemacht. Experimente haben anschließend gezeigt, wie man Einfluss auf den Ernteertrag nehmen kann. Ich habe dort die Wunden der Arbeiter behandelt und bemerkt, wie man mit bestimmten Therapien Erfolge erzielen kann und mit anderen scheitert. Ich würde gerne bei meinen Untersuchungen gezielte Bedingungen festlegen, Fakten sammeln, belastbare Beweise ermitteln und daraus Theorien ableiten. Aber das ist nur die Vorgehensweise.«

»Eine ungewöhnliche, Kollege. Man wird Sie möglicherweise angreifen, weil Sie den philosophischen Ansatz vernachlässigen.«

»Dann werde ich entsprechend argumentieren. Aber so weit bin ich noch nicht. Zuerst brauche ich ein Thema, auf das ich mich konzentrieren kann.«

»Liegt es nicht nahe, Doktor Jantzen?«

»Liegt es das?«

»Das Zusammenwirken von Botanik und Medizin finden Sie am einfachsten in unserer Ernährung. Korrespondieren Sie mit Liebig in Göttingen, der ist ein heller Kopf. Hab ihn als Student hier in Bonn kennengelernt. Ich schicke Ihnen ein Einführungsschreiben.«

»Sie sind überaus großzügig, Herr Doktor Bevering.«

»Ich schätze engagierte junge Forscher. Aber nun ist es spät geworden, ich habe noch eine Einladung heute Abend.«

Als Doktor Bevering gegangen war, kehrte Jan Martin zurück in seinen Erker. Über dem Kasten mit den Gloxinien-Keimlingen brannte eine Lampe, denn die Pflänzchen gediehen besser in der Helligkeit, doch ansonsten war es dunkel. Draußen erstreckte sich das breite Band des Rheins, und am anderen Ufer erhob sich der volle Mond über den Hügeln des Siebengebirges. Er hinterließ eine goldene Straße auf dem Wasser.

Sacht streichelte Jan Martin die breiten Blätter seines noch sehr kleinen Bananenbaums und erinnerte sich sehnsüchtig an den Mond über dem karibischen Meer. Nur selten erlaubte er sich, an jene Zeit zu denken. So schrecklich Schiffbruch und Zwangsarbeit waren, die Monate im warmen Klima, der fließende Rhythmus des Lebens, die schweren Gerüche, die Musik, die Trommeln und die Tänze vermisste er manchmal. Das Leben in dem luftigen, hellen Herrenhaus mit seinem schattigen Patio, die Stunden im Segelboot auf der See, die flirrenden Sonnenfunken auf dem türkisfarbenen Wasser – wie anders war das als die kalten, trüben Novembertage. Die warmen, duftenden Nächte, die Geräusche der tropischen Lebewesen, das Zirpen und Singen, das Rauschen der Brandung, das Rascheln der Palmen vermisste er in den langen Winternächten.

Er vermisste den Duft des Kakaos.

Und eine schöne, anschmiegsame Geliebte.

Manchmal dachte er an Inez. Aber sie war ein sehr junges Mädchen, fast ein Kind noch. Wenn auch ein sehr kluges und wissbegieriges. Sie hatte ihm einen langen Brief geschrieben, nachdem er die Familie vom Tod Gilberts unterrichtet hatte. Daraus war eine regelmäßige Korrespondenz entstanden. Ihr Interesse an den Kakaopflanzen war weiter gewachsen, und er sandte ihr Bücher und Fachartikel, beantwortete ihre Fragen und teilte ihre Überlegungen.

Kakao – ein kostbares, empfindliches Handelsgut, das sein Vater einzuführen sich weigerte. Eine schwierige Pflanze, die zu kultivieren nur unter besonderen Bedingungen gelang. Ein anregender Genuss, ein gehaltvolles Getränk, teuer und schwierig zu verarbeiten.

Was machte es so begehrenswert?

Warum nahmen die Menschen dafür so viel Mühe auf sich?

Warum verehrten die amerikanischen Völker die Schokolade als göttliche Speise?

Was beinhaltete die Kakaobohne, und wie wirkte sie auf den Organismus? Hatte sie Heilwirkung? Oder konnte der Genuss auch schädlich sein?

Was geschah bei der Fermentierung, bei der Trocknung, beim Rösten?

Wie konnte man den Ertrag verbessern?

Konnte man den Baum möglicherweise auch in Europa anbauen?

Mehr und mehr Fragen stellten sich ihm, als er in die mondhelle Nacht schaute.

Keine von ihnen konnte er beantworten.

Eine andere aber fand Antwort: Sein Forschungsgebiet würde der Kakao sein.

Alles andere würde sich dann finden.

Vielleicht sogar eine zärtliche Geliebte.

Eine einsame Entscheidung

Markt und Straßen stehn verlassen,
Still erleuchtet jedes Haus,
Sinnend geh ich durch die Gassen,
Alles sieht so festlich aus.

Weihnachten, Eichendorff

»Die Preußenziege hat schon wieder die Bestellungen nachgerechnet«, zischelte Herta ihrer Kollegin zu. Und als ich mit dem schweren Tablett voll Kuchentellern an Bert, dem Oberkellner, vorbeiging, kniff der mich schmerzhaft in meine Kehrseite. Einen kleinen Moment schwankte das Tablett, und die Teller klirrten leise, dann zauberte ich wieder mein höfliches Lächeln auf mein Gesicht und trug die Speisen und Getränke zu den Tischen, für die sie bestimmt waren. Der schneidige Kürassier bekam seinen schwarzen Kaffee und flüsterte mir eine vertrauliche Einladung zu, vor dem blondgelockten Schauspieler stellte ich den Teller mit dem Fruchtcremetörtchen ab und hörte mir sein gewagtes Kompliment an, dem graubärtigen Apotheker brachte ich die Kännchen schwarzen Tee und erwiderte sein kleines Augenzwinkern. Den beiden Damen am Fenster servierte ich mit zurückhaltendem, der jungen Frau in der Ecke mit einem herzlichen Lächeln ihre Bestellungen.

Das Lächeln saß auch noch in meinen Mundwinkeln, als ich an Bert auf dem Rückweg vorbeiging und ihm mit aller Kraft auf den Spann trat.

Es klirrte und schepperte, als er seine Last fallen ließ, und Tee, Kaffee, Sahnetorte und Mürbeteig vermischten sich mit den Porzellan- und Glassplittern zu seinen Füßen.

»Hungsveh!«, brüllte er. »Verdammte aal Quisel!«

»Was ist denn hier schon wieder los?«

Christian Müller, der Besitzer von Müllers Caffeehaus, kam, von dem Krawall angezogen, in den Anrichteraum, wo die drei Kellner und ich Gebäck und Getränke abholten, um sie den Gästen zu servieren.

»Die Schlampe ...«, fing Bert an zu jammern, aber ich beschied kühl: »Der werte Kollege hat mich unsittlich gezwickt, Herr Müller, und das nicht zum ersten Mal. Im Übrigen empfehle ich Ihnen, die Kassenbelege etwas genauer nachzurechnen. Hier wird auf Ihre Kosten fleißig unterschlagen.«

Fassungslos starrte der Cafébesitzer mich an. Bisher war ich ein Musterbild von Zurückhaltung und Ehrerbietung gewesen, und jetzt brach ich plötzlich einen Streit vom Zaun und beschuldigte seine Stammmannschaft auf das Übelste.

»Was soll das heißen, Ella Wirth?«, fuhr er mich an.

»Genau das, was ich gesagt habe.«

»Dat lügt, dat Ravenoos!«, keifte jetzt Herta auch los, und die anderen stimmten lauthals zu. Müller stand einigermaßen hilflos in dem Gezeter und wusste sich nicht anders zu helfen, als mich anzufahren: »Machen Sie den Dreck weg, und dann kommen Sie in mein Kontor!«

»Den Dreck wird Bert wegmachen, und wir unterhalten uns jetzt am besten gleich, Herr Müller.«

»Sie wagen es, sich meinen Anordnungen zu widersetzen?«

»Selbstverständlich.«

Müller sah mich an, als ob mir plötzlich Hörner gewachsen wären. Dann drehte er sich um und stiefelte in den hinteren Raum, in dem er seine Bücher führte. Ich folgte ihm.

Seit einem knappen Jahr arbeitete ich bei Müller in der Hohen Straße, und gleich von Beginn an hatte ich unter den ständigen Sticheleien der Angestellten zu leiden gehabt, die mir vor allem meine professionelle Haltung übel nahmen. Ich schwätzte nicht über die Kunden, ich mogelte nicht bei der Abrechnung, ich naschte nicht von den Kuchen oder ließ Gebäck in meiner Schürzentasche mitgehen. Vor allem aber sprach ich Hochdeutsch, konnte mich mit den englischen Besuchern fließend verständigen, kam pünktlich zur Arbeit, und meine Schürze war immer fleckenlos. Kurzum, ich war den Mädchen und den Kellnern viel zu preußisch.

Die Stellung und das Zimmer oben unter dem Dach des Caffeehauses verdankte ich MacPherson, der mich von Elberfeld mitgenommen hatte. Zu seinen zahlreichen Ansprechpartnern gehörte auch der Besitzer des Cafés, und ihm hatte er mich empfohlen. Zwar ließ Müller mich nicht als Zuckerbäckerin arbeiten und hätte mich auch in den Anrichteraum verbannt, wären da nicht meine Sprachkenntnisse gewesen. Die Engländer besuchten in den letzten Jahren vermehrt die deutschen Lande, und vor allem der romantische, vielbesungene Rhein hatte es ihnen angetan. Eine der wichtigen Stationen auf ihrer Tour war natürlich Köln, und da die meisten von ihnen sich nicht die Mühe machten, mehr als nur drei Worte Deutsch zu lernen, war eine Bedienung, die sich mit ihnen verständigen konnte, für einen Gastwirt Gold wert.

Müller stand an seinem Schreibtisch und wippte empört auf den Füßen. Er war ein kleiner Mann mit rundem Bauch und wirkte wie ein aus dem Gleichgewicht gebrachter Brummkreisel. Ich mochte ihn nicht besonders, er hatte immer wieder versucht, mich zu ducken oder zu übervorteilen. Es war nicht persönlich, er behandelte alle seine weiblichen Angestellten, als wären sie hohlköpfige Hühner, die dankbar sein müssten, dass er sie überhaupt anstellte. Ich blieb mit über der Schürze gefalteten Händen vor ihm stehen und sah ihn unverwandt an. Das irritierte ihn offensichtlich, denn er musste sich erst mehrmals räuspern, bevor er etwas sagen konnte.

»Das Porzellan und die Ware wird Ihnen vom Lohn abgezogen«, knurrte er dann.

»Genau den Punkt wollte ich auch ansprechen, Herr Müller. Sie sind mir den Lohn des letzten Monats noch schuldig. Ich verzichte auf die Zinsen, damit dürften die zwei Tassen und der

Teller abgegolten sein. Ich wäre Ihnen sehr verbunden, wenn Sie mir das Geld jetzt aushändigen würden. Denn ab morgen werde ich nicht mehr für Sie tätig sein.«

»Häh? Was haben Sie gesagt?«

»Noch deutlicher, Herr Müller – ich kündige. Und nun meinen ausstehenden Lohn bitte, sonst muss ich rechtliche Schritte einleiten.«

Mit Frauen, die sich auf Zinsen und rechtliche Schritte verstanden, hatte der Cafébesitzer es noch nie zu tun gehabt, doch sein cholerischer Anfall prallte an meiner unbeweglichen Miene vollkommen wirkungslos ab. Auch seine Drohung, ich würde in Zukunft in keinem Ausschank mehr auch nur die Gläser abwaschen dürfen, beeindruckte mich nicht. Mit einem kleinen Lächeln gab ich ihm, als er mit seiner Tirade zu Ende war, zu verstehen: »Es wird Ihrem Caffeehaus nicht zum Ruhm gereichen, wenn Herr Doktor Bevering und seine Gemahlin es ihren Freunden und Bekannten gegenüber als völlig unakzeptables Etablissement bezeichnen.«

»Sie anmaßendes junges Weibsbild! Doktor Bevering ist ein treuer Stammgast, und eine Gattin hat er nicht.«

»Er wird bald genug eine haben. Wir heiraten in Kürze. Wünschen Sie mir Glück, Herr Müller. Und zahlen Sie mir den Lohn aus.«

Er tat es wortlos.

Kurz darauf legte ich in meinem Zimmerchen die gestärkte Schürze ab und betrachtete den in eine Spitzenmanschette gefassten Bund aus Maiglöckchen und Veilchen auf dem Hocker an meinem Bett. Es war ein Frühlingsgruß, der seltsam endgültige Gefühle in mir weckte. Dann trat ich an das Fenster und schaute zu den hohen Giebeln der gegenüberliegenden Häuser auf, über denen sich ein blauer, leuchtender Himmel spannte.

Als ich mit MacPherson in Köln eingetroffen war, war mein erster Eindruck von der Stadt nicht eben erfreulich gewesen. Die Mischung von Verfall, Alter, Gedränge und unzähligen Kirchen erschlug mich beinahe. Wie anders wirkte es als das gepflegte Potsdam mit seinen Parks und Wasserläufen, wie anders als Berlin mit seinen von Schinkel im gradlinig klassizistischen Stil entworfenen Häusern, den breiten Alleen und vornehmen Villen.

Es gab auch offene Plätze in Köln, entdeckte ich später bei meinen Erkundungsgängen. Aber die wichtigste Straße, die Nord-Süd-Verbindung zwischen den Stadttoren, war eng, die Häuser aneinandergeduckt, mit hohen Stufengiebeln. In der ersten Zeit nach meinem Eintreffen ging es mir jedoch nicht besonders gut, die Vernachlässigung und der ständige Alkoholkonsum hatten meine Gesundheit angegriffen.

Der Reisende brachte mich in einer ordentlich geführten Pension unter, wo ich mich langsam erholte. Nach einem Monat schließlich hatte ich bei Müller vorgesprochen und dank MacPhersons Empfehlung die Stelle als Serviererin erhalten. Anfangs erschöpfte mich die stundenlange Arbeit so sehr, dass ich wie erschlagen zu Bett sank, sobald ich mein Kämmerchen betrat. Erst im Sommer fühlte ich mich kräftig genug, um die Stadt und den Fluss gründlich in Augenschein zu nehmen. Staunend betrat ich die alten Kirchen mit ihren bunten Fenstern und unzähligen Heiligenfiguren, den beständig flackernden Kerzen und vergoldeten Kreuzen. Köln war für mich, eine Protestantin ohne frommen Ehrgeiz, unerwartet fremd, und manchmal fragte ich mich, wo der Unterschied zwischen rheinischem Katholizismus und einem farbenprächtigen Heidentum lag. Erstaunlich fand ich auch die stachelige Domruine. An ihr zogen sich hier und da hölzerne Gerüste empor, auf denen einige Arbeiter Ausbesserungsarbeiten an den morschen Stützpfeilern, lecken Dächern und wackeligen Fialen vornahmen. Angeblich war man seit Jahren bestrebt, die Kathedrale fertig zu bauen, aber das würde wohl noch einige Zeit auf sich warten lassen.

Ich war weiterhin einsam in dieser Zeit. Die Angestellten im Caffeehaus betrachteten mich als Eindringling, die Gäste hielt ich auf Distanz. Mac war nach wenigen Tagen abgereist, und als er im Herbst wieder seine Runde bei seinen Kunden drehte, hatte er sich nur mehr flüchtig nach meinem Wohlergehen erkundigt. Das Bett hatten wir nach jener Nacht in Elberfeld nicht wieder miteinander geteilt, und das war mir auch ganz recht so. An Nadina und Melisande schrieb ich nicht, es wären nur Vorwürfe dabei herausgekommen. Aber ich war nicht mehr unglücklich, sondern mehr und mehr entschlossen, der Tretmühle zu entfliehen.

Nach kühler und kritischer Erwägung kam ich zu einer grundlegenden Einsicht. Als ledige junge Frau ohne Beziehungen und Familie war ich auf anständige Weise nur in der Lage, ein geringes Entgelt zu verdienen.

Also betrachtete ich die drei Möglichkeiten, die mehr versprachen.

Da war der gut aussehende Rittmeister der Kürassiere, der, seit er mich das erste Mal im Café gesehen hatte, versuchte, mich zu einem Treffen an meinem freien Tag zu überreden. Es wäre vermutlich ein Leichtes, mit ihm ein Verhältnis anzufangen und von seiner Unterstützung zu leben. Ich hatte gehört, er sei nicht ganz unvermögend.

Der Schauspieler aus dem Comödienhaus war ebenfalls an mir interessiert, und die Versuchung, sich dem bohèmehaften Leben der Künstler anzuschließen, hatte mich einige Nächte beschäftigt. Wie ich aus Nadinas Umfeld wusste, wurden in diesen Kreisen Frauen weit ernster genommen als in der bürgerlichen Gesellschaft. Außerdem war der junge Mann erheblich geistreicher und spitzzüngiger als der Offizier.

Und dann war Doktor Anton Bevering in mein Leben getreten. Er gehörte zu den regelmäßigen Besuchern des Cafés, das hatte ich bereits nach einigen Wochen festgestellt. Er saß entweder alleine oder mit zwei, drei Begleitern an einem Tisch in einer ruhigen Ecke, benahm sich freundlich und unauffällig. Bis zu dem dunklen Abend im Dezember. Viel Betrieb herrschte an jenem dritten Advent nicht. Draußen fielen matschige Flocken, und die Straßen bedeckte eisiger Schlamm. Ich beobachtete, wie der

Apotheker sich erschöpft an einem Tisch niedersetzte und die Zeitung neben sich legte. Sein Gesicht überzog ein müdes Grau, und als er sich mit beiden Händen die Augen rieb, wirkte er verloren und unglücklich.

Ich hatte einen guten Instinkt für die Stimmung der Gäste entwickelt. Aus langjähriger Erfahrung wusste ich, wen ich in Ruhe lassen musste, wer eine fröhliche Bemerkung schätzte, wer ständig etwas zu nörgeln hatte oder wer sich gerne zu einer Leckerei überreden lassen wollte. Doktor Bevering gehörte zu jenen, mit denen ich immer ein paar Worte wechselte, Belanglosigkeiten über das Wetter oder den Verkehr auf der Straße. An diesem trüben Abend war ich die Einzige, die sich um die Besucher kümmerte, Bert und der andere Ober lehnten schwatzend hinter einer Vitrine, die Mädchen im Anrichteraum waren in Getuschel und Gekicher vertieft.

»Guten Abend, Herr Doktor Bevering«, begrüßte ich ihn leise, und er fuhr zusammen. Als er zu mir aufsah, bemerkte ich seine geröteten Lider.

»Fräulein Ella. Entschuldigen Sie, ich war in Gedanken.«

»Es ist kalt heute und sehr unwirtlich. Ich hoffe, Sie haben sich keine Erkältung zugezogen.«

»Nein. Aber bringen Sie mir etwas Warmes. Mir ist … Es geht mir nicht so gut.«

»Was ist passiert, Herr Doktor Bevering?« Es war eigentlich nicht meine Art, persönliche Fragen zu stellen, aber der Apotheker tat mir leid.

»Mein Bruder ist gestern gestorben«, sagte er leise. »Und ich habe mich mit meinem ältesten Freund zerstritten.«

»Das ist schrecklich. Mein Beileid, Herr Doktor Bevering. Warten Sie, ich bringe Ihnen etwas, damit Sie sich ein bisschen besser fühlen.«

Niemand hinderte mich, als ich für ihn eine große Tasse Schokolade mit Vanille, viel Zucker und einer Sahnehaube zubereitete. Der Apotheker saß noch immer regungslos an seinem Tisch, als ich ihm das heiße Getränk brachte.

»Ich weiß, üblicherweise trinken Sie englischen Tee, aber probieren Sie heute unseren Kakao, Herr Doktor Bevering.«

»Kakao? Vertreibt der Trauer und Zorn, Fräulein Ella?«

»Vertreiben vielleicht nicht, aber er macht das Leben für eine Weile erträglicher.«

Er umfasste die Tasse mit beiden Händen, als ob er sich daran wärmen wollte. Ich entfernte mich diskret, behielt ihn aber im Auge. Er trank langsam einige Schlucke und lehnte sich dann zurück. Zwei andere Gäste winkten mir zu, ich nahm ihre Wünsche entgegen und kümmerte mich um frischen Kaffee. Als ich schließlich wieder an Beverings Tisch vorbeikam, wirkte er nicht mehr ganz so grau im Gesicht.

»Fräulein Ella!«

»Ja, bitte?«

»Danke. Es war ein guter Rat.«

Ich lächelte ihm zu und steckte das großzügige Trinkgeld ein. Die Angelegenheit hätte ich fast vergessen, wäre ich ihm nicht eine Woche später wieder begegnet.

Es war am Heiligabend.

Trotz der Kälte und des Nieselregens war ich aus meinem Zimmer geflohen, denn alleine dort zu sitzen, erschien mir unsagbar deprimierend. Ich wanderte durch die verlassenen Straßen und bemühte mich nach Kräften, nicht an die vergangenen Jahre zu denken. Bei Nadina war Weihnachen eine drei Tage andauernde Feier gewesen. Freunde kamen vorbei, man sang, tanzte, Väterchen Frost verteilte Geschenke, und alle aßen Unmengen russischer Gerichte, die sie selbst nur für diese Tage zubereitete. Sie richtete sich nach dem westlichen Kalender, nicht nach dem orthodoxen Termin ihres russischen Vaterlandes, in dem man das Fest erst im Januar beging. Dieser Tag war dem Besuch der Kirche vorbehalten.

Fröstelnd zog ich den Wollumhang fester um mich und versuchte, auch den leisen Groll zu unterdrücken. Ich war ja selbst daran schuld. Ich hätte nicht auf Melisande hören dürfen. Man hätte mir letztlich geglaubt, dass ich Gilbert nicht ermordet hatte.

Dennoch vermisste ich vor allem meine fröhliche Freundin, die mich mit ihren respektlosen Bemerkungen immer wieder zum Lachen gebracht hatte. Ja, das Lachen fehlte mir so sehr.

Dunstwölkchen standen vor meinen Lippen, als ich im Selbstgespräch vor mich hin murmelte. Ich war zum Rheinufer gelangt und lauschte dem leisen Plätschern der Wellen, die an den Booten und Schiffen leckten. Von irgendwoher erklang ein Weihnachtslied, und viele der Fenster in den hohen, schmalbrüstigen Häusern waren von Kerzenlicht erhellt. Dahinter saß man in Wärme und Geselligkeit zusammen, und ich begann, mich unsäglich verlassen zu fühlen. Langsam wanderte ich weiter, damit meine Füße nicht noch kälter wurden.

Der Mann mit dem hochgestellten Kragen hätte mich beinahe angerempelt, blieb aber plötzlich stehen und rief: »Fräulein Ella? Das sind doch Sie, Fräulein Ella?«

Er zog seinen Zylinder und machte eine förmliche Verbeugung vor mir.

»Herr Doktor Bevering?«

»Derselbe. Was tun Sie denn hier so einsam am Rhein, Fräulein Ella?«

»Weihnachten feiern«, entgegnete ich lapidar.

»Dann sind wir unserer ja schon zwei.« Er reichte mir seinen Arm, aber ich zögerte noch, das Angebot anzunehmen. »Gewähren Sie mir die Ehre eines gemeinsamen Spaziergangs, Fräulein Ella. Es ist nicht gut, in der Dunkelheit alleine zu promenieren.« Dem konnte ich nicht widersprechen und schob meine Hand unter seinen Ellenbogen. »Sie haben mir vergangene Woche über eine schlimme Stunde hinweggeholfen, gnädiges Fräulein. Und nun laufen Sie hier in der Nässe durch die Stadt. Ist es vermessen zu fragen, warum Sie nicht bei Ihrer Familie sind?«

»Ich habe keine Familie, Herr Doktor Bevering.«

»Das muss an einem solchen Abend besonders schmerzen«, sagte er leise. »Auch meine Familie ist ausgeflogen. Ich bin in

Ungnade gefallen. Sind Sie ganz alleinstehend, oder hat nur der Zufall Sie von den Ihren getrennt?«

»Meine Eltern sind tot, Geschwister oder andere Anverwandte habe ich nicht.«

»Verzeihen Sie, ich bin zudringlich. Aber eine hübsche junge Frau wie Sie müsste doch Freunde haben, Bekannte, die sich Ihrer gerade an solchen Tagen wie heute annehmen.«

»Ich bin erst seit neun Monaten in Köln.« Wir hatten den Dom erreicht, und ich schaute zu dem schwarzen Gewirr von Strebepfeilern auf. »Er ist schrecklich hässlich.«

»Er könnte eine einzigartige Kathedrale werden. Wir arbeiten unablässig daran, Fräulein Ella. Der Dombauverein steht kurz vor seiner Gründung, und sogar die knauserige preußische Regierung hat den einen oder anderen Taler locker gemacht. Aber das ist eine andere Geschichte. Darf ich mir erlauben, gnädiges Fräulein, Ihnen vorzuschlagen, dass wir in den nächsten Stunden unser Alleinsein zusammentun? Es scheint mir so unsinnig, wenn wir jeder einsam und trübsinnig diesen Abend in unseren Zimmern verbringen. Ich kann Ihnen zwar keine heiße Schokolade anbieten, aber einen anständigen Glühwein bekomme ich noch zustande.«

Er meinte es vermutlich ehrlich und hegte keinerlei unsittlichen Absichten. Dennoch schwankte ich. Es entsprach wirklich nicht den guten Sitten, wenn eine ledige junge Dame des Abends alleine einen Herrn besuchte. Andererseits – wer sollte mich schon verurteilen? Sein Vorschlag war gut gemeint und durchaus praktisch. Er bemerkte meine Zurückhaltung und ergänzte: »Keine Angst, Fräulein Ella, ich versichere Ihnen aufrichtig, ich habe nicht die Absicht, Ihnen in irgendeiner Form zu nahe zu treten. Es ist nur …«

»Sollten Sie das tun, Herr Doktor Bevering, kann ich Ihnen aufrichtig versichern, dass ich mich zu wehren weiß. Ja, ich nehme Ihre Einladung gerne an.«

Und so lernte ich das Apothekerhaus »Zum Marienbild« kennen. Es lag nur einige Schritte vom Müller'schen Caffeehaus entfernt und war ein altes Gemäuer, dem die Patina von Jahrhunderten anhaftete. Bevering führte mich die Wendeltreppe in den ersten Stock empor, wo sich die Gesellschaftsräume befanden, und zündete dort die Lampen an. Dann entschuldigte er sich, um die Zutaten für den Glühwein zu besorgen.

Im Kamin brannte ein kleines Feuer, das in dem hohen, düsteren Raum nicht viel Wärme verbreitete. Doch als Alternative zu meinem ungeheizten Dachzimmer erschien es mir recht gemütlich. Der Apotheker kam schon bald darauf zurück und schürte auch das Feuer. Der gewürzte, heiße Wein, den wir miteinander teilten, lockerte die Atmosphäre noch weiter. Zunächst war es Bevering, der von sich erzählte. Er stammte aus einer Apothekerfamilie mit langer Tradition und liebte seinen Beruf wirklich. Umso mehr hatte ihn der Zwist mit seinem alten Freund Doktor Schlaginhaufn betroffen gemacht, der ihn mehr oder weniger beschuldigt hatte, den Tod seines Bruders verursacht zu haben.

»Ich habe ihn überredet, eine Trinkkur in Bad Godesberg zu machen, Fräulein Ella. Jakob wollte nichts davon hören, für ihn war das eine neumodische Idee, die nichts bewirkt. Gott, vielleicht hat er recht gehabt. Aber seine Kuren haben meinem Bruder auch nicht geholfen. Ich wagte sogar anzudeuten, sie würden ihm mehr schaden als nützen. Auf jeden Fall fuhr Friedrich nach Godesberg, und als er eintraf und man den Schlag der Kutsche öffnete, war das Leben aus ihm gewichen.«

»Es ist schwer, einen Menschen zu verlieren. Doch wenn er so krank war, wie Sie sagen, dann hätte ihn das Schicksal auch in seinem Heim treffen können.«

»Ohne Zweifel. Aber meine Schwägerin und meine Tochter, vor allem aber mein Freund Jakob wollen nun mal mir die Verantwortung an seinem Tod geben.«

»Der Schmerz verlangt einen Schuldigen. Wenn er nachlässt, werden sie sicher den vernünftigen Argumenten gegenüber offener werden.«

»Hoffen wir es. Würde es Ihnen etwas ausmachen, mir zu erzählen, was Sie nach Köln geführt hat? Außer dem überwältigenden Ruf unserer schönen Stadt natürlich.«

Ich lachte leise. »Waren Sie mal in Potsdam, Herr Doktor Bevering?«

»Schon gut, schon gut. Aber auch diese behäbige Matrone am Rhein hat ihre verborgenen Reize.«

»Ganz sicher. Ich hatte bislang nur noch nicht viel Zeit, sie zu suchen.«

Danach schilderte ich ihm eine Version meiner Geschichte, die so nahe wie möglich an der Wahrheit blieb. Ich sprach von meiner Beteiligung an Nadinas Café und dem jungen Ingenieur, dem ich vertraut hatte und nach Elberfeld gefolgt war. Dort sei ich krank geworden, und er habe mich schmählich sitzen lassen. Geholfen habe mir der langjährige Freund und Handlungsreisende MacPherson, der mich mit nach Köln genommen und bei Müller eingeführt habe.

Bevering glaubte mir unbesehen. Warum auch nicht? Er war mit seinen dreiundfünfzig Jahren welterfahren genug, um zu wissen, dass ein solches Schicksal nicht ungewöhnlich war.

Wir verstanden uns gut an diesem Abend, und in den Tagen danach bat er mich immer mal wieder um meine Gesellschaft. Nach Hause lud er mich nicht mehr ein, ein solches Ansinnen hätte ich auch strikt abgelehnt, doch ich besuchte mit ihm ein Konzert, eine Aufführung im Comödienhaus, fuhr mit ihm an den ersten schönen Märztagen nach Deutz hinüber, um in den Rheinauen zu spazieren, oder wir verabredeten uns im Botanischen Garten, um die ersten Narzissen zu begutachten.

Ich fand Gefallen an seiner Gesellschaft, er war gebildet, von sanftem Charakter und angesehen in den besseren Kreisen. Es blieb mir nicht verborgen, dass er mir eine ständig wachsende Zuneigung entgegenbrachte, und sein Antrag am Ostertag überraschte mich nicht besonders. Dennoch bat ich mir ein paar Tage Bedenkzeit aus. Und in diesen Tagen zog ich Bilanz. Mochte es jüngere Männer geben, größere Gefühle oder leidenschaftlichere Verbindungen – das alles wog nicht auf, was er mir mit vollen Händen bot. Es war genau das, was ich mir wünschte: Geborgenheit, Sicherheit, gesellschaftliches Ansehen. Er würde mir ebendies bieten. Und dafür würde ich ihn achten und ihm treu sein. Und, soweit es in meiner Macht stand, auch lieben. Und meine Position seiner völlig entgeisterten Familie gegenüber mit Zähnen und Klauen verteidigen.

Was für eine Aufgabe ich mir damit gestellt hatte, ahnte ich noch nicht.

Das war auch besser, denn sonst hätte ich mich an meinem Jawort verschluckt.

Die schöne Fassade

Aus unsern Herzen
Wächst, was wir säen, uns wieder zu;
Da pflanzt die Wahrheit ihre Ruh',
Da fühlt die Torheit ihre Schmerzen,
Da sät das Laster seine Pein.

Christoph August Tiedge

Baroness Dorothea, jetzt Frau Fink von Finckenstein, schrie nicht mehr. Sie weinte auch nicht mehr. Ihre Kehle war rau vom Schreien, und ihre Augen hielt sie zusammengepresst. Es gab nichts und niemanden, der sie aus dem Elend hätte befreien können. Es gab keine Hilfe. Ihr Gatte hatte ihre Hände zusammengebunden und sie an das Kopfende gefesselt. Ihre Röcke waren hochgeschlagen, ihre Beine gespreizt. Mit unbarmherziger Brutalität stieß er wieder und wieder zu. Angefeuert wurde er dabei von seinem Kammerdiener und dem Verwalter, die das Ganze als vergnügliche Abrundung ihres abendlichen Saufgelages ansahen.

Endlich hatte ihr Gemahl sein Ziel erreicht, und mit trunkener Stimme forderte er seinen Kammerherrn auf, sich zu bedienen.

»Ich hab's aber lieber von hinten«, nuschelte der und nestelte sich die Hose auf.

»Dann drehen wir die fette Sau doch einfach mal um!«

Die nächste Welle Schmerz und Demütigung hatte Dotty zu ertragen, und auch die dritte erwartete sie, wie sie aus Erfahrung wusste.

Ein Jahr war sie verheiratet, und jeden einzelnen Tag davon

lebte sie in der Hölle oder in der Erwartung höllischer Peinigungen.

Nachdem sie mit Gilbert buchstäblich ihre Hoffnungen auf eine Ehe fern von ihrer Familie begraben hatte, blieb ihr nichts anderes übrig, als den Antrag von Richard Fink von Finckenstein anzunehmen. Zunächst ließ sich das sogar ganz gut an. Der junge Mann hatte gerade sein Erbe angetreten, der alte Finckenstein war vor einem Jahr verstorben und hatte seinem Sohn ein weitläufiges Landgut hinterlassen, das, wenn auch tief im Pommerschen gelegen, doch so viel Gewinn abwarf, dass sich Richard zu jeder Saison nach Berlin begeben und dort ein Leben der mondänsten Art führte konnte. Seine Vorliebe lag in modischer Kleidung, und gerne zeigte er sich in zartgelben Hosen, dunkelblauen oder veilchenblauen Jacken und äußerst phantasievoll gemusterten Westen. Er sah auf eine derbe Art recht gut aus, seine störrischen dunklen Locken ordnete ein Coiffeur zu einer gekonnt zerzausten Frisur, und wenn er zu Pferde saß, folgten ihm verstohlen die Blicke der Damen.

Dotty hingegen ignorierte ihn eine ganze Zeit lang, ihr stand der Sinn nach Höherem als einem pommerschen Landjunker. Sie wurde erst auf ihn aufmerksam, als absehbar war, dass keiner ihrer Wunschkandidaten bei ihr anbeißen würde.

Die Saison näherte sich dem Ende, und damit machte sich ernsthafte Torschlusspanik bei ihr breit. Sie würde sitzen bleiben, denn noch einmal würde ihr Onkel bestimmt nicht mehr einspringen, und ihre Mutter hatte ihr unmissverständlich zu verstehen gegeben, dass sie nicht das Geld hatten, um einen weiteren derart kostspieligen Aufenthalt in der Hauptstadt zu finanzieren.

Fink von Finckenstein war ihre letzte Rettung. Mochte sein Besitz auch in der finstersten Provinz liegen, so hatte er doch zumindest das Bedürfnis, jedes Jahr einige Monate in der Stadt zu verbringen. Zwar besaß er keine eigene Stadtresidenz, sondern mietete ein Haus nach Belieben, aber das konnte eine Gattin sicher ändern.

Sie setzte ihren gesamten Charme ein, flirtete und tändelte, lockte und gewährte heimlich und erfahren und nahm nach mädchenhaftem Zögern seinen Antrag an. Ihr Vater gab wohlwollend seine Zustimmung und ihre Mutter endlich Ruhe.

Die Hochzeit feierten sie im Frühjahr 1837, und mit der Hochzeitsnacht begann ihr Martyrium. Ihr Gemahl behandelte sie alles andere als zuvorkommend, sondern nahm sich roh, was er für sein Recht hielt. Ihr Jammern fegte er mit dem Hinweis zur Seite: »Hab dich nicht so. Du bist kein unschuldiges Bräutchen mehr, Dorothea. Wie man allenthalben hört, hast du einen ausgeprägten Hang zum Personal. Das kommt mir entgegen.«

Was diese kryptische Äußerung bedeutete, erfuhr sie, als sie auf dem Gut eintrafen.

Es war ein prächtiger Landsitz, die Fassade im Renaissance-Stil gehalten, für den einer der Finckenstein'schen Vorfahren eine Vorliebe hatte. Man hatte das Herrenhaus aus rotem Backstein errichtet, und die Rundbogen der Fenster und Türen verteilten sich harmonisch zwischen weißen Halbsäulen und Gesimsen. Eine breite Eichenallee führte zu dem bekiesten Vorplatz, und ein weitläufiger Park umgab das Anwesen. Auch die Innenräume strahlten gediegene Pracht aus, wenn auch eine gewisse Vernachlässigung zu spüren war.

Das alles war Dorothea jedoch schon nach kurzer Zeit gleichgültig. Sie befand sich in den ersten Wochen in einem dauerhaften Schockzustand und wusste kaum mehr, wie sie von einem Tag zum anderen überleben sollte. Es gab niemanden, mit dem sie über die Perversionen ihres Mannes hätte sprechen können, auch wenn er sie immer wieder dazu zwang, an den Geselligkeiten teilzunehmen, die der Landadel veranstaltete. Dann saß sie in ihren eleganten Kleidern zwischen ehrenwerten Matronen und rotbackigen jungen Mädchen und bemühte sich, die Fassade einer glücklichen jungen Ehefrau aufrechtzuerhalten. Tat sie es nicht, erhielt sie ihre Strafe schon am selben Abend. Einmal hatte sie versucht, sich dem Pastor anzuvertrauen. Doch als sie mit vorsichtig gewählten Worten über das unnatürliche

Gebaren ihres Ehemanns zu sprechen begann, musste sie beobachten, wie dem frommen Mann die Gesichtsfarbe von Rot nach Weiß und schließlich nach Grün wechselte. Er gab einige tröstende Laute von sich und schickte tags darauf seine Frau zu ihr, die ihr mit verständnisvollem Blick zu erklären versuchte, das Eheleben habe auch seine delikaten körperlichen Seiten, und ein liebendes Weib müsse die Aufmerksamkeiten ihres Gatten nun mal erdulden, auch wenn sie einem jungen, unschuldigen Mädchen möglicherweise etwas degoutant vorkamen. Dotty schämte sich zutiefst und fand keine Worte, ihr den Sachverhalt in seiner vollen Tragweite darzustellen. Der Pastor beging jedoch den Fehler, Richard zur Seite zu nehmen und ihm zu raten, er möge Rücksicht auf seine junge Frau nehmen und ein zartfühlendes Verhalten in matrimonialen Dingen zeigen.

Er tat es mit der Reitgerte.

Und da ihm die Reaktion seiner Gemahlin auf diese Behandlung gefiel, gehörte die Züchtigung zukünftig häufig zur Ausübung der ehelichen Rechte.

Dorothea litt, und der einzige Trost, den sie fand, lag im Essen. Sie gewöhnte sich an, schon morgens mehrere Tassen Schokolade zu trinken, aß Unmengen süßes Gebäck dazu, nahm ein reiches Mittagsmahl zu sich, am Nachmittag wurden ihr Kaffee und Kuchen serviert, Schalen mit Pralinen luden jederzeit zum Naschen ein, und zum Abend stand noch einmal ein mehrgängiges Menü auf dem Tisch. Sie wurde unförmig, und ihre Korsetts schnürten sie mehr und mehr ein. Es kümmerte sie nicht besonders.

Hin und wieder nahm Richard sie mit nach Greifswald, wo er Geschäfte abwickelte und seinen dortigen Freunden seine Frau vorführte. Sie hielt sich an seine Befehle, lächelte, machte Konversation und schwieg über ihre Pein. Wenigstens verschonte ihr Gatte sie während dieser Aufenthalte mit seinen Aufmerksamkeiten. Er besuchte stattdessen die Bordells.

Wenigstens eine Befriedigung erhielt Dorothea bei einem dieser Stadtbesuche. Sie fand nämlich im Rathaus das Signalement ausgehängt, mit dem die in Berlin entwichene Mörderin Amara Wolking gesucht wurde. Mit grimmiger Genugtuung malte sie sich aus, wie erbärmlich es dieser Kreatur jetzt ging, die die eigentlich Schuldige an ihrer kaum erträglichen Lage war. Sie stellte sich vor, wie Amara fern der Heimat, gehetzt von den Schergen, im Elend lebte, bettelte, fror und ihren Körper für ein Stück schimmliges Brot verkaufte.

Und je mehr sie darüber nachdachte, desto interessantere Details zu dem Tod Gilberts fielen ihr ein, und einige höchst bemerkenswerte Zusammenhänge wurden ihr klar.

In Folge davon verstarb Ende des Sommers plötzlich und unerwartet der Verwalter von Finckenstein. Angeblich unter furchtbaren Krämpfen.

Ein konstruktives Besäufnis

Hier sind wir versammelt zu löblichem Tuns.
Drum, Brüderchen, Ergo bibamus.
Die Gläser, sie klingen, Gespräche, sie ruhn,
Beherziget Ergo bibamus!

Ergo bibamus, Goethe

»Was man an Kraft einspart, muss man an Weg zusetzen«, erklärte Alexander dem Bauern und drückte den Hebel nieder. »Aber das hier kriegen Sie mit einer einfachen Handpresse nicht hin!« Er grinste den verdutzten Mann an, der beobachtete, wie der Apfelsaft aus der Presse floss.

»Dunnerschlach!«, war der Kommentar des Landwirts.

Alexander ließ den Hebel wieder nach oben gleiten, um anschließend den fast trockenen Presskuchen zu entfernen. »Wollen Sie es auch mal versuchen?«

Die Hydraulikpresse, die er entworfen hatte, war der Renner aus Nettekovens Werkzeugfabrik. Alexander hatte den behäbigen Meister ein paar Wochen lang bearbeiten müssen, damit er etwas so Neuartiges in Angriff nahm, aber das Ergebnis überzeugte ihn inzwischen. Nicht nur, weil es ihnen zusätzliche Aufträge einbrachte, sondern weil eine der leistungsfähigsten Pressen es ihm ermöglichte, Eisenteile in immer gleiche Formen zu stanzen oder zu pressen. Das war bei den Anforderungen an den Maschinenbau immer wichtiger geworden. Präzision war notwenig, und handgefertigte Maschinenteile wiesen meist zu große Abweichungen auf. Inzwischen machte sich Nettekoven sogar Hoffnung, als Zulieferer für die geplante Köln-Bonner Eisenbahn tätig werden zu können.

Die zweite große Abnehmergruppe für kleinere Pressen waren die Landwirte. Obstsäfte waren nur ein Nebenprodukt, aber als Ölpressen waren sie beliebt und natürlich auch, um Zuckerrübensaft zu gewinnen. Viel Zucker entstand daraus nicht. Der überwiegende Anteil wurde vergoren und zu Branntwein verarbeitet.

Der Bauer, dem Alexander das physikalische Gesetz von Kraftmoment und Lastmoment in schlichten Worten erläuterte, war schließlich so beeindruckt, dass er ihn zu Meisterin Gisa schickte, damit sie seinen Auftrag entgegennehmen konnte. Auch das war eine Neuerung. Gisa hatte die kaufmännische Abwicklung der Geschäfte nach und nach übernommen und schien dabei endlich den Verlust ihres Sohnes leichter tragen zu können. Sie war eine sichere Rechnerin und verstand sich genauso gut aufs Feilschen. Ihr Mann staunte hin und wieder sprachlos, wenn sie ihm die Abrechnungen vorlegte.

Für heute hatte er seine Arbeit getan, befand Alexander. Denn auch die Dampfmaschine tat ihren letzten Schnaufer, das Hämmern in der Werkstatt verstummte, die Arbeiter räumten ihre Gerätschaften zusammen. Er nickte ihnen zu und schlenderte zu seinem Haus hinüber. Inzwischen war es weitgehend fertig umgebaut, und nur in zwei Zimmern fehlte es an Möbeln. Hinter dem Haus hatte Hannes einen Nutzgarten angelegt, in dem unter seinen Händen Kartoffeln, Tomaten, Gurken, Salate und allerlei Wurzelgemüse gediehen. Alexander hatte dem Jungen auch erlaubt, einige Blumen auszusäen, und jetzt, im Sommer, leuchteten die Wicken in allen Schattierungen zwischen Weiß und Dunkelrot, dazwischen erhob sich blau der Rittersporn, rot der Mohn und gelb die Sonnenblumen. Es mochte keine künstlerische Gartengestaltung sein, aber es wirkte fröhlich bunt, und Hannes war überglücklich mit seinen Erfolgen. Alle paar Tage fand Alexander einen frischen, farbenfrohen Strauß Blumen auf seinem Küchentisch.

Neben dem Haus aber hatte er ein rechteckiges Stück Wiese stehen gelassen, und hier absolvierte er seine turnerischen

Übungen. Auch an diesem strahlenden Spätnachmittag Ende August zog er sich die einfache Hose und den weiten Kittel an, um sich eine Stunde der Körperertüchtigung zu widmen. Anfangs hatten die Dorfkinder mit großen Augen am Zaun gestanden, ihm zugeschaut und gekichert. Es hatte ihn nicht gestört, und als der erste mutige kleine Steppke seinen Handstand nachzumachen versuchte, lud er sie hin und wieder ein mitzumachen. Auch diesmal hatten sich drei Grünschnäbel versammelt, und gemeinsam mit ihnen führte er sein Programm durch.

Gerade ließ er sich aus dem Handstand nach vorne abrollen und stand federnd wieder auf, als eine Männerstimme vom Zaun her sagte: »Beeindruckend!«

Mit Schwung kam Alexander rückwärts auf die Hände und nach einem präzisen Überschlag auf die Füße.

»Eine Frage der Koordination.«

»Überdehnt es nicht die Gelenke?«

»Wenn man es unvorbereitet und ohne Technik betreibt, kann man sich sogar den Hals dabei brechen.«

Alexander betrachtete den interessierten Zaungast. Er war etwa in seinem Alter, ein blonder Hüne mit lockigem Bart und braungebranntem Gesicht.

»Verstehe«, nickte der. »Ich rudere und schwimme. Dazu braucht man auch eine gewisse Technik. Ohne die läuft man Gefahr zu ersaufen.«

»Trafen Sie mit dem Drachenboot ein?«

»Warum Drachenboot?«

»Nun, die alten Nordmänner, so wird erzählt, kamen einst den Rhein mit ihren Drachenbooten herauf. Sie scheinen aus diesem trutzigen Geschlecht zu stammen.«

»Ein dröger Kaufmannssohn bin ich, aus Bremen. Weder nach Brandschatzen noch Plündern steht mir der Sinn.«

»Das beruhigt mich. Alexander Masters, Ingenieur und Turner, zu Ihren Diensten.«

»Jan Martin Jantzen, Botaniker und so weiter. Wenn Sie der

Ingenieur von Nettekoven sind, sind Sie der Mann, den ich suche.«

»Aha. Jungs, die Turnstunde ist aus. Wenn ihr wollt, könnt ihr morgen wieder vorbeikommen. Und du, Hinz, solltest noch ein paar Liegestütze machen, deine Ärmchen sind ja so dünn wie Spargelstangen!« Er zwickte einen der Lausbuben in den erbsengroßen Bizeps. Die Rasselbande grinste und stob davon.

»Kommen Sie mit in den Garten. Mögen Sie ein Bier?«

»Da ich einen strammen Fußmarsch über staubige Straßen hinter mir habe, sage ich nicht nein.«

»Die alte Lena braut das Zeug selbst und gibt mir immer mal einen Krug ab.«

Alexander führte seinen Besucher durch die Diele in die Küche, nahm den Krug und zwei Steingutbecher und öffnete die Hintertür. Hier standen im Schutz der sonnenwarmen Wand eine hölzerne Bank und ein grober Tisch.

»Was sucht ein Botaniker bei einem Ingenieur, Herr Jantzen?«, fragte er neugierig, als sie die ersten langen Schlucke genommen hatten.

»Haben Sie schon mal was von einem Hothouse gehört?«

»Ich habe das Palm House in Hackney gesehen und einen Aufsatz über Loudons Curvilinear Houses in der ›Allgemeinen Bauzeitung‹ gelesen. Eine Herausforderung an die Metallverarbeitung. Tropenpflanzen sind Ihr Gebiet?«

Jantzen lachte. »Allerdings. Na, dann brauche ich ja nicht mehr viel zu erklären. Ja, ich befasse mich mit einem speziellen tropischen Baum, der seine ganz eigene Vorstellung von den ihm angenehmen klimatischen Bedingungen hat. Der Kakaobaum ist mein Fatum.«

»Stellt sich mir jedoch noch immer die Frage, wie weit Ihr Schicksal die Unterstützung eines Maschinenbauers benötigt. Geht es um die Beheizung des Hothouses?«

»Erst in zweiter Linie. Zuerst einmal muss ich diesen verdammten Baum herbekommen. Diese Primadonna ist nämlich nicht seetüchtig. Alle Versuche, einen jungen Baum oder Sprössling über den Atlantik zu transportieren, sind bislang gescheitert. Die rauen Winde, die Salzluft, die unanständigen Lieder der Matrosen – weiß der Kuckuck, was sie eingehen lässt.«

»Also wollen Sie ein transportables Gewächshaus gebaut haben.«

»So in etwa stellte ich es mir vor. Wir haben schon mit verglasten Holzkisten gearbeitet, aber die sind zu sperrig und vermutlich auch zu undicht. Eine metallene Glaskonstruktion wäre mein nächster Versuch.«

Sie diskutierten eine Weile über Abmessungen, Statik und Materialien sowie Möglichkeiten der Beheizung, während die Schatten länger und der Bierkrug leerer wurden. Schließlich meinte Alexander: »Eine Lösung wird sich finden, Jantzen, aber sicher nicht, bevor ich etwas mehr als Bier im Magen habe. Teilen Sie ein einfaches Mahl mit mir?«

»Sie sind sehr großzügig, Masters. Ja, einen Happen könnte ich auch vertragen.«

»Ich führe keine große Küche, aber frisches Brot, Butter, Tomaten und ein Stück Käse kann ich anbieten. Sie sind der Botaniker, ernten Sie die Tomaten!«

Als auf dem Tisch die gefüllten Teller standen, legte Jan Martin sechs reife Tomaten und ein paar Halme Schnittlauch dazu.

»Es ist Ihnen vermutlich gar nicht bekannt, dass auch Sie recht exotische Gewächse anbauen.«

»Kartoffeln und Tomaten?«

»*Patata* und *tomatl*, wir haben sie, wie den Kakao, von den südamerikanischen Indianern übernommen. Fehlt Ihnen noch eine kleine Tabaksanpflanzung.«

»Keine schlechte Idee. Ich werde Hannes damit beauftragen.«

»Und etwas Hanf wäre auch nicht schlecht.«

»Hanf? Soll ich mir den Strick draus drehen?«

»Wenn's so weit ist, können Sie auch das. Vorher lockert die Pflanze aber den Boden.« Dann grinste Jan Martin. »In der Pfeife macht er sich auch gut, der Hanf.«

»Aha.«

»Aber nicht zu oft, sonst fangen Sie an zu fliegen.«

»Scheint ein interessanter Stoff zu sein. Wo bekommt man den Hanf her?«

»Drüben in Hennef bebauen sie ganze Hänge damit.«

»Aber nicht, um ihn zu rauchen, vermute ich.«

»Fasern, Stoffe, Papier. Die Hanfsamen sind ölhaltig und recht schmackhaft. Ich persönlich bin mehr an den medizinischen Anwendungen interessiert. Hufeland empfahl ihn schon gegen Husten, und der jüngst verstorbene Leiter unseres botanischen Gartens, Nees von Esenbeck, hat seine Nützlichkeit bei allerlei Krämpfen erkannt.«

Alexander fragte sich, warum sein Besucher plötzlich ein ausgesprochen ernstes Gesicht machte.

»Die Pharmazie scheint auch eines Ihrer Forschungsgebiete zu sein, Jantzen?«

»Ich bin auch Arzt. Ja, die Inhaltsstoffe der Pflanzen müssen noch viel mehr erforscht werden. Hätte ich von der Wirkung des Hanfs früher gewusst, hätte ich Leben retten können.«

Er biss in sein Butterbrot, das mit Tomatenscheiben und Schnittlauch belegt war, und schwieg. Alexander tat es ihm gleich. Er mochte den Botaniker und wollte nicht an eine Erinnerung rühren, die offensichtlich schmerzhaft für ihn war. Nachdem sie ihre Brote verzehrt hatten, fragte er dann aber: »Wie sind Sie von Bonn hierhergekommen, Doktor Jantzen? Doch sicher nicht zu Fuß?«

»Lassen Sie den Doktor weg, sonst nenne ich Sie Oberingenieur. Nur das letzte Stück trugen mich Schusters Rappen. Den größten Teil der Strecke bin ich gerudert.« Er grinste wieder, und Alexander lachte auf.

»Und wie wollen Sie zurückkommen? Die Herfahrt war sicher angenehm, kann ich mir vorstellen. Flussabwärts hilft die Strömung.«

»Und aufwärts ein gutes Essen.«

»Aber es wird bald dunkel.«

»Wäre nicht das erste Mal, dass ich eine nächtliche Ruderpartie unternehme. Der Himmel ist wolkenlos und der Mond noch fast voll.«

»Andererseits – Sie könnten auch morgen früh aufbrechen. Ich kann Ihnen ein schlichtes Bett und ein paar Decken anbieten, auch wenn es noch nicht gerade luxuriös in meinem Heim zugeht.«

»Das ist ein Angebot, das ich gerne annehme. Es ist ein schöner Abend, der danach verlangt, in guter Gesellschaft im Garten zu sitzen.«

»Dann zeige ich Ihnen das Zimmer, und anschließend brechen wir einer Flasche Roten den Hals.«

»Sie werden nach Bonn kommen, Masters, und dann revanchiere ich mich.«

»Einverstanden.«

Sie trugen die Teller und den Brotkorb in die Küche, und dann verblüffte Alexander seinen Besucher mit der Präsentation des *water closets.*

»Phantastisch. Unbeschreiblich. Wenn wir das nur in jedes Haus einbauen könnten! Sie wissen gar nicht, wie viele Krankheiten durch Unsauberkeit entstehen.«

»Ich habe mir noch nicht viele Gedanken dazu gemacht, aber vorstellen kann ich es mir.«

»Ich habe einmal einen erstaunlichen Schiffsarzt kennengelernt. Masters, wenn Sie sich irgendwann einmal ernsthaft verletzen, und das bleibt vermutlich bei Ihrer Tätigkeit nicht aus, versprechen Sie mir, die Wunde gründlich mit Wasser auszuwaschen. Und saubere Verbände zu verwenden.«

Sie standen in dem zweiten Schlafzimmer, in dem bisher nur ein schmales Bett und ein Schemel untergebracht waren, und Alexander hörte den drängenden Ton in der Stimme des Arztes.

»Ich werde daran denken und tunlichst Sie dann aufsuchen oder rufen lassen. Sie haben vermutlich entsprechende Erfahrungen gemacht.«

»Mein bester Freund ist einem Wundstarrkrampf erlegen, und andere Patienten habe ich zuvor daran sterben sehen. Doch auf dem Schiff, auf dem Doktor Klüver die Männer mit Salzwasser behandelte, gab es keinen solchen Fall. Ich würde gerne Experimente machen, um dieses Phänomen zu belegen, aber das ist schwierig.«

»Das verstehe ich. Man kann ja nicht beliebig viele Personen verwunden und dann beobachten, wer auf welche Behandlung anspricht.«

»Sie haben es erkannt, Masters. Verdammt, Sie sind ein kluger Kopf. Meine Kollegen halten mich weitgehend für verrückt, und unser Universitätsspitzel hat sich auch schon an meine Fersen geheftet. Der hat wohl Angst, dass ich staatsfeindliche Therapien verordne.«

»Hören Sie mir bloß mit Regierungsspitzeln auf. Mir hat einer von denen zweieinhalb Jahre Festungshaft verschrieben.«

»Staatsfeindliches Turnen, was?«

»Getroffen. Und ein paar zu freigeistige Äußerungen meiner vierjährigen Tochter gegenüber. Aber lassen wir das, es ist vorbei. Ich hätte dem Kantholz eben nicht die Hosen runterlassen dürfen.«

»Kantholz, Karl August Kantholz?«

»Kennen Sie den etwa auch?«

»Der ist jetzt für unseren Kurator Rehfues tätig und belauert Studenten und Lehrpersonal.«

Sie waren mit der Rotweinflasche wieder im Garten angekommen, und Alexander lachte bitter auf. »Die Welt ist klein, Jantzen.«

»Offensichtlich. Wo haben Sie den Spitzel getroffen?«

»Erstmalig in Berlin.« Er berichtete von dem Streich, den sie ihm gespielt hatten, und dann von seiner Begegnung in Elberfeld.

»Sie sind ganz schön herumgekommen, Masters.«

»Ein wenig. Sie ja wohl auch, wenn ich die Andeutung von Schiffsärzten richtig verstehe.«

»Das wird eine lange Geschichte.«

»Wir haben ja auch einen langen Abend vor uns.«

Als die Sonne untergegangen war und die letzten Vögel ihre Nachtgesänge anstimmten, stand die zweite Flasche geöffnet auf dem Tisch, und Alexander wusste von Venezuela und Trinidad, von Bremen und Berlin und den Niederungen, die sein Gast durchwandert hatte. Er hingegen berichtete von Waterloo und Colchester, von London, Berlin, Elberfeld und Jülich. Es blieb nicht aus, dass Berlin, das sie beide kannten, zu Vergleichen Anlass gab. Und es blieb daher auch nicht aus, dass Nadinas Café dabei erwähnt wurde.

»Nadina Galinowa. Sie hatte zuvor eine Gartenwirtschaft in Potsdam. Die ist abgebrannt, und danach hat sie das Café in der Stadt eröffnet. Das habe ich leider nicht mehr mit eigenen Augen gesehen. Aber sie hat mir davon geschrieben.«

»Ein gut gehendes, gepflegtes Etablissement. Zwei sehr hübsche junge Frauen, die die Gäste bedienten. Melisande, Madame Nadinas Tochter, und Amara, ihre Partnerin. Sie war eine exzellente Bäckerin. Es ist so schrecklich, was passiert ist.«

»Amara? Ich habe Amara auch gekannt! Was ist mit ihr geschehen?«

»Sie steht unter Verdacht, meinen Freund Gilbert ermordet zu haben.«

»Großer Gott!«

»Sie hat es aber nicht getan. Ich war ja dabei.«

Während die Nachtigallen in den Büschen ihre Melodien miteinander verwoben, erfuhr Alexander Masters die furchtbare Geschichte, und die ganze Zeit über sah er das Gesicht des jungen, unglücklichen Mädchens vor sich, das er aus der Zuckerfabrik zu Nadina gebracht hatte. Möglicherweise lag es an dem schweren Wein, dass er darüber eine plötzliche Traurigkeit empfand, denn in den vergangenen Monaten hatte er Amara beinahe völlig vergessen.

Er schwieg lange, und dann, als der Mond hinter den Baumwipfeln versank, half er Jan Martin, der genau wie er nicht mehr ganz sicher auf den Beinen stand, ins Haus und die Stiege zu den Schlafzimmern empor.

»Schlaf gut, Doktor«, murmelte er mit etwas schwerer Zunge.

»Du auch, Inschen… Inschensch… blöder Titel! Alexander.«

»Ja, blöd, Jan. Aber meiner. Kein geerbter Graf oder so.«

Mit dieser nebulösen Bemerkung stolperte Alexander in sein Zimmer.

Noch bevor er einschlief, überkam ihn aber die ernüchternde Erkenntnis, dass er am nächsten Morgen einen Höllenkater haben würde, und gleich darauf die übermütig-trunkene, dass es gut war, einen Freund gefunden zu haben, der als Arzt sicher etwas dagegen unternehmen konnte.

Er täuschte sich leider in letzterer Annahme. Auch Doktor Jan Martin kannte kein Mittel gegen den Brummschädel.

Gutbürgerliche Küche

Er speist vergnügt sein Leibgericht,
Und in den Nächten wälzt er nicht
Schlaflos sein Haupt, er ruhet warm
In seiner treuen Gattin Arm.

Heinrich Heine

»Ach, der liiiebe Herr Pfarrer kommt zu Besuch!«, kreischte Hermine, und ich verdrehte stumm die Augen. Anton Beverings Tochter, gerade mal ein Jahr jünger als ich selbst, war mit einer durchdringenden Stimme geschlagen, die sie nur selten in gedämpfter Lautstärke einsetzte. In Momenten gefühlsmäßiger Erregung schrillte sie unangenehm durch das Haus – und gefühlsmäßige Erregung gehörte zur Grundhaltung der jungen Frau. Der Besuch des stiernackigen Geistlichen versetzte sie in höchste Verzückung, was mich einigermaßen belustigte. Der würdige Herr war ganz offensichtlich eine Zielscheibe mädchenhafter, wenn auch hoffnungsloser Träume.

Hermine war keine göttliche Schönheit, doch sie wäre bei Weitem ansehnlicher gewesen, wenn sie sich nicht strikt in tiefste Trauerkleidung gehüllt und ihre braunen Haare nicht gar so straff im Nacken zusammengeknotet hätte. Nur zwei Korkenzieherlocken an den Schläfen, die mit Brennschere und Pomade zu drahtähnlichen Spiralfedern geformt waren, gönnte sie sich als modisches Attribut.

Auf ihren Aufschrei am Fenster reagierte ihre Tante Margarethe mit einem milden »Gott sei's gelobt« und legte die komplizierte Klöppelarbeit nieder, um den schwarzen Kreppschleier ihrer Haube wieder über das Gesicht zu schlagen. Die

Witwe des verstorbenen Bruders von Anton Bevering war nach dem Tod ihres Mannes in das Apothekerhaus gezogen, um hier im Schoße der Familie tiefster Trauer zu frönen. Sie tat es mit bewundernswerter Inbrunst, was mich ebenfalls belustigte, denn von meinem Gatten hatte ich erfahren, dass die kinderlosen Eheleute kein sonderlich inniges Verhältnis zueinander gepflegt hatten. Doch nun verband Nichte und Tante die gemeinsame Darstellung seelischen Kummers, der von dem Herrn Pfarrer aufopferungsvoll gelindert werden musste.

»Ich wünschte, Ella Annamaria, Sie würden wenigstens in Halbtrauer auftreten«, seufzte Margarethe vernehmlich. »Was wird nur der Herr Pfarrer von Ihnen denken?«

»Dass ich eine jung verheiratete Dame bin, Gretchen«, antwortete ich milde und strich meinen leuchtend blauen Rock glatt.

»Nennen Sie mich nicht so!«, begehrte die füllige Witwe auf und sandte mir einen giftigen Blick.

»Nun, solange ich Ella Annamaria bin, sind Sie Gretchen. Und nun überlasse ich Sie den Freuden des geistlichen Trostes und kümmere mich um Beverings Abrechnungen.«

»Aber Amara!«, gellte Hermine hinter mir her, als ich den Raum verließ.

»Lass sie gehen, Hermine. Mit ihrem Benehmen beleidigt sie Pfarrer Gerlach doch nur«, hörte ich meine Schwägerin noch anmerken, als ich die Tür leise hinter mir zuzog.

Die Ehe mit Anton Bevering hatte viele gute Seiten, die ich überhaupt nicht leugnen wollte. Mein Gatte verwöhnte mich in jeder Hinsicht. Selbstredend war nicht von grauen oder gar schwarzen Kleidern die Rede, als er mir den Besuch einer renommierten Schneiderin empfahl, bei der ich meine Frühjahrsgarderobe bestellen sollte. Er selbst hatte den Trauerflor nach sechs Wochen abgelegt und die missbilligend hochgezogenen Brauen näherer Verwandter oder Freunde ignoriert. Er ließ die Räume seiner verstorbenen ersten Frau renovieren, und nun standen mir ein kleines Wohnzimmer und ein Boudoir im zweiten Stock zur Verfügung. Leider hatte die Verblichene eine Vorliebe für schwere, dunkle Möbel gehabt, die in den niedrigen Räumen recht erdrückend wirkten. Aber das wollte ich nicht kritisieren. Ich war froh, hier ein Sanktuarium zu haben, denn Hermine und Margarethe hielten sich mit Vorliebe in dem repräsentativen »Saal«, dem großen Wohnzimmer im ersten Stock, auf, wo in Kredenzen das Kristall und Porzellan, das Silberzeug und die Zinnteller zur Schau gestellt wurden. Um deren Pflege und die restliche Putzerei kümmerte sich ein Hausmädchen, eine vorzügliche Köchin wirkte an den Töpfen, und einmal die Woche kam die Wäscherin. Erstmals in meinem Leben lernte ich den Müßiggang kennen – und war seiner nach kürzester Zeit weidlich überdrüssig. Anton hatte zwar gehofft, Hermine und ich könnten gute Freundinnen werden, und ich, als die Verheiratete, würde es übernehmen, die junge Frau zu chaperonieren. Doch seine Tochter hatte ihr Missfallen über seine Heirat dadurch bekundet, dass sie sich weigerte, die Trauerkleider abzulegen. Gesellschaftlicher Verkehr aber war auf diese Weise nicht möglich, und so war ich auf Beverings Begleitung angewiesen, wenn es mich nach Unterhaltung gelüstete. Er tat mir gerne den Gefallen, und an seiner Seite besuchte ich Theateraufführungen, Konzerte und auch die Gesellschaften, die seine Bekannten gaben. Das missfällige Getuschel seiner Schwägerin hörte nur ich. Margarethes peinlichstes Anliegen war, was wohl die Leute dazu sagten, dass ihr Schwager sich mit einer solchen Person verbunden hatte.

Nüchtern wie ich war, hätte ich es ihr erzählen können. Die Männer in Antons Alter musterten mich mit gierigen Blicken und neideten dem Apotheker sein junges Bettschätzchen. Die Matronen an ihrer Seite flüsterten etwas von Johannistrieb und schamlosem Ausnutzen, waren aber ebenfalls neidisch, weil ihren Töchtern damit eine gute Partie entgangen war. Den Töchtern wiederum war ich gleichgültig, und den Söhnen musste ich gelegentlich einen Verweis erteilen. Nichts von alledem berührte mich, nur die Langeweile tagsüber machte mir zu schaffen. Ich las die Zeitungen und Gazetten gründlich, fand einige Reiseberichte in den Bücherregalen, die mich faszinierten, aber damit ließen sich die Stunden bis zum Abend eben nicht ausfüllen.

»Ich würde mich gerne in der Apotheke nützlich machen, Anton. Was meinen Sie, könnte ich nicht auch Pillen und Salben verkaufen?«, hatte ich meinen Mann nach zwei Wochen gefragt.

»Du würdest es sicher sehr anmutig machen, mein Kätzchen, aber es gehört mehr dazu, als nur hübsche Döschen zu verkaufen. Die Kunden wollen ihre Rezepte gemischt haben, und das kann nur ein ausgebildeter Apotheker.«

»Gut, das verstehe ich. Aber ich kann mit Kräutern, Gewürzen, Mörser und Pistill auch ganz gut umgehen. Als Bäckerin gewinnt man ein gewisses Geschick darin.«

»Ohne Zweifel. Aber würdest du mich in deine Küche lassen, nur weil ich Salben und Cremes rühren kann?«

Ich musste lachen bei dem Vergleich und schüttelte den Kopf. »Sie haben ja recht, Anton. Ich wäre mehr als misstrauisch. Aber irgendwas muss es doch für mich zu tun geben? Und jetzt sagen Sie nicht, ich solle Klöppelspitzen anfertigen.«

»Um Himmels willen, nein!«

Auch ihm ging das ewige Klöppeln seiner Schwägerin auf die Nerven, zumal die Produkte ihrer regen Handarbeit in Form von starren Deckchen inzwischen auf jedem Polster und jeder freien Fläche im Haus herumlagen.

»Dann bleiben mir noch die Abrechnungen, Anton. Auf Ihrem Schreibtisch im Kontor häufen sich die Papiere an. Ist es nicht so?«

»Je nun«, Bevering wirkte ein wenig verlegen. »Die letzten Tage ist der Schreibkram etwas liegengeblieben.«

Ich sah ihn mit einem Augenzwinkern an. Er war ein guter Mensch, ein verantwortungsvoller Apotheker, der sich aufrichtig um seine Kunden bemühte, den Kindern die bittere Medizin immer mit ein paar Tropfen Honig versüßte und sich großzügig seinen Angehörigen gegenüber verhielt. Ich mochte ihn wirklich, aber ich hatte sehr schnell auch seine Schwächen herausgefunden. »Und Sie machen die Abrechnungen auch nicht gerne«, sagte ich. »Aber ich bin es gewöhnt, Bestellungen zu addieren, Rechnungen zu prüfen, Zahlungen zu verfolgen. Darf ich Ihnen die Aufgabe abnehmen?«

Bevering zierte sich noch eine Weile, dann übergab er mir erleichtert den Schlüssel zu seinem Kontor und wies mich in die Unterlagen ein.

Seine zweite Schwäche war mir bereits in der Hochzeitsnacht aufgefallen, doch darüber würde ich nie ein Wort verlieren. Nur dreimal hatte er sich seither unter den dicken Plumeaus zu mir herübergewühlt und mit fahrigen Fingern an meinem Nachthemd gezupft. Es war ein beschämendes, mühevolles Ringen, mit dem er versuchte, seine ehelichen Pflichten zu erfüllen, und als ich in einer warmen Juninacht in der Hoffnung, ihm eine Freude zu bereiten, ohne das voluminöse Hemd unter die Decken schlüpfte, war er so entsetzt, dass ich diesen Versuch nie wiederholte.

Seine dritte Schwäche aber bekämpfte ich mit allen hinterhältigen Mitteln, die mir zur Verfügung standen. Denn diese war sein Freund, Doktor Jakob Schlaginhaufn. Mit dem Mediziner mochte ihn eine Freundschaft verbinden, die schon im Steckkissen begonnen hatte, die über Schulzeit und Studium, Approbation und Praxis bis zum jetzigen Zeitpunkt gewachsen war, ich hingegen empfand herzliche Abneigung gegen den korpulenten Arzt. Seine dröhnende Stimme, mit der er apodiktische medizinische Wahrheiten verkündete, war das eine, seine schmutzigen Manschetten, die schwarzen Ränder unter seinen Fingernägeln und die unangenehmen Ausdünstungen seiner Kleider waren das andere. Er widerte mich schlichtweg an. Zumal er beständig versuchte, mich – aus rein ärztlichem Interesse – anzufassen. Unser beider Begegnungen verliefen wie eine Tanzparodie, in der ich beständig das Ausweichen übte und er immer wieder versuchte, meinen Puls zu ertasten oder eine kleine Schwellung am Hals zu befühlen. Einmal hatte er sogar Anstalten gemacht, mich zur Ader lassen zu wollen, da ich anscheinend unter einem Überschuss an gelber Galle litte, wie ihm Margarethe zugeflüstert hatte. Vielleicht hatte sie recht damit, mir kam tatsächlich bei dem Gedanken die Galle hoch, und ich wies ihn äußerst unwirsch zurück, als er sein Schröpfschnepper aus seinem schmierigen Arztkoffer kramte. Einmal hatte ich meinen Gatten vorsichtig darauf angesprochen, dass Doktor Schlaginhaufn wohl eine recht sorglose Haushälterin habe, doch Anton hatte nur traurig den Kopf geschüttelt und gemeint: »Das Los eines alleinstehenden Mannes, mein Kätzchen. Er hat niemanden, der sich so lieb um ihn kümmert, wie du es für mich tust.«

Das Kontor, in dem ich mich durch die Materialanforderungen und Rechnungen arbeitete, lag hinter dem Laboratorium, ein enger, muffiger Raum, der gelegentlich von den seltsamsten Gerüchen durchzogen wurde, je nachdem, was Anton und sein Gehilfe in den Retorten und Tiegeln zusammenmischten. Eben gerade aber wehte der angenehme Duft von Sandelholz und Myrrhe herein, was mich zum Lächeln brachte. Durch meine Arbeit hatte ich einen recht guten Überblick über die Stoffe erhalten, die in einer Apotheke benötigt wurden, und wenn ich Anton abends nach der einen oder anderen mir nicht bekannten Substanz befragte, dann antwortete er mir immer ausführlich. So wusste ich um die feinen Fette, die zur Grundlage von Salben dienten, kannte verschiedene Salze, die in gelöster oder pulverisierter Form verabreicht wurden, erfuhr die Namen von Säuren, Laugen und Lösemitteln. Ich lernte die verschiedenen Behälter kennen für trockene, flüssige und leicht flüchtige Stoffe und wusste, was sich in dem geheimnisvollen Giftschrank verbarg.

In das Offizin, den straßenseitigen Verkaufsraum mit seinen schönen Holzregalen und den Reihen von Porzellandosen, Flaschen, Flakons und Kästchen, trat ich selten, aber im Laboratorium schaute ich manchmal Anton über die Schulter, wenn der

Gehilfe anderweitig beschäftigt war. So auch heute, aber diesmal scheuchte Anton mich hinaus.

»Nein, Liebes, heute nicht. Wir bekommen abends Gäste. Und das hier ist eine übelriechende Angelegenheit.«

»Gäste? Sie haben mir gar nichts davon gesagt!«

»Es hat sich ja auch gerade erst ergeben. Ein netter junger Mann wird uns besuchen. Ein Kollege aus Bonn. Meinst du, du könntest Hermine überreden, am Abendessen teilzunehmen?«

»Oh, oh, mein Gemahl! Beschleicht mich da der Verdacht, Sie wollten in kupplerischer Absicht tätig werden?«

Bevering seufzte leise. »Sie geht so selten aus.«

»Das ist wahr. Nun, ich kann es versuchen, aber sie hat ihren eigenen Kopf, Anton. Wer ist der Herr? Vielleicht kann ich ihn ihr schmackhafter machen, wenn ich ein paar pikante Details kenne.«

»Er ist Mediziner und Botaniker, arbeitet im botanischen Garten der Universität und erforscht den Nährwert gewisser Lebensmittel.«

»Wenig hilfreich, Anton. Wie sieht er aus? Hinkt er, schielt er, hat er abstehende Ohren? Oder darf ich Hermine einen Apollo versprechen?«

Anton lächelte. »Ist das für euch Frauen wichtig?«

»Sagen wir mal, wichtiger als der Inhalt seiner Dissertation.«

»Ah, ja… Eine gewisse Oberflächlichkeit muss man dem schwachen Geschlecht wohl zubilligen.«

»Das starke, mein lieber Mann, widmet sich selbstverständlich immer erst den inneren Werten eines Weibes, bevor es ihm ins Dekolletee schielt.«

»Frechdachs!«

»Sie fordern so etwas heraus, Anton! Also? Adonis, Zeus oder hinkender Hephaistos?«

»Ich würde zum Vergleich eher den germanischen Götterhimmel heranziehen. Oder zumindest die Helden dieses harten Volkes. Doktor Jan Martin Jantzen stammt aus Bremen und…«

Der Rest der lichtvollen Ausführung rauschte an mir vorbei, denn ich hatte mit meiner Fassung zu ringen. Jan Martin – in Bonn! Er kannte meine wahre Identität. Würde er mich bloßstellen? Ich hatte Anton Bevering eine nahe an der Wahrheit liegende Geschichte erzählt, aber ich war als Ella Annamaria Wirth in die Ehe gegangen und hatte ihn gebeten, mich Amara zu nennen. Aber wie würde mein Mann darauf reagieren, dass ich eine per Signalement gesuchte Mörderin war?

»Was ist, mein Kätzchen? Ist die Luft hier drin so schlecht? Du bist ja ganz blass. Komm, ich bringe dich nach oben.«

»Danke, Anton. Es geht schon wieder. Ich… ich kümmere mich um Hermine.«

»Ja, Liebes, tu das. Jakob kommt übrigens auch. Wir werden zu fünft speisen.«

Er drängte mich aus dem Laboratorium, und erleichtert schlüpfte ich die Treppe hinauf. Ich brauchte einige Minuten, um mich zu fassen. In meinem Wohnzimmer öffnete ich die Fensterflügel und schaute hinunter. Doch das Treiben auf der belebten Straße sah ich nicht, sondern nur wieder die grauenvolle Szene in Nadinas Café.

Was war dort wirklich geschehen?

Wie würde Jan Martin auf mich als ehrenwerte Apothekergattin reagieren?

Tief atmete ich die staubige Sommerluft ein. Wahrscheinlich machte ich mir viel zu große Sorgen. Jan Martin hatte ich als einen etwas schüchternen, aber ausgesucht höflichen Mann in Erinnerung. Er würde verblüfft sein, aber hoffentlich geistesgegenwärtig genug, sich nicht zu verplappern.

Er sah noch genauso aus wie vor zwei Jahren. Hochgewachsen, breitschultrig, mit einer blonden Lockenmähne und einem ebensolchen Bart, was sich verwegen zu dem strengen schwarzen Anzug ausnahm. Er trat auf mich zu, und ich reichte ihm die Hand. Einen winzigen Augenblick weiteten sich seine Augen vor Überraschung, dann aber sagte er: »Verehrte gnädige Frau, liebe Frau Doktor Bevering, ich bin überaus entzückt, Ihre Bekanntschaft zu machen. Mein Herr Kollege hat mir zwar mitgeteilt, er sei vor kurzem in den Stand der Ehe getreten, und ich habe ihm pflichtschuldigst gratuliert. Jetzt aber muss ich ihm meine tief empfundenen Glückwünsche noch einmal aussprechen. Doktor Bevering, Sie haben ein bezauberndes Weib errungen!«

In ausgesuchter Höflichkeit zog Jan Martin meine Hand an die Lippen, und ich spürte, wie sein seidiger Bart meine Haut streifte. Mein mühsames Lächeln verlor seine Starre, und mit aufrichtiger Freude schaute ich ihn an.

»Und ich bin glücklich, dass mein Gatte einen so charmanten Gast eingeladen hat. Darf ich Sie meiner Stieftochter vorstellen?«

Nachdem auch das erledigt war, nahm Doktor Schlaginhaufn die Gelegenheit wahr, mir ebenfalls in gravitätischer Manier die Hand zu küssen, was allerdings weit intensiver ausfiel als ein zartes Streifen seidiger Barthaare. Danach hatte ich den dringenden Wunsch, mir die Finger mit einem Tuch abzuwischen, aber das wäre dann doch ein sehr deutlicher Affront gewesen.

Das Essen verlief zunächst harmonisch, Jan Martin sprach von seinen Untersuchungen, dem Nährwert von Kartoffeln, Graupen und anderen kohlehydrathaltigen Produkten zu bestimmen, und Hermine, die sich in der christlichen Wohlfahrt unter Leitung von Pfarrer Gerlach stark engagierte, erzählte ihm stolz von der Rumfordsuppe, die sie an die Bedürftigen ausschenkten.

»Solange Sie reichlich Kartoffeln, Gemüse und Fleischbrühe verwenden, mag das ein sehr nützliches Gericht sein. Aber meine Feststellung ist bislang, dass in den Suppenküchen oft daran zugunsten von Wasser gespart wird.«

»Dieses Gesindel soll man nicht mit aufwendigen Delikatessen durchfüttern. Sie können froh sein, dass solche verehrungswürdigen Frauen wie Fräulein Hermine sich aufopfern und überhaupt eine Speisung möglich machen!«, dröhnte Schlaginhaufn und nahm sich einen kräftigen Nachschlag von der Aalsuppe.

»Und nicht zu vergessen die nahrhaften Gebete, die die wässrige Suppe begleiten«, murmelte ich in meine Serviette. Jan Martin neben mir trat mir leicht auf den Fuß.

»Sie erforschen aber sicher nicht ausschließlich den Nährwert dünner Armenspeisung, Doktor Jantzen?«, fragte ich dann lauter nach.

»Nein, mein Hauptinteresse liegt bei einem weit spannenderen Produkt, liebe Frau Doktor Bevering. Ich setze im Augenblick alle meine Bemühungen daran, einen Kakaobaum in den Gewächshäusern anzupflanzen.«

Hermine lachte kreischend auf. »Kakaobaum, Herr Doktor Jantzen? Tatsächlich, sooo etwas gibt es? Wachsen da die Pralinés an den Zweigen?«

Ich konnte mich nicht zurückhalten. »Genau, Hermine, genau wie die Pfannkuchen am Eierkuchenbaum.«

Sie sah mich verständnislos an. »Einen Eierkuchenbaum gibt es doch gar nicht.«

»Hermine, sie scherzt«, klärte mein wohlmeinender Gatte seine Tochter auf und wandte sich dann an Jan Martin. »So haben Sie Ihr Forschungsgebiet dann gefunden.«

»Ja, und es wird, je weiter ich mich darin vertiefe, immer interessanter.«

»Das kann ich mir vorstellen. Ich liiiebe Kakao über alles!« Hermine versuchte sich mit einem neckischen Augenaufschlag, wurde diesmal aber von Schlaginhaufn gebremst.

»Anton, du solltest deiner Tochter den übermäßigen Genuss des Kakaos untersagen. Du weißt, wie schädlich er ist.«

Bevor mein Mann ihm antworten konnte, stellte ich richtig: »Kakao hat allenfalls eine leicht anregende Wirkung, vergleichbar mit Kaffee oder Tee, Doktor Schlaginhaufn. Sie selbst werden als passionierter Mokkatrinker wissen, wie harmlos das ist.«

»Kakao hat weit gefährlichere Auswirkungen, gerade auf das weibliche Geschlecht«, dröhnte er und sah mich missbilligend an.

»Ah, Sie sprechen von dem Glauben, die Frucht des Theobroma cacao errege den Geschlechtstrieb, Herr Kollege? Und wenn es so wäre – was wissenschaftlich natürlich nicht erwiesen ist –, halten Sie dies für eine schädliche Reaktion des Körpers?«

Diesmal fühlte ich mich bemüßigt, Jan Martin auf den Fuß zu treten. Seine Bemerkung war in Gegenwart von Damen äußerst unpassend, und wie erwartet begann Hermine hinter ihrer Serviette zu gluckern.

»Lieber Doktor Schlaginhaufn«, erklärte ich mit süßer Stimme, »bedenken Sie, selbst Papst Pius V. hat den Kakao als Fastenspeise in den Klöstern erlaubt. Wenn das Oberhaupt der katholischen Kirche den Genuss für die keuschen Brüder und Schwestern für angemessen hielt, kann man sicher von keinerlei unpassender Wirkung sprechen.«

Die Erwähnung der geistlichen Obrigkeit stopfte dem Mediziner zumindest in Gegenwart der Damen Bevering den Mund, wenngleich Jan Martin neben mir leise bemerkte: »Der Saga nach hat er's aber nur erlaubt, weil ihm das bittere Zeug nicht geschmeckt hat.«

Ich verkniff mir ein Lachen und verkündete darauf laut: »Ich denke, ich werde Erna bitten, den nächsten Gang zu servieren. Sie hat, lieber Herr Doktor Jantzen, einen echten rheinischen Sauerbraten zubereitet. Es ist ein etwas ungewohnter Geschmack. Probieren Sie dennoch unsere hiesige Spezialität.«

Damit gelang es mir, die Situation zu entspannen, denn der Vielfraß Schlaginhaufn sprang sofort darauf an.

»Wunderbar, wunderbar, liebste Frau Doktor. Es geht doch nichts über ein ordentliches Stück Pferdefleisch.«

»Pferdefleisch?«, keuchte Jan Martin neben mir leise.

»Leider ja«, murmelte ich. »Nehmen Sie von den Klößen und Rotkraut und behaupten Sie, Sie zögen fleischlose Kost vor.«

Er tat es, und schob, trotz Hermines beständigen Nötigens, nur die Beilagen auf dem Teller hin und her. Dafür berichtete er von den Schwierigkeiten, die die Ansiedlung von Kakaopflanzen in den hiesigen Breiten darstellten.

»Aber jetzt habe ich gute Hoffnung, ein paar junge Bäume unbeschädigt über den Atlantik zu bekommen. Ein guter Freund«, sein Fuß stupste wieder an den meinen, und ich wunderte mich etwas, war ihm aber dankbar, als er fortfuhr, »ein begabter Ingenieur in Bayenthal, hat mir ein Transportbehältnis gebaut, in dem das warme Klima, das der Baum so liebt, hoffentlich aufrechterhalten werden kann. Alexander Masters ist ein mitdenkender Mann.«

Hier war er also angekommen. Ich schob ebenfalls mein Rotkraut ohne Appetit über das säuerliche Fleisch, das ich genauso wenig schätzte wie unser Gast. Dem Gespräch schenkte ich nicht mehr sehr viel Aufmerksamkeit und bekam auch nur mit einem halben Ohr mit, wie sich Schlaginhaufn, den der Kakaobaum nicht interessierte, darüber beklagte, dass unter den Kindern in Köln die Röteln ausgebrochen seien, und er Anton bat, genügend Arzneien dagegen bereitzuhalten.

Jan Martin wandte sich wieder an mich und fragte höflich und mit einem betonten Nicken in Richtung Hermine, ob ich und meine reizende Stieftochter wohl Lust hätten, ihn in den nächsten Tagen zu einem Ausflug an den Rhein zu begleiten.

»Gerne, Herr Doktor Jantzen. Und vielleicht möchte auch meine Schwägerin Margarethe uns begleiten. Sie ist zwar in Trauer, doch würde ihr gewiss eine ruhige Fahrt an frischer Luft guttun, nicht wahr, Anton?« Ich kreuzte Zeige- und Mittelfinger unter dem Tischtuch.

Wir verabredeten uns für Donnerstag in zwei Wochen, wenn Jan Martin wieder in Köln zu tun haben sollte, und ich ahnte, dass Alexander ihn begleiten würde.

Doch leider musste ich die Ausfahrt absagen – ich lag an dem besagten Tag mit Röteln im Bett.

Anrecht auf den Sohn und Erben

Schlaf, süßer Knabe, süß und mild,
Du deines Vaters Ebenbild!
Das bist du; zwar dein Vater spricht,
Du habest seine Nase nicht.

Die Mutter bei der Wiege, Claudius

Mit entnervtem Blick steckte Dorothea das Laken in der Wiege fest, in der ihr vier Wochen alter Sohn plärrte. Was für ein hässlicher Zwerg er war mit seinem vor Wut verzerrten Gesicht. Wie ein verschrumpelter kleiner Affe sah er aus. Die dunklen Haare hatten ihm weder sie noch ihr Gatte Richard vermacht. Aber das interessierte wohl niemanden.

Gerade hatte sie die Pfarrersfrau verabschiedet, die ihr zur Geburt ihres Kindes gratulieren wollte. Das Gesäusel über das süße Knäblein hatte Dotty stoisch ertragen, den Hinweis, er sei seinem lieben Vater ganz wie aus dem Gesicht geschnitten, kommentarlos übergangen, und erst als die einfältige Dame ihr sacht die Hand tätschelte und dabei schelmisch flötete: »Sehen Sie, liebste Frau von Finckenstein, so hat sich doch alles zum Guten gewendet. Gar so schlimm ist die Ehe doch nicht, oder?«, war sie versucht, ihr den faltigen Hals umzudrehen.

Nach anderthalb Jahren Ehe hatte Dorothea endlich einen gangbaren Weg gefunden, mit den Demütigungen fertig zu werden, die ihr Gatte, sein Kammerdiener und dann und wann auch ein paar Saufkumpane ihr zufügten. Sie flüchtete sich in ihre Tagträume, die, angeregt von Tante Laurenz' schwülstigen Romanen, ihr die Möglichkeit boten, die Gegenwart so weit wie möglich zu ihren Gunsten zu verändern. Da sie inzwischen wusste, welche Dienste ihr Mann von ihr verlangte und seine Phantasie in Erfindung neuer Perversitäten zum Glück begrenzt war, baute sie seine Besuche in das dramatische Geschehen wilder Romanzen ein, in der sie Opfer wüster Piraten oder Freischärler wurde, geschändet, gefoltert und – gerettet durch den Prinz ihrer Träume. Seltsamerweise gelang es ihr so, dann und wann sogar einen gewissen Gefallen an den Scheußlichkeiten zu finden, zu denen sie gezwungen wurde.

Die Pfarrersfrau, dachte sie mit Ingrimm, würde vermutlich in Ohnmacht sinken, wenn sie die Wahrheit erführe. Oder den Glauben verlieren.

Einen Moment lang war sie versucht, der betulichen Glucke eine kleine Kostprobe aus ihrem traulichen Familienleben zu schildern. Dann aber befand sie es der Mühe nicht wert und gab einen kleinen Schwächeanfall vor, um sie endlich loszuwerden.

Der Sohn und Erbe plärrte noch immer ohrenbetäubend. Die Amme ließ mal wieder auf sich warten, stellte sie verärgert fest. Nie wäre Dorothea die Idee gekommen, das Kind selbst zu stillen. Sie nahm es nicht einmal in den Arm. Nachdenklich aber erwog sie eine andere Möglichkeit. Das dicke Kopfkissen lag in Griffnähe. Viel Aufwand wäre es nicht, das lästige Geschrei für immer zu beenden.

Aber dann zögerte sie doch noch.

Vor einigen Wochen war ein Brief von ihrem Bruder Maximilian eingetroffen. Er beschäftigte sich inzwischen in der Normandie mit der Züchtung von Zuckerrüben, was ihr vollkommen idiotisch erschien. Aber immerhin waren seine seltenen Briefe amüsant, und letztlich war er der Einzige ihrer Familie, der ihr einen gewissen Vorteil versprach. Er stand nämlich auf gutem Fuß mit ihrem Onkel Lothar, der ihn besucht hatte und offensichtlich seine Forschungen finanzierte. Großzügig finanzierte. Auch wenn er plante, wieder zu einer langen Reise aufzubrechen, angeblich diesmal nach Nordamerika, war es gewiss nicht schlecht, wenn auch sie sich ihm wieder in Erinnerung brachte. Erst sandte sie ihm herzliche Grüße über Maximilian, dann raffte sie sich zu einem sehr höflichen Brief an ihn auf, in dem sie ihre Rolle als tugendhafte Landpomeranze schilderte und ihre Einsamkeit auf dem abgelegenen Landgut nur leise zwischen den Zeilen anklingen ließ. Dieses Schreiben hatte einen unerwarteten Erfolg gezeitigt. Nämlich in der Gestalt eines neuen Küchenchefs. Monsieur Gérôme Médoc war kurz nach der Geburt ihres Sohnes eingetroffen nebst einem versiegelten Brief ihres Onkels, der ihr empfahl, den Franzosen einzustellen, ohne bitte allzu genau auf seine Zeugnisse zu achten. Zudem enthielt das Schreiben den dringlichen Rat, die Finger vom Küchenpersonal zu lassen.

Der Mann war ein Genie, das hatte sie bereits in den ersten Tagen seiner Regierungszeit in der Küche festgestellt. Selbst Richard war angetan von den Speisen, die er zubereitete, und hatte die alte Köchin in den Ruhestand geschickt.

Außerdem hatte Onkel Lothar sie darauf hingewiesen, sie habe als Mutter des Titelerben sicher eine neue Würde gewonnen, worüber sie nur bitter auflachen konnte. Noch verschonte ihr Ehemann sie mit seinen Zuneigungsbekundungen, aber lange würde das sicher nicht mehr anhalten. Dennoch gab ihr die Formulierung gerade im Augenblick einiges zu denken.

Sie war die Mutter des Erben.

Über die Gesetzgebung zum Ehe- und Erbrecht hatte sie sich in stillen Stunden kundig gemacht. Bei ihrem letzten Besuch in Greifswald hatte sie – unter falschem Namen, das verstand sich von selbst – einen Juristen aufgesucht und ihn nach Möglichkeiten einer Scheidung befragt. Dabei waren auch Vermögensverhältnisse und Rechte und Pflichten gegenüber Kindern zur Sprache gekommen. Es war alles in allem ziemlich ernüchternd gewesen. Eine Scheidung konnte sie zwar einreichen, aber selbst wenn ihr Gatte tatsächlich einwilligte, statt sie deshalb halb tot zu prügeln, würde sie mittellos dastehen. Und das Kind würde in der Obhut des Vaters bleiben.

Nur wenn der Vater das Zeitliche segnete, läge die Vormundschaft bei der Mutter. Und das Vermögen würden sie und ein Treuhänder für den Jungen verwalten.

Vielleicht war es doch ganz gut, dieses plärrende Balg am Leben zu lassen.

Und sich derweil den Küchenchef mit der mysteriösen Vergangenheit näher anzuschauen.

Gemeinsame Wurzeln

Erst die Erinnerung muß uns offenbaren
den Segen, den uns das Geschick verlieh.

Josef Pape

Alexander pfefferte den Brief zornig in die Ecke. Es war ja nicht anders zu erwarten gewesen. Reinecke stellte sich stur – Julia habe bei der Mutter zu bleiben. Rechtlich gesehen, hatte sein Freund Erich ihn aufgeklärt, könnte er sehr wohl darauf bestehen, seine Tochter zu sich zu nehmen. Aber sein Schwiegervater würde alle Möglichkeiten ausschöpfen, um ihm Steine in den Weg zu legen. Zumal irgendeine dünkelhafte Seele Reinecke auch noch gesteckt hatte, er habe ein ehebrecherisches Verhältnis mit einer verheirateten Frau angefangen. Laura von Viersen aber wollte Alexander auf jeden Fall aus diesem Zwist heraushalten.

Wer der Zuträger dieses privaten Leckerbissens war, konnte er sich sogar recht gut vorstellen. Karl August Kantholz, Spitzel und Stänkerer an der Bonner Universität, hatte auf seine unnachahmliche Art herausgefunden, dass Jan Martin und Alexander inzwischen befreundet waren. Seine Rachsucht schien ungebrochen, und seine Schnüffelnase hatte mit untrüglicher Intuition genau das herausgefunden, was er so unauffällig wie möglich handzuhaben gedacht hatte.

Laura war eine kultivierte, aber einsame und von ihrem Mann vernachlässigte Frau, und ihre Verabredungen fanden stets unter genauester Beachtung größter Diskretion statt. Einmal im Monat trafen sie sich zu zwei, drei Nächten in einer verschwiegenen Pension am Rhein, Tage, an denen Laura angeblich eine kranke Freundin besuchte. Heiße Liebe war es nicht, was er für sie empfand, aber Zärtlichkeit und Freundschaft. Sie war keine sehr leidenschaftliche Frau, aber sie brauchte Zuwendung und war gerne bereit, einige Stunden stiller Lust mit ihm zu verbringen. Das Arrangement bewährte sich für beide Seiten und sollte nicht gestört werden.

Andererseits hätte er gerne mehr Einfluss auf Julias Entwicklung gehabt, und dieser unlösbare Zwiespalt verschlechterte seine Laune gerade an diesem sonnengoldenen Oktobermorgen erheblich. Ausgerechnet heute hatte sich Jan Martin angekündigt. Zusammen mit dem Mädchen aus der Zuckerfabrik. Vor lauter Missmut vergaß er, dass er sich lange Zeit an ihren launigen Briefen und heiteren Schilderungen aus dem Café Nadina erfreut hatte. Im Augenblick sah er nur eine weitere Belastung auf sich zukommen. Er hatte ihr einmal geholfen, und nun rannte sie ihm jahrelang hinterher, damit er sie aus der nächsten Klemme zog. Von Jan hatte er inzwischen erfahren, dass sie ihm sogar bis nach Elberfeld hinterhergelaufen war. Inzwischen hatte sie einen alten Apotheker geheiratet und war vermutlich auf der Suche nach einem Ausweg aus diesem Desaster.

Er konnte Jan die Bitte, sich mit ihr zu treffen, zwar nicht abschlagen, beschloss aber, sich äußerst kühl zu geben und keinerlei Hoffnungen zu wecken.

Ich wachte mit Leibschmerzen auf, biss aber die Zähne zusammen. Noch einmal wollte ich die Ausfahrt mit Jan Martin nach Bayenthal nicht absagen. Was war schon ein bisschen Zwicken gegen die Möglichkeit, Alexander Masters wiederzusehen. Auch wenn dem Kind, das ich erwartete, möglicherweise die Kutschfahrt nicht gefallen würde.

Erst seit ich von den Röteln genesen war, hatte ich herausgefunden, dass ich schwanger war. Antons Anstrengungen hatten wahrhaftig Früchte getragen. Aber bislang hielt ich diesen Zustand noch geheim. Die Aufregungen, die die Ankündigung eines Nachkömmlings in der Familie verursachen würden, wollte ich mir im Augenblick noch ersparen. Und vor allem wollte ich mir nicht Schlaginhaufns Aufmerksamkeit zuziehen. Also stand ich entschlossen auf und machte sorgfältig Toilette. Margarethe und Hermine wollten uns tatsächlich begleiten, ein Grund mehr, um jeden Preis Haltung zu wahren.

Jan war pünktlich. Er hatte einen Landauer gemietet, und in der milden Herbstluft verflog beinahe mein Unwohlsein. Wir rollten gemächlich am Rhein entlang. Auf dem breiten Strom glitzerte das Licht in Myriaden kleiner Wellen. Ein Dampfschiff tuckerte uns entgegen, eine dunkle Rauchfahne hinter sich herziehend, und weit schwang die fliegende Brücke an ihrer Kette zwischen den beiden Ufern. Eine fröhliche Studentengesellschaft mühte sich lachend und rufend in Ruderbooten flussauf ab, ein mit großen Quadersteinen beladener Nachen schwamm Richtung Dom, wo seine Last zum Ausbessern morschen Gemäuers benötigt wurde. Auf der anderen Rheinseite wurde ein Schleppzug mühsam von starken Pferden den Treidelpfad hochgezogen, und ein schnelles Segelschiff glitt mit schäumendem Bug vorbei. Ich war bisher viel zu selten am Fluss gewesen und genoss die heitere Stimmung, ohne mich um das Gegacker und Gekreische meiner Begleiterinnen zu kümmern. Jan Martin beteiligte sich kaum an der Unterhaltung und respektierte mein Schweigen.

Bayenthal war eine winzige Ansiedlung zwischen goldgelben Stoppelfeldern und grünen Weiden, deren markantestes Gebäude neben der Kirche die Werkzeugfabrik war. Jan hieß den Kutscher vor einem hübschen Landhäuschen halten und nickte mir zu.

»Hier haust unser Ingenieur, ländlich-sittlich, doch nicht ohne Komfort. Er hat mir versprochen, uns in seinem Garten eine Erfrischung anzubieten. Darf ich den Damen beim Aussteigen behilflich sein?«

Margarethe nahm selbstverständlich das Recht der Älteren in Anspruch und reichte ihm als Erste die Hand, Hermine folgte. Als ich aufstand, durchfuhr mich ein jäher Schmerz. Ich stolperte und sank hilflos in Jan Martins Arme. Er war stark genug, um mich zu halten, aber entsetzt von meinem Aufstöhnen.

»Ella Annamaria!«, zischte Margarethe. »Was soll das? Reiß dich zusammen. Dein Benehmen ist ungehörig über alle Maßen!«

Mir schwindelte, und weil ein weiterer Messerstich in meinen Leib fuhr, musste ich mich hilflos zusammenkrümmen.

»Was ist, Amara?«, flüsterte Jan Martin. »Du bist ganz grün im Gesicht. Hast du Schmerzen?«

»Schwanger«, japste ich und klammerte mich an ihn.

»Wie lange?«

»Vier Monate.«

Er hob mich auf die Arme und trug mich, ohne auf die protestierenden Damen Bevering zu achten, zum Haus. Nur verschwommen bekam ich mit, wie Alexander die Tür öffnete, und schon wieder verkrampfte sich mein Körper in einem höllischen Schmerz.

»... fürchte, eine Fehlgeburt ... Gisa holen ... Bett ...«, war alles, was ich von dem Gespräch zwischen den beiden Männern mitbekam. Ich wurde in ein helles Zimmer getragen, und dann stand plötzlich ein ungeschlachter großer Junge mit einer Hasenscharte neben mir. Er legte mir seine riesige, erdverkrustete Pranke auf den Bauch. Jan wollte ihn wegschicken, aber ich schüttelte den Kopf. Es ging eine seltsame Wärme von seiner scheuen Berührung aus, die die nächste Schmerzattacke erträglicher machte.

»Er kann gut mit kranken Tieren umgehen«, erklärte Masters, der mich mit einem Ausdruck von Entsetzen und Verärgerung anschaute. »Du scheinst es dir zur Gewohnheit zu machen, mir in unsäglichen Situationen vor die Füße zu fallen, Amara.«

»Tut mir leid«, konnte ich nur noch keuchen, dann wurde mir schwarz vor Augen.

Der Rest des Tages muss nicht näher beschrieben werden, er war grauenvoll. Aber als die Sonne unterging und sich das Zimmer, in das sie mich gebracht hatten, mit violetten Schatten füllte, war die Tortur zu Ende, und das schiere Glücksgefühl, keine Schmerzen mehr zu haben, machte mich schläfrig. Doch Jan kam mit einer Lampe herein und setzte sich an das Bett.

»Du wirst es überleben, es war ein natürlicher Abgang. Körperlich bist du gesund, und es gab keine Komplikationen. Aber – hattest du dich sehr auf das Kind gefreut?«

»Ich war mir dessen noch gar nicht so recht bewusst, Jan. Ich bin ein bisschen nachlässig gewesen, und dann war da diese dumme Krankheit. Ich dachte, die Monatstage seien wegen der ganzen Aufregung in meinem Leben und später wegen des Fiebers ausgefallen.«

»Die Röteln, richtig. Sie sind oft der Grund dafür, dass es zu Fehlgeburten kommt.«

»Der widerliche Schlaginhaufn hat sie eingeschleppt.«

»Vermutlich. Ein Arzt alter Schule. Was hat er dir verschrieben?«

»Eine Mischung aus gebranntem Hirschhorn, Koralle und Myrrhe, aufgelöst in Holunderblütenwasser. Das zumindest hat gut geschmeckt.«

»Das war auch das einzig Wirkungsvolle daran.«

Ich musste lächeln, aber dann fiel mir etwas anderes ein. »Was ist mit den Damen Bevering?«

»Ich habe sie, wenn auch unter lauten Protesten, in den Landauer verfrachtet und nach Hause geschickt. Sie machen dir das Leben schwer, nicht wahr?«

»Meistens amüsieren sie mich. Aber – ja, sie können enervierend sein.«

»Du solltest jetzt schlafen, Amara. Ich bleibe hier im Haus, im Zimmer nebenan, und Alexander übernachtet bei Nettekovens.«

»Es hat ihn sehr geärgert, dass mir dieses Missgeschick ausgerechnet vor seiner Haustür passiert ist.«

»Das hat vielleicht so gewirkt, Amara. Aber er ist trotzdem ein mitfühlender Mann. Nur hat auch er seine Probleme und die nicht zu knapp. Darf ich ihm ein wenig von deinem Leben erzählen?«

Ich hatte Jan Martin nach seinem ersten Besuch einen langen, erklärenden Brief geschrieben, und daher nickte ich. Dann aber übermannte mich die Müdigkeit.

Gisa brachte mir am Morgen ein Tablett mit noch warmen Brötchen, Kirschmarmelade, Honig und frischer Butter. Sie war eine wortkarge, aber fürsorgliche Frau, schüttelte mir die Kissen auf und schob mir ein weiteres Polster in den Rücken, damit ich bequem im Bett frühstücken konnte. Es ging mir erstaunlich gut, und als Jan Martin anschließend zu mir kam und mich untersuchte, meinte er: »Du kannst durchaus aufstehen und dich in den Garten setzen, wenn du dich stark genug fühlst.«

»Tue ich. Könntest du mir später einen Wagen besorgen? Dann muss ich nicht länger Herrn Masters Gastfreundschaft in Anspruch nehmen.«

»Ich habe Doktor Bevering geschrieben, dass du erst in zwei Tagen nach Hause kommst, Amara. Eine holperige Kutschfahrt halte ich im Moment nicht für besonders ratsam. Und Alexander hat nichts dagegen, wenn du bleibst.«

Also zog ich den von Gisa geliehenen Kittel an und legte mir meinen Schal um die Schultern – kein sehr ansprechendes Arrangement, aber meine Röcke flatterten auf der Leine im Wind – und setzte mich auf die Bank an der sonnenbeschienenen Wand des Häuschens. Hannes wurzelte in den Beeten herum, und als er mich sah, brachte er eine Faust voll blauer Herbstastern zu mir. Was er kauderwelschte, verstand ich nicht, aber seine Geste war eindeutig. Er strich mir vorsichtig über den Bauch, und ich versicherte ihm, nun sei wieder alles gut. Eine Weile döste ich in der Mittagssonne vor mich hin, beobachtete die letzten eifrigen Wespen, die sich an den herabgefallenen Äpfeln sättigten, sah den Scharen von Krähen zu, die über den Stoppelfeldern kreisten, und lauschte dem Tschilpen der Spatzen, die sich um die roten Beeren der Ebereschen zankten. Seltsam zufrieden schloss ich die Augen.

»Ich habe mich gestern sehr garstig benommen«, sagte Alexander neben mir. »Darf ich mich zu dir setzen? Ich habe einen Imbiss für uns mitgebracht.«

Er stand mit einem Korb in der Hand neben der Bank, sein Gesicht im Schatten. Die weiße Strähne aber in seinem Haar leuchtete hell im Sonnenlicht auf.

»Sie waren nicht garstig, und Sie haben völlig recht. Ich verursache Ihnen nichts als Ärger.«

Er ließ sich an meiner Seite nieder und stellte den Korb zwischen uns auf die Bank.

»Natürlich. Ich bin mir sicher, du hast es genau geplant, dass dich das Unglück auf meiner Schwelle traf. Nein, Amara, ich muss mich entschuldigen. Es ist schlimm genug, dass sich die Ereignisse auf so grausame Weise wiederholen.«

Erst wusste ich nicht recht, was er meinte, aber dann fiel mir ein, dass meine Mutter ebenfalls eine Fehlgeburt erlitten hatte, als wir uns das erste Mal begegnet waren. Er nahm plötzlich meine Hand und sagte mit seltsam rauer Stimme: »Ich hatte Angst um dich.«

»Oh!« war alles, was mir dazu einfiel. Und dann sah ich ihm ins Gesicht. Er war älter geworden. Fast zehn Jahre war es her, seit wir uns getroffen hatten, und aus dem Jüngling von damals war ein Mann mit ausgeprägten Zügen geworden. Ansehnlich, energisch, zielstrebig – und auf ansprechende Weise nachdenklich. Vielleicht aber auch unglücklich. Und seltsam vertraut.

»Alexander Masters – ist das wirklich Ihr Name?« Ich konnte nicht anders, ich musste nachfragen.

»Wieso? Zweifelst du daran?«

»Wenn man täglich viele Gäste bedient, kommt man nicht umhin, in Gesichtern zu lesen, Ähnlichkeiten zu entdecken und – manchmal peinliche – Verwandtschaften zu erkennen. Das will ich Ihnen auf keinen Fall unterstellen. Aber Sie sehen einem guten Freund sehr ähnlich. Sagt Ihnen der Name Julius von Massow irgendetwas?«

Alexander sah aus, als hätte ich ihm unerwartet den Ellenbogen in den Magen gerammt.

»Du kennst Julius?«

»Er war oft zu Gast in unserem Café. Ihr Bruder, nicht wahr? Er und seine Eltern glauben, Sie seien tot. Aber ... Verzeihen Sie, Sie werden, genau wie ich, Gründe haben, unter anderem Namen zu leben.«

»Großer Gott, Amara.« Er fuhr sich mit beiden Händen durch die Haare und seufzte dann. »Ich schulde dir eine Erklärung. Aber erst einmal trinken wir einen Schluck von diesem dunklen Wein. Ärztliche Anordnung von Doktor Jan.«

Während ich von Gisas Hasenpastete naschte, erzählte Alexander mir von Plancenoit und seinen Folgen. Es war eine geradezu unwahrscheinliche Geschichte. Aber auch ich konnte ihn verblüffen.

»Tja, Herr Masters ...«

»Nur Alexander, Amara. Wir beide haben die Welt ausgiebig genug von unten erlebt, da braucht es keine Förmlichkeiten mehr zwischen uns.«

»Es ist nicht ganz korrekt, aber in Anbetracht der Umstände ... Als ihr 1815 das Gut verlassen habt, war ich knapp zwei Jahre alt. Erinnerst du dich an die Zuckerbäckerin Birte?«

»Natürlich. Meine Mutter hatte sie von einem Besuch bei irgendwem ...«

»Freiherr von Briesnitz.«

»Möglich. Von dort mitgebracht, und Julius und ich waren von ihren Kuchen hellauf begeistert. Was weißt du ... Allmächtiger! Birte, deine Mutter. Das Püppchen in der Küche. Amara, natürlich. Und ich habe Birte nicht erkannt, damals in der Zuckerfabrik. Gott ...«

»Es waren viele Jahre vergangen, du warst noch ein Kind, als du Evasruh verlassen hast. Mach dir keine Vorwürfe, Alexander.«

Er blickte über die Hecke hinaus, aber ich war mir sicher, er sah das herbstbunte Laub des nahen Waldes nicht. Und auch ich war betroffen von dem seltsamen Fädengewirr unseres Schicksals.

»Du weißt jetzt schon seit über zwei Jahren von deiner Familie, Alexander. Warum hast du dich nicht bei ihnen gemeldet?«

»Weil ich ein Feigling bin, Amara. Ein nichtswürdiger Feigling.«

»Du hast Angst?«

»Ja, ich habe Angst. Ich bin ein Fremder für sie. Ich habe kein besonders blütenreines Leben geführt. Ich habe Fehler …«

»Vermutlich, aber die hättest du auch gemacht, wenn du bei ihnen aufgewachsen wärst. Ich habe deine Mutter als gütige, liebevolle Frau in Erinnerung, die, solange ich bei ihnen lebte, nicht die Trauer um ihren ältesten Sohn ablegen konnte. Ich kenne den Grafen nur als verständnisvollen Vater, der dich schmerzlich vermisste, und Julius als liebenswerten Mann, der seinen älteren Bruder nie vergessen hat.«

Alexander sah gequält aus.

»Du kennst meine Familie besser als ich, Amara. Verstehst du nicht – ich kann nicht einfach hingehen und sagen: ›Guten Tag, Leute, hier bin ich und melde meinen Anspruch auf den Titel an.‹«

»Ist es das, was dich hindert? Der Grafentitel?«

»Unter anderem. Julius ist jetzt der Erbe, warum soll ich ihm fortnehmen, was ihm seit Jahren zusteht – Vermögen, Titel, Privilegien?«

»Musst du doch gar nicht. Du kannst doch darauf verzichten. Als Alexander Masters, Ingenieur, bist du schließlich auch etwas in der Welt wert, oder?«

»Ja, das hoffe ich. Aber …«

Er wirkte so verwirrt, dass er mir richtiggehend leidtat. Ich nahm die Flasche und teilte den Rest Wein zwischen uns auf.

»Es sind auch noch Schokoladenpralinen im Korb. Mit Sahne- und Kakaocreme gefüllt. Die hat Nettekoven für dich hineingelegt.«

»Ich mag eigentlich Süßes gar nicht so gerne«, meinte ich, holte aber dann doch die Schachtel heraus. »Oh, Halloren!«

Und dann fiel mir eine Begebenheit ein, mit der ich Alexander vielleicht die Idee schmackhaft machen konnte, sich doch mit seinen Eltern in Verbindung zu setzen. »Zu diesen Häppchen aus Halle kann ich dir eine hübsche Geschichte von Julius und deinem Vater erzählen.«

»Dann tu das.«

»Allerdings kenne ich sie nur, weil ich verbotenerweise an der Tür gelauscht habe.«

»Dann wird sie umso pikanter sein, nicht wahr?«

»Bilde dir selbst ein Urteil. Es ist schon ziemlich lange her. Ich war acht Jahre alt, und es war um die Osterzeit. Ich freute mich darauf, denn in den Ferien würde Julius nach Hause kommen. Er ging zu der Zeit in Berlin zur Schule. Er überraschte mich, als er plötzlich schon zwei Wochen vor dem angekündigten Termin vor der Tür stand. Genauso überraschte mich seine ziemlich kleinlaute Haltung. Ich wollte zu ihm laufen und ihn begrüßen, aber euer Vater trat zuerst auf ihn zu.«

Ich schloss die Augen, und die Szene wurde vor mir so lebendig wie damals. Ich meinte geradezu die milde verwunderte Stimme des Grafen zu hören, mit der er mit einem seltsamen Unterton fragte: »Relegiert worden, Junge?«

»Ja, Herr Vater.«

»Was für ein Verbrechen hast du begangen?«

»Karl August Kantholz ein blaues Auge verpasst.«

»Hat er es verdient?«

»Ja, Herr Vater.«

»Und warum bist du dann hier?«

»Der Rektor sah es anders.«

»Muss ich mit ihm oder mit dir reden?«

»Besser mit mir, Herr Vater.«

»Dann komm in die Bibliothek.«

Dort druckste Julius zunächst ein bisschen herum, bis der Graf ihn streng mahnte, die Wahrheit zu sagen.

»Ich will aber nicht petzen.«

»Das ehrt dich, aber ich denke nicht, dass es sich mir gegenüber um Petzen handelt, Julius. Wenn ich Konsequenzen ziehen muss, will ich die Wahrheit wissen. Auch wenn sie unangenehm ist.«

»Na gut. Also, Eddy, der Sohn von Bülows, bekommt von seinen Eltern häufig Futterpakete. Er ist erst elf, und er ist ein bisschen verweichlicht. Und klar, er gibt von den Halloren, die in den Paketen sind, nicht gerne welche ab. Aber Karl August ist ständig hinter den Dingern her.«

»Wer ist jener Karl August?«

»Das ist ein komischer Kerl, Herr Vater. Er bekommt nie irgendwelche Pakete, und Geld hat er auch keins.«

»Was ihn sicher nicht von vorneherein zum schlechten, allenfalls zum bedauernswerten Menschen macht.«

»Sie haben natürlich recht, Herr Vater. Nur – er hat den kleinen Eddy gezwungen, ihm die Pralinen jedes Mal auszuhändigen, wenn er eine Sendung bekam.«

»Gezwungen?«

»Er … er hat etwas über ihn herausgefunden.«

»Etwas Ehrenrühriges, vermutlich. Was du jetzt auch kennst. Nun, dann schweig meinetwegen darüber. Aber wie es scheint, bist du ebenfalls hinter diese Angelegenheit gekommen.«

»Eddy … nun, er war schrecklich unglücklich und wollte … ich hab ihn daran gehindert, vom Dach zu springen. Und da hat er mir alles erzählt. Ich wollte ihn nicht verpetzen, also habe ich gedacht, ich erteile Karl August einfach eine Lehre.«

»Mhm!«

»Ich habe ihn zur Rede gestellt.«

»Was ganz offensichtlich nichts gefruchtet hat. Das Reden, meine ich.«

Julius gab ein leises Schnauben von sich. »Ich sagte doch, Karl August ist ein komischer Kerl. Er hat nur noch seine Mutter, sein Vater ist bei Jena verwundet worden und war anschließend Polizist in Berlin. Dann ist er gestorben. Die Mutter hat dafür gesorgt, dass Karl August auf die Kadettenschule gehen konnte. Aber letztes Jahr kam er zu uns.«

»Mhm.«

»Ja, Herr Vater, das denke ich auch.«

Diesmal kam das belustigte Schnauben von dem Grafen.

»Er hat geleugnet, Eddy die Halloren weggefressen zu haben, und hat mir einen Vortrag darüber gehalten, wie gefährlich der Genuss von Kakao und Schokolade ist.«

»Das werden wir deiner Mutter unterbreiten.«

Schweigen war die Antwort.

»Na, na, Junge, du wirst ja rot bis an die Ohrenspitzen. Habe ich einen wunden Punkt berührt?«

»Nnnja… Also… er hat gesagt, Kakao verursacht sinnliche Erregung.«

»Eine interessante Theorie. Doch kommen wir zu dem eigentlichen Zwischenfall zurück. Konntest du ihn dazu bewegen, die Schandtat zuzugeben?«

Julius' Stimme wirkte hörbar erleichtert.

»Ja, doch. Als ich ihn am Boden hatte. Außerdem habe ich ihm das Ehrenwort abgerungen, den kleinen Eddy zukünftig in Ruhe zu lassen. Sofern er nicht auch noch eine gebrochene Nase haben wolle.«

»Gute Alternative. Doch du bist derjenige, der relegiert wurde.«

»Ja, dummerweise kam unser Tutor vorbei. Ich konnte ja schlecht sagen, worum es wirklich ging, und Karl August hat mir die Schuld in die Schuhe geschoben. Aber wissen Sie, Vater, so schlimm ist das mit den zwei Wochen nicht. Ich habe meine Bücher mitgebracht, ich werde hier lernen.«

»Darüber denken wir noch nach. Ach übrigens – wie alt ist besagter Karl August?«

»Fünfzehn, warum?«

»Ach, ich wollte nur wissen, ob du dich möglicherweise an einem kleineren, jüngeren oder wehrlosen Gegner vergriffen hast. Scheint aber nicht so. Und nun, mein Junge, werde ich einen Brief an den würdigen Herrn Rektor schreiben und die Sache – ohne Namensnennung selbstredend – richtigstellen.«

»Der Herr General verlangen vermutlich bedingungslose Kapitulation?«

»Hätte ich es je darunter getan?«

Julius lachte erleichtert auf und fragte dann sehr förmlich: »Habe ich die Erlaubnis, mich zu entfernen, Euer Gnaden?«

»Verschwinde, und mach deiner Mutter deine Aufwartung.«

Ich öffnete die Augen wieder und bemerkte mit Staunen, dass Alexander geradezu atemlos meiner Schilderung dieser kleinen Szene zugehört hatte.

»Ja, Amara, so ist mein Vater. Ich habe ihn als Junge so sehr geliebt und bewundert.«

»Ich auch, obwohl ich ihn selten zu Gesicht bekam. In den ersten Jahren traf ich ihn gar nicht. Er war als Oberst nach den letzten Kriegen einige Zeit in Frankreich stationiert, und danach, so hieß es, habe er sich auf dem politisch-militärischen Feld seine Meriten verdient. Dann wurde er in den Generalsrang befördert, und Generäle wie Könige rangierten für mich knapp unter Gott. Vor allem, wenn sie Uniform trugen. Und General Karl Victor Graf von Massow macht in seiner blauen, goldbetressten Uniform eine imposante Figur.«

Plötzlich lachte Alexander laut auf. »Du hast recht, Amara. Ich muss unbedingt nach Berlin, schon deswegen, weil ich mich bei Julius dafür bedanken muss, dass er Karl August Kantholz die Fresse poliert hat. Der arme Kerl hat's aber auch schwer mit den Brüdern Massow.«

»Vermutlich eine weitere beschauliche Geschichte aus deinem Leben.«

»Beschaulich würde ich sie nicht nennen. Aber – wie soll ich sagen – richtungweisend.«

»In die richtige?«

»Ich glaube, jetzt ja. Danke, Amara.«

Er küsste mir die Hand. Und ich hatte nicht das Bedürfnis, sie mir abzuwischen.

Ein gemästetes Kalb

Ach, die Augen sind es wieder,
Die mich einst so lieblich grüßten,
Und es sind die Lippen wieder,
Die das Leben mir versüßten!
Auch die Stimme ist es wieder,
Die ich einst so gern gehöret!
Nur ich selber bins nicht wieder,
Bin verändert heimgekehret.

Die Heimkehr, Heine

Die Reise quer durch die deutschen Lande Mitte November war eine reine Strapaze. Zwar fuhr die Eilpost zwischen Köln und Berlin auf einigermaßen ordentlich gehaltenen Straßen und brauchte gewöhnlich nur vier Tage, aber das galt natürlich nicht bei Schneesturm und Unwetter. Und schon überhaupt nicht mehr komfortabel gestaltete sich die Fahrt zwischen Berlin und Wittstock. Verschlammte Wege, umgestürzte Bäume, erschöpfte Pferde und zu guter Letzt auch noch ein Achsbruch der gemieteten Kutsche brachten Alexander fast an den Rand der Verzweiflung. Dazu kam die erzwungene Untätigkeit, denn weder in dem schwankenden, holpernden Gefährt noch in den lauten, zu dieser Jahreszeit entweder zugigen oder völlig verrauchten Posthaltereien war es möglich, sich irgendwie sinnvoll zu beschäftigen. Zwar hatte er sich einen Reisesekretär mitgenommen, aber diese zum Schreibtisch ausklappbare Schatulle auf den Knien zu schaukeln, während die Kutsche durch die vom Schneeregen aufgeweichten Fahrspuren schlingerte, förderte eine leserliche Handschrift nicht gerade, und erst recht machte es komplizierte

Konstruktionszeichnungen unmöglich. Blieb also Lektüre oder stumpfsinniges Aus-dem-Fenster-Starren übrig. Das aber wiederum führte Alexanders Gedanken in nicht eben ersprießliche Richtungen, was Ziel und Zweck seiner Reise anbelangte. Er war Cornelius Waldegg höchst dankbar, dass er es übernommen hatte, den Grafen von Massow über seine Begegnung mit ihm zu unterrichten. Als ehemaliger Kriegsberichterstatter konnte der eine distanziertere Darstellung der Ereignisse vornehmen, als es ihm selbst möglich gewesen wäre. Die Antwort des Grafen war entsprechend zurückhaltend gewesen, aber er hatte eine Einladung an den ihm unbekannten Überlebenden der Schlacht bei Waterloo, der möglicherweise sein Sohn sein konnte, ausgesprochen. Alexander nahm es ihm nicht übel, dass er nicht in überschwänglichen Jubel ausgebrochen war. Es gab genug Glücksritter und Hochstapler, die genau solche Situationen ausnutzten, um sich Titel und Vermögen zu erschleichen.

Jetzt, nach zwei Wochen zermürbender Fahrt, hatte er sein Ziel fast erreicht. Diese Nacht noch würde er im Gasthaus verbringen. Er hatte nach Evasruh ein Billet geschickt, das seine für den kommenden Tag zu erwartende Ankunft ankündigte.

Man erwarte ihn am frühen Nachmittag, war die kurze Antwort.

Beklommen kleidete er sich am nächsten Mittag in einen korrekten Besuchsanzug – helle Pantalons, dezent gemusterte Weste und dunkelgrauen Redingote. Er neigte nicht zu modischem Schnickschnack, weshalb seine Krawatte einfach und sein Zylinder mäßig hoch waren, doch er legte Wert auf feine Stoffe und perfekte Verarbeitung. Alexander Massow, Ingenieur und Geschäftsmann, trat als wohlhabender Bürger den Besuch bei seinen adeligen Eltern an.

Er erkannte das weiße Gutshaus sofort wieder, auch wenn die winterlich laublosen Eichen der zum Portal führenden Allee höher geworden schienen und die Hecken sich dichter um das Anwesen schlossen. Kein Zweifel, hier war er aufgewachsen, hier hatte er die ersten neun Jahre seines Lebens verbracht. Dort hinten standen die Ställe und die Remise, in denen er mit Julius seine Jungenstreiche ausgeheckt, weiter hinten lag der kleine Teich, in dem er seinen ersten Fisch geangelt hatte, dort war das Gatter, über das er bei einem tollkühnen Sprungversuch kopfüber vom Pferd gefallen war.

Er ließ die Kutsche auf der langen Zufahrt anhalten und ging die letzten Schritte zu Fuß weiter. Vielleicht um Zeit zu schinden, vielleicht, um sich zu fassen.

Die Tür öffnete sich, noch bevor er die Stufen erreicht hatte, und ein grauhaariger Mann in Generalsuniform musterte ihn von oben herab.

»Herr Masters, nehme ich an?«

»Alexander Masters, zu Ihren Diensten, Euer Gnaden.«

»Treten Sie ein.«

Alexander schritt über die Schwelle und nahm den Zylinder ab. In der weitläufigen Eingangshalle wartete eine schlanke, grauhaarige Dame in einem eleganten, violetten Kleid, sonst jedoch niemand. Auch sie sah ihn eindringlich an.

»Lady Henrietta!« Alexander verbeugte sich tief vor ihr. Sie machte einen Schritt auf ihn zu und hob ein silbergefasstes Lorgnon an ihre Augen. Es vergingen schweigend Minuten, während denen er von den unterschiedlichsten Gefühlen bewegt wurde. Schmerzliches Wiedererkennen, Verwunderung, Angst – und zuletzt Sehnsucht. Sie war seine Mutter. Älter, viel älter, als er sie in seinen Träumen gesehen hatte. Doch sie war es noch immer, und er hatte sie einst so sehr vermisst. Aber dreiundzwanzig Jahre waren vergangen, die Trauer um den verlorenen Sohn sicher lange verblasst. Konnte es für sie überhaupt noch einen Grund geben, den fremden Mann, der er jetzt war, mit Freude willkommen zu heißen?

»Alexander«, sagte sie leise. »Alexander, mein Sohn.«

»Ja, Frau Mutter, Ihr Sohn.«

Wieder betrachtete sie ihn eingehend, schweigend, mit gesammelter Miene. Er ließ es geschehen, obwohl er sie gerne berührt hätte. Trotz ihrer Beherrschung wirkte sie zerbrechlich, verletzbar.

»Es ist so lange her. Du warst noch ein Knabe. Ich weiß nicht recht…«

»Es ist auch für mich nicht leicht, Frau Mutter. Wir sind sehr unterschiedliche Wege gegangen. Wenn Sie es wünschen, verlasse ich Sie umgehend wieder.«

»Nein!«, fuhr der Graf dazwischen und nahm seine Frau am Ellenbogen. »Wir werden jetzt wie zivilisierte Menschen in den Salon gehen und unserem Gast eine Erfrischung anbieten. Kommen Sie, Herr Masters.«

Der Graf war ganz offensichtlich weit weniger geneigt, ihn als seinen Sohn anzuerkennen, als Lady Henrietta.

Alexander betrat mit den beiden Herrschaften den hellen Raum, den ein Kaminfeuer erwärmte, und wartete höflich, bis seine Mutter auf dem Kanapee Platz genommen hatte.

»Sherry, Whisky, Madeira?«

»Sherry bitte.«

Der Graf reichte ihm das Kristallglas und wies auf einen Sessel neben dem Feuer.

»Keine angenehme Zeit zu reisen. Sie haben dennoch die Mühe auf sich genommen, uns in dieser abgelegenen Gegend aufzusuchen. Was versprechen Sie sich davon, Herr Masters?«

»Victor!«, mahnte Lady Henrietta leise.

»Sie stellen die Frage völlig zu Recht, General von Massow. Es muss Ihnen schwerfallen zu verstehen, warum ich mich nicht schon früher gemeldet habe. Zumindest hätte ich, als ich von Waldegg die näheren Umstände unserer Trennung bei Plancenoit erfuhr, Kontakt aufnehmen müssen. Doch ich kann nur eines zu meiner Entschuldigung anführen – ich habe mich geschämt, Ihnen unter die Augen zu treten.«

»Eine eigenartige Formulierung. Und nicht das, was ich hören wollte. Sie behaupten, Alexander von Massow zu sein, der ohne jeden Zweifel am 18. Juni 1815 vor meinen Augen den Tod fand.«

»Ohne jeden Zweifel. Natürlich. Und für mich starb ohne jeden Zweifel mein Vater, der Oberst von Massow, vor meinen Augen auf demselben Schlachtfeld. Ich habe bis vor zwei Jahren geglaubt, ich hätte Ihren Tod verursacht, weil der Junge, der meinen Anzug trug, Ihre Aufmerksamkeit vom Kampfgeschehen ablenkte, und Sie deshalb ein Geschoss in die Brust traf. Gleich darauf wurde ich getroffen und verlor das Bewusstsein. Und hinterher das Gedächtnis für lange Zeit.«

Lady Henrietta hatte die Augen geschlossen, hielt sich aber aufrecht, und nur das Glas in ihrer Hand zitterte unmerklich.

»Wir hätten nach dir suchen müssen. Es war leichtgläubig, anzunehmen, dieser Junge sei unser Sohn«, flüsterte sie, als ob sie ihrer Stimme nicht recht traute.

Der General wanderte zum Fenster, schaute in den trüb verhangenen Tag hinaus und ging dann wieder zurück, um sich an den Kaminsims zu lehnen.

»Ja, ich bin in diesem Moment getroffen worden, ein Projektil traf meine linke Schulter. Doch das haben eine ganze Reihe von Leuten beobachtet. Ich frage Sie noch einmal, Herr Masters. Was versprechen Sie sich von diesem Besuch?«

»Gewiss kein gemästetes Kalb. Keine finanzielle oder wie auch immer geartete Unterstützung, keine Empfehlungen an höherer Stelle, keine Privilegien. Und erst recht keinen Anspruch an einen Titel oder ein Erbe. Ich habe mein Leben selbst gestaltet, General von Massow, wenn auch nicht immer mit den vorbildlichsten Mitteln. Ich bin unabhängig und in meinem Fachgebiet angesehen. Ich bin gekommen, um meine Mutter und meinen Vater wiederzusehen. Und meinen Bruder zu treffen.«

Lady Henrietta stand mit einem Mal energisch auf und bat: »Alexander, komm her.«

Gehorsam erhob er sich und stellte sich neben sie, so dass er sie beide in dem leicht geneigten venezianischen Spiegel über dem Kamin sehen konnte.

»Victor, sieh es dir an.«

Auch der Graf trat vor, und Vater und Sohn blickten in das Glas.

Der General war mit seinen einundsechzig Jahren ein Mann von aufrechter Haltung, markanten Zügen und kühl blickenden Augen. Seine ergrauten Haare trug er kurz geschnitten, doch sie waren noch voll und leicht gewellt.

Alexander war ihm wie aus dem Gesicht geschnitten.

»Wie hieß das verdammte Pony, mit dem du unbedingt über das Hofgatter springen musstest?«

»Benjamin. Es hatte eine dreieckige Blesse, und die linke Hinterhand war weiß. Es hat mich abgeworfen und anschließend auch noch in den Hintern gebissen, das Biest. Soll ich Ihnen die Narbe zeigen?«

»Nein, Junge.«

»Glauben Sie mir nun?«

»Ich habe dir geglaubt, seit du die Auffahrt hochgekommen bist. Aber ich wollte es nicht. Herrgott, es ist doch auch für mich nicht einfach. Was glaubst du denn, welche Vorwürfe ich mir damals gemacht habe! Niemals hätte ich deine Mutter und euch Jungs auf diesen verfluchten Feldzug mitnehmen dürfen.« Er stellte sein Glas mit einem vernehmlichen Klirren auf dem Marmorsims ab und zog Alexander in die Arme. »Willkommen daheim, mein Sohn.«

Alexander erwiderte die Umarmung in gleicher Heftigkeit und biss sich verzweifelt auf die Unterlippe. Dann zupfte Lady Henrietta an seinem Arm, und als er sie umfasste, konnte er denn doch nicht verhindern, dass seine Augen feucht wurden.

»Mama, du hast mir so gefehlt«, murmelte er in ihre Haare. »Ihr wart mir so gute Eltern, und dann habe ich alles verloren.«

»Mein Kind. Was hast du durchmachen müssen!« Sie löste sich sacht von ihm und zog ein Tüchlein aus dem Ärmel, um sich die Wangen abzutupfen. »Wir werden uns viel zu erzählen haben.«

»Das werden wir tun, Frau Mutter. Auch wenn meine

Geschichten nicht immer von hohem moralischem Anspruch sind.«

»Wie etwa deine Beteiligung an vaterlandsverräterischen Turnervereinigungen?«, grollte der General. »Wie hast du es nur geschafft, den Knallchargen von Justizminister Kamptz in die Quere zu kommen?«

»Jugendlicher Übermut und eine reiche Portion Dummheit. Schätzen Sie den Herrn Minister nicht?«

»Wir pflegen eine kultivierte, doch erbitterte Feindschaft. Dieser in seinen Wahn verrannte Demagogenjäger hat unserem hasenherzigen Monarchen eine absurde Angst vor jeder rechtschaffenen Kritik eingeflüstert. Aber lassen wir das. Nun setz dich, Alexander.«

Erleichtert in vielerlei Hinsicht ließ sich Alexander in die Polster sinken und trank einen Schluck Sherry. Dann begann er zu erzählen. Er hatte eben geschildert, wie er die Kleider mit dem Stallburschen gewechselt hatte, um heimlich auf das Schlachtfeld zu gelangen, als seine Mutter ihn unterbrach.

»Ich werde Julius dazuholen. Er sollte ebenfalls von Anfang an hören, was dir geschah.«

»Es würde mich sehr freuen, meinen Bruder wiederzusehen.«

Lady Henrietta betätigte ein Silberglöckchen, und ein unauffälliger Diener schlüpfte herein. Er nickte kurz und verschwand, und wenige Augenblicke später stand Julius in der Tür.

»Alexander! Himmel, ich wollte mich schon Idiot schimpfen, weil ich nie so recht glauben konnte, dass du wirklich tot bist. Mann, mach das nicht noch mal!«

Diesmal war die Umarmung fast noch heftiger, und mit mannhaftem Schulterklopfen versuchten die Brüder, ihrer Gefühle Herr zu werden.

»Alexander hat gerade begonnen, uns über sein Leben zu berichten, Julius. Setz dich zu uns«, bat ihre Mutter, und Julius nickte.

»Wäre es euch recht, wenn auch Linda dazukäme? Sonst löchert sie mich nachher so lange, bis ich ihr alles noch einmal erzähle. Linda«, wandte er sich an seinen Bruder, »ist mein Weib. Fast noch ganz neu, und meiner unmaßgeblichen Meinung nach *très charmante.*«

»Dann möchte ich doch ernsthaft vermeiden, dass du ihr nachher eine zensierte Version meiner tollkühnen Abenteuer weiterträgst.«

Linda überraschte Alexander, denn sie schien eine äußerst kühle junge Dame zu sein, die ihn durch ihre runde Brille zunächst abschätzend beäugte. Dann aber lächelte sie plötzlich und enthüllte eine verborgene Schönheit.

»Der verlorene Sohn. Es ist erstaunlich, welch ausgefallene Geschichten das Leben schreibt.«

»Was du als Kompliment werten kannst, denn diese Frau kriegt ihre Nase nicht aus den Büchern«, grummelte der Graf und grinste seine Schwiegertochter an.

»Sie haben mir selbst höchst energisch das Reiten verboten, um das *petit paquet* nicht zu gefährden, Papa. Was soll ich also anderes tun als lesen?«

»So darf ich dir doppelt gratulieren, Julius. Zu Frau und Erben!«

»Na ja …« Julius lächelte stolz, und Linda knuffte ihn in die Seite. Alexander hatte den Eindruck, als ob die beiden wirklich gut zusammenpassten. Als sie sich dicht nebeneinander auf einem Sofa niedergelassen hatten, berichtete er weiter von der Schlacht bei Waterloo, seinem Weg über Colchester nach London, von der Fabrik, von dem Ingenieur Harvest, von Dettering und Egells in Berlin. Von seiner gescheiterten Ehe, von Elberfeld, Jülich und schließlich Köln. Seine Familie unterbrach ihn selten. Der lautlose Diener brachte den Teewagen herein, zündete die Lampen an den Wänden an und verschwand wieder auf leisen Sohlen. Erst als Alexander geendet hatte, kamen die Fragen. Er bemühte sich, sie so gut und so ehrlich wie möglich zu beantworten, aber er merkte, wie erschüttert vor allem seine Mutter von seinen Berichten war.

»Ich glaube, es ist besser, wenn ich Euch für heute verlasse, Herr Vater. Sie werden den Wunsch haben, sich untereinander darüber auszutauschen, was Sie von mir gehört haben.«

»Kommt nicht infrage, Junge. Das Mädchen hat dein Zimmer schon gerichtet, und Martin kann dein Gepäck abholen. Aber wir müssen uns alle für eine Weile besinnen, das stimmt. Julius, führe deinen Bruder nach oben.«

Was anfangs leicht zu sein schien, weil es so viel zu erzählen gab, wurde nach einer Woche plötzlich schwieriger. Nun war alles berichtet, was sich während ihrer Trennung ergeben hatte, und auch die tagesaktuellen Geschehnisse waren abgehandelt worden. Aber um Meinungen, Anschauungen und Gefühle auszutauschen, um über die inneren Anliegen, die jeden von ihnen bewegten, zu sprechen, dazu waren sie einander noch zu fremd. Zu sehr versuchten sie, konfliktbehaftete Themen zu vermeiden, um keinen Streit hervorzurufen, wie er in einer eng vertrauten Familie auch dazugehörte. Dazu kam, dass weder Alexander noch der General und auch nicht seine stets beherrschte Mutter darin geübt waren, ihr Herz auf der Zunge zu tragen. Am ehesten kam Alexander noch mit seinem Bruder zurecht, doch auch hier gab es Schranken, die nicht ohne weiteres aufzuheben waren. Sie waren Fremde, und das Privatleben Fremder, so war ihnen allen von Anbeginn an anerzogen worden, war um jeden Preis zu respektieren. Es war Rücksichtnahme, nicht Stolz oder Arroganz, die ihrer vertraulichen Unterhaltung Zügel anlegte. So drehten sich die gemeinsamen Gespräche am Abend intensiv um das Wetter, die Befindlichkeiten der Gutsbewohner, das bevorstehende Weihnachtsfest oder die Qualität des dunklen Rotweins.

Es war Linda, die am zehnten Abend endlich das Eis brach. Sie hatte bisher zumeist still zugehört, manchmal eine treffende Bemerkung gemacht und offensichtlich weit mehr erfasst als ihre Schwiegereltern, ihr Mann und sein Bruder. Wieder einmal wurde erschöpfend der eisige Wind und der erwartete Schneefall behandelt, als sie in eine der beklemmenden Gesprächspausen hinein sagte: »Eine gepflegte Konversation wird in dieser Familie betrieben. Manchmal habe ich den Eindruck, mich mitten in einem Buch mit Anstandsregeln zu befinden. Sie sind alle miteinander äußerst geschickt darin, Oberflächlichkeiten zu behandeln. Nur frage ich mich, wieso derart intelligente und weitblickende Menschen das Bedürfnis haben, sich in höflichen Seichtheiten zu ergehen.«

»Linda, Liebes, wie meinen Sie das?«, fragte Lady Henrietta mit leicht hochgezogener Braue.

»Nicht beleidigend, liebe Frau Mutter. Ich denke nur, wenn ich mir diese Runde hier so betrachte, dann könnte ich mir fast wünschen, dass so das Kabinett des Königs zusammengesetzt wäre.«

»Meine Liebe, soll das eine Majestätsbeleidigung werden?«, fragte sie Julius mit einem spöttischen Zwinkern.

»Oh, nein, auf gar keinen Fall. Aber seht, das Wissen, die Erfahrung und die Ansichten eines jeden, der hier sitzt, sind so vielseitig, dass sie im Zusammenspiel der Kräfte viele unserer politischen Probleme lösen würden.«

Alexander betrachtete seine Schwägerin mit neuem Interesse. Sie war keinesfalls nur ein Bücherwurm, das hatte er schon bemerkt. Sie war eine sehr unabhängige Denkerin, die einen scharfen, analytischen Blick hatte.

»Das ist eine bemerkenswerte These, Linda. Erläutere sie näher«, forderte er sie daher auf.

»Nun, wir haben einen Vertreter des hohen Militärs unter uns, einen jungen Diplomaten mit politischen Ambitionen, eine Dame, die sich in der Wohlfahrt und im Haushaltswesen bestens auskennt, einen fortschrittlichen Ingenieur und Wissenschaftler und, nicht zu vergessen, einen echten Blaustrumpf. Ich dachte, statt des Wetters könnten wir mal einige Worte über das Dilemma der Kinderarbeit verlieren, zumal wir einen Mann unter uns haben, der diese Problematik sozusagen aus erster Hand kennt.«

Erst herrschte verdutztes Schweigen, aber dann brummte der Graf: »Keine schlechte Idee, Linda. An dieser Stelle gibt es wahrhaftig noch viele Probleme, und neue Sichtweisen könnten frischen Wind in die Sache bringen.«

»Nun, wir haben ja zumindest in diesem Jahr das Gesetz auf den Weg gebracht, dass Kinder nur noch neun Stunden am Tag arbeiten dürfen.«

»Habt ihr das, Julius? Und ihr seid stolz darauf?«

»Ziemlich, Alex. Denn wenn du wüsstest, mit welchen Widerständen wir zu kämpfen hatten.«

»Sagenhafte Widerstände!« Der Graf setzte ungehalten sein Weinglas ab. »Uneinsichtige Granitköpfe blockieren uns an allen Ecken und Enden. Ich musste tatsächlich das Argument bemühen, die armen, ausgemergelten Jungen in den Fabriken seien nicht mehr in der Lage, das Vaterland militärisch zu verteidigen.«

Alexanders Aufmerksamkeit war geweckt. Sein Vater berichtete endlich einmal, auf welche Weise er seine Überzeugungen vertrat, und schon bald war eine lebhafte Diskussion über den Nutzen von Maschinen, abendlichem Zwangsunterricht, gesünderer Ernährung, Verhütung von Unfällen, verbesserten Fertigungsverfahren, Hygienemaßnahmen und Krankenversicherungen im Schwange. Auch über die zunehmende Unruhe unter den Arbeitern, über rebellische Anführer, kommunistische Ideen und die Unterdrückung von Meinungsäußerungen redeten sie. Häufig waren sie einer Meinung, anderes diskutierten sie kontrovers, und manchmal schlichen sich sogar leidenschaftliche Argumente und hitzige Wortwechsel ein.

Von diesem Abend an wurde es dann wirklich einfacher, und schließlich, als das Weihnachtsfest vor der Tür stand, war der Graf so weit, dass er seinen Sohn zu einem vertraulichen Gespräch über dessen Zukunft in die Bibliothek bat.

»Du hast es geschafft, ohne meinen hilfreich erziehenden Beistand aus deinem Leben etwas ganz Anständiges zu machen, mein Sohn. Du sollst wissen, dass ich dir hohen Respekt zolle.«

Alexander verspürte aufrichtige Freude über das Lob.

»Danke, Vater. Aber schon die ersten neun Jahre haben Sie mir etwas mitgegeben, das mir später geholfen hat, in den wirren Zeiten zu überleben. Selbst als ich mich nicht an meinen Namen und meine Familie erinnern konnte, gab mir manches davon einen kleinen Halt.«

»Wenn es so war, dann will ich es zufrieden sein. Aber nun, Alexander, sage mir, wie du dir dein weiteres Leben vorstellst. Wir haben einander wiedergefunden, und selbst wenn du es nur als kurzen Besuch betrachtest, wird es Folgen haben, nicht wahr?«

»Natürlich. Ich habe selbstverständlich darüber nachgedacht, Vater. Und ich bitte Sie inständigst um Verständnis – ich möchte bei meiner ersten Aussage bleiben. Ich bin Alexander Masters geworden. Der Adelstitel, so sehr ich berechtigt wäre, ihn zu tragen, bedeutet mir nichts. Setzen Sie bitte Julius als Ihren Titelerben ein. Er hat es verdient und ist es auch gewohnt.«

»Ich verstehe dich vollkommen, mein Sohn. Doch Julius ist entschlossen, dieses Ansinnen abzulehnen. Und ich versichere dir, er ist genauso stur wie du.«

»Ich werde mich mit ihm hinter den Ställen verabreden müssen«, grinste Alexander.

»Nichts dergleichen werdet ihr tun«, raunzte der General. »Ich habe meine Söhne nicht zu Raufbolden erzogen.« Und dann grinste er ebenfalls. »Möchte lieber nicht wissen, wer von euch beiden sich dabei die blutigere Nase holt.«

»Julius. Schließlich sind meine Hände härter als die eines glattzüngigen Diplomaten, der die seinen allenfalls dazu nutzt, zarte Damenfingerchen an seine Lippen zu ziehen.«

»Steht zu befürchten. Trotzdem, versuchen wir das Problem auf gütliche Weise zu lösen. Ich denke, es spricht nichts dagegen, wenn du weiterhin deiner Arbeit unter dem bisher geführten Namen nachgehst. Immerhin hast du ein Fachbuch veröffentlicht und bist in den Kreisen der führenden Techniker nicht unbekannt.«

»Nicht?«

»Hab natürlich Erkundigungen eingezogen«, brummelte der Graf. »Diskret, versteht sich. Aber bedenke, der Adelstitel kann dir Türen öffnen, die einem Bürgerlichen auch heute noch verschlossen sind. Du bist nicht der Mensch, der Konflikte um jeden Preis vermeidet, um das zu erreichen, was du dir in den Sinn gesetzt hast. Manchmal kann es notwendig und nützlich sein, sich gewisser Verbindungen zu bedienen. Führe den Titel nicht in deiner Korrespondenz, aber behalte ihn. Ich für meinen Teil habe dich im Testament als Erben eingesetzt. Was du damit anfängst, wenn ich das Zeitliche gesegnet habe, wird mir dann aller Wahrscheinlichkeit nach ziemlich egal sein. Einverstanden?«

»Wenn Sie darauf beharren, Herr General.«

»Ich beharre darauf.«

Alexander zuckte mit den Schultern. Er hatte vorhergesehen, dass es so kommen würde.

»Gut, der nächste Punkt betrifft das Geld.«

»Ich habe mein eigenes.«

»Richtig. Ich meines auch. Mehr als mir zusteht, denn du hast mir die Ausgaben für Lehrer, Schule, Studium und allerlei Dummheiten eingespart, und diesen Betrag werde ich dir, ob du willst oder nicht, aushändigen. Ich möchte, dass du damit dem technischen Fortschritt dienst. Was also würdest du vorschlagen?«

Diese Wendung verblüffte Alexander nun doch. Hatte er nicht oft genug davon geträumt, über mehr Mittel zu verfügen, um Experimente durchführen zu können? Nettekovens Fabrik war ein solider Betrieb, der ordentliche Werkzeuge und dank seiner Einflussnahme inzwischen auch einige gut funktionierende Maschinchen produzierte, doch Juppes war ein ungeheuer vorsichtiger und nicht sehr visionärer Mann. Die Zeit war jedoch wie geschaffen dafür zu expandieren. Mit einer Finanzspritze …

»Wie viel hätten Sie sich meine Ausbildung und meine Dummheiten kosten lassen, Vater?«

Ohne Zögern nannte der Graf ihm einen beträchtlichen Betrag.

»Große Dummheiten scheinen Sie eingeplant zu haben.«

»Keine größere als die, die du sowieso gemacht hast. Hast du Verwendung für das Geld?«

»Ja. Ich könnte mich als Partner in die Werkzeugschmiede einkaufen und sie zu einer profitablen Maschinenfabrik ausbauen.«

»Dann tu das.«

Wie schon zuvor in seinem Leben, wenn ihm plötzlich Türen geöffnet wurden, musste Alexander gegen einen leichten Schwindel ankämpfen. Mit einer Hand fasste er sich an die Narbe an seinem Kopf und strich dann über die weiße Strähne.

»Schön«, fuhr sein Vater ungeachtet der leichten Verwirrung, die sich auf den Zügen seines Sohnes zeigte, fort. »Kommen wir nun zu dem Wunsch deiner Mutter.«

»Selbstverständlich werde ich ihr jeden Wunsch erfüllen.«

»Das will ich auch hoffen. Sie möchte, dass du ihre Familie in England besuchst. Ich denke, das ist nurmehr vernünftig. Deine Großeltern, Onkel und Tanten, einige Cousins und Cousinen leben in Bristol. Es wird dir sicher nicht schwerfallen, dich mit ihnen anzufreunden, denn wenn ich es richtig verstanden habe, ist einer der Jungen ebenfalls Ingenieur. Obwohl ich nicht ganz verstehe, welche Aufgaben ein Techniker in einer Schokoladenfabrik übernehmen kann.«

»Schokoladenfabrik?«

»Fry heißt der Laden, und irgendwas machen sie da mit Dampfmaschinen.«

Alexander musste auflachen.

»Sie werden sicher nicht den Kessel mit Kakaobohnen heizen. Aber ich kann mir vorstellen, dass sie Mahlwerke oder so etwas damit antreiben. Ich habe von einem guten Freund einiges über die Verarbeitung von Kaffee und Kakao gelernt.«

»Du hast bisher noch nicht von deinen Freunden gesprochen, Junge.«

»Ich habe mir auch nicht viele gemacht. Aber Jan Martin konnte ich mich nicht entziehen. Er ist der Sohn eines Bremer Kolonialwarenimporteurs, hat aber Medizin und Botanik studiert und will von mir unbedingt ein Gewächshaus konstruiert haben …«

»Gewächshaus. Aha. Ich merke schon, die Fähigkeiten eines Technikers müssen weit vielseitiger sein, als ich mir bisher vorgestellt habe.«

»Man tut, was man muss!«

»Auch mein Wahlspruch.«

»Aber – ich denke, ich werde Jan überreden, mich nach England zu begleiten. Dort stehen nämlich einige sehr moderne Gebäude. Und eine kakaoverarbeitende Fabrik wird ihn ebenfalls brennend interessieren. Würde Mutters Familie möglicherweise auch einen weiteren Gast aufnehmen?«

»Keine Frage. Deine Mutter wird ihn ankündigen. Erzähle ihr bei Gelegenheit etwas über diesen jungen Mann.«

»Gerne.«

»Gut, nächster Punkt. Du bist in eine unglückliche Ehe hineingestolpert. Was gedenkst du in dieser Angelegenheit zu unternehmen?«

»Ich kann nichts unternehmen.«

»Wie war das eben? Man tut, was man muss. Was musst du tun, um dich aus der Affäre zu ziehen, und wie kann ich dir helfen?«

»Ich müsste die Scheidung in die Wege leiten. Doch eigentlich möchte ich Paula und vor allem meiner Tochter Julia diese Schande nicht antun. Es sind ihre Eltern, mit denen ich den größten Streit habe.«

»Dann versöhne dich mit deiner Frau wieder und hole sie und deine Tochter zu dir.«

»Dagegen wehrt sich mein Schwiegervater.«

Der General gab ein schnaubendes Geräusch von sich. »Wetten, dass er sich dir vor die Füße wirft, wenn du als Graf von Massow bei ihm vorsprichst?«

»Warum sollte er?«

»Weil, mein Junge, ich die Erfahrung gemacht habe, dass insbesondere die Dünkelhaften zu ausgesuchten Kriechern werden, wenn es um gesellschaftlichen Aufstieg geht. Und seine Tochter würde Gräfin, sein Enkelkind Komtess.«

Vieles hatte Alexander in den vergangenen Wochen durchdacht – diese Konsequenz war ihm nicht in den Sinn gekommen. Fassungslos starrte er seinen Vater an.

»Siehst du, noch ein Grund, den Titel nicht rundweg abzulehnen. Komtess Julia könnte er eines Tages nützlich sein.«

»Autsch, jetzt haben Sie einen wunden Punkt erwischt.«

»Na, dann denk darüber noch mal nach. Und nun ein Letztes, Alexander. Wie es scheint, hast du zwar wenige, dafür umso bessere Freunde. Dieser Verleger, der mich angeschrieben hat...«

»Cornelius Waldegg. Ja, er ist ein wirklich guter Freund. Er und seine Frau und sein Bruder haben mir sehr geholfen.«

»Und nun ist er mit der Bitte an mich herangetreten, über unsere unerwartete Familienzusammenführung einen Bericht veröffentlichen zu dürfen. Ich würde das ja rundweg ablehnen, will es aber dennoch mit dir diskutieren.«

»Er ist ein großer Verfechter der Pressefreiheit. Wir können ihn zwar bitten, nichts darüber zu schreiben, andererseits, Vater – herumsprechen wird es sich ohnehin, dafür sind Sie ein viel zu bekannter und einflussreicher Mann.«

»Du meinst also, ein Artikel aus seiner Feder, auf den wir, sagen wir mal, zumindest in gewissem Maße richtungweisenden Einfluss nehmen könnten, wäre das geringere Übel?«

»Und ein freundliches Entgegenkommen.«

»Nun, dann soll er tun, was er für richtig hält. Er scheint ein vernünftiger Mann zu sein. Aber wappne dich, mein Sohn. Auch die freie Presse ist nicht ohne Tücken, so sehr man die Zensur ablehnen mag. Es gibt Menschen, die seltsame Schlüsse aus dem ziehen, was sie lesen.«

Die Warnung sollte sich als berechtigt erweisen.

Die Macht der Lettern

Freiheit süß der Presse!
Komm, laß uns alles drucken
und walten für und für.
Nur sollte keiner mucken,
der nicht so denkt wie wir.

Johann Wolfgang von Goethe

Josef Nettekoven las den Brief nun zum dritten Mal, und seine Frau Gisa beobachtete, wie sich seine Miene immer mehr verdüsterte. Sie hatte ihn und auch den Zeitungsbericht ebenfalls gelesen und ahnte, was ihren Mann umtrieb.

»Er ist noch immer Alexander Masters, Juppes«, murmelte sie und stellte einen Steinguthumpen vor ihn auf den Küchentisch. Der weiße Schaum des Bieres schwappte über den Rand.

»Er ist Graf von Massow und nichts anderes. Und wir werden gut daran tun, uns entsprechend zu verhalten. Ich weiß nur nicht, wie«, kam es mutlos gemurrt von ihrem Josef.

»Wie immer, denke ich.«

»Das gehört sich nicht, Gisa. Er ist ein vornehmer Herr.«

»Das war er vorher auch.«

»Aber kein Graf.«

»Doch, war er auch.« Gisa setzte sich mit ihrem Korb voller Stopfwäsche zu ihrem Mann und wählte einen Wollfaden aus, um seine Socken zu flicken. »Er hat geschrieben, dass er den Titel nicht verwendet.«

»Das hat damit nichts zu tun. Alle wissen es. Ach, Mist. Gerade hat es angefangen, mit der Fabrik richtig gut zu laufen. Aber ohne ihn werden wir Probleme kriegen.«

»Er hat doch auch geschrieben, dass er geschäftliche Verhandlungen mit dir führen möchte.«

»Was kann ich einem Grafen schon bieten, Gisa. Wir sind ein kleines Unternehmen, und er ist jetzt ein reicher Mann. Er braucht uns nicht mehr.«

»Nicht alle Adligen sind reich.«

»Pah! Sein Vater gehört zu den engsten Beratern des Königs. Der wird ihn schon gebührend ausstatten. In dem Häuschen wird er bestimmt auch nicht mehr wohnen wollen.«

Missmutig schlürfte Jupp Nettekoven sein Bier und starrte aus dem Fenster. Der Winter hatte endlich seine Eiszapfenzähne verloren. Der Schnee war geschmolzen, die Krokusse blühten, und die ersten mutigen Vögel zwitscherten auf den knospenden Ästen des knorrigen Pflaumenbaums vor dem Haus.

Plötzlich lachte sein Weib amüsiert auf.

»Was gibt's da zu lachen?«, fuhr er sie an.

»Ach Juppes, jetzt weiß ich, welche Laus dir über die Leber gelaufen ist. Du bist eifersüchtig, das ist alles.«

»Ich? Eifersüchtig? Auf wen?«

»Auf den alten Grafen von Massow. Du hast angefangen, Alexander wie einen Sohn gernzuhaben, Jupp. Und ich auch. Aber er ist nicht unser Sohn, auch wenn er eine Lücke füllt, die uns beiden sehr wehtut. Aber ich denke, unser guter Freund wird er auch weiterhin sein. Titel hin, Titel her. Und ich gehe morgen rüber und putze sein Häuschen. Er wird ja in den nächsten Tagen eintreffen.«

»Mhm.« Noch war Jupp Nettekoven nicht ganz beruhigt, aber unterschwellig musste er seinem Weib recht geben. Sie kannte ihn ziemlich gut.

Vielleicht war es ja doch nicht so schlimm, dass Alexander ein echter Graf war. Aber nur vielleicht.

Karl August Kantholz wartete auf den Zahnarzt, der sich seines maroden Backenzahns annehmen sollte. Es war eines der wiederkehrenden Leiden in seinem Leben, ständig dieser Pein ausgesetzt zu sein. Jedes Mal, wenn er in etwas Süßes biss, zog ein greller Schmerz bis unter die Augen. Wenn Heißes, oder gar, Gott bewahre, Kaltes auf die löcherige Ruine in seinem Kiefer traf, war er kurz davor, wie ein getretener Hund aufzujaulen.

Im Augenblick war aber der Schmerz einem dumpfen Pochen gewichen, dennoch war Karl August schon wieder kurz davor, aufzuheulen. Grund dafür war der Artikel, den er soeben in der Gazette gefunden hatte. Er stammte aus der Feder dieses revolutionär gesinnten Verlegers, den er sowieso seit Langem mit kritischer Aufmerksamkeit verfolgte, und behandelte eine spektakuläre Familienzusammenführung. Hauptakteur war darin dieser unsägliche Masters. Ausgerechnet der entpuppte sich als Grafensohn. Er knirschte mit den Zähnen, was keine gute Wirkung auf sein Gebiss hatte. Masters Bruder, verdammt noch mal, war Julius von Massow, an den er sich ebenfalls mit Schaudern erinnerte. Was mussten die beiden über ihn gelacht haben, als sie sich getroffen hatten.

Gallebittere Rachsucht kroch dem Assessor in die Kehle. Dieser scheinheilige Kerl verkündete lauthals, weiterhin Ingenieur bleiben und den Titel nicht verwenden zu wollen. Das schrieb der Defätist Waldegg natürlich mit großem Genuss. Aber Kantholz glaubte nicht daran. Der Titel bedeutete Macht und Ansehen, und kein Mensch schlug seiner Meinung nach ein solches Geschenk aus. Heuchelei, schiere Heuchelei das Ganze. Aber er würde sie entlarven. Irgendwas würde sich finden, um diesen Masters öffentlich bloßzustellen. Einmal Demagoge, immer Demagoge, war seine feste Meinung. Und wie befriedigend wäre es zu sehen, wie der edle Herr Graf mit der Nase so richtig in den Dreck gerieben würde.

Einen Ansatzpunkt hatte er ja schon gefunden. Die Freundschaft zwischen diesem Institutsangehörigen Jantzen und ihm gab ihm die Möglichkeit, seine Umtriebe weiter zu verfolgen. Masters trieb sich heimlich mit einer – vermutlich verheirateten – Frau herum, diese delikate Information hatte er ja schon erhalten. Es würde ihm auch noch gelingen zu ermitteln, wer sie war. Ein kleiner Hebel, gewiss, aber einer, der weiterführen könnte. Schon morgen würde er seine Spitzel auf ihn und Jantzen ansetzen. Wär doch gelacht, wenn man ihnen nicht einen saftigen Skandal anhängen konnte. Einen, der dem Masters mehr als eine Ehrenstrafe einbrächte. Möge Gott König Friedrich Wilhelm noch lange bei Gesundheit erhalten. Und verhüten, dass sein nachsichtiger Sohn an die Macht kam.

Mit diesem vaterländisch korrekten Wunsch nahm Karl August auf dem Folterstuhl des Zahnklempners Platz.

Nadina blätterte in der Küche des Cafés die Gazette durch. Am heutigen Tag ging es ruhig zu, denn ein heftiger Frühlingssturm trieb die Menschen von der Straße in ihre Wohnungen, und ein peitschender Regen machte das Flanieren unmöglich. Vier unentwegte Herren, Angehörige der Universität, rauchten gemütlich ihre Pfeifen bei einem Kaffee und disputierten halbherzig irgendwelche spitzfindigen Themen. Daher hatte Nadina sich eines der herumliegenden Blätter mitgenommen und suchte Unterhaltung darin.

Sie fand tatsächlich einen Artikel, der sie fesselte.

»Hat er gefunden seinen Vater und Bruder. Melisande! Höre!«

»Was hast entdeckt, Mamatschka?« Ihre vierundzwanzigjährige Tochter legte ihr Buch nieder und trat hinter ihre Mutter. »Oh, ein Bericht über Alexander Masters? Was ist mit ihm geschehen?«

»Ist zu seiner Familie gekommen. Gottvater, was für eine traurige Geschichte. Und nie hat er davon erzählt. Verloren bei Waterloo, als kleiner Junge. Der Arme. In einem fremden Land, ganz alleine aufgewachsen. Was muss er vermisst haben seine Mama.« Eine Träne aufrichtigen Mitgefühls rann über Nadinas Wange.

Staunend las Melisande ebenfalls von den Ereignissen, dann seufzte sie, ebenso von dem Schicksal der darin verwickelten Menschen berührt.

»Julius von Massow muss glücklich sein. Wir sollten ihm, wenn er das nächste Mal zu Gast ist, sagen, dass wir seinen Bruder auch kennen. Und vielleicht ihm die Briefe zeigen, die wir von ihm bekommen haben, Mama.«

»Gute Idee, Kind.« Sie schlug die Gazette zu und trank sinnend ihren Tee. »Ist ein guter Mann, der Alexander Masters. Hatte Mitleid mit Amara. Aber sie hat ihn nicht getroffen, da in Elberfeld. Steht hier, er musste in Festungshaft das Jahr. Wir waren dumm, Melli. Sehr dumm.«

»Ja, MacPherson hat uns zu Recht die Leviten gelesen.« Auch Melisande war beklommen, als sie daran dachte, was sie ihrer Freundin eingebrockt hatten. »Aber jetzt ist sie Apothekersgattin, Mama. Und bestimmt eine vornehme Frau.«

»Wird ihr hoffentlich gut gehen. Und Masters ist auch in Köln. Sie sollte ihn treffen. Ich fühle, die beiden gehören zusammen.«

Melisande lachte leise. »Mamatschka, du bist eine unverbesserliche Romantikerin. Sie sind beide verheiratet.«

»Ah pah. Mit Butter verdirbt man den Brei nicht.«

Jetzt prustete Melli sogar los, dann aber wurde sie plötzlich ernst.

»Ich möchte sie wiedersehen. Ich vermisse Amara. Und ich möchte unseren Fehler so gerne wiedergutmachen.«

»Du willst nach Köln reisen?«

»Ich habe schon häufiger daran gedacht. Irma und Jeanette kommen mit dem Café hervorragend zurecht. Du brauchst mich hier nicht unbedingt.«

»Mhm. Brauche ich doch. Aber ist mein Vögelchen flügge geworden, was? Will aus dem Nest fliegen?«

»Ja, das wohl auch.«

»Gut, erst wir rechnen, dann wir sehen.«

Peter-Paul Reinecke schmetterte die Gazette auf den Sessel und stand auf. Wenn es ihm anatomisch möglich gewesen wäre, hätte er sich vor lauter Frustration am liebsten in den Hintern gebissen. Sein Schwiegersohn, dieser verlogene Halunke, hatte die Stirn, einen Artikel über sich verbreiten zu lassen, in dem er seine edle Abkunft der Welt verkündete. Verdammt, wie stand er jetzt da! Wie ein gelackmeierter Hanswurst! Er hörte schon, wie sich seine Geschäftspartner hämisch nach dem Herrn Grafen erkundigten. Und was hatte er dann zu sagen? Dass er ihn weiterhin für einen charakterlosen Verbrecher hielt? Das war er zwar, aber er trug auch einen alten, überaus einflussreichen Namen. Wen interessierte da noch eine Ehrenstrafe, die er in einer Festung abgebüßt hatte? Knurrend stapfte er vor dem Fenster auf und ab, und die Holzdielen knarrten und knirschten protestierend unter seinen Schritten. Der Schuft hatte sich inzwischen in einer miesen Hinterhofschmiede eingenistet, die verflucht noch mal plötzlich die besten Hydraulikpumpen des Landes herstellte. Masters' Konstruktion, ohne Zweifel. Der Mann hatte recht gute Ideen gehabt, und manche davon beutete er, Reinecke, jetzt hemmungslos aus. Es hatte ja nie eine Abmachung darüber bestanden, Masters daran irgendwelche Urheberrechte zugestehen zu müssen. Aber wenn er jetzt noch für ihn arbeiten und mit seinem Titel protzen würde, könnte das Unternehmen prächtige Gewinne einfahren.

Er musste ihn irgendwie wieder einfangen.

Aber wie?

Lange brauchte Reinecke dann jedoch nicht zu überlegen. Julia, in Begleitung dieser hochnäsigen Gouvernante mit ihrem dreisten Blick, kam die Straße entlanggeschlendert. Lebhaft unterhielten sich die beiden und hielten sich lachend in den neckischen Böen des Aprilwindes die Strohschuten auf ihren Köpfen fest.

Masters wollte seine Tochter. Unbedingt.

Verständlich, er wollte Komtess Julia die entsprechende Erziehung angedeihen lassen. Er sollte sie kriegen. Zusammen mit Paula, Gräfin von Massow. Ein strenges Gespräch mit seiner Tochter würde diese schon zur Einsicht bringen, Wie nutzbringend eine Versöhnung mit ihrem Gatten für alle wäre! Und selbst wenn es ihr nicht gelang, ihn wieder nach Elberfeld zu locken, so hatte sie doch ein ausgesprochen nützliches zeichnerisches Talent. Technische Entwürfe verstand sie zwar nicht, aber abpausen konnte sie diese Zeichnungen durchaus.

Ja, das wäre eine überaus nützliche Beschäftigung für sie.

Und hier konnte er mit gutem Gewissen wieder von seinem Schwiegersohn, dem Herrn Grafen, sprechen.

Laura von Viersen las mit unbewegter Miene den Artikel, während ihr Gemahl sich mit einem Jagdmagazin und der Cognacflasche auf der anderen Seite des Kamins vergnügte. Ein beinahe schmerzlicher Stich von Traurigkeit durchfuhr sie bei dem Gedanken an Alexander. Er hatte ihr nie wirklich erzählt, aus welchen Verhältnissen er stammte, und sie war zu höflich, um ihn mit persönlichen Fragen zu belästigen. Unausgesprochenes beherrschte ihre heimliche Beziehung, und nur körperliche Traulichkeit milderte den Mangel an echter Vertrautheit.

Grafensohn – nun, das mochte das Ende ihrer Liaison bedeuten. Oder auch nicht. Laura fragte sich, ob sie zu kämpfen bereit war.

Dorothea, die sich selten der Mühe unterzog, die Gazetten zu lesen, sondern lediglich hin und wieder müßig das »Magazin des Luxus und der Moden« durchblätterte, erfuhr von der Familienzusammenführung durch die Pfarrersfrau, die ihr mit vor Rührung gluckernder Stimme davon berichtete.

Dorothea hörte sich den tränenfeuchten Schwulst kommentarlos an und bemühte sich, die bittere Galle nicht in ihre Kehle steigen zu lassen, die ihr hochkam, wenn sie an ihre vertane Chance dachte, Julius von Massow an die eheliche Kette zu legen.

Verdammte Amara!

Lothar de Haye fand fast ein Jahr nach Erscheinen des Artikels eine zerfledderte deutsche Gazette in einem heruntergekommenen Saloon in St. Louis. Er hätte sie nicht beachtet, wäre sein Führer nicht stundenlang verschwunden geblieben, um einen Passierschein in die Indianergebiete am Missouri aufzutreiben. So aber blätterte er gelangweilt die fleckigen Seiten durch und verweilte bei dem Bericht über die Grafen von Massow. Er war dem Oberst einst flüchtig begegnet, weshalb er sich überhaupt auf die Geschichte konzentrierte.

Sie berührte ihn seltsam, und auf einmal verspürte er etwas, von dem er geglaubt hatte, es würde ihm nie widerfahren. Es flog ihn ein sehnsüchtiges Heimweh an, der Wunsch, ebenfalls in die Arme einer liebenden Familie zurückzukehren.

Vielleicht war es an der Zeit...

Maximilian von Briesnitz las den Artikel mit klebrigen Fingern, während der Rübensaft auf dem Labortisch in einem Glastiegel eindampfte. Als das Messgerät die hohe Konzentration an Zucker anzeigte, die seine neueste Züchtung aufzuweisen hatte, warf er die Zeitung achtlos beiseite und vergaß, was immer er über den adligen Ingenieur hatte wissen wollen.

MacPherson las den Bericht nicht.

Kekse für das Proletariat

Waisenkinder, zwei und zwei,
Wallen fromm und froh vorbei,
Tragen alle blaue Röckchen,
Haben alle rote Bäckchen –
O, die hübschen Waisenkinder!

Erinnerung an Hammonia, Heine

»Die schwarze Hackkrähe hat behauptet, du hättest zwar das Gesicht einer Madonna, aber einen Charakter wie Teufels Großmutter«, erklärte Melisande und rollte den dunklen Teig aus.

»Manchmal hat Margarethe tatsächlich helle Momente«, antwortete ich ihr. Es war so schön, Melli wieder bei mir zu haben. Aber diese Freude teilten nicht alle Hausbewohner.

»Die schwarze Kreischhenne dagegen unterstellt dir, lüsterne Blicke auf Pfarrer Gerlach zu werfen.«

»Das allerdings ist mir eine körperliche Unmöglichkeit. Dieser feiste Mann Gottes flößt mir dieselbe Abneigung ein wie der schmuddelige Schlaginhaufn.« Mit etwas zu viel Kraft knetete ich die nächste Portion Mandeln in den Mürbeteig. Hermine ging uns beiden erheblich auf die Nerven, und ihretwegen hatten Melli und ich die Flucht in die Küche angetreten.

Vor zwei Wochen hatte Melisande an einem hellen Maitag gänzlich unerwartet, aber mit einem breiten Grinsen und einem schweren Koffer an die Tür des Apothekerhauses geklopft. Glücklicherweise war ich zu Hause, denn Hermine hätte ihr schwerlich Gastfreundschaft gewährt. Melli war zwar nach gängigen Sitten eine durchaus wohlerzogene junge Frau, aber es umgab sie ein Hauch von Bohemehaftigkeit, der den Damen

Bevering von Beginn an suspekt war. Anton hingegen schloss sie sogleich ins Herz, vielleicht um mir eine Freude zu machen. Oder auch, weil ihn ihr heiteres Gemüt bezauberte.

Wie erwartet, hatte ihm der Verlust unseres ungeborenen Kindes weit mehr zugesetzt als mir. Er behandelte mich seit der Fehlgeburt im Herbst mit größter Rücksicht und Zärtlichkeit. Doch einen weiteren Versuch, ein Kind zu zeugen, hatte er nicht mehr unternommen. Wahrscheinlich war er erleichtert darüber, dass Jan Martin ihm den ärztlichen Rat gegeben hatte, um meiner delikaten Gesundheit willen auf seine ehelichen Rechte zu verzichten – was das Ergebnis eines sehr vertraulichen Gesprächs zwischen Jan und mir war, dem ich Antons Bettprobleme anvertraut hatte. Unserer gegenseitigen Zuneigung tat das keinen Abbruch.

Melisande brachte eine ganz neue Lebhaftigkeit in unseren gutbürgerlichen Haushalt. Ihre Idee war es auch, die Kekse zu backen. Denn um des lieben Friedens willen hatte ich mich von Hermine für ihre Wohltätigkeitsarbeit einspannen lassen, die darin bestand, bedürftige Kinder mit Speise und Kleidung zu versehen. Zweimal in der Woche stand meine Stieftochter mit gestärkter Schürze und säuerlicher Miene hinter einer Theke im Waisenhaus und schenkte den mageren, trübäugigen Jungen und Mädchen, die von morgens bis abends in den Spinnereien arbeiteten, die dünne Suppe aus. Sie tat es nicht aus Mitleid, sondern weil sie es als ihre Pflicht ansah, oder auch, weil sie sich Lob und Anerkennung durch den Pfarrer erhoffte. Ich hatte sie beobachtet – Kindern mit etwas wacherem Blick und frechem Mundwerk füllte sie nur das Wässrige in die Schale, jene, die mit frommem Augenaufschlag bittend vor ihr standen, bekamen das Gehaltvollere aus den Tiefen des Kessels. Nicht alle Kinder durchschauten sie oder hatten Lust, Gottesfürchtigkeit zu heucheln. Ich hingegen bemühte mich, allen gleichermaßen Kartoffeln, Graupen und ihren Anteil an Fleischstückchen in die Teller zu schöpfen. Dabei lächelte ich genauso, wie ich es getan hatte, als ich Frau Regierungsrätin und ihren Freundinnen Sahnebaisers servierte. Wenigstens ein freundliches Gesicht konnte ich den Kindern schenken, denn natürlich dauerten mich die müden, ausgelaugten Gestalten. Nur für ein paar Wochen hatte ich in der Zuckerfabrik gearbeitet, aber die Anstrengung hatte ich nicht vergessen. Der mitfühlenden Melli hingegen brach es fast das Herz, als sie uns das erste Mal begleitete.

»Sie wissen gar nicht, was Glück ist, diese armen Würmer. Man muss doch etwas mehr für sie tun können.«

»Es kostet Geld, sie zu verpflegen. Und wer gibt schon gerne seine schwer verdienten Taler für die Kinder anderer aus. Natürlich betreiben die Stadt und die Kirche Armenfürsorge, aber ich habe den Eindruck, dass sie es so billig wie möglich tun.«

»Aber man sammelt doch Spenden. Ich habe Aufrufe gesehen, und es finden Wohltätigkeitsveranstaltungen statt.«

Mir entwich ein verächtliches Schnauben. »Melli, wir beide haben es in Berlin gut gehabt und sind mit dem Elend der Waisen- und Arbeiterkinder nie wirklich behelligt worden. Ich habe erst in Elberfeld am eigenen Leib erfahren, wie viel Not es gibt. Und wie viel Frömmelei. Wohltätigkeitsveranstaltungen – dass ich nicht lache! Anton hat mich ein paar Mal auf solche Gesellschaften mitgenommen. Hochtönendes Tuten über christliche Nächstenliebe hört man da, vollmundige Sermone über bürgerliche Pflichterfüllung, sentimentales Gedudel über den unermüdlichen Einsatz im Kampf gegen Hunger und Bedürftigkeit. Aber keiner kommt auf die Idee, eigenhändig die Kinder zu entlausen, ihnen saubere Kleider anzuziehen oder vernünftige Schlafstätten zu schaffen. Jede Dame lässt sich als Lady Charity feiern, wenn sie mit einem zarten Spitzentüchlein die mühsam herausgequetschte Zähre des Mitleids von der Wange tupft. Aber die Äpfel in ihrem Garten lässt sie lieber am Boden verfaulen, statt sie zu sammeln und sie den Kindern zu geben.«

»Du sammeltest Äpfel?«

»Ich habe es im Herbst getan, ja. Und auch Birnen und Nüsse. Hermine und Margarethe stand der schiere Widerwillen in den Augen.«

»Und dein Mann?«

»Er fand mich großmütig. Er glaubt, ich tue es des verlorenen Kindes wegen. Aber eigentlich handele ich aus purer Langeweile.«

»Und aufgrund deines guten Herzens.«

»Kann sein.«

»Spendet dein Bevering Geld für die Armen?«

»Sicher. Sogar ganz beträchtliche Summen.«

Melli bekam plötzlich einen spitzbübischen Ausdruck. »Könntest du ihn überreden, dir einen Teil davon zur Verfügung zu stellen?«

»Sicher, aber warum?«

»Um ihn direkt für die Waisenkinder auszugeben. Ich fürchte, manche Gelder haben die Eigenart, irgendwo zu versickern. Und dir gäbe es endlich wieder die Möglichkeit, am Backofen herumzuwirtschaften. Denn ich glaube, das fehlt dir ganz fürchterlich.«

Wie recht sie hatte, meine scharfsichtige Freundin. Es fehlte mir.

»Mach die Kinder nicht nur satt, mach sie glücklich!«, hatte sie gefordert, und daher buken wir nun Schokoladenplätzchen.

Feinherber, aromatischer Schokoladenduft erfüllte die Küche, als ich das nächste fertige Blech aus dem Ofen zog. Die Plätzchen waren kunstlose Kreise, doch braun und knusprig. Für die Kunden im Café hätte ich sie mit Zuckerguss oder Schokoladenglasur verziert, doch ich hegte die Vermutung, dass den Kindern diese artifizielle Verschönerung herzlich gleichgültig sein würde. Ich schob die Ladung Kekse auf ein Gitter, auf dem sie abkühlen konnten, und wollte gerade damit beginnen, die von Melli vorbereiteten Küchelchen auf dem Blech zu verteilen, als Margarethe und Hermine die Tür öffneten.

»Was macht ihr denn hier?«, schrillte meine Stieftochter, und Melli zuckte zusammen.

»Backen, wie du siehst.«

»Das kann doch die Köchin machen, Ella Annamaria. Es gehört sich nicht für die Dame des Hauses, in der Küche zu wirtschaften«, ermahnte Margarethe mich.

»Die Köchin hat heute ihren freien Tag, und ganz abgesehen davon ist es mir ein Bedürfnis, selbst die Plätzchen herzustellen.«

»Aber was sollen denn die Leute nur sagen? Es wirft ein schreckliches Licht auf dich, wenn man es erfährt. Du solltest wegen deiner Vergangenheit ein bisschen vorsichtiger sein.«

Melli setzte an, etwas nicht Wiedergutzumachendes zu sagen, aber ich schüttelte abwehrend den Kopf.

»Und überhaupt, das sind ja Uuuunmengen!«, trötete Hermine, als sie die drei wohlgefüllten Körbe auf der Anrichte bemerkte. »Wer soll denn die bloß alle essen?«

»Die Kinder heute Abend, Hermine.«

»Waaas? Du willst diese ungewaschenen Blagen mit guten Schokoladenkeksen füttern? Wie kannst du nur? Ist dir nicht klar, was das für eine Verschwendung ist? Der teure Kakao für dieses Gesindel!«

»Beruhige dich, Hermine. Für deine Morgenschokolade ist noch immer genug Kakaopulver vorhanden«, versuchte ich sie zu dämpfen. Aber auch Margarethe empörte sich und fauchte mich an: »Weiß Anton eigentlich davon, wie du sein Wirtschaftsgeld verschleuderst?«

»Es wird noch genug für Ihren geliebten fetten Schweinebauch übrig bleiben, gnädige Frau«, säuselte Melisande, und obwohl sie sich auf Margarethes Lieblingsgericht bezog, klang ihre Bemerkung wie eine ausgesucht bösartige Beleidigung.

So verstand meine Schwägerin sie auch.

Mit hochrotem Gesicht plusterte sie sich auf und rauschte durch die Tür Richtung Apotheke. Hermine flatterte begeistert hinter ihr her.

»Na, aber sie hat eine Wampe wie eine trächtige Muttersau«, murmelte Melli, bevor ich noch etwas sagen konnte. Gleichzeitig drückte sie ihr Kreuz durch, schob ihr kaum erwähnenswertes Bäuchlein nach vorne, hob ihre kleinen Brüste und produzierte so etwas wie den Beginn eines Doppelkinns. Obwohl es ihr in jeglicher Form an Fülle mangelte, bildete sie derart genau das Abbild meiner wichtigtuerischen Schwägerin, dass ich unwillkürlich lachen musste.

»Du bist grässlich, Melli.«

»Falsch. Sie sind grässlich!«

Im Gang hörte ich meinen Mann milde protestieren.

»Margarethe, du kannst mich nicht einfach aus dem Offizin in die Küche zerren. Ich habe wichtige Kunden. Und nur, weil Amara Kekse backt?«

»Sie vergeudet wertvolle Lebensmittel. Aus unserer Vorratskammer.«

»Tatsächlich? Amara, es duftet wundervoll hier.«

Anton stand in der Küche, schnüffelte und sah sich etwas überrascht um. Melli reichte ihm einen Teller mit abgekühltem Gebäck.

»Probieren Sie mal. Ich finde, sie sind köstlich geworden.«

»Fräulein Galinowa!«, zischte Hermine, aber Anton ignorierte seine Tochter und nahm einen Bissen.

»Ja, lecker, aber nun erklärt mir doch mal, warum ich deshalb meine Kundschaft im Stich lassen muss.«

»Weil deine Frau diese Plätzchen an die Waisenkinder verfüttern will.«

»Eine treffliche Idee. Die armen Kleinen bekommen selten genug etwas Süßes.«

»Ja, aber … aber …«

Das Aufplustern brach in sich zusammen.

»Ja, Anton, ich nahm mir die Freiheit heraus, einen Teil Ihrer großzügigen Spenden in Naturalien anzubieten«, erklärte ich meinem Gatten lächelnd. »Hermine und Margarethe halten es jedoch für Verschwendung.«

Ich stellte mit einer gewissen Genugtuung fest, wie Anton die Damen mit gewisser Irritation betrachtete. »Ich glaube, Margarethe, du regst dich ganz zu Unrecht auf.«

»Aber kostbarer Kakao, und Zucker. Und Mandeln!«

»Na und? Ich habe jetzt keine Zeit für solche sinnlosen Diskussionen, es wartet eine ganze Traube Menschen auf ihre Arzneien. Lasst Amara und Fräulein Melisande bitte das tun, was sie für richtig halten!«

»Aber Papa!«

»Wir sprechen heute Abend darüber!«, beschied mein gewöhnlich sonst so sanfter Gatte seine Tochter harsch, nahm noch einen Keks vom Teller und sah mich dann fragend an.

»Dürfte ich für Heinz auch einen mitnehmen? Ich habe meinen Gehilfen im Verdacht, ein heimliches Naschmäulchen zu sein.«

»Natürlich, nehmen Sie den ganzen Teller mit, Anton, und schenken Sie den Kindern der Kundschaft auch jeweils einen.«

»Eine gute Idee, mein Kätzchen.«

Auf dem Weg zum Waisenheim am späteren Nachmittag schwieg Hermine eisig mit uns, um ihr Missfallen zu bekunden. Dieses Missfallen wurde noch deutlich größer, als sie bemerkte, welch durchschlagenden Erfolg unsere Schokoladenplätzchen hatten. Zuerst waren die Kinder kritisch gewesen, hatten sich nicht getraut zuzugreifen, aber der süße Duft lockte, und es war uns eine Freude zu sehen, wie nach und nach ein jedes mit verzückter Miene das Gebäck verschlang. Da war ein Mädchen, das sich Krümelchen für Krümelchen von seinem Keks abbrach und sie mit geschlossenen Augen einzeln auf der Zunge zergehen ließ. Einige andere kauten mit vollen Backen darauf und versuchten, mehr zu ergattern, zwei gerieten dabei sogar in Streit, und Melli musste sie mit einer derben Kopfnuss trennen. Dazwischen trieb sie ihre Scherze mit den Kindern, schnitt ulkige Grimassen, sang lustige Reime und parodierte hinter Pfarrer Gerlachs Rücken den behäbigen Geistlichen in einer schamlosen Pantomime. Selbst ich hatte Mühe, mir das Lachen zu verkneifen.

Ja, wir hatten die Kinder für eine kleine Weile glücklich gemacht, und ich steckte dem Mädchen, das so genüsslich die

Kekskrümel geknabbert hatte, heimlich noch einen zweiten in ihre Schürzentasche. Ihr schmutziges Gesichtchen drückte eine derart ehrfürchtige Dankbarkeit aus, dass mir die Augen feucht wurden.

Wir schilderten unseren Erfolg beim Abendessen, und Anton stimmte uns zu.

»Sie haben ein hartes Los, diese Kinder. Und natürlich ist es vorrangig, ihnen täglich eine warme Mahlzeit zu reichen. Aber warum nicht dann und wann auch eine kleine Freude machen?«

»Sie danken es einem nie, Anton. Seien wir ehrlich, sie sind der Abschaum der Gesellschaft.«

»Nur weil sie ohne Eltern aufwachsen, Margarethe? Das ist nicht ihre Schuld.«

»Ihre Eltern – pah! Trunksüchtiges Gesindel, faul und arbeitsscheu. Sie saufen sich zu Tode und lassen die Kinder im Dreck verkommen.«

Ja, ich wusste wie es war, seinen Trost in der Flasche zu suchen. Und am liebsten hätte ich Margarethe diese Episode meines Lebens in ihr selbstgerechtes Gesicht geschrien. Aber so schluckte ich nur, während mir Melli einfach die Hand streichelte. Ihr hatte ich von dieser unrühmlichen Zeit ohne Beschönigung berichtet.

»Und dann auch noch kostbaren Kakao!«

Wieder giftete Hermine los. Es ließ ihr wohl keine Ruhe, dass auch andere in den Genuss der von ihr so begehrten Schokolade kommen sollten.

»Natürlich ist Kakao ein teures Produkt, aber wie ich meine Amara kenne, hat sie die Zutaten genau durchkalkuliert, und die kleine Speisung hat genau den Betrag gekostet, um den sie mich dafür gebeten hat. Habe ich nicht recht, mein Kätzchen?«

»Es ist auf den Pfennig genau aufgegangen, Anton. Aber möglicherweise werde ich das nächste Mal tatsächlich auf den Kakao verzichten und dafür mehr Mandeln verwenden. Dann könnten wir vermutlich drei, vier Bleche Kekse mehr backen.«

»Ich bin mehrfach gefragt worden, nach welchem Rezept die Schokoladenplätzchen hergestellt wurden. Die kleinen Gaben an die Kunden waren ein großer Erfolg. Ich glaube nicht, dass du davon abkommen solltest.«

»Wir könnten die Schokolade wieder selbst herstellen, Amara. Dann würde es billiger«, schlug Melisande vor, und Anton fragte verblüfft: »Selbst herstellen?«

Ich erklärte ihm, auf welche Weise wir früher die getrockneten Bohnen selbst geröstet und gemahlen hatten.

»Es ist harte Arbeit, aber davor scheue ich mich nicht. Nur hat man sich heutzutage an das Kakaopulver von van Houten gewöhnt. Dem Geschmack der reinen Schokolade – vor allem bei Kindern – wird sicher kein großer Erfolg mehr beschieden sein.« Ich lächelte ihn an. »Aber Sie haben recht, ich werde auch das nächste Mal wieder Schokoladenplätzchen herstellen.«

»Ich verstehe gar nicht, warum der Kakao so teuer ist«, nörgelte Margarethe schließlich. »Wenn es doch nur darum geht, ihn selbst zu rösten und zu mahlen, damit er billig wird.«

»Das ist sicher nicht alles. Ich fürchte, der Anbau der Bäume ist schon recht problematisch«, erklärte Anton ihr, aber mir fiel Jan Martins Schilderung der Plantagenarbeit ein.

»Es ist eher der Transport von Übersee, der teuer ist. Die getrockneten Bohnen sind empfindliches Gut. Dann müssen sie von den Häfen weiter zu den Abnehmern gebracht werden, auch das kostet Geld.«

»Dann sollen sie doch die Bäume hier anpflanzen. Warum muss man denn den Negern und Indianern dafür Geld zahlen?«, wollte Margarethe wissen.

»Weil der Baum nur in feuchten und warmen Gegenden wächst«, belehrte ich sie kurz und fuhr fort: »Und schließlich sind etliche Verarbeitungsschritte notwendig, um trinkfertige Schokolade herzustellen. Viele dieser Schritte können nur von Hand durchgeführt werden. Aber … vielleicht erfindet man ja mal Maschinen, die einen Teil davon übernehmen.«

»Du träumst von einer Schokoladenfabrik, mein Kätzchen?«

Anton sah mich nachsichtig lächelnd an, aber mir war es plötzlich ernst damit.

»Ja, warum nicht? Alexander Masters könnte uns bestimmt mehr dazu sagen, aber ich stelle mir vor, dass man Mahlen und Mischen durchaus mit Maschinen durchführen könnte.«

»Hört euch Ella Annamaria an!«, krakeelte Hermine los. »Sie will den Inschenschör spielen.«

»Nein, Hermine, Ingenieurswissen maße ich mir nicht an. Aber die Arbeitsvorgänge in der Backstube und in der Küche, die kenne ich genau.«

»Ich finde den Gedanken äußerst originell, Amara. Schildere uns doch bitte mal, wie du den Küchenablauf in eine Fabrik verlegen würdest.«

»Verspotten Sie mich, Anton?«

»Aber ganz bestimmt nicht. Ich habe mir bisher eigentlich keine Gedanken über die Kakaoherstellung gemacht, das ist richtig, aber in meinen Rezepturen geht es ja um ähnliche Aufbereitungsmethoden. Deine Gedankengänge interessieren mich wirklich.«

»Nun gut. Man beginnt mit dem Rösten. Ich stelle mir vor, dass es kein großes Problem ist, denn Kaffee wird ja auch schon im großen Stil geröstet. Dann aber tritt die erste Schwierigkeit auf. Bevor man sie mahlen kann, müssen die Schalen der Kakaobohnen entfernt werden.«

»Hihihi, haben Sie schon mal von Bohnen mit Schalen gehört, Tante Margarethe?«

Hermine amüsierte sich köstlich über diese Vorstellung, und Anton wies sie leicht ungehalten an, zu schweigen und zuzuhören.

»Nach dem Rösten werden die Bohnen mit einer Walze in Stücke zerbrochen und die leichten Schalen entfernt. Wir haben es früher mit Worfelkörben recht gut gelöst. Aber von einer Maschine, die worfelt, habe ich noch nie gehört.«

»Eine Herausforderung an deinen Freund Masters.«

»Bestimmt. Hier wird man sicher noch eine Erfindung machen müssen. Denn selbst aus den geworfelten Stücken haben wir immer noch Schalen herausklauben müssen. Danach werden die Bohnen gemahlen. Wir haben es bei kleinen Mengen im Mörser, bei größeren Mengen mit einer Walze auf einem angewärmten Stein gemacht. Auch hier wird es technische Probleme geben, vermute ich.«

»Aber warum denn? Mühlen gibt es doch zuhauf. Warum ist eigentlich noch niemand auf die Idee gekommen, einem Müller den Kakao zu geben? Daran will doch nur wieder jemand verdienen!«

»Weil, liebe Margarethe, die Kakaobohne sehr fetthaltig ist und beim Mahlen eine zähe Masse ergibt. Ein Müller würde sich dafür bedanken, weil ihm nämlich die Schokolade das Mahlwerk verklebt. Nein, man wird spezielle Walzen benötigen.«

»Aber das ist doch dummes Zeug, Amara. Du hast doch heute selbst Kakaomehl verwendet«, mischte sich Hermine wieder ein. Geduld, mahnte ich mich, Geduld.

»Der klebrigen Kakaomasse wird ... mhm, Anton, ich glaube, man nennt es Alkalisalz ... zugesetzt.«

»Das kann man tun, mir leuchtet aber noch nicht ein, welchen Sinn es haben soll.«

»Man tut es, hörte ich, und dazu braucht man ein Rührwerk zum gründlichen Vermischen. Danach gibt man die Masse in eine Presse. Dabei wird die Kakaobutter herausgepresst.«

Anton nickte. »Ah, verstehe. Das Alkalisalz erleichtert die Trennung von Fett und Kakaomasse.«

»Außerdem schmeckt der Kakao anschließend weniger bitter und löst sich leichter in Flüssigkeiten. Das hat der Holländer van Houten erfunden, dessen Kakaopulver wir so schätzen.«

»Sehr gut erklärt, Amara. Deine utopische Fabrik braucht also einen Röstofen, eine Brechvorrichtung, ein Worfelwerk, einen großen Mörser oder ein Zerkleinerungsgerät, mit dem man klebrige Massen verarbeiten kann, einen Mischer, eine Presse und einen Haufen Tüten, um das Pulver zu verpacken.«

»Und wieso wird das dann billiger? Nur weil man Maschinen einsetzt?«

»Weil Handarbeit langsam ist und Arbeitslohn kostet. Was glauben Sie wohl, Margarethe, warum es heute eine so große Auswahl an Stoffen, Bändern und Spitzen gibt? Spinn- und Webmaschinen arbeiten effizienter als Menschen.«

»Wenn immer mehr Maschinen die Arbeit übernehmen, werden die Menschen noch fauler.«

»Vielleicht auch nicht. Wenn sie weniger arbeiten müssen, können sie mehr lernen. Und wer mehr gelernt hat, kann bessere Arbeit leisten. Wir werden viele kluge und gut ausgebildete Leute brauchen, die Maschinen bauen und sie in Betrieb halten.« Das war ein Gedanke, den man sicher noch viel weiter spinnen musste, aber Margarethe fuhr dazwischen: »Papperlapapp. Sie werden sich dumme Ideen aneignen und versuchen, eine Revolution anzuzetteln. Wie weiland 1789.«

»Ja, Schwägerin, das könnte passieren«, entgegnete mein Gatte ihr in scharfem Ton. »Um das zu verhindern, müssen wir sie daher dumm und hungrig halten. Aber deckt sich das mit deiner Vorstellung von christlicher Nächstenliebe?«

Hoppla, Anton konnte ja geradezu biestig werden, und Margarethe, Hermine im Schlepptau, verließ beleidigt das Wohnzimmer. Melli wünschte uns auch gute Nacht und huschte hinaus, und er sah mich müde an.

»Ich habe nicht geahnt, wie sehr sie auf dir herumhacken würden, Amara, Liebe. Es war heute eine sehr hässliche Szene in der Küche.«

»Schon gut, Anton. Ich weiß mich zu wehren.«

»So sollte das aber nicht sein. Ich werde in den nächsten Tagen mit jeder von beiden ein sehr, sehr ernstes Gespräch führen.«

Ich hoffte nur, dass es dadurch unser Verhältnis nicht noch unerträglicher machte. Die Damen Bevering waren von äußerst nachtragendem Charakter.

Anton griff nach einem der letzten Plätzchen, die ich für das

Dessert übrig behalten hatte. Diese Kekse waren mit einer dicken Schokoladenglasur überzogen, und aus Mandelblättchen hatte ich kleine Blüten darauf geformt.

»Sie sind köstlich«, sagte er versonnen. »Dieser Überzug macht sie einfach noch leckerer.«

»Ja, aber das können wir nicht für die Kinder zubereiten, Anton. Das ist wirklich zu teuer. Für die Glasur verwende ich reine Schokolade, die mit feinstem Zucker, Vanille und Butter vermischt ist. Das ist der Grundstoff, den man auch für Pralinen verwendet.«

»Du weißt sehr viel darüber, meine Liebe. Und ich überlege, ob man nicht Essschokolade in kleinen Mengen herstellen sollte, um gesundheitsfördernde, aber übelschmeckende Arzneien darin zu verarbeiten.«

Ich musste lächeln. Immer suchte Anton nach Möglichkeiten, seinen Kunden die bitteren Arzneien zu versüßen. Aber wahrscheinlich tat er gar nicht schlecht daran. Es brachte die Patienten dazu, ohne Widerwillen ihre Medizin zu schlucken. Warum sollte man, wenn man krank war und litt, auch noch mit eklig schmeckenden Mitteln drangsaliert werden?

»Ich kann Ihnen Ihre ›Gesundheitsschokolade‹ herstellen, Anton. In kleinen Mengen und zu einem hohen Preis.«

Er schmunzelte. »Du glaubst gar nicht, was Menschen bereit sind, für ihre Gesundheit zu zahlen!«

Private Club und Irish Pub

Eine sanfte Brise umfange dich,
wenn der Sommer kommt,
ein wärmendes Feuer sei dir nicht fern,
wenn der Winter naht.
Und immer stütze dich
das aufmunternde Lächeln eines Freundes.

Altirischer Segenswunsch

Jan Martin betrachtete die strenge klassizistische Fassade des hohen Hauses am St. James's Park und erfreute sich einen kleinen Augenblick an der ausgewogenen Harmonie von Türen, Fenstern, Pilastern und Simsen. Dann trat er durch den winzigen, mit weißem Kies bestreuten und mit steinernen Urnen gestalteten Vorplatz, um den Türklopfer in Form eines beißwütigen Bronzelöwens zu betätigen.

Ein steifer Butler öffnete ihm, und er reichte ihm seine Visitenkarte mit der Bitte, den Hausherrn, so anwesend, sprechen zu dürfen. Der würdige Diener bat ihn ins Haus und verschwand, kehrte aber sogleich zurück, um ihn mit einer förmlichen Verbeugung in die Bibliothek im ersten Stock zu geleiten.

Der stämmige Oberst, mit einer Neigung zum Embonpoint, jedoch noch immer straffer Haltung, stand von seinem Schreibtisch auf und kam die wenigen Schritte verbindlich lächelnd auf ihn zu.

»Ein Gast aus der Heimat ist mir immer willkommen, Herr Doktor Jantzen. Wie kann ich Ihnen gefällig sein?«

»Indem, Sir Nikolaus, Sie dieses Schreiben wohlgeneigt zur Kenntnis nehmen wollten«, sagte Jan Martin und überreichte

Dettering ein zusammengefaltetes Billet. Er wusste, es enthielt nur zwei Worte: »Verzeihung. Alexander.«

Der Oberst blickte von dem Blättchen auf, und in seiner Miene stand blankes Staunen.

»Wo ist der Junge?«, fragte er heiser. »Ist er hier?«

»Er wartet in der Kutsche vor der Tür. Darf ich …«

Jan Martin wollte bitten, Alexander eine Nachricht überbringen zu dürfen, da war Dettering, in Hausjacke und blumenbestickten Samtpantoffeln, schon an ihm vorbeigestürmt und auf dem Weg zur Haustür.

Alexander hatte in leicht befangener Stimmung gewartet, nicht sicher, ob ihn ein freundlicher Empfang erwartete. Doch plötzlich wurde der Kutschenschlag aufgerissen, und Dettering zerrte ihn am Ärmel förmlich nach draußen.

»Alexander! Mein Gott, Alexander! An meine Brust, Kerl!«

Ungestüm wurde er umarmt und musste lachen, als Dettering ihm beinahe die Rippen zu brechen drohte.

»So verzeihen Sie mir meinen üblen Abgang vor zehn Jahren, Mylord?«

»Nein, aber das hindert mich nicht daran, mich teuflisch darüber zu freuen, dich wiederzusehen. Komm herein! Herein mit dir!«

Kurz darauf saßen sie zu dritt am Kamin, Cognacschwenker in den Händen, und Sir Nikolaus wollte wissen, was sie hergeführt habe.

»Mein Freund Jan Martin will mit einigen Botanikern hier in London über den Bau von Hothouses fachsimpeln, und ich bin auf dem Weg nach Bristol. Es war mir ein Bedürfnis, Sir, bei Ihnen vorzusprechen und mich für mein damaliges Verhalten zu entschuldigen. Ich war sehr undankbar. Und sehr dumm. Darf ich fragen … ähm … wie es Ernestine geht?«

»So, so, dir ist inzwischen klar geworden, was du angerichtet hast?«

»Ich fürchte, ich habe ihr großen Schmerz bereitet.«

»Es geht ihr blendend, Gott sei Dank. Aber damals habe ich einige Abende lang die verheulten Augen meiner Tochter ertragen müssen. Indes, die Jugend hat das wunde Herz bald geheilt, und nun ist sie mit einem aufstrebenden Juristen aus bestem Stall verheiratet. Drei Enkel, acht, sechs und drei Jahre alt, stellen gelegentlich meinen wohlgeordneten Haushalt auf den Kopf.«

»Das freut mich für sie. Auch die anderen Damen der Familie sind hoffentlich wohlauf?«

»Victoria hat nach Schottland geheiratet und bekommt eben ihr zweites Kind. Ihre Mutter ist bei ihr, weshalb mein Heim derzeit völlig verwaist wirkt. Aus diesem Grund, meine lieben jungen Herren, würde ich vorschlagen, wir begeben uns in meinen Club. Man reicht ein ganz erträgliches Essen dort. In der Zwischenzeit kann die Haushälterin euch die Zimmer richten. Nein, nein, versucht es gar nicht erst. Ihr wohnt hier!«

Dettering stand auf und bellte einige Befehle in den Flur, was Jan und Alexander erheiterte.

»Einmal preußischer Offizier, immer preußischer Offizier«, flüsterte Alexander.

»Bengel, glaub nicht, dass meine Ohren gelitten hätten. Aber es ist noch immer das alte Schlachtschiff, das hier das Regiment führt. Doch *ihr* Gehör ist im Schwinden begriffen.«

Der Oberst machte einen ungeheuer gut gelaunten Eindruck, und so beugten sie sich seinem Diktat. Eine Stunde später war ihr Gepäck vom Hotel abgeholt und ihr Gastgeber in eine repräsentable Uniform gekleidet.

»Wir gehen zu Fuß, meine Herrn. Der *Cocoa Tree* ist nicht weit!«

»Kakaobaum?« Verdutzt sah Jan Martin seinen Gastgeber an. »Der Kakaobaum ist mein Forschungsgebiet. Wird er hier etwa mit Erfolg angepflanzt?«

Dettering lachte, als sie auf die dämmrige Straße traten. »Oh, nein, junger Freund. Einst war der Club zwar ein Café, in dem möglicherweise auch Schokolade ausgeschenkt wurde, doch den Namen hat er von der Dekoration. Ihr werdet es gleich sehen.«

Der *Cocoa Tree,* erfuhren sie, war nur besonders privilegierten Herrn zugänglich, man wählte seine Mitglieder sorgsam aus, damit die Anwesenden sich darauf verlassen konnten, stets Gleichgestellte, vor allem aber Gleichgesinnte vorzufinden. Es ging ausgesucht ruhig zu in den gediegen möblierten Clubräumen, wenngleich sich zu späteren Stunden in einigen Nebenräumen auch kleine Gruppen zum Hasardspiel zusammenfanden. Das jedoch reizte Dettering und seine Gäste nicht. Sie ließen sich von dem gut geschulten Personal durch einen hohen Raum führen, wo sich unter den künstlichen Blättern eines Kakaobaumes etliche Sitzmöbel gruppierten. Staunend betrachtete Alexander einen ältlichen Herrn in dem tiefen Fauteuil, den ihre Ankunft aus seinem wohligen Dösen aufschrecken ließ. Er bedachte die Störenfriede mit einem strafenden Blick unter seinen buschigen Brauen, nahm einen großen Schluck von seinem Whiskey, deckte die Times über sein Gesicht und versank wieder in leicht beduselte Träume.

»Wir wollen speisen, und du erzählst mir in kleinen Häppchen, was dir widerfahren ist, Alexander«, bat Dettering, als sie an einem gedeckten Tisch Platz nahmen. Und umgeben von Silberbesteck und Kristallgläsern, Damastservietten und zartem Porzellan berichtete Alexander von ölverschmierten Dampfmaschinen in Berlin, verräterischen Turnübungen in Elberfeld, selbstgekochtem Essen in der Feste Jülich und der Eigenkonstruktion eines *water closets* in seinem Häuschen bei Köln. Mehrfach entfuhren seinem väterlichen Gönner Ausdrücke des Erstaunens. Vor allem bei der Erwähnung von Waldegg und seinem Bruder David von Hoven.

»Gott, ich kenne sie. Wir sind uralte Freunde. Wie klein die Welt doch ist. Aber sag, Alexander, hast du jemals herausgefunden, wer deine Eltern sind?«

»Das, lieber Sir, wollte ich Ihnen gerade erzählen.«

Stumm hörte der Oberst zu, und dann rieb er sich mit beiden

Händen das Gesicht. Als er wieder aufsah, sagte er leise und tief bewegt: »Das also ist die Wahrheit. Wie falsch wir damals gelegen haben, als wir nach einem gefallenen preußischen Offizier suchten! General von Massow – Himmel, ich habe ihn vor gut fünfzehn Jahren selbst getroffen, als er und Lady Henrietta in einer diplomatischen Angelegenheit in London weilten. Wie entsetzlich! Junge, du hast ja zu diesem Zeitpunkt schon in meinem Haushalt gelebt!«

»Wir können Vergangenes nicht ändern, Sir Nikolaus. Es besteht kein Anlass, darüber auch nur einen sorgenvollen Gedanken zu verschwenden. Ich bin nun auf dem Weg zu der Familie meiner Mutter in Bristol, um sie kennenzulernen. Unser bisheriger Briefwechsel lässt mich auf einen herzlichen Empfang hoffen.«

»Den wirst du bekommen. Du hast dich verändert, Alexander. Die Tiefen, die du durchwandert hast, scheinen manch raue Stelle glatt geschliffen zu haben. Damals warst du ein intelligenter Kerl, der seinen Weg machen wollte. Vielleicht ein wenig zu skrupellos in deinem Ehrgeiz, aber brillant im Denken und im Umsetzen von Ideen. Ich gönne dir aufrichtig deinen Erfolg und deinen neuen Status. Dass du den Titel nicht verwenden willst, erstaunt mich übrigens nicht. Du bist viel zu selbstbewusst und zu stolz, um dich mit geschenkten Federn zu schmücken.«

»Nein, das war nie mein Wunsch. Aber die finanzielle Unterstützung, die mein Vater mir angeboten hat, habe ich angenommen, und nun bin ich Mehrheitspartner in einem kleinen, aber gediegenen Maschinenbau-Unternehmen, das ich gewillt bin, zu einer der führenden Fabriken des Landes auszubauen.«

»Das wird dir mit Sicherheit gelingen – wenn du deine Neigung zügeln kannst, irgendwelchen preußischen Beamten öffentlich die Hosen auszuziehen.«

Diese Anekdote hatte Dettering besonders erheitert.

Zehn Tage später wurden Jan Martin und Alexander in einem der schlecht gefederten Wagons der neuen Eisenbahnstrecke zwischen London und Reading die Seele aus dem Leib geschüttelt. Man hatte kostensparend alte Postkutschen auf die Schienen gesetzt, was nicht nur ihren, sondern auch den Unwillen aller anderen Reisenden erregte. Doch in ihren Taschen hatten beide Empfehlungsschreiben, die ihnen verschiedene Türen öffnen würden. Einige davon führten sie sogar bis nach Irland. Jan Martin würde den Leiter des botanischen Gartens in Belfast aufsuchen, wo soeben eines der allermodernsten gläsernen Gewächshäuser gebaut wurde. Alexander hatte beschlossen, ihn zu begleiten, und war mit einigen Schreiben an Dampfschiffbauer in Belfast ausgestattet. Davor aber stand eine Einladung seines Cousins George, der ihm die maschinellen Einrichtungen der Schokoladenfabrik Fry vorführen wollte und begeistert darauf wartete, mit seinem technisch versierten Verwandten kniffeligste Fragen zu erörtern.

Der Besuch war für alle Beteiligten erfreulich, wenngleich Alexander tief betroffen die Nachricht hörte, Nanny sei kaum ein halbes Jahr zuvor friedlich entschlummert. Seine alte Kinderfrau hätte er zu gerne noch einmal wiedergesehen.

Die Fry'sche Fabrik überraschte Alexander. Nicht nur, weil pünktlich jeden Morgen um neun Uhr eine Glocke ertönte, die die Belegschaft zusammenrief, um der Bibellesung durch den Fabrikanten Francis Fry zu lauschen. Ihn faszinierten viel mehr die langen Reihen von Röstöfen. In rotierenden Hohlwalzen wurden die Bohnen erhitzt und dann in bewegliche Schübe entleert, die zum nächsten Verarbeitungsschritt gerollt werden konnten. Hier standen auf stabilen Stahltischen große Pfannen, in denen durch konische, umlaufende Walzen die Bohnen zerkleinert wurden. Alle diese Geräte wurden über die Transmissionswelle angetrieben, die zur Watt'schen Dampfmaschine führte, die der Vater des jetzigen Besitzers schon 1798 installiert hatte. In anderen, hohen, luftigen und gut beleuchteten Räumen arbeiteten Dutzende von Frauen, die entweder die Schokoladenprodukte verfeinerten oder auswogen und verpackten. Nichts glich in dieser durchdachten Fabrikanlage den grauenhaften Verhältnissen in den Webereien und Spinnereien, die Alexander bisher kennengelernt hatte. Jan aber beeindruckte am meisten der alles durchdringende Duft von Kakao.

Ihre Gespräche mit dem überaus entgegenkommenden Mister Fry waren für beide sehr lehrreich. Der Fabrikant hatte weit reichende Ideen, seine Produkte zu vermarkten, und engagierte sich stark in Sachen Eisenbahnbau. Da es um das Transportieren seiner empfindlichen Ware ging, machte er sich intensive Gedanken über einen gut organisierten Paketversand, der ihm einerseits auch weiter entfernt liegende Gebiete erschließen würde, zum anderen die schnelle Lieferung der notwendigen Rohstoffe aus dem Hafen oder den Zuckerfabriken gewährleisten sollte. Francis Fry war ein Mann, der in Zeiten und Wegen dachte, und das gab Alexander viel zu denken.

An einem stürmischen Junitag setzten sie dann nach Belfast über. Zu Alexanders Verdruss zeigte Jan Martin feste Seebeine und schien tatsächlich seinen Spaß an der auf den Wellen tanzenden Nussschale zu haben, die dieser Kapitän großspurig Schiff nannte. Er packte sogar mit an, als es darum ging, die Segel zu reffen, brüllte mit Donnerstimme gegen den heulenden Wind an und verlor nie sein vergnügtes Grinsen unter seinem salzverkrusteten Bart, während Alexander versuchte, seinen aufgeregten Magen daran zu hindern, das üppige Frühstück zurück in seine Kehle zu drücken. Er war heilfroh, als sie mit der Abendflut in den geschützten Hafen einliefen.

Eine Woche verbrachten sie gemeinsam in Belfast, dann trennten sich ihre Wege. Alexander zog es zu den Fabriken, Jan Martin aufs Land. Er wollte einige Tage am Lough Neagh wandern, um die dortige Flora zu studieren.

Das Dörfchen Antrim musste wohl aus einem Märchen entsprungen sein, war sein erster Eindruck. Der schlanke, hohe Rundturm war das Erste, was man sah, und er weckte die Vorstellung von verwunschenen Prinzessinnen oder nächtlich umgehenden Weißen Frauen. Verzückt wanderte Jan Martin durch die von zweistöckigen Häuschen gesäumte Straße. Auf dem Marktplatz fand gerade jetzt ein Viehmarkt statt, und die Anwohner und Händler, Bauern und Besucher schienen sich alle hier versammelt zu haben. Begeistert lauschte er dem Stimmengewirr, wobei er von dem Brüllen der Ochsen, dem Wiehern der Esel, dem Gackern der Hühner genauso viel oder wenig verstand wie von den Rufen der Anbieter, dem Schwatzen der Marktfrauen oder dem Johlen der herumtobenden Kinder.

Ihm geläufiges Englisch sprach man hier allerdings nicht.

Aber er erregte Aufsehen. Manchen Blick fühlte er in seinem Rücken, manches verblüffte Zwinkern, Getuschel hinter vorgehaltener Hand. Er nahm seinen Mut zusammen – noch immer war Jan Martin Fremden gegenüber schüchtern, auch wenn ihm das niemand glauben würde – und fragte einen jungen Mann mit einer karierten Kappe auf wirren Locken nach einem *Guesthouse*. Er bekam eine einigermaßen verständliche Antwort und machte sich auf die Suche nach der genannten Unterkunft.

Als er sich den Staub der Wanderung abgewaschen hatte, folgte er dem Rat des stämmigen Wirtes und suchte eine Art Kneipe auf, in der es ebenso lebhaft zuging wie auf dem Markt. Die Iren, das hatte er schon in Belfast festgestellt, waren wenn, dann nur sehr weitläufige Verwandte der nüchternen Engländer, mit denen er es bisher zu tun gehabt hatte. Was für ein Gegensatz zu der vornehm steifen Atmosphäre im *Cocoa Tree*! An dem langen Tresen standen Männer in derben Hosen, Pullovern aus ungebleichter Wolle oder Jacken aus grobem Tweed. Alle trugen irgendwelche Kopfbedeckungen, die von der Witterung, nicht vom Hutmacher geformt waren, verwaschene, wohl nicht ganz saubere Baumwolltücher, zweckmäßig geknotet, ersetzten die Krawatten, und zerschrammte Stiefel, manchmal sogar Holzschuhe krachten beim Gehen auf die Dielen. Die Unterhaltung mochte sich durchaus um kultivierte Themen drehen, doch sie wurde mit einem körperlichen und stimmlichen Einsatz geführt, mit der auch jeder Einzelne eine größere Bühne beherrscht hätte.

Da sie alle gleichzeitig ihre Aufführung durchspielten, war der Effekt ohrenbetäubend.

Irgendwer hatte ein Einsehen mit dem Fremden, und er konnte dem Wirt verständlich machen, dass er eine Mahlzeit und ein Bier wünschte. Er fand sogar einen Eckplatz an einem Tisch, an dem er von einem Fischhändler – dem Geruch nach – freundlich willkommen geheißen und vermutlich einem Hufschmied – der Armmuskulatur nach – mit einem gutturalen Brummen geduldet wurde. Die beiden setzten ihr Gespräch dann unverdrossen fort, und Jan Martin gewöhnte sich allmählich an den melodiösen Tonfall, der der Landbevölkerung eigen war. In Belfast hatte er mit Akademikern konferiert, sich mit weitgereisten Geschäftsleuten ausgetauscht und auf Gesellschaften der höheren Kreise, zu denen sie mühelos auf Grund ihrer Referenzen Eingang gefunden hatten, mit gebildeten und schöngeistigen Damen geplaudert.

Die Dame, die ihm jetzt eine gewaltige Schüssel mit etwas herrlich Duftendem servierte, mochte vielleicht auch schöngeistig sein – auf den ersten Blick jedoch war sie einfach nur schön. Beinahe atemlos sah er zu ihr auf. Sie hatte schwarze Haare, die sie wohl zu Beginn des Tages aufgesteckt hatte, von denen sich nun aber einzelne Kringel lösten und um das perfekte Oval ihres Gesichtes spielten. Die vornehmen Ladys hätten sicher alle möglichen Geheimmittelchen angewendet, um die Sommersprossen auf einer derart hellen Haut auszumerzen, doch Jan Martin verzauberten die verstreuten Pünktchen auf dem warmherzig lächelnden Gesicht.

»Unser Stew, Sir. Mit Kohl und Schmalz und Kartoffeln und … mhm … allen möglichen Resten. Ist aber gut und macht satt.«

»Ohne Zweifel. Es riecht wunderbar. Wie heißen Sie?«

Jan Martin hatte vor Staunen über diesen dreisten Satz beinahe seine Zunge verschluckt, die ihn so vorwitzig formuliert hatte. Aber sie lachte nur. »Morna O'Niall. Ruft mich Morna, wenn Ihr noch etwas braucht.«

Sie verließ ihn mit schwingenden Röcken, und er ertappte sich, dass er ihr mit erhobenem Löffel nachstarrte.

»Hübsches Weib, aber eine Kratzbürste, unsere Morna«, grummelte sein Tischnachbar mit zarter Warnung im Blick.

»Ah ja, sehr hübsch«, murmelte Jan und begann hastig zu essen. Irgendwer sägte auf einer Fiedel herum, und der Fischhändler begann, mit zwei Löffeln höchst kunstvoll einen schwierigen Rhythmus dazuzuklappern. Rauchschwaden aus Pfeifen zogen durch den Raum, Morna jonglierte Tabletts über die Köpfe der Sitzenden, zwei Halbwüchsige zankten sich lautstark und wurden von einem Riesen in Priesterkleidung sachgerecht getrennt, als sie zu Handgreiflichkeiten übergehen wollten, ein Hund trottete zur Theke und kläffte seinen Herrn mahnend an. Als er nicht sofort reagierte, schnappte er nach dem Jackenärmel und zerrte daran. Jan zuckte zusammen. Das Versorgen von Bisswunden hätte er sich jetzt gerne erspart.

»Mairie hat das Essen fertig«, erläuterte der Hufschmied. »Schickt Benny, um Sean heimzuholen.«

»Ah so.«

Nicht ganz beruhigt, kratzte Jan seinen Teller leer. Es hatte für einen Kohlauflauf aus Resten wirklich gut geschmeckt, und das dunkle Bier verursachte ihm eine wohlige Schwerelosigkeit. Sogar das Gefiedel nahm plötzlich eine erkennbare Melodie an, und als eine raue Stimme dazu noch ein Lied sang, das schwermütig von Heldenmut und Niederlagen zu handeln schien, fühlte er sich ausgesprochen wohl.

»Noch ein Bier, Sir? Oder mehr zu essen?«

Morna stand neben ihm und nahm seinen Teller an sich.

»Ein Bier noch, bitte. Sind Sie die *landlady* hier?«

»Aber nein. Ich helfe Colin O'Toole nur manchmal an Markttagen aus.«

Sie wirbelte wieder zurück zur Theke, und der Fischhändler

klärte Jan auf: »Hat's nicht leicht gehabt, unsere Morna. Hat ihren Mann vor drei Jahren auf See verloren. War ein Fischer, der junge O'Niall.«

»Raue See habt ihr hier, hab ich schon gemerkt.«

»Man lernt, sie zu achten!«

Und schon waren sie in ein Gespräch über Seefahrt und ihre Tücken verwickelt, wobei Jan ganz deutlich in der Achtung der Männer stieg, als er von seinem Schiffbruch berichtete. Immer mehr Zuhörer und Erzähler versammelten sich um seinen Tisch, und ein Bier nach dem anderen wurde ihm spendiert.

Am nächsten Morgen musste er seinen Brummschädel in einem Ruderboot auf dem See auslüften, und mit brüllendem Hunger kehrte er um die Mittagszeit in der Kneipe ein. Es war weniger belebt als am Markttag, doch Morna war dennoch dabei, Teller mit Fisch und Kartoffeln zu verteilen. Sie lachte ihm zu und brachte ihm unaufgefordert eine große Portion.

»Ihr habt Euch Freunde gemacht, Sir. Man hört hier gerne Geschichten wie Eure«, erklärte sie.

»Gute Erzähler gibt es hier auch, ich habe mich ebenfalls blendend unterhalten. Aber heute Mittag möchte ich lieber einen Kaffee statt Bier.«

Ein Bär von einem Mann betrat den Raum, sah sich kurz um und stapfte auf Morna zu. Was er zu ihr sagte, verstand Jan Martin nicht, aber sein Tonfall erschien ihm drohend. Mornas Lächeln erlosch, und sie funkelte ihn wütend an. Ihre Erwiderung, die aus einem deutlichen »Nay!« bestand, ignorierte der Bär und redete weiter auf sie ein. Mornas Augen wurden schmal wie die einer Katze kurz vor dem Angriff. »Nay!«, zischte sie zum zweiten Mal, was den Kerl nicht daran hinderte, seine Forderungen nun noch lauter zu stellen, wobei er Morna an den Schultern packte und schüttelte.

Die Gäste hatten aufgehört zu essen und sich zu unterhalten und lauschten gespannt den Streitenden. Morna fegte die Pranken des Mannes von ihren Schultern und sagte ein paar ruhige, von Verachtung triefende Worte vermutlich ablehnenden Inhalts, was ihren Bedränger derartig reizte, dass er ausholte und ihr ins Gesicht schlug.

Ob je ein anderer ebenfalls an dieser Stelle eingegriffen hätte, blieb ungeklärt. Jan Martin war auf den Füßen, bevor noch einer der Gäste zucken konnte, und knallte dem Mann seine Faust ins Gesicht.

»Uh?«, grunzte der Bär und schüttelte den Kopf. Dann holte er aus und versetzte Jan einen Schlag in den Magen. Morna kreischte, machte aber klugerweise einen Schritt nach hinten. Jan schnappte nach Luft und wurde gemein. Wie man einen Gegner wirkungsvoll mit Tritten auf Distanz halten konnte, hatte er von den Plantagenarbeitern auf Trinidad gelernt.

Wohin man sie wirkungsvoll platzierte, hatte ihn das Studium der Anatomie gelehrt.

Der Bär machte während der kurzen, aber heftigen Schlägerei die wertvolle Erfahrung, dass reine Körperkraft nicht immer Überlegenheit im Kampf gewährleistet.

Jan wischte sich das Blut von der aufgeplatzten Lippe und betrachtete seinen Gegner, der stöhnend am Boden lag. Dann drehte er sich um und wollte zu seinem Platz zurückgehen. Überrascht sah er, wie Geldscheine und Münzen ihren Besitzer wechselten, und jemand schlug ihm kräftig auf den Rücken. Stolpernd fiel er auf seinen Stuhl, und ein anderer schob ihm ein frisch gezapftes Bier zu. Dankbar stürzte er es hinunter.

»MacFinn ist ein Trottel«, klärte ihn ein mageres Bäuerlein auf. »Morna hat ihm schon ein Dutzend Mal erklärt, dass sie nichts von ihm wissen will.«

»Feiner Kampf«, knurrte sein Nachbar und steckte seinen Wettgewinn ein. »MacFinn hat das mal gebraucht.«

Morna machte einen großen Schritt über den gefällten Helden und setzte sich neben Jan. Mit einem feuchten Tuch wischte sie ihm das Blut vom Kinn und schüttelte den Kopf.

»Ich hätte ihn schon in seine Schranken gewiesen, Sir. Das war nicht nötig.«

»Ich fand doch.« Das Lächeln tat ihm ein bisschen weh, aber er konnte es nicht unterdrücken.

»Na ja. Vielleicht hilft ihm das, sich etwas gründlicher zu merken, dass weder in meinem Bett noch in meinem Herzen ein Platz für ihn ist.«

»Ich dachte mir schon, dass es um eine solche Angelegenheit ging.«

Morna betrachtete Jan Martin eingehend und blinzelte ihm plötzlich verschwörerisch zu. »Kräftige Arme habt Ihr, Sir. Kommt vom Rudern, was?«

»Äh – ja.«

»Hab Euch heute Morgen auf dem See gesehen.«

»Brauchte ein bisschen frische Luft – nach gestern Abend.«

»Gute Entscheidung. Wenn Ihr wieder mal rausfahrt, legt an dem blauen Steg an. Einen Tee und Kuchen habt Ihr bei mir immer gut.« Damit stand sie auf und verschwand in der Küche.

»Hoppla, eine solche Einladung bekommt nicht jeder von unserer Morna.«

Anerkennend nickte ihm das Bäuerlein zu. Und Jan Martin beschloss, dieses Angebot tatsächlich anzunehmen.

Nur auf Tee und Kuchen selbstverständlich.

Es wurde aber viel mehr daraus.

Zwei Wochen später hatte Jan sein Zimmer im Gasthaus aufgegeben und war zu Morna in das Cottage am See gezogen. Sie teilten ihre Mahlzeiten und das Bett und die Liebe zu den Blumen. In ihrem von Hecken windgeschützten Garten blühte mit Überschwang alles, was die Insel mit ihrem sanften Klima hervorzubringen wusste. Üppig schaukelten die dunkelroten Glöckchen der Fuchsien im Laub der Büsche, Kamelien in allen Schattierungen von Weiß bis zum tiefsten Rosa schwankten auf ihren hohen Stängeln, Rhododendren breiteten ihr dunkles Laub über smaragdgrünen Rasen, Polster von Glockenheide und Thymian fassten Beete mit blühenden Stauden ein, und gelbe Rosen berankten die graue Feldsteinwand des Hauses. Sogar drei Palmen, etwas windgezaust, gediehen in großen irdenen Töpfen. Aber eine besondere Freude bereitete beiden das kleine Glashaus, in dem Morna empfindliche Farne und Orchideen zog.

An den Wochenenden ritten sie oft zum Meer und verbrachten Stunden damit, über die bizarren Felsformationen des Giant's Causeway zu klettern, machten Picknick auf den wie Treppen angeordneten Steinpfeilern und sahen zu, wie die Brandung versuchte, mit geduldigem Zungenschlag den Basalt zu zermürben. Einige von Mornas Freunden boten Jan an, sie auf ihrem Fischfang zu begleiten, und hier lernte er wieder die reine Freude des Segelns kennen. Seine kräftigen Hände, seine Geschicklichkeit mit Tuch und Tau, wurde geschätzt, und bald konnte er die wüsten Lieder mitgrölen, die die nasse, klamme Arbeit mit sich brachte. Morna lachte, wenn er mit Eimern voller Fische zurückkam, und briet sie in fetter gelber Butter.

An manchen Tagen aber, wenn der Regen wie graue Schleier das Land verhüllte, verbrachten sie die Stunden bei glosendem Torffeuer im Bett, glücklich versunken in ihrer beider inniger Leidenschaft.

Es war eine Zeit außerhalb jeder Zeit, und in Jan begann eine langsame Wandlung. Er fühlte sich zu Hause auf der Grünen Insel, und je länger er darüber nachdachte, desto mehr reifte der Entschluss in ihm, sie zu seiner Heimat und Morna zu seiner Frau zu machen. Doch vorerst sprach er nicht darüber, sondern begann im Stillen, seine Maßnahmen zu treffen. Der Leiter des Botanischen Gartens war nicht abgeneigt, den jungen deutschen Akademiker in sein Institut aufzunehmen, und als der Vertrag unterzeichnet war, kaufte Jan einen goldenen Ring und fuhr hochgestimmt zurück zum Cottage.

Morna öffnete nicht wie sonst die Tür, wenn sie seine Schritte hörte, und so trat er ein und rief nach ihr. Schweigen füllte das Häuschen, und ein Gefühl der Beklemmung flog Jan an. Neben ihren Schuhen stand ein Korb mit Eiern und Butter, und ihr Umhang hing am Haken darüber. Das war ungewöhnlich.

»Morna?« rief er noch einmal und ging, als er keine Antwort bekam, um das Haus, um zu sehen, ob sie sich im Garten aufhielt. Doch auch hier fand er sie nicht. Beunruhigt kehrte er zurück und erklomm die Stiege zu ihrem Schlafzimmer. War sie möglicherweise krank geworden?

In dem Bett auf den weiß bezogenen Kissen lag sie, die dunklen Haare umflossen unordentlich den Kopf, die Hände hielt sie auf der Brust gefaltet, ihr Gesicht war weiß, die Lippen blass, die Lider geschlossen.

»Morna?«, fragte er leise. »Morna, was ist dir geschehen?«

Sie reagierte nicht, und als er nach ihrem Puls fühlte, erschrak er. Kaum noch ein Schlag war zu spüren, ihre Hände kühl und schlaff. Auch ihr Atem war nicht mehr erkennbar. Sacht hob er die Bettdecke, um nach ihrem Herzen zu fühlen, und erstarrte.

Sie hielten Totenwache bei ihr, und der Priester versuchte mit den tröstenden Worten seines Glaubens Jans Mauer aus steinerner Trauer zu durchdringen, doch er scheiterte an der trostlosen Leere, die sich in seinen Augen spiegelte. Jemand gab ihm Whiskey, und er trank. Er trank, bis die wehmütigen Balladen, die Mornas Freunde sangen, in seinen Ohren zum Meeresrauschen wurden.

Dann stand er auf, nahm den Schürhaken, ging hinaus und zertrümmerte das Glashaus im Garten, bis nur noch kleine Splitter übrig waren und die zarten Pflänzchen gebrochen und geknickt den Boden bedeckten.

Man ließ ihn gewähren, bis Alexander ihm den Schürhaken aus der Hand nahm und ihn an sich zog. In seinen Armen vergoss Jan endlich die bitteren Tränen um seine Geliebte.

Zarte Creme und harte Worte

Genieße, was dir Gott beschieden,
entbehre gern, was du nicht hast.
Ein jeder Stand hat seinen Frieden,
ein jeder Stand hat seine Last.

Christian Fürchtegott Gellert

Ich war mit meinem Leben zufrieden, auch wenn es einige Wünsche gab, die wohl immer unerfüllbar bleiben sollten. Anton wurde mir mehr und mehr zu einem väterlichen Freund, einen Liebhaber bemühte ich mich nicht zu vermissen. In den vergangenen Monaten hatte ich mir zwar einen Platz im Labor erobert, doch Melli verließ uns Anfang Mai. Es war der Preis für ein einigermaßen ungestörtes Familienleben. Antons Bemühungen, seine Schwägerin und seine Tochter zu höflichem Verhalten mir gegenüber zu bewegen, wurde mit der Forderung verbunden, die kleine Kneipenschlampe müsse das Haus verlassen. Anton hatte sich derart aufgeregt, dass ich einen Herzanfall befürchtete. Melli, die auf ihre unnachahmliche Art solche Dinge immer herausbekam – manchmal wurde ich den Verdacht nicht los, sie lausche heimlich an Türen –, kam einige Tage nach diesem Eklat zu mir und kuschelte sich in einen Sessel am Fenster.

»Jan Martin wird Alexander Masters nach England begleiten.«

»Ja, ich weiß. Sie haben es uns ja vorgestern erzählt.«

Die beiden waren auf einen kurzen Besuch vorbeigekommen, um von ihren Plänen zu berichten.

»Ich habe darüber nachgedacht und Jan einen Brief geschrieben.«

»Willst du mitreisen?«

»Hach!«, quiekte sie auf. »Dass mir die Idee nicht früher gekommen ist!« Dann wurde sie wieder ernst und erklärte: »Nein, ich habe ihm angeboten, seine Wohnung während seiner Abwesenheit zu beaufsichtigen. Du weißt doch, er hat diese vielen Pflanzen in den Glaskästen. Und die Vermieterin würde das Grünzeug von Herzen gerne eingehen lassen.«

»Du hingegen möchtest seine Petunien päppeln, seine Wistarien wässern und seine Gloxinien gießen?«

»Er findet es eine hervorragende Lösung. Es ist nur schade, denn wir beide werden uns dann nicht mehr so häufig sehen können. Aber für den häuslichen Frieden wäre damit wohl gesorgt.«

»Ich für meinen Teil würde den Kampf mit den beiden Ziegen ja aufnehmen, aber Anton hält das einfach nicht aus.«

»Also, damit ist es abgemacht. Ich ziehe nächste Woche nach Bonn, und wir besuchen uns, wann immer es möglich ist. Jan meint übrigens, ich würde bestimmt in einem der Kaffeehäuser oder in einer Gartenwirtschaft eine Stelle finden. Die Studenten sind ein fröhliches Völkchen. Weißt du noch – wie in Potsdam. Das würde mir Spaß machen.«

Sie hatte also ihren Koffer gepackt, und Anton und ich brachten sie zum Dampfer, der regelmäßig nach Bonn fuhr. Und als Abschiedsgeschenk hatte Melli mir einen im wahrsten Sinne des Wortes wertvollen Rat erteilt.

»Amara, wenn die blöde Kreischhenne und der dämliche Doktor Hauindreck sich wieder so wegen der Schokoladenplätzchen aufblasen, dann such dir eine andere Beschäftigung. Ich könnte mir vorstellen, dass sich diese wundervolle Salbe aus Kakaobutter, die du für uns immer zubereitet hast, in der Apotheke bestimmt gut verkaufen lässt.«

Schlaginhaufn hatte sich leider auf Hermines Seite gestellt und behauptet, die Kekse seien für die Kinder gesundheitsschädlich. Um einen weiteren Streit zu vermeiden, hatte ich klein beigegeben. Aber die Idee, eine Gesundheitsschokolade anzufertigen, und nun der Vorschlag, eine zarte Creme herzustellen – dies beides konnten sie nicht verhindern.

Mit der Entwicklung einer Gesundheitsschokolade hatte ich zuerst begonnen. Ich bat Anton, mir Schokoladenmasse zu bestellen. Es gab noch immer die in Papier gewickelten Tafeln aus unvermischtem, reinem Kakao, der nicht entölt war. Konditoren arbeiteten damit, um Glasuren und Pralinen daraus zu bereiten. In einem erwärmten Mörser vermischte ich also Kakao, Puderzucker und feinsten Talg, nicht Butter, weil der weniger schnell ranzig wurde, bis ich eine Masse erhielt, die angenehm im Geschmack war und bei Zimmertemperatur erstarrte. Anton wollte zunächst drei Ingredienzen in diese Schokolade mischen – Chinin, schmerzstillend und fiebersenkend, Ipecacauana, auch Brechwurzel genannt, ein Brechmittel, und Santonin, ein Wurmmittel, allesamt sehr bittere Stoffe.

Ganz überdeckte die Schokolade den widerlichen Geschmack natürlich nicht, aber sicher waren die Täfelchen angenehmer einzunehmen als ein gallebitterer Sirup.

Nach drei Wochen verzeichneten wir erste Erfolge, und ich machte mich daran, aus Kakaobutter eine Gesichtscreme herzustellen. Bisher hatte ich einfach das zarte, gelbliche Fett mit Rosenöl versetzt und damit eine duftende Fettsalbe erhalten. Aber inzwischen hatte ich oft genug beobachtet, wie Anton oder sein Gehilfe aus flüssigem Talg und warmem Wasser eine geschmeidige Mischung herstellten, die als Grundlage für allerlei Heilmittel diente. Ich brauchte nicht viel zu experimentieren – Cremezubereitung war ein Gebiet, wo Küche und Labor eng beieinanderlagen. Es war eine Menge Rührarbeit im Wasserbad, natürlich, bis ich die Emulsion zur Rose abziehen konnte. Und bei der Zusammensetzung brauchte ich auch nicht viel zu üben. Zehn Teile Fett und dreißig Teile Wasser ergaben nach wenigen Versuchen die beste Konsistenz. Leicht zu verstreichen, schnell in die Haut einziehend, angenehm und nur ganz zart nach Kakao duftend, stand dann eines Abends die fertige Creme in einem Tiegel vor mir.

»Was halten Sie davon, Anton?«

Mein Gatte tauchte den Finger in die Masse, roch daran, verstrich sie dann auf dem Handrücken.

»Erstaunlich. Erheblich geschmeidiger als die Talgmischungen.«

»Und weitaus haltbarer. Kakaobutter hält sich auch bei Wärme einige Zeit. Was meinen Sie – würde diese Creme mit Rosenwasser vermischt als feines Hautpflegemittel die Damen reizen?«

»Durchaus, durchaus.«

Natürlich verkaufte er in der Apotheke nicht nur Arzneien, sondern auch allerlei Schönheitsmittel – Pomaden, Puder, Duftwässer und Cremes. Allerdings keine selbst hergestellten.

»Wir müssten kleine Dosen dafür verwenden. Etwa wie diese Glastiegelchen für die Heilsalben. Und die ersten – sagen wir fünfzig Stück – verschenken.«

»Du bist sehr geschäftstüchtig, scheint mir. Hast du denn auch schon eine Vorstellung, was die Creme kosten soll?«

Ich lachte leise auf und zitierte Nadinas Wahlspruch: »›Wir rechnen, wir probieren, wir sehen.‹ Das Rechnen habe ich schon übernommen. Kakaobutter, Rosenwasser für fünfzig Tiegel, die wir verschenken. Dann für einen Vorrat von Creme für circa zweihundert Tiegel.«

Ich legte ihm die Seite mit meinen Berechnungen vor, und er las ihn eingehend durch.

»Zu billig, Amara.«

»Aber nein, das ist nur der Materialwert. Sie müssen natürlich noch Ihren Gewinn einkalkulieren. Und meinen Lohn, selbstverständlich.« Aber das sagte ich mit einem Augenzwinkern, denn es war wohl kaum zu erwarten, dass der Herr Apotheker seiner Gattin so etwas Schnödes wie Arbeitslohn zahlen würde. Aber Anton überraschte mich.

»Das ist nur recht und billig. Wir können es mit einem guten Gewinn verkaufen. Und davon bekommst du deinen Anteil, mein Kätzchen. Leg schon mal einen Sparstrumpf an.«

Als Erstes überreichte er Margarethe und Hermine jeweils ein Döschen, aber meine Schwägerin rümpfte nur die Nase und belehrte ihn, sie schminke sich nicht. Meine Stieftochter schloss sich dem Naserümpfen an und bemerkte abfällig, man solle den Schmierkram den Bedürftigen geben, um ihre rauen Hände zu heilen.

Anton und ich schwiegen dazu, aber in den folgenden Tagen verschenkte er tatsächlich alle fünfzig Döschen und bat mich dann, einen größeren Vorrat an Creme anzulegen.

Am Ende des Monats überreichte er mir einen stattlichen Betrag für meine »Kakaokasse« und schlug vor, auch eine Creme mit einem frischeren Duft herzustellen, da einige Damen behauptet hatten, der Rosenduft liege ihnen nicht so.

Ätherische Öle und duftende Essenzen gab es in der Apotheke zur Genüge, und ich experimentierte mit den unterschiedlichsten Gerüchen. Eine sehr herbe Mischung brachte mich auf die Idee, auch eine Haarpomade für Herren zu kreieren, die ebenfalls ein Erfolg wurde.

Mein Leben verlief in dieser Zeit in ruhigen Bahnen. Die Beschäftigung im Labor, manchmal auch in der Apotheke selbst, gestattete es mir, auf Distanz zu den Damen Bevering zu gehen. Einmal wagte ich Anton in einer stillen Stunde zu fragen, warum seine Tochter Hermine immer so griesgrämig sei. Er schüttelte nur traurig den Kopf.

»Sie verlor ihre Mutter, als sie gerade siebzehn war und sich auf ihre Einführung in die Gesellschaft freute. Es war für uns ein schmerzlicher Verlust, Amara, denn beide hingen sehr aneinander. Hermine war schließlich Wilmas einziges überlebendes Kind, zwei Töchter und ein Sohn hatten das dritte Lebensjahr nicht überlebt. Als 1832 die Cholera in Köln wütete, wurde meine Frau ihr Opfer.«

»Das mag eine Erklärung sein, Anton, aber nun sind sieben Jahre verstrichen – die Trauer dürfte doch nicht in eine solche Verbitterung umschlagen.«

»Ich hatte auch gehofft, es möge mit der Zeit besser werden, und als sie nach zwei Jahren die Trauer abgelegt hat, habe ich mir alle Mühe gegeben, ihr ein gesellschaftliches Leben zu ermöglichen. Ich war in jener Zeit sehr dankbar, dass ihre Tante Margarethe sie unter ihre Fittiche genommen hat. Aber vielleicht war das ein Fehler«, sinnierte er plötzlich.

»Margarethe hat großen Einfluss auf Ihre Tochter. Und mir kommt es so vor, als ob sie Ihnen nicht besonders wohlgesinnt ist. Nicht nur, weil sie glaubt, Sie seien an dem Tod ihres Bruders schuld.«

»Nein, da hast du recht, Amara. Sie mochte mich nie, aber solange Friedrich noch lebte, hielt sie ihre Gefühle weit besser im Zaum. Es tut mir so leid, dass du ihren Anfeindungen ausgesetzt bist, Kätzchen.«

Leider kam es ihm nicht in den Sinn, sie zur Rückkehr in ihr eigenes Heim zu bewegen, und ich wollte zunächst auch nicht darauf drängen. Die Konventionen achtete er sehr hoch, und in ihrer Trauerzeit würde er sie nie des Hauses verweisen. Margarethe nutzte das schamlos aus, war meine Meinung. Also ging ich ihr, so weit es möglich war, entschlossen aus dem Weg.

Doch dann kam es zu einer erneuten Zuspitzung der Lage. Denn im Oktober stand Melli plötzlich wieder vor der Tür. Mager, mit dunklen Ringen unter den Augen und einer verstörten Miene, wie ich sie an ihr noch nie gesehen hatte. Natürlich ließ ich ihr sofort wieder ein Zimmer richten und führte sie ohne Umschweife in meinen kleinen Salon.

»Melli, was ist passiert? Bist du krank?«

»Nein, das Einzige, was man mir bescheinigt, ist, dass ich körperlich gesund bin.« Sie zog die Beine an und machte sich ganz klein in dem tiefen Sessel. Es wirkte so jämmerlich und verletzlich, und ihr Anblick gab mir einen Stich ins Herz.

»Du brauchst eine süße Schokolade mit einem Schuss Rum, Melli. Und dann erzählst du mir alles, einverstanden?«

Sie nickte, und ich kümmerte mich um das Getränk, das ich

aus Hermines üppigen Kakaovorräten bereitete. Sie würde es erfahren und mir wieder Vorwürfe machen, aber diesmal konnte sie mit einer Parade rechnen, die ihr den Atem verschlug.

Mellis Geschichte war die einer unsäglichen Demütigung. Sie hatte, wie geplant, eine Stelle in einem Lokal angenommen, das überwiegend von Studenten frequentiert wurde. Zunächst arbeitete sie als Serviermädchen, dann aber hatte der Besitzer ihre Fähigkeit als Chansonette entdeckt, und sie hatte jeden Abend ihre Auftritte, die großen Beifall fanden. Natürlich lagen ihr die Verehrer zu Füßen.

»Aber ich wollte keinen, Amara. Ich mag leichtlebig wirken, aber ich bin wählerisch. Ich flirte gerne, und manchmal poussiere ich auch, aber ich halte mir die Männer auf Abstand. Die Jungs in Bonn sind nicht übel, weißt du. Sie haben es schnell akzeptiert, und wir hatten eine fröhliche Zeit. Aber dann tauchte eines Abends unser alter Bekannter Kantholz in dem Lokal auf. Er ist ja inzwischen Assistent des Kurators, und die Studenten hassen ihn, können aber gegen ihn nichts unternehmen, weil er sie wegen jeder Kleinigkeit anschwärzt. Na, jedenfalls, der Wicht erkannte mich doch tatsächlich. Dabei dachte ich, in Berlin hätte er nur Augen für unsere Ella gehabt. Er hat mich angesprochen. Ich blieb natürlich kühl und höflich und habe ihm ein vages Märchen aufgetischt, ohne deinen Namen zu erwähnen. Denn wenn er wüsste, dass du auch hier bist …«

»Oh, ja, man sucht mich sicher noch immer. Danke, Melli.«

»Also, Amara! Du bist meine Freundin! Über meine Lippen kommt kein Wort, das kannst du mir glauben.«

»Schon gut.« Ich ersparte mir den Hinweis, dass sie mich in diese Lage erst gebracht hatte. Das wusste sie selbst und hatte es bitter bereut. »Was hat Kantholz angerichtet?«

»Dieser miese Kerl rechnete sich Chancen bei mir aus und verfolgte mich einige Tage mit seinem süßlichen Gesülze. Die anderen lachten immer schon darüber, aber mir war es unangenehm. Wir wissen ja, was für abstruse Neigungen er hat, nicht wahr?«

Die Uniform fiel mir wieder ein, und ich musste grinsen.

»Ja, ich erinnere mich. Hat er einen neuen Theaterfundus aufgetan?«

»Vermutlich. Oder einen Uniformschneider. Jedenfalls musste ich ihm an einem Abend, als er mir nach der Arbeit im Dunklen auflauerte, eine kräftige Abfuhr erteilen.«

»Verbal oder handgreiflich?«

»Handgreiflich. Ich hab ihm meine Haarnadel in … mhm … die Juwelen gerammt.«

»Uch! Na, das war deutlich.«

»Dachte ich auch. Aber er hat den Spieß umgedreht. Am nächsten Tag hatte ich eine Anzeige wegen Prostitution am Hals.«

Mir rutschte ein sehr undamenhaftes Wort aus Nadinas herberem Arsenal heraus.

»Weißt du eigentlich, was das bedeutet?«, fragte Melli und rieb sich die müden Augen.

»Ehrverletzung.«

»Schlimmer. Du wirst offiziell als ›Lustdienerin‹ registriert und kriegst Auflagen gemacht. Nach Einbruch der Dunkelheit darf ich nicht mehr auf die Straße. Bestimmte Gegenden darf ich gar nicht mehr betreten; wenn mich da ein Polizist erwischt, werde ich sofort verhaftet. Und das Furchtbarste ist – jede Woche muss ich in die Klinik, um mich auf Geschlechtskrankheiten untersuchen zu lassen – als Anschauungsobjekt für die Medizinstudenten. Amara, ich kann da nicht bleiben. Ich kann nicht!«

Sie schluchzte und zerrte an einem Taschentuch in ihrem Ärmel.

»Nein, natürlich kannst du nicht bleiben. Wir finden schon eine Lösung.« Ich nahm sie in die Arme und wiegte sie wie ein kleines Kind. Eine solche Behandlung hatte sie wirklich nicht verdient. Aber dann wuchs die Wut auf diesen verfluchten Kantholz.

»Sag mal, Melli, wann wollten Jan und Alexander zurückkommen?«

»Noch diesen Monat«, schniefte sie. »Ich hab die Vermieterin unter Androhung von Hölle und Verdammnis dazu verdonnert, die Pflanzen zu gießen.«

»Das ist das geringste Problem, nötigenfalls fahre ich hin und schaue nach dem Rechten. Nein, mir kam nur der Gedanke, dass Alexander auch noch ein Hühnchen mit Karl August zu rupfen hat. Er war in der Sache schon mal sehr erfinderisch. Und deine heldenhafte Tat wird ihn auch beglücken.«

Immerhin gelang es mir mit dieser Bemerkung, ihr ein winziges Lachen zu entlocken.

Am Abend erfolgte eine biestige Auseinandersetzung zwischen mir und den Damen Bevering, die meinen Anton blass und sprachlos werden ließ. Aber es beschleunigte die Angelegenheit. Drei Tage später hatten wir für Melisande eine neue Stelle gefunden und ein eigenes Zimmerchen in der Blindgasse, von wo sie es nicht weit zu ihrem Arbeitsplatz hatte. Gleich gegenüber hatte nämlich vor kurzem Franz Stollwerck eine Mürbebäckerei aufgemacht, die so großen Zuspruch fand, dass er eine weitere Verkäuferin für seine Mürbeteigkuchen, Zwiebäcke, Kekse und Spirituosen benötigte.

Überraschender Besuch

Stets findet Überraschung statt
Da, wo man's nicht erwartet hat.
Wilhelm Busch

Zur selben Zeit, als Melisande an die Tür des Apothekerhauses klopfte, stand ein anderer unerwarteter Gast vor der Tür von Alexanders kleinem Häuschen und sah sich mit gerümpfter Nase um. Hannes, der Mist in einem Beet untergrub, bemerkte die feine Dame, die der hoch beladenen Reisekutsche entstiegen war, als Erster. Er freute sich, dass sie anscheinend zu Herrn Alexander wollte, den Mann, den er fast mehr verehrte als seinen leiblichen Vater, und er ging auf sie zu, eine abgerupfte Rose in der Hand, um sie auf seine tölpelige Art zu begrüßen.

»Hu Ach!«, sagte er freundlich, von einem Ohr zum anderen grinsend, und streckte ihr die Faust mit der Blume entgegen.

Mit weit aufgerissenen Augen und erstarrenden Zügen machte die schöne Dame vorsichtig einen Schritt nach dem anderen rückwärts.

»Ohr-icht!«, warnte Hannes sie und wollte ihre Hand ergreifen. Das aber führte zu einem weiteren hektischen Schritt nach hinten, sie stolperte über den Stiel der Mistgabel und landete in dem stinkenden Haufen.

Dann erst begann sie zu schreien.

Und Hannes, den die Angst packte, suchte das Weite.

Gisa Nettekoven hörte das Schreien und lief aus dem Haus. Erst erblickte sie die Kutsche, dann den Kutscher, der einer vornehm gekleideten Dame aus einer höchst misslichen Lage aufzuhelfen versuchte.

»Gnädige Frau, was ist passiert?«, rief Gisa entsetzt, als sie bei ihr angekommen war. »Hat man Ihnen etwas angetan?«

Da die Dame noch immer unfähig schien zu sprechen, erläuterte der Kutscher, was er gesehen hatte.

»Ein junger Trottel hat sich ihr genähert. Ich glaube, nicht in böser Absicht. Aber Frau Gräfin ist ein wenig erschrocken zurückgewichen und gestolpert.«

»Frau Gräfin? Oh, mein Gott. Euer Gnaden!«

»Paula von Massow«, sagte die Dame kalt und versuchte, standesgemäße Würde auszustrahlen.

»Sie sind gekommen, um Alex … pardon, um den Herrn Grafen zu sehen?«

»Warum wohl sonst sollte eine Ehefrau das Heim ihres Gatten aufsuchen, frage ich Sie?«

»Aber Herr Masters, will sagen, Seine Gnaden sind noch in England. Aber ich bitte Sie, Euer Gnaden, kommen Sie erst einmal zu uns, damit wir das Malheur beseitigen können. Dann regeln wir alles. Ich bin sicher, mein Mann, der Josef Nettekoven, der wird eine Lösung wissen.«

Gnädig nahm Paula die Einladung an und ließ sich von der unterwürfig bemühten Gisa bedienen. Mochte Josefs Weib Alexander weiter ungezwungen als Freund ihres Mannes, ja fast als Sohn des Hauses behandeln – die Frau Gräfin war etwas ganz anderes. Josef hingegen, der von Alexander etwas mehr über seine Ehe wusste, das aber nicht für nötig befunden hatte, seiner Frau mitzuteilen, begegnete der Fabrikantentochter aus Elberfeld zwar mit Respekt, nicht aber mit devotem Verhalten.

»Masters wird in ein, zwei Wochen zurückkommen, gnädige Frau. So war zumindest seine Planung, die er mir in seinem letzten Schreiben mitgeteilt hat. Er wird vermutlich nichts dagegen haben, wenn Sie so lange in seinem Haus Quartier nehmen. Gisa wird Ihnen einige Vorräte rüberbringen. Eier, Brot, Speck und so.«

»Ich … aber …«

»Und wegen Hannes müssen Sie sich nicht fürchten, gnädige

Frau. Der macht den Garten. Er ist ein bisschen blöd, aber ganz harmlos.«

»Aber ...«

»Josef«, kam ihr Gisa zu Hilfe. »Du kannst doch nicht verlangen, dass Ihre Gnaden dort einen Haushalt führt.«

»Nein, gnädige Frau? Na gut, wenn Sie nicht für sich alleine kochen mögen, können Sie auch gerne bei uns mitessen. So hat es Alexander auch oft gehalten. Ein Teller Suppe für einen Gast mehr ist immer da, nicht, Gisa?«

Paula hatte die sehr strenge Weisung von ihrem Vater erhalten, nach Bayenthal zu reisen und sich umgehend mit ihrem Mann auszusöhnen. Über seine Anwälte hatte Reinecke herausgefunden, dass Alexander inzwischen Miteigentümer der Nettekovenschen Firma war, sich aber für ein halbes Jahr auf die Britischen Inseln begeben hatte. Den Zeitpunkt seiner Rückkehr berechnete er klug und nahm seine Tochter streng ins Gebet. Paula hatte sich ein bisschen widerspenstig gezeigt. Ihr gefiel das behütete Leben in ihrer Familie. Sie musste sich nicht um den Haushalt kümmern, Julia war sowieso lieber mit ihrer Gouvernante zusammen, und die unbedeutenden gesellschaftlichen Verpflichtungen, denen sie nachzukommen hatte, reichten ihr als Unterhaltung. Das alles sollte sie aufgeben, um in ein schmuddeliges Bauerndorf zu ziehen, wo ihr Gatte vermutlich unter katastrophalen Bedingungen hauste, und ihm das Haus zu bestellen? Ja, möglicherweise sogar wieder im Bett zu Willen sein?

»Ich glaube, er möchte nicht, dass ich mich ihm aufdränge, Herr Vater.«

»Du drängst dich nicht auf. Du bist seine Gattin.«

»Aber ...«

»Er ist jetzt ein Graf, Mädchen. Merk dir das! Du bist eine Gräfin und wirst doch eine solche Stellung nicht kampflos aufgeben, oder?«

»Ich dachte, er will den Titel ...«

»Kokolores. Er wird schnell genug dahinterkommen, wie

wichtig der ist. Du kannst ihn dabei unterstützen. Bist ja noch immer ganz ansehnlich!«

Auch dieses unerwartete väterliche Kompliment hatte Paula nicht recht überzeugen können. Sie murmelte, Alexander sei ein herzloser Tyrann, der sie unablässig drangsaliert und beschimpft hatte und dem ihre delikate Gesundheit ein ständiger Born des Missfallens war.

»Ich mag ihn aber nicht«, hatte sie schließlich leise mit gesenktem Kopf gesagt, und Reinecke musste einen Moment gegen die Versuchung ankämpfen, ihr eine erzieherische Ohrfeige zu geben. Dann aber gewann kaltblütiges Kalkül die Oberhand.

»Gut, Paula, wenn du ihn nicht magst, dann wirst du schon deswegen zu ihm ziehen, weil ich ihn auch nicht mag. Ich hätte da eine Aufgabe für dich.«

Dieser Aufgabe kam Paula in den nächsten Tagen gewissenhaft nach. Sie war in den zweiten Raum unter dem Dach, nicht in Alexanders Schlafzimmer, eingezogen und hatte den Schrank mit ihrer üppigen, sehr modischen Garderobe gefüllt, die sie zu ihrem größten Bedauern nicht tragen konnte. Die Korsetts und die von unzähligen winzigen Knöpfchen geschlossenen Kleider konnte sie leider ohne Zofe nicht anlegen. Und Gisa wollte sie nicht darum angehen, auch wenn sie die gutwillige Fabrikantengattin ansonsten mit allerlei niederen Arbeiten beauftragte. So saß sie denn in Rock und Bluse jeden Tag, solange das Licht reichte, in Alexanders kleinem Arbeitszimmer und schrieb Bestellungen und Aufträge, Kundenlisten und Anfragen ab. Als das erledigt und an ihren Vater abgeschickt war, nahm sie sich die diversen Zeichnungen vor. Was sie darstellten, ob sie wichtig oder richtig waren, konnte sie nicht beurteilen. Aber mit exakten Strichen und einem genauen Auge fertigte sie auch davon Kopien an. Daneben hatte sie auch einen Skizzenblock mit einigen Gartenansichten liegen, den sie bei Bedarf über die technischen Zeichnungen legte.

Alexander traf zehn Tage nach ihr in Bayenthal ein, und sein erster Gang war selbstverständlich in die Fabrik zu Nettekoven. Josef empfing ihn mit gewohnter rauer Herzlichkeit, und sogar die Arbeiter erwiderten mit Grinsen und Nicken seinen freundlichen Gruß.

»Und, volle Skizzenbücher, bahnbrechende Ideen, neue Kunden und Lieferanten dabei?«

»Alles, was du dir wünschst, Juppes. So viele Ideen, dass es für die nächsten fünf Jahre reicht. Wir setzen uns nächstes Wochenende zusammen und schauen, was sich machen lässt.«

»Und dein Freund, der Doktor, ist auch zufrieden mit der Reise?«

Alexanders Gesicht verdüsterte sich für einen Moment, dann schüttelte er den Kopf.

»Für seine Arbeit hat er viel erreicht. Aber er hat eine entsetzliche Tragödie erlebt. Ich möchte darüber im Moment nicht sprechen. Es hat auch mir fast das Herz gebrochen.«

»Nun, dann warte damit noch ein Weilchen. Du wirst Ablenkung genug haben, Alexander, denn hier hat es auch eine Veränderung gegeben.«

»Dein Tonfall und dein Gesicht, Jupp, lassen eher auf eine unerwünschte als eine angenehme Veränderung schließen.«

»Das wirst du selbst beurteilen müssen. Frau Gräfin von Massow ist in dein Häuschen eingezogen.«

»Was? Meine Mutter?« Alexander wollte auflachen, aber Juppes schüttelte den Kopf. »Nicht? Dann kann es nur Linda sein. Ist meinem Bruder etwas zugestoßen?«

»Nein, nein, Alexander. Gräfin Paula, deine Frau, wohnt seit zehn Tagen hier.«

»Verdammte … Verzeih. Was will die denn hier? Oh, ich kann es mir schon denken«, fügte er schnell hinzu. »Na, der fromme Wunsch wird ihr nicht erfüllt. Frau Masters bleibt Frau Masters, danach wird sich Ihre Gnaden schon noch richten müssen. Aber bevor ich mich darüber echauffiere, will ich erst einmal sehen, was du dazu sagst.«

Und er stellte vor Jupp eine Holzkiste auf den Tisch.

Es war es wert gewesen, sie den ganzen Weg von London mitzuschleppen – das maßstabsgetreue Miniaturmodell einer funktionstüchtigen Dampfmaschine mit einem Hammerwerk entzückte den Werkzeugmacher wie einen kleinen Jungen.

Alexander begrüßte anschließend noch Gisa und Hannes und überreichte der Dame des Hauses ein Paket mit irischem Leinen, was eine ähnliche Verzückung hervorrief wie das Dampfmaschinchen bei ihrem Mann. Und Hannes blieb stumm und ergriffen mit einem Plüschbären im Arm sitzen.

Alexanders Erscheinen rief bei Paula erwartungsgemäß weit weniger Entzücken hervor. Sie erwartete ihn in seinem Wohnzimmer und begrüßte ihn freundlich, aber mit einer merklichen Kühle.

»Lieber Alexander, es sind nun vier Jahre her, und wir haben nie die Möglichkeit gefunden, den Bruch zu kitten, der damals entstanden ist. Ich bitte Sie, lassen Sie es uns jetzt versuchen.«

»Ich kann mich nicht erinnern, Paula, dass ich je den Wunsch dazu geäußert habe.«

»Nein? Nicht?«

»Nein. Ich habe damals die Trennung gewollt, ich sehe keinen Grund, nur weil Zeit verstrichen ist, ein anderes Arrangement anzustreben.«

Paula wanderte mit fest verschränkten Fingern einige Schritte auf und ab, sichtlich um Fassung bemüht. Alexander setzte sich auf einen Sessel und blickte aus dem Fenster. Die Äpfel waren rotbackig geworden. Als er das letzte Mal hier gesessen hatte, hatte der Baum geblüht. Zeit verging…

»Nein, Sie wünschen keine Änderung des Zustands. Aber ich könnte mir denken, dass Julia sie sich wünscht. Sie wird nun neun Jahre alt, und es ist Zeit, dass sie in eine passende Schule kommt.«

Und damit hatte sie ihn schon wieder in der Falle. Kurz und knapp und innerhalb von Sekunden. Denn welche Art von Schule seine bigotten Schwiegereltern aussuchen würden, konnte er sich ohne Probleme vorstellen. Das Angebot, das sie ihm machten – und er war sich ganz sicher, dass dieses Zusammentreffen nicht auf Paulas Initiative entstanden war –, war die Verfügungsgewalt über seine Tochter. Für einen Moment erlaubte sich Alexander eine bittere Erheiterung und schickte seinem Vater für seine weise Beurteilung des Emporkömmlings Reinecke einen freundlichen Gedanken.

»Einverstanden, Paula. Schicken Sie Ihrem Vater umgehend Post, dass Julia hier nächste Woche erwartet wird. Sie können bis auf Weiteres ebenfalls bleiben.«

»Ich wusste, Alexander, dass Sie einsichtig sein würden.«

»Natürlich. Aber Sie werden im Gegenzug auch Einsicht zeigen, Frau Masters.«

Wieder knoteten sich ihre Hände fest zusammen, wie er feststellen konnte, aber diesmal kamen keine weiteren Einwände.

Julia traf wirklich eine Woche später mit ihrer Gouvernante in Bayenthal ein, und wenn es auch ein paar unvermeidliche Hemmungen zu überwinden gab, so zeigte sich das Mädchen doch glücklich, ihren Vater wiederzusehen. Mit Fräulein Berit führte Alexander ein sehr langes und intensives Gespräch, um herauszufinden, in welcher Weise Julia sich entwickelt hatte, und was er hörte, gefiel ihm. Die resolute Gouvernante entlockte ihm Respekt, manchmal auch ein erfreutes Lachen, denn sie hatte eine erfrischende Art, die Welt zu betrachten. Von ihr erhielt er auch den Hinweis auf eine geeignete Schule in Köln.

»Sie nehmen Internatsschülerinnen auf, aber Julia könnte sie auch als Tagesschülerin besuchen, wenn Sie eine geeignete Unterkunft für sie finden. Dann haben Sie die Möglichkeit, sie am Wochenende herzuholen. Ich glaube, Julia täte es gut, einige Zeit mit Ihnen zu verbringen.«

»Ein bedenkenswerter Vorschlag, Fräulein Berit. Ich werde Waldegg fragen, ob sie unter der Woche bei ihm wohnen kann.«

»Wenn das nicht möglich ist, wird er sicher Bekannte wissen, denen Sie Julia unbedenklich anvertrauen können.«

»Und was wird mit Ihnen geschehen, Fräulein Berit?«

»Sagen wir, ich bin ganz froh, wieder in Köln zu sein. Mein Vater hat anklingen lassen, er sähe es gerne, wenn ich ihm das Haus führen würde. Und mir schwebt vor, an einer Privatschule zu unterrichten. Insofern wäre mir ein gutes Zeugnis aus Ihrer Hand sehr wünschenswert, Herr Masters.«

Alexander nickte zustimmend. Ihm gefiel die praktisch denkende junge Frau.

»Sagen Sie, was Sie gerne in dem Zeugnis stehen haben wollen, ich werde es entsprechend umsetzen.«

»Ich lege Ihnen morgen einen Entwurf vor.«

»Eine gute Idee.«

Noch eine gute Idee hatte Gisa.

»Du könntest Frau Bevering fragen, ob sie Julia aufnimmt. Die Schule liegt ganz in der Nähe der Apotheke. Sie wird vielleicht gerne ein junges Mädchen um sich haben, wo sie doch keine eigenen Kinder hat.«

»Und Amara ist ihr im Alter vor allem näher als Waldeggs. Der Gedanke gefällt mir, Gisa. Ich werde Doktor Bevering umgehend eine Note schicken.«

Die Antwort kam postwendend und war positiv, Paulas Reaktion darauf negativ. Sie hätte es weit lieber gesehen, wenn ihre Tochter in einem vornehmen Internat untergebracht worden wäre, wo sie als Komtess Julia vorteilhafte Bekanntschaften hätte schließen können. Alexander wischte ihre Einwände fort und beschied ihr mit ruhiger Stimme: »Meine Tochter, liebe Paula, wird als Julia Masters schon ihren Weg machen. Die Ausbildung, die sie erhält, ist solide, ihre besonderen Fähigkeiten werden gefördert. Aber um Sie zu beruhigen, ich habe bereits mit meinen Eltern darüber korrespondiert. Meine Tochter wird die großen Ferien im Sommer auf dem Gut verbringen. Und meine Mutter wird sich beizeiten darum kümmern, sie in der richtigen Form in Berlin in die Gesellschaft einzuführen.«

Das schien Paula für eine Weile zu besänftigen, und im November brachte Alexander Julia zu Beverings.

Sein Leben hatte sich nach seiner Rückkehr aus England deutlich verändert. Zum einen übernahm er jetzt mit Geschick und Elan die Umwandlung der behäbigen Werkzeugschmiede in eine Maschinenfabrik. Mit den Hydraulikpumpen hatte er sein erstes Standbein errichtet, nun folgten Walzwerke, die in vielen Fertigungszweigen erforderlich waren. Sein erster Auftraggeber war Waldegg, der für seine Druckerei eine Zylinderdruckmaschine installieren wollte. Doch die baute Alexander eher aus Liebhaberei. Der wirklich wachsende Markt entstand durch den Bedarf an Walzstahl, der für den Eisenbahnbau unerlässlich war. Walzwerke wurden aber auch überall dort benötigt, wo zu zerkleinerndes Gut anfiel, und selbstverständlich in der Tuchproduktion, wo sie beispielsweise zum Krempeln der Wolle dienten. Einige Konstruktionszeichnungen hatte er bereits mitgebracht und brannte nun darauf, die Maschinen tatsächlich zu bauen, ihre Wirkungsweise auszuprobieren und in der Praxis womöglich noch zu verbessern. Er verbrachte die meiste Zeit in der Fabrik und überließ Paula weitgehend sich selbst. Sie beklagte sich nicht darüber. Ein Mädchen aus dem Dorf ging ihr zur Hand, und für seine häufigen Fahrten zu Kunden und Lieferanten hatte Alexander ein leichtes Landaulet erstanden. Er kutschierte selbst, aber wenn er das Fahrzeug nicht benötigte, stand es Paula zur Verfügung. Sein Pferdeknecht übernahm dann die Zügel, und sie hatte sich angewöhnt, Julia freitags von der Schule abzuholen. Dabei putzte sie sich heraus, und wie er von seiner Tochter erfuhr, genoss sie es, am Nachmittag in einem der vornehmen Cafés die tragische Gräfin zu geben. Ob und wen sie damit beeindrucken konnte, hinterfragte er nicht. Es war der Preis für den Familienfrieden, den er zu zahlen hatte.

Samstag und Sonntag hielt Alexander sich, soweit es seine Arbeit zuließ, für Julia frei. In der Schule erhielt sie überwiegend schöngeistigen Unterricht. Literatur, Rede- und Stilübungen, französische Konversation, Gesang und Rezitation, Zeichnen und feine Handarbeiten standen auf dem Lehrplan, Geschichte und Naturkunde nahmen einen geringen Raum ein, noch weniger das praktische Rechnen.

Die Ausbildung darin übernahm Alexander, und erfreut stellte er fest, dass Julia eine erstaunliche Auffassungsgabe für mathematische Problemstellungen entwickelte. Er unterrichtete sie auch in der englischen Sprache, was ihr jedoch schwerer fiel. Aber sie bemühte sich redlich, um ihn nicht zu enttäuschen.

Langsam, ohne es zu überstürzen, ohne zu viel zu fordern, gelang es Vater und Tochter, ein kameradschaftliches Vertrauensverhältnis aufzubauen. Auf diese Weise erfuhr Alexander auch mehr und mehr, wie sich Amaras Leben gestaltete, zu der Julia große Zuneigung entwickelt hatte. Es überraschte ihn selbst, wie neugierig er auf die kleinen Anekdoten aus dem Haushalt Bevering, Amaras persönliche Ansichten und ihre Beschäftigung in der Apotheke war.

Küchengeheimnisse

Keine Puppe will ich haben –
Puppen gehn mich gar nichts an.
Was erfreu'n mich kann und laben,
Ist ein Honigkuchenmann.

August Heinrich Hoffmann von Fallersleben

»Man kann alle Früchte nehmen, die frisch sind, aber Äpfel und Birnen muss man zuvor blanchieren«, erläuterte Gérôme Médoc seiner Herrin Dorothea von Finckenstein in der geräumigen Küche des Herrenhauses. »Diese Kirschen hier jedoch habe ich nur entkernt und die Haut mit der Nadel einige Male eingestochen.«

Dorothea naschte eine Kirsche und sorgte dafür, dass der Saft das Rot ihrer Lippen vertiefte. Ihr Koch registrierte es mit Genugtuung, fuhr aber ungerührt in seiner Belehrung fort.

»Wir gießen nun den konzentrierten Zuckersud darüber und verschließen die Schüssel mit einem Deckel. Einen Tag bleiben die Früchte darin. Diese hier habe ich gestern eingelegt. Wir werden heute den Sud noch einmal einkochen und mit weiterem Zucker auffüllen.«

Das Geheimnis der kandierten Früchte interessierte Dotty nicht so sehr wie die flinken Finger des Franzosen. Richard Fink von Finckenstein weilte seit einem halben Jahr in Berlin und ging dort weniger Geschäften als dem süßen Leben nach. Die Versuchung, es ihm gleichzutun, wuchs in seiner Gattin von Tag zu Tag. Unterricht in der Herstellung kandierter Früchte mochte dazu der passende Beginn sein. Gérôme Médoc, südfranzösischer Herkunft und fragwürdiger Abkunft, war ein dunkler, schwarzhaariger Künstler, der den von ihm hergestellten Produkten selbst gerne zusprach und es zu einer stattlichen Leibesfülle gebracht hatte. Dorothea war sich sicher, dass er, im Gegensatz zu ihrem Gatten, auch ihre voluminöse Figur nicht abstoßend finden würde. Ganz gewiss aber würde er es nie wagen, sie eine fette Kuh zu nennen.

»Man wiederholt die Behandlung fünf Tage lang, dann kocht man die Früchte einmal ganz kurz auf und lässt sie anschließend auf einem Drahtgitter trocknen. Wie Sie hier sehen!«

Die leicht transparenten, leuchtend roten Kirschen lockten Dottys Finger an, und mit einem tiefen Blick in Médocs Augen führte sie eine der kandierten Früchte zum Mund. Ihre Zungenspitze huschte einmal rasch darüber, dann senkte sie die Lider, gab einen winzigen genießerischen Laut von sich und lutschte langsam, sehr langsam an der Kirsche. »Ja«, seufzte sie langgezogen und öffnete die Augen wieder.

Der Koch unterdrückte ein siegessicheres Lächeln. Seine Verführungskünste waren noch nicht erschöpft.

»In einer Kasserolle, gnädige Frau, habe ich Sahne mit Vanille und Zucker eingekocht, und nun werden wir sie in ein Wasserbad setzen und nach und nach Schokoladenmasse dazugeben.«

Ein köstlicher Duft erfüllte die Küche, als die dunkelbraune Masse langsam schmolz. Dottys Herz schmolz im selben Maße, als sie zusah, wie Médoc die Ärmel seines Hemdes aufrollte und schwarz behaarte, muskulöse Unterarme zur Schau stellte. Wie sich bei näherer Prüfung ergab, hatte er einige Jahre in seinem Lebenslauf schamhaft verschwiegen. Sie vermutete einen Aufenthalt in einem der Bagnos, in denen die Straftäter an Ketten gefesselt harter Arbeit nachkommen mussten, denn sie hatte eine entsprechende Narbe an seinem Bein und etliche von Schlägen herrührende auf seinem Rücken bemerkt, als sie ihn einmal mit dem Fernrohr ihres Mannes bei einem Bad im See hinter dem Haus beobachtet hatte. Diese Spuren körperlicher Gewalt störten sie nicht, im Gegenteil, sie weckten höchst angenehme Gefühle in ihr. Mit zarter Hand ergriff sie den Rührlöffel in seiner Hand und ließ ihn in der Schokoladenmischung kreisen. Dass sie dabei ihre Finger um die des Kochs legen musste, störte sie nicht.

Médoc auch nicht. Doch er entzog sich ihrem losen Griff und nahm eine der Kirschen mit einem Holzspießchen auf, tauchte sie in die Kasserolle und hob es mit einer geschickten Drehung wieder aus dem Schokoladenbad.

»Voilà, Madame. Ihr Kirschpraliné.«

Es war noch klebrig, und sie verschmierte sich die Finger, aber es schmeckte paradiesisch. Mit flinker Zunge leckte sie sich Daumen und Zeigefinger ab und ließ wieder ihre Lider flattern.

»Mandeln! Es braucht noch etwas Knuspriges. Oder Krokant«, sinnierte Médoc, ohne auf die Einladung einzugehen.

»Mandeln«, flüsterte Dotty und drückte ihren Busen an seinen bloßen Unterarm, vorgeblich um eine der Porzellandosen auf dem Bord heranzuziehen.

»Das nächste Mal«, vertröstete Médoc sie und raffte mit schnellem Griff ihre Röcke. »Jetzt bin ich an der Reihe, die von Ihnen angebotenen Leckereien zu kosten.« Und zufrieden schnaufend erkannte er, dass seine Herrin auf solche Lächerlichkeiten wie störende Unterkleider bei ihrem Küchenbesuch verzichtet hatte.

Dorothea lernte ganz neue Genüsse in den lauen Frühsommertagen kennen. Unter anderem auch das Herstellen von Mandel-Krokant-Pralinen, die der ihr angetraute Gatte besonders gerne naschte. Ein mandelsplitterchengroßer Gedanke begann sich dabei in ihrer Vorstellung festzusetzen.

Des Schnitters Ernte

Der Tod steht schon am Orte,
Wo sich ein Leben regt.
Der Tod steht an der Pforte …
Zum König wie zum Bettler
Sagt er sein letztes Du.

Matthias Claudius

»Was für ein zauberhaftes Cremedöschen!« Ich bewunderte wirklich das kleine Kunstwerk in ihrer Hand, und die elegante Dame mit den verhangenen Augen lächelte mild.

»Für Ihre wunderbare Lotion musste ich einfach ein passendes Behältnis haben, Frau Doktor Bevering. Füllen Sie es mir diesmal bitte mit der Mandelölcreme auf?«

»Aber gern, Frau von Viersen.«

Das emaillierte Silberdöschen mit dem Veilchenmuster wurde mir mit blassviolett behandschuhten Fingern überreicht. Die Gattin des Kommandanten der Deutzer Artilleriewerkstatt wirkte auf mich immer so elegisch wie ein trauervolles Reh. Sie war feingliedrig, durchgeistigt und ihr heller, makelloser Teint von blütenblattzarter Konsistenz. Doch immer trat sie untadelig freundlich auf und hatte meine Kosmetikprodukte schon an viele ihrer Bekannten weiterempfohlen. Darum reichte ich ihr auch eine Probe meiner neuesten Kreation, eine nach Verbenen und Zitronenmelisse duftende Emulsion.

»Sehr sommerlich und erfrischend an solch heißen Tagen wie heute, habe ich mir gedacht.«

Sie zog die Handschuhe aus und strich sich ein wenig davon auf die Haut. In dem Augenblick öffnete sich die Tür, und mit zerknitterter Schürze und wieder einmal aufgelösten Zöpfen stürmte Julia in das Offizin.

»Oh. Guten Tag, gnädige Frau«, grüßte sie jedoch höflich und machte einen anmutigen Knicks. Mir wurde diese Ehrenbezeigung nicht zuteil, aber ein fröhliches Lächeln erhielt ich ebenfalls.

»Lauf nach oben, Julia, ich komme nach, sowie Doktor Bevering zurück ist.«

»Ja, Frau Amara.«

»Und ein Blick in den Spiegel wäre auch sehr hilfreich, könnte ich mir vorstellen.«

»Mach ich.«

Noch einmal wehende Schürzenbänder und fliegende Röcke, und unser Pensionsgast war fort.

»Ein reizendes Mädchen. Wenn auch eine Spur zu wild«, meinte meine Kundin und sah ihr nachdenklich nach.

»Eigentlich nicht wild, sondern nur voller Lebensfreude.«

»Nun, wenn Sie mit ihr zurechtkommen… Ich werde mir noch ein zweites Cremedöschen kaufen und demnächst auch diese frische Lotion erstehen. Was habe ich zu zahlen?«

Ich nannte ihr den Preis, und als sie die Summe beglichen hatte, kam auch Anton von seinem Gang zu einem Kranken zurück, dem er selbst ein Medikament gebracht hatte. Er sah erhitzt aus und schien sich geärgert zu haben.

»Ist etwas passiert?«

»Nur eine kleine Meinungsverschiedenheit. Nichts von Belang.« Doch seine Bewegungen sagten mir etwas anderes. Mit ziemlichem Unwillen holte er aus einem der Porzellantöpfe ein graues Pulver und schüttete es in ein Tütchen. Ich las die Beschriftung und wollte, als er das Papier zusammenfaltete, wissen: »Was ist das eigentlich, Bezoar?«

»Ein Allheilmittel, wie man sagt. Nur frage ich mich ernsthaft, ob es bei Typhus im fortgeschrittenen Stadium noch hilft.«

»Sie ärgern sich über Ihren Freund.«

»Ein bisschen. Aber nun lauf nach oben. Wir haben Julia unterwegs getroffen, und mir scheint, sie bedarf deiner mütterlichen Aufmerksamkeit.«

Anton liebte es, mich als Julias Ersatzmutter zu bezeichnen, und zugegeben, er verhielt sich ausgesprochen väterlich ihr gegenüber. Das machte mich manchmal zweifeln, ob es nicht doch besser wäre, wenn wir ein eigenes Kind hätten.

Julia hatte sich die Haare gebürstet und eine frische Schürze umgebunden. Ich flocht ihr schnell die Zöpfe, während sie drauflosplauderte.

»Auf dem Heimweg habe ich Doktor Bevering und den Hauindreck getroffen.«

»Schlaginhaufn«, korrigierte ich. Melli hatte jedoch einen nicht mehr auszumerzenden Schaden angerichtet, und daher war meine Rüge nicht ganz so streng, wie sie sein sollte.

»Er hat mich betatscht.«

»Und du bist ihm ausgewichen.«

»Das nächste Mal trete ich ihm mit dem Absatz auf den Fußspann«, zischte sie. »Er hat mit seinen verschwitzen Händen meine ganz lange festgehalten. Er riecht fies.«

Igitt, konnte ich nur denken.

»Dann wasch sie jetzt gründlich.«

»Hab ich schon getan. Frau von Viersen ist eine nette Dame, nicht wahr?«

»Du kennst sie?« Das verwunderte mich, aber Julia klärte mich umgehend auf.

»Sie ist mit Papa bekannt. Wir haben sie neulich getroffen, als wir in Deutz in den Rheinauen spazieren waren.« Nachdenklich wickelte sie ein Zopfende um ihren Finger. »Das Cremedöschen …«

»Eine sehr hübsche Arbeit. Ich habe es auch bewundert.«

»Er hat es ihr geschenkt. Glaube ich wenigstens. Es stand zwei Tage in seinem Zimmer. Dann ist er übers Wochenende weggefahren, und danach war es nicht mehr da.«

Aha, dachte ich, sagte aber nichts.

»Ich habe es Mama nicht erzählt.«

»Es ist vermutlich auch nicht wichtig. Komm, wir müssen zu Tisch, sonst verhungern die Damen Bevering.«

Fast zehn Jahre alt war Julia, und ein Mädchen mit einem gründlichen Blick für Zusammenhänge. Natürlich war Alexander kein keuscher Mönch, und die Affäre mit dem trauervollen Reh führte er sicher mit der gebührenden Diskretion. Aber es verwunderte mich dennoch, denn Laura von Viersen machte nicht gerade einen besonders leidenschaftlichen Eindruck auf mich. Um es milde auszudrücken.

Andererseits durfte ich mich gern an meine eigene Nase fassen.

Eine leidenschaftliche Beziehung führten Anton und ich nun auch nicht gerade.

Um es milde auszudrücken.

Die Stimmung in der Familie hatte sich in den vergangenen Monaten etwas gebessert, entweder weil die Damen Bevering und ich uns genug aneinander gerieben hatten, um die hakeligen Stellen zu glätten, oder weil ich ihnen so konsequent aus dem Weg ging. Julia half ebenfalls, die Lage zu entspannen, denn diplomatisch, wie dieses Mädchen war, hatte sie Margarethe gebeten, ihr das Klöppeln beizubringen, was meine Schwägerin unerwartet freundlich gegen sie stimmte.

Es hätte also alles seinen ruhigen Gang gehen können.

Eine Woche später war Jan Martin zu Gast bei uns. Über seine Besuche freuten Anton und ich uns in gleichem Maße, doch hatte er sich seit seiner Rückkehr aus England grundlegend verändert. Er war schon immer zurückhaltend gewesen, doch mit wachsendem Vertrauen konnte man auch den humorvollen, geistreichen Unterhalter aus ihm herauslocken, und ich erinnerte mich an viele fröhliche, anregende oder sogar alberne Gespräche. Das war jetzt nicht mehr möglich. Er konnte noch immer über die wissenschaftlichen Themen, die er verfolgte, fesselnd sprechen. Doch alles Persönliche war hinter einer Mauer verschlossen. Es war, so weit hatte ich es von Alexander herausbekommen, etwas Tragisches im Zusammenhang mit einer jungen Irin geschehen. Guter Freund, der er war, hielt aber auch Alexander den Mund darüber, obwohl ich mir sicher war, dass er sehr genau wusste, was Jan in einen solchen Abgrund von Trauer verbannt hatte. Er schien sich mit Arbeit betäuben zu wollen. Neben seinen Tätigkeiten im botanischen Institut und seinen eigenen Forschungen hatte er nun auch noch die Stelle eines Armenarztes angenommen, eine der Aufgaben, die der Stadtmagistrat der medizinischen Fakultät der Universität übertragen hatte.

Wir saßen zu dritt beim Abendessen; Margarethe, die inzwischen die allertiefste Trauer abgelegt hatte, und Hermine waren zu einer musikalischen Soiree entschwunden, bei der sie vermutlich auch den Pfarrer Gerlach und Schlaginhaufn treffen würden. Es hätte recht gemütlich werden können, doch Anton, der schon seit dem Vortag über Kopf- und Gliederschmerzen geklagt hatte, wurde beim Essen immer grünlicher im Gesicht und entschuldigte sich schließlich. Er stand vom Stuhl auf, machte einen Schritt zur Tür und brach plötzlich mit einem Stöhnen zusammen.

Jan war aufgesprungen, bevor ich überhaupt begriff, was geschehen war. Er kniete neben ihm nieder und hob vorsichtig seinen Kopf. Anton sah ihn benommen an und fasste sich an die Stirn.

»Sie haben hohes Fieber, Doktor Bevering. Kopfschmerzen? Leibschmerzen?«

»Wie? Was …«

»Bleiben Sie ganz ruhig, wir werden Ihnen Linderung verschaffen.« Jan sah zu mir hoch. »Bist du in der Lage, ihn zusammen mit mir in sein Bett zu tragen?«

»Ich denke doch. Was hat er, Jan?«

»Das weiß ich, wenn ich ihn untersucht habe. Nimm du die Beine.«

Gemeinsam bugsierten wir ihn die Treppe nach oben in unser Schlafzimmer. Umständlich, aber schließlich mit Erfolg brachten wir ihn ins Bett und lösten seine Kleider. Anton war kaum bei

Sinnen. Einmal protestierte er schwach, aber Jan beruhigte ihn. Er hatte eine schöne, tröstende Stimme, fiel mir dabei auf. Mit geübten Bewegungen tastete er seinen Patienten ab, betrachtete seine Zunge und roch an seinem Atem. Dann bat er: »Wasser und Seife, für uns beide.«

»Hinter dem Paravent.«

Ich deckte Anton zu und strich ihm über die heiße Stirn. Ein ausgesprochen trüber Verdacht regte sich in mir. Aber erst, als auch ich mir gründlich die Hände gewaschen hatte, sah ich Jan fragend an.

»Gehen wir in dein Zimmer.«

Dort sagte er nur ein Wort, und es war das, was ich befürchtet hatte. »Typhus.«

»Er grassiert im Augenblick. Er wird sich angesteckt haben. Was ist zu tun, Jan?«

»Befinden wir uns nicht im Hause eines Apothekers? Ich werde ihm gleich eine Arznei zusammenstellen, die ihm Erleichterung bringt. Keine Angst, Amara, er ist ansonsten ja ein gesunder Mann. Nicht wie die unterernährten Arbeiterkinder. Sie sterben mir unter der Hand weg. Aber mit guter Pflege sollte er es in zwei, drei Wochen überstanden haben. Es wird allerdings anstrengend.«

»Das ist es doch immer. Was muss ich tun?«

»Du willst ihn selbst pflegen?«

»Lieber ich als eine von Schlaginhaufn empfohlene Hilfe.«

Jan nickte verständnisvoll. »Sieh zu, dass du den alten Schmutzfink von ihm fernhältst. Er wird ihn nur zur Ader lassen, und das könnte ihn über Gebühr schwächen.«

»Und ihm Bezoar verabreichen.«

»Bezoar? Das wird selbst Hauindreck nicht mehr machen.«

»Doch. Darüber hat sich Anton letzte Woche geärgert. Weil er einem Typhuskranken dieses Zeug verschrieben hat. Was ist das eigentlich?«

»Dreck. Um es präziser auszudrücken, das Ausgekotzte von Eulen, getrocknet und pulverisiert.«

Mir begann sich der Magen zu verdrehen. »Das ist ja widerlich.«

»Stimmt. Und jetzt höre den Rat von Wasserdoktor Jan: Halte ihn und dich so sauber wie möglich. Wann immer du ihn berühren musst, wasch dich hinterher. Schlaf bitte nicht hier in seinem Bett. Es ist nicht ausgeschlossen, dass du dich schon angesteckt hast, Amara. Wenn nicht, musst du alles vermeiden, was dazu führen kann. Und Julia nehme ich morgen mit zu Alexander.«

»Julia! An sie habe ich gar nicht mehr gedacht.«

»Verständlich, jetzt denkst du erst einmal an deinen Mann. Lass uns ins Labor gehen, ich will ihm einen Fiebertrank mischen.«

Während Jan seine Arznei zubereitete, erklärte er mir den Verlauf der Krankheit, und mich begann es ernsthaft zu grausen. In der ersten Woche würde zunehmende Benommenheit, Schmerzen und Fieber auftreten, in der zweiten Woche jedoch heftigste Durchfälle und möglicherweise Darmblutungen. An der Wende von der zweiten zur dritten Woche sollte dann Besserung eintreten.

»Ich komme nächste Woche wieder vorbei, Amara. Aber wenn etwas Ungewöhnliches eintritt, schick mir Post. Ich spreche nachher auch noch mal mit den Damen Bevering. Sie sollten dir zur Hand gehen.«

Er hatte seinen Fiebertrank zusammengerührt und gab mir an, wie ich ihn zu verabreichen hatte, dann gingen wir wieder hoch zu Anton. Er fröstelte, war aber fieberheiß und litt offensichtlich Schmerzen. Ich ließ Jan eine Weile bei ihm, um nach Julia zu sehen, für die es Zeit war, zu Bett zu gehen.

»Frau Amara, ich hab so Bauchweh«, empfing sie mich. »Und der Kopf tut auch weh. Dabei hab ich gar nicht genascht.«

Mir war, als drückte mir eine Last die Schultern nach unten, und nur mühsam bezwang ich den Anflug von vollständiger Mutlosigkeit.

»Nein, Julia. Das ist nicht der Grund. Du bist krank, vermute ich. Doktor Bevering liegt ebenfalls mit Leibschmerzen und Fieber im Bett. Aber Doktor Jan ist hier, und der wird dir gleich etwas bringen, das dir hilft. Auf jeden Fall gehörst du jetzt ins Bett, Liebling.«

Die nächsten Tage verschwimmen etwas in meiner Erinnerung. Natürlich konnten wir Julia nicht nach Bayenthal transportieren, und so hatte ich zwei Kranke zu versorgen. Es blieb nicht aus, dass ich Margarethe den Hauptanteil an Antons Pflege überlassen musste, Hermine fand es unschicklich, ihren Vater zu betten, zu waschen, die Wäsche zu wechseln und mit leichten Suppen oder Brei zu füttern. Ich musste meiner Schwägerin zugutehalten, dass sie derartige Zimperlichkeiten nicht kannte. Alexander war vorbeigekommen, sowie Jan ihm von Julias Erkrankung berichtet hatte, aber er konnte kaum etwas tun. Seine Tochter befand sich im schlimmsten Stadium der Benommenheit und erkannte ihn nicht.

Anton traf in der zweiten Woche die prognostizierte Verschlimmerung der Krankheit mit aller Gewalt. Wir hatten alle Hände voll zu tun, das Bett rein zu halten. Zusätzlich bekam er auch noch einen starken Husten.

Zwei Tage später setzten bei Julia die Durchfälle ein, doch bei ihr blieben wenigstens die Darmblutungen aus. Und die Benommenheit legte sich weit schneller als bei Anton.

Und das war ihr Glück.

Ich lag am Nachmittag auf der Chaiselongue in meinem Zimmer, während Margarethe sich um die Patienten kümmerte, und war in einen beinahe todähnlichen Schlaf versunken, aus dem mich nur mühsam ein panisches Schreien weckte. Trunken vor Müdigkeit wollte ich es ignorieren, aber wieder und wieder drang das Gellen an mein Ohr, und ein Poltern und Klirren folgte. Endlich war ich so weit bei Besinnung, dass ich die Decke abstreifen und zur Tür gehen konnte.

»Frau Amara! Hilfe! Hilfe!«, klang es von Stockwerk über mir.

Plötzlich gehorchten mir meine Füße wieder, und ich sprang

die Stufen nach oben zu Julias Zimmer. Hier bot sich ein Anblick des Chaos. Inmitten gesplitterter Medizinfläschchen, ausgelaufener Blumenvasen, umgestürztem Nachtischchen und dem verschütteten Inhalt des Nachttopfs drückte sich das Mädchen, ihr Plumeau wie ein Schutzschild um sich gewickelt, in eine Ecke ihres Bettes. Vor ihr stand mit gesträubtem Bart Schlaginhaufn, den Schnepper wie eine Mordwaffe in der Hand.

Wut kochte in mir hoch.

»Verschwinden Sie auf der Stelle aus meinem Haus«, zischte ich ihn an und stellte mich zwischen ihn und Julia.

»Ich bin gerufen worden. Und das zu Recht. Hier ist dringend vernünftiger ärztlicher Sachverstand gefordert.«

»Wir haben unseren ärztlichen Beistand selbst gewählt. Raus, Sie Dreckfink!« Auch wenn es mir unangenehm war, machte ich einen weiteren Schritt auf ihn zu. »Auf der Stelle!«

»Ich verlasse dieses Haus erst, wenn die Kranken ordentlich versorgt sind.«

»Sie verlassen es sofort.« Plötzlich kam mir ein Gedanke, wie ich seinen Abgang beschleunigen konnte. Ich ergriff seine Arzttasche, die auf der Kommode stand, riss das Fenster auf und warf sie in hohem Bogen auf die Straße. Ein empörtes Wiehern gab Kunde davon, dass sie ein unschuldiges Pferd getroffen hatte. Fassungslos verfolgte Schlaginhaufn meine Tat.

»Sie dürfen das Haus durch die Tür verlassen, Doktor Hauindreck!«

»Das … das … das wird Folgen haben!«

»Hoffentlich. Und jetzt, wenn ich bitten dürfte!«

Mein Herz schlug so stark, dass es mir in den Ohren dröhnte, und als der Arzt endlich vernehmlich die Tür hinter sich zugeschlagen hatte, musste ich mich an die Wand lehnen, um nicht umzusinken.

»Danke, Frau Amara!«, wisperte Julia kreidebleich und umklammerte noch immer verstört ihr Kissen.

»Keine Ursache.« Meine Stimme war heiser geworden durch den lautstarken Wortwechsel.

»Er wollte mich zur Ader lassen. Aber Doktor Jan hat doch gesagt, das darf man nicht.«

»Es war richtig, dass du um Hilfe geschrien hast. Aber nun muss ich hier wohl erst einmal aufräumen.«

Die einfache Tätigkeit half mir, mich zu beruhigen. Es war ja nichts passiert, und vielleicht war das dem widerlichen Quacksalber eine Lehre, unbefugt und ungerufen Kranke in diesem Haus zu behandeln.

Ich verließ Julia, als sie einigermaßen ruhig schlief. Ein paar Tropfen Laudanum waren mir angebracht erschienen, denn das Fieber war durch die Aufregung wieder gestiegen.

Es war ein schwüler Juniabend, und die Luft lastete schwer in den warmen, nach Krankheit und Medikamenten riechenden Räumen.

Erschöpft begab ich mich in die Küche, um mir einen Happen kalten Braten und etwas Brot zu holen, und als ich an der Nische mit der Marienfigur vorbeikam, erschien es mir unfrommer Protestantin plötzlich sehr angemessen, ihr zu danken, dass sie mich vor der Krankheit bewahrt hatte. Ich wurde langsam wunderlich.

Nach meinem Imbiss wollte ich mich um Anton kümmern, damit auch Margarethe etwas ausruhen konnte. Sie war nicht in seinem Zimmer, was mich verblüffte. Doch mein Mann schlief ruhig und tief. Ich zündete das Nachtlicht an und füllte seine Wassertasse frisch auf. Dann setzte ich mich neben ihn und schaute ihn an. Eingefallen waren seine Züge, und er sah um viele Jahre gealtert aus. Das Fieber und die Schmerzen hatten ihn ausgezehrt. Doch das war nichts, was man mit Ruhe und gutem Essen nicht wieder beheben konnte. So still, wie er jetzt hier lag, wollte ich fast glauben, dass er den Höhepunkt der Krankheit überschritten hatte. Sanft, um ihn nicht zu wecken, zog ich die Decke über seiner Brust gerade. Dabei fiel der Ärmel seines Nachthemdes zurück, und mit blankem Entsetzen sah ich den Verband.

Dieser verfluchte Kurpfuscher hatte Anton zur Ader gelassen!

Und der ruhige Schlaf war nicht der der Heilung.

Eine beklemmende Angst packte mich.

Ich brauchte Jan.

Und ich konnte jetzt nicht aus dem Haus.

Margarethe schlief vermutlich, Hermine, das flatterige Huhn, wollte ich nicht aufstöbern. Blieb die Köchin, die unten ihr Zimmer hatte. Sie war eine unwirsche, wenn auch tüchtige Person und die Einzige, die mir helfen konnte.

Sie hatte sogar einen praktikablen Rat.

»Ich sag Heinz Bescheid, gnädige Frau. Der kann den Wagen nehmen und nach Bonn fahren, um den Doktor zu holen.«

Antons Apothekergehilfen hatte ich völlig vergessen.

»Tun Sie das, Lena. Es geht dem Herrn sehr, sehr schlecht.«

»Was ist mit Doktor Schlaginhaufn?«

»Der ist daran schuld. Bitte, schicken Sie Heinz nach Bonn.«

Es würde Stunden dauern, bis Jan hier sein konnte, sofern Heinz ihn überhaupt zu Hause antraf. Aber es war meine einzige Hoffnung. Denn einen anderen Arzt mochte ich nicht hinzuziehen, mein Vertrauen in diese Zunft war zutiefst erschüttert.

Zurück an Antons Bett saß ich von den wildesten Gedanken und Vorstellungen gehetzt neben ihm und lauschte seinen schweren Atemzügen. Margarethe musste Schlaginhaufn gerufen haben, oder zumindest hatte sie ihm gestattet, den Kranken zu besuchen. Gut, sie waren alte Freunde, und meine Abneigung gegen den schmierigen Arzt teilte sie nicht. Sie hielt ihn für kompetent und trug ihm all ihre kleinen Wehwehchen vor. Vermutlich war er ein guter Zuhörer, denn das und ein paar harmlose Mittelchen heilten bekanntlich schon viele Leiden.

»Warum haben Sie sich nicht zur Wehr gesetzt, Anton? Sie haben doch schon so viel Blut verloren«, konnte ich nicht unterlassen, tonlos zu fragen. Doch obwohl es kaum hörbar war, flatterten seine Lider, und er öffnete die Augen.

»Amara!«, krächzte er leise.

»Ich bin bei Ihnen.«

»Gut.«

Er tastete nach meiner Hand, und ich schloss meine Finger um die seinen. Erst hatte ich den Eindruck, er wäre wieder eingenickt, aber dann flüsterte er: »Mir geht's nicht gut, Amara. So schwach.«

»Sie müssen schlafen, Anton, dann werden Sie wieder kräftiger.«

Es dauerte eine Weile, bis er antwortete. »Nein, Kätzchen.« Seine Finger krallten sich plötzlich um meine. »Verblute.«

Ich wollte die Decke anheben, aber er schüttelte den Kopf.

»Ich muss Ihnen doch helfen können, Anton. Man muss doch etwas tun können.« Verzweiflung würgte mir in der Kehle.

»Priester.«

»Ja, ja, natürlich. Ich schicke die Köchin oder Hermine zu Gerlach.«

»Bleib. Erst dir sagen.«

»Wie Sie möchten, Anton, Liebster.«

Geisterhaft war sein Lächeln, das um die blassen, aufgesprungen Lippen spielte.

»War ich dir nie. Verzeih. Alter Mann.«

»Der gütigste Mann, den sich eine Frau nur wünschen kann. Das sind Sie mir, Anton.«

»Hab alles für dich geregelt. Richtige Papiere.«

Er befeuchtete die Lippen, und ich hielt ihm die Schnabeltasse an den Mund. Doch er nahm nur einen kleinen Schluck. Richtige Papiere – mein Gott.

»Sie wussten, dass ich nicht Ella Wirth war?«

»Ja. Zu gebildet für ein Dienstmädchen.«

Es kostete ihn sichtlich Anstrengung, mit mir zu sprechen, also unterließ ich es, weitere Fragen zu stellen, und streichelte ihm dafür die Wange.

»Mich glücklich gemacht.«

Ich konnte es nicht verhindern, dass mir die Tränen aus den Augen tropften.

»Anton, ich liebe Sie. Vielleicht nicht so romantisch und stürmisch wie ein junges Mädchen. Aber ich liebe Sie von Herzen. Sie sind so großzügig und verständnisvoll.«

»Nicht weinen, Kätzchen.«

Ich bemühte mich, aber auch wenn ich mir heftig auf die Lippe biss, kamen neue Tränen.

»Ich habe nach Jan schicken lassen, Anton. Er wird Ihnen bestimmt helfen können. Er ist so ein guter Arzt.«

Aber Anton antwortete nicht mehr, er war wieder in seine Benommenheit weggedämmert. Also saß ich weiter still an seiner Seite, während der warme Abend in eine von Wetterleuchten erhellte Nacht hinüberglitt. Zeit verlor ihre Bedeutung für mich, während ich die Hand meines sterbenden Mannes hielt. Denn er starb. Davor konnte ich mich nicht mehr verschließen. Der Puls unter meinen Fingern wurde langsamer und langsamer, sein Atem hob und senkte kaum mehr die Brust.

Hufgeklapper schreckte die lautlose Nacht. Leise gesprochene Worte vor dem Haus, ein leichtes Klopfen sagten mir, dass Jan eingetroffen war. Ich wollte gerade aufstehen, doch die Köchin hatte ihm schon geöffnet. Jan kam die Treppen hoch und machte die Tür vorsichtig auf.

»Amara! Was ist vorgefallen?« Auch er sprach fast tonlos, und trat an das Bett.

»Schlaginhaufn hat ihn zur Ader gelassen. Und er blutet stark.«

Sehr vorsichtig hob Jan die Bettdecke und ließ sie wieder sinken. Die Laken waren blutgetränkt. Wortlos ging er zum Fenster und lehnte, um Fassung ringend, die Stirn ans Fensterkreuz. Ich stellte mich neben ihn und legte meine Hand auf seinen Rücken.

»Jan! Bitte!«

»O Gott. Oh, mein Gott. Nicht wieder.«

Er schluchzte fast, aber was immer er vor sich sah, was ausbrechen wollte, was ihn marterte, musste warten.

»Jan, du hast einen Patienten.«

»Ja, verzeih!« Er schüttelte sich und fuhr sich mit den Händen durch die Haare. Dann untersuchte er sehr vorsichtig den Schlafenden. Und mit unsäglicher Trauer in den Augen drehte er sich zu mir um. »Amara?«

»Ich weiß.«

»Ja. Er stirbt. Es mag noch eine halbe Stunde oder nur noch Minuten dauern. Hol seine Familie.«

»Nein. Sie können nichts mehr für ihn tun, und er kann sie nicht mehr sehen. Ich will seine Hand halten.«

»Gut, wie du wünschst.«

»Geh du, und sieh nach Julia oben. Ich habe ihr Laudanum gegeben, denn Hauindreck hat sie maßlos verschreckt.«

»Hat er sie auch …«

»Nein«, sagte ich grimmig. »Ich wusste es bei ihr zu verhindern.«

Er verließ mich, und ich setzte mich wieder zu Anton.

Es blieb ihm keine halbe Stunde mehr, es waren nur noch Minuten, bis der Tod eintrat. Ich fühlte, bevor er eintrat, den sanften Kuss seiner Seele, dann war da die Leere.

»Anton!«, flüsterte ich noch einmal. Dann öffnete ich die Fenster weit und schaute zum flammenden Himmel empor.

In der Ferne grollte der Donner.

Jan kam wenig später zurück, und er erkannte die Veränderung. Still zog er mich in seine Arme und ließ mich weinen. Und als ich nach einer Weile aufschaute, merkte ich, dass auch er weinte. Nicht um Anton, gewiss nicht, sondern um eine verlorene Liebe. Um eine Frau, die gestorben war wie Anton, verblutet in ihren Laken.

Was wir beide nicht wussten, war, dass an diesem Tag auch ein anderer Mann sein Leben beendet hatte. Am 7. Juni 1840 starb in Berlin der preußische König, und eine Ära ging zu Ende.

VIERTER TEIL

Die Süße

Botanische Götterspeise

O süßer Trunk, Geschenk der Sterne,
Du kannst nur ein Trank der Götter sein.

Jesuit Farronius

1753, Stockholm

Draußen war es finster, obwohl bereits die Mittagsstunde nahte. Eisig pfiff der Nordwind um die Ecke des Gutshauses in Hammerby, und gelegentlich heulte es dumpf im Kamin. Das brennende Holz aber wärmte die Arbeitsstube, und Murli, der wildfarbene Kater mit der stolzen Halskrause, reckte sich genießerisch auf dem Webteppich vor dem Feuer. Dann erhob er sich und beschloss, seinem Menschen über die Schulter zu schauen.

Der Mann saß an einem großen Tisch, den Papiere, Bücher, Zettel, Stifte und Schreibfedern bedeckten. Sie zu zausen war eine Verlockung, der Murli leider schon oft erlegen war – sehr zur Verärgerung des großen Gelehrten, weshalb er diesmal davon Abstand nahm, auf den Tisch zu springen. Stattdessen erklomm er die ledergepolsterte Rucklehne des Stuhls und legte seine Vorderpfoten auf die von einem dicken, weichen Wams bedeckten Schultern.

Der Besitzer des Wamses hatte die Hand mit der Feder sinken lassen und sann über ein wichtiges Problem nach. Murli verstand, wie wichtig das war. Sein Mensch war eines der seltenen Exemplare der Gattung nackthäutiger Zweibeiner, die sich um wirklich bedeutende Themen kümmerten.

»Ah, Murli«, grüßte er ihn. »Mein pelziger Vertreter aus dem Reich der Tiere.«

»Mirrrr«, stimmte ihm der Kater zu.

»Vom Stamme der Wirbeltiere.«

Mit einer Hand griff der Mann nach hinten und strich Murli über den Rücken.

»Schnurrrr!«

»Den Raubtieren zugeordnet.«

»Grrrr!« Unwirsch, weil die streichelnde Hand zurückgezogen wurde, tatzte Murli nach dem Barett, das das gelehrte Haupt wärmte.

»Aus der edlen Familie der Katzen.«

Murli ließ die Kopfbedeckung fahren und legte sich zufrieden brummelnd um den Nacken seines tiefschürfenden Menschen.

»Von der Art der felidae sapiens.«

Natürlich, was sonst.

Doch wenn Carl – der Mensch hatte natürlich ebenfalls einen Namen – auch weitere Tabellen beschriftet hatte, so handelte es sich heute offensichtlich um das zweite Reich, das er bearbeitete – das der Pflanzen. Die mochten für diese mahlzahnigen Allesfresser ja von Bedeutung sein, Murli hätte eher die Zuordnung von Mäusen, Fischen und Vögeln interessiert. Aber er wollte nicht ungefällig sein, und deshalb rieb er seinen Kopf an der stoppelbärtigen Wange, was den Menschen zum Lachen brachte.

»Den Kakteen sollen wir ihre Stacheln lassen. Gut so. Suchen wir uns ein erfreulicheres Thema.«

Carl Linnaeus griff nach der Tasse mit dem heißen Kakao, den er gerade an diesen dunklen, kalten Wintertagen so liebte, und nahm einen großen Schluck davon.

»Ja, wie wäre denn das – der Kakaobaum? Sehen wir ihn uns einmal näher an. Gewiss ist, dass er zum Reich der Pflanzen gehört.« Er schlug einen Folianten auf und blätterte eine Weile, dann versenkte er sich in die Abbildung eines Baumes. »Blüten trägt er auch, und sie haben fünf Blätter. Also stecken wir ihn in die Klasse der Rosidae. Seine Samen liegen innerhalb der Früchte, daher dürfen wir ihn guten Gewissens den Kapselfrüchten, den Malvacaea, zuordnen. Fragen wir nach der Familie!«

Eine Weile las Carl in den Aufzeichnungen, bis er schließlich nickte. »Blüten an kleinen Stängeln, also ein caulifloresTropengewächs – das macht ihn wohl zu einem Mitglied der Sterculiaceae. Und nun, Murli, müssen wir dem Kakaobaum einen passenden Namen geben, damit er in der Botanik einen würdigen Klang hat.«

Carl Nilsson Linnaeus, der Jahre später ob seiner Verdienste, Ordnung in die Welt gebracht zu haben, geadelt und als Carl von Linné bekannt wurde, stand auf, den Kater um die Schultern, die Tasse in der Hand, und trat zum Fenster. Fern am Horizont bildete sich ein erster perlmuttartiger Schimmer, der das Ende der langen Winternacht ankündigte. Mit Genuss trank der Gelehrte seine Schokolade aus und ein erhebendes Gefühl überkam ihn, als die Strahlenpfeile der aufgehenden Sonne in den aufglühenden Himmel schossen.

»Göttlich!«, flüsterte er ergriffen. Dann lachte er. »Die Sonne, genau wie die Schokolade. Mein lieber Kater, das ist es! Eine Speise für die Götter. Theo Broma. Ja, so soll der Baum heißen, der diese Köstlichkeit liefert: Theobroma cacao.«

Und so wurde der Name, den schon die ersten Menschen, die den Genuss der Kakaobohne entdeckten und der Schokolade verliehen hatten, offiziell und für alle Zeiten festgelegt.

Karriere in Trümmern

Das Glück, das glatt und schlüpfrig rollt,
tauscht in Sekunden seine Pfade,
ist heute mir, dir morgen hold
und treibt die Narren rund im Rade.

Ernst Moritz Arndt

Der König war tot, sein Sohn Friedrich Wilhelm IV. auf den Thron gestiegen. Und kaum hatte er den Mund aufgemacht, lag Karl August Kantholz' Karriere in Trümmern.

Die geheimpolizeiliche Überwachung verräterischer Personen wurde abgeblasen, Defätisten begnadigt, Festungsstrafen aufgehoben, Professoren, wie dieser verbrecherische Ernst Moritz Arndt, auf ihre Lehrstühle zurückgeholt, und Spitzeldienste an der Bonner Universität waren nicht mehr gefragt.

Die Hoffnung auf eine Beförderung zum Hofrat konnte Karl August getrost begraben.

Trüb gestimmt packte er seine persönlichen Effekten zusammen und verließ die Amtsstube. Mit der Aktentasche unter dem Arm wanderte er zum Rhein hinunter, einer der wenigen preußischen Bürger, die tief um den starrsinnigen König trauerten, der ihnen mit seinem Verfolgungswahn ein so erbauliches Wirkungsfeld eröffnet hatte. Jetzt würden Burschenschaften wie Pilze aus dem Boden sprießen, Turner sich zu Bünden zusammenrotten, die Presse würde schreiben, was sie wollte, Arbeiter nach mehr Lohn schreien, und vermutlich würden sogar die Weiber gegen die männliche Überlegenheit aufbegehren.

Das Chaos war auf dem Vormarsch!

Da half nur Schokolade.

Karl August bestellte sich in einer der von englischen Touristen und einigen Studenten besuchten Gastwirtschaft am Rheinufer einen Kakao. Ganz öffentlich und für jedermann sichtbar. Er hatte ja sowieso nichts mehr zu verlieren. Sollte doch einer der Anwesenden seiner Mutter hinterbringen, was er tat.

Er war dreiunddreißig Jahre alt und hatte es bisher noch nicht geschafft, sich aus der mütterlichen Fürsorge zu befreien. Die Witwe Kantholz tat das Ihre dazu, dass ihr Junge nicht auf den dummen Gedanken kam, möglicherweise einen eigenen Hausstand zu gründen. Ihr gefiel das Leben an der Seite ihres bis zu diesem Zeitpunkt ungemein erfolgreichen Sohnes. Niemand würde heute noch in der stets in strengstes Schwarz gekleideten Dame, deren ergraute Haare immer eine Witwenhaube bedeckte und die nie anderen als Gagatschmuck und den dünngescheuerten goldenen Ehering trug, die ehemalige Weißnäherin vermuten, die frivole Unterwäsche für leichtlebige Mädchen und Frauen hergestellt hatte. Sie stand einem illustren Bekanntenkreis vor, deren Angehörige sich vornehmlich mit religiösen Fragen befassten, betrieb einen regen Briefwechsel mit einflussreichen und gleichgesinnten Damen und Herren in Berlin, die höflich genug waren, ihre in gedrechselte Schmeicheleien versteckten Fragen zu beantworten, und achtete darauf, dass Karl August seinen beruflichen Weg machte. Das tat sie zum einen, indem sie ihm oft äußerst nützliche Informationen zusteckte, die sie dem Getuschel schwatzsüchtiger Frauen entnahm. Zum anderen hatte sie eine unerschütterliche Art von Penetranz, jenen Staatsbeamten die Vorzüge ihres Sohnes zu vermitteln, die möglicherweise etwas für ihn tun konnten. Aber für diese Leistungen verlangte sie strikten Gehorsam und das Einhalten der von ihr aufgestellten Regeln.

Noch immer musste Karl August seinen geheimen Gelüsten im Verborgenen nachgehen.

Was er an diesem Nachmittag tat, war weniger ein Akt der

Rebellion als der Verzweiflung. Dabei war der Wechsel auf dem Königsthron nur der Höhepunkt einer ganzen Reihe von Nackenschlägen, die er in der letzten Zeit hatte hinnehmen müssen. Beispielsweise Alexander Masters! Er war dem Mann schon ganz nah auf den Fersen. Eine Fährte, die nach Deutz zur Artilleriewerkstatt führte, hatte er gewittert, da tauchten plötzlich Gattin und Kind auf, und der Ehebrecher wurde umgehend zum treuen Familienvater. Ein einziges Mal hatte er sich nur noch mit Laura von Viersen getroffen, und, wie es schien, ausschließlich zu dem Zweck, die Affäre zu beenden. Dann war da diese kleine Hexe aus dem Berliner Café, die plötzlich in Bonn aufgetaucht war. Gewisse Körperteile hatten ihm tagelang Schmerzen bereitet, was wiederum seiner Mutter zu äußerst peinlichen Fragen Anlass gegeben hatte. Sicher, er hatte die Dirne angezeigt, aber sie war ihm schon nach zwei Wochen entschlüpft.

Nach Köln. Zu einer Freundin.

Die war eine wirkliche Überraschung für Karl August Kantholz.

Er hatte einige Wochen gebraucht, um überhaupt die damit verbundene Delikatesse zu erkennen. Ja, im Grunde war es ihm erst aufgegangen, als er bei einem Besuch in Köln Melisande mit dem Weib zusammen die Hohe Straße entlangbummeln gesehen hatte. Flugs hatte er sich hinter einem beladenen Karren versteckt, denn er wollte nur ungern von ihnen erkannt werden. Da sie in dem Bevering'schen Apothekenhaus verschwanden und nicht wieder herauskamen, also keine Kundinnen sein konnten, zog er vorsichtig Erkundigungen ein.

Es handelte sich um Amara Bevering, die als Ella Wirth in Müllers Caffeehaus gekellnert hatte.

Phantastisch.

Mit einer gewissen Wehmut erinnerte Karl August sich an die wahre Ella, die ihn mit Schokoladenkeksen und leiblichen Genüssen versorgt hatte. Diese Ella Wirth war nicht identisch mit der Frau des Apothekers, die nun Amara genannt wurde.

Amara aber, das war die steckbrieflich gesuchte Mörderin, die ebenfalls in jenem Berliner Café zu Hause gewesen war.

Und was noch bedeutsamer war – es gab da eine Verbindung zu Masters.

Und zu dem Botaniker und Arzt, der ihm an der Universität bereits mehrfach unangenehm aufgefallen war. Nur hatte er ihm nie etwas anhängen können, obwohl er ganz genau wusste, dass der Mann subversive Ideen verbreitete. Aber er hatte einflussreiche Freunde. Darunter eben auch Doktor Bevering, Amaras Gatte.

Karl August hatte sich schon verschiedene Szenarien zurechtgezimmert, mit denen er die Betroffenen der gerechten Strafe zuführen würde.

Und dann starb dieser Idiot von König.

Und Bevering.

Das wäre noch zu verschmerzen gewesen, aber wie es aussah, hatte der Mann alle persönlichen Unterlagen seiner Ehefrau entweder vernichtet oder umschreiben lassen. Wie er aus gut unterrichteter Quelle wusste, wurde sie in der Heiratsurkunde Annamaria Zeidler genannt. Nicht Ella Wirth. Nicht Amara Wolking.

Der Kakao war ausgetrunken, und Karl August leckte sich den letzten süßen Hauch von der Oberlippe.

Zeit, nach Hause zu gehen und eine Entscheidung zu treffen.

Zwei Möglichkeiten standen ihm dank der Vermittlung seiner Mutter offen. Er konnte zurück nach Berlin gehen, wo ein Gönner ihn in seine Kanzlei aufnehmen würde. Oder als Zivilkommissar zur Polizeibehörde in Köln.

Beides keine ruhmvollen Stellen. Aber wenn er es so recht betrachtete, war Köln vielleicht keine ganz so schlechte Alternative.

Als Zivilkommissar gab es neue Möglichkeiten, im Schmutz graben zu lassen. Und vielleicht hatte der alte Bevering ja doch irgendwo einen Fehler gemacht, und er würde diese Amara des Mordes überführen können. Vielleicht konnte er auch seine

Rechnung mit der Schlampe Melisande begleichen, die jetzt bei Stollwerck Kuchen verkaufte. Und vielleicht konnte er auch Masters dazu bringen, einen Fehler zu machen.

Doch, Köln war definitiv eine Alternative.

Spukhaus

Und ein Kätzchen sitzt daneben,
Wärmt die Pfötchen an der Glut;
Und die Flammen schweben, weben,
Wundersam wird mir zu Mut.

Heinrich Heine

Das Häuschen in der Bonner Sternstraße hatten wir erstaunlich billig bekommen. Warum, das erschloss sich Melisande und mir erst, als wir schon dabei waren, die Umbauarbeiten zu beaufsichtigen.

Oben unter dem Dach werkelte ein Arbeiter herum, der auf Alexanders detaillierte Anweisungen hin einen Wassertank installierte, der uns den Luxus des fließenden Wassers auf jeder Etage möglich machte. Natürlich musste man morgens den Behälter vollpumpen, aber das war erheblich weniger Aufwand, als ständig Kannen die Treppen hochzuschleppen.

Dass ich überhaupt in Bonn gelandet war, verdankte ich den Damen Bevering, und wie Melli ihre Mutter Nadina zitierte: »Es gibt nicht Glück, hätte nicht Unglück geholfen.«

Nach Antons Tod war es nämlich aus und vorbei mit dem brüchigen Waffenstillstand zwischen uns, und Margarethe und Hermine fochten mit erbitterter Energie das Testament an, in dem ich als Haupterbin genannt wurde. Ihre Angriffe, die direkt nach der Eröffnung von Antons Letztem Willen erfolgten, waren im Grunde unhaltbar. Sie warfen mir beispielsweise Ehebruch mit Jan Martin vor, unzulässige Bereicherung aus der Ladenkasse, Übervorteilung von Kunden, Verschwendung von Haushaltsgeldern und alle möglichen anderen kleinlichen Delikte.

Doch mich traf die erste Welle dieser Anschuldigungen wie eine Sturmböe, die mir Atem und Stimme nahm. Zum Glück wahrte der Notar Ruhe und wiegelte erst einmal die Angelegenheit ab. Aber er bat mich um ein vertrauliches Gespräch, und dabei verstand ich die Schwierigkeit meiner Lage erst richtig.

»Die Damen Bevering sind zu Recht empört, gnädige Frau. Ihre Unterstellungen entbehren vermutlich jeder Grundlage, und sie können sie auch nicht wirklich beweisen. Doch mein guter Freund Anton hat vor allem seine Tochter mit seinen Verfügungen brüskiert.«

Das hatte er, auch zu meiner Verwunderung. Er hatte Hermine eine Mitgift ausgesetzt, mir aber das Haus vermacht und ihr nur das Wohnrecht bis zu ihrer Verheiratung darin zugestanden. Ebenso gehörte mir die Apotheke, die er mir freistellte, in eigener Vollmacht weiterzuführen oder zu verkaufen. Das war geradezu ungeheuerlich.

»Ich verstehe. Die Mitgift ist ein Bettel gegenüber den anderen Werten. Und als Hausherrin kann ich natürlich auch darüber verfügen, wem ich Gastrecht gewähre. Meine Schwägerin befürchtet – zu Recht –, dass ich sie bitten werde, wieder in ihr eigenes Heim zu ziehen.«

»Ich sehe, Sie beurteilen die Lage nüchtern, gnädige Frau.«

»Können die Damen ihre Anfechtung durchsetzen?«

»Vermutlich nicht, aber es wird ein Ringen im Schmutz werden. Wie Sie ja schon bemerkt haben, sind die Themen, die sie gewählt haben, dazu geeignet, Ihren Ruf zu ruinieren, selbst wenn Sie das Verfahren gewinnen.«

»Mein Ruf … je nun.«

»Verzeihen Sie, liebe Frau Bevering«, der Jurist stand auf und legte mir väterlich besorgt die Hand auf die Schulter. »Verzeihen Sie mir, wenn ich jetzt, hier hinter verschlossenen Türen und nur unter vier Augen, Ihnen einen Rat geben möchte.«

»Ich bin für jeden Rat dankbar. Sprechen Sie.«

»Anton hat mich gebeten, eine … mhm … Änderung in den Papieren vorzunehmen, die nicht völlig sittlich ist. Sie werden in den offiziellen Unterlagen als geborene Annamaria Zeidler geführt. Nicht als Ella Wirth, für die Sie sich ausgewiesen haben.«

»Ich bin eine geborene Annamaria Zeidler, meine Mutter hieß Birte Zeidler. Ich frage mich nur, woher er das wusste.«

»Weil ich Erkundigungen für ihn eingezogen habe.«

Mein Magen krampfte sich zusammen. Dann wusste er natürlich alles über meine komplizierte Lage. Was würde mir daraus erwachsen?

Der Druck auf meiner Schulter verstärkte sich, dann nahm er die Hand fort.

»Sie glauben, ich brächte mich selbst in Schwierigkeiten, wenn ich mich auf einen Prozess einließe?«

»Ich bin mir ziemlich sicher. Die Damen sind Ihnen nicht wohlgesinnt, sie haben es Anton nie verziehen, dass er Sie geheiratet hat. Schlaginhaufn und Gerlach stehen ihnen zur Seite und werden mit Unrat werfen, wo sie nur können.«

»Was soll ich tun? Kampflos auf alles verzichten?«

Jetzt schmerzte mein Magen sogar. Wieder mittellos, wieder fortziehen, nach Arbeit suchen, servil und untertänig hochnäsige Gäste bedienen? Oder schlimmer – die Fabriken?

»Nicht auf alles, gnädige Frau. Nicht auf alles. Selbst die missgünstigsten Gegner haben ihren Preis. Lassen Sie mich verhandeln.«

Ich musste ihm zugutehalten, er setzte sich wirklich für mich ein, und vermutlich hatte er ganze Kübel von Galle über sich gießen lassen müssen. Zum Schluss aber lag mir folgendes Angebot vor: Hermine erhielt das Haus, mir wurde Wohnrecht für den Zeitraum des Trauerjahrs gewährt. Die Apotheke würde verkauft, die Hälfte des Erlöses stand mir zu. Desgleichen gehörten mir alle die Dinge, die Anton mir geschenkt hatte, die Vorräte und Gerätschaften, die zur Herstellung meiner Cremes notwendig waren, und selbstverständlich meine »Kakaokasse«.

»Mehr kann ich wohl nicht erwarten?«, fragte ich, doch zumindest etwas erleichtert darüber, dass ich wenigstens einen kleinen Kapitalstock hatte, um mir ein neues Leben aufzubauen.

»Nein, leider konnte ich die Damen zu keinerlei weiteren Zugeständnissen überreden. Aber einen Rat habe ich noch für Sie. Sie haben, liebe gnädige Frau, hoffentlich die Rezeptur für Ihre kosmetischen Produkte an sich genommen. Ich würde sagen, sie ist einiges Geld wert. Meine Frau ist hellauf begeistert von Ihrer Mandelölcreme.«

In dem ganzen Trubel um Beerdigung, Testamentsstreit, Trauer und Angst vor der ungewissen Zukunft hatte ich daran gar nicht mehr gedacht.

»Die Rezepturen stehen in meinen Büchern. Auch die für die Gesundheitsschokolade. Sie haben recht, ich darf nicht vergessen, sie unter Verschluss zu nehmen.«

»Ich könnte mir vorstellen, dass der Apotheker, der das Geschäft erwerben möchte, Ihnen dafür einen anständigen Preis bezahlen wird.«

»Wir werden sehen.«

Melisande besuchte mich zwei Tage später und machte ihrem Zorn über die Erbgeier farbenfroh Luft. Dann fragte sie plötzlich ganz nüchtern: »Willst du wirklich noch ein ganzes Jahr hier, in deinen schwarzen Bombast gehüllt, wohnen bleiben?«

»Melli, viele Möglichkeiten habe ich nicht. Natürlich werde ich mich nach einer kleinen Wohnung umsehen. Und je schneller ich hier ausziehen kann, desto besser wird es mir gehen. Das Zusammenleben mit den beiden Krähen ist niederdrückend.«

»Du kannst zu mir ziehen, aber es ist nur ein Zimmerchen.«

»Ach, Süße, das ist lieb, aber ich fürchte, es wird zwar nicht niederdrückend, aber beklemmend eng.«

»Naja, es kann sich eben immer nur einer die Schuhe schnüren. Was ist, wie viel Geld hast du gerettet?«

Wir machten gemeinsam Kassensturz. Der Interessent, der die Apotheke erwerben wollte, hatte einen recht ordentlichen Preis geboten, von dem ich die Hälfte beanspruchen konnte. Erstaunlich viel hatte sich in meiner Kakaokasse angesammelt, einem Bankkonto, auf das Anton die monatlichen Gewinne aus dem Cremeverkauf gezahlt hatte. Über eine Schmuckkassette verfügte ich auch, und darin befanden sich einige wertvolle Stücke. Doch sie mochte ich nicht ohne Not versetzen. Es waren die einzigen Erinnerungsstücke an Anton. Einige Kisten Bücher, etwas Nippes, eine silberne Toilettengarnitur, ein Pelzumhang und meine Kleider machten meinen restlichen Besitz aus.

»Willst du unbedingt in Köln wohnen bleiben, Amara?«

»Ich könnte zurück nach Berlin, nicht wahr?« Mit dieser Möglichkeit hatte ich auch schon einige Stunden zergrübelt. Vier Jahre waren inzwischen seit meiner Flucht vergangen, und mit meinem jetzigen neuen Status als Amara Bevering würde ich vielleicht nicht erkannt werden. Aber Melli hatte eine andere Idee.

»Nein, nicht nach Berlin, Amara. Ich dachte an Bonn.«

»An Bonn?«

»Das ist ein hübsches Städtchen, und die vielen Studenten und englischen Touristen sind eine hervorragende Kundschaft für eine kleine Konditorei.«

»Bestimmt. Aber wie könnte eine alleinstehende Witwe eine Konditorei eröffnen?«

»Stehst doch nicht allein, Amara. Du hast doch mich. Und Jan Martin. Und Alexander.«

»Oh, ja, wir machen ein Dampfcafé auf und nähren die Armen mit Kuchen.«

»Pfui, bist du bitter, Amara.«

»Entschuldige, ja. Das war bitter. Aber Jan hat seine eigenen Sorgen, und Alexander …«

»Der auch. Jan sagt, Julia wird jetzt in einem Pensionat in Bonn erzogen. Und das Geschwätz, das mir bei Stollwercks zu Ohren gekommen ist, brachte mir die unfrohe Kunde, ein gewisser Karl August Kantholz sei zum Zivilkommissar in Köln aufgestiegen. Ich für meinen Teil hätte nichts dagegen, zurück nach Bonn zu gehen.«

Sie brachte noch viele Argumente vor, und wie ein Seidenspinner webte sie einen immer festeren Kokon um mich herum, dem ich zappelnd, beißend, kratzend und fauchend zu entfliehen versuchte. Weil ich nicht wollte, dass sie mir half. Weil sie mir schon so oft geholfen hatte. Weil ich meine eigenen Wünsche und Sehnsüchte unbedingt zurückstellen wollte.

Und dann kam sie einen Monat später mit dem Angebot. Ein vierstöckiges Haus, in dem bis vor Kurzem ein Wachswarenhändler seine Produkte hergestellt und verkauft hatte, stand zur Disposition. Gut, es war nur ein schmales Handtuch, gerade mal zwei Fenster breit, der Garten kaum mehr als eine belaubte Tischplatte, doch zentral gelegen, unweit der Universität, dem neuen Bahnhof, dem Münster und dem Marktplatz.

Und es war erstaunlich günstig zu haben.

Ich gab meine zänkische Weigerung auf und fuhr mit Melli und dem Justiziar nach Bonn, um es mir anzusehen.

Es war Liebe auf den ersten Blick!

Anton war am 7. Juni gestorben. Den Konventionen zufolge hätte ich mich weder in Gesellschaft zeigen, geschweige denn tatkräftig Geschäfte abwickeln dürfen. Stumpfe, schwarze Wollstoffe, dichte Kreppschleier mussten mich verhüllen, meine Augen sollten tränenumflort, meine Stimme und Haltung gebrochen sein.

Ein ganzes Jahr lang.

Drei Monate nach Antons Tod hatte ich den Schleier wütend zusammengeknüllt in eine der Truhen geworfen, den Bombasin darübergestopft und ein leichtes graues Leinenkleid angezogen. Da ich mit den Damen Bevering keine Konversation mehr pflegte, waren sie auch im Unklaren über meine Pläne geblieben. Ich nutzte ihre Abwesenheit, um den Rollkutscher meine Sachen verladen zu lassen. Er würde sie und Mellis Eigentum im Haus abladen, in dem sie mit Jans Hilfe zwei Zimmer notdürftig bewohnbar gemacht hatte. Noch einmal ging ich durch das Apothekerhaus, strich mit den Fingerspitzen über die alten, dunklen Möbel, verweilte mit wehem Herzen in Antons und meinem Schlafzimmer, grüßte Maria in ihrer Nische, sah mich traurig im Labor um und verabschiedete mich dann von Heinz, dem Gehilfen, und dem Apotheker.

Wieder begann ein neues Leben.

Inzwischen war der ehemalige Ladenbereich zur Straße hin nach unseren Wünschen umgestaltet worden, dahinter hatten wir eine funktionale Küche eingerichtet, die gleichzeitig auch als mein »Labor« diente. Wir hatten hübsche, helle Möbel gekauft, um einen Salon und ein Speisezimmer mit Gartenblick auszustatten. Im zweiten Stock bezogen wir unsere Schlafzimmer, darüber blieben zunächst die Räume leer, und in der Mansarde würden ein Hausmädchen und der Wassertank wohnen, dessen Installation soeben seiner Fertigstellung entgegensah.

Ein schweres Werkzeug polterte, und trampelnde Schritte kamen die Holztreppe herunter. Ich öffnete die Salontür und sah mich einem kreidebleichen Handwerker gegenüber, dem schier die Augen aus dem Kopf quellen wollten.

»Ist Ihnen etwas passiert, Mattes?«

»Die ... die ...« Er würgte an seinen Worten.

»Mann Gottes, Sie sehen ja aus, als hätten Sie eine Erscheinung gehabt!«

»Ja ... Ja, das war's. Ich geh da nicht mehr rauf. Nein, das tu ich nicht.«

»Also hören Sie mal. Sie haben einen Auftrag zu erfüllen.«

»Nicht hier. Nicht in diesem fluchbeladenen Haus.«

»Hören Sie auf zu spinnen, Mattes. Es liegt kein Fluch auf diesem Haus.«

»Doch, gnä' Frau. Doch. Da oben ...« Er schauderte sichtlich.

»Was ist da oben?«

Melli war aus der Küche hochgekommen und versperrte Mattes den Weg zur Haustür.

»Da geht sie um!«

»Ah, Amara, wir haben ein Gespenst. Wie aufregend.«

»M ...machen Sie keine Witze darüber. D ... dat iss die aal Sibille.«

»Die alte Sibille. So. Sie kannten die Dame?«

Er nickte heftig.

»Eine Vorbesitzerin, vermute ich?«

Wieder heftiges Nicken.

»Sollte ich annehmen, dass sie eines gewaltsamen Todes gestorben ist?«

Er nickte abermals und stieß dann hervor: »Hat sich da oben erhängt.«

»Möge der Herr sich ihrer verlorenen Seele annehmen.«

»Sie hat gekreischt!«

Mein Glaube an kreischende, auf Dachböden umgehende Damen war nicht allzu fest, und Mellis Pantomime einer kopflosen Frau machte es mir fast unmöglich, den nötigen Ernst zu wahren.

»Ich bin die jetzige Hausbesitzerin, Mattes. Ich kümmere mich darum. Sie begleiten Fräulein Galinowa in die Küche und lassen sich ein Bier einschenken. Machen Sie eine kurze Pause, ja?«

Melli drängte ihn geschickt in die richtige Richtung, und ich stieg nach oben. Der Tank, ein mächtiges Blechgebilde, stand schon auf seinem Gestell, die Rohre waren bereits angeschlossen. Meiner unmaßgeblichen Meinung nach war nicht mehr viel zu tun außer den letzten Handgriffen. Das beruhigte mich schon mal. Dann aber sah ich mich um und lauschte. Es war durchaus möglich, dass ein Tier gekreischt hatte. Vielleicht eine Ratte, was ich nicht besonders erfreulich gefunden hätte.

In den Ecken lagen ein paar Decken, ein Stapel Dachschindeln, die der Dachdecker einstmals hiergelassen hatte, falls eine Reparatur notwendig sein würde, weitere Rohrstücke und Werkzeug. Weder Geist noch Ratte zeigten sich. In dem Nebenzimmer, das unser zukünftiges Dienstmädchen beziehen würde, waren die Bodendielen frisch abgezogen, ein leeres Bettgestell,

Schrank, Tisch und zwei Stühle standen für die Bewohnerin bereit, und das schmale Dachfenster war zum Lüften weit geöffnet.

Die Spur führte von dort zum Schrank. Federn, grau. Blut, rot.

Vorsichtig öffnete ich die angelehnte Schranktür.

Zwei schimmernde Augen sahen mich von unten ängstlich an. Das Gesicht war grau und schwarz, der Rest vermutlich ebenso, im Dämmer kaum zu erkennen.

»Unser Hausgespenst«, stellte ich leise fest.

»Mirrr?«

Es klang so eigenartig fragend, dass ich lächeln musste. Ich kniete nieder und betrachtete die kleine Katze. Entweder war es noch ein sehr junges oder ein besonders kleinwüchsiges Tier, auf jeden Fall aber schien es wenig Angst zu haben.

»Du bist wohl über die Dächer gekommen, Kleiner?«

Warum ich ihn gleich beim ersten Anblick für einen Kater hielt, weiß ich nicht. Es lag wohl an seiner Haltung. Trotzig, mutig, hoffnungsvoll.

Ich streckte meine Hand aus. Er zuckte ganz kurz zurück, kam dann aber mit seiner Nase näher und schnupperte vorsichtig daran.

»Du könntest bei uns wohnen, wenn du möchtest. Ich glaube, Melli hätte gerne wieder eine Katze. Sie hat Murzik sehr geliebt.«

Er schien meine Stimme zu mogen, und als ich in den Schrank griff, ließ er sich anstandslos auf den Arm nehmen. Menschenscheu war er also nicht. Er krallte sich allerdings ängstlich in den Stoff meines Kleides, als ich die Treppen zur Küche hinunterstieg, und zappelte heftig, als ich eintrat. Ich ließ ihn zu Boden, und er entwischte hinter den Herd.

»Das, Mattes«, erklärte ich mit fester Stimme, »war der Hausspuk. Und jetzt können Sie wieder nach oben gehen und Ihre Arbeit beenden.«

Melisande nannte ihn Puschok. Und wenn sie girrte und gurrte und maunzte und miaute, dann gab er ihr bereitwillig Antwort. Tagsüber patrouillierte er in den Gärten, doch abends kehrte er zuverlässig zu uns zurück, um am Küchenherd seine Schale Sahne aufzulecken und ein paar Fleischreste zu verspeisen.

Oft sprang er danach auf meinen Schoß und erwartete ein ausgiebiges Streicheln.

Ich liebte diese kleine Zeit der Zärtlichkeit.

Und wenn ich abergläubisch gewesen wäre, dann hätte ich in ihm wohl einen glücksbringenden Hausgeist gesehen, denn mit seinem Einzug begann eine erfolgreiche Zeit für uns.

Feuerzangenbowle

Melisande! teure Närrin,
Du bist selber Licht und Sonne,
Wo du wandelst, blüht der Frühling,
Sprossen Lieb und Maienwonne!

Heinrich Heine

Die Mitarbeiter des botanischen Instituts hatten sich zu einem ganz besonderen Experiment in der Wohnung des Garteninspektors Sinning versammelt. Obwohl sie sich alle dem wissenschaftlichen Fortschritt verschrieben hatten, huldigten sie in diesem speziellen Fall der alten Vier-Säfte-Lehre, denn sie untersuchten, wie man die Elemente Rotwein, Zitronensaft, Rum und Zucker auf das Schmackhafteste miteinander vermischen konnte. Dabei spielte der kleine Zuckerhut eine entscheidende Rolle. Er lag über dem Bowlengefäß und wurde von kundiger Hand beständig mit dem hochprozentigen Rum beträufelt. Bläulich waberte die Flamme um den weißen Zylinder, von dem geschmolzene Süße in den Wein tropfte.

Die kundige Hand gehörte Maximilian von Briesnitz, der kürzlich in den Kreis der Botaniker aufgenommen worden war. Während die anderen, darunter Doktor Jan Martin Jantzen, heftig über das Für und Wider der Gartenanlage nach dem Linnaeus'schen oder dem Sprengler'schen System stritten, hörte Maximilian als der Jüngste im Bunde nur aufmerksam zu. Er fühlte sich hochgeehrt, dass Doktor Jantzen ihn zu seinem Assistenten ernannt hatte und ihm mehr als wohlwollende Aufmerksamkeit schenkte.

Jan Martin war auf den jungen Briesnitz Anfang 1841 aufmerksam geworden, als er eine Abhandlung über den Zucker in der Ernährung schrieb. Eine Veröffentlichung über die Zuchterfolge bei Zuckerrüben hatte ihn beeindruckt, und der Name des Verfassers war ihm vage bekannt vorgekommen. Melisande hatte ihm auf die Sprünge geholfen.

»Maximilian ist der jüngere Bruder von Dorothea, der Dame, die sich einst Hoffnungen auf Gilbert gemacht hat.«

»Die kleine Dicke, ich erinnere mich. Ach ja, natürlich, ich erinnere mich. Sie saß bei uns, als das Unglück passierte.«

Neugierig geworden, hatte er Kontakt zu Maximilian aufgenommen, und es entwickelte sich eine rege Korrespondenz. Jan war de facto, wenn auch nicht von Amts wegen, der derzeitige Leiter des Botanischen Gartens, denn der Direktor Treviranus, der an die Stelle des verstorbenen Nees von Esenbeck getreten war, hatte sich bereits kurz nach seinem Amtsantritt mit dem gesamten Gartenpersonal verfeindet und sich schmollend aus dem Geschäft zurückgezogen. Der daraufhin bestallte Codirektor Theodor Vogel aus Berlin waltete ebenfalls nur kurze Zeit seines Amtes und hatte sich vor Kurzem für zwei Jahre freistellen lassen, um eine Forschungsreise nach Afrika zu unternehmen. Diese Umstände führten dazu, dass Jan die Erlaubnis bekam, zu seiner eigenen Unterstützung einen Assistenten anzustellen. Diese Position bot er dem vielversprechenden jungen Forscher an. Doch obwohl Maximilian seine Stelle in dem französischen Institut für Agrarökonomie aufgegeben hatte, lehnte er das Angebot mit größtem Bedauern und der Begründung ab, er wolle auf das väterliche Gut bei Magdeburg zurückkehren, um dort die in Frankreich gewonnenen Erkenntnisse zum Nutzen des Familienbetriebs einzusetzen.

Das war im Sommer gewesen, im September traf ein weiteres Schreiben bei Jan Martin ein, in dem Maximilian in ausgesucht höflichen Worten nachfragte, ob die Assistenz noch vakant sei. Gewisse Entwicklungen seien eingetreten, die seine Pläne verändert hatten.

Jan reagierte erfreut darauf und bat ihn, sobald er es ermöglichen könne, nach Bonn zu reisen. Er war klug genug, hinter den dürren Worten einen tiefgreifenden familiären Konflikt zu vermuten. In Berlin war er, wie er sich inzwischen erinnerte, ein-, zweimal dem Freiherrn und seiner Gattin begegnet und hatte sie als dünkelhaft und hochfahrend in Erinnerung. Ihr Sohn hingegen machte auf ihn, zumindest in seinem schriftlichen Verkehr, einen pragmatischen, natürlichen Eindruck.

Dieser bestätigte sich auch im persönlichen Kontakt. Sie fanden einander sympathisch, harmonierten bei der Arbeit gut miteinander, und als bei einem gemeinsamen Abendessen der Name Lothar de Haye fiel, begann sogar eine enge Freundschaft. Jan, der jenem Globetrotter noch immer dann und wann einen Brief schrieb, sich aber nie sicher war, ob er ihn auf seinen weiten Reisen jemals erreichte, war höchst erfreut, in Maximilian dessen Neffen getroffen zu haben. Als das gegenseitige Vertrauen so tief geworden war, berichtete der junge Briesnitz, was in seinen heimatlichen Gefilden vorgefallen war.

»Mein Vater war nur mäßig erfreut, mich wiederzusehen. Das hätte ich ja sogar noch verstehen können, denn ich bin damals unter Hinterlassung eines ziemlichen Flurschadens ausgezogen. Er wollte mich enterben, hat es aber doch nicht getan. Ich nehme an, Onkel Lothar dürfte interveniert haben. Er hat übrigens auch mein Studium bezahlt, was in Anbetracht der finanziellen Lage meines Herrn Papa wohl besänftigend gewirkt hat.«

»Der Herr Baron müsste es doch begrüßen, wenn sein Sohn und Erbe sich um die Belange des Besitzes kümmern möchte.«

»Das sieht er anders. Ein Herr von Adel beschmutzt sich nicht die Finger mit der Ackerkrume. Er war zwar selbst vor Zeiten gezwungen, Rübenzucker herzustellen, aber das möchte er am liebsten vergessen. Meine Mutter hat da ganze Arbeit geleistet.«

»Das kann ich nur bedauern, Max. Vermutlich hast du ihn nicht zu einem Sinneswandel bewegen können.«

»Nein. In keiner Weise. Unser Streit wurde sehr heftig. Er endete damit, dass er mir linke Ideen vorwarf, ich meine Herkunft besudele und den Ruf der Familie ruiniere. Es war wie in einem schlechten Boulevardstück!« Maximilian schüttelte sich bei der Erinnerung daran. »Meine Schwester wurde mir als leuchtendes Vorbild vorgehalten. Himmel, die sitzt auf ihrer hinterpommerschen Klitsche, und ihr Gemahl treibt sich in den Hurenhäusern von Greifswald und Berlin herum. Und mein jüngerer Bruder – na, er gehört nicht eben zu den Hellsten. Aber er schwätzt jeden noch so hochtrabenden Blödsinn nach, den meine Eltern verbreiten. Und hinter ihrem Rücken zeigte er mir nichts als hämische Freunde darüber, dass ich in Ungnade gefallen bin. Aber bald werden sie anfangen müssen, das Tafelsilber zu verkaufen. Dieser Umstand ist in sein Ochsenhirn allerdings noch nicht vorgedrungen.«

»Wo hält sich dein Onkel Lothar denn gegenwärtig auf?«, fragte Jan Martin.

»Das wissen die Götter. Zuletzt kam eine Meldung, er wolle nach New York aufbrechen, um die Heimreise anzutreten. Aber das ist nun auch schon ein halbes Jahr her. Irgendwann wird er vermutlich unerwartet vor der Tür stehen.«

»Dann hoffe ich, dass er hier vor deiner Tür steht. Ich würde ihn gerne wiedersehen.«

»Gott ja, ich auch. Aber jetzt wird er nichts mehr ändern können. Mein Vater hat sich endgültig von mir losgesagt und Edgar zu seinem Nachfolger erklärt. Kurz und gut, ich muss meine Brötchen selbst verdienen. Und ich bin dir wirklich dankbar, dass ich hier unterkommen konnte.«

Die Feuerzangenbowle war fertig, und die Becher konnten gefüllt werden. Zwischen den einzelnen Schlucken des würzigen Gebräus wurde in dem illustren Kreis aus Botanikern, Medizinern und Pharmazeuten über die Ernährung des Menschen gefachsimpelt.

»Liebig hat völlig recht mit seiner Aussage. Kohlehydrate,

Eiweiß und Fett braucht der Mensch in ausgewogenem Maße«, resümierte Jan Martin. »Ich sehe es bei den unterernährten Arbeitern und vor allem immer wieder bei den Kindern.«

»Seine Verbrennungstheorie unterstützt du wohl auch?«

»Sicher. Du musst dir nur mal die Leute ansehen. Diejenigen, die regelmäßig ausgewogenes Essen bekommen, und die, die sich mit ein paar Schlucken Branntwein begnügen. Der Körper verbraucht die Nährstoffe, die ihm zugefügt werden. Je mehr er belastet wird, desto schneller. Ich habe reichlich Anschauungsmaterial und führe Buch über jeden meiner Patienten.«

»Unser Empiriker spricht wieder. Aber Jan, du liegst sicher nicht verkehrt. Auch der Stoffwechsel der Pflanzen hängt von ihrer ›Ernährung‹ ab. Das haben meine Experimente mit den Rüben deutlich gezeigt. Stickstoffhaltiger Boden führt zu besseren Ergebnissen als stickstoffarmer. Wir haben mit verschiedenen Mitteln versucht zu düngen und sehr unterschiedliche Ergebnisse erzielt«, warf Maximilian ein.

»Führst du auch über uns Buch, Jan? Dann trage sorgfältig die Wirkung ein, die dieses köstliche Gesöff auf unsere Verbrennung hat«, schlug ein Kollege vor.

Alle lachten und tranken den heißen, gewürzten Wein.

»Genussmittel haben eine nicht zu unterschätzende Wirkung«, meinte Jan, ernster als die anderen, als er seinen Becher absetzte.

»Natürlich. Sie machen glücklich.« Wieder prostete einer ihm zu.

»Weshalb Brot und Rumfordsuppe nicht ganz ausreichen und die Leute noch immer an der Branntweinflasche hängen.«

»So ist es. Zucker, meine Herren, ist eine der Antworten!« Maximilian war mutiger geworden und deutete auf den schwindenden Zuckerhut. »Der Mensch braucht Süßes, doch für die Armen ist er noch immer ein rares Gut.«

»Junge, Junge, ein Weltverbesserer!«

»Ja, na und?«

»Er hat vollkommen recht!«, kam ihm Jan Martin zu Hilfe.

»Eine gute Freundin von mir hat einmal bei einer Armenspeisung Schokoladenkekse verteilt. Ich halte das für eine gute Idee. Stell den Kindern Süßes in Aussicht, und sie essen auch die weniger schmackhaften, aber nahrhaften Suppen und Brote.«

»Hunger ist die beste Würze, warum den Proletariern teure Schokolade andienen?«

»Weil jedes Kind Anrecht auf etwas Glück hat, unbesehen seiner Herkunft«, ereiferte sich Maximilian, und Jan trat ihm unter dem Tisch leicht auf den Fuß. Man mochte ja durchaus liberale Ideen vertreten, aber sein Enthusiasmus war in diesem Kreis nicht ganz passend. Vorsichtig brachte Jan Martin die Diskussion wieder auf emotionslosere Themen wie etwa die Extraktion von Alkaloiden und ihre Wirkung auf den Organismus. Es war ihm nämlich gelungen, aus der Kakaobohne eine Substanz herauszulösen, die dem Coffein ähnlich zu sein schien.

»Tatsächlich? Hast du sie schon analysiert?«

»Nein, es ist ein sehr aufwendiges Verfahren. Aber mit der Zeit werde ich die molekulare Struktur schon noch herausfinden.«

»Hoffen wir nur, dass dir keiner zuvorkommt. Dann kannst du dem Zeug deinen Namen geben – Jantzenin oder so ähnlich.«

»Bloß nicht. Aber ich kann mir nicht vorstellen, dass derzeit jemand daran arbeitet. Der Kakao ist mein ganz persönliches Steckenpferd.«

Der Abend endete friedlich, wenn auch Maximilian und Jan sich auf dem Heimweg gegenseitig immer mal wieder stützen mussten. Der junge Briesnitz hatte in der Nähe der Universität eine einfache Unterkunft gefunden, weshalb sie einen Großteil des Weges gemeinsam wanderten. Als sie an der Baustelle des neuen Bahnhofs vorbeikamen, hatte die kalte Nachtluft ihnen die schlimmsten Schwaden der Feuerzangenbowle aus dem Kopf geweht. Aber noch nicht alle.

»Jan, wir wollen in die Sternstraße gehen«, schlug Maximilian vor.

»Warum, Junge? Es ist nach Mitternacht.«

»Ich will der süßen Melisande ein Ständchen bringen.«

»Keine gute Idee.«

»Find ich doch. Du hast gesagt, der Mensch braucht etwas Süßes!«

Zielstrebig lenkte er seine Schritte in die Straße, in der Amara und Melisande wohnten, und sang mit einem schönen Bariton:

»Steh ich in finstrer Mitternacht
so einsam auf der stillen Wacht,
so denk ich an mein fernes Lieb,
ob mir's auch treu und hold verblieb.«

»Pssst, Max, du weckst die ehrbaren Bürger.«

»Die schlafen sowieso zu viel«, widersprach Max und versuchte, einen Schluckauf zu unterdrücken. Von seinem Ziel ließ er sich auch durch Jan Martins Zerren nicht abbringen, und als er unter den Fenstern der Konditorei stand, stimmte er mit tiefem Gefühl an: »Sah ein Knab ein Röslein stehn...«

Er hatte die zweite Strophe noch nicht begonnen, da ging im zweiten Stock das Fenster auf.

»Seid ihr völlig verrückt geworden?«, zischelte eine schemenhafte Gestalt in einem weiten weißen Hemd.

»Die weiße – hüps – Dame selbst. Schöne Melisande...«

»Jan, erwürg ihn, und schleif ihn rein. Ich mache die Tür auf!«

Das Fenster wurde mit einem Knall geschlossen, und Jan Martin hielt wunschgemäß seinem sangesfreudigen Begleiter den Mund zu. Kurz darauf ging die Haustür auf, und Melisande, mit Laterne und in einem dicken Umschlagtuch, winkte sie herein. Sie folgten ihr in die Küche, wo sich Maximilian schwer auf einen Stuhl fallen ließ.

»Feuerzangenbowle«, erläuterte Jan Martin kurz.

»So, so. Die weckt derart große Musikalität?«

»Wollt dir ein Scht...Schtänschen bringen, süße Melisande.«

»Zum Dank werde ich euch einen Kaffee bringen. So stark, dass der Löffel drin steht.«

Jan beobachtete, auch wenn gleichfalls vom Punsch benebelt, wie sie bereits die Glut im Herd wieder anfachte und den Kessel aufstellte. Melli war schon eine patente Frau. So klein und zierlich, aber zielstrebig und energisch. Und großherzig. Nicht jede junge Frau würde zwei angetüdelte Akademiker in ihre Küche lassen und versuchen, ihren Verstand wieder an die richtige Stelle zu schütteln. Der Duft frisch gemahlenen Kaffees alleine belebte ihn, wohingegen Max ein Opfer der Herdwärme wurde. Sein Kopf sank auf seine verschränkten Arme auf der Tischplatte, und der Schlaf übermannte ihn.

»Eine Leiche mehr. Wir werden ihm ein Lager neben Puschok richten. Der ist nicht wählerisch, was seine Bettgenossen anbelangt«, konstatierte Melisande und schenkte den frisch aufgebrühten Kaffee in zwei Becher.

»Danke«, murmelte Jan und verbrannte sich am ersten Schluck die Zunge. Doch das Coffein belebte ihn wie erwartet, und als seine Gastgeberin mit zwei Decken und einem Kissen zurückkam, war er in der Lage, Max auf das provisorische Lager zu betten. Dann goss er sich eine zweite Tasse ein und setzte sich zu Melli, die an ihrem Kaffee nippte.

»Er ist in dich verliebt.«

»Ich weiß. Aber ich nicht in ihn. Er ist ein lieber Kerl, Jan. Ich mag ihn, aber – nein, verliebt bin ich nicht in ihn.«

Das Herdfeuer hatte die Küche wohlig erwärmt, die Flamme der Petroleumlampe war heruntergeschraubt, Kaffee-, Vanille- und Kakaoduft hingen in dem Raum, und aus dem Weidenkorb neben dem Holzstapel drang ein leises Schnurren. Jan schloss die Augen. Er war müde, wie so oft. Müdigkeit war sein ständiger Begleiter. Frieden, wie hier in diesem Raum, empfand er selten. Aber er durfte nicht einschlafen.

Mühsam öffnete er die Lider und sah, dass Melli ihr Umschlagtuch abgelegt hatte. Nur in ihrem dünnen Nachthemd bekleidet stand sie neben ihm und fuhr ihm nun auch noch durch die Haare.

»Jan, mein Freund, komm mit nach oben.« Es war eine leise, sanfte Einladung.

Was weder Nachtkälte noch Coffein bewirkt hatten, ihre Stimme tat es. Jan wurde augenblicklich nüchtern.

»Nein, Melli. Das kann ich nicht.«

»Doch. Du kannst.« Geschmeidig schlüpfte sie auf seinen Schoß und legte ihre Arme um seinen Nacken. »Du willst auch, mein Lieber.«

Er wäre ein Idiot, das nicht selbst zu bemerken. Aber er durfte es nicht.

»Jan, wehr dich nicht«, flüsterte es an seinem Ohr, und ein zarter Kuss berührte seine Schläfe. Sie roch so gut, nach süßen Mandeln und irgendwelchen Blüten. Er wollte es nicht, aber seine Hände lagen plötzlich um ihre Taille. Wie klein und zierlich sie war, war alles, was er noch denken konnte.

»Zwei Treppen hoch, Jan. Das schaffst du.«

Ja, er schaffte es, natürlich. Er schaffte es auch, seine Stiefel und seine Jacke auszuziehen, sie half ihm bei Hemd und Hose, und mit zielstrebigen Bewegungen lockte sie ihn unter die Decke.

Süß, ja, das war sie. Ein Püppchen, doch lebendig und erhitzt. Mit Tausenden von Fingern, unwiderstehlich.

Jan Martin gab seine Abwehr auf und verlor sich in ihren Zärtlichkeiten.

Dann schlief er ein.

Und wie üblich weckten ihn die Träume. Diesmal umso schlimmer, denn als er aus ihnen auftauchte, hielt er einen atmenden, weichhäutigen Körper in seinen Armen und roch wieder den verwirrenden Duft einer Frau.

»Morna!«

Es war beinahe ein Schluchzen. Eine Hand strich über seine Stirn.

»Jan, mein liebster Freund, es ist an der Zeit, es mir zu erzählen.«

»Melli – Gott, was habe ich getan?«

Sie lachte leise und rückte näher an ihn heran. »Was jeder gesunde Mann dann und wann macht.« Sacht schob sie ihren Arm unter seinen Hals und fragte mitfühlend: »Was ist geschehen, Jan? Was ist in Irland passiert, dass du solche Angst vor dem Zusammensein mit einer Frau hast?«

Er brummte nur ablehnend, aber sie ließ sich nicht abweisen.

»Sie ist gestorben, nicht wahr? Deine Morna ist gestorben. Und du konntest es nicht verhindern. Deine Frau ist zusammen mit deinem Kind gestorben, habe ich recht?«

»Sie war nicht meine Frau.«

»Oh, ich glaube doch. Es gehört nicht immer ein Trauschein dazu, um aus zwei Menschen Mann und Frau zu machen.«

Er schwieg, aber er bemerkte, wie krampfhaft er seine Finger in Mellis Haaren vergraben hatte. Als er sie lockerte, bewegte sie den Kopf ein wenig.

»Ich wollte sie heiraten.« Hier im Dunkel des Zimmers kamen auf einmal die Worte. »Ich wollte sie heiraten, Melli. Aber ich habe es ihr nicht gesagt. Wollte es ihr erst sagen, wenn alles geklärt war. Ich hatte gute Aussicht auf eine Stelle an der Universität in Belfast. In dem botanischen Garten dort. Ich fuhr für drei Tage dorthin, um über den Vertrag zu verhandeln, und kaufte ihr dann einen Ring. Als ich zurückkam … als ich ins Haus kam … Ich fand sie im Bett. Verblutend.«

»Du hast nicht gewusst, dass sie schwanger war?«

»Nein. Ich, ein Arzt, ich habe die Anzeichen übersehen.«

»Hättest du ihr helfen können, wenn du es gewusst hättest?«

»Natürlich! Es wäre nie so weit gekommen. Oh, hätten wir doch nur miteinander geredet! Sie glaubte, ich wolle abreisen, sie verlassen. Deshalb hatte sie mir die Schwangerschaft verschwiegen. Um mich nicht zu halten. Aber mit einem Kind – es wäre wohl eine zu große Schande für sie gewesen. Sie hat selbst versucht, es abzutreiben. Und sich verwundet. Sie starb, ohne mich noch einmal angesehen zu haben. Es ist meine Schuld. Ich habe sie und das Kind umgebracht.«

Er bemerkte, wie Mellis Hand seine feuchten Wangen streichelte, und vergrub seinen Kopf in ihrer Umarmung.

»Schlaf, Jan. Es ist vorbei. Schlaf, Jan Martin. Ganz ruhig, mein Liebster, mein Herz.«

»Ich kann nicht schlafen.«

»Doch, jetzt kannst du es.«

Er schlief.

Als er erwachte, war das Zimmer von grauem Tageslicht erfüllt, und der Wind rüttelte an dem Fenster. Mühsam sammelte er seine Erinnerungen zusammen und sah sich nach Melisande um. Ihr Nachthemd hing über dem Stuhl, seine Sachen lagen gefaltet darauf. Im Haus hörte man leise, arbeitsame Geräusche, und der Geruch von frischgebackenem Kuchen kroch durch die Tür. Die beiden Frauen gingen ihrem Tagesgeschäft nach und hatten ihn schlafen lassen. Langsam stand er auf und stellte erleichtert fest, dass der Rotwein von guter Qualität gewesen sein musste. Nachwirkungen zeitigte er zum Glück nicht. In Amaras und Mellis Haus war er oft genug gewesen, als es renoviert worden war, und so fand er sich auf der oberen Etage schnell zurecht. Gewaschen und angezogen ging er kurz darauf die Treppe hinunter und erhielt in der Küche von Amara einen freundlichen Morgengruß. Ein Anflug von Verlegenheit brachte ihm die Röte in die Wange, aber sie wies nur mit dem Ellenbogen auf die Kaffeekanne, die Hände hatte sie tief in einem Knetteig vergraben.

»Melli hat Max ein kaltes Bad verordnet, damit er seinen Kopf wiederfindet.«

»Max – oh, den hatte ich völlig vergessen.«

»Ich fand ihn in der Früh, doch seines Menschseins war er sich noch nicht ganz sicher. Vermutlich fühlte er sich wie etwas, das Puschok reingeschleppt hat.«

»Geschieht ihm recht.«

Melisande kam mit einem Schwall kühler Luft in die Küche und lächelte ihn an.

»Ausgeruht?«

»Ja«, sagte Jan Martin. Und dann erkannte er, dass eine drückende Last erträglich geworden war. Verlieren würde er sie nie, aber er konnte sie tragen. »Ja, Melli. Danke.«

Julias Erzählungen

Die Welt ist nicht aus Brei und Mus geschaffen,
deswegen haltet euch nicht wie Schlaraffen;
harte Bissen gibt es zu kauen:
Wir müssen erwürgen oder sie verdauen.

Johann Wolfgang von Goethe

Alexander stand vor der Maschinenhalle und beobachtete, wie seine Tochter aus der Kutsche stieg. Ihr folgte Paula mit dem üblichen mürrischen Gesichtsausdruck. Ihr gefiel es nicht, dass Julia die nächsten drei Wochen in Bayenthal verbringen würde, aber für eine Reise nach Evasruh war die Ferienzeit zu knapp bemessen. Er hingegen freute sich auf die Zeit des Zusammenseins während der Osterfeiertage und hatte seine Arbeiten entsprechend geplant.

Das Unternehmen florierte. Sie fertigten inzwischen Walz- und Rührwerke unterschiedlichster Art, ihre weiter verbesserten Hydraulikpressen fanden großen Absatz, und nun war Alexander dabei, seinen nächsten großen Traum zu verwirklichen – den Bau von leistungsfähigen, möglichst kleinen Dampfmaschinen. Dazu hatten sie eine weitere Halle angebaut, und hier standen zwei Prototypen, an denen er seine Messungen vornahm, Veränderungen ausprobierte und mit den von ihm entwickelten Techniken experimentierte. Josef Nettekoven hielt sich aus diesem Geschäft vollkommen heraus, aber zwei junge Ingenieure hatten sich eingefunden, die mit Feuereifer an Schwungrädern, Kolben und Ventilen werkelten. Der einzige Schatten, der über die emsige und erfolgreiche Arbeit fiel, war die Tatsache, dass sie in den vergangenen Monaten einige Kunden verloren hatten, die bereits feste Verträge abgeschlossen hatten. Doch gab es genug zu tun, darum konnten sie den Einnahmeverlust ohne Weiteres verschmerzen.

»Einen schönen guten Tag, Papa!«, rief Julia ihm zu, während sie mit hochgeschürzten Röcken auf die Halle zulief. Die beiden Ingenieure schmunzelten, und Alexander fing das Mädchen in seinen Armen auf.

»Dampft sie schon?«

Er stellte seine Tochter wieder auf die Füße und mahnte: »Eins nach dem anderen, Julia. Ich habe den Eindruck, die werten Damen im Institut haben dir keinen einzigen Funken Benehmen beigebracht. Besinn dich, Kind!«

»Verzeihung, ja. Ich bin so froh, wieder in Freiheit zu sein, dass ich meine Manieren vergesse. Guten Tag, die Herren!«

Sie neigte leicht und graziös den Kopf, die Ingenieure erwiderten ihren Gruß mit untadeliger Höflichkeit und redeten sie mit Fräulein Masters an, was ihr zu gefallen schien.

»Und nun zu deiner Frage – ja, sie dampfen schon, alle beide. Morgen darfst du es dir genau ansehen, aber für heute machen wir hier Schluss. Gisa hat uns zum Essen eingeladen, und wie ich sie kenne, hat sie dein Lieblingsgericht zubereitet.«

»Kesselsknall?«

»Kesselsknall.«

Diese rheinische Spezialität, ein dicker, knuspriger Kartoffelkuchen mit Speck, hatte Julia, als sie das erste Mal den Namen gehört hatte, zu unbändigem Gelächter gereizt. Was Alexander durchaus nachvollziehen konnte, wenngleich für ihn ein Kesselsknall eine weit dramatischere Bedeutung hatte.

Paula nahm an dem Essen wie üblich nicht teil, sie schob ihren empfindlichen Magen vor, der derartige Deftigkeiten nicht vertrug, und so war die Stimmung zwischen den fünf Essern am Tisch ungezwungen und heiter. Gisa hatte eine kleine Schwäche für das Mädchen, und dann und wann sah man die verschlossene Frau in ihrer Gegenwart sogar lachen und scherzen. Hannes schaute zu Julia mit derselben Bewunderung auf, mit der auch sein ergebener alter Hund ihn betrachtete. Juppes Nettekoven behandelte sie mit gravitätischer Höflichkeit, die immer mit einem verschmitzten Augenzwinkern verbunden war. In dieser freundlichen Umgebung erzählte Julia nun von ihren Erlebnissen in Bonn.

»Wir haben ein Klavierkonzert von Anton Rubinstein besucht. Stellt euch vor, der Pianist ist erst zwölf Jahre alt, genau wie ich!«

»Ein Wunderkind!«

Julia kicherte. »Genau wie ich.«

»Aber nicht auf dem Klavier, mein liebes junges Fräulein.«

»Nein, nicht? Wenn ich spiele, hört sich das immer an, als ob eine Katze über die Tasten läuft. Sagt Fräulein Melli. Aber singen kann ich ganz gut. Hat sie auch gesagt. Und mir wieder ein paar neue Lieder beigebracht.«

»Nicht gesellschaftsfähigen Inhalts, fürchte ich.«

»Och nee, nur wieder ein paar Seemannslieder.«

»Ist dieses Kind nicht schrecklich?«, stöhnte Alexander.

»Großpapa fand die nicht schlimm, Papa. Er hat sogar mitgebrummt, als ich ihm letzten Sommer ›Fünfzehn Mann auf des toten Manns Kiste‹ vorgesungen und gespielt habe.«

»Mag sein. Er ist ein alter Haudegen. Aber deiner Großmutter solltest du dieses Liedgut ersparen, Julia.«

»Warum? Lady Henrietta hat mir sogar noch zwei weitere Strophen beigebracht.«

Alexander schüttelte in gespielter Verzweiflung den Kopf. »Ich werde mich endgültig von der hochherrschaftlichen Familie lossagen müssen, fürchte ich.«

»Nein, Papa, tu das nicht. Sie haben dich so lieb.«

Das kam ganz ernsthaft, und er spürte einen warmen Anflug der Zuneigung. Er stand in laufender Korrespondenz mit seinen Eltern und seinem Bruder, und ihr Verhältnis war in den vergangenen Monaten immer herzlicher geworden. Oft genug bedauerte er, dass die Reise quer durch die deutschen Lande noch immer so zeitaufwendig war. Die Schienenwege waren zwar in Vorbereitung, aber der Bau eines durchgängigen Eisenbahnnetzes brauchte seine Zeit, Es waren auch nicht immer technische, sondern auch oft politische Hindernisse, die dem Fortschritt im Weg standen.

Sie hatten dem gewaltigen Kartoffelkuchen den Garaus gemacht, und Julia stellte das zugedeckte Körbchen auf den Tisch.

»Ich habe euch Nachtisch mitgebracht. Von Frau Amara. Probiert mal!«

»Eigentlich bin ich viel zu satt«, behauptete Juppes, zog aber schon an dem karierten Tuch, das den Schokoladenkuchen bedeckte. »Ich fürchte allerdings, Frau Amaras Kunstwerken kann ich nicht widerstehen.«

»Sie sagt, das ist ein neues Rezept, das sie ausprobiert hat. Sie hat es aus einem Wiener Kochbuch. Und es ist mit Aprikosenmarmelade.«

Der Kuchen war vollständig mit einer dunkelbraunen Glasur überzogen, und als sie ihn anschnitten, enthüllte er einen luftigen Schokoladenteig, der verführerisch duftete. Unter der Glasur aber lag eine Schicht Marmelade, die mit ihrer fruchtigen Säure die bittere Süße der Schokolade so köstlich ergänzte, dass eine andachtsvolle Stille am Tisch herrschte.

»Frau Amara ist eine Künstlerin«, flüsterte Gisa ergriffen. »Eine wahre Künstlerin. Wie bekommt sie nur diese Glasur hin? Sie ist so schmelzend und doch fest.«

»Das ist ihr Geheimnis, sagt sie. Aber so geheim ist es eigentlich nicht. Sie macht auf die gleiche Weise auch die Gesundheitsschokolade für die Hofapotheke.«

»Verkauft die Apotheke jetzt auch Schokolade? Das ist mir neu«, meinte Juppes und tupfte mit dem Finger die letzten Kuchenkrümel auf.

»Damit verdient Frau Amara ihr Geld, Herr Nettekoven. Mit der Kakaobuttercreme und der Schokolade, in der Medikamente sind.«

Alexander nickte. Jan hatte Amara zu dem Kontakt mit dem jungen Apotheker verholfen, der die Idee Beverings zunächst skeptisch, dann aber mit wachsender Begeisterung aufgegriffen hatte. Neben den Konditorwaren, die sie herstellten, war die Produktion von Kosmetika und medizinischer Schokolade eine solide Einnahmequelle der beiden aufstrebenden Unternehmerinnen geworden.

»Mama hat sich auch von den Schokoladenpastillen mitgenommen. Sie sagt, sie helfen ihr gegen ihre Nervositäten«, erklärte Julia. »Doktor Jan sagt, es sind Hanfextrakte darin, und wenn sie nicht zu viel nimmt, ist das in Ordnung.«

Mit einer milden Erheiterung dachte Alexander an Jans Exkursen zur Wirkung von Hanfblüten, die er gleich am ersten Abend ihres Kennenlernens zum Besten gegeben hatte. Er hatte sich ein paar Mal eine Pfeife mit dem berüchtigten Knaster gefüllt und konnte nachvollziehen, warum sein Weib die Wirkung auf ihre gereizten Nerven als lindernd empfinden mochte. Gefährliche Nebenwirkungen waren wohl nicht zu erwarten, und wenn die Nascherei denn ihre Stimmung hob, wollte er sich nicht daran stören. Es war auf jeden Fall besser als das Laudanum-Fläschchen, das früher so oft ihre Begleiterin war.

»Der Herr von Briesnitz hat uns heute Mittag wieder zum Essen ausgeführt«, plapperte Julia nun unverdrossen weiter. »Wir waren im Schaumburger Hof. Und wisst ihr, da hat vor zwei Jahren die englische Königin Victoria ihren Gatten kennengelernt. Herr von Briesnitz hat die Geschichte erzählt, und Mama war, glaube ich, sehr glücklich darüber, in einem Restaurant zu essen, in dem schon mal eine Königin gespeist hat.«

»Sie wird sich königlich gefühlt haben«, murmelte Alexander leise. Er hatte nichts gegen Maximilian, er war ein tüchtiger Botaniker mit einem ausgeprägten Sachverstand fürs Machbare, und über Zuckerfabriken hatten sie im Freundeskreis schon oft gefachsimpelt. Seine rührende Verehrung Paulas nahm er ihm nicht übel. Er hatte, seit Jan die Beziehung mit Melisande eingegangen war, seine schwärmerische Zuneigung auf sie übertragen, denn offensichtlich sprach ihre ätherische Hinfälligkeit seine ritterlichen Gefühle an.

»Und Herr von Briesnitz hat auch gesagt, seine Schwester würde ihn demnächst besuchen kommen. Sie heißt Dorothea von Finckenstein. Aber ihr Gemahl ist kürzlich verstorben.«

Aus Kindermund eine sehr geschraubte Formulierung, fand Alexander.

»Eine Witwe wird naturgemäß Zuflucht bei ihrer Familie suchen«, antwortete er mit möglichst neutraler Stimme.

»Ja, aber sie will auch nach Godesberg und da eine Kur machen.«

»Sicher ein guter Grund. Das Wasser des dortigen Brunnens hat schon vielen Leidenden geholfen«, war die zustimmende Meinung Gisas, die selbst einmal zwei Wochen dort verbracht hatte, um eine hartnäckige Wintergrippe auszukurieren.

Alexander verkniff sich eine Bemerkung dazu. Von Max hatte er eine eigenartige Geschichte gehört. Dorotheas Gatte war auf einer Reise nach Greifswald plötzlich und unerwartet verstorben, und der ihn begleitende Kammerdiener war mit seinen Effekten auf und davon. Man verdächtigte ihn des Raubmordes. Es hatten viele Untertöne in Maximilians kurzem Bericht mitgeschwungen, die Alexander nicht zu genau hinterfragen wollte. Er ließ dieses Thema auf sich beruhen, und prompt bot seine Tochter ihm das nächste an. In der folgenden Bemerkung schwang nun Empörung mit, und Julias Wangen röteten sich, was auf einen schulischen Konflikt hindeutete.

»Fräulein Färber hat Christina und mich ermahnt, Frau Amara und Fräulein Melli nicht zu besuchen. Aber ich geh trotzdem hin. Christina nicht, die ist feige.«

Das ließ auf tiefere Beweggründe schließen, und hier hieß es, Delikatesse walten zu lassen.

»Darüber reden wir später, Julia. Ich glaube, wir sind jetzt alle gesättigt, und du darfst Gisa helfen, den Tisch abzuräumen. Ich werde mit Juppes inzwischen draußen eine Pfeife rauchen.«

Gehorsam sammelte Julia die Teller zusammen und folgte Gisa in die Küche. Die beiden Männer stopften ihre Rauchgeräte.

»Ein aufgewecktes Mädchen, deine Kleine.«

»Ja. Manche Dinge sieht sie sogar zu scharf. Paula kommt nicht gut mit ihr zurecht. Ihr gegenüber ist Julia immer störrisch. Nun ja, das ist wohl auch meine Schuld.«

Sie schlenderten in den Garten, wo einige mutige Narzissen den Boden durchbrochen hatten, um die Osterzeit einzuläuten.

»Du bist ein junger Mann, Alexander. Es ist nicht recht, dass du so leben musst.«

Nur selten mischte sich Juppes in seine privaten Angelegenheiten, und die Bemerkung traf Alexander wie ein böser Stich. Ja, er hatte sich von Laura getrennt, nachdem Paula bei ihm Einzug gehalten hatte. Er vermisste ihre freundschaftlichen Gespräche, ihre Zärtlichkeit und ihre klugen Bemerkungen. Es gab Zeiten, da überlegte er ernsthaft, ob er nicht alle gesellschaftliche Rücksichtnahme über Bord werfen und sich offen eine Geliebte nehmen sollte. Dann aber wiederum dachte er an Julia, die möglicherweise darunter zu leiden hatte, und er unterließ es.

»Lass nur, Jupp. Ich werde damit schon fertig.«

»Ich dachte ja nur.«

»Ich weiß.«

Schweigend sogen sie an ihren Pfeifen und blickten über die Felder, die sich bis zum Rhein erstreckten. In den letzten Jahren hatte der kleine Ort angefangen, sich zu verändern. Die Fabrik war größer geworden, sie beschäftigten jetzt etliche Leute mehr als zuvor. Am Fluss war eine neue Anlegestelle gebaut worden, damit die Materiallieferungen einfacher ins Lager transportiert werden konnten. Eine Eisengießerei hatte sich am Rhein unten etabliert, und zwei Holzmühlen hatten ihren Betrieb aufgenommen. Sie selbst hatten die Gebäude erweitert, Wege angelegt und Land dazugekauft, um eine spätere Expansion möglich zu machen. Aber es waren auch zahlreiche Häuser dazugekommen, die von den Arbeitern bewohnt wurden, ein neuer Kramladen hatte sich angesiedelt, mehr Bauern brachten ihre Waren auf den Markt – kurzum, die neue Zeit begann allmählich den verschlafenen Vorort Kölns zu prägen.

»Hätte ich nie gedacht, dass wir so weit kommen würden, Alexander. Ich meine, ich mit meiner kleinen Schmiede! Der Junge, ja, der hatte große Ideen, aber er hätt's auch nicht geschafft.«

Der blaue Rauch des Tabaks kräuselte sich in der kühlen Frühjahrsluft, während die Schatten länger wurden.

»Wir haben Teil an einer gewaltigen Umwälzung, Jupp. Fast so etwas wie eine Revolution, doch nur viel leiser. Es wird die Landschaft verändern, die Orte, die Menschen. Wir werden schneller Entfernungen überwinden und Nachrichten austauschen. Manches wird vielleicht darüber verloren gehen. Anderes wird leichter zur Verfügung stehen und billiger werden. So wie jetzt schon die maschinengewebten Stoffe.«

»Es macht mir Angst, Alexander. Dir nicht?«

»Nein. Oder besser – nicht sehr viel. Ich glaube, wir Ingenieure werden für viele Probleme Lösungen finden. Möglicherweise sogar Maschinen schaffen, die nicht solche stinkenden Schwaden produzieren!« Er wies auf ein vorbeigleitendes Dampfschiff, dessen rußige Rauchfahne in der Luft zerflatterte.

»Ja, Gisa schimpft auch immer über den Ruß aus dem Schornstein, der ihr die Wäsche grau macht. Na ja, so sind Frauen eben. Da kommt deine Julia.«

»Fertig mit der Küchenarbeit?«

»Ja, Papa.«

»Wollen wir noch ein Stück zum Rhein hinuntergehen?«

»Gerne.«

Bereitwillig passte sie ihre Schritte an und gab ihm einen schnellen Überblick über den neuesten Küchenklatsch. Er ließ sie plaudern, kam aber dann auf seine eigentliche Frage zurück.

»Du hast einen Akt des Ungehorsams begangen, deutetest du vorhin an.«

»Du meinst, weil ich Frau Amara weiter besuche?«

»Richtig.«

»Darf ich das nicht?«

»Doch, von meiner Seite aus darfst du das. Wir müssen nur überlegen, wie wir die Mahnung deines Fräuleins Färber entkräften können.«

»Sie sagt, Frau Amara sei kein Umgang für ein sittsames Mädchen. Und Christines Mama hat gesagt, Chrissi darf nicht mehr zu der lustigen Witwe, weil die ein sündiges Leben führt.«

Diesen Ruf hatte sich Amara also inzwischen eingehandelt. Alexander unterdrückte eine für Tochterohren nicht geeignete Bemerkung über Bigotterie und Neid.

»Ich kann mir das zwar nicht gut vorstellen, denn ich halte Frau Amara und Fräulein Melli für sehr anständige und fleißige Damen.« Die ihre Affären mit der notwendigen Zurückhaltung pflegten, fügte er in Gedanken hinzu. Laut sagte er: »Ich denke, ich werde sie in den nächsten Tagen besuchen, um ihre Meinung dazu zu hören.«

»Ja, Papa. Ich meine, liegt es daran, dass Doktor Jan manchmal mit Fräulein Melli schmust?«

So viel zur Diskretion, aha!

»Ist das etwas, was deinem Fräulein Färber zu Ohren gekommen ist?«

Julia zuckte mit den Schultern. »Glaub ich nicht. Ich hab's ja auch nur einmal gesehen, hinten im Garten. Zufällig, ehrlich. Aber vielleicht ist es Frau Amaras Freund, weshalb sie sie die ›lustige Witwe‹ nennen.«

Alexander verspürte den zweiten Stich an diesem Abend.

»Sie hat einen Freund? Das ist mir neu. Aber warum nicht, vielleicht will sie wieder heiraten. Sie ist ja noch eine junge Frau.«

»Doch, sie hat einen. Er ist ein ulkiger Mann, ganz groß, mit einem buschigen Bart, nicht so schön gewellt wie der von Doktor Jan. Sie nennt ihn Mac, und er reist herum, um Bestellungen zu sammeln. Für Kakao und Gewürze und Kaffee und so.«

Ein Handlungsreisender – vermutlich der, der sie in Elberfeld aufgesammelt hatte, schlussfolgerte Alexander vollkommen richtig. Nun, das war ihre Angelegenheit.

Ausschließlich ihre. Nicht seine.

»Papa, warum machst du so ein grimmiges Gesicht?«

»Weil ich das Geklatsche und die Gerüchte nicht besonders schätze. Wenn Frau Amara mit einem Handlungsreisenden Geschäfte macht, dann gehört das zu ihrem Beruf und sollte nicht zu üblen Spekulationen Anlass geben.«

»Das ist bestimmt richtig. Ich war dabei, als die beiden über die Preise für Schokolade gefeilscht haben. Frau Amara kann höllisch gut rechnen.«

»Das sollte tunlichst jeder, der einen Laden führt.«

»Sie hat mir mal gezeigt, wie man den Preis für die Kuchen ermittelt.« Nachdenklich kräuselte Julia ihre Nase. »Sie behauptet, die Schokolade könnte viel billiger sein, wenn sie in Fabriken hergestellt würde. Stimmt das, Papa?«

»Wenn Frau Amara das sagt, würde ich darauf wetten. Sie kennt sich mit dem Kakao und den Herstellungsschritten ausgesprochen gut aus.«

»Warum baust du dann nicht eine Schokoladenfabrik? Das könntest du doch bestimmt.«

»Dein Vertrauen in meine Fähigkeiten ehrt mich, Julia. Nur, ich fürchte, das ist momentan ein zu großer Happen für mich. Gehen wir zurück, es wird kühl.«

Aber die Idee war nun ausgesprochen, und sie begann leise Wurzeln zu schlagen.

Leider hatte auch der andere Keimling fruchtbaren Boden gefunden, und sehr zu Alexanders Verdruss wollte die Frage nach Amaras Liebesleben sich nicht restlos verbannen lassen.

Warum eigentlich nicht, verflixt noch mal?

Zartbittere Versuchung

Die süße Näscherei,
ein lieblich Mündleinkuß,
macht zwar niemand fett,
stillt aber viel Verdruß.

Friedrich von Logau

Ich hatte ihn wieder gehen lassen.

Der vertraute Schmerz durchwebte meine Gefühle – Trennung, Abschied, Ungewissheit.

Vom Salonfenster aus blickte ich Alexander nach, der Richtung Marktplatz ging.

»Amara?« Melisandes Arm legte sich um meine Taille.

»Er hat mich eingeladen, mit Julia zusammen an der Feier zur Grundsteinlegung des Doms in Köln teilzunehmen. Ich habe Desinteresse geheuchelt.«

»Ich erinnere mich daran, schon mehrmals erwähnt zu haben, dass du dumm bist, Amara. Du bist in ihn verliebt, genau wie du es vor Jahren einmal in seinen Bruder warst. Julius hast du fortgeschickt, weil du dich nicht für ebenbürtig gehalten hast. Fand ich damals zwar auch schon idiotisch, aber ich konnte es trotzdem verstehen. Fabrikant Alexander Masters aber und du, die Witwe Doktor Bevering, ihr begegnet euch auf gleicher Ebene.«

»Er ist verheiratet, und er wird es Julias wegen auch bleiben.«

»Himmel hilf, was macht das für einen Unterschied?«

Ich seufzte. In einem Punkt würden Melli und ich uns nie verstehen. Sie liebte die Männer, leichtherzig, unverbindlich und mit größtem Vergnügen. Sie war nicht wirklich flatterhaft.

Ihre Affäre mit Jan dauerte inzwischen schon ein Jahr an und schien beiden Seiten wenig Probleme zu bereiten. Sogar die Klatschmäuler hatten ihre Aufmerksamkeit skandalöseren Ereignissen zugewandt und tuschelten über den jungen Theologieprofessor Bauer, dem das Vorlesungsrecht entzogen worden war und der daraufhin im Karneval als närrischer Posaunenengel die Pietisten verspottete. Sie regten sich über die oppositionellen Töne auf, die die neu gegründete Rheinische Zeitung anschlug, deren Mitarbeiter ein gewisser Karl Marx war. Man spekulierte über den Maikäferbund, die Veranstaltungen im eben eröffneten Bürger-Casino und die Eskapaden der königlichen Studenten. Da sowohl Jan als auch Melli sich so gut wie nie gemeinsam in der Öffentlichkeit zeigten, blieb der oberflächliche Schein von Sitte und Anstand gewahrt. Was sich hinter Portieren und geschlossenen Türen abspielte, übersah man in der gutbürgerlichen Gesellschaft geflissentlich. Wir lachten oft über die zwei Daseinsebenen, hielten uns aber dennoch an die ungeschriebenen Regeln. Die Jahre meiner Ehe und des Zusammenlebens mit den Damen Bevering hatten aus mir eine fast ebenso gute Schauspielerin gemacht, wie Melli es von Natur aus war.

Und das war nun leider auch der Grund, warum ich Alexander gehen ließ, obwohl es mir jedes Mal das Herz zusammenzog. Ich wollte, wenn, dann eine ehrlich und offene Verbindung, keine hinter Vorhängen und falschen Namen verborgene Liebschaft. Ob Alexander ebenso dachte, wusste ich nicht. Er verhielt sich kameradschaftlich, manchmal allerdings auch recht distanziert. Aber es gab Momente, da vermeinte ich mehr als nur freundliche Zuneigung auch bei ihm zu verspüren. Ein Wink hier, eine Andeutung da, all die kleinen Verführungskünste, die einer Frau so zur Verfügung standen, geschickt eingesetzt, würden vermutlich das schwelende Feuer hell entflammen lassen. Er war einsam, das konnte ich Julias Berichten entnehmen. Andererseits war auch das ein Grund, Zurückhaltung zu üben, denn nur mit einer aus Verzicht und Einsamkeit geborenen Leidenschaft wollte ich mich auch nicht zufriedengeben.

»Dann musst du eben leiden«, schloss Melisande meine Gedanken ab, als hätte sie sie gelesen.

»Ja, das muss ich wohl.«

»Das wird dich aber hoffentlich nicht daran hindern, den Auftrag unserer neuen Kundin zu erfüllen.«

»Haben wir eine?«

Melli grinste über das ganze Gesicht. »Sogar eine hochrespektable. Die ›Rheingräfin‹ selbst ist auf deine Schokoladentrüffel aufmerksam geworden. Sie gibt übermorgen eine Soiree und würde sie dabei gerne anbieten.«

Melli wedelte mit dem Schreiben, das uns Frau Sybille Mertens-Schaafhausen gesandt hatte. Die Rheingräfin, wie sie sich gern nennen ließ, war eine der beliebtesten Salonièren Bonns und versammelte in ihrem Haus in der Plittersdorfer Aue einen illustren Kreis von schöngeistigen Denkern, Altertumsforschern, Dichtern und Künstlerinnen aller Art. Ich kannte Damen, die sich eigenhändig auf der Straße das Korsett aufgeschnürt hätten, nur um in den Genuss einer Einladung zu diesen Gesellschaften zu kommen.

»Dann werden wir mal an die Arbeit gehen. Das lenkt mich vom Grübeln ab.«

Puschok war damit ebenfalls sehr einverstanden, denn wenn ich Trüffel zubereitete, fiel für ihn immer ein Schälchen Sahne ab. Er saß in seiner Lieblingsecke und putzte sich die letzten Tröpfchen Weißheit aus den schwarzen Schnurrhaaren, während ich die restliche Sahne mit den Vanilleschoten in einem großen Topf erhitzte. Melli bereitete in der Zwischenzeit die Eismaschine vor. Wir hatten uns vor einigen Monaten ein solches Gerät zugelegt, wie ich es damals von Giorgio in Potsdam kennengelernt hatte. Das explosive Salpetersalz handhabten wir allerdings mit allergrößter Vorsicht.

Als die Flüssigkeit ausreichend erhitzt war, nahm ich den Topf vom Feuer und gab die reine, nur mit Zucker vermischte Schokoladenmasse hinzu, bis eine cremige Masse entstand. Dann erst rührte ich die Butter unter.

»Mit Rum, mit Kirschwasser und mit Piment, schlage ich vor. Oder hat sie spezielle Wünsche geäußert?«

»Nein, das überlässt sie uns.«

Also teilte ich die Masse in drei Teile, parfümierte sie mit Alkohol und mischte das nach Zimt und Nelken duftende Pimentpuder in den dritten Topf. Zwei Töpfe blieben am Herdrand stehen, damit die Masse nicht fest wurde, die restliche Trüffelcreme rührte ich in dem Eisbehälter, bis sie die richtige Konsistenz hatte, um sie mittels einer Spritztüte zu Rosetten zu formen. Melli brachte die Tabletts mit fertigen Pralinen in den Vorratsraum, wo es zum Glück immer kühl war. Es war ein flüchtiger Genuss, denn länger als drei Tage hielten diese zartschmelzenden Leckereien nicht. Doch Sahne und Butter in Verbindung mit Schokolade ergaben einen unvergleichlichen Geschmack, der selbst in mir die Naschkatze weckte.

Puschok sah mich wissend an, als ich den Löffel ableckte.

»*Ein* kleines Glück darf ich mir wohl gönnen, oder?«, fragte ich ihn.

»Du hast das Glück im Kakao entdeckt, Amara, meine Schöne?«

Ich zuckte zusammen. In der Tür stand MacPherson. Er brachte es immer wieder fertig, mich zu überraschen.

»Du bist früher in Bonn als erwartet.«

»Die Geschäfte gehen gut. Und zwischen Elberfeld und Düsseldorf gibt es jetzt eine Eisenbahn. Hier baut man ja auch schon kräftig an der Verbindung Bonn-Köln, habe ich gesehen.«

Kurz nachdem wir unser Haus in der Sternstraße bezogen hatten, war Mac eines Tages aufgetaucht und fragte nach, ob wir Bestellungen für ihn hätten. Es war fast mehr als ein Zufall, denn ich hatte schon überlegt, wie ich ihn benachrichtigen könnte. Seine Verbindungen zu den Handelskontoren und Großhändlern waren für uns lebenswichtig. Doch während meiner Zeit als Apothekersgattin hatte ich ihn noch nicht einmal flüchtig getroffen. Als ich ihn dann aber wiedersah, fand ich ihn unverändert – ein rothaariger Bär von einem Mann mit einem dröhnenden Lachen und erstaunlich sanften Händen.

Ja, auch ich hatte meine Boudoir-Affären hinter zugezogenen Portieren. Es ergab sich bereits beim ersten Mal, und viele Fragen dazu kamen uns beiden nicht in den Sinn. Inzwischen war es Gewohnheit geworden. Alle drei, vier Monate führte ihn seine Rundreise nach Bonn, er blieb zwei, drei Tage, ging seinen Geschäften nach und verbrachte die Nächte bei mir. Wenn er fortging, geschah es ohne Schmerz, während seiner Abwesenheit sehnte ich mich nicht nach ihm, aber wenn er wieder in der Tür stand, freute ich mich aufrichtig.

Genau wie heute – er hätte zu keinem besseren Zeitpunkt eintreffen können.

»Was bringst du für Neuigkeiten mit?«, fragte ich, während ich den Wasserkessel aufsetzte, um Kaffee zu kochen.

Mac machte es sich an dem klebrigen Arbeitstisch gemütlich und berichtete, was ihm erwähnenswert schien. Ich hörte mit halbem Ohr zu und putzte dabei die Spuren der Trüffelzubereitung fort. Puschok sprang auf seinen Schoß und begrüßte ihn mit einem donnernden Schnurren, Melli kam ebenfalls dazu und gab Mac einen schmatzenden Kuss.

»Dein guter Freund Schlaginhaufn hat, wie ich vorgestern in Köln hörte, in aller Stille Margarethe Bevering geheiratet«, war die erste Feststellung, die mir eine Reaktion entlockte.

Melli auch.

Unser beider Ausrufe waren nicht zitierfähig, und Mac lachte.

»Da haben sich also die Richtigen gefunden, was?«

»Ich wünsche ihnen die Pest und die Cholera, das kannst du mir glauben. Schade, dass ich den Schmuddeldoktor nicht des Mordes an Anton beschuldigen kann.«

»Das wird dir nie gelingen, also denk gar nicht erst daran.

Deine Stieftochter hat ihnen übrigens das Haus vermietet und ist als Haushälterin zu Pfarrer Gerlach gezogen.«

Diese Neuigkeit entlockte Melli und mir ein schallendes Lachen. So viel zu Affären hinter ehrbaren Vorhängen. Als wir uns beruhigt hatten, meinte Mac: »Ihr habt gut daran getan, nach Bonn zu ziehen. Wie geht es deinem Kakaodoktor, Melli?«

Vor einem Jahr hatten wir ein überraschendes Zusammentreffen erlebt. Jan hielt sich bei uns auf, als der Reisende eintraf, und als wir die beiden einander vorstellten, hatte MacPherson Jan mit den Worten begrüßt: »Die Welt ist klein geworden, Jan Martin Jantzen. Und Sie sind groß geworden, seit ich Sie damals aus dem Kakao gezogen habe.«

»Du meine Güte, der Tallymann!«

»Sie erinnern sich?«

»Sie haben sich wenig verändert, MacPherson.«

»Sie hingegen schon. Ich sehe noch einen ungelenken, dicken Jungen vor mir. Davon ist nichts übrig geblieben als die verblasste Narbe an Ihrer Schläfe. Meine Gratulation.«

Danach waren beide ohne Umschweife ins Gespräch gekommen, und ich erhielt beim Zuhören erstmals einen winzigen Einblick in Macs Leben. Jan und er fanden viele Gemeinsamkeiten in Sachen Seefahrt, denn Mac war nach den Freiheitskriegen einige Jahre als Frachtaufseher zwischen Bremen und Südamerika hin- und hergefahren.

Melli goss Mac eine Tasse Kaffee ein und beantwortete seine Frage nach Jans Befinden mit den Worten: »Er ärgert sich unbändig, weil ein Russe ihm zuvorgekommen ist. Das ganze letzte Jahr hat er an der Analyse des Kakaos gearbeitet und hat auch schon dieses komische Zeug, das er Alkaloid nennt, bestimmt, da erscheint ein Artikel von einem Voskresensky aus Petersburg, der es der Fachwelt als Theobromin vorstellt. Er war einige Tage sehr knurrig. Und dann ist auch noch der Hund von einem der Gärtner durch das Labor getobt und hat den Tiegel mit dem weißen Pulver vom Tisch gefegt.«

»Worauf er noch knurriger wurde und den Hund gebissen hat?«

»Das war gar nicht nötig. Der arme Hund ist kurz darauf gestorben. Woraus wir gelernt haben, dass Kakao in hoher Dosis giftig ist.«

»Eine interessante Entdeckung. Aber ihr vergiftet eure Kunden unverfroren weiter?«

»Noch haben wir keine Klagen gehört.«

Wir aßen gemeinsam zu Abend, gingen später unsere Aufträge durch, und als es dunkel wurde, folgte Mac mir in mein Zimmer. Wir waren vertraut miteinander geworden und brauchten nicht viele Worte. Ich schmiegte mich in seine Umarmung und überließ mich seiner Führung. Wie immer war er geduldig und sanft, dann fordernd und beherrschend. Und schließlich hielt er mich fest, bis ich eingeschlafen war.

Und wie üblich wachte ich mitten in der Nacht auf, weil er mir die Decke gestohlen hatte.

»Mhm?«, grummelte er schlaftrunken, als ich um meinen gerechten Anteil am Federbett zu kämpfen begann.

»Mir ist kalt, Mac. Du bist zwar ein lieber Mann, aber sehr besitzergreifend.«

»Ach? Oh, du meinst die Decke.« Er wälzte sich auf die Seite und gab die Hälfte frei. »Dir ist kalt geworden. Komm her.«

Das musste ich ihm zugutehalten, er wärmte mich schnell und gründlich auf. Dann aber stellte er mir eine unerwartete Frage.

»Warum, schöne Amara, suchst du dir eigentlich nicht wieder einen Mann? Einen, der dir jede Nacht das Bett wärmt.«

»Weil es mir so lieber ist.«

»Alle paar Monate einem unsteten Reisenden Obdach zu gewähren? Ich könnte mich geschmeichelt fühlen, *mo puiseag*. Aber wir wissen beide, dass das falsch wäre.«

»Mac, ich mag dich sehr gerne. Und deshalb …«

»Deshalb darf ich auch nach den wahren Gründen fragen. Du hast mir damals in Elberfeld erklärt, dass du einer Sehnsucht nachhängst. Nun hast du deine eigene Konditorei, und der Duft der Schokolade umgibt dich wie eine zarte Wolke. Du warst verheiratet mit einem Mann, der dir Geborgenheit und sogar nach seinem Tod noch eine unanfechtbare Identität geschenkt hat. Und dennoch habe ich das Gefühl, Amara, es gibt einige untergründige Zweifel, die dich daran hindern, dein Ziel zu finden.«

Das war eine seltsame Formulierung. Und es war auch seltsam, dass er diese Frage stellte. Manchmal kam Mac mir unheimlich vor. Obwohl sicher nicht viel Mysteriöses daran war, wie er zu seinen Informationen darüber kam, wo ich mich gerade aufhielt und wie es mir ging. Er sprach mit vielen Menschen und hatte ein Gespür für Zwischentöne und Ungesagtes. Aber es erstaunte mich, wie gut er meine verworrenen Gefühle erkannte.

Das Nachtlicht sandte flackernde Lichtfetzchen durch den Raum, und ich sah zu seinem bärtigen Gesicht hin. Er lächelte, fast wollte mir scheinen, gütig. Als wüsste er bereits die Antwort und wartete nur darauf, dass ich sie aussprach.

»Ich habe damals Geborgenheit verloren und wieder gesucht. Ich habe sie ganz bestimmt bei Anton gefunden. Und wieder verloren. Aber es hat mich nicht in den Abgrund gerissen.«

»Nein, denn du hattest ja den Willen, dein Leben selbst in die Hand zu nehmen.«

»Manchmal, Mac, war es in den zwei Jahren, die ich mit Anton verbracht habe, als hätte ich einen Vater in ihm gefunden«, sinnierte ich. »Ja, jetzt scheint es mir mehr und mehr so. Er war viel älter als ich – und nicht gerade ein drängender Liebhaber. Ich war sein Kätzchen – und gerade einmal ein Jahr älter als seine Tochter.«

»Du kennst deinen leiblichen Vater nicht, nehme ich an.«

»Meine Mutter hat mir einst gesagt, er sei auf eine lange Reise gegangen und nicht wiedergekehrt.«

»Ein Euphemismus für sein Ableben?«

»Nein, das glaube ich nicht. Eher ein unsteter Wanderer.«

»So, so.«

Ich vergrub mein Gesicht leise lachend an seiner Brust. »Ich mag unstete Wanderer!«

»Aber nicht als Vater.«

»Bewahre!«

Er lachte auch leise, wurde dann aber wieder ernst. »Ich erinnere mich sehr gut, wie gerührt du warst, als Wolking dich als Tochter bezeichnete.«

»Ja, es hat mir damals viel bedeutet, aber Fritz – er war recht starrsinnig. Trotzdem hat mich sein plötzlicher Tod erschüttert.«

»Ich bin auch viel älter als du, *mo puiseag.*« Mac strich mir eine Haarsträhne aus der Stirn.

»Ja, das bist du. Glaubst du, dass ich noch immer nach einem Mann suche, der mir den Vater ersetzt?«

»Tust du das?«

Nein, nicht mehr. Die Erkenntnis traf mich just in diesem Augenblick. Nein, ich suchte inzwischen nach etwas anderem. Den Geborgenheit spendenden, den mich beschützenden, vor der Welt behütenden Mann suchte ich nicht mehr. Ich war erwachsen geworden und konnte selbst für mich sorgen. Und für andere.

»Mac?«

»Ja, meine Schöne?«

»Was ist dein Ziel im Leben? Du bist immer auf Reisen – suchst du auch etwas?«

Ein tiefes, brummeliges Lachen durchbebte seinen Brustkorb.

»Klug bist du auch geworden, Amara. Ja, auch ich suche etwas. Ich habe eine Schuld abzutragen, und ich suche den Mann, bei dem ich sie begleichen kann. Aber das ist keine Geschichte, die dich betrifft.«

Er wollte es für sich behalten. Nun gut, das war sein Recht. Also hakte ich nicht nach, sondern stellte einfach fest: »Also, ich glaube, mein Ziel kenne ich jetzt. Aber es wird einen harten Kampf bedeuten, es zu erreichen.«

»Ja?«

»Ja. Ich will Gräfin werden«, kicherte ich.

»Das schaffst du, Euer Gnaden. Daran zweifle ich nicht. Aber vorher …«

Ja, vorher …

Witwenkuren

Ach! sie schwankt mit müden Füßen.
Süßes, dickes Kind, du darfst
Nicht zu Fuß nach Hause gehen.

Gedächtnisfeier, Heine

Dotty stapfte mit flatterndem Witwenschleier und schmerzenden Füßen den schlammigen Weg entlang und verfluchte den Arzt, der sie zu dieser widerwärtigen Kur gezwungen hatte. Jeden Tag musste sie dreimal das Godesberger Brunnenwasser trinken, ein Gesöff, das bar jeglichen Geschmacks war. Und vermutlich auch bar jeder Heilwirkung. Wasser – was sollte das schon ausrichten? Außer dass es ihren beständig brennenden Durst löschte. Aber viel lieber hätte sie dazu süßen Wein, Kakao oder einen Liqueur zu sich genommen.

Bewegung hatte er ihr auch verordnet. Viel Bewegung. Daher wanderte sie nun seit drei Monaten täglich von ihrem Hotel neben der Redoute zu der Wasserquelle in der Brunnenallee und verdarb sich die hübschen, hochhackigen Saffianstiefelchen auf den matschigen Straßen.

Aber das größte Ärgernis waren die Diätvorschriften, die der Doktor ihr gemacht hatte. Auf jegliche Köstlichkeit musste sie verzichten. Kein einziges Cremetörtchen gestattete er ihr. Grünes Gemüse, kaum gewürzt, dann und wann einen rohen Apfel, gedünsteten Fisch und Eier, aber kein Brot, keine Kartoffeln, keine Nudeln. Es war ein Martyrium.

Dabei hatte Gérôme sie begleitet, um ihr das Leben mit seinen Kreationen zu versüßen. Stattdessen saß er jetzt unbeschäftigt in einer Pension und war noch nicht einmal so recht dazu zu bewegen, wenigstens jene ihrer leiblichen Bedürfnisse zu befriedigen, die nichts mit der Einnahme von Mahlzeiten zu tun hatten.

Ihr Bruder war auch keine Bereicherung in ihrem Leben. Max hatte sich eng an diesen Doktor Jantzen angeschlossen, und wenn sie ihm ihr Leid klagte, dann wies er nur immer wieder darauf hin, dass auch Jan Martin die verordnete Therapie für die einzig sinnvolle bei der sie plagenden Zuckerharnruhr hielt.

An diesem feuchtkalten Morgen allerdings zeichnete sich ein Ende ihrer Torturen ab. In der Brunnenhalle hatten sich die üblichen Maladen versammelt, um bei müßigem Geschwätz ihr Wasser zu schlürfen. Die Gesellschaft war zwar nicht besonders anregend, aber es war die einzige, die ihr als Witwe erlaubt war. Gelbhäutige Herren mit schwammigen Gesichtern versuchten, den jahrelangen Überfluss an geistigen Getränken aus der Leber zu spülen, einige anämische Mädchen suchten Stärkung in Bäder- und Trinkkuren, Rekonvaleszenten an Krücken oder in Rollstühlen ließen sich von griesgrämigen Helfern die Gläser füllen. Doch eine Dame war neu hinzugekommen, und sie machte keinen hinfälligen Eindruck. Sie mochte um die fünfzig sein, trug gedeckte, doch sehr teure Kleidung und hatte eine ansprechend füllige Figur. Mit sichtbarem Widerwillen nippte sie an dem ihr gereichten Getränk, und Dorothea wagte lächelnd zu bemerken: »Ein Glas Rheinwein, scheint es, wäre auch Ihnen lieber.«

Ein abschätzender Blick war die erste Reaktion, dann aber ein leichtes Nicken.

Dotty beließ es dabei. Sie waren einander nicht vorgestellt worden, und sollte die Dame tatsächlich den Wunsch nach Konversation mit ihr haben, würde sie den ersten Schritt unternehmen.

Sie tat es bereits am nächsten Morgen.

»Sie kuren hier schon länger, junge Frau?«, fragte sie in leicht herablassendem Tonfall.

»Seit über drei Monaten genieße ich dieses reizvolle Ambiente. Der Tod meines Mannes, Richard Fink von Finckenstein, hat mich körperlich und seelisch so mitgenommen, darum hat mir mein Arzt empfohlen, diese Kur zu absolvieren.«

»Mhm«, war die einzige Reaktion darauf. Die Dame netzte die Lippen an ihrem Glas und schien mit sich zu ringen, ob sie sich dem würdevollen Ennuie ergeben oder eine Plauderei mit einer Fremden beginnen sollte.

»Man hat sein Kreuz zu tragen«, resümierte sie schließlich mit tönender Stimme. »Ich verlor meinen ersten Gatten vor vier Jahren. Just hier, in Godesberg, wohin er sich zu einer Wasseranwendung begeben wollte.«

»Es hatte nicht den gewünschten Erfolg?«, wollte Dorothea hoffnungsvoll wissen.

»Er erreichte den Ort nicht lebend. Doch lassen wir das. Mir riet man auf Grund eines melancholischen Anfalls, einige Tage in diesem Städtchen zu verbringen. Mein Gatte steht diesen neumodischen Behandlungsformen jedoch recht kritisch gegenüber.«

»So haben Sie sich denn wieder vermählt?« Mit einem sehnsüchtigen Seufzen schlug Dorothea die Augen auf. »Ach, auch ich hoffe, für meinen Sohn irgendwann wieder einen Vater zu finden.«

»Sie haben einen Sohn? Nun, das sollte Ihnen ein Trost sein.«

»Nicht im Augenblick, denn selbstverständlich wollte ich dem Kleinen die lange Reise nicht zumuten. Er weilt auf unseren Gütern im Osten.«

Von diesem Tag an plauderten die beiden Damen täglich einige Minuten miteinander, und Dotty erfuhr, dass Frau Doktor Jakob Schlaginhaufn mit einem renommierten Kölner Arzt verheiratet war. Als der gesetzte Herr eine Woche später eintraf, um sein Weib zurück in sein Heim zu holen, wurde sie ihm vorgestellt, und er erklärte sich bereit, sich ihre Krankheitssymptome anzuhören.

Mit milder Verachtung kommentierte er die Ratschläge seines

Kollegen und schlug Dorothea eine vollkommen andere Therapie vor. Da die flüssigen Körpersäfte, wie er sagte, bei der Zuckerharnruhr überhandnahmen, was durch großen Durst und häufiges Wasserlassen bewiesen war, verordnete er entsprechend seiner praktizierten Lehre das Verdicken der Säfte. Das aber bedeutete eine radikale Umstellung ihrer jetzigen Diät und vor allem Ruhe, nicht Bewegung. Dickflüssige Getränke wie Kakao, purgierende, also schweiß- und harntreibende Getränke wie Kaffee und starken schwarzen Tee, fette Speisen, heiße, sprich scharfe Gewürze, das alles kam Dotty viel mehr entgegen. Sie fühlte sich nach der Einnahme einiger üppiger Mahlzeiten besser gelaunt als je zuvor.

Weit mehr aber verbesserte sich ihr Leiden, als ihr Onkel Lothar de Haye Ende März in Bonn eintraf. Ja, sie bereitete ihm einen geradezu überschäumenden Empfang, vor allem deswegen, weil er für die Dauer der nächsten zwölf Monate eine hübsche kleine Villa im Süden Bonns angemietet hatte. Er hatte vor, seine auf den weiten Reisen gesammelten Exponate dorthin expedieren zu lassen und dann mit den Herren der Universität über mögliche Verwendungen zu verhandeln. Vor allem völkerkundliche Gegenstände aus Süd- und Nordamerika, einiges auch aus den afrikanischen Ländern, hatte er anzubieten. Und vielerlei botanische und mineralogische Besonderheiten verbargen sich in den nach und nach eintreffenden Kisten.

Zu Dorotheas Erstaunen hatte ihr Onkel überhaupt keine Schwierigkeiten, sofort in die elitärsten Kreise aufgenommen zu werden. Sie hatte eigentlich immer geglaubt, alle Welt betrachte ihn mit der gleichen verächtlichen Höflichkeit, wie ihre Eltern es taten, die nur auf Grund seiner Vermögenslage den gesellschaftlichen Kontakt mit ihm aufrechterhielten. Hier zeigte sich jetzt ein gänzlich anderes Bild. Selbst zu dem illustren Kreis der Rheingräfin fand er, ohne sich auch nur die geringste Mühe zu machen, sofort Zutritt.

Zu Dotty war er erfreulich freundlich und stieß sich auch nicht daran, dass sie ihre Trauerkleidung ablegte, um wieder in

Gesellschaft zu verkehren. Und er erlaubte ihr, in seinem Haus zu einem kleinen musikalischen Tee einzuladen.

Da Dorothea durch ihn nun mit etlichen Damen aus Bonn und Bad Godesberg bekannt war, kam eine recht ansehnliche Gästeliste zusammen. Es sollte natürlich alles vom Feinsten sein, was ihr, die sie von den Treuhändern ihres Sohnes einen ansehnlichen Unterhalt zugestanden bekommen hatte, auch nicht schwerfiel. Eine Schneiderin, die höchsten Ansprüchen genügte, war gefunden, eine Modistin ebenfalls. Feinste Teesorten, Kaffee und Spirituosen hatte Lothar de Haye sowieso vorrätig, blieben noch die Teekuchen und Konfekte. Hier hatte sie sich auf die Meisterleistungen ihres Kochs verlassen wollen, doch dieser Schweinehund war, ohne Abschied und ohne eine neue Adresse zu hinterlassen, aus seiner Pension ausgezogen. Mitsamt einigen kleineren Preziosen aus ihrem Besitz.

Dorothea schnaubte vor Wut, konnte aber nichts anderes machen, als dem Rat einer hilfsbereiten Dame zu folgen, und bei der beliebtesten Konditorin Bonns die Süßigkeiten zu bestellen.

Bei Amara Bevering.

Sie knirschte mit den Zähnen, als sie die Anfrage schrieb.

Drei Tage vor der Einladung lieferte ein Bote ihr die unterschiedlich parfümierten Sahnetrüffel und die Schokoladen-Buttercreme-Schnittchen.

»Die Frau Konditorin bittet Sie, darauf zu achten, dass die Ware kühl gelagert wird«, richtete er in unterwürfigem Tonfall aus. Dotty gab ihm mit hochnäsiger Geste ein geringes Trinkgeld und füllte die Leckereien sofort in Kristall- und Silberschüsseln um, die sie im dem gut geheizten Salon großzügig verteilte. Und weil ihr das Arrangement so gut gefiel, verkniff sie es sich sogar, den einen oder anderen Happen zu probieren. An Amaras Produkten gab es nie etwas auszusetzen, egal was man sonst von ihr halten mochte. Mit einer gewissen Häme hatte sie dem Getuschel gelauscht, das über ihre einstige Konkurrentin verbreitet wurde. »Lustige Witwe«, flüsterte man und erzählte sich von wechselnden Liebhabern. Die sie aller Wahrscheinlichkeit mit ihrer Mitbewohnerin, diesem leichten Hemd Melisande, fröhlich austauschte. Kurzum – gesellschaftsfähig war die werte Amara nicht. Einmal Küchenmädchen, immer Küchenmädchen. Das gab Dorothea eine gewisse Befriedigung.

Zufrieden mit ihren Vorbereitungen ließ sie sich in einer gemieteten Droschke zu ihrem Hotel bringen, wo schon die Schneiderin zur Anprobe auf sie wartete.

Man trug Nachmittagsgarderobe, üppige Volants aus Seidentaft raschelten über den Krinolinen, hauchdünne Spitzenshawls warfen anmutige Falten, glänzend pomadisierte Ringellocken umwippten zart gepuderte Gesichter. Der Duft von Rosenwasser, Maiglöckchen oder Flieder entströmte zierlichen Batisttaschentüchlein, und unauffälliges Geschmeide schimmerte an Händen oder an den hochgeschlossenen Kragen.

Lothar de Haye hatte die Damen in seinem Haus begrüßt, verabschiedete sich aber anschließend, um die weibliche Gesellschaft sich selbst zu überlassen. Eine Harfenspielerin strich mit ihren langen, beweglichen Fingern kunstbeflissen über die Saiten ihres Instruments, in zahlreichen Vasen leuchteten Bouquets aus Frühlingsblumen, zwei adrette Hausmädchen reichten Tee, Sahne, Zucker und Zitrone herum. Das Gespräch summte und plätscherte, Silberlöffelchen klirrten leise auf dünnem Porzellan, und einige Blicke ruhten schon begierig auf den mit Pralinen gefüllten Kristallschalen.

»Greifen Sie doch zu«, forderte Dorothea ihre Gäste auf.

Ihr wurde gerne Folge geleistet.

Doch nur ein einziges Mal griff eine jede Dame zu. Manche missbrauchten sogar ihr Spitzentüchlein, um das angebissene Stück Konfekt unauffällig verschwinden zu lassen.

Dotty biss in ein Cremeschnittchen.

Und wusste.

Diese verdammte Hure hatte ihr ranziges Konfekt geschickt.

Der Lohn der Bitternis

Amara, bittre, was du tust ist bitter,
Wie du die Füße rührst, die Arme lenkest,
Wie du die Augen hebst, wie du sie senkest,
Die Lippen auftust oder zu, ists bitter.

Amaryllis, Rückert

Melli schnürte mir das Mieder, und ich japste nach Luft, als sie mir das Knie ins Kreuz drückte, um die Taille noch enger zu schnüren.

»Hör auf! Verflixt, Melli, ich bekomme keine Luft mehr.«

»Das ist der Sinn der Sache. Wir wollen dir doch die Möglichkeit geben, dekorativ ohnmächtig in die Arme eines begüterten Herrn zu sinken.«

»Nichts da, lockere die Bänder, ich habe zu arbeiten!«

Melisande gluckste, zupfte aber an den Korsettschnüren und schaffte mir Raum zum Leben.

Mit Gefühlen, die zwischen Eitelkeit und Abscheu schwankten, betrachtete ich das weiße Musselinkleid, das mit unzähligen Veilchenbouquets bedruckt war. Ein prachtvolles Gewand hing da an meinem Schrank. Der Rock bauschte sich in verschwenderischer Weite, das Oberteil war zwar hochgeschlossen, wie es sich für ein Tageskleid gehörte, doch der über dem Dekolletee liegende, mit glänzenden violetten Satinbändern abgesetzte Stoff war fast transparent. Um dem Kleid die richtige modische Form zu geben, würde ich gleich in die mit Rosshaar verstärkte Krinoline steigen müssen, ebenfalls ein Zugeständnis an das Ereignis, das mich an diesem Nachmittag erwartete.

Gewöhnlich trugen Melli und ich, wie schon früher bei Nadina, Blusen und einfache Röcke, selten mehr als drei Unterröcke, und verzichteten auf die einengende Formgebung des Körpers durch festgeschnürte Mieder. Doch es gab inzwischen für uns beide die Verpflichtung, uns hin und wieder dem Modediktat zu beugen, weshalb wir die notwendigen Accessoires angeschafft hatten. Melli trug sie, wenn sie als Sängerin engagiert wurde, was in der letzten Zeit immer häufiger der Fall war. Erst hatte sie bei einigen Zusammenkünften der Studenten und Professoren aus Jans Kreisen ihre Lieder vorgetragen, inzwischen wurde sie auch zu den musikalischen Veranstaltungen der Bonner Gesellschaft eingeladen. Ihr geradezu unerschöpflicher Fundus an Liedern machte es ihr möglich, auch den Geschmack der biederen Bürgerkreise zu treffen. Besonders beliebt waren ihre russischen Lieder und die irischen Balladen, die sie von Jan Martin gelernt hatte. Aber sie kannte auch alle gängigen Operetten und viele lyrisch vertonte Gedichte. Nur wenn wir unter uns waren, griff sie auf Seemanns- und Trinklieder oder anzügliche Chansons zurück.

Ich hingegen hatte eine Einladung von der Rheingräfin erhalten, was eine besondere Ehre bedeutete. Sie bestellte seit einem Jahr regelmäßig ihre Süßwaren bei mir, und vor einem Monat war sie tatsächlich in unserem Laden erschienen, um persönlich mit mir zu sprechen. Sie war eine reizende Dame, frei von Dünkel und Attitüde. Wir verstanden uns auf Anhieb, und als sie mir ihre Idee vortrug, konnte ich nur mühsam meine Begeisterung unterdrücken. Sie wollte zu Ehren eines weitgereisten Gelehrten, der über die südamerikanische Botanik referieren würde, einen »Schokoladennachmittag« veranstalten. Dazu, so stellte sie sich vor, sollten die unterschiedlichsten Schokoladenprodukte gereicht werden. Als ich ihr von meinen Kakaorezepten berichtete, lud sie mich umgehend ein, an diesem Tag diese Getränke an Ort und Stelle zuzubereiten und ihre Herkunft und Rezeptur zu verraten.

Melli half mir nun, in die Unterröcke zu steigen, und warf mir dann mit geübter Hand das Kleid über den Kopf.

Es duftete noch leicht nach Veilchen von seinem ersten Auftritt Ende Februar. Damals trug ich es anlässlich eines Kostümfestes zu Karneval, zu dem uns Jan und Max eingeladen hatten. In eine große Verkleidung wollten Melli und ich nicht investieren, darum hatten wir uns Dominos aus Satin und passende Masken besorgt. Melli hatte für mich eine Rokokoperücke, für sich eine rote Lockenpracht aufgetrieben, unter der wir recht gut unsere wahre Identität verstecken konnten. Es war eine ausgelassene Gesellschaft, in die wir gerieten, und ein jeder gab sich Mühe, den anderen nicht zu erkennen. Wir nannten uns Madame Mystère und Monsieur Nonome, Lord Nameless und Lady Enigma, Herr Rätselhaft und Frau Unbekannt. Mich nannten viele Mademoiselle Violetta, denn meinen Domino und die Maske hatte ich passend zum Kleid in zartem Violett gewählt, und Melli stellte sich als Fräulein Röschen vor. Aus ähnlichem Grund.

Doch wenn ich auch unsere näheren Bekannten an ihren Stimmen und Gesten erkannte, so hatte ich nicht den Eindruck, irgendjemand würde mich mit der Chocolatière Amara Bevering in Verbindung bringen. Nicht einmal der schwarze Domino, an dessen Schläfe sich eine weiße Strähne durch die Haare zog. Als er mich zum Tanzen aufforderte, verstellte ich meine Stimme und flirtete mit Sir Donnow, wie Alexander sich nannte. Er schien Gefallen daran zu finden, und in der unbeschwerten, ja sogar leichtfertigen Champagnerstimmung, in der sich alle befanden, versuchte ich mich sogar in gewagterem Geplänkel. Es erstaunte mich, dass er darauf einging. Bisher hatte ich ihn für weit ernsthafter gehalten, aber hinter der Maske entblößte er einen ganz neuen Zug seiner Persönlichkeit. Auch er war empfänglich für leichtherzige Schmeichelei und flüchtige Versprechen. Mehr, als ich es zuvor vermutet hatte. Dass er sogar die Gunst der Stunde zu nutzen wusste, brachte mich für eine Weile in arge Bedrängnis. Denn bei unserem dritten Tanz, einem wilden, wirbelnden Walzer, führte er mich geschickt aus der Menge in eine stille Nische hinter einem Palmenhaus. Und hier erlaubte er sich, mich ohne Vorwarnung und ohne zu fragen, gründlich zu küssen.

Ich wehrte mich nicht.

Ich hatte es ja herausgefordert.

Nur leider weckte es viel mehr in mir, als es sollte.

Darum verschwand Mademoiselle Violetta auch sehr schnell vom Ball und verbrachte anschließend eine ruhelose Nacht.

Inzwischen glaubte ich mich wieder besser im Griff zu haben, aber als ich mich in dem Veilchenkleid im Spiegel sah, schnürte es mir wieder den Atem ab. Nicht nur wegen des engen Korsetts.

»Bist du sicher, dass er nicht wusste, wen er vor sich hatte, Amara?«

Wie üblich konnte Melli viel zu genau in meinem Gesicht lesen.

»Er hat nie eine Andeutung gemacht.«

»Und warum machst du keine?«

»Weil wir uns die letzten beiden Male in Gegenwart von Julia getroffen haben. Er meidet mich, Melli.«

»Weshalb zu vermuten steht, dass er es sehr wohl wusste. Ihr seid schon ein schwieriges Paar. So, und hier ist die Schürze, den Korb mit den Zutaten habe ich unten bereitgestellt und ich glaube, die Kutsche ist bereits vorgefahren. Viel Erfolg bei der Rheingräfin, Liebes!«

Die Villa Schaafhausen war ein skurriler Bau, dessen Architektur sich dem romantischen Burgenbau entlehnte. Aber es gab seit einigen Jahren eine starke Strömung, besonders bei den aus dem Bürgertum aufgestiegenen Reichen, sich mit den Attributen des alten Adels vornehmlich mittelalterlicher Provenienz zu schmücken. Ich trat also durch das Portal und wurde von einem höflichen Bediensteten in den Salon der Rheingräfin geführt. Hier jedoch hatte man den mediävalen Stil vermieden, die Einrichtung war modern und gemütlich. Etwa zwei

Dutzend Personen plauderten miteinander, bewunderten seltsame Trinkschalen oder geschnitzte Figuren, die aus den amerikanischen Ländern stammten. Die Hausherrin begrüßte mich freundlich und zeigte mir, wo ich die Kakaogetränke zubereiten sollte. Auf drei Rechauds standen Kessel mit heißem Wasser, angewärmte Milch war vorbereitet, und ein exquisites Schokoladengeschirr wartete auf seine fachgerechte Verwendung. Ich breitete gerade in den Porzellanschüsseln ungeröstete und geröstete Kakaobohnen als Anschauungsmaterial aus, als ein Herr mit einem verschmitzten Lächeln eine violette Frucht dazulegte.

»Die ursprüngliche Form des Kakaos, junge Dame, sollte nicht fehlen.«

Ich hatte Abbildungen gesehen, aber in der Hand hatte ich die Kakaofrucht noch nie gehalten.

»Darf ich?«

»Aber bitte, nehmen Sie sie. Sie sind die Künstlerin, wie ich hörte, die daraus jene köstlichen Pralinés kreiert? Madame Bevering?«

»So ist es. Und Sie müssen Herr de Haye sein, der uns heute über die südamerikanischen Kulturen aufklären möchte.«

Ich erlaubte mir, ihn offen zu mustern, was ihm nicht unangenehm zu sein schien. Sein Alter schätzte ich auf Mitte fünfzig, doch er wirkte nicht behäbig, sondern außerordentlich agil. Schlank und aufrecht, braun gebrannt und mit nicht sehr ordentlich gekämmten, grau melierten Haaren, aber einer selbstbewussten Ausstrahlung. Seine Züge attraktiv zu nennen, wäre zu viel gesagt, tiefe Falten hatten sich in sein Gesicht eingegraben und gaben ihm eine gewisse Schärfe, die sein Lächeln jedoch sofort milderte.

»Ja, Lothar de Haye. Und wie ich hörte, haben wir einen gemeinsamen Bekannten, Madame Bevering. Doktor Jantzen hat mir bereits von Ihnen und Ihrem exquisiten Geschäftchen berichtet. Und auch mein Neffe lobt Ihre Werke in höchsten Tönen.«

»Maximilian von Briesnitz ist uns ein stets willkommener

Kunde. Von ihm habe ich einige interessante Erkenntnisse über Zucker gewonnen.«

»Seine Passion. Meine Nichte, Dorothea von Finckenstein, kennen Sie auch?«

»Flüchtig, Herr de Haye.«

»Ah!« Er drehte sich suchend um und winkte eine füllige junge Frau zu sich. Ich hätte Dorothea wohl kaum wiedererkannt. Vor sieben Jahren hatte ich sie das letzte Mal gesehen – als sie mich laut schreiend Mörderin schimpfte. Ihre Bestellung vor einem Monat hatte sie schriftlich getätigt, und ihre Beschwerde über die angeblich verdorbenen Süßigkeiten war in einem Brandbrief auf meinem Tisch gelandet. Aus Gründen der Zurückhaltung hatte ich ein nüchternes Entschuldigungsschreiben formuliert und von einer Rechnung abgesehen.

Sie war früher ein molliges, beinahe süßlich hübsches Mädchen gewesen, jetzt wirkte sie, trotz enger Schnürung, schwammig und aufgedunsen. Als sie den Wink ihres Onkels bemerkte, machte sie zunächst einen Schritt in unsere Richtung, blieb dann aber stehen, bekam einen hochroten Kopf und drehte sich abrupt um.

»Flüchtig, aha. Ich bitte Sie, die unpassende Reaktion meiner Nichte zu verzeihen. Sie ist gesundheitlich nicht ganz in Ordnung und daher manchmal etwas launisch.«

»Es ist nicht der Rede wert.«

Ich stellte ruhig mein Werkzeug zusammen und begann mit der Zubereitung eines altmodischen Kakaos, wie es meine Mutter Birte mich gelehrt hatte.

Einige Damen und Herren kamen neugierig, von dem Duft angezogen, herbei, und ich erklärte ihnen mein Tun.

»Diese Art der Zubereitung«, erklärte de Haye, als ich den Kakaoquirl der Kanne in Bewegung setzte, »hat sich erst auf dem europäischen Festland herausgebildet. Die Einwohner der südamerikanischen Länder, die als Erste die Kakaobohnen sammelten und in ihnen ein Nahrungsmittel erkannten, hatten einen gänzlich anderen Geschmack als wir heute. Den Wert der

Schokolade schätzten sie aber auch auf andere Weise. Die Kakaobohnen wurden nämlich als Währung benutzt. Für dreißig Bohnen konnte man ein Kaninchen kaufen, für hundert einen Sklaven. Doch es gab auch viele Indianer, die sich keine Gedanken darüber machten und lieber ihren Kakao tranken, als reich daran zu werden.« Leises Gelächter belohnte diese Bemerkung, und er fuhr fort: »Der Konquistador und Entdecker Hernando Cortez erkannte den Wert des Kakaogeldes und ließ gleich nach seiner Ankunft in Mexiko eine Kakaoplantage anlegen, um Geld zu züchten. Aus diesem Grund blieb der Kakao während der Kolonialzeit als Währung erhalten und war als Kleingeld in loser Form von großer Bedeutung.«

Ich reichte die Tässchen mit dem aufgeschäumten Kakao an jene herum, die ihn kosten wollten, und machte mich, angeregt durch de Hayes Geschichte, daran, ein Batido anzurichten. Er beobachtete mich mit Anerkennung, als ich Chili, reine Schokolade, Vanille und eine Prise Zimt mischte und mit heißem Wasser aufrührte.

»Verfolgen Sie andachtsvoll diese Handlung, meine Damen und Herren, denn sie galt früher als eine heilige. Und mir, genau wie den alten Göttern der Mayas und Azteken, würde es sicher gefallen, dass die Priesterin, die den heiligen Göttertrank zubereitet, eine so schöne und kundige Frau wie Madame Bevering ist.«

»Schmeichler«, flüsterte ich nur für ihn hörbar, aber dennoch gefiel mir das Kompliment.

Dorothea gefiel es nicht. Ich hörte sie vernehmlich zischeln: »Sie ist nichts als ein verderbtes Küchenmädchen. Ich kann gar nicht verstehen, wie sie in diese vornehmen Kreise gelangt ist.«

Die Dame, an die diese Bemerkung gerichtet war, hielt sich ihr Lorgnon vor die Augen, betrachtete Dotty eingehend und sagte in gewöhnlicher Lautstärke, aber mit Eiseskälte in der Stimme: »Man hat noch nie etwas zu beanstanden gehabt, weder an den Produkten noch an dem gesitteten Auftreten von Frau Bevering. Sonst wäre sie ja nicht von unserer lieben Rheingräfin eingeladen worden. *Sie*, junge Frau, sind in Begleitung Ihres Onkels gekommen, nicht wahr? Ich zumindest habe *Sie* hier noch nie gesehen.«

Die arme Dorothea tat mir beinahe leid. Eine derart gekonnte Abfuhr war schwer zu verkraften. Folglich zog Dotty sich auch etwas weiter in den Hintergrund zurück und schaute unbeteiligt aus dem Fenster.

Ihr Onkel tat so, als sei nichts geschehen, und sprach weiter über die indianische Rezeptur.

»Man hatte natürlich noch andere Zutaten zur Hand, solche, die hier nicht zu bekommen sind. So gehörten die Kerne des Sapotille dazu, einer süßen Frucht mit Zimtaroma, und Achiote, so etwas Ähnliches wie eine große Hagebutte, die dem Getränk eine rote Färbung verlieh. Aber dies hier«, er nahm einen Schluck von dem scharfen, bitteren Batido, »kommt dem Original schon sehr nahe.«

Einige Damen nippten an dem Kakao und zogen schockiert die Luft ein. Zwei Herren aber schien er zu munden, sie ließen sich eine weitere Tasse davon reichen.

»Ich werde Ihnen jetzt eine mildere Form zubereiten, werte Damen und Herren, die Ihnen gewiss besser schmecken wird. Sie ist übrigens auch bei Kindern beliebt«, kündigte ich an und nahm das entölte Kakaopulver zur Hand, das ich mit der heißen Milch, Zucker, Vanille und einem Hauch Kardamom mischte. Man riss es mir förmlich aus der Hand, und mein Hinweis, ein Tröpfchen Rum würde dem Aroma nicht schaden, bescherte der Anrichte mit Kristallkaraffen einen kleinen Ansturm.

Dorothea hatte sich kein Getränk geben lassen, sie inspizierte die Pralinen und das Schokoladengebäck, das ich ebenfalls zu diesem Anlass geliefert hatte. Über einem aufgeschnittenen Cremekuchen, der mit kandierten Früchten verziert war, blieb sie stehen, fuhr herum und kam auf mich zugeschossen.

»Woher hast du dieses Zeug?«, fauchte sie mich an.

Ich setzte mein Madonnenlächeln auf, um meinen Ärger zu

kaschieren, und antwortete ihr in ruhigem Ton: »Mein neuer Koch hat diesen Kuchen zubereitet, Frau von Finckenstein.«

»Dein neuer Koch? Gérôme Médoc, was? Du also hast ihn mir abspenstig gemacht. Du hast ihn überredet, mich zu verlassen.« Ihre Augen funkelten vor Wut, und dann stieß sie hervor: »Ich kann mir gut vorstellen, mit welchen Mitteln du ihn zu dir gelockt hast!«

»Dorothea!« De Haye legte ihr die Hand auf die Schulter, aber sie schüttelte sie ab und holte Luft, um weitere Anschuldigungen loszuwerden. Leise, aber scharf fuhr er sie an: »Dorothea, du befindest dich in Gesellschaft. Benimm dich! Du blamierst mich!«

Dottys Blick teilte mir mit, dass sie mich am liebsten vergiften würde, aber sie wandte sich ab und bezog wieder ihren Posten am Fenster. Zum Glück hatten nur wenige Gäste ihren Auftritt bemerkt, und de Haye lenkte ihre Aufmerksamkeit auf die Gesundheitsschokolade, die ich in Form von kleinen Täfelchen mitgebracht hatte. Die harmloseste Form, nicht die mit Abführ- oder Wurmmitteln, sondern jene mit Hanfextrakt, die gerne zur Beruhigung oder Entspannung eingenommen wurden.

De Haye kommentierte auch sie. »Eine neue Erfindung, wie ich sehe – die Essschokolade. Doch tatsächlich ist sie nicht neu, denn schon die alten Völker Südamerikas nutzten sie als Reiseproviant. Die Azteken beispielsweise waren sehr erfolgreiche Kriegsherren, und sie versorgten die Soldaten mit einer brotähnlichen Zubereitung aus Maismehl, Honig und Kakao. Das war eine haltbare und nahrhafte Verpflegung auf den Feldzügen.«

Ich ergänzte, als er mir einen kleinen Seitenblick zusandte: »Wie ein guter Bekannter von mir, der Leiter des Botanischen Instituts der hiesigen Universität, Doktor Jantzen, inzwischen herausgefunden hat, muss man tatsächlich dem Kakao einen hohen Nährwert bescheinigen. Die Bohne besteht zu mehr als der Hälfte aus Fett, enthält ernährungswichtige Eiweißstoffe und Kohlehydrate, und das Theobromin wirkt, wie er sagt, ähnlich aufmunternd wie das Coffein im Kaffee. Das hat sicher auch zu seiner Beliebtheit bei den Aztekenkriegern beigetragen.«

Es entspann sich eine Diskussion um die wissenschaftlichen Begriffe, die einer der Anwesenden weit besser erklären konnte als ich. Lothar de Haye hörte eine Weile zu, wandte sich dann aber wieder mir zu.

»Darf ich Sie fragen, Madame Bevering, wie es kommt, dass Sie so ganz offensichtlich Ihr Leben dem Kakao verschrieben haben?«

»Weil ich mit dem Duft der Schokolade groß geworden bin, Herr de Haye. Meine Mutter war Zuckerbäckerin, und von ihr habe ich auch sehr früh das Zubereiten des Getränks gelernt. Aber gemocht habe ich die Schokolade nie. Sie war mir immer zu bitter.«

»Jetzt nicht mehr, möchte man meinen. Denn diese Leckereien lassen einen feinsinnigen Geschmack vermuten.«

»Wie soll ich sagen. Herr de Haye – es war das Leben, das mich gelehrt hat, dem bitteren Kakao die Süße zu verleihen und ihm das charakteristische Aroma zu entlocken«, erwiderte ich mit einem Augenzwinkern und fügte der Schokolade in meiner Tasse eine ganz winzige Prise Pfeffer hinzu.

»Und eine kleine Schärfe?«

»Und eine gewisse Schärfe.« Er musterte mich beinahe beleidigend intensiv, und ich fragte mit herausforderndem Lächeln zurück: »Welchen Geschmack hat Sie das Leben gelehrt, Herr de Haye?«

Seine Antwort kam sehr prompt: »Dass das Meer und die Tränen salzig sind.«

»Sie sind ein weitgereister Mann, Sie werden es wissen.«

»Ich bin weit und viel gereist, Madame Bevering, und habe erst jetzt erkannt, wie viel ich hinter mir gelassen habe, das zu halten sich gelohnt hätte. Ich habe die ganze Schärfe der Säuren, die tiefste Bitternis der Seele und gelegentlich die unaussprechlichste Süße ausgekostet. Aber Sie haben mir soeben vor Augen geführt, dass es die Ausgewogenheit der unterschiedlichen Aromen ist, die den wahren Genuss verursacht. Dabei hat mir diese Tatsache eine begnadete Zuckerbäckerin schon vor dreißig Jahren zu erklären versucht.«

Ja, dass es auf die Ausgewogenheit der Würze ankam, hatte meine Mutter mir oft genug eingeprägt. Die Überraschung, die seine Bemerkung bei mir auslöste, war gar nicht so groß. Die Erkenntnis hatte beinahe etwas Selbstverständliches, und so fragte ich mit ganz normaler Stimme: »Werden Sie mir verraten, Herr de Haye, warum Sie meine Mutter, Birte Zeidler, verlassen haben?«

Sehr, sehr langsam stellte er die Tasse ab, die er in der Hand gehalten hatte.

»Weil ich …« Er schüttelte den Kopf und fuhr sich mit der Hand durch die Haare, die dadurch noch ungeordneter abstanden. »Ich wusste es nicht, Madame Amara.«

»Dass sie mit mir schwanger war? Nein, das wussten Sie sicher nicht.« Ich legte meine Hand auf seinen Arm. Er sah erbarmungswürdig aus. »Ich nehme es Ihnen nicht übel. Die Dinge geschehen. Mama hat eine glückliche Ehe mit einem Konditor geführt, doch sie starb kurz nach ihm, als er bei einem Unfall ums Leben kam.« Mehr brauchte er im Augenblick nicht zu wissen.

»Ich habe mich nach ihr erkundigt, immer wenn ich wieder in Magdeburg war. Man wusste nichts über sie. Aber … hat sie denn nie von mir gesprochen?«

»Nur einmal. Ich hatte sie gefragt, wer mein Vater sei, und sie sagte, er sei zu einer langen Reise aufgebrochen und nicht wiedergekehrt. Was, wie ich nun weiß, der Wahrheit entsprach.«

Er nahm meine Hand und drückte sie fest, dann hob er sie an seine Lippen und berührte sie leicht wie ein Hauch.

»Sie werden mir viel erzählen müssen, meine Tochter. Darf ich um diese Gunst bitten?«

»So Sie mir ebenfalls viel erzählen, Herr de Haye.«

»Ein heiliges Versprechen, Amara. Sie hat Sie die Bittere genannt, und das möchte wie ein Omen klingen, nach dem, was Sie mir berichtet haben.«

»Die Bittere?«

»Amara hat seine Wurzel in dem lateinischen Wortstamm *amarus*, bitter.« Er lächelte mich an, hielt meine Hand aber noch immer in der seinen. »Doch wir wollen keine weitere Aufmerksamkeit auf uns lenken. Aber ich möchte Sie herzlich bitten, mich morgen zu besuchen.«

Die Erkenntnis, dass ich tatsächlich meinem leiblichen Vater begegnet war, traf mich erst zu Hause mit voller Wucht. Ich war Melli mehr als dankbar, denn sie verlor keine Worte darüber, und am nächsten Tag war mein Kopf so voller Fragen, Zweifel und ungeklärter Gefühle, dass ich kaum in der Lage war, mich für ein Besuchskleid zu entscheiden.

Lothar de Haye hatte mir eine Kutsche geschickt, und mit kalten Fingern und einem drückenden Gefühl im Magen ließ ich mich zu seinem Haus fahren.

Er empfing mich mit Herzlichkeit, aber auch bei ihm vermeinte ich, eine gewisse Anspannung zu spüren.

»Setzen Sie sich an den Kamin, meine Liebe. Darf ich Ihnen eine Erfrischung anbieten?«

Ich akzeptierte ein Glas Wein und suchte nach Worten, doch mein Vater – wie ungewohnt, ihn selbst in Gedanken so zu titulieren – nahm mir dankenswerterweise das Reden ab.

»Ich will Ihnen von mir berichten, Amara, denn das bin ich Ihnen schuldig. Sie wissen vermutlich, dass ich der jüngere Bruder von Eugenia von Briesnitz bin.«

»Der Onkel von Max und Dorothea. Das wusste ich natürlich.«

»Was Sie sicher nicht wussten, war, dass ich das schwarze Schaf einer sehr konservativen hugenottischen Familie bin, die schon lange in Berlin ansässig ist.«

»Weder Ihre Fellfarbe noch der Stall waren mir bekannt«, rutschte mir heraus, und er lachte auf.

»Nun wissen Sie es. Ich will es nicht als Entschuldigung vorbringen – ich war ein junger Rebell, verließ mit sechzehn mein

Elternhaus im Streit, um mich den Franzosen anzuschließen, tobte mich in den Schlachten von Jena, Talavera und Ciudad Rodrigo aus. Als sich das Blatt für den Kaiser zu wenden begann, desertierte ich. Nicht sehr rühmlich, ich weiß, aber das Soldatenleben hatte seinen Reiz für mich verloren. Es hat mich aber eine Menge gelehrt. Härte vor allem und die Kunst des Überlebens. Ich schlug mich von Spanien nach Berlin durch, nur um von meinem Vater des Hauses verwiesen zu werden. 1812 suchte ich deshalb meine Eugenia auf, die mich, wenn auch widerwillig, bei sich aufnahm. Oh, ich vergaß zu erwähnen – ganz mittellos war ich nicht. Ich hatte das Erbe meines jüngst verstorbenen Patenonkels angetreten und auch durch … mhm … Plünderungen einen gewissen Kapitalstock in Form von Schmuck und Edelsteinen angelegt. Das machte mich den Briesnitzens gefällig. Der Baron ist kein guter Wirtschafter, verstehen Sie.«

»Ja, es klingt dann und wann an, wenn Max über seine Eltern spricht.« Ich konnte eine gewisse Faszination nicht leugnen. Dieser weltgewandte Mann mir gegenüber gab zu, sich an Raub, Mord und Plünderungen beteiligt und bereichert zu haben. Mein Vater – was sollte ich davon halten?

»Ich schockiere Sie, Amara?«

»Ich weiß es noch nicht. Berichten Sie weiter.«

»Ich traf auf dem Briesnitz'schen Gut Ihre Mutter, Amara. Birte, die in der Küche kleine Wunder wirkte. Meine Schwester pflegte das Personal irgendwo zwischen Möbelstücken und Nutzvieh einzuordnen, ich hingegen habe Bedienstete schon immer als Menschen betrachtet. Weshalb ich Birte auch wegen ihres hervorragenden Gebäcks lobte. Es freute sie, und wir kamen weiter ins Gespräch. Amara, sie war eine bildschöne, junge Frau, anständig, sauber und von einem unerwarteten Mitgefühl mir gegenüber, das mir andere verweigerten. Ich war dreiundzwanzig und hatte Blut, Grauen und Tod gesehen. Ich hatte meine Albträume und kämpfte gegen die Erinnerung mit einem Schutzpanzer aus Zynismus und Kaltherzigkeit an. Aber ihr gelang es, ihn zu zerstören. Ich verliebte mich in sie.«

»Aber wohl nicht genug, um die daraus erwachsenden Verantwortungen zu übernehmen«, stellte ich bitter fest.

»Nein, Amara. Nicht genug. Ich weiß es selbst. Ein Bekannter des Barons besuchte uns eines Tages und sprach von der Expedition nach Nordafrika, die er in Kürze antreten wollte. Ich bat darum, ihn begleiten zu dürfen. Meine Sprachkenntnisse und meine Kampferfahrung waren ihm Referenz genug.«

»Sie verließen meine Mutter.«

»Ich verließ sie, aber ich wollte zurückkehren. Doch die Expedition hielt mich weit länger von Deutschland fern, als ich es geplant hatte. Erst 1820 landete ich wieder nach langen Umwegen in Bremen, musste Geschäfte regeln, Kontakte schließen, mein Vermögen ordnen. Ich hatte in Afrika eine Diamantmine entdeckt, Amara, die meinen Reichtum heute begründet. Als ich schließlich zwei Jahre später wieder auf Rosian eintraf, war Birte fort, in Stellung bei dem Grafen von Massow. Der jedoch hatte sich auf eine diplomatische Mission nach England begeben, und ich konnte die Spur Ihrer Mutter nicht mehr aufnehmen.«

»Sie hatte Fritz Wolking geheiratet und führte mit ihm eine Konditorei in Berlin.«

»War er Ihnen ein guter Stiefvater?«

Ich dachte nach. Sechs Jahre lang waren wir eine Familie gewesen. Und wenn Fritz auch in seinen Ansichten starrsinnig und in seinem Verhalten devot war – ja, er war mir ein guter Vater gewesen.

»Wir hatten unsere Differenzen, und ich war sicher nicht ganz schuldlos daran. Aber seinen Tod habe ich leichter verwunden als den meiner Mutter.«

»Würden Sie mir erzählen, was geschehen ist? Bitte, Amara.«

»Soweit ich weiß, entdeckte Lady Henrietta, die Gräfin von Massow, die zu Besuch bei den Briesnitzens weilte, meine Mutter eines Tages an einem kleinen Teich auf dem Grund des Gutes, wo sie ihr ein Bild der Verzweiflung bot. Lady Henrietta ist eine außerordentliche Frau, Herr de Haye. Sie hat meine Mutter angesprochen und auf ihre mitfühlende Art ihr Dilemma erfahren. Da sie sich in den Tagen zuvor von ihrem Können hatte überzeugen können, bot sie ihr an, in Stellung auf Evasruh zu gehen. Offensichtlich hatten Briesnitzens keine Einwände, und so kam ich dort zur Welt und wuchs die ersten Jahre in sehr glücklicher Umgebung auf.« Dann berichtete ich ihm von Fritz, unseren Plänen und schließlich seinem Unfall, der unser Leben veränderte. Er hörte mit stummer, betroffener Miene zu. Als ich von der Zuckerfabrik berichtete, stand er auf und drehte mir den Rücken zu, und als ich endete, blieb er lange in dieser Haltung stehen und schwieg.

Ich trank meinen Wein. Mein Herz tat weh.

Plötzlich drehte de Haye sich um und setzte sich neben mich.

»Ich kann es ihr nicht mehr sagen, wie unendlich ich es bedauere, dass ihr alles das widerfahren ist. Amara, ich kann nur Birtes Tochter bitten, mich nicht abgrundtief zu verdammen. Hätte ich es nur gewusst ...«

Meine Stimme wollte mir nicht gehorchen, sie war heiser und tonlos, als ich erwiderte: »Ich habe von Mama nie einen Vorwurf gehört. Vielleicht hat sie ihre Naivität und ihren Leichtsinn bereut, mich hat sie es nie spüren lassen. Ob Sie ihr Herz gebrochen haben – ich weiß es nicht. Und ich habe Sie nicht gekannt, darum habe ich Sie auch nie vermisst. Mein leiblicher Vater war mir gleichgültig – das schließt wohl Liebe wie Hass aus.«

»Das ist großzügig genug, Amara.« Er küsste meine Hand und erhob sich. »Ich habe die ganze Nacht nachgedacht und mir meine Schandtaten durch den Kopf gehen lassen. Glaub mir, es war eine bittere Nacht.«

»Meine war nicht minder bitter. Aber was geschehen ist, kann man nicht mehr ändern. Wir sind, was wir sind, Herr Vater.«

Nun war es heraus.

Er schloss die Augen für einen Moment, und sein Gesicht drückte tiefe Bewegung aus.

»Danke, meine Tochter.«

Er trat zur Anrichte und schenkte uns jedem ein Glas Cognac ein. Als er es mir reichte, wirkte er wieder gefasst, aber in seinem Lächeln lag Trauer.

Mir ging eine erstaunliche Parallelität durch den Kopf und ich sagte: »Wie seltsam, auch Alexander, der Freund von Jan Martin und Max …«

»Ich kenne ihn, ein hervorragender Ingenieur.«

»Er hat seinen Vater ebenfalls erst nach langer Zeit wiedergefunden.«

»Auch diese Geschichte ist mir vertraut. Ich las sie in einem abgelegenen Nest am Missouri, und sie berührte mich seltsam. Ja, im Grunde war sie der Auslöser, wieder nach Deutschland zurückzukehren und mich um meine Familie zu kümmern. Und nun ist sie größer als erwartet.«

»Das Leben schlägt eigenartige Kapriolen.«

»Ja, Amara. Aber du kannst mir glauben, ich bin stolz auf dich. Du bist zu einer wunderbaren jungen Frau herangewachsen, trotz aller Widrigkeiten.«

»Seien Sie vorsichtig mit Ihrer Bewunderung. Wissen Sie, mein Ruf ist nicht der beste. Manche nennen mich eine lustige Witwe, andere ein Küchenmädchen mit Ambitionen. Sie hingegen sind ein erfolgreicher Geschäftsmann.«

»Pah! Ich bin ein *stinkreicher* Geschäftsmann, und ich möchte den erleben, der es wagt, dich noch einmal mit irgendwelchen unpassenden Titeln zu belegen.« Dann lächelte er, kniete vor mir nieder, und in seinen Augen glitzerte es. »Und ich werde jetzt etwas tun, was ich noch nie in meinem Leben getan habe. Ich werde erstmalig einer Frau einen Antrag machen. Höre also, Amara – wärest du bereit, mich als deinen Vater anzunehmen, mich für dich sorgen zu lassen, dich zu beschützen und für dich einstehen zu lassen, wie es sich für einen anständigen Vater gehört?«

»Ich werde aber nicht immer eine gehorsame Tochter sein, ich habe einen eigenen Kopf.«

»Das gehört dazu, damit müssen Väter leben. Also?«
»Ja, ich will.«
Und dann musste ich das Schnupftuch bemühen.

Eine Idee wird geboren

Wenn Freundesantlitz dir begegnet,
so bist du gleich befreit, gesegnet,
gemeinsam freust du dich der Tat.
Ein Zweiter kommt, sich anzuschließen,
mitwirken will er, mitgenießen;
verdreifacht so sich Kraft und Rat.

Johann Wolfgang von Goethe

Alexander hatte eigentlich eine Ausrede gesucht, mit der er sich um die Einladung hätte drücken können. Aber dann überwog die Neugier, und er packte eine Tasche für die Übernachtung zusammen. Paula war ebenfalls eingeladen, aber sie zog es vor, der Gesellschaft, in der sie sich immer unwohl fühlte, fernzubleiben. Obwohl Maximilian von Briesnitz ihr ein separates Billet gesandt hatte. Das Brieflein lag demonstrativ auf Alexanders Schreibtisch, damit er es auf keinen Fall übersehen konnte. Paula wollte ihm damit wohl andeuten, dass sie keinerlei Interesse an dem jungen Mann hatte.

Sie sprachen selten miteinander, und wenn, dann ging es zumeist um geschäftliche Dinge. Paula hatte sich, vielleicht aus Langeweile, vielleicht um Gisa in nichts nachzustehen, angeboten, Alexanders Korrespondenz zu übernehmen. Da sie eine saubere, gut lesbare Handschrift hatte und auch seine Skizzen ordentlich und korrekt zu übertragen wusste, hatte er ihr diese Aufgabe nach und nach anvertraut. Es funktionierte recht gut, und auf diese Weise brach der Kontakt zwischen ihnen beiden nicht zur Gänze ab.

Alexander verabschiedete sich kühl von ihr und stieg auf den

Wagen, um nach Bonn zu kutschieren. Er wollte an dem Gartenfest von Lothar de Haye teilnehmen und am nächsten Tag Julia von der Schule abholen.

Während das Pferd die Rheinuferstraße Richtung Süden hinuntertrabte, gingen ihm Gedanken durch den Kopf, die er eigentlich lieber verscheucht hätte. Aber sie ließen sich nicht bändigen. Er würde Amara treffen – eine ganz andere Amara als die, die er einst in der Zuckerfabrik getroffen, die er verstört und gebrochen zu Nadina gebracht hatte. Eine andere Amara als die Apothekersgattin, die in seinem Bett ein totes Kind zur Welt gebracht hatte, eine andere als die erfolgreiche Chocolatière, die mit gleichbleibend freundlicher Miene ihre Kunden bediente. Eine andere als die, die mit seiner Tochter scherzte und ihr Bänder ins Haar flocht. Eine völlig andere Amara als die leichtherzige Mademoiselle Violetta, die ihn so weit gereizt hatte, dass er seine guten Manieren vergessen und außer sich vor Verlangen ihren lächelnden Madonnenmund geküsst hatte.

Verdammt, sie musste es doch wissen. Er selbst war ein solcher Trottel gewesen. Erst als er jemanden in seiner Nähe sagen hörte: »Der Domino mit der weißen Haarsträhne muss Masters sein«, traf es ihn wie eine Ohrfeige. Er hatte diese Absonderlichkeit nicht bedacht, die von der Maske nicht verdeckt wurde. Amara aber war nach seinem unstatthaften Übergriff spurlos verschwunden. Und später hatte sie nie ein Wort darüber verloren, dass an jenem Abend etwas zwischen ihnen passiert war.

War ja auch nicht. Himmel, es war ein Kuss. Mehr nicht. Es war schließlich Karneval gewesen.

Heute war ein heißer Augusttag, nicht der kalte, feuchte Februar seiner Erinnerung. Und Amara war die Tochter eines der reichsten Männer des Landes.

Ihr zu Ehren gab de Haye ein Fest, zu der sich die Crème der Gesellschaft einfinden würde. Amara war der leuchtende Stern unter ihnen.

Das verhärmte kleine Mädchen aus der Hinterhofwohnung,

das sein junges Herz damals angerührt hatte, war spurlos verschwunden.

Er gönnte es ihr.

Aber trotzdem …

Melisande ließ sich von dem Dienstmädchen ins Kleid helfen. Amara, mit der sie sonst immer gemeinsam Toilette gemacht hatte, war schon am Morgen zu de Hayes Villa aufgebrochen, um die Vorbereitungen für das Gartenfest zu überwachen.

Die Röcke raschelten und fielen in ihre weiten Falten, und mit ungeschickten Fingern nestelte das Mädchen die vielen kleinen Knöpfe am Rücken zu. Als sie endlich fertig war, dankte Melli ihr und schickte sie fort, um sich vor dem Spiegel selbst ihre Frisur zu richten.

Was für eine Wendung für Amara, dachte sie, während sie ihre schwarzen Haare aufsteckte. Noch ganz genau konnte sie sich an den Abend erinnern, als sie am Arm von Lothar de Haye von der Rheingräfin zurückgekehrt war. Die beiden hatten ihr kurz berichtet, was geschehen war, dann war de Haye gegangen. Amara hatte sich auf das Sofa fallen lassen. Sie war blass, und das Glas Wasser, um das sie gebeten hatte, zitterte in ihren Händen.

Drei Tage war ihre Freundin wie im Traum umhergeschlichen und wollte niemanden sehen, mit niemandem sprechen. Melli akzeptierte das. Sie hatte genug Phantasie, sich vorzustellen, was in Amara vorging. Sie selbst hatte ihren Vater zwar gekannt, doch er war gestorben, als sie gerade vier Jahre alt war. Sie war sich sicher, dass auch er einer von Nadinas lahmen Hunden war. Er war einer der russischen Kriegsgefangenen, die die Preußen in Potsdam angesiedelt hatten. Das Einzige, woran sie sich erinnern konnte, waren sein schöner Bariton und die vielen Lieder, die er ihr vorgesungen hatte. Seine Musikalität brachte ihm die Stellung als Leiter des Gefangenenchors ein, und obwohl er nur noch einen Beinstumpf hatte und sein linker Arm vernarbt und kaum zu gebrauchen war, hatte er die

Gruppe zu einer Berühmtheit gemacht. Er hatte auch Nadinas Stimme ausgebildet, und als er einer Lungenentzündung erlegen war, hatte sie damit die Grundlage gehabt, um ein Engagement als Soubrette am Königsstädter Theater zu erhalten.

Eine Weile hatte Melisande ihn vermisst, doch dann verblasste sein Bild, und ihre Mutter schaffte es, sie allen Widrigkeiten zum Trotz alleine großzuziehen. Nadina hatte einige Liebschaften, heiraten wollte sie jedoch nie wieder, obwohl es ihr an Anträgen nicht gefehlt hatte.

Vielleicht war das auch der Grund, warum sie selbst nicht so recht an die Ehe glaubte. Zwischen ihr und Jan Martin war das Thema nie zur Sprache gekommen. Und in der letzten Zeit – je nun, in der letzten Zeit hatte Jan immer häufiger seine Forschungen vorgeschoben, um sie nicht mehr zu besuchen. Es schmerzte sie ein wenig, dass die Affäre so im Sand verlief, aber wenn sie ehrlich zu sich war – die große Liebe ihres Lebens war Jan nicht. Ein verletzter, unglücklicher Mann, dem sie Trost spenden konnte, ein guter Freund, ein vertrauter Kamerad, das war er. Wie hatte er sich gefreut, als er von der Verbindung zwischen Amara und de Haye gehört hatte. Melli lächelte in Erinnerung an sein fassungsloses Gesicht. Anschließend hatte er Amara in die Luft gehoben und sie dreimal durch den Raum geschwenkt.

Das war eine Woche nach dem sensationellen Ereignis gewesen, und Amara war wieder sie selbst geworden. Es beeindruckte sie nicht sonderlich, die Tochter eines reichen Mannes zu sein. Sie wollte weiterhin mit ihr, Melli, den Laden führen und das gewohnte Leben beibehalten. Als einziges Zugeständnis an die veränderte Lage traf sie sich an zwei Nachmittagen in der Woche mit ihrem Vater, um gemeinsam mit ihm zu essen und zu reden.

Die Türklingel ertönte, gerade als Melisande in ihre Schuhe geschlüpft war, und sie lief nach unten, um Maximilian zu öffnen, der sich angeboten hatte, sie zu de Hayes Villa zu begleiten.

Maximilian von Briesnitz war, als er von der Vaterschaft seines Onkels gehört hatte, in schallendes Gelächter ausgebrochen. Dann hatte er Lothar herzlich zur späten Geburt seiner Tochter gratuliert, Amara beim nächsten Treffen umarmt und sie als Cousine begrüßt. Er freute sich aufrichtig für die beiden und verstand beim besten Willen nicht, was seine Schwester Dotty daran derartig erboste. Überhaupt verstand er sie immer weniger. Als sie in Bonn eintraf, war sie frisch verwitwet, und er empfand, obwohl sie sich über die Jahre hinweg entfremdet hatten, Mitleid mit ihr. Sie hatte einige unglückliche Erfahrungen machen müssen, bis sie einen geeigneten Gatten gefunden hatte, und nun war der ebenfalls gestorben. Selbst wenn die Ehe nicht die beste gewesen war, musste das für eine Frau ein schrecklicher Schicksalsschlag sein. So erschien es ihm auch in den ersten Tagen ihres Aufenthalts, aber dann merkte er zu seiner Verwunderung, dass nicht Trauer, sondern Lebenshunger Dottys Handlungen antrieb. Es gab einige hässliche Tuscheleien, die er zunächst geflissentlich überhörte. Aber dann entließ Amara den Koch, der zuvor in Dorotheas Diensten gestanden hatte, von einem Tag auf den anderen, weil er sich Unregelmäßigkeiten in der Abrechnung hatte zuschulden kommen lassen. Dieser schäbige Knochen säte, bevor er die Stadt verließ, einige besonders üble Gerüchte über seine Schwester aus, vor denen Maximilian schlichtweg nicht die Ohren verschließen konnte. Er würde heute ein Auge auf Dotty haben, das nahm er sich vor, während er darauf wartete, dass Melisande ihre Schute aufsetzte und die breite Schleife hinter ihrem Ohr fertigknüpfte.

Sie war eine süße Person, so lebhaft und voller Lachen. Aber leider war ihm sein Freund Jan zuvorgekommen. Er konnte es verschmerzen, hatte doch Paula Masters sein Herz angesprochen. Diese kultivierte, ätherische Dame musste alle ritterlichen Gefühle wecken und einen leichten Groll auf ihren Gatten hervorrufen, diesen kaltherzigen Techniker, dem die zarte Konstitution seiner Frau nurmehr lästig war. Auch unter Julias Benehmen litt die empfindsame Paula. Obwohl die Tochter ihre

Mutter stets mit der gebührenden Höflichkeit behandelte, spürte man dahinter eine unterschwellige Verachtung. Paula brauchte Hilfe, Fürsorge und Unterstützung. Manchmal auch Medikamente, die ihre Nerven stärkten. Dass sie sich nicht traute, ihren Mann darum zu bitten, verstand Max nur zu gut – es war das Eingeständnis ihrer Schwäche, für die Alexander sie hasste. Also brachte Maximilian ihr Baldrian, Laudanum und Hanftropfen mit, die in den botanischen und pharmazeutischen Labors leicht aufzutreiben waren. Auch heute hatte er ein Fläschchen Hanfextrakt dabei, weil er hoffte, sie würde sich ebenfalls bei seinem Onkel einfinden. Er hatte sie extra in einem höflichen Billet darum gebeten.

Das nachmittägliche Gartenfest durfte man getrost als wunderbaren Erfolg betrachten. Unter den hohen, schattigen Kastanien lagerten im weichen Gras die Damen in ihren pastellfarbenen Kleidern wie kostbare Riesenblüten, Herren standen plaudernd an der Bowleschüssel beisammen, Kuchen und delikate Sandwiches wurden herumgereicht, und Melisande sang zur Begleitung einer Gitarre heitere Lieder.

Jan Martin lächelte, als er sie beobachtete. Sie hielt sich sehr zurück, nicht ein einziges Kommerslied kam über ihre Lippen. Soeben besang sie die traurige Weise der schönen Loreley. Amara schritt am Arm ihres Vaters zwischen den Gästen umher, ein Bild in türkisfarbener Seide, um den Hals ein Collier aus den nämlichen Steinen und blitzenden Brillanten. Ohne Zweifel ein Geschenk von de Haye. Ihr Teint war von der Sonne zwar undamenhaft tief gebräunt, aber Jan konnte keinen Anstoß daran nehmen. Er verglich sie mit den karibischen Schönen, an die er sich, seit er sich nun häufig mit Lothar unterhielt, mit wachsender Sehnsucht und einem seltsamen Fernweh erinnerte.

Lothar de Haye hatte Trinidad noch im vergangenen Jahr besucht und brachte Nachricht von der Kakaoplantage, den Valmonts und insbesondere von Inez. Sie hatte ihn beeindruckt. Aus dem wilden Mädchen war eine energische junge Frau geworden, die sich tatkräftig um die Belange der Pflanzung kümmerte. Sehr zum Ärger ihres Vaters hatte sie auch ein paar vorteilhafte Anträge ausgeschlagen und war noch immer unverheiratet.

Jan sann, während er einen Schluck von der kühlen Champagnerbowle nahm, darüber nach, ob er nicht doch noch einmal die Reise über den Atlantik antreten sollte. Bisher hatte er kein Glück damit gehabt, Kakaopflanzen im Gewächshaus am Leben zu erhalten, obwohl es ihm einige Male gelungen war, in den sinnreich konstruierten Transportkästen junge Triebe einzuführen. Den Sommer über wuchsen die Pflanzen ohne Probleme, den kalten Winter aber vertrugen sie nicht. Das lag vor allem an dem desolaten Zustand des derzeitigen Hothouses im Botanischen Garten. Aber über diese Schwierigkeit mochte er jetzt nicht weiter nachdenken.

Die ersten Gäste verabschiedeten sich, nun, da die Schatten länger wurden, und Max winkte ihm zu, in das große gestreifte Zelt zu kommen, das neben den Rosenlauben aufgestellt war. Jan schlenderte dorthin, um zu hören, was es gab.

»Onkel Lothar meint, wir sollten zum Essen bleiben. Alexander, Melli, Dotty, du und ich.«

»Gerne.«

Im Inneren des Zeltes waren auf orientalische Manier Polster verteilt, und Melli machte sich bereits an der Mokkamaschine zu schaffen. Auf flachen Schalen lagen Schokoladentäfelchen, und winzige, goldverzierte Tassen warteten auf ziselisierten Tabletts darauf, herumgereicht zu werden. Dorothea lagerte bereits auf einem großen Kissen. Jan fiel auf, wie ungesund blass sie erschien. Ihre Haut wirkte glasig, und ein feiner Schweißfilm hatte sich auf ihrer Stirn gebildet. Resigniert schüttelte er bei ihrem Anblick den Kopf. Mehrmals schon hatte er mit Max und auch mit Lothar über ihre Krankheit gesprochen und auch ihr dringend dazu geraten, sie solle auf ihre Ernährung achten, aber bisher hatte Dorothea sich allen Ratschlägen gegenüber taub gestellt.

Alexander traf ein, und ihm folgte Amara mit Lothar.

»Ein schöner Nachmittag, meine Lieben«, sagte der Gastgeber und ließ sich in die Polster fallen. Amara sank etwas anmutiger neben ihn und breitete ihre Röcke aus. »Aber jetzt wollen wir ihn ausklingen lassen. Kein gesellschaftliches Schöntun und verbindliches Blabla mehr. Ich freue mich, den kleinen, engen Kreis der Freunde meiner Tochter um mich zu haben, die ihr – und hierfür möchte ich mich an dieser Stelle noch einmal ganz aufrichtig bedanken – in guten und in bösen Zeiten beigestanden haben.«

Melisande reichte die Mokkatässchen herum, und Jan war froh über den belebenden, bitteren Geschmack.

»Nein, Melli, keine Süßigkeiten mehr«, lehnte er die Kekse ab. »Ich habe heute Nachmittag genug Kuchen gegessen.«

»Er hat eine kandierte Aprikose und einen halben Bissen Pflaumenkuchen verdrückt«, knurrte Melli. »Gargantuesk nenne ich das.«

»Jan wird morgen wieder bis nach Koblenz rudern, um diese gewaltige Nahrungsmenge zu verbrennen, wie er es nennt«, spottete auch Max und betrachtete eines der braunen Täfelchen. »Was hast du da zusammengemischt, Amara? Das ist doch kein Keks?«

»Nein, das ist etwas, was ich sie auszuprobieren bat, Max«, erklärte Lothar. »Die Verpflegungsration der Aztekenkrieger. Kakao, Honig, Mehl und Nüsse. Sehr schmackhaft.«

Jan brach sich trotz seiner Weigerung, Süßes zu essen, ein Stückchen ab und kaute bedächtig.

»Ja, fett und süß ist es. Als Marschverpflegung sicher brauchbar. Es enthält in kompakter Form alles, was der Mensch braucht, soweit wir es heute wissen. Man könnte es der Armee verkaufen, was meint ihr?«

»Ein hervorragender Gedanke, Jan!«, rief Lothar aus, aber Melli schüttelte den Kopf.

»Der Honig macht es zu klebrig. Wir haben es mit mehr Mehl versucht, aber dann schmeckt es fad.«

»Einen marschierenden Soldaten wird der Geschmack nicht

stören«, überlegte Alexander laut. »Ich erinnere mich, dass die Männer immer verdammt hungrig waren. Damals, im letzten Krieg.«

»Die alten Azteken hatten Sklaven, gebe ich zu bedenken, die ihnen die aufwendige Zubereitung abnahmen. Aber mein Vater wittert ja überall ein Geschäft. Und jetzt wird er nicht lockerlassen, bis wir Preußens Gloria mit Schokolade abgefüttert haben. Also, Alexander, wie sieht es aus, wann baust du die erste Schokoladenfabrik?«

»Jetzt fängst du auch noch damit an, Amara. Julia möchte mich auch ständig dazu überreden.«

»Ist denn die Idee so undurchführbar? Sie haben doch Fry in Bristol besucht, sagte mir Jan«, hakte Lothar nach.

»Sicher, aber er stellt lediglich das Kakaopulver her, und in seiner Fabrik gibt es nur Maschinen für das Rösten und Mahlen und einige Pressen. Die Herstellung von Essschokolade ist ein viel aufwendigeres Verfahren.«

»Meine Tochter kennt das Verfahren, nicht wahr, Amara?«

»Nun ja, ich habe vor einiger Zeit schon mal darüber nachgedacht. Zum einen braucht man Maschinen, die die Kakaoschalen entfernen, Rührwerke, Mischer, Waagen. Aber ihr Ingenieure werdet doch sicher auch dafür technische Lösungen finden.«

Jan beobachtete, wie Alexander Amara anblickte, und mit einer Mischung aus Belustigung und Mitgefühl entdeckte er, dass sein Freund vermutlich eigenhändig die Fabrik für sie aus dem Boden stampfen würde, wenn sie ihn ernsthaft darum bäte.

»Alexander, habe ich Sie nicht neulich so verstanden, dass es Ihr Traum ist, eine komplette Fabrik zu entwerfen und zu bauen?« Lothars Augen funkelten, er witterte tatsächlich ein Geschäft.

»Wenn ich die Mittel zusammen habe. Es gehört mehr dazu, als eine Dampfmaschine aufzustellen und die einzelnen Geräte anzuschließen. Aber die Idee ist reizvoll. Ich habe gerade den Auftrag erhalten, eine Steingutfabrik hier unten in Mehlem zu modernisieren. Das Verfahren, aus Ton Formen herzustellen, ist der Herstellung von Schokoladentafeln vermutlich nicht unähnlich.«

»Nein, tatsächlich nicht«, stimmte Lothar zu und nickte bedächtig. »Walzen, Brechen, Mischen, Rühren, in Form gießen … Ich habe in Amerika eine solche Anlage besichtigt.« Und dann grinste er breit. »Ich wäre an einer Finanzanlage in eine solch fortschrittliche Fabrik durchaus interessiert.«

»Ah, Alexander! Nagle ihn fest!«, rief Melli und veränderte flugs ihre Haltung und ihre Stimme, wodurch sie ihrer Mutter Nadina verblüffend ähnlich sah. »Amarrra. Wir rechnen, wir probieren, dann wir sehen!«

Alle lachten, und Jan beobachtete, wie Dorothea sich aus ihrer halb liegenden Haltung erhob und zur Mokkakanne ging.

»Möchte noch jemand?«, fragte sie in die Runde, und alle streckten ihr die Tässchen entgegen. Sie füllte sie sorgsam und lehnte sich dann wieder zurück.

»Sie meinen das ernst, de Haye?«, knüpfte Alexander an die vorherige Bemerkung an.

»Ja, ich meine das ernst. Es wäre mir tatsächlich ein Herzensanliegen, denn ich schulde meiner Tochter ein halbes Leben. Und sie ist diejenige, die sich von Kindheit an mit der Schokolade beschäftigt.«

»Deinen Neffen, der sich dem Zucker verschrieben hat, sollten wir aber mit ins Boot ziehen, Vater«, fügte Amara hinzu. »Wir könnten ihn brauchen, denn Honig ist tatsächlich zu klebrig in der Mixtur.«

Jan Martin hörte der Unterhaltung eine Weile still zu und ließ seine Gedanken wandern. Die Vorstellung gefiel ihm. Ein nahrhaftes, wohlschmeckendes Produkt, das sich auch die weniger Begüterten leisten konnten, würde bei der grassierenden Unterernährung ebenso hilfreich sein wie Zitrusfrüchte bei Skorbutkranken. Die Stimmen hoben und senkten sich, während er über Experimente nachdachte, die seine These erhärten könnten und damit dem Produkt zum Erfolg verhelfen würden. Doch plötzlich ließ ihn ein Stöhnen auffahren.

Amara hielt sich die Hand an den Magen gepresst und wurde von einem heftigen Krampf geschüttelt.

»Was ist dir, Kind?«, fragte Lothar erschrocken, aber sie konnte nichts mehr als keuchen. Jan sprang auf und setzte sich neben sie.

»Melli, öffne ihr das Mieder!«, befahl er, während er versuchte, Amara aufzurichten. Es war eine grauenhafte Erinnerung an einige ganz ähnliche Situationen, die ihn packte. »Hat sie sich in den vergangenen Wochen verletzt, Melli? Lothar?«

»Nein. Nicht, dass ich wüsste.«

Allmählich löste sich der Krampf, und Melli hatte ihr endlich das Kleid aufgehakt und zog an den Miederbändern.

»Schmerz. Magen!«, stöhnte Amara, und Jan stützte sie.

»Du musst es loswerden. Komm in die Ecke.« Resolut packte er sie und steckte ihr den Finger in den Mund.

Dann drehte er sich zu Max um, der sich die Hand an die Lippen drückte, und rief ihm zu: »Max, du musst so schnell wie möglich ins Labor reiten. Lothar, wir brauchen sofort ein Pferd. Ich benötige Hanfextrakt. Es geht auf Leben und Tod!«

Lothar rannte bereits aus dem Zelt, und einen kleinen Augenblick schien Max zu zögern. Dann aber griff er in die Rocktasche und ging zu Jan, um ihm ein Fläschchen zu reichen.

»Ich hab zufällig welchen dabei, Jan.«

»Her damit. Melli, nimm es.«

Sie standen hilflos in einer kleinen Gruppe um die beiden herum. Amaras Kleid war besudelt und zerrissen, Jan versuchte zu verhindern, dass sie sich in dem neuen Krampf verletzte, und Melli wartete darauf, ihr die Medizin in den Mund zu träufeln.

»Hilf mir, Max. Wir müssen sie ruhig stellen.«

»Ja, natürlich.«

Max beugte sich nieder, um Amaras Schultern zu fassen, und Jan blickte auf. Dabei bemerkte er, wie Dorothea sich aus dem Zelt zu stehlen versuchte.

»Alexander! Hindere sie daran!«, rief er.

Alexander erwachte aus einer Starre und fragte: »Wen?«

»Dotty. Halt sie fest. Fessle sie, kneble sie, schlag sie meinethalben zu Boden. Das hier ist ihr Werk!«

Dorothea machte ein paar eilige Schritte auf den Zeltausgang zu, aber Alexander hatte seine Geistesgegenwart wiedergefunden. Mit einem festen Griff packte er sie am Arm und zerrte sie in Richtung Haus.

Lothar begegnete ihnen, als sie die offene Fenstertür erreicht hatten. Entsetzt starrte er seine sich windende und wüste Beschuldigungen hinausschreiende Nichte an.

»Was geht hier vor, Alexander?«

»Ich fürchte, diese reizende Dame hat Ihre Tochter vergiftet. Haben Sie einen Raum, in den wir sie einsperren können, bis wir Zeit haben, uns mit ihr zu befassen?«

»Haben wir. Das Pferd steht bereit.«

»Max hatte das Medikament dabei. Zeigen Sie mir den Raum.«

Süßer Schlaf und bitteres Ende

Man hat schon oft gesagt,
Du seiest des Todes Bild,
O Knabe, still und mild,
Süßer Schlaf!

Der Schlaf, Vischer

Als ich aus dem wirren Dämmer meiner Träume auftauchte, war der Raum um mich nur von einem kleinen Nachtlicht erhellt. Doch jemand saß an meinem Bett, und auf mein leises Stöhnen hin strich eine weiche Hand über meine Stirn.

»Amara, bist du wach?«

Ganz sicher war ich mir nicht. Und das, was aus meiner Kehle kam, war auch kein befriedigendes Geräusch, aber es schien der Person zu gefallen. Ein Arm legte sich um meine Schultern, hob mich ein Stückchen an, und dann wurde mir eine Tasse an die Lippen gehalten.

Süßsaure Limonade. Sie tat gut und spülte den grässlichen Geschmack in meinem Mund fort.

»Melli?«

»Ja, *milaja*. Schlaf noch ein bisschen. Wir sind bei dir.«

Wieder streichelte sie mich, und ich versank in den Strudel wilder Träume.

Als ich das nächste Mal auftauchte, war es hell im Zimmer. Ein großes, mir völlig fremdes Zimmer, durch dessen geöffnetes Fenster Vogelzwitschern klang. Mein Kopf fühlte sich noch immer an, als wäre er mit alten Kartoffelsäcken ausgestopft, und meine Glieder lasteten bleischwer auf der weichen Matratze. Auch nur einen Finger zu heben bereitete mir unsägliche Mühe. Aber die Augen konnte ich bewegen und erkannte Jan, der auf einem Stuhl neben dem Bett saß.

»Du bist wieder von dieser Welt, Amara«, sagte er und nahm mein Handgelenk, um den Puls zu fühlen. »Jetzt dauert es nur noch ein paar Tage, bis du dich wieder kräftiger fühlst.«

Ich wollte etwas sagen, aber er schüttelte nur den Kopf. »Pssst, Liebes, wir sorgen für alles.«

Auch er gab mir Saft zu trinken und richtete die Decke.

Der Schlaf, in den ich daraufhin sank, war friedlicher, die Bilder weniger verstörend.

Das Erwachen fiel mir dann auch leicht, und ich erkannte meinen Vater an meiner Seite.

»Kind, wie fühlst du dich?«

»Schlapp.« Meine Stimme klang krächzend, aber als ich mich geräuspert hatte, ging es schon besser. »Ich fühle mich wach. Ich glaube, ich habe lange genug geschlafen.«

»Fünf Tage, um genau zu sein. Bist ein bisschen spitz geworden um die Nase.«

»Was ist passiert?«

Das interessierte mich plötzlich, denn das Letzte, woran ich mich erinnern konnte, war eine außerordentlich demütigende Situation im Gartenzelt.

»Man hat versucht, dich zu vergiften. Aber Jan hat dich gerettet. Mehr brauchst du im Augenblick nicht zu wissen.«

Ich grübelte einen Moment nach. Schreckliche Schmerzen, Krämpfe, die mir fast das Bewusstsein raubten, Melli, die mein Kleid zerriss, Schreie …

»Dorothea?«

Das Gesicht meines Vaters war eine grimmige Maske.

»Sie wird dir nichts mehr tun, Amara. Komm, trink etwas.« Und dann lächelte er: »Nun gehorch schon, Kleine. Als du ein Kind warst, habe ich es versäumt, dich zu füttern, also hole ich es jetzt nach.«

Er half mir, mich aufzurichten, und reichte mir ein Glas. Mit seinen Händen umfasste er die meinen und hob es an meinen Mund. Es klappte ganz gut, und ich leerte es ganz.

»Jan sagt, du musst viel trinken, Amara. Und jetzt, da du ein bisschen wacher bist, werden wir beide daran arbeiten.«

»Ja, Vater.«

Er war rührend um mich bemüht, aber es lagen dunkle Ringe um seine Augen, und wenn er sich nicht beobachtet fühlte, drückte seine Miene düsteren Zorn aus. Es war also noch etwas geschehen, was ihn tief erschüttert hatte. Aber da er nicht darüber sprechen wollte und ich nicht die Kraft hatte, auf eine Erklärung zu drängen, döste ich einfach still vor mich hin.

Maximilian war der Nächste, den ich an meinem Bett antraf, als ich aus einem flaumigen Schlummer erwachte. Abendschatten füllten den Raum, und ein leises Regentröpfeln schlug an das Fenster.

»Du hast ein schönes Gewitter verschlafen, Cousine.«

»Wie schade.«

»Du siehst besser aus als gestern noch. Wie geht es dir?«

Ich fühlte in meinem Körper nach. Das Blei war verschwunden, die Kartoffelsäcke in meinem Kopf auch. Ich hob die Hand und betrachtete sie.

»Kräftiger, glaube ich. Kräftig genug, um zu erfahren, was passiert ist.«

Auch über Max' Gesicht huschte ein Schatten. Aber er nickte.

»Ja, es ist besser, wenn du es weißt. Meine Schwester hat dir ein Pulver in die Mokkatasse getan. Es hätte dich fast umgebracht. Ich verstehe einfach nicht, was sie dazu getrieben hat. Sie hasst dich aus tiefster Seele. Was ist nur zwischen euch vorgefallen?«

»Max, ich weiß nicht, was in ihr vorgeht. Ich habe sie vor Jahren einmal in eine sehr blamable Situation gebracht. Kann sie denn so nachtragend sein?«

»Es muss mehr dahintergesteckt haben. Wir grübeln noch darüber.«

»Warum fragt euer Onkel sie nicht? Er hat doch Einfluss auf sie?«

»Wir können sie nicht befragen, Amara. Sie ist kaum ansprechbar.«

»O Gott.«

»Sie ist krank, sehr krank. Jan weiß nicht, ob sie sich überhaupt noch einmal erholen wird.«

Darauf wusste ich einfach keine passende Bemerkung, also ließ ich mich wieder in ein halbwaches Dösen fallen.

Melli weckte mich mit dem leisen Klappern von Eimern. Es war ein heller Morgen, und mit vereinten Kräften gelang es uns, mich in eine Badewanne zu schaffen. Es fühlte sich gut an, die Haare gewaschen zu bekommen, eingecremt zu werden und ein frisches Nachthemd überzuziehen. Doch als ich wieder in den Kissen saß, war ich ganz froh, diese Anstrengung hinter mir zu haben.

»Du, Melli, ich glaube, ich habe Hunger.«

»Halleluja!«, rief sie und stürzte zur Tür.

Kurz darauf kam sie mit einem Tablett zurück, auf dem eine kleine Auswahl an Krankenkost stand. Ich entschied mich für die Hühnersuppe, die ich sogar selbst auslöffeln konnte.

Und dann erhielt ich endlich Auskunft.

»Dorothea ist für kurze Zeit zu sich gekommen. Dein Vater hat mit ihr gesprochen, danach ist sie wieder ins Koma gesunken. Sie ist noch immer nicht erwacht.«

»Es tut mir leid.«

»Nein, Amara, das braucht es nicht. Es ist alles viel schlimmer, als wir je gedacht haben. Jan, Lothar und Max haben etwas Grauenvolles entdeckt.«

Melisande sah erschreckend ernst aus, und wieder fiel mir der dunkle Schatten in den Augen von Max und meinem Vater ein.

»Sie wollte mich vergiften, ich weiß.«

»Es wäre ihr auch beinahe gelungen. Sie hat nämlich Übung darin. Die drei Männer haben am Tag des Gartenfests noch ihr Retikül untersucht und ein Döschen mit einem braunen Pulver gefunden. Jan hat es mit ins Labor genommen und irgendetwas damit gemacht. Ich glaube, eine Maus gefüttert. Sie ist daran gestorben. Dann haben sie in Dorotheas Wohnung nachgesehen, und dein Vater hat eine Flasche mit den Samen eines afrikanischen Strauchs bei ihr entdeckt, die er früher einmal gesammelt und mit anderen Exponaten zusammen seiner Schwester zur Aufbewahrung geschickt hat. Max hat sie auch wiedererkannt. Man nennt sie Krähenaugen oder Brechnuss, und sie enthalten, wie Jan uns erklärt hat, ein Gift, das sich Strychnin nennt. Wer es einnimmt, stirbt unter entsetzlichen Krämpfen, die denen des Wundstarrkrampfes ähnlich sind.«

In diesem Moment hatte ich wieder Gilbert vor Augen, wie er sich vor mir zusammengekrümmt hatte und in das Messer gestürzt war.

»Sie hat Gilbert umgebracht, nicht wahr?«

»Ja, sie hat ihm von dem Pulver in den Kakao gegeben. Glaubte, es sei ein Brechmittel.«

»Ich erinnere mich, er hatte einen Batido bestellt, und sie wollte ihm Muskatnuss darüberreiben. Mein Gott, aber warum hat sie das getan?«

»Eifersucht, nehme ich an. Sie wollte, dass er sich vor dir blamiert. Von den Auswirkungen war sie genauso entsetzt wie wir alle. Aber sie hat etwas daraus gelernt. Denn danach gab es noch andere Fälle, Amara. Der Verwalter auf dem Gut ihres Mannes starb in furchtbaren Krämpfen. Und ihr Gatte ebenfalls – nach Verzehr von Mandelkonfekt.«

»Aber warum …?«

»Lothar schweigt darüber, aber er weiß etwas. Ich habe den Verdacht, dass die zwei Männer etwas getan oder von Dorothea gewusst haben, was sie zum Mord getrieben hat.«

»Auf mich ist sie eifersüchtig gewesen, Melli. Und bedenke, ihr Onkel war der einzige Mensch in ihrem Leben, der sich um sie gekümmert und der ihr aus allen möglichen Patschen geholfen hat. Nun ist herausgekommen, dass er mein Vater ist. Das konnte sie wohl nicht ertragen. Er hat mir erzählt, ihre Eltern hätten ihr kaum Beachtung geschenkt. Deshalb hatte er Mitleid mit ihr, sogar noch, als er von ihren Eskapaden gehört hatte.«

Die Nachricht erschütterte und erschöpfte mich, und die Trauer um Gilbert, den liebenswerten jungen Mann, der vielleicht meinem Leben eine ganz andere Richtung hätte geben können, verdunkelte mein Gemüt.

»Ich hätte es dir nicht erzählen dürfen, *milaja*. Jetzt bist du unglücklich. Aber ich habe eine Medizin dagegen.«

»Ach ja?«

»Heute Nachmittag kommt dich Julia besuchen. Sie hat jeden Tag nach dir gefragt.«

Ich musste tatsächlich lächeln. Dann hatte Alexander ihr also von meiner Erkrankung berichtet. Sie war ein liebes Mädchen, und ich freute mich auf ihren Besuch.

Mehr aber hätte ich mich darüber gefreut, wenn ihr Vater wenigstens einen kurzen Gruß gesandt hätte.

»Alexander war übrigens nur mit Mühe davon abzuhalten, Dorothea eigenhändig zu erwürgen«, erklärte Melli unaufgefordert. »Er hätte es vermutlich getan, wäre sie nicht in seinen Armen ohnmächtig geworden. Amara, er war die ganze Zeit hier. Und ich möchte die Behauptung aufstellen, dass er erstmalig in seinem Leben Gebete gesprochen hat. Er hatte furchtbare Angst um dich.«

»Jetzt ist er fort, nicht wahr?«

»Er musste. Es hat Probleme bei Nettekoven gegeben. Aber er ist erst abgereist, als zu erkennen war, dass du überleben würdest. Dass er eine Schokoladenfabrik bauen wird, ist, glaube ich, schon beschlossene Sache.« Und Melli zwinkerte mir verschwörerisch zu: »Er wird eine Beraterin benötigen, die ihm die einzelnen Schritte der Herstellung erklärt. Ihr werdet sicher sehr eng zusammenarbeiten müssen.«

Das war allerdings eine Zukunftsperspektive, die mich wirklich aufheiterte.

Pavane für eine tote Prinzessin

Ich kenn es wohl, dein Mißgeschick:
Verfehltes Leben, verfehlte Liebe!

Heinrich Heine

Der Pastor in seinem schwarzen Talar mit weißem Beffchen und Barett stand am Grab und schaute über die kleine Gemeinde, die sich versammelt hatte. Der Wunsch des Herrn de Haye hatte ihn leicht befremdet, aber es gab im Grunde nichts daran auszusetzen, dass die Beerdigung in aller Stille und in engstem Rahmen stattfinden sollte. Doch Uhrzeit und Ort waren ungewöhnlich. Es war ein kühler Septembermorgen, und die Sonne war gerade eben erst über dem Siebengebirge aufgegangen. In den Netzen, die die Spinnen in den Eiben gewoben hatten, hingen feinste Tautröpfchen, wie auch im Moos an den alten Grabsteinen des abgelegenen Kirchhofs. Die feuchte, klumpige Erde war zu einem ordentlichen Haufen neben der Grube aufgeschaufelt worden, in die die Gehilfen des Bestatters den schlichten Sarg gesenkt hatten. Beide keuchten vor Anstrengung, denn die arme Verblichene war von kräftiger Gestalt gewesen.

Regungslos verharrten die vier Herren und die beiden Damen, eine davon im Krankenstuhl sitzend, am Grab, still, wie es sich gehörte, doch die Augen trocken, die Gesichter ausdruckslos.

»Wir haben uns zusammengefunden, um Abschied von Dorothea von Finckenstein zu nehmen«, begann der Pfarrer in salbungsvollem Ton, und das leichte Näseln seiner hohen Stimme durchschnitt die feuchte Morgenluft. »Mit ihr haben wir eine liebevolle Schwester, eine pflichtbewusste Nichte und eine gute Freundin verloren.«

Max starrte auf das Loch in der Erde, das seine liebe Schwester nun aufgenommen hatte. Liebevoll? Als liebevoll hatte er sie nie empfunden, schon als kleiner Junge nicht. Ob an der Geschichte etwas Wahres war, dass sie als Dreijährige versucht hatte, ihn im Ententeich zu ersäufen, wagte er zu bezweifeln. Das war vermutlich ein Unfall, lediglich auf die Nachlässigkeit des Kindermädchens zurückzuführen. Aber sie hatte ihm das Leben nicht leicht gemacht mit ihrer beständigen Eifersucht. Was immer er bekam, wollte sie auch haben. Gewährte man es ihr nicht, konnte sie sich in entsetzliche Schreikrämpfe hineinsteigern, die nur mit Zuckerstückchen beendet werden konnten. Später war sie ruhiger geworden, aber liebevoller? Nein. Aber sie hatte, genau wie er, wenig Liebe erfahren. Ihre Eltern hatten sich nie mit ihnen beschäftigt, nie ihre kindlichen Sorgen angehört, sie in ihren Ängsten getröstet oder sie gelobt, mit ihnen gescherzt oder gar Stolz auf ihre Leistungen gezeigt. Für ihn war seine Wissbegierde ein Ausweg gewesen, er hatte Freunde unter den Pächtern, seinen Lehrern und später Schulkameraden gefunden. Dotty interessierte sich aber ausschließlich für ihre eigene Person, und so war sie einsam aufgewachsen. Vielleicht, dachte Maximilian, vielleicht hatte sie immer nach Liebe geschrien. Und immer hatte man sie nur mit Zuckerstückchen beruhigt.

Bis zum Tod.

»Ihrem Gatten, der ihr durch einen tragischen Unfall viel zu früh von der Seite gerissen wurde, war sie eine getreue Gefährtin, eine aufopferungsvolle Gattin und ein liebend Weib«, tönte der Pfarrer und schnäuzte sich dann vernehmlich in ein großes rotkariertes Taschentuch.

Lothar de Haye musste eine Anwandlung von Übelkeit unterdrücken. Gut, er hatte den Mann nicht darüber aufgeklärt, dass seine Nichte eigenhändig ihren Gatten vergiftet hatte. Und auch nicht, dass sie zuvor jahrelang Opfer seiner geschlechtlichen Perversionen gewesen war. Selbst Max wusste nicht alles, nur Amara, Jan Martin und Alexander hatte er berichtet, was seine Nichte ihm auf dem Sterbebett anvertraut hatte. Was für eine unselige junge Frau Dorothea doch gewesen war. Er hatte nie verstanden, warum seine Schwester, die Baronin von Briesnitz, sich so gar nicht in das Mädchen einzufühlen wusste, ihr so wenig mütterlichen Rat erteilt und ihr außer Dünkel und Hochmut keine edlere Haltung mitgegeben hatte. Mehrere Male hatte er versucht einzugreifen, zu lenken, sie aus der Bredouille zu retten, aber er selbst musste zugeben, er hatte es überwiegend mit Geld und harten Worten getan. So war sie an diesen unsäglichen Finckenstein geraten, und der Strudel von Lieblosigkeit, Vernachlässigung und Misshandlung hatte sie tiefer und tiefer in den moralischen Morast gesogen.

Wie anders war seine Tochter geraten. Lothar wandte sich nach links und sah das blasse Gesicht Amaras, deren Blick auf den gefalteten Händen in ihrem Schoß ruhte. Bastard eines Küchenmädchens, vaterlos aufgewachsen, verwaist und mittellos als junges Mädchen, unschuldig angeklagt hatte sie nahe dem Abgrund gestanden und war nun doch eine heitere und vor allem einfallsreiche Frau von ausgesucht damenhafter Contenance.

Dorothea hatte ihr geneidet, was ihr selbst nicht gelungen war. Die Bitterkeit hatte sie genauso zerfressen wie der Zucker in ihrem Blut.

»Die tugendsame Verblichene hinterlässt einen kleinen Sohn, ein Waisenkind nun, das alleine auf der Welt steht und nie mehr die Arme einer hingebungsvollen Mutter spüren wird. Unsere Gedanken und Gebete müssen auch diesem Kind gelten, für das nun kein Mutterherz mehr schlägt.«

Alexander unterdrückte ein Gähnen. Das eintönige Gesäusel des Gottesmannes wirkte einschläfernd auf ihn. Dorothea hatte er persönlich nicht gut gekannt. Doch aus Erzählungen wusste er von ihr. Ob sie eine gute Mutter gewesen war, mochte er nicht beurteilen; eine tugendsame Frau war sie mitnichten. Er erinnerte sich an die pikante Geschichte, die ihm Julius, sein Bruder, erzählt hatte, der einige Monate lang mit Dotty verlobt gewesen war. Eine selbstsüchtige Schlampe hätte er sie eher genannt, und er schuldete Amara Dankbarkeit, weil sie damals dazu beigetragen hatte, dass die Ehe zwischen ihnen beiden in letzter Minute verhindert worden war. Er kannte kein Mitleid mit der Frau, die kaltblütig gemordet hatte, auch wenn gewisse Umstände ihr das Leben sicher unerträglich gemacht hatten. Was musste in ihrem verwirrten Geist vorgegangen sein, dass sie zuletzt auch Amara noch hatte umbringen wollen? Konnte ein Mensch tatsächlich krank vor Eifersucht und Neid werden?

Der Pfarrer räusperte sich, schlug in seinen Notizen nach und fuhr mit seinem näselnden Singsang fort: »Eine lange, qualvolle Krankheit hat die liebe Dorothea mit Fassung, Würde und Anstand getragen und in ihrem Leid Läuterung gefunden. Keine ärztliche Hilfe konnte das schreckliche Schicksal von ihr wenden …«

»Idiot«, schimpfte Jan Martin den Pastor innerlich. Hätte Dorothea sich an die Anweisungen ihres Arztes, Lothars und seine Mahnungen gehalten, sie könnte noch am Leben sein. Diese Frau hatte sich buchstäblich zu Tode gefressen. Und dieser geisttötende Salbaderer gab der Medizin die Schuld. Unbelehrbar, nur auf ihre Bequemlichkeit bedacht, jedem Genuss nachhechelnd – so hatte er Dorothea vom ersten Moment seiner Bekanntschaft mit ihr eingeschätzt. Schon damals in Berlin war sie gierig über Kuchen, Kakao und Kavaliere hergefallen. Sie hatte von allem nie genug bekommen, und wie immer machte die Dosis das Gift. Das Zuviel an männlicher Aufmerksamkeit, das ihr durch ihren Gatten und seine Kumpane zuteilgeworden war, hatte sie zur Mörderin werden lassen, eine Unmenge an gehaltvollen Nahrungsmitteln hatte sie fett und kurzatmig gemacht, und ihr unstillbarer Hunger nach Süßigkeiten hatte ihre

Organe zersetzt und sie schließlich getötet. Sie war das typische Beispiel für einen maßlosen Menschen. Er, der Mediziner, dem alles Leben wichtig war, verspürte kein Mitleid mit Dorothea. Nur Verachtung.

»Ihre Seele ruht nun in den Händen Gottes, und was sie in ihrem Erdenwandel in ihrer Schwäche gefehlt hat, das tilge seine verzeihende Barmherzigkeit und Liebe.«

Gérôme Médoc drückte sich an der Kirchhofmauer hinter einen Baum, um nicht gesehen zu werden. Vor drei Tagen hatte er in einer Gazette die kleine Notiz gelesen, dass die Edle Dorothea von Finckenstein das Zeitliche gesegnet hatte. Seine Situation war derzeit nicht eben blendend. Er hatte nach dem Rauswurf durch die Witwe Bevering Probleme gehabt, ohne Referenzen eine vernünftige Stelle zu finden, und fristete jetzt sein Leben in einer heruntergekommenen Bäckerei in Remagen. Doch seine Kenntnis von Dottys Vorlieben erschien ihm einen gewissen Betrag wert. Wenn sie denn an der richtigen Stelle vorgebracht würden. Betrauern tat er die dicke, wollüstige Kuh nicht. Sie war ein kurzes, lohnendes Abenteuer gewesen, aber ihre Gier nach körperlicher Befriedigung hatte ihn schon bald angeödet. Ihr Bruder wäre jetzt sein Ansprechpartner gewesen, aber leider war Lothar de Haye aufgetaucht, ein Mann, der viel zu viel von ihm wusste – und die Bevering, der er ebenfalls lieber nicht mehr unter die Augen treten wollte.

Leise stahl er sich davon.

Der Pfarrer hub mit dem Gebet an: »Ich bin die Auferstehung und das Leben. Wer an mich glaubt, der wird leben, auch wenn er gestorben ist …«

Amara hatte zwar die Hände züchtig gefaltet, aber sie betete nicht. Nicht für Dorothea. Nicht für die Frau, die ihr mit ihrer Missgunst das Leben sauer gemacht und die sich schließlich bis zum Äußersten gegen sie gewandt hatte. Schon als Kind hatte Dotty sie mit Verachtung behandelt, damals als sie sie bei den

Massows mit den Fingern in der Cremeschüssel erwischt hatte. Bastard hatte sie sie genannt, und später, in Nadinas Café, hatte sie sie wie eine Küchenschabe betrachtet, hatte versucht, sie vor Jan und Gilbert zu demütigen. Hier in Bonn hatte sie ihren Rufmord fortgesetzt. Nein, Dorothea war ihr keine Träne wert. Das Einzige, was sie vage verspürte, war das Bedauern, dass ihre Cousine ihr Leben von Neid, Hochmut und Dünkel hatte leiten lassen und dass sie an allen Wegkreuzungen, die sie vor die Wahl stellten, sich selbst zu retten, konsequent den bequemen Weg zum eigenen Untergang eingeschlagen hatte.

Mochte sie nun in Frieden ruhen und in Vergessenheit geraten.

»Staub bist du, und zum Staube kehrest du zurück, der Herr aber möge dich auferwecken am Tage des Gerichts.«

So schloss der Pfarrer seine Ansprache, und Melisande sprach ein stummes Gebet.

Ihr tat Dotty leid, die ihr missglücktes Leben an den schwülstigen Geschichten gemessen hatte, die sich in den zerlesenen und zerfledderten Heften einer Tante Laurenz abgespielt hatten. Melli war die Einzige, die diesem Geschreibsel Aufmerksamkeit geschenkt hatte, den anderen war dieses Schriftgut entgangen, als sie die Wohnung der Verstorbenen räumten.

Das Zuckerprinzesschen hatte der Wirklichkeit nie standhalten können. Und niemand hatte gemerkt, was sie so sehr vermisste, was sie gezwungen hatte, immer den falschen Weg einzuschlagen.

In Melisandes großem Herzen, das sie mit ihrer Mutter Nadina gemein hatte, fand auch dieses lahme Hündchen jetzt einen Platz.

Sie nahm als Erste die Erde in die Hand und ließ sie auf den Sarg fallen.

Dorotheas Bruder, ihr Onkel, ihre Cousine und zwei Bekannte folgten stumm und wandten sich dann ab.

Dottys Eltern waren nicht zur Beerdigung ihrer Tochter gekommen, obwohl Lothar sie sogar per Telegraf benachrichtigt hatte.

Es war ihnen zu beschwerlich.

Ein trauriger Fall

Jedes Süße hat sein Bitteres,
jedes Bittere sein Süßes,
jedes Böse sein Gutes.

Ralph Waldo Emerson

Alexander tauchte die Stahlfeder in das Tintenfass und setzte seinen Gruß unter den Brief an Cornelius Waldegg. Hin und wieder traf er sich mit dem Verleger, doch weil sie beide in ihrer Arbeit aufgingen, blieb es häufig bei schriftlichen Mitteilungen. Waldegg hatte derzeit, genau wie er, mit Problemen zu kämpfen. Die Zeit der gelockerten staatlichen Kontrollen, die nach der Thronbesteigung des neuen Königs 1840 angebrochen war, war vorüber. Vier Jahre später wurde wieder streng zensiert, unliebsame Meinungen wurden unterdrückt. In Köln sorgte der Zivilkommissar Kantholz dafür, dass Sitte und Ordnung eingehalten wurden, und Cornelius' verlegerische Arbeit war ihm dabei ein besonderer Dorn im Auge. Eine Weile sah es auch so aus, als habe Kantholz vor, Amara ernsthafte Schwierigkeiten zu bereiten, denn er hatte sie anhand der alten Signalements als die gesuchte Mörderin von Gilbert Valmont entlarvt.

Amara wusste davon nichts. Lothar de Haye, Maximilian, Jan Martin und Alexander hatten dem Spiel ein Ende gesetzt, indem sie an entsprechender Stelle offiziell die Schuld Dorotheas an dem Unfall erklärt und somit Amara entlastet hatten. Ob es ein Unfall oder ein gezielter Mord war, ließ sich natürlich nicht mehr feststellen. Hatte sie damals schon wirklich gewusst, wie gefährlich die Brechnuss war, oder hatte sie nur ein Unwohlsein verursachen wollen? Max stand auf dem Standpunkt, sie müsse es gewusst haben, denn er hatte ihr einst von seinen Rattengiftexperimenten mit den Krähenaugen berichtet. Jan hingegen glaubte nicht daran. Er hatte miterlebt, wie sie Gilbert umgarnt und versucht hatte, ihn an sich zu fesseln. Er vermutete, dass sie ihm lediglich eine Lektion in Gegenwart Amaras erteilen wollte und unglücklicherweise das falsche Mittel verwendet hatte. Also einigten sie sich bei ihrer Aussage auf die Unfallversion. Da die Behörden in Berlin auch nicht mehr sonderlich daran interessiert waren, den alten Fall noch einmal aufzurollen, wurde die Akte geschlossen.

Dorothea war tot, für die anderen, echten Mordfälle konnte man sie nicht mehr belangen. Der Kammerdiener, den de Haye in erstaunlich kurzer Zeit aufgetrieben hatte, bestätigte die Morde, nachdem er von Dorotheas Ableben erfahren hatte. Er hatte monatelang in panischer Angst gelebt, ebenfalls ihr Opfer zu werden.

Alexander faltete den Briefbogen zusammen und steckte ihn in den Umschlag. Mehrere andere Schreiben warteten noch darauf, von ihm unterschrieben zu werden. Paula hatte sie, ordentlich wie sie war, in einer Mappe angeordnet. Doch es war keine erfreuliche Arbeit, die Korrespondenz abzuzeichnen. Wieder hatten sie wichtige Aufträge an Konkurrenten verloren. Besonders ärgerlich war es, dass einige seiner technischen Verbesserungen von anderen Maschinenbauern übernommen worden waren. Es gab bedauerlicherweise, anders als in England, hierzulande keine Möglichkeit, Erfindungen gesetzlich schützen zu lassen, und so wurden fröhlich Ideen geklaut und als eigene Entwicklung verkauft. Alexander warf sich selbst vor, in der Vergangenheit zu freizügig mit Kollegen über seine Arbeiten gesprochen und korrespondiert zu haben. Es war ihm in Ingenieurskreisen eigentlich immer so vorgekommen, als ob eine unausgesprochene Vereinbarung darüber bestand, dass man sich gegenseitig nicht das Verfahren abspenstig machte oder, wenn man es selbst einzusetzen wünschte, das in Absprache mit dem

Erfinder tat. Aber in jeder Gruppe gab es wohl Menschen, die es mit der Standesethik nicht so genau nahmen. Empörend in seinem Fall war es vor allem, dass ein Anbieter aus Wuppertal seine Ventiltechnik schamlos unter eigenem Namen nutzte und ihn beständig bei seinen Kunden unterbot. Nettekoven hatte dadurch im vergangenen Jahr Verluste erwirtschaftet. Noch war die Firma nicht in einem bedrohlichen Zustand, aber für Neuentwicklungen gab es keinen Spielraum. Alexander musste auf das Kapital zurückgreifen, das ihm sein Vater zur Verfügung gestellt hatte, und das kratzte an seinem Stolz.

Aber zumindest hatte er einen ersten Schritt in Richtung Fabrikbau getan. Am nächsten Tag würde die Keramikfabrik von Anton Mehlem eingeweiht werden. Auf die Leistung, die er dafür erbracht hatte, war Alexander stolz. Er hatte all sein Wissen in die Planung einfließen lassen, die neueste Dampfmaschinentechnik installiert, darauf geachtet, die Wege zwischen den Verarbeitungsschritten kurz zu halten und einfach zu bewältigen. Die Transmissionsriemen würden so angebracht, dass sie die Arbeiter nicht gefährdeten, ein neuartiges Walzwerk hatte er konstruiert, das die zähe Tonmasse besonders intensiv aufbereitete und viele andere Feinheiten mehr berücksichtigte.

Er stand auf, um sich noch einmal die Zeichnungen anzusehen. Ja, doch, ein befriedigendes Werk. Und sehr nützlich im Hinblick auf die Planung seines nächsten großen Vorhabens.

Zumindest theoretisch konnte er eine Fabrik zur Herstellung von Essschokolade schon einmal konstruieren. Vollkommen überzeugt aber war er noch nicht von der Verwirklichung dieser Idee.

Nach jenem entsetzlichen Zwischenfall auf dem Gartenfest hatte er erst einmal abgewartet, wie es Amara ging. Noch immer packten ihn kalte Schauder, wenn er daran dachte, wie nahe sie dem Tode gestanden hatte. Danach war es wichtiger gewesen, sie von der alten Last zu befreien, und erst im Januar hatte er de Haye wieder darauf angesprochen, ob er noch immer Interesse an dem Vorhaben hatte.

Er hatte, aber er war auch ein gewiefter Geschäftsmann, und gemeinsam wogen sie die Möglichkeiten, die Risiken, die Probleme und die zu erwartenden Profite gegeneinander ab. De Haye mochte ein schwerreicher Mann sein, sein Geld aber setzte er nicht leichtsinnig aufs Spiel. Und es war kein geringer Einsatz, den er wagen würde. Ein passendes Grundstück war erforderlich, Anbindung an die Verkehrswege, ein Fabrikgebäude, Maschinen, Lagerräume, Büros. Dann benötigte man Lieferanten für die Rohstoffe und die Kohle, Zugang zu frischem Wasser und Möglichkeiten zur Entsorgung des Brauchwassers. Schließlich mussten qualifizierte Arbeiter eingestellt werden, die sich auf die Maschinen und die Rezepturen verstanden. Vor allem aber brauchte man ein akzeptables Produkt und deren Abnehmer. Alexander hatte seine Gespräche mit Fry in Bristol noch gut in Erinnerung, der sich aus diesem Grund sogar an der Entwicklung eines Paketdienstes beteiligt hatte.

Ein komplexes, vielschichtiges Vorhaben war diese Fabrik, und manchmal fragte sich Alexander, ob er sich wirklich daran trauen sollte. Es war eine Herausforderung, und es wäre die Krönung seiner Ingenieurslaufbahn.

Und es würde ihn näher und näher an Amara binden.

Das allerdings war gefährlich.

Er seufzte.

Schon deswegen würde er die Arbeit, zumindest theoretisch, in Angriff nehmen.

Die Werkshalle der Mehlem'schen Keramikfabrik in der Fährstraße in Bonn war festlich geschmückt. Girlanden hingen an den weiß gekalkten Ziegelwänden, bunte Rosetten und Bänder schmückten Türen und Fenster, der schwarze Lack der neuen Maschinen glänzte im Licht, das durch die großen Fenster fiel, die Transmissionsscheiben schimmerten stählern, die Übertragungsriemen aus dickem Leder hingen noch unbewegt zwischen der gewaltigen Welle, die sich längs durch das gesamte Gebäude zog, und den Geräten, die sie antreiben sollten. Am hinteren

Ende der Halle duckte sich die Dampfmaschine mit ihrem gewaltigen, rot lackierten Schwungrad, das, wenn der Dampf im Kessel heiß genug geworden war, durch die Pleuelstange in Bewegung gesetzt werden würde.

An dieser Seite waren auch die Tische für das festliche Bankett aufgestellt worden, zu dem Anton Mehlem einige einflussreiche Kunden, Geschäftsfreunde, Vertreter der Presse und natürlich auch den Ingenieur eingeladen hatte. Die begleitenden Damen hatten sich dem Anlass entsprechend elegant herausgeputzt, und die Herren erschienen in Fräcken und seidenen Westen.

Paula hatte sich diesmal überraschenderweise bereit erklärt, ihren Gatten zu begleiten. Alexander führte sie am Ellenbogen durch die Menge und stellte ihr seine Bekannten, vor allem aber auch den Fabrikanten selbst vor. Sie hatten einige Minuten mit belanglosem Geplauder verbracht, als er zu seinem größten Erstaunen seinen Schwiegervater, Paul Reinecke, unter den Gästen entdeckte.

»Paula, Sie hätten mir ruhig sagen können, dass wir heute auch Ihren Vater hier antreffen«, flüsterte er seiner Gattin ins Ohr. Aber die zuckte nur mit den Schultern und meinte: »Ich erwähnte es neulich, Alexander. Aber Sie sind ja immer so geistesabwesend, wenn Sie über Ihren Erfindungen brüten.«

Er konnte ihr nicht widersprechen, möglicherweise hatte er es wirklich überhört. Doch bevor er sich den Weg durch die Gäste bahnen konnte, um Reinecke zu begrüßen, wurden sie gebeten, an der Tafel Platz zu nehmen. Auch Amara mit ihrem Vater gehörten zu den Geladenen. Er spürte eine kleine freudige Stichflamme, als er sie erblickte. Erstaunlich war es hingegen nicht, denn de Haye hatte sich brennend für die Konstruktion der Fabrik interessiert und als einflussreiches Mitglied der Gesellschaft schnell Eingang bei Anton Mehlem gefunden. Vermutlich, so spekulierte Alexander, wollte er sich einen Eindruck davon verschaffen, wie seine Ideen wirklich in der Praxis funktionierten.

Auch wenn die Umgebung etwas unkonventionell war, das Essen, das von dem gut geschulten Personal aufgetragen wurde, war ausgezeichnet. Nach dem ersten Gang erhob sich der Fabrikant und hielt eine nicht besonders eloquente, aber herzliche Rede, die durch seinen rheinischen Tonfall ihre eigene Würze erhielt. Alexander sah de Haye amüsiert zwinkern.

Ein behäbiger Kommerzialrat brachte nach dem nächsten Gang einen Toast auf den industriellen Fortschritt aus, weitere Speisen wurden gereicht, und die Unterhaltung plätscherte gefällig dahin. Alexander nahm nicht daran teil, er hatte ein Auge auf seine beiden Mechaniker, die jetzt dabei waren, die Dampfmaschine für ihren Einsatz vorzubereiten. Im Kesselhaus war bereits Stunden zuvor eingeheizt worden, damit zum Höhepunkt der Veranstaltung der Fabrikant nur den vergoldeten Hebel umlegen musste, um die gesamte Anlage in Betrieb zu nehmen.

Alexander lehnte das nächste Glas Wein ab, da er für seine Rede, die kurz vor Ende des Essens erwartet wurde, klaren Kopfes sein wollte. Er folgte dann auch dem Wink Mehlems und schilderte, wie er selbst feststellte, mit einigem Stolz, die Eigenschaften der Dampfmaschine, die auf Grund der Neuentwicklungen der Firma Nettekoven eine weit größere Leistung erbrachte als die bisher auf dem Markt verfügbaren Maschinen. Vor allem die innovative Ventiltechnik, die eine präzisere Regelung möglich machte, und die reibungslosere Kraftübertragung von Schwungrad auf Transmissionswelle, die sie neu entwickelt hatten, hob er hervor. Er bemühte sich, so wenig wie möglich Fachbegriffe zu verwenden, sondern sprach in leicht verständlichen Vergleichen, wodurch ihm sogar die Aufmerksamkeit der Damen zuteilwurde.

Zum Schluss verneigte er sich vor Anton Mehlem, dem Fabrikanten, der ihm sein Vertrauen geschenkt hatte, und nippte an seinem Champagner, als Mehlem den letzten Toast ausbrachte und zur Maschine schritt.

Alle erhoben sich und stellten sich um das schwarze Ungeheuer, dessen gewaltige Kraft nun gleich die gesamte Maschinerie zum Leben erwecken würde.

Mit ausholender Geste legte der Fabrikant den Hebel um. Dampf strömte vom Kessel in den Zylinder, gemächlich bewegte sich der Kolben nach vorne, aus dem Auslassventil schoss ein Wölkchen, der Kolben fuhr zurück, wurde diesmal schneller nach vorne gepresst, setzte gemachvoll das Schwungrad in Rotation, fuhr zurück, vor, zurück, vor …

In unerträglicher Langsamkeit arbeitete die Maschine, und hilflos schaute einer der Mechaniker zu Alexander hin.

Irgendetwas stimmte hier nicht. Vorletzte Woche hatte die Maschine im Probebetrieb ihre volle Leistung erbracht. Alexander eilte zu ihr hin, um die Messgeräte zu überprüfen, und stellte mit Entsetzen fest, dass der Dampfdruck im Zylinder nicht aufgebaut wurde. Gleichzeitig fing das Auslassventil – ebenjenes, das er noch kurz zuvor gerühmt hatte – ohrenbetäubend an zu pfeifen und stieß einen heißen Dampfstrahl aus. Geistesgegenwärtig zerrte er den Fabrikanten, der sich neugierig genähert hatte, aus dem Gefahrenbereich, damit er nicht verbrüht wurde. Er brüllte nach den Mechanikern, doch die blieben verschwunden. Wütend stürzte er zum Kesselhaus, wo nur einer seiner Leute vollkommen perplex auf die leckende Dampfleitung starrte.

»Runterfahren, sofort!«, befahl er. »Feuerung aus!«

Dann lief er zurück und wurde, als das Pfeifen nachließ, gewahr, wie sein Schwiegervater laut und für alle vernehmlich erklärte: »Wissen Sie, Mehlem, der Masters hat, als er noch bei mir angestellt war, schon immer gerne herumexperimentiert. Spieltrieb, wie ein kleiner Junge, aber völlig undurchdacht und ohne jeden Sachverstand. Ich sage Ihnen eins – ich lasse morgen meine Mechaniker kommen, die richten Ihnen das schon. *Unsere* Ventile arbeiten auf die herkömmliche, bewährte Art. Da passiert so eine blamable …«

Weiter kam er nicht. Blass vor Zorn packte Alexander ihn mit beiden Fäusten am Revers und hob ihn bis fast auf Nasenhöhe zu sich hoch.

»Reinecke, Sie nehmen diese Unterstellung augenblicklich zurück!«

»Alexander!«, kreischte Paula und stürzte zu ihm hin.

»Herr Masters, ich muss doch bitten!«, mahnte auch Mehlem streng.

Alexander besann sich und ließ seinen Schwiegervater los. Der strich sich betulich und mit einem leicht verächtlichen Lächeln den Kragen glatt und bemerkte: »Ihren Hang zur Gewalttätigkeit haben Sie noch immer nicht überwunden, wie mir scheint. Vermutlich hat Ihr Aufenthalt in der Festung Jülich Sie mit anderen subversiven Subjekten zusammengebracht, die diese bedauerliche Seite noch geschürt haben.«

»Reinecke!«, zischte Alexander warnend.

Doch der wandte sich nur verbindlich lächelnd an die umstehenden, gebannt lauschenden Damen und Herren. »Dabei stünde es einem Ingenieur erheblich besser an, wenn er sich darauf konzentrierte, die Technik zu beherrschen, die er für teures Geld verkauft, statt sie mit wohlfeilen Worten zu loben.«

Alexander konnte sich nicht mehr zurückhalten, es war ihm unmöglich. Seine Faust flog vor, bevor er merkte, was er tat, und landete auf Reineckes Kinn. Der Mann hob sich auf die Zehenspitzen, suchte Halt an dem Fabrikanten, riss ihn mit nieder, verfing sich in der ausladenden Krinoline der Kommerzialrätin und schlug lang auf den Boden. Die Dame fiel mit ausgebreiteten Röcken und einem empörten Schrei über ihn.

Die Hölle brach los.

»Mensch, Alexander, was machen Sie?« De Haye packte ihn an der Schulter, aber er schüttelte nur den Kopf. »Kommen Sie, raus hier, solange der Tumult noch anhält.«

Zutiefst gedemütigt schloss Alexander die Augen und ließ sich zu de Hayes Kutsche führen. Das Letzte, was er sah, war Mehlem, der Reinecke aufhalf und eifrig gestikulierend auf ihn einredete.

Sie sprachen auf dem Weg zu de Hayes Haus nicht, und auch dort blieb Alexander zunächst stumm über seinem Glas Cognac sitzen.

Man hatte ihn Staub fressen lassen.

Ein gequältes Stöhnen stahl sich aus seiner Kehle. Was war nur geschehen?

»Ich nehme an, bis vor Kurzem hat die Maschine noch einwandfrei funktioniert?«, fragte de Haye schließlich und schenkte sein Glas noch einmal voll.

»Hat sie. Natürlich. Jemand hat sich daran zu schaffen gemacht. Und wenn ich nicht so wütend gewesen wäre, hätte ich diese Angelegenheit auch gleich am Ort überprüfen müssen.«

»Alle haben die Beleidigungen Reineckes mitbekommen. Sie wurden gezielt geäußert, um Sie zu einer unbedachten Handlung zu verleiten. Man wird das bei kurzem Bedenken erkennen.«

»Ihr Glaube in die Erkenntnisfähigkeit der Menschen ist beachtlich, de Haye. Ich vermute, viel ergötzlicher als die Wahrheit ist der Skandal.«

»Über den wird Gras wachsen. Es ist nicht das erste Mal, mein Freund, dass ein Mann seine Rechte mit der Faust wahren muss.«

»Meinetwegen, vielleicht kann der gesellschaftliche Fauxpas in Vergessenheit geraten. Aber mit welcher Entschuldigung soll ich das Fehlverhalten meiner Dampfmaschine erklären?«

»Darüber denken wir nach, wenn Sie eine Nacht darüber geschlafen haben. Ich schlage vor, Sie ziehen sich jetzt zurück. Ein heißes Bad, eine ruhige Nacht und ein reichhaltiges Frühstück, danach werden Sie sich besser fühlen. Dann reden wir miteinander und suchen einen Ausweg.«

Alexander nickte. Es hörte sich so vernünftig an, und mehr konnte er im Moment auch nicht tun. Also folgte er seinem Gastgeber in die obere Etage, wo ein Zimmer für ihn bereitet worden war.

Bevor de Haye die Tür schloss, fragte er aber nach einem

tiefen Atemzug: »Sie halten mich nicht für ein dilettantisches Großmaul?«

»Nein. Das tue ich nicht, und Ihre Freunde auch nicht.«

»Es reicht ja auch, wenn meine Feinde es tun.«

»Unterschätzen Sie den Wert der Freundschaft nicht, Junge. Und da kommt auch schon Ihr Bad.« Ein Diener mit einer Sitzbadewanne und ein weiterer mit zwei Kannen voll heißem Wasser traten ein und machten sich hinter dem Paravent zu schaffen. »Übrigens habe ich ein Grundstück am Rhein gekauft und werde mir dort ein repräsentatives Haus bauen. Die Gegend hier gefällt mir. Und Sie werden mir hoffentlich bei der Installation einer vernünftigen Wasserversorgung helfen.«

»Vermutlich wird die nur dazu führen, dass anschließend die Zimmer überschwemmt werden.«

»Sie sind ziemlich unten, was? Na, das wird schon wieder. Ich überlasse Sie jetzt dem Abendritus. Hüllen Sie sich in diesen Hausmantel und begeben Sie sich anschließend in Morpheus' Arme.«

Die unverwüstliche Heiterkeit seines Gastgebers wirkte aufmunternd auf Alexander, das heiße Bad besänftigend auf sein aufgewühltes Gemüt. Und das Kleidungsstück, das der Diener ihm reichte, entlockte ihm sogar ein Schmunzeln. De Haye hatte einen heimlichen Hang zum prunkvollen Potentatentum. Der mit schwarzem Samt gefütterte rote Brokat, bestickt mit goldenen orientalischen Ornamenten, war eines Thronsessels würdig. Er legte es jedoch nicht an, sondern zog das bereitliegende Nachtgewand über, um Vergessen im Schlaf zu finden.

Am Morgen – viel Vergessen hatte die Nacht ihm nicht gebracht – hingegen legte er das Prunkgewand nach der Morgentoilette an, schlang die breite Schärpe um seine Hüften und schlüpfte in die ebenfalls reich bestickten Samtpantoffeln. In dem kleinen Erker, der den Blick in den Garten erlaubte, hatte man ein Tischchen für zwei Personen gedeckt, aber statt de Haye trat Amara mit einem vollbeladenen Tablett ein.

»Guten Morgen, Alexander. Ich habe dir ein Frühstück zubereiten lassen. Darf ich daran teilnehmen?«

Sie sah hübsch und frisch aus in ihrer einfachen weißen Bluse, dem blauen Baumwollrock und dem langen, glatten Zopf, der wie ein Seidenstrang über ihre Schulter fiel und in einer blauen Schleife endete. Sein Elend vertiefte sich wieder, und nur mit Mühe brachte er eine freundliche Einladung heraus. Sie lächelte ihr sanftes Madonnenlächeln und stellte die Kaffeekanne, den Korb mit frischen Brötchen, Butter, Marmelade und Honig auf den Tisch.

»Ich frage nicht, wie du die Nacht verbracht hast, Alexander. Aber ich fürchte, ich muss dir gestehen, ich hatte ein ganz betrüblich undamenhaftes Vergnügen an dem Anblick, als deine Faust diesen verleumderischen Stinkstiefel zu Boden streckte.« Sie kicherte. »Und unter die Röcke der wohledlen Kommerzialrätin beförderte.«

»Aha.« Er nahm ein Brötchen und schnitt es auf.

»Sieh es mal von der komischen Seite, Alexander. Immerhin harmloser als das Strychnin, was mich vor Kurzem in eine scheußlich demütigende Lage gebracht hat.«

»Mir wär lieber, es wäre Strychnin gewesen. Das, was mir passiert ist, ist weit tödlicher.«

»Rufmord. Richtig. Du hast dir einen Feind gemacht, Alex. Aber er hatte Handlanger.«

»Das ist wohl offensichtlich.«

Alexander nahm einen Bissen von seinem Honigbrötchen und dachte nach.

»Ich werde mir die Mechaniker vorknöpfen. Aber meinen Leuten traue ich das eigentlich nicht zu. Reinecke wird jemand mitgebracht haben.«

Amara leckte sich einen Tupfer Pfirsichmarmelade vom Finger und goss ihm eine zweite Tasse Kaffee ein.

»Warum hat er ein so großes Interesse daran, dich zu ruinieren?«

»Ich habe keine Ahnung. So recht einleuchten will mir das

nicht. Immerhin hat er ja darauf bestanden, dass Paula wieder zu mir zieht und heile Ehegemeinschaft spielt.«

»Wir werden gemeinsam darüber nachdenken und überlegen, ob uns gestern während des Banketts irgendetwas aufgefallen ist. Magst du noch ein Brötchen?«

Er lehnte ab und trank schweigend seinen Kaffee aus. Dann fragte er: »Was ist eigentlich mit Paula? Hat sich jemand um sie gekümmert?«

»Wenn ihr Vater anwesend war, wird sie sich bestimmt an ihn gewandt haben.«

»Ja, natürlich.«

Er stand vom Tisch auf und trat zum Fenster. Der Garten wirkte winterlich, die Buchenhecke bildete eine braune Mauer aus vertrockneten Blättern, über den Rosen lagen noch die Tannenreiser, und die dürren Ranken eines Weinstocks wickelten sich um ein Holzspalier. Es war ein trauriger Anblick und entsprach seiner Gemütslage. Es war nicht das erste Mal, dass er einen Rückschlag erlitten hatte, genau genommen war sein Leben durch solche Ereignisse geprägt. Doch in den Fällen davor war daraus nur der trotzige Wunsch erwachsen, sich aus der misslichen Lage zu befreien, weiterzumachen, womöglich sogar noch einen Gewinn daraus zu ziehen. Diesmal aber hatte es ihn härter getroffen als je zuvor. Man hatte sein gesamtes Lebenswerk mit Füßen getreten, seine Person und seine Arbeit der Lächerlichkeit preisgegeben.

»Alexander?«

Amara legte ihm ihren Arm um die Hüften und zog ihn an sich. Überrascht ließ er es geschehen. Sie sah zu ihm auf, und mit leiser Wehmut bemerkte er, wie schön sie war. Nicht mehr das ganz junge Mädchen, nein, aber eine Frau von Charakter und Stärke. Ihr Gesicht war ebenmäßig, um ihren Mund spielte ein zärtliches Lächeln, das anders als ihre professionelle Freundlichkeit ihre Augen erreichte und dort haarfeine Fältchen hinterließ.

»Wie alt bist du eigentlich?«, fragte er und hätte sich am liebsten prompt auf die Lippe gebissen.

»Neunundzwanzig. Eine gesetzte Matrone bin ich mit den Jahren geworden, nicht wahr?«

»Nein, das bist du nicht. Du siehst jung und seltsam weise aus.«

Ihre Hand streckte sich zu seiner Schläfe aus, und sie strich ihm über die helle Strähne.

»Alexander, sind wir beide nicht inzwischen alt genug, um uns dem zu stellen, was unübersehbar ist?«

Er fühlte, wie seine Kehle eng wurde.

»Wie meinst du das?«

Jetzt stand sie vor ihm und legte ihre Hände auf seine Schultern. Langsam ließ sie sie an dem Samtrevers hinabgleiten und fuhr unter den Morgenmantel, um seine bloße Haut zu streicheln. Er hielt den Atem an.

»Nicht, Amara.«

»Aber Alex – ich habe dich dieses Jahr nicht auf dem Maskenball getroffen, aber vergessen habe ich den letzten nicht. Du etwa?«

Ihre Finger fühlten sich warm und sanft an, und über seine Brust zog sich ein Schauder nach dem anderen. Er wollte es nicht, aber schon lagen seine Hände auf ihren Hüften. Sie drängte sich näher an ihn heran, und nun war ihr Gesicht ganz nahe an seinem.

»Ich weiß, du bist ein Mann von strikten Grundsätzen. Aber glaubst du nicht auch, dass Regeln manchmal gelockert werden dürfen?«

»Es ist nicht… Ich bin nicht in der Lage…«

»Deine Lage, Alexander, wird sich wieder ändern, daran habe ich gar keinen Zweifel. Sprich mit meinem Vater, mit Jan, mit Max. Und sprich mit mir, Alexander. Heute Abend. Bei mir zu Hause. Wirst du kommen?«

»Bist du sicher, dass es gut ist, worum du mich bittest?«

»Ja, ich bin mir ganz sicher. Schon ziemlich lange. Und du auch, nicht wahr?«

Ja, er war sich auch sicher. Und wenn der Verdacht, den er

hegte, stimmte, dann war auch Rücksichtnahme nun nicht mehr nötig.

»Ja, Amara, ich komme.«

»Und du bleibst auch?«

»Ja, Geliebte, ich bleibe auch.«

An der Tür klopfte es, und sie ließen einander los, um dem Hausmädchen ein sittsames Bild zu bieten.

Aufklärung

Die Summe unserer Erkenntnis besteht aus dem,
was wir gelernt, und aus dem, was wir vergessen haben.

Marie von Ebner-Eschenbach

Ich arbeitete allein in meiner Küche. Melli hatte ein Engagement, und Julia verbrachte den Abend mit ihren Freundinnen im Pensionat. Mit gleichmäßigem Druck walzte ich die Kakaobohnen auf dem warmen Metate-Stein zu der klebrigen Masse, die ich benötigte, und die gewohnte, wenn auch eintönige Arbeit half mir beim Ordnen meiner Gedanken. Es duftete im Raum nach Schokolade und nach den Rosen, die vor dem offenen Fenster ihre letzten Blüten entfalteten. Puschok saß auf dem Sims und beobachtete irgendein Geschehen in der Dunkelheit. Sein Schwanz peitschte aufgeregt hin und her.

Wie so oft musste ich meine Sehnsucht nach Alexander mit Macht zurückdrängen, damit sie nicht überhandnahm und mich vom klaren Denken abhielt.

Er war an dem Abend nach der Fabrikeinweihung zu mir gekommen, und wir hatten einander endlich das gegeben, wonach wir uns schon so lange verzehrten. Doch viel Zeit für unsere wachsende Vertrautheit blieb uns nicht. Mein Vater und auch Jan und ich hatten noch am Nachmittag mit ihm über das passende Vorgehen gesprochen, und der beste Rat lautete, die Stadt für eine Weile zu verlassen, bis Gras über die Angelegenheit gewachsen war. Das galt für den gesellschaftlichen Eklat. Für die Firma, die durch das Versagen der Maschine in Misskredit geraten war, konnte eine Abwesenheit ebenfalls von Nutzen sein, denn Alexanders Ruf als Ingenieur und Erfinder hatte inzwischen weit größere Kreise gezogen als nur im lokalen Bereich. Er besaß Freunde in Berlin, mit denen er seit Jahren korrespondierte, und die würde er aufsuchen. Auch die Angebote, an Veröffentlichungen mitzuarbeiten, Vorträge zu halten und an Symposien teilzunehmen, die er bisher immer ausgeschlagen hatte, weil seine Entwicklungen und die Firmenführung Vorrang hatten, würde er nun annehmen. Nettekoven konnte sich mit den kleineren Aufträgen gut über Wasser halten, die Experimente mussten eben warten. Und vielleicht ergaben sich ja aus den Kontakten sogar befruchtende neue Ideen.

So war Alexander im April nach Evasruh aufgebrochen, um zunächst seine Eltern zu besuchen. Dann war er mit seinem Vater nach Berlin gereist, und seine Briefe klangen wieder nach Tatendrang und Energie.

Und von Sehnsucht sprachen sie auch.

Und der letzte kündigte seine baldige Rückkehr an.

Ich seufzte leise. Das Warten wurde dadurch nicht leichter.

Aber immerhin hatte ich Julia wieder bei mir. Ich mochte das Mädchen wirklich, manchmal fühlte ich mich in meine erste Zeit mit Melli zurückversetzt. Alexanders Tochter war jetzt vierzehn Jahre alt und wie eine jüngere Schwester für mich.

Dass sie wieder bei uns wohnte, hatte ebenfalls mit dem Eklat zu tun, ja es war sogar ihr ganz eigener, den sie geschickt inszeniert hatte.

Zwei Wochen nach Alexanders Abreise klopfte sie, von einem Aprilschauer durchweicht, mit schlammigen Rocksäumen und einer trotzigen Miene, spätabends an unsere Hintertür.

»Ich geh nicht mit! Wenn ihr eine Nachricht schickt, bin ich gleich wieder weg!«, sprudelte sie hervor. Melli zerrte sie in die warme Küche und rubbelte ihr erst einmal mit einem Handtuch die nassen Haare trocken.

»Keiner schickt Nachrichten, wenn du es nicht willst«, beruhigte ich sie. »Aber du siehst aus, als hättest du dich im Uferschlamm des Rheins gewälzt.«

»Hab ich aber nicht. Ich hab mich nur hinter den Pferdeställen versteckt.«

»Daher das köstliche Parfüm. Vor wem versteckt?«

»Vor meiner Mutter. Sie kam heute ins Pensionat und hat mir befohlen, mit ihr nach Elberfeld zu reisen.«

Das erhellte die Angelegenheit wesentlich.

»Ist sie noch in Bonn, Julia?«, wollte ich wissen.

»Nein, sie hat die Postkutsche am Abend genommen. Und einen Haufen Beruhigungstropfen.«

Melli gab ein böses Schnauben von sich und erklärte: »Paula ist als Mutter eine komplette Fehlbesetzung. Schön, dass du hergekommen bist, Julia. Amara, wir können ihr doch bestimmt das Gästezimmer richten?«

»Das könnten wir, Melli. Aber spätestens morgen müssen wir im Pensionat vorstellig werden und die Lage erklären.« Julia machte den Ansatz zu einer bockigen Bemerkung, aber ich brachte sie mit einer raschen Geste dazu, sie hinunterzuschlucken. »Du gehst weiter zur Schule und wohnst die Woche über im Pensionat. An den Wochenenden und in den Ferien kannst du zu uns kommen. Ich schreibe heute noch deinem Vater, ich denke, er wird damit einverstanden sein.«

Das Störrische verschwand aus Julias Miene, und plötzlich rannen Tränen über ihre Wangen. Sie tat mir leid – sie war noch so jung, die andauernden Zwistigkeiten zwischen ihren Eltern hatten sie verstört. Doch ihre Sehnsucht nach Alexander stand der meinen in nichts nach. Melli und ich umarmten sie gleichzeitig.

Die Schokoladenmasse war nun von der richtigen Konsistenz, um den feinen Zucker hinzuzufügen. Ich wog die Mengen ab, die uns aus langer Erfahrung als das beste Verhältnis zwischen Kakao und Zucker erschienen, und machte eine entsprechende Notiz in meiner Kladde. Jan hatte es angeregt, bei meinen Küchenexperimenten genauso vorzugehen, wie sie es bei den Versuchen im Labor taten.

Während ich weiterarbeitete, wanderten meine Gedanken zu der Entwicklung der Gesundheitsschokolade zurück. Auch sie war in einer Küche entstanden, und ich verkaufte sie noch immer mit großem Erfolg an die Hofapotheke. Leise lächelnd kam mir gerade der Gedanke, dass ich wohl doch das typische Küchenmädchen war, das mich Dotty einst geschimpft hatte. Fast alle wirklich großen Ereignisse in meinem Leben hatten ihren Ausgang in diesem Raum. Inzwischen galt unsere Küche hier in Bonn als der exklusive Treffpunkt einer kleinen Elite, zu der sogar die Rheingräfin gehörte. Aber das war eine andere Geschichte. Jetzt fiel mir gerade im Zusammenhang mit der Gesundheitsschokolade die heftige Diskussion ein, die ich mit Jan und Max geführt hatte. Es ging um den Wunsch des Hofapothekers, auch Morphium in Schokoladenpastillen zu mischen. Jan war sofort bei einem seiner Lieblingsthemen, das Extrahieren von Alkaloiden und ihrer Wirkung auf den Menschen. Er riet mir dringend, den Wunsch des Apothekers abzulehnen, und klärte uns über die durchaus umstrittene Wirkung von Morphium auf. Als Beispiel führte er die Unfälle an, die durch das Fehlverhalten von Arbeitern, die an Maschinen tätig waren, verursacht wurden, weil sie dieses Mittel eingenommen hatten. Ich bemerkte, wie Max stiller und stiller wurde. Das kam mir eigenartig vor, also sagte ich: »Man kann das Zeug aber ohne Probleme in den Apotheken kaufen, soweit ich weiß, genau wie Laudanum und Hanfextrakt auch.«

Jan nickte. »Viele Ärzte empfehlen es, aber ich halte das für sehr gefährlich. Man gewöhnt sich daran und kann schließlich ohne diese Droge nicht mehr leben. Übrigens sind auch aus unseren Labors in der letzten Zeit beträchtliche Mengen davon verschwunden. Ich hoffe nur, dass wir nicht in den eigenen Reihen jemanden haben, der sie missbraucht.«

Max schien immer mehr in sich hineinzukriechen, und mir schwante etwas.

»Paula hat sich von Julia immer die Hanfschokolade mitbringen lassen. Angeblich weil sie ihre Nerven beruhigen musste.

Max, du bist oft mir ihr zusammen gewesen. Hat sie wirklich so schwache Nerven?«

Er fuhr sich über das bleiche Gesicht und verschränkte dann die Finger, bis die Knöchel knackten.

»Gott, was habe ich getan!«, stieß er hervor.

Jan richtete sich auf, und zum ersten Mal, seit ich ihn kannte, stand wilder Zorn in seiner Miene geschrieben.

»Ja, Max, erzähl uns doch mal, was du getan hast!«, forderte er ihn mit kalter Stimme auf.

Als Max geendet hatte, war keine Frage mehr offen.

Paula war der Auslöser. Sie hatte seine romantische Schwärmerei schamlos ausgenutzt, um an die Mittel aus dem Labor zu kommen. Sie hatte Max zum Dieb werden lassen. Und zwar in immer größerem Maße, denn Max hatte, angeregt durch ihre Schilderung der wohltuenden Wirkung dieser Mittel, auch den Männern der Zuckerfabrik, in der er derzeit seine Studien betrieb, Morphium gegeben, um dadurch Hunger und Müdigkeit zu lindern.

Jan tobte, und Max' Welt war zusammengebrochen. Melli und ich bemühten uns, die Situation zu retten, und erst spät in der Nacht waren die beiden Männer wieder so weit miteinander versöhnt, dass sie gemeinsam den Heimweg antreten konnten.

Ich konnte Max nicht böse sein. Hätte er an jenem Abend an dem Gartenfest nicht das für Paula bestimmte Fläschchen Hanfblütenöl dabeigehabt, hätte ich nicht überlebt.

Das war schließlich auch das Argument gewesen, das Jan wieder versöhnlich gestimmt hatte.

Der Zucker war nun mit der Schokoladenmasse vermischt, und ich erwärmte den weißen Rindertalg in einem Tiegel, um ihn später unterzurühren. Es befriedigte mich jedoch nicht. Das Fett härtete zwar recht gut aus, und die Mischung war in Tafeln oder schmale Riegel formbar, doch es minderte den Geschmack erheblich. Außerdem wurde Talg, wenn auch nicht so schnell wie Butter, nach kurzer Zeit ranzig.

Das zweite grundlegende Problem bei der Herstellung von essbarer Schokolade lag in der Festigkeit. Wir hatten schon die verschiedensten Methoden verworfen. Honig kam nicht in Frage, weil zu klebrig und zu teuer, Melasse war zwar billiger, aber auch wieder zu klebrig. Wir hatten versucht, die Konsistenz durch Mehl, fein geriebene Mandeln oder gar Beigaben von Kaolin zu verbessern, was geschmacklich nur bei den Mandeln tolerierbar war, alle anderen Beimischungen wirkten nur scheußlich. Schließlich hatte sich schnell härtendes Fett als günstigste Beimischung erwiesen, so wie ich es auch bei der Gesundheitsschokolade verwendete. Doch bei ihr war die geschmackliche Verfeinerung nebensächlich.

Um eine reine Essschokolade verkaufen zu können, musste dieses Problem dringend gelöst werden. Der Talg, auch wenn er noch so rein war, tötete das Aroma. Also mussten Gewürze beigemischt werden. Natürlich halfen Vanille, Kardamom, Zimt oder Piment, talgigen oder mehligen Geschmack zu übertönen, aber auch hier würde man auf Kosten achten müssen. Die exotischen Gewürze waren teuer.

Heute wollte ich einen Teil Mandelöl mit einarbeiten, um zu sehen, ob das das Ergebnis verbessern würde. Dazu musste ich aber herausfinden, welche Mengenverhältnisse die optimale Mischung ergaben.

Während ich abmaß und berechnete, wanderten meine Gedanken wieder zu Alexander, und die schmerzliche Sehnsucht nach seiner Zärtlichkeit ließ mich für eine Weile mit dem Bleistift auf dem Papier verharren. Ja, für ihn hatten sich die Umstände zum Guten gewendet, und sie würden noch besser werden, wenn er endlich Kenntnis von dem bekam, was wir alles in Bayenthal herausgefunden hatten. Julia war nicht unbeteiligt daran, sie hatte uns auf die richtige Spur geführt.

Zu Pfingsten war es, als wir beide uns in das Abenteuer gestürzt hatten, mit der neuen Eisenbahn von Bonn nach Köln zu reisen. Wir waren aufgeregt wie die kleinen Kinder, als wir zum Bahnhof wanderten und dort in einen der Wagons einstiegen, um uns am Rausch der Geschwindigkeit zu ergötzen. Julia erklärte zur maßlosen Verblüffung der Mitreisenden exakt die Funktionsweise der Dampflokomotive, und ich ergötzte mich an den unterschiedlichen Reaktionen, die von der ekstatischen Begeisterung eines zwölfjährigen Jungen bis hin zu schockierter Ablehnung einer würdigen Dame reichten.

Josef Nettekoven holte uns am Bahnhof von Raderberg ab und brachte uns nach Bayenthal, wo wir die Feiertage in Alexanders Häuschen verbringen wollten. Paula, die inzwischen akzeptiert hatte, dass Julia in meiner Obhut lebte, hatte ihrer Tochter aber den Auftrag erteilt, ihr ihre Skizzenmappen nach Elberfeld nachzuschicken.

Der Besuch war in vielerlei Hinsicht ein Erfolg. Zum einen hatte Julia ihre ehemalige Gouvernante gebeten, sie zu besuchen, und Fräulein Berit, die ich ebenfalls als sympathische Person aus ihren Erzählungen kannte, erwies sich in natura als genau so, wie geschildert. Sie besetzte inzwischen einen einflussreichen Posten an einer exklusiven Mädchenschule und entzückte uns mit allerlei Anekdoten aus dem Lernalltag der jungen Damen und einer höchst originellen Sicht der politischen und gesellschaftlichen Lage in Köln. Julia hingegen berichtete von ihren Fortschritten in der Malerei, die wirklich beachtlich waren. Seit zwei Jahren wurde sie von einem Künstler unterrichtet, der ihr ein ausgeprägtes Talent bescheinigte, und uns unterhielt sie oft mit schnell hingeworfenen Skizzen, manchmal so frech, dass ich sie eigentlich hätte ermahnen müssen. Ich tat es aber nicht.

Ich überließ Julia und Berit später ihren Klatschereien und widmete mich Juppes und Gisa, denn deren Nachforschungen hatten Früchte getragen. Gleich nach der misslungenen Inbetriebnahme der Dampfmaschine hatte ich Juppes gebeten, sich die Mechaniker vorzuknöpfen, die an jenem Tag die Maschine bedient hatten. Beide waren Angestellte der Firma, einer jedoch erst seit drei Monaten. Er hatte in der Woche darauf gekündigt, aber Gisa hatte eine Abschrift seiner Papiere angefertigt. Nettekovens Anfragen bei den Unternehmen, die er als Referenzen angegeben hatte, warfen ein seltsames Licht auf seinen Werdegang. Zwei Fabrikanten behaupteten, ihn nie beschäftigt zu haben, ein anderer kannte ihn, verwies aber auf Paul Reinecke, zu dem der Mann gewechselt war. Offensichtlich war die Trennung nicht im Frieden erfolgt.

»Ich könnte wetten«, grollte Juppes über seinem Kölsch, »dass der Kerl etwas mit dem verdammten Ventil zu schaffen hatte, das angeblich versagt hat. Ich weiß nur nicht, was.«

»Aber in wessen Auftrag, können wir wohl ahnen. Wenn es zu einem Verfahren kommen sollte, werden wir den Halunken zur Rechenschaft ziehen.«

»Würd ich gern mit eigenen Händen machen, Frau Amara.«

»Das überlasse ich dir, Jupp. Ich werde Paula die Haare mit meinen Krallen frisieren. Weißt du, was das hier ist?«

Ich winkte Julia, die Skizzenmappe aufzuschlagen. Es gab unzählige verschnörkelte Zeichnungen, in denen sich Blüten- und Efeuranken, allerlei Blätter, Rispen und Dolden um irgendwelche seltsamen Gegenstände wanden. Bemerkenswert war mir erschienen, dass die floralen Dekorationselemente in Bleistift ausgeführt, die Gegenstände darunter aber in feinsten Tuschlinien gezeichnet waren. Julias Verdienst war es, zu erkennen, was sie bedeuteten.

Juppes erkannte es auch.

Seine Bemerkung dazu versengte mir die Ohren, und Julia bat ihn, das noch mal zu wiederholen, damit sie es sich aufschreiben könne.

Das korrekte Wort nannte ich ihr für das, was Paula mit ihren Zeichnungen getan hatte: Werksspionage. Denn wenn man die Bleistiftzeichnungen wegradierte, blieben technische Zeichnungen von Schiebern und Getrieben, von Kupplungen und Ventilen übrig. Juppes' Prüfung bestätigte, dass Paula Alexanders Arbeitsskizzen kopiert hatte.

Mit aussagekräftigen, belastenden Dokumenten in der Tasche beendeten wir drei Tage später unseren Aufenthalt. Alexanders Rehabilitierung war in greifbare Nähe gerückt.

Noch näher an die Verschwörung kamen wir durch den Besuch von Laura von Viersen. Der überraschte mich allerdings wirklich.

An einem Nachmittag im Juni sandte die Dame mir ihr Kärtchen, und ich beeilte mich, meine klebrigen Hände so schnell wie möglich zu waschen, als Julia sie schon in die Küche führte.

»Julia, wie oft habe ich schon gesagt, du sollst den Besuch in den Salon führen.«

»Vierhundertsiebenundneunzigmal, Amara. Das war jetzt das vierhundertachtundneunzigste, und ich habe es mir noch immer nicht gemerkt. Es ist hier nämlich sehr viel gemütlicher als oben, Frau von Viersen.«

Die Dame, die ich in Beverings Apotheke als elegische Schönheit in blassem Violett kennengelernt hatte, wirkte erstaunlich energisch. Selbst das safrangelbe Promenadenkleid unterstrich diese Wirkung.

»Liebe Frau Bevering, ich muss dem Mädchen recht geben, es duftet göttlich hier.«

»Amara, ich finde, die Erdbeertörtchen sehen komisch aus. Meinst du nicht, wir sollten die erst einmal unter uns probieren, bevor wir sie den Kunden anbieten? Was, wenn du mal wieder Zucker und Salz vertauscht hast?«

»Was Frau Bevering gewiss jeden zweiten Tag passiert«, meinte unsere Besucherin belustigt. Ich gab auf.

»Nehmen Sie Platz, Frau von Viersen, aber achten Sie darauf, dass Ihr Kleid nicht mehlig wird.«

»Störe ich auch wirklich nicht?«

»Nein, ich bin so gut wie fertig, und Julia wird uns einen Kaffee kochen. Das wenigstens übersteigt nicht ihre Fähigkeiten.«

»Gestern habe ich das Wasser anbrennen lassen …!«

»Sie sehen, wir arbeiten sehr ungezwungen miteinander«, meinte ich mit einem entschuldigenden Achselzucken und stellte die blauen Steingutteller und die dicken Küchentassen auf den Tisch. Oben hatten wir feinstes weißes Porzellan und silbernes Besteck, aber das herunterzuholen, erschien mir unsinnig.

»Es ist gemütlich, in einer Küche zu sitzen, Frau Bevering. Und Gerüchten zufolge wird es als eine ganz besondere Ehre angesehen, zu dieser hier Zutritt zu erlangen.«

»Was mich erstaunt, denn eigentlich treffen sich hier nur meine engsten Freunde.«

»Eben drum, Frau Bevering«, antwortete sie, und Puschok sprang ihr auf den Schoß.

»Verzeihen Sie!« Ich wollte den Kater fortscheuchen, aber sie legte ihre Hand um seinen Rücken, und er schnurrte sie zufrieden an.

»Seit zwei Jahren habe ich auch eine Katze. Sehr tröstliche Tierchen.«

»Verschmust ist unser Hausgeist ohne Zweifel.«

Julia klapperte mit der Kaffeekanne, ich stellte die Törtchen auf den Tisch und setzte mich Laura von Viersen gegenüber. Julia, sehr wohlerzogen, schenkte uns ein und verschwand lautlos aus dem Raum.

»Ich vermute, es ist nicht der Ruf meiner Küchengesellschaft, Frau von Viersen, der mir die Freude Ihres Besuches verschafft?«

»Nein, Sie haben völlig recht, ich habe einen anderen – sehr delikaten – Anlass.« Sie nahm mit anmutigen Bewegungen einen Bissen von dem Gebäck und nickte anerkennend. »Köstlich! Aber davon abgesehen ... nun, wie fange ich es nur an?«

»Ich vermute, Sie haben Nachrichten oder Informationen, die mich oder nahe Freunde betreffen, liege ich da richtig?«

»Ja. Aber, verzeihen Sie, es ist eigentlich sehr indezent von mir, zu Ihnen zu kommen ...«

Es war nicht schwer zu erraten, über wen sie sprechen wollte.

»Alexander Masters befindet sich derzeit in Berlin. Und Sie denken, dass ich Ihnen weiterhelfen kann.« Ich lächelte sie an. »Ich habe damals das Cremedöschen sehr bewundert.«

Sie wurde rot, hielt meinem Blick aber stand.

»Es war schon vorbei ...«

»Und es hat jetzt gerade erst begonnen.«

»Ich weiß. Ich … pardon, ich hoffe, Sie sind glücklich.«

»Er ist schon lange fort.«

»Um dem Gerede zu entgehen. Ein kluger Schachzug. Ich habe das Getuschel verfolgt und mir meine Gedanken gemacht. Frau Bevering, ich habe Alexander als einen durch und durch integren Menschen von ausgezeichneten Manieren kennengelernt. An dieser Affäre stimmt etwas nicht.«

»Richtig, so weit sind wir auch schon gekommen.«

»Würde es Ihnen helfen, wenn ich Ihnen von der Irritation berichte, die dieses Schreiben bei meinem Mann ausgelöst hat?«

Sie zog aus ihrem Retikül einen Brief, auf dem ich das Emblem der Nettekoven'schen Firma erkannte. Ich nahm ihn entgegen und überflog ihn. In gestochen schöner Schrift wurde dem Kommandanten der Artilleriewerkstatt in Deutz darin mitgeteilt, man habe leider keine Kapazität, die in der Anfrage genannten Maschinen zu produzieren. Man schlage vor, sich behufs dessen mit der Firma Reinecke in Elberfeld ins Benehmen zu setzen, die bestimmt gerne den Auftrag ausführen würde.

Das vermutete ich auch. Nur zu gerne.

»Sie sind ganz blass geworden, liebe Frau Bevering.«

»Vor Wut«, knirschte ich hervor. »Ausschließlich vor Wut! Haben Sie je das Bedürfnis gehabt, Paula Masters den mageren Hals umzudrehen?«

»Vor einigen Jahren hätte ich eine derart undamenhafte Regung sicher schnellstens unterdrückt. Aber jetzt, da Sie es erwähnen – ja, mit dem größten Vergnügen.«

»Dürfte ich diesen Brief behalten, Frau von Viersen? Er könnte ein wichtiges Beweismittel sein. Sie hat Alexanders Unterschrift recht gut nachgemacht, aber seine ist unregelmäßiger.«

»Wenn er dazu dient, den guten Ruf von Herrn Masters wiederherzustellen, wird mein Gatte nichts dagegen haben. Er schätzt ihn als Ingenieur. Und seltsamerweise …«

Sie verstummte abermals, und ich konnte mir fast denken, was geschehen war.

»Sie haben Ihren Frieden gemacht, nicht wahr?«

»Ja, wir haben unseren Frieden gemacht.«

Mehr gab es nicht zu sagen. Darum fragte ich nur: »Möchten Sie noch ein Törtchen?«

Und über die nächste halbe Stunde plauderten wir über Backrezepte und Cremeherstellung, und ich gab ihr zum Abschied noch eine Auswahl meiner neuesten Pomaden und Salben mit.

Die Mischung aus Kakao, Zucker, Talg und Mandelöl war schon recht genießbar, doch das Mischungsverhältnis war diffizil. Besonders ansprechend war der Geschmack, wenn das Öl den Talganteil übertraf, dann aber wurde die Masse nicht fest genug. Feingemahlene Mandeln aber machten sie brüchig, und ich schob die letzten zwei Täfelchen enttäuscht zur Seite und zog frustriert meine Unterlippe zwischen die Zähne. Vermutlich war es besser, für heute Schluss zu machen. Außerdem war soeben die kleine Brandblase an meinem Mund wieder aufgesprungen, die ich mir gestern zugezogen hatte, als ich mit geschmolzenem Zucker hantierte. Ich ging zur Anrichte, wo immer ein Salbentopf stand, damit wir uns die Hände nach der Arbeit eincremen konnten, und tupfte mir von der Kakaobutteremulsion auf die Lippe.

Die Erkenntnis kam, wie alle großen Erkenntnisse der Welt, völlig unspektakulär.

Sie war einfach da.

Sie war so simpel, dass ich laut zu lachen anfing und Puschok mich strafend anmaunzte.

Mit fliegenden Händen mischte ich die Mengen zusammen – gesüßte Schokolade und leicht angewärmte Kakaobutter. Nur ein Hauch Vanille war nötig, um den Geschmack abzurunden. Auf dem Papier, auf dem die Täfelchen abkühlten, notierte ich die einzelnen Mischungsverhältnisse, dann räumte ich die Küche auf.

Von draußen klangen die zwölf Schläge der Mitternacht herein, und Puschok beschloss, die kühle Septembernacht mit seinen Freunden in den Gärten zu verbringen. Ich öffnete ihm pflichtbewusst die Hintertür, und er stolzierte mit erhobenem Schwanz in die Dunkelheit.

Als ich schließlich die letzten Töpfe, Löffel und Messbecher abgetrocknet und fortgeräumt hatte, war die Schokolade erstarrt. Ich nahm die Täfelchen einzeln in die Hand, um sie mitten durchzubrechen. Ein, zwei von ihnen waren zu trocken, die anderen hatten genau die richtige Härte. Ich steckte ein Stückchen in den Mund, und sanft schmolz der bittersüße Traum auf meiner Zunge.

Ich hatte das Ziel meiner Sehnsucht erreicht.

Der Kakao schmeckte genauso gut, wie er duftete.

Das Klopfen an der Hintertür riss mich aus meiner Verzückung. Eigentlich war es unvernünftig, einem Fremden lange nach Mitternacht zu öffnen, doch ich war so euphorisch, dass ich darüber gar nicht nachdachte. Ich öffnete – und fand mich in Alexanders Armen wieder.

»Amara – Amara, ich bin zu Hause. Gott, wie habe ich diesen Duft vermisst! Ich bin zu Hause.«

Er wollte mich küssen, was unmöglich war, denn mich schüttelte ein Schluckauf, ein Lachkrampf hing in meiner Kehle, und aus meinen Augen quollen die Tränen.

»Amara, was hast du?«

»Alle, aber auch alle Ziele erreicht. Da, probier mal!«

Statt ihm einen Kuss zu geben, steckte ich ihm ein Stück Schokolade zwischen die Lippen. Auch er spürte den Schmelz und die Süße und nickte dann.

»Du hast es geschafft.«

»Und es ist so simpel. Und so billig.«

»Dann, Liebste, werden wir auch alle anderen Ziele erreichen. Ich habe viel Gepäck dabei.«

Fernweh

Nach Westen, o nach Westen hin
Beflügle dich mein Kiel!
Dich grüßt noch sterbend Herz und Sinn,
Du meiner Sehnsucht Ziel!

Kolumbus, Brachmann

Die frische Brise zauste Jan Martins Haare und wehte sie ihm um die Stirn. Er wischte sie zur Seite und beschattete die Augen, um über die schaumgekrönten Wellen der Nordsee nach einem Segel Ausschau zu halten. Seit einer Woche war er täglich nach Bremerhaven hinausgeritten, um am Strand zu wandern und dabei die Schiffe zu beobachten, die die Wesermündung ansteuerten. Fischerboote waren es zumeist, kleine Trawler, die ihren Fang nach Bremen brachten, Küstenfahrer, die von den Inseln oder von Holland kamen. Die großen Drei- und Viermaster hingegen liefen Bremen nicht gerne an. Der Hafen war mehr und mehr versandet, und die neuen Anlagen, die weiter draußen an der Mündung des Flusses entstehen sollten, existierten bisher nur auf dem Papier. Doch die *Estrella* aus Venezuela wurde in Bremen erwartet.

Jan hatte Schuhe und Strümpfe ausgezogen und die Hosenbeine hochgekrempelt. Mit weit ausholenden Schritten marschierte er am Wassersaum entlang und ließ seine Füße von den kalten Wellen umspielen. Es machte ihm nichts aus, dass sie dabei fast blau froren. Er genoss den Wind, die salzige Gischt, den fischigen Geruch des angespülten Tangs. Kleine Wattvögel rannten in Scharen vor ihm her und pickten im Gleichklang nach der Nahrung, die sie im feuchten Sand fanden, hoch oben trieb der

Wind die Wolken zu Paaren, und unter ihnen tollten die Möwen in der schieren Lust am Fliegen durch die Luft.

Es war einsam hier draußen, aber auch das störte ihn nicht. Er wollte es so. Er wollte nachdenken und nach einer Entscheidung suchen. Denn seit er in diesem April das erste Mal nach vielen Jahren wieder das Meer gesehen hatte, war die lange unterdrückte, halb vergessene Sehnsucht aufgebrochen und füllte nun seine Brust fast bis zum Zerreißen. Schmerz war darin, Trauer und eine unbestimmte Form der Liebe, so tief und unergründlich wie der Ozean selbst. Erinnerungen an die Irische See, die Brecher, die an die bizarren Felsen schlugen, die Männer, die mit fester Hand und Gottvertrauen ihre Schiffe um die aufragenden Hindernisse steuerten, lachend, dumme Witze reißend im Angesicht des schnell zuschlagenden Todes. Erinnerungen an die blauen Lagunen, so glatt und still wie ein Spiegel, an deren Grund die Edelsteinlichter farbenprächtiger Fischschwärme aufzuckten. Erinnerungen an die kochende See im Hurrikan, den warmen, peitschenden Regen, umherfliegende Taue und Segeltuchfetzen. Und Erinnerungen an stille weiße Strände, an denen der laue Wind in den schattenspendenden Fächern windschiefer Palmen raschelte.

Jan Martin war in das Meer verliebt, und endlich gestand er sich diese Liebe ein.

Weshalb er sich mit der Frage quälte, ob er je wieder Verzicht üben konnte oder ob es eine Möglichkeit gab, eine Erfüllung seiner Neigung zu finden.

Seit einer Woche quälte er sich damit herum.

Lothar de Haye war der Grund, weshalb er nach Bremen gereist war. Er hatte ihm zu Weihnachten mitgeteilt, er habe die Valmonts von Trinidad eingeladen, nach Deutschland zu kommen. Zum einen, damit sie Gilberts Grab besuchen konnten, zum anderen aber auch, um neue Geschäftsbeziehungen anzubahnen. Wie immer hatte alles, was Lothar tat, einen Hintersinn. Da er sich an dem Vorhaben, die Schokoladenfabrik aufzubauen, lebhaft engagierte, wollte er sich eines verlässlichen

Kakaolieferanten versichern und hatte dabei unter anderem die Valmonts mit ihrer Plantage im Auge. Und den Kolonialwaren-Importeur Jantzen. Ob es ihm gelingen würde, die beiden zusammenzubringen, würden die nächsten Wochen zeigen. Jan Martins Vater, noch immer als Patriarch bestimmend im Geschäft, war nach wie vor skeptisch, was den Import von Kakaobohnen anbelangte, sein Compagnon, Jans Cousin Joachim, zeigte sich da aufgeschlossener.

Jan Martin blieb an einem Bootsgerippe stehen, das die hungrige See bis auf die Knochen abgenagt und dann mit Seegras und Miesmuscheln geschmückt hatte. Mit dem Fernrohr suchte er den Horizont ab. Draußen bildeten sich im wilden Spiel von Licht und Schatten weiße Katzenköpfe auf den Wellen, die jedoch nicht hoch genug waren, um einem Schiff ernsthafte Schwierigkeiten zu bereiten. Diesmal endlich fing sein Blick die Mastspitzen ein, die sich langsam vor dem Blau des Himmels abzeichneten.

Würden sie vorbeiziehen wie die vielen Schiffe der vergangenen Tage, die Kurs auf Hamburg hielten? Oder war es die *Estrella*, die sich ihrem Ziel näherte?

Er setzte das Glas ab und wanderte ein Stück weiter. Die Flut kam herein, fraß sich in den Sand, ließ die Priele anschwellen. Hier am Meer fiel es Jan leicht, sich dem gemächlichen, ewig gleichbleibenden Rhythmus der Natur anzupassen, der so anders war als seine Verpflichtungen im Institut und das Leben in der Stadt. Er verlangte Geduld und das Sich-Fügen ins Unabänderliche, denn dem Menschen war es nicht gegeben, die Tide aufzuhalten. Und es verlangte schnelles, energisches Handeln, wenn es sich in eine brodelnde Gefahr verwandelte.

Nach einer Weile blieb Jan Martin wiederum stehen, um nach den Masten Ausschau zu halten. Ja, sie waren über die Horizontlinie hinausgestiegen und mit bloßem Auge zu erkennen. Er stellte das Fernrohr neu ein, und in dem Rund der Linse erschien der Dreimaster. Was für ein Anblick! Weiß leuchteten die Segel im hellen Sonnenschein, majestätisch wie eine vollbusige

Königin in höchster Rage jagte das Schiff durch die Gischt. Direkt auf ihn zu!

Es musste die *Estrella* sein, die Kurs auf Bremen nahm.

Er beschloss zurückzuwandern und richtete dabei immer wieder den Blick nach draußen. Als er bei seinem Pferd angelangt war, hielt er noch einmal inne, um das Schiff zu beobachten. Es war die *Estrella*. Sie war näher gekommen, und durch die vergrößernden Linsen konnte er nun schon die Takelung erkennen. Ein sehnsüchtiger Seufzer entfuhr ihm. Jetzt auf dem Deck stehen, die Füße auf die sonnengebleichten Planken gestemmt, breitbeinig, um Sturm und Wellen zu trotzen, die Finger um ein kratziges, feuchtes Tau geklammert, durchnässt von Spritzwasser, Salz auf den Lippen! Fast meinte er das Orchester zu hören, das auf dem Schoner unter vollen Segeln spielte – das Knarzen des Holzes, das Knallen und Schlagen des Tuchs, das Singen des Windes in den Wanten, das Rauschen der Wellen und die rauen Stimmen der hart kämpfenden Matrosen, die unflätige Shantys grölten, während sie mit schwieligen Händen die störrischen Segel refften.

Jan Martin schüttelte den Kopf, um seine Gedanken wieder auf die irdischen Belange zu zwingen. Er saß auf und ritt Richtung Bremen, um seiner Familie die Ankunft der *Estrella* zu vermelden.

Sie traf, von zwei Schleppern gezogen, am nächsten Tag mit der Mittagsflut in Vegesack ein. Lothar und Jan warteten am Kai, um die Besucher zu empfangen.

Der Plantagenbesitzer und seine Frau verließen als Erste das Schiff, ihnen folgten einige Bedienstete, dann trat Inez hocherhobenen Hauptes an Land.

Lothar begrüßte die Familie mit herzlichen Worten, und Jan neidete ihm seine gewinnende, liebenswürdige Art, denn er selbst wurde wieder von seiner Schüchternheit gepackt und fand nicht mehr als die üblichen Höflichkeitsfloskeln.

Bis er Inez gegenüberstand.

Sie war nicht mehr das sechzehnjährige Mädchen, das ungestüm über die Plantage galoppierte, lachend mit ihrem Bruder tollte, mit klebrigen Fingern Limonade zubereitete und beim Laufen die Röcke schürzte.

Sie war eine junge Frau von königlicher Haltung. Ihre dunklen Augen blickten kühl und interessiert umher, im Frühlingslicht glühten blaue Funken in ihrem schwarzen Haar auf, und ihr makellos weißes Kleid umspann einen schlanken, aufrechten Körper.

Sie wandte sich Jan Martin zu und streckte ihm ihre Hand entgegen, während sie ihn mit einem Lächeln genauer in Augenschein nahm.

Leider fiel Jan keine einzige englische Vokabel mehr ein.

Das Lächeln in dem von der Sonne leicht gebräunten Gesicht vertiefte sich, und mit einer honigfarbenen Altstimme sagte Inez: »Wie schön, Sie wiederzusehen, Doktor Jan. Sie haben noch immer so schön blond Haar wie damals.«

Darauf fiel Jan auch keine deutsche Vokabel mehr ein. Stattdessen zog er ihre Hand an die Lippen und verbeugte sich.

»Habe ich Sie gemacht Überraschung, Doktor Jan?«

Es klang schelmisch, und endlich besann er sich wieder auf den Gebrauch seiner Zunge.

»Ja, Sie überraschen mich, Fräulein Inez. In jeder Form. Sie überraschen mich sehr. Und es ist eine wundervolle Überraschung. Nicht nur, dass Sie unsere Sprache gelernt haben.«

»Nicht nur?«

»Nein, obwohl ich als Botaniker wissen sollte, dass aus einer schönen Knospe nur eine vollendete Blüte werden kann.«

»Oh!« Sie lachte auf. »Sie haben das gesagt sehr nett. Aber nun zeigen Sie uns Ihr Stadt, Doktor Jan.«

Lothar und Jan Martin riefen die wartende Kutsche herbei, die das Gepäck aufnehmen sollte, und geleiteten die Besucher zu einer zweiten, die sie in ihr Hotel bringen würde.

Am darauffolgenden Tag trafen sie sich alle bei Jantzens an der Kaffeetafel, und durch die geschickte Vermittlung Lothar de

Hayes gelang es auch den steifen Bremern schon bald, ein anregendes Gespräch mit dem Plantagenbesitzer und seinen beiden Damen zu führen. Inez und Jan Martin aber suchten sich immer wieder mit Blicken, und als die üppige Tafel aufgehoben wurde, bat er sie, ihn auf einen kleinen Spaziergang zu begleiten.

»Es sind so hübsch klein Häuschen hier!«, begeisterte sich Inez. »Wie für Puppen.«

»Das lassen Sie die würdigen Bewohner aber nicht hören, Fräulein Inez«, mahnte Jan sie. Er hatte seine Schüchternheit wieder in den Griff bekommen, aber vollkommen entspannt fühlte er sich in ihrer Gegenwart noch nicht. Sie indessen plauderte drauflos und lachte dabei über die Stolperfallen, die ihr die fremde Sprache stellte.

»Wie kommt es, dass Sie Deutsch gelernt haben, Fräulein Inez?«

»Oh, ganz einfach. Ich wollte Leute selbst verstehen. Ohne immer eine Dolmetsch. Sie wissen doch genau, wie das ist.«

»Das ist wohl richtig.« Jan erinnerte sich an die ersten quälenden Wochen, in denen er kaum ein Wort Spanisch verstanden hatte.

»Und außerdem bin ich eine Hinterlist.«

»Tatsächlich? Das hätte ich nie vermutet, Fräulein Inez.«

»Doch, doch, eine ganz böse Hinterlist. Weil ich kann übersetzen, Papa wird mich mitnehmen zu Geschäftsgesprächen. Und, wissen Sie, manchmal muss man ihm neue Dinge – geschmackvoll? – machen.«

»Schmackhaft. Ja, ich verstehe. Sie kümmern sich sehr um die Führung der Plantage, nicht wahr?«

»Er hat sich noch nicht ganz daran gewöhnt. Aber manchmal kann er sich nicht wehren.«

Jan fragte sich, ob man sich überhaupt gegen eine Frau wie Inez wehren konnte, und ahnte die Antwort, dass es ihm aller Wahrscheinlichkeit nach vollends unmöglich war.

»Wie sieht denn die Planung Ihrer Reise aus?«, wollte er wissen, und sie berichtete ihm von ihren Vorhaben. Sie wollten im

Laufe des Monats nach Hamburg aufbrechen, wo ihr Vater gewisse Herren aufzusuchen wünschte, danach würden sie nach Berlin reisen. Valmont besaß einige Empfehlungsschreiben, die ihm die Türen zu einflussreichen Personen öffnen würden, mit denen Gespräche über Einfuhren, Zölle und Handelsbedingungen geführt werden sollten.

»Und wir wollen Gilbert Ehre erweisen. Sie haben geschrieben, dass nun bekannt ist, wie er starb. Es hat noch einmal Wunden aufgerissen, Doktor Jan. Aber ich bin froh, dass Ihre Freundin Amara nicht schuld daran ist.«

»Darüber bin ich auch sehr glücklich.«

»Sie mögen Frau Amara viel gerne?«

Jan schwieg. Ja, es gab eine Zeit, da waren seine Gefühle für Amara sehr nahe dem gekommen, was er für Liebe hielt. Aber er hatte nie eine Möglichkeit gefunden, sich ihr zu erklären. Da war einst Gilbert, dem sie weit mehr zugeneigt schien als ihm. Und als er sie wiedertraf, war sie mit Bevering verheiratet. Dann warf ihn das Drama in Irland völlig aus der Bahn, und erst Melisande konnte ihm aus seinem Tal der Finsternis heraushelfen. Melli hatte ihn geheilt, wofür er ihr auf immer dankbar war, aber sie hatten einander nicht geliebt und waren nun gute Freunde. Amara aber hatte Alexander gefunden.

»Ein Brechen von Herz, Jan?«, fragte Inez leise und legte ihre Hand auf seinen Arm.

»Nein, nicht mehr. Sie ist großartig, Fräulein Inez, und ich bewundere sie sehr. Aber – nein, mein Herz ist nicht gebrochen.«

»Ich möchte sie kennenlernen. Vielleicht über Gil mit ihr sprechen.«

»Kommen Sie nach Ihrem Aufenthalt in Berlin nach Bonn, Fräulein Inez. Machen Sie eine Fahrt den Rhein entlang, das ist sehr romantisch. Es gibt Weinberge und alte Burgen, malerische Städtchen und gefährliche Strudel. Und einen Drachen, der auf einem Berg haust und einen gewaltigen Schatz behütet.«

»Was ist ein Drache?«

Jan Martin erklärte ihr Abstammung, Charakter und Angewohnheiten der feuerschnaubenden Echsen mit solch ernster wissenschaftlicher Diktion, dass einige Passanten stehen blieben, um verblüfft die junge Dame zu mustern, die sich schier in Lachkrämpfen wand.

»Ich muss kommen, Doktor Jan. Ich muss. Ich muss Drachen streicheln und Rheinwein trinken und Frau Amaras Schokolade essen.«

»Kommen Sie im August, dann findet das große Beethovenfest statt. Wie es heißt, wird uns sogar die Queen Victoria beehren.«

»Nun, wenn die englische Königin kommt, wird Papa auch dabei sein wollen.«

»Dann gilt es als abgemacht?«

»Ganz sicher, Doktor Jan. Aber – werden Sie auch dort sein?«

»Ganz sicher, Fräulein Inez.«

Irgendwie war seine Sehnsucht nach dem Meer in den Hintergrund getreten, stellte Jan mit Erstaunen fest.

Tochter aus Elysium

Froh, wie seine Sonnen fliegen
Durch des Himmels prächt'gen Plan,
Wandelt, Brüder, eure Bahn,
Freudig wie ein Held zum Siegen.

An die Freude, Schiller

Der Chor wurde leiser, schwebend hingen die letzten Töne im Raum, und die Worte »Alle Menschen werden Brüder, wo dein sanfter Flügel weilt« verhallten.

Dann schwiegen Instrumente und Stimmen. Alexander, trunken von Glück, legte die Hand auf die Schulter der Frau, der seine ganze Liebe gehörte, und umfasste mit der anderen Hand die zitternden Finger seiner Tochter.

Für einen Bruchteil der Ewigkeit herrschte atemlose Stille im Saal.

Dann brach mit Urgewalt der überwältigende Jubel der großen Hymne aus.

»Seid umschlungen, Millionen! Diesen Kuss der ganzen Welt …«

Das von Franz Liszt initiierte erste Beethovenfest in Bonn war ein denkwürdiges Ereignis. Für die musikalischen Veranstaltungen hatte man eigens einen neuen Saalbau im Franziskanergarten errichtet, auf dem Münsterplatz sollte am übernächsten Tag das Denkmal des berühmten Sohnes der Stadt enthüllt werden, und unzählige Gäste aus aller Welt hatten sich in der beschaulichen Kleinstadt versammelt, um seinem grandiosen Werk zu huldigen. Darunter tatsächlich auch die Königin von England,

Victoria, mit ihrem Gatten, Prinz Albert, mit dem sie sechs Jahre zuvor beim Afternoon Tea im Schaumburger Hof einen Flirt begonnen hatte. Und natürlich König Friedrich Wilhelm IV. von Preußen. Aber auch Humboldt und der französische Musiker Berlioz und die skandalumwitterte Tänzerin Lola Montez hatten sich eingefunden.

Die letzten Töne der neunten Symphonie des Meisters verklangen, und nach der ergriffenen Stille rauschte der Applaus auf. Alexander strich Amara mit dem Zeigefinger über die feuchten Wangen, und sie drehte sich, noch immer klatschend, zu ihm um.

»Ergreifend.«

»Ja, unvergesslich. Ein Meisterwerk ohnegleichen. Aber dennoch wollen wir nun die Veranstaltung verlassen, meine Lieben.«

Er winkte Lothar zu, und als sie zum Ausgang strebten, schlossen sich ihnen auch Melisande und Maximilian an. Jan Martin nickte ihnen grüßend zu, blieb aber bei den Valmonts stehen, die an den weiteren Festlichkeiten teilnehmen wollten.

Die kleine Gesellschaft wanderte durch die laue Nachtluft zu dem Stadthaus, das Lothar de Haye weiterhin bewohnte, denn an seiner Villa am Rheinufer wurden noch die letzten Innenausbauten durchgeführt.

Die Euphorie, die die Musik in ihm ausgelöst hatte, klang noch immer in Alexander nach. Er schwieg, denn seine Dankbarkeit für die reine Freude, die ihm das Schicksal beschert hatte, konnte er nicht in gesprochene Worte fassen.

Seit er vor fast genau einem Jahr von seiner Rundreise zurückgekehrt war, hatte sich alles zum Guten gewendet. Nicht ohne Holprigkeiten und Ärgerlichkeiten natürlich, aber Stück für Stück hatte er wieder aufgebaut, was durch Intrige und Verrat zerstört worden war. Mit den Unterlagen, die seine Freunde zusammengetragen hatten, war es ihm gelungen, Paul Reinecke in die Enge zu treiben. Er hätte vielleicht sogar einen öffentlichen Prozess gegen ihn anstrengen können, aber er hatte Abstand davon genommen. Der Skandal war durch das Getuschel in Fachkreisen groß genug geworden, und der Ruf, ein schamloser Ideendieb zu sein, haftete inzwischen wie Teerpech an den Frackschößen des Elberfelder Fabrikanten. Nettekoven hingegen bekam inzwischen wieder so viele Aufträge, dass eine Erweiterung des Geschäfts notwendig wurde.

Von Paula hatte er sich auf die schnellstmögliche Art scheiden lassen, was noch einmal zu einer hysterischen Szene führte. Er hatte sich jedoch weder durch Tränen noch Vorwürfe von seinem Vorgehen abbringen lassen und seine ehemalige Gattin mit kalter Distanziertheit behandelt. Ihre Rolle in dem bösen Spiel war ebenfalls bekannt geworden und hatte ihm ärgerlicherweise den Hinweis des Friedensrichters eingebracht, man habe einer Frau eben keinen Einblick in die geschäftlichen Angelegenheiten zu gewähren.

Sofort nach Ablauf der Wartezeit von drei Monaten, die nach einer Scheidung vorgeschrieben waren, hatte er Amara geheiratet. Das war im Januar dieses Jahres gewesen, und seither lebten sie in dem kleinen Häuschen in Bayenthal. Doch eine größere Villa war bereits in Planung, direkt neben dem Gelände, auf dem die Schokoladenfabrik entstehen würde.

Alexander zog Amaras Hand unter seinen Arm, während sie durch die erleuchteten Straßen gingen. Sie bedachte ihn mit einem kleinen Lächeln, schwieg aber ebenfalls. Wie glücklich er sich schätzen konnte, eine Frau wie sie gefunden zu haben. Das kleine Häuschen fand sie bezaubernd, und ganz anders als Paula füllten Julia und sie es mit sprudelndem Leben. Mit dankbarer Verwunderung hatte er festgestellt, dass sich unter der ruhigen, ausgeglichenen Fassade seiner Gattin eine leidenschaftliche Geliebte verbarg. Aber genauso schätzte er auch ihre offene Kameradschaft, ihre Fürsorge und ihre Heiterkeit. Stundenlang, tagelang hatten sie schon zusammengesessen und die Fabrik geplant. Zwar fehlte Amara das gründliche technische Verständnis für die Maschinen, aber sie hatte eine sehr genaue

Vorstellung von dem Verfahren, mit dem man die Speiseschokolade herstellte. Und sie konnte ihre Erfahrungen aus Küche und Labor durchaus auf den größeren Rahmen übertragen. Außerdem hatte sie einen Kopf für Zahlen. Es beeindruckte ihn immer wieder, wie sie Mengenberechnungen anstellte, die ihm halfen, die Maschinen auszulegen, die Abmessungen von Vorrats- und Transportbehältern oder die Größe der Lagerräume zu bestimmen. Daneben stellte sie auch wirtschaftliche Berechnungen an, an denen ihn ihre Sorgfalt und ihr Einfallsreichtum verblüfften. Sie wusste nicht nur um die Rohstoffpreise, sondern kannte auch die Kosten für Kohle, Holz, Putzlappen und Schmierstoffe. Sie rechnete Löhne ein, Versicherungsprämien, Transportkosten, Verpackungsmaterialien und Kreditzinsen. Es war eine Freude, mit ihr zu arbeiten und zu diskutieren.

Mit anderen hatten sie auch unzählige Male beraten und diskutiert. Mit Maximilian fachsimpelten sie über die Vor- und Nachteile von Rohr- und Rübenzucker, von braunem Kandis gegenüber weißer Raffinade, mit Jan und den Valmonts hatten sie Stunden verbracht, um sich über Kakaosorten, Erntemethoden, Fermentierung und Verschiffung kundig zu machen, Lothar hingegen hatte sie mit einigen interessierten Investoren zusammengebracht, denen sie das Konzept ihrer Fabrik und des Produktes schmackhaft machen sollten.

Das Fabrikgrundstück und auch das, auf dem die zukünftige Villa stehen sollte, hatte de Haye seiner Tochter als Mitgift zur Hochzeit geschenkt. Alexander schmunzelte bei der Erinnerung daran, wie er und Amara dagegen protestiert hatten. Erfolglos, Lothar mochte umgängliche Manieren haben, doch wenn er sich etwas in den Sinn gesetzt hatte, konnte er zum unbeweglichen Basaltbrocken werden. Alexander vermutete jedoch, dass sein neuer Schwiegervater die komplette Fabrik finanzieren konnte, ohne dass es auch nur eine Delle in seinem Vermögen hinterlassen würde. Er hatte es aber klugerweise nicht angeboten, sondern sich nach Interessenten umgesehen, die risikobereit genug waren, in das neuartige Geschäft mit einzusteigen.

Ja, das Leben war aufregend und prickelnd wie Champagner geworden.

Und da sie nun die Haustür erreicht hatten, schlug Alexander vor: »Auf diesen Abend sollten wir mit einem Glas Champagner anstoßen, was meint ihr?«

»Du willst meinen Keller plündern?«, fragte de Haye und knuffte ihn in die Seite. »Na, nur zu, die Idee gefällt mir. Kommt mit nach oben, Max, Melisande.«

Alexander ließ die anderen vorgehen und suchte im wohlsortierten Weinkeller seines Schwiegervaters einige Flaschen aus. Als er in den Salon trat, hörte er, wie Max sich wieder einmal ereiferte.

»Er behandelt die Arbeiter wie den letzten Dreck, sage ich euch. Es muss etwas geschehen, man kann doch davor die Augen nicht verschließen. Auch Andreas Gottschalk steht auf unserer Seite!«

»Ich habe gehört, dass die Zustände bei Langen gar nicht so unmenschlich sind«, wandte Amara ruhig ein. »Er hat sogar eine Krankenkasse für seine Arbeiter eingerichtet.«

»Er zieht ihnen die Groschen dafür von ihrem mageren Lohn ab. Das ist Betrug in meinen Augen!«

»Warum Betrug? Er zahlt ihnen dafür doch den Lohn weiter, wenn sie krank sind.«

»Sie werden doch krank, weil die Arbeitsbedingungen so grauenvoll sind. Die Maschinen terrorisieren die Menschen und verursachen ständig Unfälle. Wegen der schlechten Bezahlung können sie sich kaum genug zu essen kaufen, müssen in kalten, feuchten Unterkünften hausen und sich vierzehn Stunden am Tag abrackern. Du weißt doch, was das heißt, Alexander!«

»Ja, ich weiß, was das heißt.«

Alexander öffnete die Champagnerflasche, und seine Hochstimmung verflog. Maximilian ritt sein Steckenpferd in vollem Galopp. Seit dem vergangenen Jahr stellte er in den verschiedenen Zuckerraffinerien der Umgebung seine Untersuchungen an, die sich eigentlich auf die Verarbeitung des Rohstoffs bezogen, hatte sich aber inzwischen mehr und mehr für die Zustände in der Arbeitswelt zu interessieren begonnen. Einige Bekannte unterstützten ihn darin, unter anderem der Armenarzt Gottschalk, der ebenfalls die Lage der Arbeiter öffentlich beklagte. Die Artikel der Herren Marx und Engels hatten Max mit weiterem geistigem Futter versorgt, und inzwischen wurden seine provokanten Äußerungen so laut, dass die Polizeispitzel von Kantholz ihn schon im Visier hatten. Alle Versuche, ihn zur Mäßigung anzuhalten, stießen auf taube Ohren.

»Jeden Morgen müssen sie preußisch pünktlich am Arbeitsplatz antreten. Stellt euch vor, wer auch nur eine Minute zu spät kommt, dem wird der Lohn gekürzt!«, fuhr er jetzt auf, nahm aber das Glas mit dem Champagner gedankenlos an und stürzte es in einem Zug hinunter.

»Pünktlichkeit ist in einer Fabrik wichtig, Max«, erklärte Lothar ihm. »Frag Amara, sie berechnet, was es kostet, die Dampfmaschine zu betreiben. Jede Minute, die sie in Betrieb ist, verschluckt sie Kohlen.«

»Richtig, Max. Eine Fabrik kann nur wirtschaftlich arbeiten, wenn die Maschinen bedient werden, und dafür sind die Arbeiter zuständig. Wenn ein Platz nicht besetzt ist, kann an den anderen auch nicht weitergemacht werden.« Alexander versuchte, seine Stimme ruhig zu halten. Schon mehr als einmal hatte er mit Maximilian diese Diskussion geführt.

»Wirtschaftlich, wirtschaftlich – das ist alles, woran die Bosse denken können. Wirtschaftlich heißt, dass das Geld in *ihre* Taschen fließt. Aber wer erwirtschaftet es denn? Das sind doch die Arbeiter, die sich für einen Hungerlohn krummschaffen, das sind die Bauern, die einen Bettel für ihre Ware bekommen!«

»Max, mäßige dich!«

»Nein, Lothar. Das muss gesagt werden. Und Alexander wird genau deshalb seine Fabrik bauen, um sich an der Knechtschaft der Arbeiter zu bereichern!«

»Nun mach aber mal einen Punkt, Max. Ich habe vor, eine

Fabrik zu bauen, die ein nahrhaftes, bezahlbares Lebensmittel herstellt, damit die weniger Begüterten auch in dessen Genuss kommen. Es wird ihren Hunger stillen und ihnen Energie spenden und auch noch gut schmecken. Dass ich dabei die Investitionskosten dafür bitte wieder zurückerhalten möchte, ist ein völlig legitimes Vorgehen. Ich bin schließlich kein Wohlfahrtsverein, sondern Unternehmer.«

»Du lügst! Du willst nicht nur deinen Einsatz zurück, sondern den Gewinn scheffeln.«

»Wenn wir denn Gewinn machen, werde ich einen Teil davon verwenden, die Fabrik auf dem neuesten Stand der Technik zu halten und natürlich auch meinen Anteil davon für mich selbst abschöpfen, ganz richtig. Denn ich trage ja auch das Risiko, wenn wir Verlust machen.«

»Und mit dieser Ausrede wirst du so viel wie möglich für dich behalten und die Arbeiter bis zum Letzten ausbeuten. So läuft das doch!«

Maximilian war immer lauter geworden und stapfte jetzt zwischen Kamin und Fenster hin und her, während er ein nächstes Glas Champagner hinunterstürzte.

»Ich habe nicht vor, Arbeiter auszubeuten. Ich werde anständige Bedingungen schaffen, ihnen einen angemessenen Lohn zahlen und ebenfalls eine Kasse einrichten, aus der sie bei begründetem Arbeitsausfall bezahlt werden. Aber es wird auf Pünktlichkeit, ordentliche Leistung und anständiges Verhalten geachtet werden. Auch wenn das preußische Tugenden sind, die der hiesigen Bevölkerung nicht immer schmecken. Wir leben in einer neuen Zeit, in der der Takt der Maschinen das Leben bestimmt und die Uhren eine neue Bedeutung bekommen. Und das ist erst der Anfang!«

»Genau das meine ich ja!«, schrie Max ihn an, außer sich vor Wut. »Du und deinesgleichen haben schon immer die Peitsche zu schwingen gewusst. Grafen und Bosse. Und am schlimmsten sind sie, wenn sie beides zusammen sind!«

Bevor Alexander eine harsche Erwiderung vorbringen konnte,

fragte Amara mit ruhiger Stimme: »Und wie sieht deine Lösung für das Problem aus, Max?«

»Ich werde den Arbeitern helfen. Sie stehen nicht mehr alleine. Wir werden ihnen helfen, sich zu organisieren. Jawohl. Wir werden Arbeitervereine gründen, damit sie gemeinsam gegen die Unterdrückung protestieren können. Wir werden dafür sorgen, dass keiner mehr als zehn Stunden zu arbeiten braucht und dass jede Mehrarbeit vergütet wird! Wir wollen ein unabhängiges Schiedsverfahren bei Arbeitskonflikten. Wir wollen Schutz vor Entlassungen. Wir werden dafür sorgen, dass die Arbeiter ihre Rechte kennenlernen, und ihnen helfen, sie durchzusetzen.«

»Was für eine Utopie«, seufzte Lothar de Haye und sah seinen aufgebrachten Neffen nachsichtig an, was Max nur noch weiter reizte.

»Wir werden die Arbeiterklasse zum Sieg über die Kapitalisten führen. Das werden wir.«

»Und einen Arbeiter- und Bauernstaat gründen. Ich sehe schon, es läuft auf die Herrschaft der Schwachköpfe hinaus.«

Alexanders trockene Bemerkung brachte das Fass zum Überlaufen. Max warf mit wütendem Schwung sein Glas an die Wand.

»Das Proletariat wird sich erheben – und dann gnade Gott euch Kapitalisten!«, brüllte er und stob aus dem Raum. Melisande, die die ganze Zeit stumm zugehört hatte, erhob sich und folgte ihm.

»Melli?«

»Lass es gut sein, Amara. Er braucht mich jetzt.«

Dann krachte die Tür hinter ihr zu.

»Nicht alle Menschen werden Brüder«, zitierte Amara leise, und Alexander legte seinen Arm um ihre Schultern.

»Nein, nicht alle. Es tut mir leid, Lothar.«

»Er ist ein Hitzkopf. Manchmal habe ich das Gefühl, dass ihm der Tod seiner Schwester und der Verrat durch seinen Vater näher gegangen ist, als er zugeben will.«

Sie saßen, betroffen von der Heftigkeit des Ausbruchs, schweigend zusammen, als sie das Klopfen an der Eingangstür hörten. Lachende Stimmen – eine männliche und eine weibliche – erklangen, und die eben zugeschlagene Tür wurde aufgerissen. Jan Martin, mit Inez am Arm, stand strahlend im Raum und schmetterte: »Wem der große Wurf gelungen, eines Freundes Freund zu sein, wer ein holdes Weib errungen, mische seinen Jubel ein!«

Dann verstummte er, sah in die Runde und entdeckte die Scherben und den verschütteten Champagner. »O Gott, ist etwas passiert?«

Alexander erhob sich und trat auf die Anrichte zu, um zwei weitere Gläser zu füllen.

»Nur ein heftiger Ausbruch von Maximilians Weltverbesserungsvisionen, die plötzlich ins Beleidigende abrutschten.« Er fasste sich, konzentrierte sich auf seinen Freund und die irritiert dreinblickende Inez. Mit einem Lächeln, noch etwas gezwungen, aber schon halbwegs ehrlich, reichte er ihnen die Kelche. »Mir scheint, wir haben in Gratulationen auszubrechen.«

»Ja, das wäre sehr angebracht. Diese bezaubernde junge Dame hat sich bereit erklärt, mich zu ihrem Mann zu nehmen.«

Sie standen auf und hoben ihre Gläser.

»Auf die Tochter aus Elysium!«, rief Lothar aus. »Möge sie dich ins Paradies entführen, mein Freund!«

»Das wird sie, meine Lieben. In vielerlei Hinsicht. Ich werde meinem holden Weib nach Trinidad folgen.«

Als Alexander Stunden später müde ins Bett sank und nach der Hand seiner Frau tastete, umfing sie seine Finger mit zärtlichem Druck. Er erwiderte ihn und rückte näher. Einladend hob sie ihr Plumeau und zog ihn an sich.

»Es ist so gut, bei dir zu sein, Amara«, flüsterte er. »Bleib bei mir.«

»Natürlich, Alexander. Es hat dich traurig gemacht, nicht wahr?«

»Ja, es macht mich traurig, Freunde zu verlieren.«

Sie seufzte leise und sagte dann: »Das ist der Preis des Fortschritts, Liebster. Er trennt die Menschen räumlich und geistig. Und ich fürchte, die Kluft zwischen Max und Melisande und uns ist tiefer und weiter, als der Atlantik, der uns bald von Jan und Inez trennt.«

»Da wirst du recht behalten. Der Fortschritt wird uns mit den Dampfschiffen wieder näher an Jan bringen, aber Max… Obwohl viel Wahres an dem ist, was er vorbringt. Aber er tut es mit so viel Hass und Verbitterung. Dennoch, wir werden auch über die Arbeitsbedingungen in unserer Fabrik nachdenken. Wir beide wissen, was man besser machen kann.«

»Ja, das werden wir. Und ich hoffe, Melisande und Max werden wenigstens miteinander glücklich.«

»Nie so sehr wie ich mit dir, meine Geliebte!«, murmelte Alexander, bettete ihren Kopf an seine Schulter und legte seine Hand auf ihren leicht gewölbten Leib. Manche gingen, doch andere würden kommen. Bald.

Und der Götterfunke Freude entzündete sich wieder in seinem Herzen, bevor er einschlief.

Die Begleichung einer alten Schuld

Du kehrst zur rechten Stunde,
O Wanderer, hier ein,
Du bist's, für den die Wunde
Mir dringt ins Herz hinein!

Der Wanderer in der Sägmühle, Kerner

Ich sandte meinem vollgepackten Sekretär einen schiefen Blick und griff dann statt zu den Geschäftsbriefen zu der Mappe aus hellem Leder, in der sich meine Privatkorrespondenz befand. Die Rechnungen und Anfragen konnten warten, im Augenblick wollte ich lieber unseren Freunden schreiben. Ein langer, zart parfümierter Brief von Lady Henrietta harrte der ausführlichen Antwort. Er würde vor allem Auskunft über ihren acht Monate alten Enkelsohn Victor Heinrich Masters beinhalten, aber auch eine Beschreibung der neuen Saloneinrichtung in Blassgrün und Elfenbein, eine von Alexanders Bemühungen, einen wetterfesten Gartenpavillon zu bauen, und etwas über Julias derzeit noch nicht ganz vollkommenen Versuche, als eine junge Dame von Stand aufzutreten. Aber diesen letzten Schliff würde sie sowieso im Herbst erhalten, wenn sie unter der Ägide von Linda und Julius in die Berliner Gesellschaft eingeführt wurde. Auf jeden Fall wollte ich Julias gelungene Skizzen von Victor, dem Haus und Puschok hinzufügen. Der Kater hatte einst drei Tage geschmollt, als wir ihn gewaltsam von Köln nach Bayenthal entführt hatten, inzwischen aber genoss er den großen Garten und Hannes' grenzenlose Anbetung.

Jan Martins Epistel hatte den Umfang eines kleinen Gebetbuchs und strahlte aus jeder Zeile Zufriedenheit aus. Auch er sah der Geburt eines Sohnes oder einer Tochter entgegen, vermutlich schon in den nächsten Tagen. Ihm musste ich vor allem von den Fortschritten in der Fabrik berichten. Gleich nach dem Beethovenfest hatten wir, noch mit ihm gemeinsam, die Gebäude entworfen, im März, als der Winter seine Eiseshärte aus dem Boden gezogen hatte, waren er und Inez abgereist, und wir hatten mit dem Bau begonnen. Inzwischen waren nicht nur die lange Fabrikhalle, das Kesselhaus, die Lagerräume und die Zufahrt fertiggestellt, sondern auch unsere Villa war im vorigen Monat bezugsfertig geworden. Das kleine Häuschen, das Alexander so liebevoll hergerichtet und in dem ich unseren Sohn geboren hatte, wurde inzwischen von dem neu eingestellten Betriebsführer und seiner Frau bewohnt. In einem Monat sollte die Einweihung der Schokoladenfabrik stattfinden, die danach ihren geregelten Betrieb aufnehmen würde.

Wir lebten derzeit alle miteinander in höchster Anspannung. Die einzelnen Maschinen hatte Alexander schon mehrmals zur Probe laufen lassen, und Julia war ihm dabei nicht von der Seite gewichen. Es mochte ungewöhnlich für ein junges Mädchen sein, sich derart für Technik zu interessieren, aber ihr verdankten wir tatsächlich ein paar ganz ausgezeichnete Ideen. So hatte Alexander mit seinen Ingenieurfreunden lange überlegt, wie man die Schalen des gerösteten Kakaos von den Bohnen trennen konnte, ohne dass dabei mühsame Handarbeit notwendig war. In kleinen Mengen war das Worfeln mit flachen Körben durchaus praktikabel, aber bei den Massen, die wir zu verarbeiten hatten, würde es nur eine unnötige Unterbrechung des Arbeitsflusses darstellen. Julia war eines Tages staubig, mit mehlüberpuderten Haaren und voller Spelzen in den Kleidern in die halbfertige Fabrik gestürmt und hatte gerufen: »Ich hab's! Papa, ich hab's!«

Sie hatte wirklich die Lösung gefunden, und zwar auf einem Bauernhof, in dessen Scheuer eine Windfege stand. Dieses erstaunliche Gerät bestand aus einem Kasten, in den ein Propellerrad eingebaut war. Drehte man es mit einer Handkurbel, erzeugte es einen Luftstrom. Dieser blies durch das Getreide, das von oben eingeschüttet wurde, und die leichten Spelzen wurden hinausgeblasen, während die schwereren Körner nach unten fielen. Es waren nur noch wenige Anpassungen nötig – und einige von Alexanders genialen Ideen –, und schon konnte auch diese Maschine an die große Antriebswelle angeschlossen werden. Auch bei der Herstellung der Tafeln hatte Julia mitgeholfen. Ich hatte sie bisher mit der Hand aus der Schokoladenmasse geformt. Jetzt brauchten wir aber viele und vor allem gleichmäßig große Tafeln gleichzeitig, die sich gut verpacken ließen.

»Warum macht ihr das nicht so ähnlich wie Herr Waldegg, wenn er seine Bleilettern gießt?«, schlug dieses kluge Kind vor. Alexander hatte sie mit offenem Mund angestarrt und dann nur gesagt: »Ja, warum eigentlich nicht?«

Jetzt hatten wir verzinkte Platten mit rechteckigen Vertiefungen, in die die warme Masse gegossen wurde. Erkaltete sie, konnte die Schokolade, die sich beim Abkühlen etwas zusammenzog, durch Umdrehen der Formplatte leicht entnommen werden. Dann aber begann die wirklich unvermeidbare Handarbeit. An langen Tischen würden bald die Frauen sitzen und die Schokolade in festes, bunt bedrucktes Papier einwickeln.

»Amaras Göttertraum«, stand darauf.

Das war der Einfall meines Vaters.

Das alles musste ich Jan natürlich nicht mehr schreiben, diesen Teil hatte Alexander bereits übernommen. Ich würde ihm von der Einweihung berichten, und darum legte ich sein Schreiben wieder zurück. Nadina hingegen sollte ich bald antworten. Von ihr hatte ich lange Zeit nichts gehört, unser Briefwechsel war irgendwann eingeschlafen. Aber vergangene Woche flatterte ein Billett von ihr herein. Sie machte sich Sorgen um Melisande. Genau wie ich. Das Geschäft in der Sternstraße hatte ich nach meiner Heirat mit Alexander aufgegeben. Das Rezept für die Salben und Pomaden aus Kakaobutter hatte mir der Apotheker für einen guten Preis abgekauft, aber Melli wollte ich das

Haus vermieten. Doch sie hatte abgelehnt. Daher betrieb jetzt ein anderer Konditor darin seinen Laden, der ebenfalls dankbar einige meiner Schokoladenrezepte übernommen hatte. Melisande war zu Max gezogen, der eine kleine Wohnung in einer schäbigen Seitenstraße Bonns bewohnte und sich strikt weigerte, Geld oder sonstige Unterstützung von Lothar anzunehmen. Sie lebten von seinem Assistentengehalt und den Einnahmen, die Melli durch die Tingelei in den Cafés verdiente. Daneben engagierten sie sich leidenschaftlich in einem Arbeiterclub. Wir trafen uns nur noch selten, aber um ihrer Mutter willen würde ich nächste Woche noch einmal nach Bonn fahren, um sie zu besuchen. Außerdem musste ich Nadina fragen, wie ich MacPherson erreichen konnte. Denn wenn der Betrieb aufgenommen wurde, brauchten wir große Mengen an Kakao, Vanille und anderen Kolonialwaren. Natürlich lieferte Jantzen den Hauptanteil, aber mir war es lieber, Alternativen zu haben.

Mac war ein seltsamer Mann. Das letzte Mal hatte ich ihn gesehen, als Alexander in Berlin weilte. Er war gekommen, freundlich wie immer, hatte geplaudert, meine Bestellungen entgegengenommen und sich danach verabschiedet. Ich hatte die ganze Zeit über mit mir gehadert und wusste nicht recht, wie ich ihm meine neue Situation erklären sollte, aber er lächelte zum Abschied nur, küsste mir die Hand und wünschte mir »viel Glück, Gräfin«.

Er schien wirklich immer alles zu wissen.

Seither hatte er sich nicht mehr bei mir blicken lassen, war jedoch bei Nadina gewesen und hatte ihr von meiner Hochzeit berichtet, der Schokoladenfabrik und der Geburt unseres Kindes.

»Amara? Amara, störe ich dich?«

Julia unterbrach meine Gedanken. Sechzehn Jahre, schlank, mit einem Gesicht, das versprach, eine edle Strenge zu erwerben, wenn die kindlichen Rundungen abgeschmolzen waren, und einer sich ständig in Auflösung befindenden Frisur, trat sie mit vor Begeisterung strahlenden Augen in den Raum.

»Nein, mein Schatz, du störst nicht. Ich habe soeben überlegt, ob ich mit einem Brief an Lady Henrietta beginnen sollte, aber das kann noch einen Tag warten.«

»Es muss vielleicht sogar noch zwei Tage warten. Papa hat erlaubt, dass ich morgen zur Martinskirmes gehen darf.«

»Und ich natürlich mitkommen soll, meinst du.«

»Ja, Amara. Das würde dir doch auch Spaß machen. Immer vergräbst du dich hier in diesem Nest.«

»Ich vergrabe mich gerne.«

»Tust du nicht.«

»Ich bin eine gesetzte Dame und kein wilder Hopser mehr, Julia.«

»Ach nein? Und wer hat auf dem Maifest die halbe Belegschaft von Juppes außer Atem getanzt? Wer war das wohl?«

Ich war's, ja, und es hatte Spaß gemacht, einfach mal so richtig ausgelassen fröhlich zu sein. Vielleicht war es doch eine gute Idee. Die Anspannungen der letzten Wochen begannen sich bemerkbar zu machen, und einen Ferientag sollten wir uns leisten.

Er wurde denkwürdig.

Die Martinskirmes auf dem Alter Markt fand zu Ehren des heiligen Martin statt, dem Schutzheiligen der romanischen Kirche des ehemaligen Benediktinerklosters von Groß Sankt Martin. Auf dem Platz wimmelte es von Menschen, die sich um die Buden der Händler drangten, die alle möglichen und unmöglichen Waren feilboten. Ein Klempnermeister stellte Töpfe und Siebe, Pfannen und Eimer aus, bei einem Putzmacher flatterten bunte Haubenbänder und lockten die eitlen jungen Mädchen an, Kurzwarenhändler wachten über einem Meer von farbigen Garnrollen, Schleifen und Knöpfen, Pfefferkuchenbäcker riefen ihr Angebot lautstark aus, von einem Spielwarenstand zogen Kinder beglückt mit Puppen, Trommeln, Tröten und Knarren fort. Ein holländischer Schuhmacher thronte inmitten seiner Holzschuhe, neben ihm probierten junge Gecken glänzende Stiefel bei einem Schuster an, Irdenwaren, blau glasiert aus dem Westerwald, fanden ihre Käufer genau wie die Produkte der Korbmacher, Löffelschnitzer und Besenbinder. Zum unmelodiösen Gejammer einer verstimmten Drehorgel ritten auf bunt bemalten Karussellpferden die Kinder im Kreis, an Wurfbuden versuchten junge Helden, das Zentrum zerlöcherter Zielscheiben mit Pfeilen zu treffen, und an etlichen Ständen labten sich die Durstigen an Wein oder Bier. Julia hatte sich in eine Kette aus geschliffenen Rheinkieseln verguckt, Alexander mir ein Herz aus Lebkuchen und Zuckerguss geschenkt, das wir mit klebrigen Fingern aufaßen, während wir uns durch die Menge drängten. Als irgendwo ein Tumult entstand, wie es immer auf derartigen Veranstaltungen zu erwarten war, versuchten wir, dem zu entkommen, denn einige Handwerksburschen ließen Knallkörper explodieren und riefen trunken wilde Parolen von Freiheit und Gleichheit.

»Das wird Ärger geben«, warnte Alexander. »Bleibt dicht bei mir, wir wollen versuchen, zum Dom zu gelangen.«

Das war mir nur recht. Ich fasste Julia an der Hand, und wir bemühten uns, hinter den Buden einen Weg zu finden. Schon hatten sich Polizisten eingefunden, deren hohe Pickelhauben über die Menge ragten. Mit Entsetzen sah ich Steine fliegen, harsche Befehle wurden gebrüllt, Säbel glitzerten plötzlich im Sonnenlicht.

Ein Stand mit Fässern voller Äpfel stürzte um, und uns war der Durchgang versperrt.

»Zurück!« Alexanders Hand drückte sich fest auf meine Schulter. »Zum Rhein hinunter!«

Aber auch das wurde immer schwieriger. Mehrere Hunde hatten sich losgerissen und sprangen hysterisch kläffend zwischen den Kirmesbesuchern umher, Kinder heulten nach ihren Müttern, eine alte Frau in ausladender Krinoline war gestürzt, scheppernd brach der Eisenwarenstand zusammen. Wir schafften es bis zur Kirchmauer von Brigiden, dorthin aber waren auch einige der Handwerksburschen geflüchtet, und ihnen auf den Fersen die Polizisten. An die Wand gedrückt hofften wir, dass die wilde Schlägerei sich weiter nach vorne verlagern würde. Julia klammerte sich fest an meinen Arm, doch Angst stand nicht in ihrem Gesicht. Sie beobachtete das Treiben mit faszinierter Aufmerksamkeit. Und wahrscheinlich entdeckte sie deshalb ein bekanntes Gesicht in der Menge.

»Amara, sieh, der Reisende.«

Und wirklich, MacPherson kämpfte sich durch den rangelnden Haufen, ebenfalls brutal seine Ellenbogen und Fäuste einsetzend.

»Amara!«, brüllte er über das Getöse hin. »Zu mir!«

»Wer ist das?«, wollte Alexander wissen. Ich nannte Macs Namen, den er von meinen Erzählungen kannte. »Er ist ein Überlebenskünstler. Folgen wir ihm!«

»Eine bessere Chance haben wir sowieso nicht.«

Ich hätte mich wundern sollen, gerade jetzt und hier, in der Bedrängnis, auf Mac zu stoßen, aber ich tat es nicht. Er war immer da, wenn man ihn brauchte.

Und er schaffte es, uns in ein schmales Gässchen zu lotsen, fort von den gewalttätigen Ausschreitungen auf dem Alter Markt. Wir erreichten den Rhein dort, wo die Pontonbrücke von Deutz endete, und hier blieben wir entsetzt stehen. Über die Brücke donnerten die Dragoner, und kaum hatten sie das Ufer erreicht, schlugen sie bereits mit blankgezogenen Waffen wahllos auf Passanten und Kirmesbesucher ein. Schmerzensschreie ertönten, Pferde wieherten, Gebrüll erfüllte die Luft.

Es geschah schneller, als ich denken konnte. Einer der Dragoner preschte auf uns zu, holte mit dem Säbel aus, zielte auf Alexander.

Mac sprang vor.

Die Klinge traf ihn in der Brust.

Er stürzte lautlos, riss Alexander mit sich zu Boden.

Der Soldat wendete sein Pferd und verschwand.

»Mac!« Es musste ein Schrei aus meiner Kehle gewesen sein, denn sie brannte, als ich mich zu ihm niederwarf. Er lag wie zerbrochen auf dem Pflaster, während Alexander sich langsam aufrappelte.

»Was ist geschehen?«, fragte er und starrte auf das Blut, das Macs Weste tränkte. Der öffnete die Augen und flüsterte: »Heil geblieben, Kleiner?«

»Ja, bis auf ein paar Schrammen.«

»Gut. Wollte immer danke sagen, Kleiner... ganzes Leben lang.«

Ich machte aus meinen Röcken ein Kissen und bettete Macs Kopf darauf. Um uns hatte sich eine Wand aus Menschen gebildet, doch ich bemerkte sie kaum.

»Mac«, flüsterte ich, und nahm seine Hände. »Mac, warum?«

»Er weiß schon... Plancenoit.«

»Großer Gott!« Alexander ließ sich auf die Knie fallen. »Allmächtiger. Der Mann von den *Scots Grey*.«

Mac nickte unmerklich. Die Kräfte verließen ihn, mit jedem Schlag seines verletzten Herzens strömte mehr Leben aus ihm heraus. Alexander nahm nun auch seine Hände und wollte etwas zu ihm sagen, als eine schneidende Stimme befahl: »Sieh da, Masters! Mitten unter den Rebellen. Genau, wie ich es mir immer gedacht habe. Nehmt ihn fest, Männer!«

Alexander schnellte wie eine Stahlfeder hoch. Mit einem dumpfen Laut landete seine geballte Faust auf Karl August Kantholz' Kinn. Der hob sich auf die Zehenspitzen und flog rückwärts in die Gaffer. Doch zwei der Polizisten waren schon hinter Alexander und packten ihn an den Armen.

Ich wollte aufspringen, doch der federleichte Druck von Macs Fingern ließ mich innehalten.

»Keine Angst. Kommt frei.« Ich musste mein Ohr fast an Macs Lippen legen, um ihn zu verstehen. »Daphne.«

»Ich merke es mir.«

»Leb wohl, Amara.«

»Mac. Nicht.«

»Spät... Dunkel.«

»Mac, mein geliebter Freund. Mac.«

Er hörte mich nicht mehr.

Julia, tränenüberströmt, staubig, verschmiert von Blut und Straßendreck, schmiegte sich an mich, während ich wie gelähmt Macs schlaffe Hände hielt.

»Amara. Da ist Herr Waldegg. Vielleicht ...«

Sie wartete nicht auf meine Reaktion, und später war ich ihr sehr dankbar dafür. Cornelius Waldegg wurde auf uns aufmerksam, als sie laut seinen Namen rief, und was danach geschah, ging in einem wirren Strudel von Ereignissen und Gefühlen unter. Ich kam erst wieder richtig zu mir, als mir Antonia Waldegg das vollkommen verschmutzte Kleid auszog und dabei leise auf mich einredete.

»Sie bleiben erst einmal hier, Amara. Wir kümmern uns um alles. Machen Sie sich keine Sorgen.«

»Doch. Wo ist Alexander?«

»Das wird mein Mann schnell genug herausfinden. Er wird alles daransetzen, ihn auf freien Fuß zu bekommen. Er hat mit Kantholz noch ein, zwei Rechnungen zu begleichen.« Sie drückte mir eine Tasse heißen, süßen Tee in die Hand, die ich dankbar austrank.

Irgendetwas musste sie hineingegeben haben, denn als ich wieder aufwachte, war ein neuer Morgen angebrochen. Julia, in Rock und Bluse, vermutlich von der Gastgeberin geliehen, stellte ein Tablett mit Kaffee und Gebäck auf das Tischchen neben dem Bett. Sie sah müde, aber gefasst aus.

»Es hat einen gewaltigen Aufruhr gegeben, heißt es. Viele sind verletzt worden, und ein Fassbindergeselle ist zu Tode gekommen.«

»Du hast ein Talent für kurze Zusammenfassungen. Was ist mit Mac?«

»Der Pfarrer von Groß Sankt Martin hat sich bereit erklärt, ihn noch heute auf Melaten beizusetzen. Herr Waldegg hat das, frag mich nicht wie, durchgesetzt.«

So schnell hatte ich es nicht erwartet, aber es zeigte sich, dass es nützlich war, denn der Tod des unbeteiligten Gesellen hatte die Gemüter erregt, und dessen Beisetzung versprach weitere Aufregungen zu verursachen.

In einem grauen Kleid, das Antonias Tochter Sebastienne gehörte, stand ich wenige Stunden später an dem Grab, das sich weit von den großen Wegen des Friedhofareals hinter einer Eibenhecke verbarg. Mac hatte keine Angehörigen, und eigentlich dachten wir, es würde eine ganz stille Beerdigung. Doch als die Waldeggs, Julia und ich uns dort einfanden, tauchten nach und nach immer mehr Menschen auf. Schweigend versammelten sich Kolonialwarenhändler, Kaffeehausbesitzer, Konditoren und Kaffeeröster. Männer und Frauen, deren Aufträge er gesammelt und weitergeleitet, mit denen er geplaudert und gescherzt hatte. Denen er zugehört hatte, wenn sie Sorgen plagten, denen er, wie ich später erfuhr, oft geholfen hatte, indem er Kredite gewährte, deren Zahlungen er gestundet und gelegentlich sogar vergessen hatte.

Der Pfarrer fand unerwartet bewegende Worte, und als er geendet hatte, trat ich vor. Es kostete mich Überwindung, und meine Stimme war rau, als ich zu sprechen begann.

»Er war ein Wanderer, der seine Heimat zu Lebzeiten nicht gefunden hatte. Und doch hat er sein Ziel erreicht. Sie wissen es nicht, werte Damen und Herren, doch ich habe es seinen letzten Worten entnommen. Als ich ihn einst fragte, warum er nicht sesshaft werden wollte, erklärte er mir, er sei auf der Suche nach dem Mann, bei dem er eine Schuld abzutragen habe. Als er sich gestern vor meinen Mann warf und den tödlichen Hieb mit seinem Körper abfing, tat er es, weil ihm einst, vor dreißig Jahren auf dem Schlachtfeld von Plancenoit, ein kleiner Junge begegnet war. Das Leben eines Soldaten der *Scots Grey* wurde von Alexander von Massow, der verbotenerweise seinem Vater, einem hohen Offizier, gefolgt war, gerettet. Wie, das weiß ich noch nicht, denn mein Mann wurde vor den Augen des Sterbenden verhaftet und abgeführt.« Ich musste eine Pause machen, denn es brandete ein lautes Geraune auf, legte sich aber gleich darauf wieder.

»MacPherson begegnete ich als Kind zum ersten Mal, und immer wieder in den vergangenen Jahren tauchte er unerwartet, aber immer im richtigen Augenblick auf. Er hat mich von der Brücke zurückgeholt, als ich in tiefster Verzweiflung in den Fluss springen wollte, er hat mir geholfen, in Köln Fuß zu fassen, stand mit Rat und Hilfe an meiner Seite, als ich verwitwet und um mein Erbe betrogen einen neuen Anfang finden musste. Er war mein Freund …« Die mühsam zurückgehaltenen Tränen brachen sich Bahn, meine Stimme versagte. Ich trat ans Grab und flüsterte unhörbar für die anderen: »Und mein Geliebter.« Dann ließ ich die weißen Rosen auf den Sarg fallen und neigte, blind von Tränen, den Kopf.

Jemand nahm meinen Ellenbogen und führte mich langsam zurück, während der Pfarrer sein Gebet sprach. Das gab mir Zeit, mich wieder zu fassen, und mit Überraschung sah ich Julia vortreten. Sie hatte Mac nur einige Male flüchtig getroffen, aber sein Tod schien eine flammende Wut in ihr entfacht zu haben.

»Ein guter Freund ist einen vollkommen sinnlosen, willkürlichen Tod gestorben, weil er meinem Vater das Leben gerettet hat. Mein Vater ist daraufhin verhaftet worden. Von einem Mann namens Karl August Kantholz. Mit seinem letzten Atemzug wollte MacPherson uns sagen, wie wir ihn wieder freibekommen. Ich habe den Sinn nicht verstanden, aber vielleicht kann einer der Anwesenden hier uns weiterhelfen. Er nannte den Namen ›Daphne‹!«

Antonia Waldegg neben mir tat etwas so Ungewöhnliches, dass ich sie verblüfft anschaute. Sie quiekte nämlich. Cornelius machte einen Schritt zu Julia hin und nahm sie am Arm.

»Sie werden verstehen, dass dieses Kind nicht weiß, was es sagt. Aber ich verspreche Ihnen, ich werde jeden Hinweis in dieser Sache mit größter Diskretion entgegennehmen.«

Er erhielt noch am selben Abend Besuch von etlichen Herren, mit denen er hinter verschlossenen Türen konferierte.

Durch den Kakao gezogen

Traurig geht der Bösewicht durch's Leben;
Sein Genuß ist ein verwirrter Traum,
Seine Hoffnung eine welke Blume,
Seine Freude ein entlaubter Baum.

Johann Heinrich Witschel

Zivilkommissar Kantholz war mit der Ausbeute der vergangenen Woche mehr als zufrieden. Dutzende von Putschisten, Aufrührern und Rebellen hatten seine Leute dingfest gemacht, unter ihnen, und das erfüllte ihn mit äußerster Genugtuung, auch Alexander Masters. Nun würde wohl aus der Fabrik nichts werden, die er so vollmundig angekündigt hatte. Gewalt gegen einen preußischen Staatsdiener war ein prächtiger Anklagepunkt, für den sich die aufgeplatzte Lippe und der Verlust eines sowieso schon kariösen Eckzahns fast gelohnt hatten. Diesmal würde Masters nicht mit zwei Jahren Festungshaft davonkommen, dafür würde er schon sorgen.

Mit spitzen Fingern griff Karl August in die Schublade und beförderte eine Praline hervor. Diesen kleinen Vorrat an Süßigkeiten ergänzte er ständig und ergötzte sich daran, dass seine Mutter davon nichts ahnte. Sie hatte viel für ihn getan, aber ihr zu erlauben, auch noch seine Amtsräume zu inspizieren, nein, davor hatte er endgültig einen Riegel geschoben.

Ein Amtsdiener meldete sich an seiner Tür, nahm Haltung an und verkündete in zackigem Ton: »Die Gräfin von Massow und zwei Begleiterinnen!«

Der zarte Schmelz der Nougatpraline wurde noch um einen Grad süßer, als Kantholz diese Anmeldung vernahm. Sie würde betteln. Oh, ja, die Gräfin würde betteln. Es wurde immer schöner.

»Soll'n reinkommen!«, schnarrte er.

Drei Damen in Grau, tief verschleiert, die eine mit einer umfangreichen Mappe in der Hand, traten ein. Er machte eine Andeutung, sich von seinem Stuhl zu erheben, und hieß den Amtsdiener, drei harte Stühle vor dem breiten Schreibtisch aufzustellen, den er gerne als Bollwerk gegen Bittsteller und anderes Gelichter nutzte.

»Ihr Anliegen, die Damen? Fassen Sie sich bitte kurz, meine Zeit ist begrenzt.«

»Natürlich. Sehr kurz. Ein Wort von Ihnen wird ausreichen, meinen Gatten, den Grafen Alexander von Massow, der sich in Geschäftskreisen Alexander Masters nennt, auf freien Fuß zu setzen. Ordnen Sie das umgehend an.«

Die Stimme der Dame war kalt und die Aussprache präzise. Dennoch traute Kantholz seinen Ohren nicht. Er hatte Bitten und Tränen erwartet, keine Befehle. Die Hochstimmung verflog, und die Galle kam ihm hoch. Was unterstand sich diese Frau! Entsprechend knapp fertigte er sie ab: »Sie werden einsehen, dass ich einen Verbrecher nicht laufenlassen werde. Ihre Bitte ist abgelehnt.«

»Sie missverstehen mich, Herr Zivilkommissar. Ich bat nicht, ich forderte.«

Er lachte höhnisch auf. »Sie sind nicht in der Lage zu fordern, Frau... ähm... Masters.«

»Sie irren, Herr Zivilkommissar. Aber um Ihnen Ihr Entgegenkommen leichter zu machen, werde ich mich an den Regierungsrat wenden und ihm von Ihrem gestrigen Besuch in einem Haus berichten, das gewisse exotische Dienstleistungen anbietet. Es wird ihn sicher interessieren, in welcher Form Sie dort auftreten.«

Karl August bemerkte, wie er zu schwitzen begann. Das konnte doch wohl nicht wahr sein? Woher wussten Damen der Gesellschaft... Er fasste sich wieder. Sie würden es nie wagen.

»Sie werden mich mit der Androhung von Rufmord nicht erpressen«, presste er zwischen den Zähnen hervor.

»Nein, Herr Zivilkommissar, damit nicht. Sondern mit diesen hübschen Zeichnungen, die deutlich erkennbar darstellen, wie Sie heute Nacht bei dem bedauerlicherweise falsch ausgelösten Feueralarm in den Hof besagten Etablissements gelaufen sind. Sie wurden von einer begabten Beobachterin angefertigt.«

Die Masters streckte ihre Hand aus, und die Dame mit der Mappe reichte ihr zwei Skizzen, die ihn in preußischer Offiziersuniform samt Pickelhaube zeigten. Bis zur Taille korrekt gekleidet, darunter – Gott wie peinlich... Er hatte es nicht mehr geschafft, die Hose anzuziehen, daran erinnerte er sich viel zu genau. Wie hatte die kleine Hure gelacht, als er nach dem Fehlalarm barfuß und sauer zurück in ihr Zimmer gestapft war. Er riss die Blätter an sich und zerknüllte sie in seiner Faust.

»Machen Sie sich nichts daraus, Herr Zivilkommissar, das waren nur Abzüge der Lithographien, die wir davon angefertigt haben. Sie werden entdecken, dass diese pikanten Ansichten in vielfältiger Form in den nächsten Tagen in den Rinnsteinen der Stadt auftauchen werden. Mit der hübsch formulierten Geschichte über die Hochachtung, die ein Zivilkommissar der königlich preußischen Uniform entgegenbringt.«

Karl August wurde übel. Offensichtlich hatte er die Damen unterschätzt. Damen? Das waren keine Damen, verdammt noch mal. Damen wussten nichts von Daphne und ihren Angeboten. Damen würden niemals einen Herrn ohne Hosen zeichnen. Und Damen würden nie einen preußischen Beamten zu erpressen versuchen. Er würde sie festnehmen lassen.

»Mein Gatte«, sagte die zierliche Frau, die bisher geschwiegen hatte, mit leiser, gefasster Stimme, »wird, sollten wir in einer Viertelstunde nicht vor die Tür des Präsidiums treten, Ihre Frau Mutter aufsuchen. Er war es übrigens, der Feuer geschrien hat. Ich vermute, Ihre Mama wird nicht sehr glücklich sein, wenn sie von Ihrem umtriebigen Nachtleben hört.«

»Sie können nichts beweisen!« Karl August merkte zu seinem Entsetzen, wie seine Stimme umkippte.

»Nicht? Oh, wir fanden Madame Daphne sehr auskunftsfreudig. Ihr Haus ist übrigens auch einigen anderen Herren von Bedeutung bekannt. So etwa Ihrem Bankier …«

Die Masters unterbrach sie mit honigsüßer Stimme: »Ach, schauen Sie, liebe Frau Waldegg, wir haben den guten Herrn Zivilkommissar ganz durcheinandergebracht. Wäre es nicht besser, wir würden ihn noch mal daran erinnern, dass er sich ja mit einer einfachen Anweisung all diese kleinen Peinlichkeiten vom Hals schaffen könnte?«

Waldegg. Herrgott, verdammt noch mal, die Frau des Verlegers!

Er würde ernst machen. Der ja. Verdammt, verdammt, verdammt!

Die drei Frauen hatten jetzt ihre Schleier zurückgeschlagen und sahen ihn sanft lächelnd an.

So sanft, wie drei ausgehungerte Tigerinnen ein verletztes Mastschwein.

Mit zitternden Fingern griff er zu Feder und Blatt und schrieb einige entlastende Worte, trocknete sie sorgsam mit Löschpapier und rief den Amtsdiener.

»Lassen Sie das unverzüglich dem Festungskommandanten überbringen. Es handelt sich hier um einen Irrtum vom Amt.«

»Sehr wohl, Herr Zivilkommissar.«

Der Mann verbeugte sich knapp und eilte mit knallenden Stiefelabsätzen davon.

»Ich sehe, Sie sind ein durchaus entgegenkommender Herr. Wir sind Ihnen außerordentlich verbunden, Herr Zivilkommissar.«

Die Damen erhoben sich, deuteten ein knappes Kopfnicken an und verschwanden mit einem leisen Röckerascheln von der Walstatt.

Nur jene Frau Waldegg drehte sich noch einmal um und verkündete mit durchdringender Stimme, die in dem langen Flur nachhallte: »Wie man aus einschlägigen Kreisen hört, kriegen Sie Ihren pickeligen kleinen Pimmel selten so hoch wie den Pickel auf Ihrem Helm.«

Alexander Masters kam noch in derselben Stunde frei, und am folgenden Morgen ergötzte sich ganz Köln an den Flugblättern, die ein anonymer Schreiberling großzügig in den Gassen verteilt hatte.

Sie zeigten Zivilkommissar Ohnehose mit Pickelhaube und einem zahnlückigen Zähnefletschen.

Die Witwe Kantholz und ihr Sohn verließen drei Tage später grußlos die Stadt.

Auf der Schokoladenseite

Amara, bittre, was du tust ist bitter …
O du mit Bitterkeit rings umfangen,
Wer dächte, daß mit all den Bitterkeiten
Du doch mir bist im innern Kern so süße!

Amaryllis, Rückert

»Nach dieser grauenvollen Nacht in Matsch und Regen hatte ich das Glück, auf einer Lafette mitfahren zu können, wie auch zwei andere Trossburschen, aber dann wurden die Kanonen in Stellung gebracht, und ich sah, dass Sie weiter auf eine kleine Anhöhe zuritten. Ich stahl mich davon, um Ihnen zu folgen.«

Alexander berichtete uns von dem Tag, an dem er das Gedächtnis verloren hatte. General von Massow, Lady Henrietta, Julius und Linda und mein Vater lauschten ihm gebannt.

»Es gelang mir nicht, denn ich junger Trottel geriet mitten ins Feuer und rannte hakenschlagend wie ein Hase, um Deckung zu suchen. Natürlich hatte ich völlig die Orientierung verloren und war irgendwann um die Mittagszeit froh, eine halb zerfallene Scheune zu finden, in der ich mich notfalls verstecken konnte. Erschöpft setzte ich mich an einer trockenen Stelle ins Gras und lehnte mich an die Bretterwand. Kaum hatte ich ein wenig verschnauft, näherte sich Hufschlag. Über die Hecke setzte ein gewaltiges graues Ross, verfing sich in einem alten Seil, stolperte und warf seinen Reiter ab. Der Soldat in roter Jacke flog mir sozusagen vor die Füße, seine Bärenfellmütze rollte mir entgegen. Ich kann euch sagen, ich war heilfroh, dass es kein Franzose war. Er blieb benommen liegen, und ich ging zu ihm hin, um ihm aufzuhelfen. Er sah mich an, begann zu grinsen und sagte etwas in einem ziemlich unverständlichen Englisch. Da der Sturz ihn offensichtlich nicht betäubt hatte, wies ich auf das Pferd, das sich verzweifelt aus der Schlinge zu lösen versuchte. Er rappelte sich auf, knickte aber mit den Fuß ein. Daher nahm ich ihm das Messer ab, das er gezogen hatte, näherte mich dem Pferd und sprach beruhigend auf es ein.«

»Für Pferde hattest du schon immer ein Händchen!«, brummelte der General, und Alexander nickte. »Kam mir später gut zupass. Mir gelang es zwar, das Seil zu durchtrennen, aber das nervöse Pferd machte einen Satz, dass ich zur Seite springen musste, und raste auf das freie Feld zu.

›Der kommt schon wieder‹, sagte der Soldat langsam und betont, damit ich ihn verstand, und hinkte an den Platz, an dem ich gesessen hatte. Ich hockte mich zu ihm, und ein bisschen mühsam unterhielten wir uns. Wie es schien, hatten sie die Franzosen in die Flucht geschlagen, aber er hatte mit einer kleinen Gruppe, die ihrerseits gehetzt wurde, den Anschluss verpasst. Dafür, muss ich sagen, bewahrte er eine beachtliche Ruhe, denn die Verfolger waren nah.

So nah, dass wir sie gleich darauf hörten. Wir krochen in das Stroh und hofften, nicht entdeckt zu werden. Die List gelang, aber damit war unser Glück zu Ende. Die Franzosen warfen eine brennende Fackel in die Scheune, und all das trockene Zeug fing sofort Feuer. Mir gelang es, den Soldaten aus dem Stroh zu befreien, und zog mir dabei einige Brandwunden am Arm zu. Wir hatten es gerade vor den Schuppen geschafft, da preschten vier weitere Reiter auf grauen Pferden heran, die ein fünftes, reiterloses, mit sich führten.

›MacPherson, Mann, du lebst noch? Auf, wir müssen fort von hier!‹, brüllte einer.

Der Soldat hinkte mit großen Schritten auf sein Pferd zu, schwang sich in den Sattel und rief mir zu: ›Wir sehen uns wieder!‹

Dann waren sie fort, wie ein Spuk verschwunden, und ich

stand allein an der brennenden Scheune. Die war mir nun auch kein Schutz mehr, und darum machte ich mich wieder auf die Suche nach den preußischen Truppen. Mein Arm schmerzte entsetzlich, meine Füße taten mir weh und erbärmlich hungrig war ich auch. Ich weiß nicht mehr genau, wie es mir gelungen ist – und daran werde ich mich wohl nie mehr erinnern –, aber ich fand Ihre Einheit wieder, Vater. Und gerade, als ich Sie auf mich aufmerksam machen wollte, sahen Sie den Jungen in meinen Kleidern. Sie wurden von einer Kugel getroffen, als Sie ihn aus dem Feuer retten wollten. Mich traf etwas am Kopf – gut, und den Rest kennt ihr.«

»Ja, den Rest kennen wir«, bestätigte Julius, und mein Vater meinte leise: »So hat die Begegnung mit MacPherson jetzt die letzte Lücke in deiner Erinnerung geschlossen. Ein seltsamer Mann, dieser Schotte. Ich traf ihn, als ich von meiner ersten Südamerikareise zurückkam. Damals war er Tallymann auf dem Schiff, und wir hatten viele Abende miteinander verschwatzt. Über die Seefahrt, den Krieg, sein Einsatz bei den *Scots Greys*, die Frauen. Aber von sich selbst hat er nur wenig erzählt. Und dann, im Hafen von Bremen, kam dieser dicke Junge an Bord und stöberte in den Laderäumen herum. Wir standen an Deck, wollten schon voneinander Abschied nehmen, da sagte er plötzlich: ›Wir müssen den Kleinen im Auge behalten. Er begibt sich in Gefahr.‹ Mir schien das ziemlich überflüssig, denn das Schiff lag ruhig vertäut am Kai und hatte lediglich Kakaobohnen geladen. Aber von MacPherson ging eine derartige Alarmbereitschaft aus, dass ich ebenfalls aufmerksam wurde. Darum schlenderten wir zur Luke, die in die Frachträume führte, und in dem Augenblick hörten wir das Poltern und den Schrei. MacPherson hat Jan damals sehr schnell unter der brennenden Ladung hervorgezogen, so dass ihm nichts Schlimmes passiert ist. Aber im Nachhinein kam es mir seltsam vor – als ob er gewusst hatte, dass so etwas geschehen würde.«

Ich merkte, wie mir ein leichter Schauer über die Arme und den Nacken kroch.

»Ja, Mac tauchte immer genau dann auf, wenn ich ihn brauchte. Ich habe mir nie viel dabei gedacht, aber …«

»Aber es gibt Menschen, die mehr sehen als andere«, murmelte Lady Henrietta. »Und es ist keine angenehme Gabe, habe ich mir sagen lassen.«

»Sie meinen, er war so eine Art Hellseher, Mama?«

»Kein Scharlatan, wie man sie auf Jahrmärkten antrifft, aber wohl ein sehr sensibler Mann.«

»Dann mag es mehr als Zufall gewesen sein, dass wir ihn just an diesem 4. August begegnet sind«, sagte Alexander ernst und legte seinen Arm um mich. Ich hatte ihm vor einigen Tagen gebeichtet, was mich – außer den Geschäften und einer herzlichen Freundschaft – noch mit Mac verband, und er hatte schweigend zugehört. Ängstlich hatte ich auf seine Reaktion gewartet, aber als ich geendet hatte, meinte er nur: »Hätte ich es vor zwei, drei Jahren gewusst, Liebste, wäre ich außer mir vor Eifersucht gewesen. Ich kann nicht leugnen, es versetzt mir auch jetzt noch einen kleinen Stich. Aber ich bin ehrlich genug, Amara, zu sehen, was er dir bedeutet hat. Und du hast ja inzwischen herausgefunden, dass auch ich nicht immer ein Ausbund ehelicher Treue war.«

»Es wäre nett, wenn du es zukünftig wärst.«

»Nachdem ich erfahren habe, wie du mit Herren umspringst, die beispielsweise solche Häuser wie die von Madame Daphne aufsuchen, erfüllt mich allein der Gedanke daran mit tiefem Grauen.«

Ich hatte erleichtert gelacht und mich an ihn geschmiegt.

Wie auch jetzt, und zufrieden hörte ich meinen Vater berichten: »MacPherson war ein guter und aufrechter Mann, egal, ob er nun das zweite Gesicht besaß oder nur sehr kluge Schlüsse aus dem immerwährenden Geschwätz seiner zahllosen Klienten zog. Wir haben einen Nachruf auf ihn verfasst und ihn an all die Adressen gesandt, die wir in seinen Unterlagen gefunden haben.«

»Das war eine gute Idee, de Haye.« Der General nickte meinem

Vater zu. Die beiden Herren verstanden sich zum Glück ausgezeichnet. Aber auch Lady Henrietta hatte Lothar für sich eingenommen, denn als ich ihn ihr vorstellte, hatte er ihr mit großer Ehrerbietung die Hand geküsst und gesagt: »Lady Henrietta, ich bin Ihnen zu immerwährendem Dank dafür verpflichtet, dass Sie die junge Frau, die ich hirnloser junger Tropf für ein Abenteuer verlassen habe, bei sich aufgenommen und ihr und meiner Tochter ein Zuhause gegeben haben. Ich bereue in meinem Leben nicht viel, aber dass ich Birte unglücklich gemacht habe, verzeihe ich mir nie. Danke, gnädigste Frau Gräfin.«

»Birte war eine wundervolle Zuckerbäckerin, und ihr kleines Mädchen hat mir viel Freude gemacht. Und manchmal sogar über die Trauer hinweggeholfen, die ich für meinen vermeintlich verstorbenen Sohn in mir trug.« Dann sah sie mich lächelnd an: »Und nun ist sie wirklich meine Tochter geworden.«

Ja, ich war in die Familie Massow mit offenen Armen aufgenommen worden. Julius war mir wie ein Bruder, Linda eine liebe Freundin. Doch gerade heute, an dem Tag, an dem unser lang gehegter Traum in Erfüllung gehen sollte, verspürte ich Wehmut über den Verlust einer anderen Freundin.

Nach Alexanders Freilassung hatte ich Melisande in Bonn besucht. Ich wollte sie bitten, mit Max zusammen an der Einweihungsfeier unserer Fabrik teilzunehmen. Aber sie hatte den Kopf geschüttelt.

»Nein, Amara. Nein. Wir stehen nicht mehr auf derselben Ebene, und es würde nur böses Blut geben.«

»Ich verstehe das nicht. Du hast früher solche Unterschiede nie gemacht.«

»Sie waren früher auch nicht da, Amara. Als du zu uns kamst, warst du ein mageres Arbeiterkind, dann ein Serviermädchen, so wie ich auch, aber schon als du mit Bevering verheiratet warst, gab es Schwierigkeiten, weißt du noch?«

»Ja, aber die Damen Bevering waren nun mal ein zänkisches Pärchen.«

»Und ließen mich sehr deutlich spüren, dass ich zu einer sehr viel niedrigeren Schicht gehörte als sie selbst.«

Damit hatte sie natürlich recht. Unsere Freundschaft wurde erst wieder tiefer, als wir gemeinsam unseren Laden in Bonn führten. Unsere Küchengesellschaften, die Studenten und Künstler, das war Mellis Welt. Nicht die Fabrikanten und Geschäftsleute, Bankiers und Kommerzialräte mit ihren Gattinnen, die inzwischen zu unseren Bekannten gehörten.

»Es tut mir so leid, Melli. Und es tut mir auch leid, dass Max so unversöhnlich ist.«

»Es ist die Wut auf seine Eltern, Amara. Ich finde es allmählich heraus. Er ist ein brillanter Kopf, und er hätte das Gut seines Vaters sicher wieder rentabel gemacht. Aber der hat ihn enterbt, sich von ihm losgesagt, und wie es scheint, ruiniert er sich jetzt zur Gänze.«

Das hatte mir mein Vater auch schon gesagt und mit einem kalten, verächtlichen Schnauben hinzugefügt: »Und ich habe ihm den Geldhahn inzwischen auch zugedreht.«

»Und was die Arbeiter anbelangt, Amara, da stehe ich vollkommen auf seiner Seite. Ja, ja, ich weiß«, nahm sie meinen Einwand voraus, »ihr werdet ihnen vernünftige Bedingungen schaffen. Aber das wird nicht für alle reichen.«

»Nein, das wird es nicht, und darum wird Max auch Erfolg haben, wenn er sie zu gemeinsamen Protesten aufrüttelt. Nur wird er sich und andere damit in große Schwierigkeiten bringen. Kantholz mag zwar seinen Posten verloren haben, aber andere seiner Art kommen nach. Der preußische Staat hat eine Höllenangst davor, irgendwo die Kontrolle zu verlieren.«

»Der preußische Staat ist ein Misthaufen, auf dem die Korinthenkacker und Klugscheißer sitzen«, brachte sie vehement vor, und ich hörte Max' Diktion aus den Worten.

»Ich verstehe dich ja, Melli. Du stehst immer auf der Seite der lahmen Hunde, und das ehrt dich und dein gutes Herz. Aber Max scheint seiner Schwester ähnlicher zu sein, als ich dachte.

Er besitzt deine Großherzigkeit nicht, sein Antrieb ist Neid und Rache.«

»Genau deshalb bin ich bei ihm, Amara. Damit es ihn nicht zerfrisst, wie der Zucker und die Eifersucht Dotty zerfressen haben. Ich kann ihn besänftigen, manchmal, und die Bitterkeit in ihm lindern.«

»Wenn jemand dazu in der Lage ist, dann du, Melli. Aber bitte, bitte versprich mir eines: Wenn ihr wirklich in eine große Klemme geratet, scheu dich nicht, dich an uns zu wenden.«

Sie stand auf und umarmte mich.

»Wir werden sehen, Amara. Ich habe dich immer sehr lieb gehabt, und ich will dich nicht in Dinge hineinziehen, die dir oder den Deinen schaden könnten. Aber bevor es auf Leben und Tod geht, werde ich um Hilfe rufen. Versprochen.«

Ich musste ihre Entscheidung akzeptieren, so schwer sie mir fiel.

So stand ich dann am Nachmittag dieses strahlend schönen Septembertags in meinem neuen Seidenkleid in der Halle der Fabrik, und nicht nur die reine Freude, sondern auch Wehmut erfüllte mein Gemüt.

Doch schön war unser Werk geworden. Durch die Dachfenster flutete Licht über die Maschinen und ließ die weiß gekalkten Wände leuchten, in dem Luftzug, der durch die Tore wehte, flatterten Girlanden, Wimpel und Bänder. Unzählige Gäste hatten unsere Einladung angenommen, und neben den Massows stand Juppes Nettekoven, dessen Miene ich ansah, wie unwohl er sich in dem neuen Frack fühlte, den Gisa ihm aufgezwungen hatte. Sein Weib aber sah ihn mit demütigem Stolz an und hielt den vergnügt grinsenden Hannes fest an der Hand. Laura von Viersen, am Arm ihres Gatten, winkte mir lächelnd zu, Waldeggs palaverten eifrig mit Julia, die unablässig ihren Skizzenblock bearbeitete, der Bonner Hofapotheker ließ die rohen Kakaobohnen durch seine Finger laufen, die darauf warteten, in die Hohlwalzen gekippt zu werden, in denen sie geröstet würden. Franz Stollwerck begutachtete das Rührwerk, neben dem die Behälter mit Kakaobutter standen, und ich beobachtete, wie er mit einem Finger in das Fett stippte und ihn dann ableckte. Alexanders Ingenieursfreunde prüften fachmännisch die Windfege und die noch ruhenden Walzwerke, in die wir bereits fertig geröstete Bohnen eingefüllt hatten. An den Tafelformen, die selbstverständlich mit Schokoladenmasse gefüllt waren, standen unsere sechs Arbeiterinnen in weißen, gestärkten Schürzen und Hauben und verscheuchten lachend kleine Naschkatzen, die sich dem verlockendsten Teil der Anlage immer wieder begierig näherten. Bereit standen die Fässer mit Kakaobutter, die Säcke voll Zucker, die Porzellandosen mit Gewürzen und geriebenen Mandeln.

Honoratioren und Techniker, Freunde und Angehörige verstummten, als die kleine Kapelle zu spielen begann. Dann trat Alexander vor und begrüßte die Anwesenden. Er sprach von unseren Träumen – seinem, der sich in dem Einsatz neuester Technik zur Herstellung preisgünstiger Produkte manifestiert hatte, und dem meinen, der auf dem Wunsch fußte, den Kakao so wohlschmeckend zu machen, wie sein Duft es versprach.

Ich war so stolz auf ihn.

Dann gab er den Mechanikern ein Zeichen, und die Dampfmaschine erwachte zum Leben. Diesmal mit ihrer ganzen sorgsam gezügelten Kraft. Die Riemenscheiben auf der langen Transmissionswelle begannen zu laufen, und eine Maschine nach der anderen wurde eingekuppelt. Siebe ratterten, Walzen drehten sich, Zahnräder rasteten ein, das Gebläse dröhnte, Räder surrten.

Und die Luft wurde erfüllt von dem köstlichen, bittersüßen Aroma des Kakaos.

Für einen Moment schloss ich die Augen und wurde wieder zum Kind. Ich wurde wieder umhüllt von dem warmen Duft der Schokolade, den ich in den Armen meiner Mutter immer als so unendlich köstlich empfunden hatte, der mir das warme, tröstliche Gefühl der Geborgenheit geschenkt hatte.

»Theobroma«, flüsterte ich. »Speise der Götter.«

Und dann öffnete ich die Augen und sah in das Gesicht eines Kindes, das mit verschmierter, aber glückseliger Miene ein Stück Sehnsucht lutschte.

Nachwort

Ich wuchs in einem kleinen Ort in der Nähe von Kiel auf. Und immer, wenn ich an der Hand meiner Mutter meine Großeltern besuchen ging, führte unser Weg an einer Kakaofabrik vorbei.

Der Duft, der uns an diesem hässlichen grauen Gebäude entgegenwehte, war das Köstlichste, was ich mir vorstellen konnte.

Er hat mich bis heute inspiriert, und darum gibt es nun dieses Buch.

Ich habe mich an die Tatsachen gehalten und nur einige wenige Anpassungen dramaturgischer Art vorgenommen. In den Quellen wird dem englischen Quäker Francis Fry die »Erfindung« der Speiseschokolade auf der Basis von Kakaobutter zugesprochen. Er hat dieses Verfahren 1848 eingeführt und auf dem englischen Markt präsentiert. Damit erzielte er einen gewaltigen geschäftlichen Erfolg.

Doch es ist nicht von der Hand zu weisen, dass auch andere vor ihm auf diese Idee gekommen sind. Konditoren, Zuckerbäcker, Köchinnen aller Art mögen ebenfalls auf dieses Rezept gestoßen sein, hatten aber nicht die Möglichkeit, die Speiseschokolade im großen Maßstab herzustellen und zu vertreiben.

Aber die Zeit war reif für die magische Tafel.

Und das Zusammenspiel der Kräfte, die dazu geführt haben, dass ihr Siegeszug Mitte des neunzehnten Jahrhunderts begann, hat mich gereizt, daraus einen Roman zu spinnen. Notwendig war die Kenntnis über den Kakao und seine nahrhaften Bestandteile, wie sie die Botaniker, Chemiker und Pharmazeuten genau zu diesem Zeitpunkt entdeckten. Notwendig war die Entwicklung der Dampfmaschine, die alle diese Maschinen antreiben konnte, mit denen Massen schnell und einfach verarbeitet werden konnten. Notwendig waren die wachsenden Verkehrsverbindungen zu Land und zu Wasser, mit denen die empfindliche Rohware wie auch die fertigen Schokoladenprodukte schnellstmöglich zu ihren Abnehmern kommen konnten. Notwendig war die Förderung des heimischen Zuckerrübenanbaus, der als billiger Rohstoff »bitter« nötig ist, um den Kakao für unseren Geschmack genießbar zu machen.

Die Schokoladenfabrik von Amara und Alexander jedoch ist ein reines Phantasiewerk.

Aber es hat in Köln einige Jahre später einige Schokoladenfabrikationen gegeben, die bekannteste unter ihnen ist die 1860 gegründete Firma Stollwerck.

Und nichts hat seither den göttlichen Genuss eines Stückchens Schokolade schmälern können

Dramatis Personae

Hauptpersonen

Amara Zeidler – die Heldin, die einen Weg sucht, den Duft des Kakaos in Geschmack zu verwandeln.
Alexander Masters – ein verlorener Junge, der als Ingenieur seinen Weg findet.
Jan Martin Jantzen – schüchterner Arzt und Botaniker, der seinen Weg macht.
Dorothea von Briesnitz – das naschhafte Baronesschen, auch Dotty genannt, das den Weg des geringsten Widerstands geht.

Amaras Angehörige und Freunde der Kindheit

Birte Zeidler – Amaras Mutter, das Schokoladenmädchen der Massows.
Fritz Wolking – Amaras Stiefvater, der Zuckerbäcker.
General Karl Victor Graf von Massow – Besitzer des Gutes Evasruh.
Lady Henrietta – seine distinguierte Gattin.
Julius von Massow – Sohn und Erbe der Massows.
Nanny – zeit- und namenlose Kinderfrau bei Massows, die auch Amara betreut.

Im Nadinas Café

Nadina Galinowa – die stimmlose Soubrette und spätere Cafébesitzerin.
Melisande – Nadinas Tochter, Komödiantin und Amaras Freundin.
Giorgio Gambazzi – ein Chocolatier am preußischen Hof, Amaras erster Freund.
Linda Aaron – ein charmanter Blaustrumpf.
Sascha, Lena, Ella, Andreas – Nadinas »lahme Hunde«.
Murzik – ein preußischer Kater.

In Köln und Bonn

Anton Bevering – der Apotheker, Amaras erster Mann.
Hermine Bevering – Amaras frömmlerische Stieftochter.
Margarethe Bevering – Antons verwitwete Schwägerin.
Dr. Jakob Schlaginhaufn – ein unsauberer Quacksalber.
Puschok – ein pelziger Hausgeist.

Alexanders Bekannte in England

Captain Finley – britischer Offizier, der einen Pferdeburschen braucht.
Wally – ein Pferdebursche mit Familie in London.
Skipper – ein Veteran in London, der Jungen Arbeit verschafft.
Thornton Harvest – ein britischer Ingenieur, der auf ein Talent aufmerksam wird.
Sir Nikolaus Dettering – Oberst der *Kings's German Legion*, der einen Blick für Talente hat.
Victoria und Ernestine – Detterings Töchter.

Alexanders Freunde und Kollegen in Preußen

Peter-Paul Reinecke – der Fabrikbesitzer in Elberfeld, Alexanders Schwiegervater.
Paula Reinecke – eine Hypochonderin, Alexanders kränkliche Frau.
Julia Masters – Alexanders und Paulas Tochter, ein patentes Mädchen.
Fräulein Berit – ihre patente Gouvernante.
Erik Benson – ein Turnerfreund und Jurist.
Josef (Juppes) Nettekoven – der Maschinenbauer in Bayenthal.
Gisa Nettekoven – Juppes' zurückhaltende, fleißige Frau.
Hannes – ihr zurückgebliebener Sohn.
Cornelius Waldegg – ein Kölner Verleger.
Antonia Waldegg – sein Wirbelsturm von Gattin.
Laura von Viersen – die Gattin des Kommandanten der Deutzer Artilleriewerkstatt.

Jan Martins Freunde und Kollegen

Dr. Geert Klüver – der Schiffsarzt der *Annabelle*.
Gilbert de Valmont – der Sohn des Kakaoplantagenbesitzers auf Trinidad.
Inez de Valmont – die Tochter des Plantagenbesitzers.
Morna O'Niall – eine irische Romanze.

Dorotheas Freunde und Verwandte

Adalbert Baron von Briesnitz – Dorotheas Vater, Herr auf Rosian, Zuckerbaron.
Eugenia von Briesnitz, née de Haye – die Baronin, die auf adlige Haltung Wert legt.

Maximilian von Briesnitz – Dorotheas Bruder, abtrünniger Sohn, Chemiker und Rebell.

Eugen von Briesnitz – jüngster Bruder, nicht von großer geistiger Flexibilität.

Richard Fink von Finckenstein – Dorotheas geckenhafter Gatte.

Gérôme Médoc – Dorotheas ambitionierter Koch und Liebhaber.

Schillernde Persönlichkeiten im Leben aller

Karl August Kantholz – preußischer Kommissar, der ständig Schwierigkeiten verursacht.

MacPherson – der »Reisende«, der immer wieder auftaucht, um Schwierigkeiten zu beheben.

Lothar de Haye – Dorotheas weitgereister Onkel, der ein Rätsel löst.

Historische Persönlichkeiten

Carl von Linné – ein schwedischer Botaniker

Albrecht Roth – ein Bremer Arzt und Botaniker

Franz Stollwerck – ein unternehmungslustiger Cafébesitzer in Köln.